Südwinde

*Die Autorin*

Nicole C. Vosseler, geb. 1972 in Villingen-Schwenningen, erhielt schon früh Auszeichnungen für ihre Texte. Studium der Vergleichenden Literaturwissenschaft und der Psychologie in Tübingen und Konstanz. «Südwinde» ist ihr erster Roman; ihre Vorbilder sind M. M. Kaye und Margaret Mitchell. Nicole C. Vosseler lebt und arbeitet in Konstanz.

Nicole C. Vosseler

# Südwinde

Roman

Scherz

*Für Anne,*
*meine Seelenschwester,*
*ohne die dieses Buch nie geschrieben worden wäre*

Besuchen Sie uns im Internet:
www.scherzverlag.de

Taschenbuchausgabe Scherz Verlag, Bern, 2003
Deutsche Erstausgabe Scherz Verlag, Bern, 2001

ISBN 3-502-51897-1
Umschlaggestaltung: Mario Moths, cosmic bern
Umschlagbilder: F. Gerard/Hulton Getty Picture Collection (Frau)
Jean François Hue/Hulton Getty Picture Collection (Hafen)
Gesamtherstellung: Ebner & Spiegel, Ulm

## Zeit

Unergründliche See! deren Wellen Jahre bedeuten,
Ozean der Zeit, dessen Wasser des tiefen Leids
brackig sind vom Salz menschlicher Tränen!
Du uferlose Flut, die du in deinen Gezeiten
die Grenzen der Sterblichkeit umklammerst
und, deiner Beute überdrüssig, immer noch heulst nach mehr,
speist deine Trümmer auf die unwirtliche Küste;
verräterisch in der Ruhe, und schrecklich im Sturm,
wer kann es mit dir aufnehmen,
unergründliche See?

*Percy Bysshe Shelley*

# Prolog

## Pazifischer Ozean, September 1764

Silberblau glitzerte die Meeresoberfläche, brach hell und hundertfach die Strahlen der wärmenden Tropensonne. Ein milder und dennoch kräftiger Luftstrom spielte mit den Wellen, ließ sie immer wieder milchweiß aufschäumen und fing sich in den großflächigen Segeln des Dreimasters, die ihn laut knatternd begrüßten.

Die Hände auf dem Rücken seines dunkelblauen, langschößigen Uniformrocks verschränkt, machte Captain Howard James Addison die erste Runde dieses Tages über das Deck. Kritisch begutachtete er jede Leine, jede Planke, die seinen Weg über das Schiff kreuzte, ob auch Wochen nach der stürmischen Umschiffung Kap Hoorns keine Anzeichen von Verschleiß oder gar Fäulnis zu entdecken waren. Sein schmales, wettergegerbtes Gesicht drückte verhalten Zufriedenheit aus, während er mit festen Schritten an den Matrosen vorüberging, die auf Taurollen oder den nackten Planken saßen und ohne große Eile den kleinen alltäglichen Arbeiten wie dem Ausbessern schadhaften Segeltuchs oder dem Polieren von Messingteilen nachgingen. Ihr respektvolles «Morgen, Sir» erwiderte er mit einem knappen, aber durchaus wohlwollenden Kopfnicken.

Mittschiffs, auf der Höhe des Großmastes, blieb er stehen und legte den Kopf in den Nacken.

Von jeher war für ihn nichts so sehr ein Sinnbild für das Handwerk des Seefahrers gewesen wie diese mächtigen Masten, sich gen Himmel verjüngend, die straff gespannten Leinen, in der Brise vibrierend, die aufgeblähten Segel, wie sie blendend weiß die Sonne reflektierten.

Unwillkürlich wanderten seine Gedanken in seine Lehrzeit

zurück, an diese – auch für ihn als Sohn eines Vizeadmirals – harten Jahre, voller Mühsal und schmerzender Muskeln, aber auch mit dem prickelnden Geschmack des Abenteuers. Er erinnerte sich an seine ersten Reisen, die ihn als grünen Jungen bereits bis weit in die südliche Hemisphäre geführt hatten, auf wilde Inseln und an abenteuerliche Küsten, bis er als aufstrebender Offizier für die *East India Company* regelmäßig die ostindische Kolonie Madras anzusteuern begann. Er hatte Stürme von der Gewalt eines Hurrikans überstanden, tückische Sandbänke und Klippen umschifft und manch einen Kameraden auf See gelassen, in all diesen Jahren, die in einem gleichmäßigen, ununterbrochenen Strom an ihm vorübergeflossen zu sein schienen, kaum dass er es bemerkt hätte.

Lange blieb er so in seine Erinnerungen versunken stehen, bis er plötzlich den Kopf über sich selbst schüttelte. Diese Art von Nostalgie, die ihm sonst so völlig fremd war, ließ ihn sich müde und alt fühlen, obwohl er eben erst sein viertes Lebensjahrzehnt vollendet hatte. Energisch wandte er sich ab und begann seinen Rundgang fortzusetzen, um damit seinen Gedanken eine neue, weniger schwermütige Richtung zu geben, als ihn etwas innehalten ließ.

«Brittany! Komm sofort da herunter!»

Mit gerunzelter Stirn starrte er nach oben, wo unterhalb der schwankenden, steil in das Blau des Himmels hineinragenden Mastspitze seine Tochter zusammen mit zwei Matrosen die Leinen des Toppsegels festzurrte. Vergeblich wartete Captain Addison auf ein Innehalten in ihrer Bewegung, ein Drehen des Kopfes, irgendein Zeichen dafür, dass seine donnernden Worte ihr Ziel erreicht hatten.

«Wart du nur», knurrte er leise und drohend vor sich hin. Seine Männer stießen sich verstohlen gegenseitig an und warfen sich feixend viel sagende Blicke zu – seit die *Seagull* aus dem schützenden Hafenbecken Plymouths heraus Kurs auf das offene Meer genommen hatte, war dies nicht das erste Mal, dass die temperamentvolle kleine Tochter des Captains ganz keck und wie selbstverständlich an Bord mit Hand anlegte, obwohl sie nur zu genau wusste, dass der Captain dies nicht duldete, und es war sicher nicht das letzte Mal, dass er sie dabei ertappte und sich ein heftiges Donnerwetter zusammenzubrauen begann.

«Guten Morgen, Sir.»

Addison musterte kurz, aber nicht unfreundlich den jungen Mann von kräftiger Statur, der zu ihm getreten war, und ließ sich für den Augenblick von seinem Ärger ablenken.

«Guten Morgen, Mr. Johnson. Wie ist unsere momentane Position genau?»

«Achtzehn Grad, dreiundzwanzig Minuten Süd; einhundertneunundvierzig Grad, zwölf Minuten West, Sir.»

Der Captain nickte befriedigt. «Ausgezeichnet. Wir legen ein gutes Tempo vor.»

Eine steile Falte tauchte an der Nasenwurzel von Johnsons noch jungenhaftem Gesicht auf, verlieh diesem etwas vorsichtig Abwägendes.

«Sir, was schätzen Sie – wann werden wir wieder Land sehen? Die Mannschaft wird allmählich ungeduldig, jetzt wo es keine größeren Arbeiten am Schiff mehr auszuführen gibt.»

Addison stützte sich auf die Reling und ließ seine hellen, harten Augen über die bewegte Oberfläche des Meeres schweifen.

«Nicht nur die Mannschaft, Johnson», sagte er stirnrunzelnd, «auch ich sähe lieber heute als morgen einen Küstenstreifen am Horizont. Wir müssen zwar immer davon ausgehen, dass die alten Karten nicht exakt ausgemessen und gezeichnet sind, aber ich bin ganz zuversichtlich, dass es nicht mehr allzu lange dauert. Zwei, drei Tage vielleicht, nicht mehr, bis die erste Insel in Sicht sein wird.»

In seiner Erinnerung sah er sie wieder vor sich liegen, die vergilbten, ausgeblichenen Karten, ausgebreitet auf dem rußbefleckten Holztisch einer der unzähligen heruntergekommenen Hafenkaschemmen auf Barbados, beleuchtet vom flackernden Lichtschein einer übel riechenden Talgkerze. Einer seiner damaligen Matrosen, ein hinterlistiger, schmieriger Kerl mit weniger Zähnen im Mund als Fingern an den Händen, hatte ihm zugeflüstert, ein Saufkumpan von ihm, Seemann auf einer spanischen Galeone, sei im Besitz von alten Karten, die die Südsee zeigten. Gegen eine Hand voll Goldmünzen könnte er den Captain mit ihm bekannt machen, wenn er daran Interesse hätte. Addison war mehr als nur interessiert, er brannte vor Neugier, wenn er auch aus taktischen Gründen Gleichgültigkeit vortäuschte: Der Pazifische Ozean galt noch immer als ein weißer Fleck auf den Seekarten, nahezu unerforscht und Gegenstand zahlloser

Legenden und Abenteuergeschichten. Karten von diesem Teil der Welt zu besitzen, hieße das Monopol auf noch unbekannte Handelswege in den Händen zu halten und die Macht über den größten Ozean dieses Planeten.

«Verblüffend, wie weit die Spanier damals schon gesegelt sind – vor mehr als einhundertfünfzig Jahren bis in die Weiten dieses Ozeans», gab Johnson, als hätte er die Gedanken seines Captains lesen können, seiner Bewunderung für das Können der Seefahrer vergangener Zeiten Ausdruck.

Addison nickte zustimmend. Selbst nach all den Jahren, die er an Deck so vieler Segelschiffe verbracht hatte, hatten für ihn das unbezähmbare Meer und der Mut jener Männer, die es mit ihm aufnahmen, nichts von ihrer Faszination eingebüßt.

«... ein Meer so unermesslich, dass der menschliche Verstand es kaum fassen kann», murmelte er unwillkürlich und fügte auf einen fragenden Blick Johnsons hinzu: «So nannte ein Chronist Magellans die Südsee.»

Die beiden Männer wechselten einen Blick des gegenseitigen Verstehens. Nichts hätte treffender ausdrücken können, was sie Tag für Tag aufs Neue empfanden, seit sie die wilden, sturmgepeitschten Felsen Feuerlands hinter sich gelassen hatten.

Fernão de Magalhães, Magellan genannt, der große Ahn aller Seefahrer, war der Erste, über zweihundert Jahre zuvor, der eine Reise in dieses unermessliche Meer unternommen hatte. Besessen davon, westwärts einen Weg zu den reichen Gewürzinseln zu finden, durchquerte er auf weit nördlichem Kurs, abgetrieben von den scharfen Westwinden, das völlig leer scheinende Meer, ohne auf nur eine Insel oder Klippe zu treffen, die die Gewalt der Wellen und die Kraft der Strömung hätten brechen können. Mit für seine Zeit unglaublicher Präzision fand er seinen Weg anhand der Sterne und geleitet von glücklicher Vorsehung auf die Philippinen, seinem gewalttätigen Ende dort entgegen. Er hatte das Glück der Mutigen gehabt und die Wasserwelt dieses Ozeans in einer ihrer heiteren Launen angetroffen, was ihn dazu verleitete, ihr den Namen *Mar Pacifico*, friedliches Meer, zu verleihen – ein trügerischer, beinahe zynisch zu nennender Name, wie alle seine Nachfolger an ihrem eigenen Leib erfahren sollten.

Männer der damals die Weltmeere beherrschenden Mächte Spanien und Portugal folgten ihm eine Spur weiter südlich und trafen endlich auf die heiß ersehnten Felsen in der Einöde des Meeres. Doch ihre Entdeckungen enttäuschten alle Erwartungen: unwirtliche, winzige und von der Brandung bestürmte Klippen, deren wenige Bewohner keinerlei Zivilisation kannten, sich nicht einmal für den Sklavenhandel zu eignen schienen, und vor allem gab es nicht das geringste Indiz für das verheißene Gold und Silber, für schimmernde Perlen und funkelnde Edelsteine, für Ingwer, Pfeffer, Zimt und Safran – keine Spur der sagenumwobenen Inseln Salomos, die von den Weltmächten als Schatzkammern ihres Ruhms begehrt wurden. Der immense weiße Fleck auf den Weltkarten bekam ein paar Farbtupfer, nicht größer als Stecknadelköpfe; und wie in einer Laune des Schicksals waren sich die beiden erbittertsten Rivalen der Weltmeere stillschweigend darin einig, ihren königlichen Börsen noch größere Verluste zu ersparen, und stellten in der Folge ihre Entdeckungsreisen in dieses unfreundliche Meer ein, zugunsten anderer, junger und eben erst aufstrebender Seefahrtsnationen.

«Was ist mit den Holländern, Sir? Ich hatte immer geglaubt, die Südsee sei auch für sie von Interesse, doch soviel ich gehört habe, hat sich da seit über vier Jahrzehnten nichts mehr getan.»

Captain Addison nickte. «Diese Gewässer waren ihnen zu unbequem und zu gefährlich. Es lohnte sich einfach nicht für die sparsamen Holländer: hohes Risiko, wenig Gewinn. Dafür haben sie nun Java und die Molukken und machen ein Heidengeld mit ihrem Gewürzhandel.»

«Was glauben Sie, was uns dort draußen erwartet, Captain?»

Addison kniff leicht die Augen zusammen, als wollte er die Zukunft abschätzen, die hinter dem Horizont auf sie wartete.

«Sicher auch keine phantastischen Goldschätze – das ist alles gesponnenes Seemannsgarn. Aber ich denke, dass weder die Spanier noch die Holländer alles entdeckt haben, was es hier zu entdecken gibt. Dazu ist dieses Meer einfach zu riesig.»

«Sie meinen einen noch unentdeckten Kontinent?»

Neugier und brennende Abenteuerlust standen in den Augen des jungen Offiziers. *Terra australis incognita*, der große, noch unbekannte südliche Kontinent, wo Gold, Silber, Perlen, Muskat, Ingwer und

Zuckerrohr von außerordentlicher Größe zu finden seien, der als Gegengewicht zu Europa, Asien und Amerika die Weltkugel ausbalancierte, heizte seit mehreren Jahrzehnten die Phantasien der Seeleute und der Gelehrten gleichermaßen an – und nicht minder deren Gemüter: Für die einen war es eine absolute, nicht zu bezweifelnde Wahrheit, der nur noch die endgültigen, unumstößlichen Beweise fehlten, für die anderen eine reine Chimäre, die lediglich ein Kopfschütteln wert war, so wie Addison nun Johnson ein wenig amüsiert anblickte, bevor er genau dies tat.

«Ich glaube all diesen Gelehrten nicht, Mr. Johnson. Läge dort unten» – er deutete in Richtung Süden – «wirklich ein solch großer Erdteil, hätte man ihn längst entdeckt. Nein, was ich meine, ist die Öffnung eines neuen Handelsweges, weswegen wir auch hier sind. Das lohnt diese Reise allemal – und wenn wir nur beweisen können, dass zwischen Neu-Holland und Neu-Guinea ein Seeweg existiert, wie er auf diesen spanischen Karten eingezeichnet ist.»

«Das könnte für Sie die Aufnahme in die *Royal Society* bedeuten, Sir.» Wenn Johnson enttäuscht war von der ernüchternden Antwort seines Captains, so ließ er es sich nicht anmerken.

«Abwarten», wiegelte der Captain ab, ohne eine Miene zu verziehen, und deutete auf das offene Meer vor ihnen. «Zunächst einmal interessiert uns nur, was in den nächsten Tagen und Wochen dort draußen auf uns zukommen wird. Wenn wir das wissen und heil zurück in England sind, sehen wir weiter und hören uns an, was Mr. Pringle und seine ehrenwerten Freunde von der *Society* dazu meinen.»

Er senkte seine Stimme und verlieh ihr einen beschwörerischen Unterton: «Nur vergessen Sie bitte eines nicht, Johnson: Offiziell besitzen wir keine Abschriften der Karten, haben solche auch nie gesehen, weder Sie noch Williams noch ich. Wir segeln allein nach dem Wind und den Sternen, immer in der vagen Hoffnung, Land in dieser blauen Wüste zu finden. Ein falsches Wort zur unrechten Zeit, und wir und die *East India Company* stecken in Schwierigkeiten, und England erlebt eine Staatsaffäre, wie sie das Königreich noch nicht gesehen hat. Mit den Spaniern ist nicht gut Kirschen essen, wenn es um Seewege und fremde Territorien geht.»

Addison war sich von Anfang an bewusst gewesen, dass er sich auf höchst gefährlichem Terrain bewegte. Er hatte mit einem Blick gesehen, dass diese Karten ohne den leisesten Zweifel echt waren, von spanischen Seefahrern vor langer Zeit gezeichnet, und dass der einfache Seemann, der sie ihm anbot, unter seiner verdreckten, zerlumpten Kleidung Aussehen und Manieren eines hochrangigen Offiziers zu verbergen suchte. Es hatte immer wieder Gerüchte gegeben, dass die Spanier noch lange Zeit nach ihrem offiziellen Entschluss, keine Expeditionen mehr in dieses unfreundliche Meer zu senden, heimlich Schiffe ausrüsteten, um durch Glück und die Hilfe des Herrn doch noch diese eine Entdeckung zu machen, die ihnen einen Vorsprung über den Erzrivalen Portugal und die neuen Seemächte Holland, Frankreich und England verschaffen würde. Die meisten davon waren untergegangen, so hieß es, von messerscharfen Korallenriffen aufgeschlitzt oder von Wellenbergen verschlungen; Einzelnen jedoch soll der Weg zurück in spanische Kolonien gelungen sein, nur noch mit einem Zehntel der Mannschaft, aber detaillierten Karten des inzwischen so berüchtigten Ozeans an Bord, die von den spanischen Machthabern eilig konfisziert und unter Schloss und Riegel gehalten wurden, um wenigstens den Hauch eines Vorteils zu behalten. Doch kein Geheimnis kann auf ewig ein solches bleiben, und auf dunklen und verschlungenen Pfaden, an Bestechung, Diebstahl, Mord und Verrat vorbei, fanden diese Karten ihren Weg zu dem Spanier und zu Captain Addison.

Er hatte es abgelehnt, die Originale zu erwerben, das Risiko schien ihm unkalkulierbar; stattdessen einigten er und der Fremde sich auf eine gewisse Summe, und Addison machte sich daran, mit Feder und Tinte Kopien dieser Dokumente anzufertigen. Kein Wort zuviel wurde zwischen ihnen gewechselt, kein Name genannt. Die karibischen Inseln, die Addison auf jeder seiner Reisen in die ostindischen Kolonien ansteuerte, um Proviant und frisches Wasser an Bord zu nehmen, waren ein gefährliches Pflaster, verdorben von der Gier nach Gold und Macht. Als ihm dann auf der Rückfahrt von Madras das Gerücht zugetragen wurde, der Spanier sei in einer dunklen Ecke des Hafens aufgefunden worden, mit durchschnittener Kehle und übel zugerichtet, empfand Captain Addison zwar eine Spur von Bedauern für diesen armen Teufel, doch das war der Preis, der für den Verrat von Staatsgeheimnissen zu zahlen war. Ihm gelang es, seine Abschriften sicher und unbemerkt nach England zu bringen und die *East*

*India Company* von dem Gewinn zu überzeugen, den eine Expedition in die Südsee bedeuten könnte. Die Lagerräume der schnittigen, soeben vom Stapel gelaufenen *Seagull* wurden mit Proviant, Trinkwasser und Tauschgütern – bunte Glasperlen, Spiegel, Bänder und farbenfrohe Baumwollstoffe – gefüllt und die Segel gehisst.

Johnson, der zusammen mit dem Zweiten Offizier Daniel Williams in die Bedeutung dieser Reise eingeweiht war, nickte. «Verstanden, Captain. Wenn ich noch eine Bemerkung machen dürfte ...», versuchte Johnson, die gute Stimmung seines Captains ausnutzend, loszuwerden, was ihm auf dem Herzen lag.

Addison machte eine großzügige Geste. «Bitte.»

Harold Johnson wies mit seinem kantigen Kinn in die Takelage. «Sie sollten sie machen lassen, Sir. Sie stellt sich nicht ungeschickt an, und sie lernt sehr schnell hinzu.»

Der Captain betrachtete eine scheinbar weit entfernte Stelle hinter Johnsons Dreispitz, ehe er seinen Blick auf den jungen Mann richtete. «Das ist nicht der Punkt, Mr. Johnson», gab er scharf zur Antwort, fuhr dann aber etwas milder gestimmt fort: «Wenn ich meiner Tochter erlaube, auf dieser Reise mitanzupacken wie einer unserer Schiffsjungen, dann wird sie sich bis zu unserer Rückkehr auch wie ein solcher benehmen. Und wenn ich sie so meiner Schwester zurückbringe, dann möge Gott mir beistehen! Außerdem kann ich es nicht angehen lassen, dass sie alle meine Anordnungen missachtet, das schadet der Disziplin an Bord.»

«Es ist Mistress Burton sicher sehr schwer gefallen, sie mit Ihnen segeln zu lassen», bemerkte Johnson.

«Schwer gefallen? Guter Gott – ich glaube, sie hätte mich am liebsten noch am Kai eigenhändig gefesselt und geknebelt, um zu verhindern, dass ich Brittany mitnehme und hier an Bord verwildern lasse, wie sie es nennt!»

Der junge Offizier grinste bis über beide Ohren. «Ich kann mir Ihre Tochter nicht so recht in einem Salon vorstellen, über eine Handarbeit gebeugt und schamhaft errötend, wenn das Wort an sie gerichtet wird.»

Um Captain Addisons Mundwinkel spielte ein leises Zucken. «Ich mir, ehrlich gesagt, ebenso wenig, und genau das bringt meine Schwester so gegen mich auf.»

Er erinnerte sich daran, wie ihn Patty jedesmal, wenn er sein Schiff sicher in den Heimathafen gebracht hatte, ungeduldig in Greenhill erwartete und ihm – kaum dass er richtig aus der Kutsche gestiegen war, müde und staubig von der langen Reise über schlechte Straßen an die sanfte Küstenlandschaft Kents – alle Schandtaten berichtete, die Brittany in seiner Abwesenheit begangen hatte: wie oft sie wieder ans Meer ausgerissen war, sich mit Kindern aus dem Dorf gebalgt oder ihre Kleider beim Klettern auf Bäume zerrissen hatte. Für Patty, die es sich, verwitwet und kinderlos, zur Lebensaufgabe gemacht hatte, ihre Nichte zu einer fügsamen jungen Lady zu erziehen, waren das alles Akte der Rebellion; Captain Addison hingegen hatte es eher gelassen gesehen, es als Ausdruck des ungezügelten Temperaments betrachtet, das sie von ihrer französischstämmigen Mutter geerbt hatte, wenn Brittany wieder einmal über die Stränge schlug. Doch hier auf dem Schiff war Disziplin lebenswichtig – jede Nachgiebigkeit, mochte sie auch noch so gering sein, konnte sich bitter rächen, unter Umständen sogar tödlich sein.

Machte es jedoch wirklich Sinn, Brittany die Arbeit an Bord zu verbieten? Hatte er tatsächlich geglaubt, sie nach zwei Jahren auf See nach Hause zurückbringen zu können, als sei nichts von alledem, was sie in dieser Zeit erlebt haben würde, geschehen – als hätte sie nicht den halben Erdball umsegelt, nie enge Bekanntschaft mit einfachen, ungeschliffenen Seeleuten gemacht, nicht das raue Leben an Bord geteilt? Fast verfluchte er den Tag, als er Brittanys Drängen und Betteln nachgegeben und sich einverstanden erklärt hatte, sie auf seine nächste Reise mitzunehmen, um seine ständigen Gewissensbisse, sie über all die Jahre hinweg, die er auf See gewesen war, sträflich vernachlässigt zu haben, zu beruhigen.

Johnson sah es ihm an, wie es in ihm arbeitete, und schwieg.

Unvermittelt wandte sich Addison wieder an ihn. «Sie haben Recht. Wenn wir erst zurück in England sind, wird sie zu alt sein, um noch so unbeschwert herumtollen zu können. Ihre Kindheit neigt sich ohnehin dem Ende zu – warum sollte ich dem unbedingt vorgreifen?»

«Danke, Sir. Sie werden es nicht bereuen, da bin ich sicher.»

Der Captain zog erstaunt die Augenbrauen hoch. «Man könnte fast auf den Gedanken kommen, Sie hätten einen Narren an meiner Tochter gefressen, so wie Sie sich bei mir für sie verwenden!»

Eine tiefe Röte überzog Harold Johnsons eckiges Gesicht, das seine ländliche Herkunft verriet. «Wir alle hier an Bord, Sir», erwiderte er etwas hilflos, dann, mit festerer Stimme: «Es gibt unter der Mannschaft wohl niemanden, der nicht für sie durchs Feuer gehen würde. Sie ist etwas ganz Besonderes, Sir.»

Ein warmer Glanz schimmerte in Captain Addisons sonst so eisig wirkenden Augen auf, und einen Augenblick lang sah es aus, als wollte er zu einer Erwiderung ansetzen. Doch dann straffte er sich wieder und wandte sich der Seeseite zu. Prüfend sah er zum Himmel.

«Da liegt etwas in der Luft – könnte sein, dass wir heute noch Sturm bekommen. Sehen Sie nach, wie weit die Arbeit am vorderen Stagsegel ist, und geben Sie dem Bootsmann Bescheid.»

Groß für ihre knapp zwölf Jahre, schlank und sehnig, in einem einfachen weißen Hemd und weiten, wadenlangen Seemannshosen, in der Taille von einer Kordel zusammengehalten, kletterte Brittany geschmeidig die Webleinen zwischen den Wanten hinunter. Einzelne Strähnen hatten sich aus ihrem dicken, kastanienbraunen Zopf gelöst und kitzelten die erhitzten und geröteten Wangen.

Wenn Tante Patty mich so sähe, dachte Brittany und musste lachen bei dieser Vorstellung, in Hemd und Hosen, wie ein Junge, und die Haare zerzaust! Hier gab es niemanden, der ihr sagte, was sich schickte und was nicht; endlich musste sie nicht mehr darauf Acht geben, dass sie sich nicht schmutzig machte, sich nicht mit den Röcken irgendwo verfing und sie dann zerriss – hier war sie frei.

«Brittany!» Der strenge Ruf ihres Vaters holte sie aus ihren Träumereien in die Wirklichkeit zurück.

«Papa! Warten Sie, ich komme herunter!»

Kunstfertig hangelte sie sich von den dünnen Tauen der Webleinen zu der Jakobsleiter hinüber, die direkt am Mast befestigt war, kletterte die letzten Sprossen dort hinab und landete mit einem gezielten Sprung vor ihrem Vater auf Deck.

«Stellen Sie sich vor», sprudelte es aus ihr heraus, «Rollins und Wilkes sagen, ich mache das schon richtig gut, bestimmt nicht schlechter als Roddie auch, und der ist nun schon bald fünf Jahre auf See, und wenn ich nun auch noch –» Ihr überschäumender Redestrom erstarb, als sie die finstere Miene ihres Vaters sah.

«Brittany Anne Addison», begann er ernst, «offenbar hast du bereits vergessen, dass ich dir ein für alle Mal untersagt habe, hier den Schiffsjungen zu spielen. Oder täusche ich mich da vielleicht?»

Heiß schoss Brittany das Blut ins Gesicht. Trotzdem zwang sie sich, dem Blick ihres Vaters standzuhalten; nur ein leichtes Flackern in ihren tiefblauen Augen verriet, dass sie sich unter ihrer hellen, von der Sonne golden angehauchten Haut nicht wohl fühlte.

«Nein, Papa, ich habe es nicht vergessen.»

«Und weshalb hältst du dich nicht daran, wenn ich dich fragen darf?»

«Ich – ich hatte es für nicht so wichtig gehalten», gab sie kleinlaut zur Antwort, aber mit einem Zug der Entschlossenheit und Unnachgiebigkeit um ihren Kindermund.

«So – nicht für wichtig gehalten?» Addisons Tonfall war mehr als beißend. «Eines möchte ich hier klarstellen, und das für den Rest der Fahrt: *ich* habe hier das Kommando, und wenn ich dir eine Anweisung erteile oder dir etwas verbiete, so hast du dich daran zu halten!»

Brittany biss sich auf die Unterlippe; ihr Stolz und ihr Widerspruchsgeist würgten sie im Hals, doch tapfer behielt sie den Kopf oben.

«Ja, Papa», gab sie mit dünner Stimme zur Antwort, heftig an der Demut dieser Antwort schluckend.

«Mach, dass du nach vorne kommst – White kann am Bugspriet jede Hand gebrauchen.»

Verblüfft blickte Brittany in das unbewegte Gesicht ihres Vaters, der sie mit einer ungeduldigen Handbewegung förmlich davonscheuchte.

«Na los – das ist ein Befehl!»

«Aye, aye, Sir! – Danke, Papa!»

Captain Addison sah ihr nach, wie sie strahlend in Richtung des Vordecks davonstürmte, langbeinig und flink, vibrierend vor Freude und Energie. Ein Lächeln stahl sich auf sein sonst so strenges Gesicht. *Seine Tochter!*

Es ließ sich nicht leugnen: sie war eine echte Addison, von denen sein Vater immer behauptet hatte, sie hätten soviel Schneid wie ein Dutzend Husaren und dazu mehr Salzwasser als Blut in den Adern. Erst im letzten halben Jahr, seit er Brittany tagtäglich auf dem Schiff um sich gehabt hatte, war ihm bewusst geworden, wieviel ihm von ihrer Entwicklung von dem schreienden, immer hungrigen Säugling, den er damals in Pattys Obhut zurückgelassen hatte, zu dem aufgeweckten Wildfang heute entgangen war.

Wann immer er nach England zurückgekehrt war, war er nach Greenhill hinausgefahren, immer in der Hoffnung, dass der Schmerz nachgelassen hätte und ihn leichter atmen ließe. Doch kaum hatte die Kutsche die letzte Wegbiegung erreicht, hinter der sich das massive Steinhaus erhob, sah er Anne vor sich, wie sie auf ihrem geliebten Braunen über die Wiesen preschte, dass ihre Röcke flogen, sah sie aus der hohen Eichentür stürzen, ihm entgegen, wenn er bei seiner Heimkehr aus der Kutsche stieg; er hörte ihre Stimme durch den Korridor schallen und seinen Namen rufen, hörte ihre leichten, schnellen Schritte in der Halle. Hirngespinste, Schattenbilder, Irrlichter seiner Phantasie – nie wieder würde Anne die Zimmer des Hauses durchstreifen, nie wieder die salzige Luft einatmen, die an kühlen Tagen Greenhill einhüllte, oder ihr Gesicht in den duftenden Rosenbüschen vergraben, die auf der windgeschützten Seite des Gartens wuchsen und so schnell verblühten. Seit jener stürmischen Frühlingsnacht, in der Anne Brittany das Leben schenkte und ihr eigenes aushauchte, atmete jeder Winkel des Gebäudes die Erinnerung an sie, und der Schmerz, der zu Howards ständigem Begleiter geworden war, schien in Greenhill unerträglich. Nur auf der hohen See fühlte er sich sicher und getröstet.

Krampfhaft zog sich sein Herz zusammen. An Brittany hatte er nie gedacht, sich nie gefragt, wie dieses Kind, seines und Annes, dabei empfinden mochte, das Einzige, das ihnen nach dem frühen Tod der beiden kleinen Söhne geblieben war – nie hatte er darüber nachgedacht, wie schmerzhaft sie wohl jeden seiner eiligen Abschiede erlebt haben mochte. Patty hatte nicht Unrecht gehabt, als sie ihm in ihrem Zorn vor der Abreise vorgeworfen hatte, das Kind sei ihm immer nur gleichgültig gewesen, und mehr als ein Jahrzehnt musste vergehen, bis ihm diese gemeinsame Reise sein Versagen und seine Feigheit vor Augen führte.

«Verdammt will ich sein, wenn ich nicht alles tun werde, was in meiner Macht steht, um das wieder gutzumachen», murmelte Howard vor sich hin, den Blick fest auf den Horizont geheftet. Er atmete tief durch, als wollte er damit seine drückenden Gedanken abschütteln und seinen Schwur bekräftigen. Mit entschlossenen Schritten setzte er seinen Rundgang über das Deck fort.

Das Meer schäumte. Hart traf die Gischt den Bug und schoss an ihm empor; der Wind riss an den Segeln und blähte sie zum Zerreißen. Das Schiff tanzte in der aufgewühlten See auf und ab; seine hölzernen Planken ächzten und stöhnten unter der Wucht der anprallenden Wellen. Innerhalb weniger Stunden waren am Horizont Wolken aufgequollen, dicht und drohend, und hatten sich in Windeseile genähert. Bald hing eine finstere graue Wolkenmasse, die nichts Gutes verhieß, tief über der aufwallenden See und ballte sich weiter zusammen. Vereinzelt zuckten Blitze über den Himmel, doch kein Donner grollte. Ein wilder Wind kam auf, immer wieder die Seiten wechselnd, scharf die Luft durchschneidend, sich in einem wahnsinnigen Crescendo zu einem rasenden Orkan aufpeitschend. Von einem Augenblick zum nächsten öffneten sich die Schleusen des Himmels; ungeheure Wassermassen strömten und stürzten auf das Schiff nieder. Schrill und aufgeregt meldete die Schiffsglocke Alarm und rief alle Mann auf ihre Posten.

Brittany lag zusammengerollt unter ihrer Koje. Sie war mit den Stürmen der englischen Küste aufgewachsen, und selbst die heftigen Unwetter, in die sie bei der Umsegelung des unter Seeleuten berüchtigten Kap Hoorn geraten waren, hatten sie nicht schrecken können. Doch das hier war etwas gänzlich anderes. Das Schiff schlingerte von einer Seite zur anderen, knarzte und knirschte entsetzlich. Dröhnend schlugen die Brecher an die Außenwand. Was Brittany aber am meisten beängstigte, war dieser fauchende, brüllende Sturmwind, tobend wie ein zorniger Dämon. Sie wollte sich die Ohren zuhalten, wollte nichts mehr hören, doch sie konnte keinen Finger rühren, war wie gelähmt vor Furcht.

Die Holztür schwang auf, und Johnson stürzte in die Kajüte. Sein Uniformrock war schwarz vor Nässe, Hemd und Kniehose klebten ihm am Körper; Wasser floss ihm aus den Haaren, tropfte ihm ins Gesicht.

«Da steckst du!» Er ging in die Knie, um dem verängstigten Kind näher zu sein.

Die Vertrautheit, die Johnson selbst in dieser schrecklichen Situation mit sich brachte, brach den Bann, und rasch kroch Brittany unter der Koje hervor. Hilfe suchend klammerte sie sich an ihn, so fest sie nur konnte, und verbarg ihren Kopf an seiner Brust.

«Ich habe solche Angst!»

Leicht wiegte er den schmalen, zitternden Körper. «Ich weiß, Kleine, ich weiß.»

«Gott, wenn der Sturm nur ein Ende nähme, egal wie, ich will nur, dass es endlich vorbei ist!»

Johnson zog schmerzlich die Augenbrauen zusammen. Er wollte nicht daran denken, wie es an Deck aussah oder unten in den bald völlig überfluteten Laderäumen, nicht daran, was sie in den kommenden Stunden erwarten würde – er ertrug den Gedanken einfach nicht, dass er hier wahrscheinlich nicht lebend wieder herauskommen würde, genauso wenig wie alle anderen an Bord.

Seine Stimme klang heiser, als er sich sanft und doch bestimmt aus Brittanys Umklammerung löste. «Wir müssen an Deck. Befehl vom Captain.»

«An Deck?» Brittany riss die Augen auf. «Aber warum? Hier unten ist es doch viel sicherer!»

«Befehl ist Befehl. Der Captain wird schon wissen, was er tut. Komm!»

Im Gang drückte sich von allen Seiten das Wasser durch die Planken, stellenweise stand es schon knöchelhoch. Durch die Luke, die an Deck führte, strömten ganze Sturzbäche die steilen Stufen hinab. Brittany hatte kaum den Kopf zur Luke hinausgesteckt, als sie auch schon bis auf die Haut durchnässt war.

Auf dem Oberdeck herrschte wilder Tumult. Die Männer rannten kopflos durcheinander, schrien und brüllten kreuz und quer, schlitterten über die schlüpfrigen Planken, glitten aus, rappelten sich wieder auf, rempelten einander an. Etliche versuchten, das Schiff zu leichtern, indem sie Fässer über Bord warfen; Holzkisten in allen Größen folgten. Säcke mit Mehl, Erbsen und Bohnen wurden hinausgeschleudert; zu dritt und zu viert hievten die Matrosen die Geschütze an und ließen sie über die Reling hinweg ins Meer plumpsen. Andere waren dabei, das zu retten, was rettenswert zu sein schien: die Offiziere die Messinstrumente – Sextanten, Kompass, Stundenglas, das Astrolabium –, die Seeleute vor allem das kostbare Kleinvieh in seinen Rohrkäfigen, sofern es noch nicht über Bord gegangen und ertrunken war, zeternde und gackernde Gänse und Hühner und vor Schreck starre Kaninchen. Brittany starrte fassungslos auf das Chaos, das um sie herum tobte.

«Brittany!» Howard nahm sie bei den Schultern. «Danke, Johnson. Kümmern Sie sich weiter um die Papiere in der Messe.»

«Aye, Sir!»

Captain Addison schob seine Tochter in Richtung der Reling, abseits des Getümmels. «Hör gut zu –»

Als hätte sie erst in diesem Augenblick die drohende Gefahr erkannt, erwachte Brittany aus ihrer Erstarrung, in der sie bisher alles willenlos über sich hatte ergehen lassen. Aus großen Augen sah sie ihren Vater an und unterbrach ihn ruhig. «Wir sinken, nicht wahr? Wir werden alle mit Mann und Maus untergehen!»

«Brittany, ich –»

«Sagen Sie es mir!», schrie Brittany, plötzlich von Panik erfasst, ihre klammen Finger in die Rockärmel ihres Vaters gekrallt.

Er zögerte einen Augenblick lang, dann glitt ein Schatten über sein nasses, müdes Gesicht. «Ja, Brittany, wir sinken. Langsam, aber nicht mehr aufzuhalten. Ich habe Anweisung gegeben, das Schiff zu leichtern, um den Tiefgang zu verringern, doch mehr als eine Verzögerung um einige Stunden lässt sich nicht herausholen. Das Wasser dringt überall ein, die Pumpen können ihm bald keinen Einhalt mehr gebieten, und die Männer sind am Rande der Erschöpfung.»

In einem jähen Aufbäumen schrie Brittany ihren Vater an. «Sie sind doch der Captain – tun Sie doch etwas! Sie können doch nicht einfach zusehen, wie wir alle ertrinken – Sie müssen doch etwas tun können!» Ihre Atemzüge gingen in zorniges, verzweifeltes Schluchzen über.

Addison schüttelte sie leicht und starrte ihr eindringlich ins Gesicht. «Was soll ich denn tun?! Es sind zwar genug Boote da, aber sie würden diesem Sturm noch weniger standhalten als das Schiff. Glaub mir, wenn es einen Weg gäbe, wenigstens einen Teil der Mannschaft zu retten, würde ich keinen Augenblick lang zögern.»

Heftig machte sie sich los. «So einfach können Sie nicht aufgeben, es muss doch –»

Eine Flutwelle, die über das Deck hereinbrach, ertränkte ihre Worte. Addison riss sie an sich, presste sie beschützend an seinen Körper. Jählings ging ein Ruck durch das Schiff. Aufseufzend neigte es sich auf seine Backbordseite, hinein in die unergründliche Schlucht eines Wellentals. Das Deck sackte ein gutes Stück weit in die Tiefe. Addison ließ seine Tochter unwillkürlich los, um sich abzustützen. Brittany strauchelte, glitt mit ihren bloßen Füßen auf den glatt gehobelten, glitschigen Planken aus, rutschte weiter auf dem nassen Holz, ohne einen Halt zu finden. Sie hörte jemanden ihren Namen rufen, konnte aber nicht orten, wer es war oder woher dieser Ruf kam. Da – die Latte der Reling kam in ihr Gesichtsfeld. Sie streckte ihre Hand aus, um danach zu greifen, doch sie verfehlte sie. Brittany fühlte ihren Körper eine harte Kante entlangschrammen und sah die kochende, aufschäumende See vor sich. Luft pfiff ihr in den Ohren, Gischt sprühte ihr ins Gesicht, turmhohe Wellenberge kamen ihr entgegen.

Dann war das Meer da, eisig und messerscharf auf der Haut, nahm sie in sich auf, drang in sie ein; sie spürte es in ihren Augen, ihrer Nase, ihrer Kehle, es brannte in ihren Lungen. Finsternis umfing sie. Ich werde ertrinken, schoss es ihr durch den Kopf, und sie war erstaunt darüber, dass sie gar nichts dabei empfand, weder Angst noch Bedauern. Es sei ganz einfach, man dürfe sich nur nicht wehren, dann täte es auch nicht weh, hatte sie einmal unten in St. Mary's Bay zwei alte Fischersfrauen sagen gehört. Einfach fallen lassen, nichts mehr spüren ... Ihre Muskeln begannen zu erschlaffen.

Doch dann zersprang etwas in ihr, laut und hart wie Glas. Ich will noch nicht sterben – ich werde nicht einfach so aufgeben!! Sie begann sich zu wehren, wie sie sich immer gewehrt hatte, wild und mit all ihrer Kraft; sie schlug und trat um sich, wollte das Meer mit aller Macht dazu bringen, sie loszulassen. Und dann gab es sie tatsächlich frei. Brittany keuchte und hustete und spuckte, und gleich darauf atmete sie Luft – feuchte, salzige Luft, aber sie atmete, füllte gierig ihre wunden Lungen.

Eine erneut heranflutende Welle drohte sie wieder unter die Oberfläche zu drücken, doch Brittany passte sich ihr an, ließ sich von ihr tragen und schwamm sich mit kräftigen Stößen der Arme und Beine frei. Die nächsten heranwogenden Wassermassen trieben eine massiv gearbeitete Seekiste auf sie zu. Mit der letzten Kraft ihrer müden

Muskeln, die sich nun ständig verkrampften, versuchte Brittany, sie zu erreichen. Doch die See trieb ein höhnisches Spiel mit ihr: Mal ließ sie die Kiste direkt auf Brittany zuhalten, dann wieder schien sie sie in die entgegengesetzte Richtung abtreiben zu wollen.

Schließlich ließ die wogende Flut sie mit der Kiste zusammenprallen. Ihre Finger rutschten immer wieder an der schlüpfrigen Kante ab, bis sie in einem Riss im Holz des Deckels Halt fanden. Mühsam zog sich Brittany aus dem Wasser empor. Ihre Glieder schienen aus Blei zu sein, sie selbst Zentner zu wiegen. Bevor ihr alle Muskeln den Dienst versagten, gelang es ihr, sich bäuchlings auf die heftig schaukelnde Kiste zu hieven. Keuchend lag sie da, schwerfällig und regungslos wie ein gestrandeter Wal, elend frierend, mitsamt der Kiste ein Spielball der Wellen und des Windes und ihnen hilflos ausgeliefert. Ihre Hände, die die Ecken der Kiste umklammert hielten, begannen zu schmerzen. Das Bild der kochenden See begann vor ihren Augen zu verschwimmen, und dann ließ ein gnädiges Schicksal Brittany in der Dämmerung zwischen Leben und Tod versinken.

ERSTES BUCH:

# DAS PARADIES

*Das Paradies ist dort, wo ich bin.*

Voltaire

# 1

## Tahiti, Juni 1769

Der helle Tag war noch nicht viele Stunden alt, doch die Sonne brannte schon heiß herab und ließ die Wasserfläche grell aufblitzen. Friedlich gluckste das türkisblaue Meer an die Außenwand des Bootes; in gleichförmigem Rhythmus klatschten die Ruder beim Eintauchen in das Wasser. Vom Kiel aufgeschreckt, huschten Schwärme von winzigen Fischen schattengleich vorüber.

«Weiter auf Backbord zuhalten, Mr. Pickersgill, wir brauchen mehr Abstand zum Riff.»

Lieutenant Zachary Hicks stand aufrecht in der schwankenden Pinasse, ein Bein auf die Reling gestellt, und suchte mit dem Fernrohr die vor ihnen liegende Küste ab.

«Geschützte Bucht backbord voraus, Sir», meldete Midshipman Charles Clerke, der auf der anderen Seite des Bootes ebenfalls Ausschau hielt.

Hicks fasste den Küstenabschnitt ins Auge, den Clerke meinte. Weiß krümmte sich der Strand in eine kleine, hufeisenförmige Bay. Vereinzelt wiegten sich Palmen in der warmen Luft, und im Hintergrund wölbte sich eine flache, dicht bewachsene Anhöhe wie der moosüberzogene Rücken einer gigantischen, steinalten Schildkröte.

«Ausgezeichnet, Mr. Clerke – genau was wir suchen. Zwei Strich Steuerbord, Mr. Pickersgill. Alles klar machen zum Anlegen!» Zufrieden ließ Hicks die Tuben des Messingfernrohres ineinander gleiten und schob seinen dunkelblauen Dreispitz mit der Offizierskokarde ein Stück in den Nacken.

Er warf einen Blick zurück.

Achtern ragte stolz und steil die felsige Nadelspitze des Berges empor, den die Eingeborenen *Orohena* nannten, bis zum Hals in dem üppigen, malachitgrünen Polster des Dschungels vergraben. Das flächige Grün löste sich zum Wasser hin in einzelne Gruppen von Bäumen auf – mächtige, dicht belaubte Kastanienbäume, ihre Stämme umwunden von den Ranken wilden, fruchtlosen Weines, und Palmen unter ihren breit gefächerten Kronen. Wie ein heller, unter einem Kleidungsstück hervorblitzender Saum wand sich der Sandstrand um die zerklüftete, dicht bewachsene Insel, die die Männer noch vor dem Morgengrauen verlassen hatten. Eine günstige Strömung hatte sie die gut acht Meilen in östlicher Richtung schneller zurücklegen lassen als erwartet.

«Drei Tage auf diesem gottverlassenen Eiland», knurrte der zweite Midshipman Patrick Saunders und zog missmutig seine spitze Nase kraus, während er die unmittelbare Umgebung der winzigen Insel, die sich vor ihnen wie ein oval geschnittener Smaragd aus dem Lichtblau des Wassers erhob, kritisch beäugte, scheinbar blind für ihre tropische Schönheit.

«Anderthalb, Paddy – es sind nur anderthalb», korrigierte ihn Clerke. Mit seinen sechsundzwanzig Jahren war er der älteste der insgesamt fünf Midshipmen des Mutterschiffs und deren unangefochtener Anführer, stets gut gelaunt und den Kopf voll haarsträubenden Seemannsgarns, das ihn in jeder trinkfreudigen Runde unbestreitbar zum Mittelpunkt machte. «Übermorgen in aller Frühe legen wir bereits wieder ab – wirst du es solange ohne die Zuwendungen deiner Aoroa aushalten?», neckte er Saunders augenzwinkernd.

Auf dessen eingefallenen Wangen breiteten sich bei der Erwähnung der jungen, drallen Eingeborenen, die seit mehreren Nächten sein Lager teilte, rote Flecken aus. «Tu bloß nicht so, Charlie – mir kannst du nicht weismachen, dass ausgerechnet *du* die Inselschönheiten nicht vermissen wirst!»

«Wer sagt denn, dass diese Insel nicht auch bewohnt sein könnte?» Purer Schalk blitzte in Charlies hellen Augen auf. «Vielleicht von irgendwelchen Feenwesen, noch schöner als die auf Otaheiti!»

«Gentlemen, wir werden morgen anderes zu tun haben, als uns um die Vorzüge der möglicherweise vorhandenen weiblichen Inselbevölkerung zu kümmern. So unglaublich das auch klingen mag, aber die

Beobachtung des Venusdurchgangs ist der Hauptzweck unserer Expedition. Fehler oder Schlampereien können wir uns nicht leisten.» Hicks verstand es, in ruhigem, beinahe nebensächlichem Tonfall klare Grenzen zu ziehen zwischen den Freiheiten, die er den Midshipmen ließ, und dem Maß an Respekt und Disziplin, das er in seiner Position als Erster Offizier verlangen durfte.

«War eine ganz schöne Aufregung letzten Monat, als der Quadrant verschwunden war», bemerkte Clerke, geschickt auf den Themenwechsel Hicks' eingehend.

«Ich hatte schon geglaubt, unser Astronom Mr. Green würde überschnappen, weil die Eingeborenen sein kostbares Instrument gestohlen hatten. Habt ihr das Gesicht gesehen, mit dem er herumlief?» Pickersgills struppige Augenbrauen zuckten vor Heiterkeit.

«Ich befürchtete eher, der Captain würde sein Yorkshire-Temperament nicht mehr zügeln können. Einen Tag länger, und wir hätten uns auf einen Ausbruch gefasst machen können. Und dann – gute Nacht!»

Pickersgill, der seinen Papieren nach nur den Rang eines Kapitänsmaats innehatte, aber aufgrund seiner Fähigkeiten in der Navigation und der Kartographierung die Arbeit eines Midshipmans tat und demnach auch als einer von ihnen betrachtet wurde, ballte die für seine kräftige Gestalt auffallend schmale, feingliedrige Hand zur Faust und hielt sie Clerke scherzhaft drohend unter die Nase, die eckige Stirn in gespieltem Zorn in Falten gelegt.

«Noch ein niederträchtiges Wort über Yorkshire, Charlie ...», verteidigte er hitzig seine Heimat, für die er noch mehr Stolz und Liebe empfand, seit er unter einem Captain diente, der aus der gleichen Grafschaft stammte wie er.

Doch der andere Midshipman grinste nur breit und winkte gelassen ab.

«Sie dürfen eines nicht vergessen, Gentlemen», kühlte Hicks die ausgelassene Stimmung der Unteroffiziere ab, «es ist immer der Captain, der die Verantwortung trägt. Gleich, auf wessen Versagen ein Fehlschlag auch zurückzuführen ist – es wird dem Captain angelastet werden, er wird dafür den Kopf hinhalten müssen. Die Venus wird nach den Berechnungen Halleys erst wieder in einhundert Jahren zwischen der Erde und der Sonne hindurchlaufen. Wäre der Quadrant nicht rechtzeitig wieder aufgetaucht – unsere Reise um den halben Erdball wäre umsonst gewesen.»

Die unausgesprochene Rüge, die in Hicks' Ausführung mitklang, ließ die jungen Männer in betretenes Schweigen verfallen. In einem Alter in den Dienst der Navy eingetreten, in dem sie mit Recht noch Kinder genannt werden konnten, war ihre Erziehung in die Hände der älteren Midshipmen und die der Offiziere gelegt worden. Über die Kenntnis vom Lauf der Gestirne, das geschickte Setzen der Segel und die Führung eines Schiffes hinaus erhielten sie, zumeist Söhne respektabler Familien, den letzten Schliff, der ihre Ausbildung vervollkommnete und sie auf Landurlaub als vollendete Gentlemen in die Grafschaften des Königreiches zurückkehren ließ. Seit sie in Plymouth im August vorigen Jahres abgelegt hatten, war es vor allem Lieutenant Hicks gewesen, der sie unter seine Fittiche genommen hatte – seiner Sprache und seinem Auftreten nach unzweifelhaft aus einer sehr guten Familie stammend, verfügte er über die notwendige breit gefächerte Bildung, tiefgreifendes seemännisches Wissen und die entsprechenden Umgangsformen, die er den jungen Burschen ebenso autoritär wie gerecht vermittelte.

Das Knirschen, als der Bug der Pinasse auf Sand stieß, durchbrach das unbehagliche Schweigen. Die Männer sprangen aus dem Boot und wateten durch das Niedrigwasser auf den Strand zu, Hicks mit den Marinesoldaten Dunster und Preston, beide in ihren scharlachroten Uniformröcken, die Muskete im Anschlag, voraus. Ein Teil der Matrosen war mit Paketen, Bündeln und Kisten beladen, die Zelte, Lebensmittel und die astronomischen Instrumente enthielten; die anderen schoben die Pinasse auf Sand, wo sie vor den Gezeiten sicher war.

Saunders hielt Charlie an der Schulter zurück. «*Wir* hat er gesagt», zischte er ihm ins Ohr, «*wir* hätten anderes zu tun, als uns um die Weiber zu kümmern – dabei hat er auf Otaheiti kein Mädchen auch nur angesehen. Da ist doch was faul! Kalt wie eine Hundeschnauze ist er, wenn du mich fragst, eiskalt, auch wenn er noch so schöntut mit einem!»

Charlie riss sich los. «Ich frag dich aber nicht, Saunders. Er ist ein erstklassiger Offizier, und er ist gerecht – mehr hat dich nicht zu interessieren. So weit wie er musst du's erst einmal bringen.» Er schwang einen Sack über die Schulter und ließ Saunders stehen.

Dessen schwarze Knopfaugen funkelten bösartig, als er ihm hinterher starrte. «Wart's nur ab, Charlie», murmelte er vor sich hin, «du wirst noch sehen, dass ich Recht habe und unser Erster Offizier nicht der ist, der er zu sein scheint. Wart's nur ab!»

«He, Saunders!», brüllte Pickersgill vom Strand her. «Willst du dort Wurzeln schlagen und zur Kokospalme werden?» Vielstimmiges Gelächter folgte seinen spöttischen Worten.

Widerwillig schnappte sich Saunders die letzte Kiste, die noch im Boot verblieben war, und trottete den anderen hinterher.

«Tiare'ita!!»

Das schlanke, hoch gewachsene Mädchen drehte sich noch einmal um. Die Mittagssonne stand hoch über dem Buschwerk der flachen Bergkuppe und ließ die farbenprächtigen Teppiche von Blüten aufleuchten, die auf geflochtenen Matten zum Trocknen ausgebreitet waren. Die füllige Frau, die sie gerufen hatte, war eben aus dem Schatten der einfachen Laubhütte herausgetreten, in einen hellgelben *pareu* gehüllt, das lange pechschwarze Haar offen den Rücken herabhängend. Ihre Augen, schwarz wie Jettperlen in ihrem messingfarbenen Gesicht, spiegelten Besorgnis wider.

«Sei vor der Dämmerung wieder zurück, Tiare'ita. Die bösen Geister beginnen dann ihr Unwesen zu treiben, und besonders haben sie es auf Menschen wie dich abgesehen, die ein starkes *mana* besitzen.»

«Ich weiß, Ratanea. Mach dir keine Sorgen, ich bin rechtzeitig wieder hier, das verspreche ich – *parau fafau!*» Sie hob zum Abschied die Hand und schlug den schmalen Pfad roter Erde ein, der durch die Sträucher und Gräser hindurch in das waldige Reich Tanes führte.

Schon nach wenigen Schritten hatte sich der Dschungel wie ein dichter Kokon um sie gesponnen, umhüllte sie mit seiner feuchten Kühle, seinem unerschöpflichen Reichtum an immer neuen Schattierungen von Grün, den süßen und würzigen Gerüchen der gelben, roten und rosafarbenen Blütentupfen im Blattwerk. Der Weg zwischen den Baumriesen und Farnwedeln hindurch fiel langsam ab, war über lange Strecken hinweg schon beinahe zugewachsen, und bald wurden die spitzigen Steine in der kupferfarbenen, sandigen Erde seltener. Das Rauschen und Rollen der Brandung drang an ihr

Ohr, und nicht lange darauf konnte sie es blau zwischen den Stämmen der Palmen hervorschimmern sehen.

Sie war Ratanea dankbar, dass sie sie immer wieder ziehen ließ, um alleine durch die Wälder zu streifen oder an einem einsamen Strand ihren Gedanken nachzuhängen – noch immer hatte sie sich nicht so weit in die Gesellschaft eingefügt, dass sie ohne diese Zeiten der Einsamkeit nicht an der überbordenden Zuneigung und Nähe dieser Menschen hier erstickt wäre.

*Kirikiri*, lockte ein Vogel hoch über ihrem Kopf, *kirikiririt*. Sein smaragdenes Gefieder war im Dickicht des Laubes kaum zu sehen, doch sein Gesang tönte weit und verriet seine Anwesenheit. Er verstummte. Den Kopf schiefgelegt, äugte er misstrauisch in die Gegend und horchte. Der Windhauch, der vom Meer her kam, ließ den Ast, auf dem er saß, leicht schaukeln und brachte den Klang von Stimmen mit. Einzelne Wortfetzen drangen herüber; keine weichen, klingenden wie die der goldhäutigen, schwarzhaarigen *Maohi*, sondern harte, abgehackt wirkende gänzlich fremd in dieser Umgebung, und doch hatten sie für das Mädchen etwas Vertrautes. Neugierig schlich sie sich näher, dorthin, wo der Wald über eine kleine Böschung hinweg fast unmittelbar in den palmenbestandenen Sandstrand überging, und bog mit beiden Händen die Zweige eines orangerot blühenden Hibiskusstrauches auseinander.

Die breiten, streifigen Fächer der Palmen gaben zunächst nur einen Teil der Sicht frei, doch dann sah sie unterhalb von ihr zwei Männer, ganz nahe, die sich lebhaft und lachend unterhielten. Die warme Brise, die gemeinsam mit den Wellen an den Strand stieß, spielte Fangen mit den langen Schößen ihrer Uniformröcke – der eine rot, der andere blau – und ließ die Enden der Bänder, mit denen ihr Haar im Nacken zusammengefasst war, eifrig flattern.

Es traf sie wie ein Schock, als sie erkannte, dass es hellhäutige Männer waren – Männer von ihrer Hautfarbe, ihrem Volk. Engländer – das sind Engländer! Ihre Uniformen – das, was ich von ihren Worten verstehen kann – es müssen Engländer sein! Sie beugte sich weiter vor, um noch mehr von dem Gespräch zu erhaschen. Ohne dass sie es in ihrer Aufregung und Anspannung bemerkte, bog sich der Ast gefährlich weit durch. Seine spröde Rinde ächzte, dann brach er krachend und splitternd unter ihren Händen.

Die Köpfe der Männer fuhren herum.

Blitzschnell duckte sie sich im dichten Gehölz. Mit klopfendem Herzen hörte sie ihre Stimmen laut und erregt rufen und schnelle Schritte sich im rieselnden Sand entfernen. Hastig sah sie sich nach einem sicheren Versteck um.

«Sir, da war jemand, ohne jeden Zweifel! Preston hat es auch gehört und gesehen.»

Hicks' Augen verdunkelten sich. «Ein Eingeborener, sagen Sie, Mr. Pickersgill?»

«Ja, Sir.»

Hicks wusste aus Erfahrung, dass in einer solchen Situation jeder Augenblick kostbar sein konnte, und er wollte so wenig Zeit wie möglich verlieren. «Sie bleiben mit den Männern hier, Mr. Pickersgill, ebenso Sie, Dunster.» In einer raschen Bewegung griff er nach seiner Muskete. «Preston, Sie zeigen Mr. Clerke, Mr. Saunders und mir die genaue Stelle. Sie, Rearden, und Sie, Simmonds, kommen mit.»

«Da oben war es, Sir, hinter dem Busch mit den roten Blüten.»

Hicks versuchte, den Rand des Waldes abzuschätzen, wie er sich vor ihnen ausbreitete. Alles schien ruhig zu sein, friedlich wie am allerersten Tag der Welt. Doch er war zu sehr ein Mann der Vernunft, um sich von dieser Idylle täuschen zu lassen – er trug Verantwortung für zehn Seeleute und den reibungslosen Ablauf dieser Expedition, und er wusste, dass der Captain bedingungsloses Vertrauen in ihn setzte. Er dämpfte seine Stimme.

«Saunders! Sie übernehmen mit Rearden die linke Seite – Sie, Preston, mit Simmonds die rechte. Mr. Clerke, Sie bleiben dicht hinter mir.»

Die Musketen schussbereit im Anschlag, erklommen die Männer die niedrige Steigung und betraten den Wald, Saunders, Rearden, Preston und Simmonds auf einer Höhe, Hicks und Clerke zwei Schritte voraus.

Schattige Frische empfing sie, angenehm nach der Hitze des sonnendurchglühten Strandes, das sanfte Grün der Blätter wohltuend für die Augen. Schritt für Schritt durchkämmten sie das Unterholz; immer wieder wollte ihnen brusthohes Gestrüpp das weitere Vordringen verwehren. Außer den Pflanzen und den Vögeln, die sie mit jedem Schritt aufscheuchten, schien es hier nichts zu geben – keine

Spur von Eingeborenen. Hicks wollte schon den Befehl zur Umkehr geben, als ihn etwas innehalten ließ. Es war kein Geräusch, nichts, was er vorüberhuschen gesehen hatte, es war eher eine Stimme aus seinem Innern, die ihn Halt machen ließ. Sein Blick fiel auf einen riesenhaften, mächtigen Baum, keine zehn Fuß von ihnen entfernt, der die fein verästelten Zweige seiner schweren Krone weit in das grüne Gewölbe des Laubes hinein reckte.

Sie hatte ihre Schritte gehört, wie sie durch das Gebüsch strichen, vorsichtig wie Raubkatzen auf der Jagd nach Beute. Noch fester presste sie den Rücken an die raue Rinde des Stammes, zwang sich, ruhig zu atmen, trotz der Angst, die in ihr tobte. Wenn sie sie fänden – was würden sie mit ihr tun? Sie schloss die Augen. Verzweifelt sehnte sie sich danach, unsichtbar zu sein, in vollständiger Tarnung mit der Rinde des Baumes zu verschmelzen. Sie öffnete wieder ihre Augen, lauschte angestrengt in den Wald hinein. War noch etwas zu hören?

Mit ausgestreckter Hand gab Hicks den Männern Anweisung zurückzubleiben. Clerke, der direkt hinter seiner Schulter stand, flüsterte er zu: «Sie geben mir Deckung!»

Langsam und nahezu lautlos pirschte er sich auf dem weichen Waldboden heran. Beim nächsten, vorsichtig gesetzten Schritt sah er – ganz schmal, kaum sichtbar – den äußeren Bogen eines bloßen Armes hinter der unebenen Rinde des Baumes hervorlugen. Mit einem Satz war er dort und packte zielsicher zu. Ein schriller Schrei gellte durch den Wald, und der schlanke, biegsame Körper einer Frau, starr vor Schreck, stürzte gegen seine Brust.

Nichts rührte sich mehr. Selbst der Wald, sonst voller Lebendigkeit, schien schweigsam und tot.

Schließlich gewann Saunders als Erster seine Fassung wieder. «Heiliger Strohsack – eine Weiße!», entfuhr es ihm, und er senkte langsam den Lauf seiner Muskete.

Richard Pickersgill tigerte unruhig über den Sand. Die Sonne stand schon weit im Westen, und noch immer war Hicks mit den Männern nicht zurück. Nervosität hatte sich seiner bemächtigt und trieb ihn ruhelos um. Er machte kehrt und schritt wohl zum hundertsten Mal an diesem Nachmittag zwischen den beiden steilwandigen Leinenzelten hindurch.

«Da kommen sie, Sir!», rief einer der Matrosen zu ihm herüber und wies mit der ausgestreckten Hand in die Richtung des Waldrandes.

Raschelnd brachen Hicks und Clerke aus dem Gebüsch hervor, dicht darauf die anderen, und schlitterten aufrecht die sandige Böschung hinab. Pickersgill atmete erleichtert auf und wollte ihnen entgegengehen. Doch mitten in seiner Bewegung hielt er inne. Hinter Charlies breiten Schultern hatte er die Gestalt einer jungen Frau auftauchen sehen, von der Brust bis zu den Knien in eine zartgelbe Stoffbahn gehüllt, deren Erscheinen bei den Matrosen ein leises Pfeifkonzert auslöste. Pickersgill runzelte die Stirn. Was um alles in der Welt hatte das zu bedeuten – warum brachten sie eine Frau mit in das provisorische Lager? Es würde auch ohne zusätzliche Ablenkung schwer genug sein, die Männer den morgigen Tag über im Zaum zu halten, wenn es nichts weiter zu tun gab, als abzuwarten, bis der Planet seine Bahn über die Sonnenscheibe hinweg gezogen hatte!

Die kleine Gruppe hatte die Zelte schon fast erreicht, als Pickersgill erst der rötlichen Reflexe gewahr wurde, die das Sonnenlicht auf das dichte, lange Haar der Frau warf, und er den hellen, cremefarbenen Ton ihrer Haut bemerkte.

«Da brat mir doch einer einen Storch», murmelte er unwillkürlich. «Wo bringen die hier eine Weiße her?»

Obschon schmal und feingliedrig, hatte sie nichts von der durchscheinenden Zerbrechlichkeit englischer Ladys; ihre feste Schlankheit strahlte Stärke und Unverletzlichkeit aus, ohne sie anders als fraulich wirken zu lassen. Die Farbe des Haares, das ihr ovales Gesicht weich umfloss, lag zwischen dem Braun der Kastanien im Herbst und dem frisch polierten Mahagoniholzes. Hohe Wangenknochen verliehen dem Gesicht einen Hauch von Exotik und lenkten den Blick des Betrachters unwillkürlich auf die Augen – große, mandelförmig geschwungene Augen, in einem intensiven Blau erstrahlend, in ihrer Form betont durch den hohen, außergewöhnlich dunklen, aber schmal gezeichneten Brauenbogen. Ein etwas zu spitzes Kinn drückte dem sanft wirkenden, mädchenhaften Gesicht eine Spur von Eigensinn auf.

«Mr. Pickersgill, einer unserer Midshipmen.»

Pickersgill zuckte zusammen, als er Hicks' Stimme neben sich hörte, so sehr war er in den Anblick dieser Fremden vertieft gewesen. Er verneigte sich kurz.

«Herzlich willkommen, Miss –» Mit zusammengezogenen Augenbrauen blickte er Hicks fragend an. Doch nicht er, sondern die junge Frau selbst antwortete ihm, mit stolz erhobenem Kopf und festem Blick.

«Addison. Brittany Anne Addison.»

## 2

«… ich weiß nicht, wie lange ich bewusstlos war, es müssen Tage gewesen sein, vielleicht auch Wochen – niemand hatte sie gezählt, während ich in der Laubhütte lag, in der ich dann zu mir kam. Erst später erfuhr ich, dass mich ein Kanu aus dem Wasser gefischt hatte, mehr tot als lebendig, zwei Tage nach dem *Großen Sturm*, wie sie ihn nannten.»

Die Knie angezogen, saß Brittany im Sand, umringt von den Matrosen und Offizieren. Sie alle waren Seefahrer mit Leib und Seele oder waren es im Lauf der Jahre geworden, gleich, ob Midshipman oder Leichtmatrose, und wie alle Männer, die das Meer ihr Zuhause nennen, liebten sie Geschichten – Geschichten von Schiffen und Stürmen, von fremden Ländern und Abenteuern. Diese Geschichte versprach eine Menge an Abenteuer, und ihr Reiz erhöhte sich ins nahezu Unermessliche, da sie von einer schönen jungen Schiffbrüchigen erzählt wurde.

Ihre Stimme, warm und voll, verebbte. Die Erinnerungen wurden wach an jenen Tag, als sie im Schatten des Blätterdachs wieder zu Bewusstsein kam und zunächst keine andere Empfindung verspürte als Durst, brennenden, flammenden Durst. Doch bei der ersten unwillkürlichen Bewegung ließen die Schmerzen auf ihrer Haut sie aufstöhnen; als wäre ihre sterbliche Hülle ihr zu klein geworden, spannte sie sich über ihr Fleisch und schien jeden Augenblick reißen zu wollen. Dann die Panik, als sie bemerkte, dass sie ihre Augen nicht öffnen konnte, die wie verklebt waren. Sie wollte um Hilfe schreien, doch außer einem Wimmern ließ sich ihren verdorrten Stimmbändern kein Laut entlocken. Sie hörte fremde Stimmen beruhigend in einer Sprache auf sie einreden, die sie nicht verstand; kühle, weiche Hände rieben sie mit einer stark riechenden Salbe ein, stützten sie vorsichtig im Rücken und flößten ihr etwas Säuerliches ein, das lindernd ihre Kehle hinabrann, bevor sie wieder in die Dunkelheit zurücksank. Immer länger wurden die Spannen, in denen sie wach war, und die Schmerzen begannen nachzulassen. Irgendwann traf der erste schwache Lichtschimmer ihre Netzhaut, und bald konnte sie, wenn auch zunächst nur schemenhaft, ihre Umgebung wahrnehmen. Die Schatten, die sie sah, waren in das gedämpfte, grünliche Licht getaucht, das die beiden seitlichen Wände und das Dach, aus langen, schmal zulaufenden Blättern geflochten, zurückwarfen. Ihr Blick schärfte sich, und aus dem verschwommenen Umriss wurde ein Gesicht erkennbar – das runde, goldbraune Gesicht einer Frau, die sie aus schwarzen, glänzenden Augen anstrahlte. Ihre Hand strich vorsichtig über Brittanys Haar, und in den unbekannten Lauten ihrer Sprache flüsterte sie etwas, das Brittany wie ein Willkommen in das Leben war.

Brittany spürte die Blicke der Männer, in Sympathie und Mitgefühl auf sie gerichtet, mehr, als dass sie sie sah. Manchmal noch nach dem richtigen Wort suchend, das ihr in ihrer Muttersprache nicht mehr einfallen wollte, schilderte sie ihre ersten Schritte in dieser neuen Welt, in der sie gestrandet war. Sie erzählte von der Fürsorge Rataneas, der Heilerin, die sie gesund gepflegt und bei sich aufgenommen hatte, von den ersten Worten, die sie in der fremden Sprache zu sprechen lernte; von den erstaunten Bewohnern des Dorfes, die nicht glauben wollten, dass es irgendwo jenseits des großen Meeres solch hellhäutige Menschen wie sie geben sollte; von der Entscheidung der Priester, sie zur künftigen Nachfolgerin Rataneas zu bestimmen, und von den unzähligen Tagen und Wochen, die folgen sollten, an denen sie mit Ratanea durch die Wälder zog, um von ihr alles zu lernen, was diese von den Vorfahren über die heilenden Kräfte der Pflanzen wusste. Zu Anfang war die Hoffnung ihr ständiger Begleiter gewesen, dass eines Tages die Auslegerkanus der Fischer von der hohen See zurückkehren würden, ihren Vater an Bord, oder zumindest mit der Nachricht, dass sich jemand von der Mannschaft auf eine der benachbarten Inseln hatte retten können. Doch die Sonne ging auf und wieder unter, zog ihre gleichmäßige Bahn durch die Sternbilder, einmal, zweimal, Jahr um Jahr, und nichts war geschehen – bis zu diesem Tag.

«Ich kann mich daran erinnern», warf der junge Mann mit dem temperamentvollen Aufblitzen in den hellblauen Augen und der kaum gebändigten blonden Mähne, der sich ihr als Midshipman Charles Clerke vorgestellt hatte, ein, «als das Schiff von Captain Wallis von hier aus nach England zurückkehrte. Viele hofften damals, er könnte Neues vom Schicksal der *Seagull* berichten, vor allem der *East India Company*, die mit dem Schiff mehrere tausend Pfund und einen ihrer besten Kapitäne verloren hatte. Doch Wallis konnte auch nicht mehr in Erfahrung bringen als bisher bekannt – dass die *Seagull* verschollen und vermutlich gesunken war.»

Brittany blinzelte verwirrt. «Vor Ihnen war schon einmal ein englisches Schiff in der Südsee?»

«Oh, nicht irgendwo in der Südsee», mischte sich Pickersgill ein. «Ich selbst war an Bord der *Dolphin*, als diese vor zwei Jahren auf Otaheiti landete. Das waren ganz gewiss die besten fünf Wochen meines Lebens, und ich wette, Charlie» – frech grinste er zu seinem Freund hinüber – «Charlie bedauert es noch heute, dass er damals auf den Westindischen Inseln von Bord gegangen ist, um solange in den Hafenbüros eine ruhige Kugel zu schieben.»

Brittany glaubte, sich verhört zu haben. Heiser hakte sie nach.

«Verzeihung, ich – ich verstehe nicht recht – auf Otaheiti?» Sie bat in Gedanken inständig darum, dass es eine Verwechslung war – es konnte nicht sein – es *musste* eine andere Insel sein als diejenige, auf der sie die vergangenen fünf Jahre verbracht hatte! Verzweifelt klammerte sie sich an diesen zerbrechlichen Strohhalm, doch Pickersgill zerstörte mit einem einzigen Satz ihre trügerische Hoffnung.

«Ja, ziemlich genau vor zwei Jahren. Wir lagen in der Matavai-

Bucht vor Anker, wie gerade die *Endeavour.* Und erst vor wenigen Tagen haben wir gehört, dass vor nicht allzu langer Zeit noch ein europäisches Schiff hier gelandet sein soll – Spanier vermutlich, oder –»

Brittanys Herzschlag schien auszusetzen. Sie meinen unsere Matavai-Bucht – ihr Otaheiti ist unser Tahiti! Es gab keinen Zweifel mehr – sie sprachen von *ihrer* Matavai-Bucht auf Tahiti. Sie waren hiergewesen ... und ich habe sie verfehlt ...

«Das – das ist unmöglich», brachte sie mühsam hervor und sprach eher zu sich selbst als zu den Männern, «ich *kann* sie nicht verfehlt haben – ich bin nie lange aus dem Dorf weggewesen, habe die Bucht nie lange verlassen – sie hätten mir doch etwas gesagt ...»

Die aufmerksame Stille um sie herum war in eine starre Gespanntheit umgeschlagen, und die Männer tauschten verwirrte, beunruhigte Blicke.

Lieutenant Hicks ergriff das Wort. «Wollen Sie damit sagen, dass Sie die ganzen fünf Jahre in der Matavai-Bucht gelebt haben und nie jemandem von Bord eines der europäischen Schiffe begegnet sind, nicht einmal von deren Aufenthalt gehört haben?» Seine Skepsis war deutlich herauszuhören.

«Ich verstehe es ja selbst nicht», beteuerte Brittany, vergeblich nach einer Spur von Verständnis in den kühlen blauen Augen des Lieutenants suchend, der sie in jenem schreckerfüllten Moment aus dem Schutz des Baumes gezerrt hatte und in dessen Gegenwart sie sich unbehaglicher und unsicherer fühlte als in der der anderen Männer. Unbewusst umfasste sie in einer Schutz suchenden Geste ihre bloßen Oberarme, die noch immer von dem harten, unerbittlichen Griff seiner Hände brannten.

«Ich war nie längere Zeit weggewesen – außer ... Ziemlich genau vor zwei Jahren, sagten Sie?»

Pickersgill nickte bestätigend. Brittany begann laut nachzudenken.

«Der Mond des *paroro-mua*, in dem der *re'a*, der wilde Ingwer, verwelkt, und zwei Erntezeiten zuvor – damals hatten mich die Priester nach Raiatea gebracht, mich und Ratanea, um ein heiliges Fest zu feiern, und wir blieben etwas mehr als einen ganzen Mond – aber warum habe ich nie –» Verzweifelt suchte sie nach irgendeinem Anhaltspunkt, den sie bisher übersehen hatte und der ihr die Erklärung für diese scheinbar unzusammenhängenden Tatsachen liefern konnte.

«Wie lange sind Sie nun hier, auf dieser menschenleeren Insel?», wollte Charlie wissen.

«Seit zwei Monden. Es hieß, dieses Jahr seien die Pflanzen auf Puaru besonders heilkräftig, und die Priester schickten Ratanea und mich deshalb hierher, um sie zu pflücken und zu trocknen», antwortete Brittany, als müsste sie sich selbst und die Engländer vom Sinn ihrer Anwesenheit hier überzeugen.

«Heute schreiben wir nach unserem Kalender den zweiten Juni, und die *Endeavour* liegt seit Mitte April in der Matavai-Bucht, folglich nicht ganz zwei Monate», stellte Hicks sachlich fest. «Und Ihnen hat niemand etwas gesagt. Sie haben keine Gerüchte vernommen, dass Fremde hier gelandet sein sollen?»

Brittany schüttelte den Kopf. Hicks tauschte einen raschen Blick mit Clerke und sah, dass diesem der gleiche Gedanke durch den Kopf ging. «Und Sie halten es zweifellos für ausgeschlossen, dass man Sie belogen, Sie vor uns Europäern versteckt hat?» Aus den Worten des Ersten Offiziers sprach reiner Sarkasmus.

«Sie wären doch sicher nach Europa zurückgekehrt, wenn sich die Möglichkeit ergeben hätte?», fügte Charlie rasch hinzu.

Brittany blickte verwirrt von einem zum andern. «Ich – ich weiß es nicht... Ich glaube nicht, dass es böse Absicht war – es war sicher nur ein Versehen, ein Missverständnis – Ratanea hätte mich nie belogen, das weiß ich!» Verwurzelt in ihrem Vertrauen und der Liebe, die sie der Heilerin gegenüber empfand, sah sie Hicks fest in die Augen.

Inwendig schüttelte der Erste Offizier den Kopf über so viel Naivität; laut sagte er aber: «Es kann wohl kaum jemand von Ihnen verlangen, unter diesen Umständen hier zu bleiben. Ich schlage vor, Sie kehren übermorgen früh mit uns nach Otaheiti zurück und klären mit dem Captain, ob er Sie nach England zurückbringen kann.»

Saunders blieb vor Verblüffung der Mund offen stehen. Sieh mal einer an – ein kühner Vorschlag für unseren abwägenden Mr. Hicks, das muss ich schon sagen. Als ob ausgerechnet unser Captain sich für den Rest der Expedition die unnötige Last einer Frau an Bord holen würde! Wenn das mal nicht noch Folgen haben wird ...

«Was werden Sie nun tun?» Pickersgill blickte sie mitfühlend an.

«Ich weiß es nicht.» Brittany hob hilflos die Achseln. Sie sah sich außer Stande, auch nur einen klaren Gedanken zu fassen. In ihr tobte ein Sturm der Gefühle – innerhalb der kurzen Zeit, die sie hier mit den Männern am Strand saß, war ihre ganze Welt aus den Fugen geraten. Sie erhob sich aus dem Sand, und mit ihr das gute Dutzend Männer.

«Ich muss noch einmal zurück – ich muss mit Ratanea reden, ich muss wissen, was damals vor sich gegangen ist, was sie davon gewusst hat. Ich komme morgen Abend wieder hierher.»

Kein Augenpaar fand sich, das nicht auf ihre schlanke Gestalt gerichtet war, als sie sich entfernte, ohne sich noch einmal umzudrehen, bis das Dickicht des Waldes sie schließlich verschluckte.

Als sei nichts geschehen, ging Lieutenant Hicks zur täglichen Routine über, als spürte er nicht die veränderte Atmosphäre, die Brittany mit ihrer Anwesenheit und ihrer Erzählung hinterlasssen hatte.

«Vorwärts – wir haben noch einiges zu tun bis morgen. Sie, Littleboy, und Sie, Rearden, Sie gehen Brennholz sammeln – weiter östlich, wo die Brandung ungeschützt auf das Riff trifft, könnte Treibholz zu finden sein.»

Charlie stand immer noch unbeweglich auf der Stelle, gefangen von dem eigentümlichen, abenteuerlichen Zauber dieses Nachmittags.

Saunders stieß ihm grinsend den Ellenbogen in die Seite. «Verflucht, das hätte uns schon viel eher –»

«Halt die Klappe, Saunders, und schau, dass du auf deinen Posten kommst», fuhr Charlie ihn an. Seine eigenen Gedanken beschäftigten ihn zu sehr, als dass er Saunders in diesem Augenblick hätte ertragen können.

Die Nacht hatte sich längst über die Insel gesenkt. Stille schwebte über dem Lager, hin und wieder unterbrochen vom Schnarchen eines satten, zufriedenen Matrosen. Im Inneren des Zeltes, in dem die Kisten mit den astronomischen Instrumenten verstaut worden waren und das der Erste Offizier für sich alleine beanspruchen durfte, ließ die Laterne goldene Lichter über die Wände tanzen.

Midshipman Clerke musterte verstohlen seinen Vorgesetzten, der sich in völliger Konzentration über die Sternkarten und eng beschriebenen Papiere beugte, mit denen der wacklige Klapptisch über und über bedeckt war.

Zachary Hicks entsprach in seinem Äußeren und in dem, wie er sich gab, bis ins Detail dem gängigen Bild des *Gentleman Officer.* Sein dichtes, lockiges Haar, dunkelbraun und mit goldenen Glanzlichtern durchsetzt, hielt er so kurz, dass das schwarze Seidenband in seinem Nacken es gerade noch fassen konnte. Groß und schlank von Gestalt, trug er seine Uniform mit einer natürlichen, selbstbewussten Eleganz. Das Blau des Tuches betonte die Farbe seiner schmalen, halb unter den vorspringenden Brauenbögen verborgenen Augen, die zwischen dem dunklen Blau einer ruhigen See und dem eines Saphirs schwanken konnte, und in denen die meiste Zeit ein ironisches Funkeln lag, das jeden Zugang zu dem, was sich dahinter verbarg, verwehrte. Die ungeteilte Aufmerksamkeit, die er den Zahlenreihen der astronomischen Daten widmete, spiegelte sich in dem leichten Runzeln seiner breiten, hoch gewölbten Stirn wider, deren Außenlinien in eine prägnante Wangen- und Kieferpartie übergingen. Hätte Hicks das heitere Temperament eines Charles Clerke besessen, so wären die tiefen Kerben zu beiden Seiten der Mundwinkel äußerst charmante Begleiter für sein Lächeln gewesen, doch so verschärften sie nur die Strenge seiner kaum geschwungenen, aber fein gezeichneten Lippen. Die nicht ganz gleichmäßige Krümmung seiner kräftigen Nase, die offensichtlich von einem lange zurückliegenden Bruch herrührte und die in einer fadendünnen Narbe an der Wurzel auslief, verlieh ihm etwas Abenteuerliches, das je nach Einstellung und Sympathien des Betrachters als Kühnheit oder Bedrohung empfunden wurde. Charlie wusste, wie geschätzt Hicks für sein Wissen und seinen Erfahrungsreichtum an Bord war, trotz der Reserviertheit, die er an den Tag legte. Weder er noch die anderen Unteroffiziere wussten so recht, mit wem sie es wirklich zu tun hatten – Hicks schien jede Gefühlsregung, ja beinahe sein ganzes Leben hinter der undurchdringlichen Maske seines kantigen, gut aussehenden Gesichtes zu verbergen. Daran hatte auch dieser Tag nichts ändern können, doch irgendetwas an Hicks ließ dem Midshipman heute keine Ruhe. Er wagte einen Vorstoß.

«Sie trauen ihr nicht, nicht wahr? Sie glauben, dass sie uns nicht die Wahrheit erzählt hat, nicht diejenige ist, die sie zu sein vorgibt –

deshalb sind wir auch mit ihr hierher an den Strand zurückgekehrt, weil Sie sich hier auf sicherem Terrain fühlten!»

Hicks ließ einige Pulsschläge verstreichen, bevor er, die sonnengebleichten, dichten Augenbrauen emporgezogen, antwortete: «Was ich glaube oder nicht, spielt keine Rolle, Mr. Clerke. Ich mache nur meine Arbeit, und ich bemühe mich, sie gut zu machen. Wir alle wissen, dass die *Seagull* schon lange als verschollen gilt, und zwar seit mindestens vier Jahren. Ich kenne keinen Offizier oder Offiziersanwärter, der nicht davon berührt war, als das Schicksal Captain Addisons bekannt wurde – umso mehr, als auch seine kleine Tochter mit an Bord war. Wir wissen auch, dass die *Dolphin* unter Wallis als einziges englisches Schiff vor uns hier gelandet ist. Das sind die Fakten, und an die halte ich mich. Spekulationen sind nicht meine Sache.» Sorgfältig rollte er eine Karte zusammen und nahm sein Fernrohr in die Hand. «Ich übergebe Ihnen und Mr. Saunders für einige Stunden das Kommando. Es sind noch einige Berechnungen für die Beobachtung morgen notwendig. Guten Abend, Mr. Clerke.» Kühl nickte er dem Midshipman zu und verließ das Zelt.

Charlie stand für einen kurzen Moment wie begossen da, dann schüttelte er den Kopf und ging nachsehen, was Saunders gerade wieder trieb.

## 3

Über der wildgrünen Lichtung lag der kräftige, würzige Duft, den die pelzigen Blätter der *tamaru-ha'ari* unter den Strahlen der Sonne verströmten. Es war ein guter Tag zum Ernten, heiß und trocken, mit einem klaren Himmel, den nicht das kleinste Wölkchen trübte.

Die beiden Frauen waren früh losgezogen, kaum dass die Feuchtigkeit der vorangegangenen Nacht verdunstet war, und hatten das niedrige Buschwerk am östlichen Teil des Hanges aufgesucht, wo die heilkräftige Pflanze in dichten Sträuchern wuchs. Blatt um Blatt wurde sorgsam gepflückt und in henkellose Körbe aus geflochtenen Palmwedeln geschichtet.

«Du bist schweigsam heute, Tiare'ita.» Rataneas Stimme scheuchte Brittany aus ihren Gedanken auf, die sich ständig im Kreis zu drehen schienen. Seit sie gestern vor Sonnenuntergang in die Laubhütte zurückgekehrt war, brannten ihr die vielen Fragen, die sie an Ratanea hatte, auf der Seele, und sie überlegte fieberhaft, wie sie beginnen sollte. «Du bist nicht mehr dieselbe, die gestern von mir fortgegangen ist. Irgendetwas ist geschehen, das spüre ich.»

Brittany hielt den Atem an – das war der Moment, den sie so verzweifelt herbeigesehnt hatte. Bemüht, das nervöse Flattern in ihrem Magen zu unterdrücken, holte sie tief Luft. «Hast du davon gewusst, dass Schiffe aus meiner Heimat hier waren – hellhäutige Menschen wie ich?»

Der braune Arm Rataneas, der sich gerade nach einem weiter entfernten Zweig gereckt hatte, sank herab. Langsam drehte sie sich nach Brittany um, Verwirrung und Bestürzung deutlich in ihr Gesicht geschrieben. «Sie haben dich gefunden», stellte sie tonlos fest, und in Brittanys Ohren klang es wie das Zugeständnis, sie die ganze Zeit über hintergangen zu haben.

«Ich bin ihnen unten am Strand begegnet – ein Ruderboot mit einem Dutzend Männern. Du hast davon gewusst – von Anfang an?», versuchte sie Ratanea auf eine eindeutige Antwort festzunageln.

Müde ließ sich die Heilerin auf den Stamm einer umgestürzten Kokospalme sinken. «Kind, wie hätte ich denn –» Rataneas Gesicht zeigte auf einmal Falten, die Brittany darin noch nie gesehen hatte und die sie viel älter wirken ließen. Sie klopfte mit der Hand leicht neben sich auf die rissige, verwitterte Rinde. «Setz dich zu mir, Tiare'ita.»

Nur zögernd und eher unwillig kam Brittany ihrer Aufforderung nach. Die Traurigkeit Rataneas verwirrte und verunsicherte sie. Die Heilerin wischte sich ein, zwei Tränen aus den Augenwinkeln, bevor sie sich an Brittany wandte. «Wo soll ich anfangen?»

«Irgendwo», erwiderte Brittany, ohne sie anzusehen, «erzähl einfach, wie es war.»

Rataneas Blick wanderte in die Ferne, verlor sich irgendwo zwischen den Blätterkaskaden des Regenwaldes, als müsste sie die Ereignisse der vergangenen Jahre erst wieder durch einen Tunnel der Erinnerung herbeirufen.

«Es war auf Raiatea, der Heiligen Insel, dass die *Hau-pahu-nui*, die Zusammenkunft der Ältesten der Großen Trommel, in einer feierlichen Zeremonie den Göttern huldigten. Kurz vor dem großen Höhepunkt dieser *pa'i-atua* fegte ein Wirbelwind einher und riss die Krone eines uralten, ausladenden Baumes mit sich. Furcht ergriff die Ältesten aller Völker dieser Inseln, denn es war ein heiliger Baum, *Paru-mata'i-i-'a'ana*, Schutz-vor-dem-harschen-Wind-des-Frevels genannt. Einen Priester Raiateas mit Namen Vaità überkam eine Vision: Er sah die ruhmreichen Kinder eines mächtigen, fremden Gottes kommen, hierher, auf unsere Inseln, von der gleichen Art wie wir, und doch anders. Sie würden unser Land in Besitz nehmen und uns unserer Bräuche und unseres Glaubens berauben. Die heiligen Vögel des Meeres und der Berge würden bald über unser Schicksal trauern, das uns dieser Baum mit seinem Fall prophezeit hat. Niemand» – sie holte tief Luft – «niemand wollte ihm Glauben schenken, doch bald hörten wir von einer zweiten Vision. Auf Tahiti gab es einen alten Seher, Pau'e, Der-viel-gewandert-ist genannt, der auf der ganzen Insel für seine außergewöhnliche Gabe berühmt war – du wirst dich nicht an ihn erinnern, er lebte als Einsiedler weit von unserem Dorf entfernt. Er sah Kinder einer ruhmreichen Prinzessin, wie er sie nannte, über das große Meer kommen, in einem riesigen Kanu, und diese Menschen wären vom Kopf bis zu den Zehen in Stoff eingehüllt. Er stieg von seinem Berg herab, um diese Vision jedem zu erzählen, der sie hören wollte, bevor er drei Tage später starb, was als unseliges Omen angesehen wurde. Die Priester beratschlagten, was zu tun sei, und sie befragten das Orakel auf Raiatea. Das gab zur Antwort, dass eine Prüfung Tanes auf uns zukäme – und das war für die Priester die Verbindung zu dir.»

Brittany tippte sich verblüfft mit dem Zeigefinger auf ihr Brustbein. «Zu mir? Was hatte das mit mir zu tun?»

Ein weicher, liebevoller Ausdruck trat in Rataneas Gesicht und nahm einen Teil der müden, sorgenvollen Falten mit sich fort. «Es gab eine große Aufregung im Dorf, als die Fischer dich damals mit an Land brachten. Du warst schwer verletzt von den Nägeln und losgerissenen Brettern der Kiste, von der Sonne verbrannt und fast verdurstet – niemand glaubte, dass du die nächsten Tage überleben würdest. Auch ich nicht, obwohl ich alle meine Kräfte einsetzte, dich zu retten. Doch du schafftest es, und bald ging die Kunde von Dorf zu Dorf, dass ich bei mir in der Hütte ein Kind hätte, das uns vom Meer gebracht worden sei, mit blütenweißer Haut und magischen Kräften. Du schliefst, als eines Nachmittags eine Gruppe Priester in unsere Hütte kam. Sie betrachteten dich eine Weile, murmelten Beschwörungsformeln und nickten sich gegenseitig zu. Sie gaben bekannt, dass du ein Geschenk Tanes, des Gottes des Waldes und der Schönheit, Schutzgott der Heiler, an unser Volk seist und über große Kräfte verfügtest. Sie bestimmten mich, dich in meine Obhut zu nehmen und dich in die Kunst des Heilens einzuweisen. Deiner hellen Haut wegen und weil du ein so hübsches kleines Mädchen warst, nannten sie dich nach der magischen Blüte der Ahnen *Tiare'ita*, Kleine Gardenie.»

Brittany sprang auf und lief einige Schritte auf und ab, die Hände an die Schläfen gepresst und sichtlich erregt. «Ich kann das nicht glauben – nur weil ich so anders bin als ihr, anders von Gestalt und Aussehen, wurde ich zu so etwas wie einem Heiligtum? Ist das ein Grund, mich – ja mich zu entführen?!»

«Es war nicht dein Aussehen allein, Tiare'ita.» In Rataneas dunklen Augen begann es geheimnisvoll zu glühen, als sie sich vorbeugte und ihre Worte eindringlich betonte. «Du *bist* etwas Besonderes. Ich habe dich beobachtet, seit du bei mir bist, jeden Tag, den du erwachsener geworden bist, wie eine Mutter ihr Kind von der Geburtsstunde an beobachtet. Du hast etwas so Starkes, Tröstendes in dir, wenn du mit einem Kranken umgehst, du hast ein Gespür dafür, welche Pflanzen bei welcher Krankheit helfen. Du hast eine unglaubliche Kraft in dir, mehr als du vielleicht ahnst – ohne diese Kraft hättest du niemals überlebt. Sag nicht, das sei nichts Besonderes, nichts Außergewöhnliches!»

Brittany schüttelte heftig den Kopf und hob abwehrend die Hände. «Erzähl weiter, Ratanea», forderte sie, «was geschah dann?»

«Nicht lange nach Pau'es Tod kamen die Kanus früher vom Fischzug zurück als gewöhnlich. Ein fremdes, ungeheuer großes Kanu mit riesigen Segeln nähere sich, sagten sie, und diese Nachricht breitete sich in Windeseile über die ganze Insel aus. Für die Priester bedeutete das, dass sie dich von Tahiti fortbringen mussten, damit dein *mana* nicht durch die Kraft des fremden Gottes gefährdet würde, die dessen Kinder vielleicht mit sich brächten. Wir waren an jenem Tag gerade oben in den Bergen und sammelten diese wunderschönen, feuerroten Blüten – erinnerst du dich?» Ein kleines Lächeln huschte über das runde, gütige Gesicht der Heilerin. «Sie holten uns von dort weg und brachten uns noch am selben Tag nach Raiatea, wo wir viele heilige Handlungen über uns ergehen lassen mussten, um den Schutz deines *mana* zu bewirken. Einer der Priester sagte zu mir – und das werde ich nie vergessen –, wenn diese Fremden wirklich so mächtig seien, wie es in den Visionen hieß, dann fänden sie dich, auch auf Raiatea oder jeder anderen Insel. Wenn nicht – dann hätte Tane gesiegt und du mit ihm.»

Brittany funkelte die Heilerin zornig an. «Hat nie jemand an *mich* gedacht – dass ich vielleicht dorthin zurückkehren möchte, von wo ich hergekommen bin?!»

Ratanea hob beschwichtigend die Arme, und ihre Worte klangen beschwörend. «Versuch uns zu verstehen, Tiare'ita! Tane hat dich uns geschenkt, als Zeichen seiner Liebe zu uns. Eine solch kraftvolle Heilerin wie dich – hätten wir dich gehen lassen sollen, einfach so, weil *du* es so wolltest?»

Heiße Tränen schossen aus Brittanys Augen, und ihre Stimme überschlug sich fast, als sie Ratanea ihre Anklagen entgegenschleuderte, unterstrichen von den heftigen Bewegungen ihrer geballten Fäuste. «Und du hast mitgespielt, hast nicht versucht, mit ihnen zu reden, obwohl du wusstest, wie krank ich oft vor Heimweh gewesen war! Du hast geschwiegen, mich belogen, die ganze Zeit über!!»

«Ich *konnte* dir nichts sagen!! Die Priester hatten ein *tapu* darauf gelegt – niemand, auf keiner der Inseln, durfte darüber sprechen!» Ein verzweifelter Unterton hatte sich in Rataneas Stimme eingeschlichen, als sie sich zu rechtfertigen suchte. «Es gab einige wenige Stammesoberhäupter, die Bedenken äußerten, nachdem die Weißen die Insel wieder verlassen hatten; sie fürchteten, sich den Zorn der mächtigen Fremden zuzuziehen, und für kurze Zeit sah es danach aus, als sollte es eine Rebellion gegen die Priester geben. Doch dann beugten sich die Häuptlinge deren Macht und flohen mit ihren Familien auf die andere Seite der Insel. Hätte ausgerechnet *ich* das *tapu* brechen sollen – hättest du *das* von mir verlangt?!»

Die beiden Frauen starrten sich an. Eine Mischung aus Trauer, Zorn und Verzeihen erfüllte die Luft zwischen ihnen. In Brittany tobte und wütete es, doch das Heftigste, was sie empfand, war Verzweiflung, unendliche, beißende Verzweiflung – Verzweiflung über ihr Schicksal, über den Betrug der *Maohi* an ihr und über die ungewisse Zukunft, die vor ihr lag. Nein, hierbleiben konnte sie nicht, nicht mehr – der Lieutenant hatte Recht gehabt.

Unvermittelt schlug Brittany die Hände vor das Gesicht und begann haltlos zu weinen. Ratanea stand auf und nahm sie in die Arme, wiegte sie, tröstende Worte murmelnd, und Brittany ließ es willenlos geschehen. Ratanea strich ihr über das Haar und nahm ihr tränennasses Gesicht in beide Hände. «Du wirst mit ihnen zurückkehren.» Es war keine Frage, kein Befehl, sondern das reine Erkennen einer Tatsache.

«Ich weiß es nicht, Ratanea, ich weiß es doch nicht.»

«Aber ich weiß es. Es soll so sein. Sie haben dich gefunden, weil sie dich brauchen – mehr als wir. Du musst mit ihnen gehen.»

Brittany konnte in Rataneas tiefschwarzen, unergründlichen Augen lesen, dass sie ihre Entscheidung längst kannte, ja mehr noch, sie billigte. Sie schlang die Arme, so fest sie nur konnte, um den fülligen Körper der Heilerin und versuchte ihr damit all das zu sagen, wofür ihre Worte nicht ausreichten.

«Ein Glück, dass das Wetter gehalten hat. Wenn nun auch noch die anderen einen so wolkenlosen Himmel hatten …» Clerke nahm das Teleskop und den Quadranten auseinander und reichte sie Pickersgill, der sie sorgfältig in den Kisten verstaute.

Lieutenant Hicks saß in Hemd und Weste an einem einfachen Holztisch und schrieb die letzten Worte nieder, mit denen er die Ergebnisse der Beobachtung zusammenfasste, dann legte er die Feder beiseite und streute aus einer Büchse Sand auf das Papier.

Die Stimmung war gelöst, die Männer allesamt erleichtert – die

Offiziere, dass die Beobachtung des Venusdurchganges nahezu optimal verlaufen war und sie mit dem guten Gewissen, ihre Aufgabe erfüllt zu haben, nach Hause zurückkehren konnten; die einfachen Seeleute dagegen freuten sich erst einmal darüber, die Zelte auf dieser gottverlassenen Insel, die nur von Grünzeug und kreischenden Papageien bevölkert zu sein schien, wieder abbrechen und erneut in das sinnenfrohe Leben Otaheitis eintauchen zu können.

Charlie reckte sich und sah wehmütig auf das endlose, grünblaue Meer mit seinen sanften weißen Schaumkronen hinaus, das sich weit hinten in tiefem Azur verlor. «Kaum zu glauben, dass wir dieses Paradies bald schon wieder verlassen müssen», murmelte er. «Ich werde alles hier vermissen – den Strand, die Sonne –»

«... die Frauen ...», ergänzte Pickersgill. Er nutzte jede Gelegenheit, seinen Freund mit dessen unzähligen Eroberungen aufzuziehen. Charlie hatte nicht zu Unrecht den Ruf, ein Schwerenöter zu sein, der es faustdick hinter den Ohren hatte, und gerade dieser Charme eines Abenteurers, der Nimbus der Wildheit, des Unbezähmbaren, war es, den das schöne Geschlecht an ihm so attraktiv fand. Noch dazu sah er blendend aus: Groß und muskulös, erinnerte seine Gestalt mit den breiten Schultern an die eines Helden der antiken Mythen. Aquamarinblaue Augen strahlten in einem gebräunten, glatten Gesicht, das, obwohl noch jugendlich weich, schon die scharf gezeichneten Konturen erkennen ließ, die es später einmal bestimmen würden. Seine etwas zu lang geratene Nase verlieh ihm einen spitzbübischen Ausdruck, der, zusammen mit seinem geselligen Wesen, jeden Menschen sofort für ihn einnahm, und seine vollen, sinnlich geformten Lippen verrieten einen großzügigen, den schönen Dingen des Lebens zugetanen Charakter.

Charlie nahm es Pickersgill nicht übel, dass er ihn immer wieder neckte, dazu kannten sich die beiden zu gut – er wusste, dass bei Richard kein Neid dahintersteckte, wie er ihn oft bei Saunders zu spüren glaubte. So antwortete er nun auch nur mit einem Grinsen und einem leichten Boxhieb auf Richards Schulter. Pickersgill konterte mit einem kräftigen Schlag auf Charlies Rücken.

«Mir geht es verdammt noch mal genauso, Charlie. Das ist wahrhaftig wie im Paradies hier – als hätte der da oben damit sein Meisterstück abliefern wollen.»

Charlie nickte versonnen. Er drehte sich halb um und fragte den Ersten Offizier, der die Bögen, auf denen die Berechnungen notiert waren, durchsah und sortierte: «Glauben Sie an ein Paradies auf Erden, Mr. Hicks?»

Der blickte kurz auf und verzog das Gesicht. «Gewiss nicht, Mr. Clerke. Aber genauso wenig glaube ich, dass es im Himmel oder sonstwo zu finden sein wird – das ist eine Erfindung der Kirche, um ihre Schäfchen bei der Stange zu halten. Nichts lockt die Menschen mehr an als die Aussicht auf etwas Besseres als das, was sie haben.»

«Woran glauben *Sie?*»

Der Erste Offizier nahm erneut seine Feder zur Hand, strich wieder und wieder über den weichen Flaum entlang des Kiels, bevor er sich äußerte. «Ich, Mr. Clerke, glaube an das, was ein Mensch ist und was er tut. Auch noch so viele schöne Worte können das nicht aufwiegen.»

«Denken Sie dabei an Moral?» Brennendes Interesse erfüllte Charlie; dieses Gespräch zeigte ihm eine Seite an Hicks, die er nicht einmal geahnt hatte.

«Moral ist ein Konstrukt, um die Gesellschaft im Zaum zu halten, und als das versagt sie viel zu oft. Es gibt Dinge, die man besser lässt, um unnötige Komplikationen zu vermeiden – aber Moral? Nein, ich meine damit, dass man einen Menschen nach seinem Charakter beurteilen soll und wie sich dieser in seinen Handlungen äußert. Und glauben Sie mir – die wenigsten können dabei wirklich bestehen.»

«Sie sprechen aus Erfahrung?» Ein gefährliches Aufblitzen in Hicks' Augen sagte Charlie mehr als deutlich, dass er sich zu weit vorgewagt hatte.

Mit merklich kühlerer Stimme entgegnete Hicks: «Ich bin beinahe doppelt so lange in der Navy wie Sie, Mr. Clerke, da lernt man viele Männer oft besser kennen, als einem lieb ist. Ich hoffe, Sie werden im Laufe Ihres Dienstes nur ein Bruchteil meiner Erfahrungen machen. Wenn Sie glauben, im Krieg von den Franzosen mitsamt der Mastspitze abgeschossen zu werden und das als Einziger zu überleben, wie es Ihnen passiert ist, sei mit das Schlimmste, dann täuschen Sie sich. Das Schlimmste sind die Hinterhältigkeiten der anderen, die einem ohne Grund ans Zeug wollen, einfach aus purer Bosheit – das, Mr. Clerke, ist brutal. Es kann ganze Leben vernichten, ich habe das oft genug mitangesehen. In der Navy ist der Frieden ebenso zerstörerisch wie der Krieg – auf eine eigene, ganz heimtückische Art.»

Charlie blinzelte verwirrt und wich dem Glitzern in den Augen des Ersten Offiziers aus. Mit seinem sicheren Instinkt spürte er, dass Hicks nicht nur als Seemann viel gesehen und erlebt hatte, sondern auch als Mensch – mehr, als die meisten von ihnen je erleben würden. Dieses Wissen ließ ihn sich seinem Vorgesetzten näher fühlen und gleichzeitig meilenweit entfernt. Als er seinen Blick erneut auf den Ersten Offizier richtete, hatte dieser schon wieder den Schutzwall in seinen Augen errichtet, und nichts deutete in seinem markanten Gesicht darauf hin, dass er auch nur einen Lidschlag lang etwas von sich preisgegeben hatte, was jenseits von Sextant und Kompass lag.

Hicks blies den Sand von dem Bogen, den er beschrieben hatte, und legte ihn zu den anderen, mit Pickersgills winzigen Zahlen dicht bedeckten Seiten in die ledergebundene Mappe. Er stand auf. «Preston!»

«Sir!» Eilig trat der Marinesoldat heran und legte in einer zackigen Bewegung die Hand an seinen schwarzen Dreispitz.

«Die Tische können zusammengeschlagen und in die Pinasse gebracht werden, ebenso die Kisten mit den Instrumenten. Schauen Sie, dass außer den Zelten nur das Nötigste unverpackt bleibt, damit wir morgen zeitig ablegen können.»

«Sir!» Mit langen Schritten eilte Preston davon, um den Befehl an die Matrosen weiterzugeben.

«Und schicken Sie Mr. Saunders zu mir!», rief der Lieutenant ihm nach. Die Hände in seine schlanken Hüften gestemmt, wandte sich Hicks wieder den beiden Männern zu, die ihm respektvoll entgegensahen: Pickersgill, gerade zwanzig geworden, ein Mann, in dessen grauen Augen es humorvoll schimmerte und dem sein Pint Bier über alles ging, kantig und stark wie so viele junge Männer, die der karge Landstrich Yorkshires von Geburt an geprägt hatte, aber auch mit jener Melancholie, die so oft damit einherging; und der übermütige, temperamentvolle Clerke, dessen blonder Haarschopf sich nur mit Mühe zu einem Zopf bändigen ließ und ihm doch immer wieder verwegen in die Augen fiel. Beide waren sie fähige Seeleute, intelligent, pflichtbewusst und von der Natur mit der notwendigen physischen Konstitution ausgestattet; doch bei Pickersgill, den er im Grunde genommen für den Begabteren der beiden hielt, vermisste

Hicks die Zähigkeit und die Energie, die es brauchte, um sich in dem brutalen und heimtückischen System der Navy behaupten zu können. Er hatte viele Midshipmen schnell aufsteigen und ebenso schnell wieder verschwinden sehen, und er verfügte über ein untrügliches Gefühl dafür, welche Männer es in der Navy zu etwas bringen konnten und welche eines Tages über die Laster stolpern würden, mit denen sie sich die Mühsal eines Lebens auf See zu versüßen suchten. Nichts enttäuschte ihn mehr, als von einem viel versprechenden Offiziersanwärter, den er unter sich gehabt hatte, zu hören, der irgendwelcher Verfehlungen wegen unehrenhaft aus der *Royal Navy* entlassen worden und dazu verdammt war, auf irgendeinem vor Schmutz starrenden Handelsfrachter seinen kärglichen Sold zu verdienen. Charles Clerke würde nie zu ihnen gehören, dessen war sich Lieutenant Hicks sicher, denn trotz seines Hangs zu Wein, Weib und Gesang und der Neigung, keiner Prügelei aus dem Wege zu gehen, vergaß er niemals, zwischen Dienst und Freigang zu unterscheiden, ebenso wie er stets darauf achtete, sich seinem Rang entsprechend zu benehmen. Pickersgill und Saunders hingegen …

«Sir!» Letzterer kam atemlos anmarschiert und salutierte.

«Kommen Sie», lud Hicks die drei ein, seine düsteren Gedanken verscheuchend, «trinken wir auf diesen Tag. Er war verdammt lang und heiß.» Er verschwand in seinem Zelt und tauchte mit zinnernen Bechern und einer Flasche Wein wieder auf, aus der er jedem drei Fingerbreit eingoss.

«Gentlemen – auf die *Royal Society*, die hoffentlich mit unserer Arbeit zufrieden sein wird.»

«Und auf den Captain, der nun sicher wieder ruhiger schlafen wird», fügte Clerke verschmitzt hinzu.

«Auf ihn», stimmten die anderen ein. Mit einem trockenen, metallenen Klang trafen die Becher in der Luft zusammen.

Die letzten Strahlen der Abendsonne trafen schon schräg auf den Palmenhain, der den Rand des Waldes säumte, und tauchte ihn in rotgoldenes Licht, als Brittany sich durch das Gebüsch drängte und den Sand der Bucht endlich unter ihren Fußsohlen spürte. Der Weg hinab zum Meer war ihr noch nie so lang erschienen, und sie wusste nicht, ob es der Schmerz war, von Ratanea getrennt zu sein, oder die

Furcht vor dem, was auf sie zukommen würde, was ihre Schritte lähmte. Von nun an würde sie auf sich alleine gestellt sein, ohne die tröstende, ermutigende Hand Rataneas, ohne ihren Rat, ihren Beistand, gänzlich vom Wohlwollen fremder Menschen abhängig.

Zwei Matrosen waren damit beschäftigt, knorrige Äste für ein Feuer aufeinander zu schichten; ein dritter rollte ein eisenbeschlagenes Fässchen heran. Die Offiziere saßen an dem sich verdunkelnden Wasser, die Hüte beiseite gelegt, und unterhielten sich angeregt, Erfahrungen, Neuigkeiten und amüsante Geschichten austauschend. Es waren Hicks' scharfe Augen, die aus alter Gewohnheit in regelmäßigen Abständen ihre Umgebung mit Blicken durchstreiften und zuerst die einsam und verloren wirkende Gestalt entdeckten, die den Strand entlang auf sie zuhielt. Charlie, der immer wieder verstohlen den Ersten Offizier beobachtete, folgte unwillkürlich dem Blick Hicks'. Sein Herz schien aus seinem gleichmäßigen Rhythmus zu geraten, als er Brittanys schlanke Silhouette erkannte, die sich, ihr Bündel aus *tapa*-Tuch wie ein Schutzschild vor die Brust gedrückt, zögernd näherte, und rasch stand er auf.

«Kommen Sie, setzen Sie sich zu uns!» Einladend breitete er die Arme aus.

Pickersgill rutschte ein Stück zur Seite, um ihr Platz zu machen.

«Danke.» Sie ließ sich zwischen den beiden nieder, Saunders im Rücken und Hicks schräg gegenüber von ihr. Brittany fühlte sich unwohl und befangen – heute erschienen ihr die Männer, denen sie sich anvertraut hatte, fremd und unnahbar.

«Sie sind alleine gekommen?», wollte Charlie wissen, der ihr Unbehagen spürte.

Brittany zögerte einen Moment. Sie hatte nicht vorgehabt, von dem zu erzählen, was sich zwischen ihr und Ratanea abgespielt hatte – zu frisch waren die schmerzlichen Gefühle, als dass sie sie Fremden mitgeteilt hätte. Doch in Clerkes jungenhaftem Gesicht stand so viel ehrliches Interesse, so viel Mitgefühl, dass sie sich ihm eng verbunden fühlte. Tapfer gegen die Tränen ankämpfend, die erneut aufzusteigen drohten, die Stirn angestrengt in Falten gelegt, sagte sie: «Ratanea und ich haben uns alles gesagt, was es zu sagen gab. Sie – sie hat es für besser gehalten, wenn ich alleine gehe. Sie wird nach Tahiti zurückkehren, sobald das Schiff die Insel verlassen hat.»

Charlie konnte seine Neugier nicht bezähmen. «Hat sie von alledem gewusst – ich meine, davon, dass man Sie vor uns verstecken wollte?»

Um Brittanys Mundwinkel zuckte es leicht, und sie konzentrierte sich auf einen weit entfernten Punkt am Horizont, über dem sich langsam die Dämmerung zusammenzog.

«Ja, sie hat es gewusst, aber sie konnte nicht anders handeln, als sie es tat, und ich verzeihe ihr das.» Sie atmete tief durch, und ihr Blick suchte den des Ersten Offiziers. Etwas lag in diesen Augen, was sie zutiefst beunruhigte und zugleich fast magisch anzog, seit sie zum ersten Mal hineingeblickt hatte, doch wieder wich er ihrem Blick aus, stumm und hart wie Eis.

«Erzählen Sie mir von Ihrem Captain», wandte sie sich an ihn, in dem Versuch, ihn aus der Reserve zu locken.

Lieutenant Hicks zuckte leicht mit den Schultern und ließ eine Hand voll Sand durch seine schlanken Finger rinnen. «Was soll ich Ihnen erzählen? Sicher ist er mit Abstand der beste Captain, unter dem ich je gedient habe – ein unglaublich guter Navigator und gerecht zu der Mannschaft. Seine Lorbeeren hat er sich im Krieg gegen die Franzosen und mit der Kartographierung Neufundlands verdient. Admiral Hawke hätte ihn wohl kaum ernannt, wenn er nicht die besten Voraussetzungen für eine solche Expedition mitgebracht hätte.»

«Streng genommen ist er gar kein Captain», mischte sich Saunders über Brittanys Schulter hinweg ein, «jedenfalls besitzt er kein Kapitänspatent. Er ist Kapitänsleutnant wie Mr. Hicks und Mr. Gore, und nur für diese Reise bekam er den Kapitänsrang erteilt.»

«Sie werden ihn morgen kennen lernen – und keine Angst, er wird Sie schon nicht beißen, auch wenn er vielleicht so ein Gesicht macht!», scherzte Clerke. Seine Worte zauberten ein kleines, dankbares Lächeln auf Brittanys Gesicht – das erste, das die Männer bei ihr gesehen hatten.

«Was hat Sie denn hierher, nach Tahiti, geführt?», wollte Brittany wissen.

«Es gibt Berechnungen des königlichen Astronomen Halley aus dem ersten Jahrzehnt dieses Jahrhunderts, nach denen man über den Durchgang des Planeten Venus vor der Sonne auf die Entfernung der Erde von der Sonne schließen kann», erklärte Hicks, ohne sie anzusehen. «Der letzte Durchgang war vor acht Jahren und konnte von England aus nur mit mäßigem Erfolg beobachtet werden, und der nächste wird erst wieder in knapp einhundert Jahren zu sehen sein. Deshalb beschloss die *Royal Society*, das Ereignis dieses Mal nicht nur von England aus beobachten zu lassen, sondern auch von anderen Teilen des Erdballs aus – unter anderem aus der Südsee, von wo die *Dolphin* unter Captain Wallis gerade zurückgekehrt war.»

«Und die verantwortungsvolle Aufgabe, das zu beobachten und festzuhalten, haben wir heute erfolgreich hinter uns gebracht.»

«Wir werden sehen, Mr. Clerke. Die Beurteilung von Erfolg oder Misserfolg dieser Reise liegt nicht in unserer Hand.» Hicks erhob sich und klopfte sich den Sand von der hellen Kniehose und den Strümpfen. «Ich für meinen Teil habe noch zu arbeiten. Sie können heute Nacht mein Zelt haben», wandte er sich, lässig salutierend, an Brittany, «ich werde draußen schlafen. Gute Nacht.»

«Gute Nacht.» Brittany blickte seiner großen, athletischen Gestalt nach, wie sie hinter einem der beiden Zelte verschwand. Das vage Gefühl beschlich sie, dass in ihrer Anwesenheit der alleinige Grund für seinen überstürzten Aufbruch zu suchen war.

Inzwischen war die Sonne fast vollständig im Meer versunken; nur noch ein feiner, blutroter Streifen beleuchtete die weite, tintige Fläche und den dunklen Himmel.

«Komm, Paddy, lass uns ans Feuer sitzen. Ein oder zwei Becher Rum können wir uns heute noch leisten. Leistest du uns Gesellschaft, Charlie?»

Dieser schüttelte den Kopf. «Lass mal gut sein, Dick.»

Pickersgill beugte sich vor, als hätte er nicht richtig verstanden. «He, Charlie – seit wann verzichtest du freiwillig auf einen guten Schluck?» Doch dann begriff er, und ein breites Grinsen überzog sein Gesicht. Er versetzte Clerkes Schulter einen freundschaftlichen Stoß. «Gib aber ja gut auf Miss Addison Acht, ich sag's dir!»

«Mach ich, keine Sorge!»

Pickersgill hatte sich schon zum Gehen gewandt, als er sich noch einmal umdrehte. «Oh, Miss Addison … falls er frech werden sollte, rufen Sie getrost um Hilfe. Ich würde ihm an Ihrer Stelle nicht über den Weg trauen – er hat einen verdammt schlechten Ruf zu verlieren!»

«Hau endlich ab, Dick!», rief Clerke ihm hinterher, Ärger und Lachen zu gleichen Teilen in seiner Stimme gemischt.

Schweigen breitete sich aus, als sich die knirschenden Schritte und das Gelächter Saunders' und Pickersgills entfernten. Die lärmenden Stimmen der Matrosen, die um das Feuer versammelt waren, drangen zu ihnen herüber, untermalt von dem eintönigen, metallenen Gezirpe der Grillen.

Brittany unterbrach die bewegte Stille. «Erzählen Sie mir von England.»

«Was wollen Sie wissen?» In ihrer Gegenwart fühlte sich Charlie seltsam befangen, eine Empfindung, die ihm völlig fremd war.

«Etwas über die Landschaft, die Menschen – ich kann mich kaum noch daran erinnern. Wo kommen Sie her, Mr. Clerke?»

«Nennen Sie mich Charlie. Aus einem kleinen Flecken namens Wethersfield, in Essex, nicht der Rede wert.»

«Gut, Charlie. Wethersfield – das klingt, als sei es nicht weit weg vom Meer.»

«Da muss ich Sie leider enttäuschen: Wethersfield liegt weitab von der Küste. Ein Dorf mit strohgedeckten Cottages, wo die Hühner durch die Gassen laufen, ein Hof neben dem anderen, und mehr Schafe als Einwohner.»

Brittany versuchte, sich vorzustellen, was Charlie ihr beschrieb, doch es blieb undeutlich und flach, wie ein Gemälde, das man vor langer Zeit einmal gesehen hat und das man sich Jahre später wieder ins Gedächtnis zurückzurufen bemüht.

«Das Haus, in dem ich geboren wurde, stand am Meer.» Sie erinnerte sich in Worten, nicht in Bildern, und indem sie sich Charlie mitteilte, glaubte sie etwas zu sehen, unscharf zunächst, dann aber klarer. Sie verstummte. Bilder stürmten schlagartig auf sie ein, die sie längst vergessen geglaubt hatte, Bilder von den grauen Mauern Greenhills, die warm das Sonnenlicht zurückwarfen; ein kalter Wintermorgen mit überreiften Bäumen, wie von Zucker überstäubt; der warme Glanz des Ofenfeuers in der heimeligen Küche, der pastellfarbene Salon, in dem herumzurennen ihr strengstens verboten gewesen war. Es schien eine Ewigkeit her zu sein, dass Brittany diese Bilder vor Augen hatte, und nun sah sie alles so scharf vor sich, als sei sie erst gestern aus Greenhill fortgegangen.

Sie zog die Knie unter das Kinn und umschlang sie fest. «Haben Sie je unter Heimweh gelitten, Charlie? Ich meine – so sehr, dass Sie glaubten, der Schmerz würde Sie zerreißen?»

Er schwieg einen Moment. «Ich weiß es nicht», sagte er, «vielleicht zu Anfang, als ich meine allerersten Wochen auf See war. Aber so schlimm nicht, nein. Für mich war das Fernweh unerträglich. Diese Unruhe, die es einem unmöglich macht stillzusitzen und einen über die Felder treibt – dieser Hunger nach Abenteuer, der einen wild und aufbrausend werden lässt.»

«Sind Sie deshalb zur See gefahren?» Brittany konnte Charlies Gesicht in der Dunkelheit nur noch als Schatten wahrnehmen, doch sie hörte ganz klar seine warme Stimme, die Lebhaftigkeit, mit der er die Worte betonte, und spürte seine Anwesenheit neben ihr.

«Auch. Mein ältester Bruder Joseph wird einmal Wethersfield House und das Land, das dazugehört, erben, da bleibt für John und mich nicht allzu viel übrig. Der Besitz wirft fünfhundert Pfund im Jahr ab – nicht wenig, aber leider nicht genug für drei Söhne. Als unser Vater fragte, wie wir uns unsere Zukunft vorstellten, antworteten wir geschlossen ‹auf See, Sir›. Wir hatten eben zuvor *Robinson Crusoe* verschlungen – wohl das einzige Buch, das mich je zum Stillsitzen bewegen konnte –, und es erschien uns unmöglich, unser Leben anders als unter freiem Himmel und auf hoher See zu verbringen. Meine Abenteuerlust war dabei sicher größer als die meines Bruders – wobei er dafür nun eine äußerst steile Karriere in der Handelsmarine vor sich hat, was man von mir wahrlich nicht behaupten kann!»

Er lachte auf, aber ohne einen Misston von Neid oder Sarkasmus darin.

«Haben Sie noch mehr Geschwister?»

«Zwei Schwestern, eine älter, eine jünger. Und Sie – haben Sie noch Verwandte in England?»

«Meine Tante, die mich großgezogen hat, nachdem meine Mutter starb. Und die weit verzweigte Familie meiner Mutter, von der ich aber kaum jemanden je kennen gelernt habe.»

«In spätestens einem Jahr sind wir wieder zu Hause – Sie werden sehen», versuchte Charlie sie aufzumuntern.

«Wenn mich Ihr Captain mitnimmt.» Brittany konnte die Furcht nicht gänzlich unterdrücken, für eine weitere ungewisse Zeitspanne hier festzusitzen, nun, da sie wusste, dass Europäer hiergewesen waren.

«Er ist streng, und er verlangt viel, das stimmt, aber er würde Sie niemals zurücklassen – das könnte er nicht mit seiner Auffassung von Ehre und Gewissen vereinbaren.»

Die Dunkelheit dieser warmen Nacht schuf eine dichte Atmosphäre des Vertrauens und der Nähe – gestern hatten sie von der Existenz des anderen noch nichts geahnt, und nun begann eine Vertrautheit wie unter Freunden zwischen ihnen zu herrschen. Brittany zeichnete Linien und Schleifen in den Sand, bevor sie die Frage stellte, die ihr besonders am Herzen lag. «Und Ihr Erster Offizier?» Sie war der Finsternis dankbar, die ihr Gesicht in Schatten hüllte, und bat darum, dass Charlie den schnellen Schlag ihres Herzens nicht hören möge. Doch ihm war das leichte Vibrieren in ihrer Stimme nicht entgangen, und ein leiser Stich durchfuhr ihn.

Trotzdem antwortete er, als sei nichts gewesen. «Mr. Hicks? Ein verdammt guter Offizier. Außer dem Captain hat wohl kaum jemand an Bord so viel Erfahrung und so gute Nerven wie er. Irgendwie ist er ein Teufelskerl, und ich weiß nicht, ob er wirklich so abgebrüht ist oder nur so tut.»

Brittany war nicht sicher, ob es klug war, noch weiter nachzuhaken, doch die Wissbegier hörte nicht auf, sie zu quälen. Sie atmete tief durch und gab sich alle Mühe, ihre Frage beiläufig klingen zu lassen. «Was ist er sonst für ein Mensch – wo kommt er her?»

«Viel weiß auch ich nicht – er spricht nicht über sich selbst und gehört zu den Menschen, bei denen es sich von selbst verbietet, nachzufragen. Ich weiß nur, dass er ein waschechter Londoner ist, um die dreißig und seit knapp zwanzig Jahren im Dienst der Navy.»

Brittany hatte die Arme immer noch um ihre Knie geschlungen und vergrub die Nase in ihrer Armbeuge. Charlie spürte instinktiv, wo sie mit ihren Gedanken war, und es tat weh, verdammt weh. Doch er wäre nicht er selbst gewesen, hätten nicht sein unbezwingbarer Optimismus und seine Fähigkeit, aus jeder Situation, sei sie auch noch so düster, das Beste zu machen, die Oberhand gewonnen. «Wollen Sie sich nicht auch hinlegen und ein bisschen schlafen? Bis Sonnenaufgang sind es nur noch ein paar Stunden.»

Brittany schüttelte den Kopf. «Ich kann noch nicht schlafen. Es ist so vieles geschehen, ich muss über so viele Dinge nachdenken.»

«In Ordnung.» Er schlüpfte aus seinem Uniformrock und legte ihn ihr über die Schultern. «Hier – damit Ihnen nicht kalt wird.»

«Danke, Charlie. So wie Sie habe ich mir immer einen Bruder gewünscht.»

«Erzählen Sie das mal meinen Schwestern», versuchte er zu scherzen, doch sein Humor wollte ihm im Hals stecken bleiben, und seine Stimme klang belegt. «Ich leg mich noch ein wenig aufs Ohr. Bis morgen, Miss Addison.»

«Gute Nacht, Charlie.» Er verschwand in der Dunkelheit, und Brittany blieb allein zurück mit den Erinnerungen vergangener Tage und den Gedanken an eine Zukunft, die nicht weniger abenteuerlich vor ihr lag, als es die Vergangenheit gewesen war.

# 4

Der groß gewachsene, grobknochige Mann saß im Schatten des Zeltes an einem narbigen Holztisch, der fast vollständig mit dicht beschriebenen Papierbögen bedeckt war, und brütete vor sich hin. Was um Himmels willen ist schiefgegangen? Keine unserer Berechnungen stimmt mit den anderen überein, geschweige denn mit denen der *Royal Society*. Weshalb nur?

Von draußen drangen laute Stimmen in das Zelt – freudige Ausrufe in der Sprache, die, noch vor wenigen Wochen ein Rätsel, nun beinahe vertraut war, vermischt mit lautem Lachen.

Unwillkürlich wanderten seine Gedanken zurück an den dreizehnten April, an dem die Ankerspitzen der *Endeavour* sich nach Monaten auf See in den weichen Korallensand der Bucht bohrten und eine große Anzahl von Kanus, mit farbenprächtigen Blumenkränzen und voluminösen Federbüscheln geschmückt, auf sie zuglitt, festlich gekleidete, winkende Männer und Frauen an Bord.

Die Eingeborenen, die sie mit lauten Zurufen begrüßten, brachten Kokosnüsse und andere Geschenke mit sich, um die Fremden von jenseits des Meeres willkommen zu heißen. Ein alter Häuptling namens Owha'a empfing den Captain und dessen Offiziere mit allen Ehren und führte sie durch die Bucht und die angrenzenden Buschwälder.

Im Austausch von Geschenken – von Brotfrüchten, Schweinen und Bananen auf der einen, Werkzeugen, Leinwand und Nägeln auf der anderen Seite – entwickelten sich im Laufe der nächsten Tage erste diplomatische Beziehungen, die nur wenig von den Versuchen der Eingeborenen getrübt wurden, alles zu entwenden, was im Besitz der Engländer fremd und begehrenswert erschien, auch nicht von jenem Zwischenfall, als der Dieb einer Muskete auf der Flucht von einem der Marinesoldaten tödlich getroffen wurde. Feste wurden gemeinsam gefeiert, traditionelle Ringkämpfe besucht, Freundschaften geschlossen, schließlich aus grob zugehauenen Baumstämmen das Fort an der Spitze einer Landzunge errichtet, die aus Anlass der bevorstehenden astronomischen Beobachtung den Namen Point Venus erhielt. Dann verschwand der Quadrant, und die Schwierigkeiten begannen.

Von Owha'a und einigen anderen Stammesoberhäuptern abgesehen, stießen die Offiziere und Gentlemen bei ihren Nachforschungen auf eine Mauer des Schweigens, die auch die Beschlagnahmung mehrerer Kanus nicht durchbrechen konnte.

Erst als Joseph Banks seine Freundschaft mit dem Häuptling Tubouratomita in die Waagschale warf und mit Mr. Green, dem früheren Assistenten des Königlichen Observatoriums in Greenwich, in den östlich der Matavai-Bucht gelegenen Dörfern nach dem Verbleib des Instrumentes forschte, kam Bewegung in diese unerfreuliche Angelegenheit, und es gelang Banks tatsächlich, den Quadranten wiederzubeschaffen, ohne den die Beobachtung des Venusdurchganges nur unvollständig hätte ausgeführt werden können.

Doch nun stimmten die Berechnungen nicht überein.

Müde rieb sich der Captain die Nasenwurzel, um die beiden senkrechten Falten zu glätten, die Sorge und Anstrengung hinterlassen hatten; seine Augen brannten vom wiederholten Durchsehen der dichten Zahlenreihen. Was soll ich der *Royal Society* mitteilen – dass alles umsonst war, weil wir Pech hatten oder einfach unfähig waren? Diese ganze gottverdammte Reise für nichts, ein glatter Reinfall!

Schritte näherten sich durch den festgetretenen Sand vor dem Eingang des Zeltes. Ein leises Hüsteln ließ ihn auffahren.

«Mr. Gore?»

Der Zweite Offizier salutierte. «Lieutenant Hicks ist mit seinen Männern von Puaru zurück, Captain.»

«Gut. Er soll gleich bei mir vorbeikommen und mir seine Ergebnisse mitteilen.» Er konzentrierte sich wieder auf seine Papiere, doch Lieutenant Gore machte keine Anstalten, das Zelt zu verlassen.

Der Captain runzelte die Stirn. «Noch etwas?»

«Ja, Sir. Sie – nun, wie soll ich mich ausdrücken – sie haben eine Frau mitgebracht.»

«Eine Frau?» Eine Mischung aus Ungläubigkeit und Irritation zeigte sich auf dem Gesicht des Captains. «Mr. Gore, ich bitte Sie – ich glaube, daran ist inzwischen nichts Ungewöhnliches mehr!» Ein wenig verärgert, solcher Nichtigkeiten wegen gestört zu werden, senkte er den Blick wieder auf seine Arbeit.

«Verzeihung, Sir, in diesem Fall wohl schon», widersprach Gore ihm, «es handelt sich nämlich um eine Engländerin – eine Schiffbrüchige.»

Der Captain blinzelte verwirrt. «Eine Engländerin? Wie um alles in der Welt –»

«Mr. Hicks möchte Ihnen gerne alles berichten. Er wartet draußen.»

Außerhalb des Zeltes empfing die beiden Männer die dumpfe Wärme des frühen Abends. Eine ganze Traube von Eingeborenen hatte sich vor dem Fort versammelt. Aufgeregt drangen ihre Wortkaskaden zu den beiden Engländern herüber, ohne dass der Captain ausmachen konnte, was genau der Anlass für diesen Menschenauflauf war, zu dem beständig weitere *Maohi* stießen, Männer, Frauen und quietschende Kinder.

Lieutenant Hicks stand mit dem Rücken zum Zelt und unterhielt sich mit dem Maat Robert Molyneux, dessen spitzes Fuchsgesicht zu gleichen Teilen Unglauben und Neugier ausdrückte.

«Mr. Hicks! Was zum Teufel hat das zu bedeuten?!»

Der Angeredete drehte sich um und legte zwei Finger an seinen Dreispitz. «Sir, ich melde mich mit vollzähliger Mannschaft zurück.»

In diesem Augenblick gab die Menge den Blick auf das Objekt ihrer Erregung frei, und die schlanke junge Frau drehte sich um, immer noch umringt von den Eingeborenen, die auf sie einredeten und bewundernd über ihr schimmerndes, kastanienfarbenes Haar strichen.

Junge Frau?, dachte der Captain und berichtigte sich in Gedanken. Gütiger Gott – das ist ja noch ein halbes Kind, nicht älter als sechzehn, siebzehn Jahre!

«Sir, ich habe die Ehre, Ihnen Miss Addison vorstellen zu dürfen.»

Brittany neigte höflich den Kopf und musterte dabei eingehend und mit einer Spur von Nervosität den Mann, in dessen Händen ihr Schicksal von nun an liegen sollte. Sie schätzte ihn auf Anfang vierzig, obwohl das Netz feiner Linien in seinem bronzenen Gesicht ihn älter wirken ließ. Kräftig von Statur, ohne übergewichtig zu sein, sah man ihm die vielen Jahre harter Arbeit auf See an. Ursprünglich von schwarzbrauner Farbe, hatte sein Haar unter der Glut der Sonne einen aschblonden Ton angenommen, noch durchsetzt mit dunklen Strähnen. Seine scharf vorspringende, gebogene Nase verlieh ihm das Aussehen eines Raubvogels, intelligent, wachsam und immer auf der Hut, während das energisch vorgeschobene Kinn von einem eisernen Willen zeugte.

Offen und aufmerksam blickte er Brittany aus seinen graublauen Augen an, bevor er mit hochgezogenen Augenbrauen fragte: «Die Tochter von Captain Addison, die sich damals an Bord der verschollenen *Seagull* befand?»

Brittany nickte. «Genau die bin ich. Und Sie sind –»

Er verneigte sich knapp, eine Hand auf dem Rücken seines vom Schweiß leicht durchfeuchteten Hemdes.

«Lieutenant James Cook – H.M.S. *Endeavour.*»

«Wirklich, Mr. Hicks – eine prekäre Lage, in die Sie uns da gebracht haben!» Mit einem donnernden Geräusch schlug die kräftige Hand des Captains auf die Tischplatte. Auch nach mehreren Jahren, die er fern seiner Heimat verbracht hatte, war der dunkle, rollende Akzent Yorkshires nicht vollständig aus seiner Sprache verschwunden, und in Momenten starker Erregung wie diesem brach er erneut und unvermindert hervor. Unmittelbar nach Brittanys Ankunft hatte Cook seine Offiziere zu einer Beratung an Bord der *Endeavour* zusammengerufen und schritt nun energisch in der dunkel getäfelten Offiziersmesse auf und ab, keineswegs bemüht, seine Verärgerung zu verbergen.

Verblüfft zog Hicks die Augenbrauen hoch, und Clerke und Pickersgill tauschten überraschte Blicke. Auf eine solche Reaktion des Captains war keiner von ihnen vorbereitet gewesen.

Cook blieb ruckartig stehen und blickte die Offiziere scharf an. «Was glauben Sie, was geschieht, wenn wir Miss Addison zurück nach England bringen? Eine Frau ein Jahr mit neunzig Mann auf einem Schiff – das gibt einen Aufruhr, der seinesgleichen suchen wird! Miss Addison stammt aus einer bedeutenden Familie – uns würde niemand glauben, dass ihr in dieser Zeit keiner der Männer zu nahe getreten ist und sie kompromittiert hat!» Erneut musste der massive Holztisch in der Mitte des engen Raumes einen Schlag mit der flachen Hand erdulden, dann setzte Cook seinen Weg um ihn herum fort.

«Aber hierlassen können wir sie auch nicht, Sir», wandte Clerke mutig ein.

Cook blieb stehen und blickte ihn an.

«Nein», gab er schließlich zu, eine Spur von Resignation im Gesicht. «Sie ist Engländerin und noch dazu die Tochter eines der größten Kapitäne, die wir je hatten.» Er stützte sich mit den geballten Fäusten auf der Tischplatte ab. «Aber wie zum Teufel lassen sich Unannehmlichkeiten vermeiden?» Er blickte seinen Offizieren der Reihe nach ins Gesicht, als erwartete er darin die Antwort zu finden. Saunders fühlte sich unbehaglich; er konnte diesem Blick kaum standhalten und begann auf seinem Stuhl hin- und herzurutschen, was ihm von Pickersgills Seite einen leichten Tritt gegen das Schienbein einbrachte.

«Ich hätte da einen Vorschlag zu machen, Sir.» Es war Lieutenant Gore, der sich zu Wort meldete, ein eher klein zu nennender Mann, der, obwohl erst Mitte dreißig, bereits zur Untersetztheit neigte. Cook legte viel Wert auf die Meinung dieses Mannes, den er als zuverlässigen und unerschütterlichen Offizier kannte und schätzte.

Interessiert richtete er sich auf. «Welchen, Mr. Gore?»

«Meines Wissens ist es Jahrzehnte lang üblich gewesen, Frauen auf Handelsschiffen mitzunehmen – inoffiziell allerdings. Ihre Anwesenheit wurde nicht im Logbuch erwähnt, und so konnte später niemand mehr feststellen, ob sie tatsächlich an Bord gewesen waren.»

Cook schlug die Arme übereinander. «Das würde allerdings bedeuten, dass wir die gesamte Admiralität hintergehen müssten. Könnten wir das verantworten?», gab er zu bedenken.

John Gore reckte sich würdevoll und legte seine hohe Stirn in zahlreiche Querfalten. «Sir, wenn wir uns alle, ohne Ausnahme, verpflichten, Miss Addison nicht in unseren Aufzeichnungen zu erwähnen und auch später Stillschweigen über ihre Anwesenheit zu bewahren ...» Er machte eine ausholende, viel sagende Geste.

Einen Finger an seine geschwungene Unterlippe gelegt, blickte Cook seinen Zweiten Offizier aufmerksam an, dann verschränkte er die Arme auf seinem Rücken. «Nun, Gentlemen – was meinen Sie zu diesem Vorschlag?»

Aufmerksam blickte er in die Runde.

Lieutenant Hicks meldete sich als Erster zu Wort. «Ich bin dafür, Sir – es ist die einzige Möglichkeit, uns einigermaßen elegant aus der Affäre zu ziehen.»

«Das sehe ich auch so», bekräftigte Charles Clerke.

«Ich ebenfalls», schloss sich Pickersgill an. Die beiden anderen Midshipmen Jonathan Monkhouse und John Bootie nickten zustimmend, ebenso wie Molyneux und Saunders. Abwägend ließ der Captain noch einmal seinen Blick in die Runde schweifen, bevor er erleichtert den Atem ausstieß.

«Nun, Gentlemen, darin sind wir uns einig – keiner von uns oder den zivilen Passagieren wird auf dieser Reise Miss Addison in seinen Aufzeichnungen erwähnen und auch in England kein Wort darüber verlauten lassen, dass sie mit uns auf der *Endeavour* zurückgekehrt ist. Ich werde nach unserer Rückkehr die Admiralität von unserer Übereinkunft in Kenntnis setzen und ihr unsere Beweggründe mitteilen.»

Knapp nickte er den Männern zu, dann verschwand er durch die zweite Tür des Raumes in die Kajüte.

Pickersgill blies die Backen auf, als er sah, wie sich die Tür hinter Cook schloss, und wedelte mit der Hand. «Puh, ich dachte wirklich, er würde uns alle einen Kopf kürzer machen!»

«Aber er hat Recht.» John Gore erhob sich. Unter allgemeinem Stühlerücken hatte ein Teil der Offiziere bereits den Raum verlassen, und ihre Schritte und gedämpften Stimmen drangen herunter, während sie die Treppe an Deck erklommen. «Die Kreise, denen die Addisons angehören», fuhr er fort, «haben ihren eigenen Sitten- und Ehrenkodex. Wir müssen alles daransetzen, jeden Skandal von Miss Addison fern zu halten.»

«Ihren Optimismus in Ehren, Mr. Gore, aber machen Sie sich keine Illusionen», wandte Hicks ein, der gedankenvoll mit dem Ärmel über seinen Dreispitz fuhr, den er in der Hand hielt. «Sitte und Anstand unterliegen in England immer noch der Willkür derer, die das Geld und damit die Macht besitzen – und die werden unweigerlich über Miss Addison ihr Urteil fällen, gerechtfertigt oder nicht und unabhängig davon, welche Bemühungen wir anstellen.»

Gore kratzte sich nachdenklich am Hinterkopf, an dem sein mattbraunes Haar sich bereits zu lichten begann. «Ich wünschte, Sie hätten ausnahmsweise einmal nicht Recht, Mr. Hicks – wenigstens dieses eine Mal.»

Hicks' Augen verengten sich zu schmalen Schlitzen, und ein Mundwinkel zuckte leicht, als er entgegnete: «Ich kann nur das beurteilen, was ich sehe – wenn mir das auch viel zu oft selbst missfällt.»

Gore nickte, Verständnis in seinen tief liegenden Augen. Er wusste von Hicks ebenso wenig wie alle anderen an Bord, doch das, was er in den vergangenen Monaten der engen Zusammenarbeit von ihm kennen gelernt hatte, gefiel ihm. Er schätzte es, wenn Menschen direkt und gewissenhaft waren und nie mehr von anderen verlangten, als sie selbst zu geben bereit waren – Tugenden, die Gore als geborener Amerikaner bereits mit der Muttermilch in sich aufgenommen und in der Navy des britischen Königreiches oft vergeblich gesucht hatte. Freundschaftlich klopfte er dem Ersten Offizier auf die Schulter. «Kommen Sie – wir wollen Miss Addison nicht länger auf die guten Neuigkeiten warten lassen.»

Brittany saß im Sand und blickte hinüber zu dem schwerfälligen Dreimaster, der im flachen Wasser der Lagune vor sich hin dümpelte und auf dem in diesem Augenblick über ihr weiteres Schicksal entschieden wurde. Nur mit halbem Ohr hörte sie auf das muntere Geschnatter der *vahine*, der *Maohi*-Frauen, die ihr das dicke Haar sorgfältig kämmten und mit parfümiertem Kokosöl einrieben. Sie hatte als Kind schönere und schnittigere Schiffe gesehen, doch als die Pinasse am späten Nachmittag in der Matavai-Bucht einlief und Charlie ihr den umgebauten Kohlenfrachter aus den Werften von Whitby zeigte, mit dem sie um die halbe Welt gesegelt waren, war ihr niemals ein Schiff so begehrenswert erschienen wie dieses plumpe Ungetüm, das ihr die Chance bot, nach Hause zu gelangen.

Stunden schien es nun her zu sein, dass sich die Offiziere an Bord des Schiffes zurückgezogen hatten, und noch immer gab es keine Anzeichen dafür, dass eine Entscheidung gefallen war. Was, wenn sie dazu verdammt war, bis ans Ende ihrer Tage unter den *Maohi* zu leben oder zumindest so lange, bis eines fernen Tages wieder ein europäisches Schiff hier landete? Sie war völlig in ihre Grübeleien vertieft, wälzte abwechselnd hoffnungsvolle und unheilschwangere Gedanken, so dass sie kaum mehr wahrnahm, was um sie herum geschah. Erst als das Kichern der Frauen sich zu einer Kaskade an Albernheit und Verlegenheit steigerte, tauchte sie aus den Tiefen ihrer Innenwelt auf und hob den Kopf.

«Ich bitte um Verzeihung – ich wollte Sie nicht aus Ihren Träumen reißen!» Die sanfte, männliche Stimme, die sie auf Englisch ansprach, ließ sie erschreckt auffahren.

*«Tapani, Tapani»,* flüsterte ihr eine der *vahine* ins Ohr und hielt sich gleich darauf die Hand vor den Mund, um ihr glucksendes Gelächter zu verbergen.

Der Engländer, der vor ihnen stand, strahlte trotz seiner jungen Jahre – Brittany schätzte ihn auf höchstens fünf-, sechsundzwanzig – eine gewisse Distinguiertheit und das Selbstbewusstsein eines Mannes aus, der von Kindesbeinen an die zahlreichen Privilegien gewohnt ist, die ererbter Reichtum mit sich bringt. Sein Gesicht wirkte weich, fast feminin, ohne verweichlicht oder dekadent zu sein, und war von nahezu perfekten Proportionen, wenn es auch in der nachgiebigen Linie des Unterkiefers und der etwas zu kräftigen Brauenpartie einen

Hang zur Trägheit vermuten ließ. Seine Nase war einen Hauch zu breit geraten, was aber gemildert wurde durch die schön geschwungene Form seiner hellgrauen Augen, von dichten, sandfarbigen Wimpern umrahmt, die mit ihrem träumerischen Ausdruck den Romantiker und Idealisten verrieten. Eine kleine, neckisch wirkende Kerbe in seinem Kinn vollendete den charmanten, eines Gentleman würdigen Eindruck. Der Hitze wegen hatte er auf einen Rock verzichtet, doch das reich gefältelte Hemd aus feinstem Leinen zeigte mehr als deutlich, welchen Wert er einer eleganten Erscheinung beimaß.

«Ich hoffe, ich habe Sie nicht allzu sehr erschreckt – nichts läge mir ferner als das. Joseph Banks», stellte er sich mit einer galanten Verbeugung vor, «Botaniker und Forschungsreisender an Bord der *Endeavour.* Gestatten Sie, dass ich Ihnen Gesellschaft leiste?»

Lieutenant Hicks eilte den Strand entlang und verfluchte innerlich John Gore mitsamt dessen *vahine*, bei deren Anblick dieser sich rasch abgemeldet und es ihm überlassen hatte, Miss Addison die guten Neuigkeiten zu überbringen.

Er spürte, wie der altbekannte Zorn in ihm hochstieg. Er schätzte Gore als Offizier wie als Menschen und hatte eine gewisse Sympathie für ihn, aber es widerstrebte ihm, sich alle wichtigen Aufgaben an Bord aufhalsen zu lassen, nur weil er es im Gegensatz zu den meisten anderen Männern ablehnte, seine Zeit mit einer dieser schmeichelnden exotischen Schönen zu verbringen. Er tat sich schwer, intelligente, zivilisierte Männer wie Gore und Clerke zu verstehen, die die rein physische Befriedigung genossen, die ihnen eine solche Beziehung bot. Zugegeben: Von den Frauen mit ihrer samtig weichen braunen Haut und den glänzend schwarzen Haaren, ihren edlen Zügen und anmutigen Bewegungen umschwärmt zu werden, war mehr als verführerisch. Sie stellten keine Fragen, keine Forderungen, sondern gaben alles, was sie besaßen – und genau das war es, was Hicks so missfiel. Er hätte sich als Ausbeuter gefühlt, hätte auch er eine *vahine* in einer Laubhütte sitzen gehabt, die sehnsüchtig auf ihn wartete und darauf, ihm seine geheimsten erotischen Wünsche von den Augen abzulesen und Wirklichkeit werden zu lassen, ohne dass er ihr irgendetwas hätte bieten können, am wenigsten eine gemeinsame Zukunft. So verlockend diese Vorstellung war, so lag für ihn doch etwas

Menschenverachtendes in dieser paradiesischen Phantasie, die für gut einhundert Männer aus dem ganzen Königreich für wenige Wochen alltägliche Realität geworden war. Der Wind, der vom Meer her auffrischte, strich kühlend, beinahe tröstend, über Hicks' erhitzte Wangen und Stirn.

Ein junger Fischer, der sein Auslegerkanu reparierte, hatte ihm gezeigt, wo er die *ta'ata rapa'au* finden könnte. Sie war nicht allein – neben vier oder fünf *vahine* leistete ihr ein Engländer Gesellschaft. Hicks erkannte ihn sogleich an dem dunkelblonden Zopf und dem weißen Hemd, das selbst auf die Entfernung hin teuer und vornehm aussah. Er beugte sich zu ihr und sagte etwas, das sie in lautes Lachen ausbrechen ließ. Hicks' spürte, wie sich sein Jähzorn heiß in der Magengegend ausbreitete, doch sein Kopf war kühl und klar, als er zu der kleinen Gruppe trat, die ihn weder gesehen noch gehört zu haben schien. Banks illustrierte mit lebhaften Gesten eine seiner zahlreichen Anekdoten, der Brittany gespannt lauschte und die die *vahine*, obwohl sie kaum ein Wort verstanden, immer wieder in helles Kichern ausbrechen ließ.

«Verzeihen Sie, Mr. Banks – ich hätte Miss Addison gerne auf ein Wort gesprochen!»

Scharf durchschnitt Hicks' Stimme die heitere Atmosphäre. Brittany und Banks fuhren überrascht herum, als seien sie bei etwas Verbotenem ertappt worden. Eine unerwartete Kühle machte sich breit, als sich Banks nun langsam erhob und die beiden Männer sich mit festen Blicken taxierten.

Die aschblonden Augenbrauen hochgezogen, bemerkte Banks frostig: «Ich muss Sie leider bitten, noch ein wenig zu warten – Miss Addison und ich befinden uns mitten in einer anregenden Unterhaltung, wie Sie wohl unschwer erkennen dürften.»

Hicks tippte höflich an seinen Dreispitz, doch hatte diese Geste etwas Verachtungsvolles. «Bedaure, Mr. Banks, aber ich komme auf Befehl des Captains und bringe eine Nachricht für Miss Addison, die keinen Aufschub duldet und die ich ihr unter vier Augen zukommen lassen muss.»

Die beiden Männer starrten sich an, und Brittany glaubte es förmlich knistern zu hören. Schließlich nickte Banks knapp und wandte sich wieder Brittany zu.

«Ich fürchte, wir werden unsere Unterhaltung auf ein andermal verschieben müssen», sagte er lächelnd und bot ihr seine Handfläche dar. Mit einer formvollendeten Verbeugung drückte er kurz seine Lippen auf ihren Handrücken. Ein angenehmer Schauder durchzuckte Brittany und ließ eine feine Röte auf ihren Wangen erscheinen.

«Sehr gerne, Mr. Banks.»

*«Enchanté, Mademoiselle.»* Hicks grüßte er nur mit einem kurzen Kopfnicken, bevor er sich wieder in Richtung des Dorfes bewegte.

Mit einem zaghaften Lächeln, das ihre Nervosität verbergen sollte, wandte sich Brittany an den Ersten Offizier. «Was – was für eine Nachricht sollen Sie mir überbringen?»

«Ich soll Ihnen vom Captain ausrichten, dass es ihm eine Ehre sein wird, Sie nach England zurückzugeleiten ...»

Brittany atmete deutlich hörbar tief ein. Nach Hause – endlich nach Hause ... hallte es in ihr wider. Insgeheim hatte sie nie ernste Zweifel gehegt, dass sich der Captain so entscheiden würde, doch das Leben hatte sie bisher auf allzu bittere Weise gelehrt, Hoffnungen gegenüber vorsichtig zu sein. Umso mehr überließ sie sich nun der unbändigen Freude, die wie eine Sturzflut über sie hereinbrach und ihr beinahe den Atem raubte.

«... allerdings unter der Bedingung, dass Sie nach unserer Rückkehr nicht überall verkünden, Sie seien auf der *Endeavour* nach England zurückgesegelt. Der Captain möchte unnötiges Aufsehen vermeiden, wenigstens während der ersten Monate. Geben Sie am besten an, Sie seien von irgendeinem spanischen oder portugiesischen Handelsschiff nach Europa gebracht worden.»

Brittany konnte nur nicken, überwältigt vor Glück. Hicks nickte ihr knapp zu und salutierte kurz, bevor er sich zum Gehen wandte.

In einem plötzlichen Impuls sprang Brittany auf. «Mr. Hicks!»

Der Lieutenant drehte sich noch einmal um. Brittany errötete vor Verlegenheit und suchte nach Worten, das auszudrücken, was sie empfand.

«Ich – ich möchte mich noch bei Ihnen bedanken.»

Er zog eine Augenbraue fragend in die Höhe. «Bedanken? Wofür?»

«Dafür, dass Sie sich beim Captain für mich verwendet haben. Ich danke Ihnen.»

«Sie tun mir zu viel Ehre an, Miss Addison – ich habe mich keineswegs beim Captain für Sie verwendet. Ich habe ihn lediglich über Ihren Fall in Kenntnis gesetzt, wie es meine Pflicht war. Er konnte sich ohnehin nicht anders entscheiden, als Sie mitzunehmen.»

Brittany stieß einen Laut der Überraschung aus. «Aber ich dachte – warum musste dann eine Beratung angesetzt werden, wenn die Entscheidung schon von vornherein feststand?»

«Es ging darum, die Zustimmung jedes einzelnen Offiziers zu erhalten, um sich abzusichern gegen eventuelle spätere Einwände, die eine solch heikle Angelegenheit mit sich bringen kann. Eine reine Formsache, mehr nicht.»

Die Kälte und Unpersönlichkeit seiner Worte traf sie zutiefst. Zorn packte sie, unbändiger Zorn auf diese Männer, die so selbstverständlich wie nebensächlich über ihr Schicksal entschieden, vor allem aber auf Hicks, dem sie nicht mehr zu bedeuten schien als ein Stück Vieh, das man verschachert. «Warum haben Sie überhaupt vorgeschlagen, mich nach England zu bringen? Vielleicht würde ich es vorziehen, hierzubleiben, wo man mich als Mensch schätzt!», entgegnete sie hitzig.

«Es tut mir Leid, Miss Addison, aber es scheint wohl eher so zu sein, dass Sie hier niemand als Mensch schätzt, wie Sie es auszudrücken belieben – sonst hätte man Sie wohl kaum so hinterhältig Ihrer Freiheit beraubt.»

Er hatte Recht, das war das Verteufelte daran, und genau das ließ Brittany explodieren. «Ich habe Sie nicht darum gebeten, mich vorgestern hinter diesem Baum hervorzuholen! Wären Sie doch einfach nur weitergegangen, dann hätte ich von alldem nie erfahren und hätte mein Leben friedlich weiterführen können!» Heiße Zornestränen stiegen ihr in die Augen, und je wilder und lauter sie wurde, desto kühler reagierte der Offizier.

«Vielleicht wäre das klüger gewesen, da haben Sie Recht.»

«Weshalb haben Sie es dann getan – weshalb haben Sie den Vorschlag gemacht, mich mitzunehmen?»

Er zuckte nachlässig mit den Achseln. «Es war das Naheliegendste. Und wie schon gesagt – ich hielt es für meine Pflicht.» Er fixierte sie kurz, dann tippte er an seinen Dreispitz. «Wenn Sie mich nun bitte entschuldigen wollen – der Captain erwartet mich wieder an Bord.»

Ohne ein weiteres Wort an sie zu verschwenden oder ihre Antwort abzuwarten, ging er davon.

Vor Wut zitternd starrte sie ihm hinterher, und ohne dass sie recht wusste, wie ihr geschah, gaben ihre Knie unter ihr nach. Schluchzend sank sie in den Sand, halb Freuden- und halb Zornestränen weinend und sich von den streichelnden Händen der *vahine* trösten lassend, die jammernd herbeistürzten und sich in Verwünschungen des so gut aussehenden, aber immer derart unfreundlichen *Hite* ergingen.

Die letzten Nächte waren ruhig gewesen, ohne besondere Ereignisse an Bord, und so hatte der Captain Befehl gegeben, die Zahl der Männer pro Wache auf drei zu reduzieren – einer der Offiziere achtern und zwei der Matrosen im vorderen Teil des Schiffes. Lieutenant Hicks war dankbar für die Stunden der Einsamkeit, die ihm diese Nachtwache bescherte. Er brauchte die Ruhe und das Alleinsein, um nachzudenken und um mit sich selbst ins Reine zu kommen.

Den ganzen Abend hatte er sich bemüht, Ordnung in seine wild durcheinander wirbelnden Gedanken zu bekommen, doch ohne Erfolg, und das erschreckte ihn. Es war lange her, dass er sich seiner Distanz zu den Dingen beraubt und sich aus dem Gleichgewicht gebracht gefühlt hatte. Es hatte nichts gegeben, das er nicht objektiv betrachten und rational erfassen konnte, nichts, dem er nicht kühl und gleichmütig begegnen konnte – bis *sie* in sein Leben getreten war. Die Erinnerungen seiner Sinne quälten ihn immer aufs Neue: die weiche Haut ihrer Arme unter seinen Händen, das Gewicht ihres Körpers an seinem, der Duft ihres Haars, diese Augen, die ihn immer wieder forschend ansahen und bis in sein Innerstes zu dringen schienen – und Joseph Banks, wie er sie zum Lachen brachte und ihre Wangen erröten ließ. Etwas Neues, nie Gekanntes hatte ihn gestreift, nur ein Hauch, aber stark genug, um seine Welt aus den Angeln zu heben. Hicks tat sich schwer damit, es zu benennen, doch was es auch sein mochte, es war ihm mehr als unwillkommen, und er wusste, es würde seine ganze Kraft kosten, dagegen anzukämpfen.

Schwer stützte er sich auf die Reling, seine Gestalt eine einzige Geste der Mutlosigkeit.

«Mr. Hicks?»

Hastig richtete er sich auf. Es war ihm entgangen, dass sich ihm jemand genähert hatte.

«Sir!» Gerade noch rechtzeitig hatte er in dem Schatten den Captain erkannt, der nun neben ihn getreten war und ebenfalls auf die Schwärze des Meeres hinausblickte.

«Alles ruhig soweit?»

«Jawohl, Sir. Keine besonderen Vorkommnisse.» In dem milden Sternenlicht, das die kaum gekräuselte, spiegelnde Oberfläche des Wassers zurückwarf, konnte Hicks sehen, dass der Captain nickte.

Cook schwieg einige Herzschläge lang, bevor er das Wort erneut an den Lieutenant richtete. «Mir ist zu Ohren gekommen, dass es eine wiederholte Meinungsverschiedenheit zwischen Ihnen und Mr. Banks gegeben hat. Was ist nur los mit Ihnen beiden? Welchen Grund haben Sie, immer wieder aneinander zu geraten?»

«Keinen persönlichen, Sir», gab Hicks ruhig zurück.

«Keinen persönlichen», wiederholte Cook mit beißender Betonung.

Seit ihrem ersten Zusammentreffen vor über einem Jahr in den Docks von Deptford, wo die *Endeavour* für diese lange Reise tauglich gemacht und beladen worden war, war Lieutenant Hicks zu seiner rechten Hand geworden. Als Lieutenant der Schaluppe *Hornet* brachte er ausgezeichnete Empfehlungen und eine Erfahrung mit, die Cook bei einem noch so jungen Kapitänsleutnant angenehm überrascht hatte. Von allen seinen Männern fühlte er sich am engsten mit ihm verbunden, sicher auch, weil es Charakterzüge gab, die sie miteinander teilten: den Willen zur absoluten Pflichterfüllung und Disziplin wie auch eine gewisse Schweigsamkeit. Er war überzeugt davon, dass Hicks nach seiner Heimkehr das längst verdiente Kommando eines Schiffes erhalten würde – er besaß in Cooks Augen genau jene Eigenschaften, die einen guten Captain ausmachten: Mut, menschliche Reife, Beständigkeit, Autorität ohne jegliche Spur von Tyrannei und genügend Kaltblütigkeit, um in jeder noch so brenzligen Situation Ruhe zu bewahren. Dennoch hatte er nie den Eindruck verloren, dass unter der kühlen, glatten Oberfläche des Lieutenants etwas Dunkles, leicht Entflammbares schwelte, das nur auf den kleinsten Funken wartete, um sich zu entzünden. Und genau dort vermutete er den

Punkt, der den Anlass für die Reibereien zwischen Hicks und Banks bot.

Deutlich hörbar stieß Cook nun den Atem aus. «Ich weiß», fuhr er etwas milder fort, «er macht es uns nicht immer leicht. Joseph Banks ist ein wahrer Sohn der englischen Oberschicht, der glaubt, sein Titel und sein Vermögen würden ihm immer und überall die Türen öffnen. Wir dürfen ihm das nicht übel nehmen – er kennt es nicht anders.» Er machte eine Pause und wartete auf eine Erwiderung seines Offiziers. Doch Hicks schwieg und starrte weiter hinaus in die Finsternis. «Ich möchte Sie bitten, in Zukunft etwas vorsichtiger zu sein in der Gegenwart von Mr. Banks. Ob es uns recht ist oder nicht – er spielt bei dieser Expedition eine nicht unwichtige Rolle.»

«Jawohl, Sir.»

«Da ist noch etwas, um das ich Sie bitten möchte, Mr. Hicks – etwas, das mir sehr am Herzen liegt. Miss Addison erregt mir zu viel Aufmerksamkeit unter der Mannschaft wie auch unter den Gentlemen. Was nur zu verständlich ist», fügte er mit einem lauten Ausatmen hinzu, «dennoch ist mir nicht wohl dabei. Ich bitte Sie darum, ein Auge auf sie zu haben, zumindest, solange wir uns noch hier auf dieser Insel befinden.»

«Sir, ich glaube –»

«Mr. Hicks», fiel ihm Cook leise ins Wort und legte eine Hand auf seine Schulter, «*ich* glaube, Sie sind wohl der einzige Mann unter meinen Offizieren, der eine solche Aufgabe nicht zu seinen Gunsten ausnutzen würde. Ich vertraue Ihnen.»

Hicks nickte und senkte den Kopf. «Jawohl, Sir.»

«Danke, Mr. Hicks. Sie nehmen mir eine große Last ab.»

Cook klopfte ihm ermutigend auf die Schulter und verließ das Achterdeck in Richtung Kajüte – nicht im Geringsten ahnend, welche Last er seinem Ersten Offizier mit dieser Anordnung aufgebürdet hatte.

# 5

Brittany hatte die Nacht in der Laubhütte verbracht, die sie und Ratanea bis vor zwei Monaten miteinander geteilt hatten. Sie fühlte sich wie in Stücke gerissen: Ein Teil von ihr war noch immer fest verwurzelt in den Traditionen und Gebräuchen der Insel, dabei aber zutiefst verletzt und bitter enttäuscht, während eine andere Seite ihres Wesens voller Misstrauen gegen die Engländer war, die ihr als fremde, bedrohliche Eroberer erschienen. Doch sich von beiden Welten zurückzuziehen, war so gut wie unmöglich, denn wohin sie auch ging, stolperte sie früher oder später buchstäblich über Matrosen der *Endeavour*, die sich von ihren samtäugigen Geliebten verwöhnen ließen, und immer wieder traf sie mit Menschen aus dem Dorf zusammen, die einen Rat von ihr oder sie einfach nur berühren wollten, um so den Segen Tanes zu erlangen. Für den Moment schien ihr einziges Heil in der Flucht zu bestehen – all das, was sich auf so Schwindel erregende Weise verändert hatte, hinter sich zu lassen und in der Gegenwart dessen, was vertraut und vertrauenswürdig geblieben war, Atem und neuen Mut zu schöpfen. So machte sie sich in aller Frühe in die grüne, wilde Einsamkeit des Waldes auf, um dort den Tag mit dem Sammeln von Kräutern und heilkräftigen Früchten zu verbringen. Sie schlug den schmalen Pfad ein, der vom Dorf weg und in das Dickicht hinein führte.

«Miss Addison!»

Eine tiefe Stimme holte sie ein und ließ sie ihre Schritte beschleunigen. Sie wollte nicht mit diesem Mann sprechen, nicht nach dem, was gestern geschehen war – sie hasste ihn, wie sie noch nie jemanden zuvor gehasst hatte. Seine Schritte kamen näher, und nun begann sie zu laufen, die Steigung hinauf, die der sandige Weg nahm.

«Verdammt, Miss Addison, so bleiben Sie doch stehen!»

Ein auf dem Boden liegender Ast, den sie nicht gesehen hatte, vereitelte ihre Flucht. Mit einem leisen Aufschrei stürzte sie. Hicks war im Nu bei ihr und half ihr auf. «Haben Sie sich wehgetan?»

«Wenn es so wäre, dann würde es Sie wohl kaum interessieren», fauchte sie ihn an und schüttelte seine Hände ab. Zitternd klopfte sie die feuchte Erde von ihrem *pareu*.

«Gewiss würde es das – und sei es nur, weil der Captain ihr persönliches Wohlergehen in meine Hände gelegt hat.»

«Wahrhaftig?» Sie funkelte ihn aus ihren blauen Augen heraus an, die vor Wut fast schwarz waren.

«Wahrhaftig», bekräftigte Hicks, ohne eine Miene zu verziehen.

Brittany richtete sich auf und strich sich mit dem Handrücken ein paar lose Haarsträhnen aus dem Gesicht. «Nun gut – was wollen Sie von mir?»

Ihre Frage klang gereizt, doch Hicks ließ sich davon nicht beirren. «*Ich* will gar nichts von Ihnen. Der Captain hat mir aufgetragen, Sie zu dem Dinner heute Abend einzuladen, anlässlich des Geburtstages Seiner Majestät.»

Brittany blinzelte an Hicks vorbei in das Sonnenlicht, das durch das filigrane Blattwerk fiel. Sie war sich der Ehre und der gesellschaftlichen Anerkennung wohl bewusst, die mit dieser Einladung verbunden waren, doch sie wollte Hicks keinen Triumph gönnen.

«Ich werde es mir überlegen», antwortete sie, noch immer auf Abwehr bedacht, und wandte sich zum Gehen.

«Bei Sonnenuntergang im Fort!», rief Hicks ihr hinterher.

Brittany drehte sich noch einmal halb um, und ein kleines, mokantes Lächeln blitzte in ihrem Gesicht auf. «Ich sagte doch – ich werde es mir überlegen. Guten Tag, Mr. Hicks.»

Der Lieutenant blickte ihr nach, bis sich das Dickicht des Waldes hinter ihr geschlossen hatte, dann rieb er sich nachdenklich das Kinn.

Gesprächsfetzen flogen summend durch den Innenraum des Zeltes, der mit Kerzen in dreiarmigen Zinnleuchtern, über den ganzen lang gestreckten Tisch verteilt, festlich beleuchtet war. Das leise, klirrende Geräusch von Metallbesteck auf zinnernen Tellern bildete den akustischen Hintergrund.

«Ich sage Ihnen, so etwas habe ich noch nie gesehen.» Joseph Banks nahm seinen Becher zur Hand und trank einen Schluck Wein, bevor er mit seiner Schilderung der hiesigen Begräbnisriten begann, die er mit lebhaften Gesten untermalte. Charles Green, der hagere, asketisch wirkende Astronom, lauschte gottergeben den Tiraden seines

Tischnachbarn, während er seine Süßkartoffeln mit der Gabel zerdrückte und in der Bratensauce ertränkte.

Der Botaniker Dr. Solander, ein Schwede und Schüler des berühmten Linnaeus, der sich, klein und rundlich wie er war, mit seiner umgänglichen, überaus humorvollen Art sofort Brittanys ungeteilter Sympathie versichert hatte, beugte sich zu ihr herüber. «Joseph hat wieder einmal ein sehr geschmackvolles Gesprächsthema für das Dinner ausgewählt», flüsterte er ihr zu. Belustigt hoben sich seine hellen Brauen.

Brittany sah schnell über den Tisch hinweg zu Banks, der ihr genau gegenüber saß. Er hatte sich dem festlichen Anlass entsprechend und sicher nach der neuesten Mode Londons gekleidet: unter einem taubenblauen, langschößigen Frack schimmerte mattlavendelfarben eine Seidenweste hervor, aus deren Ausschnitt die Rüschen einer spitzenbesetzten Krawatte quollen. Die ungepuderte Perücke ließ sein junges Gesicht älter und würdevoller wirken.

«Pardon, Daniel – sprechen Sie gerade von mir?»

«In der Tat, Joseph! Ich wollte gerade der Hoffnung Ausdruck verleihen, dass Sie in England mit Ihren Erzählungen ebenso viel Erfolg haben werden.»

«Zweifellos, Mr. Banks», beeilte sich der zweite Schwede an Bord, der eher unscheinbar, grau wie eine vorüberhuschende Maus wirkende Assistent Banks' und Solanders, Herman Spöring, zu versichern. «Die *Royal Society* wird Ihnen sicher einen überwältigenden Empfang bereiten.»

«Von den Ladys der Londoner Gesellschaft ganz zu schweigen – sie werden Sie schon sehnsüchtig vermissen, Joseph», neckte ihn Solander und fuhr, an Brittany gewandt, fort: «Sie müssen nämlich wissen, dass Joseph Banks mit seinen Ländereien in Lincolnshire und seinem jährlichen Einkommen von sechstausend Pfund einer der begehrtesten Junggesellen ganz Londons ist.»

«Nur keinen Neid, meine Herren», rief Banks beschwichtigend und prostete Brittany zu, «nicht, wenn wir heute Abend alle die Ehre haben, die Gesellschaft einer so wunderschönen Lady wie Miss Addison zu genießen.»

Brittany saß linker Hand vom Captain, und kein Mann an dieser Festtafel konnte sich ihrem Zauber entziehen: das schimmernde Kerzenlicht verlieh ihrer hellen Haut einen matten Goldton und ihrem eingeölten Haar einen tiefen Glanz; der granatrote *pareu*, den sie zur Feier des Tages angelegt hatte, umgab sie mit einer Aura der Erotik, und eine weiße Gardenienblüte schmiegte sich verführerisch an ihre Schläfe.

«Sie sollten sie malen, Sydney», empfahl William Perry, der starkknochige, unerschütterlich ruhig wirkende Gehilfe des Schiffsarztes Monkhouse, seinem Gegenüber am Ende des lang gezogenen Tisches. Der feingliedrige Jüngling mit den großen, von dichten Wimpern umflorten Augen errötete. Konnte Perry Gedanken lesen?

Der Captain unterbrach die Gespräche, die sich kreuz und quer über die Tafel zogen, indem er sich erhob und mehrmals mit dem Messer an seinen Becher klopfte. «Gentlemen, lassen Sie uns einen Toast ausbringen – auf Seine Majestät George III., König von England, Schottland und Wales. Möge der Herr seine Hand weiter über ihn und seine Krone halten!»

Unter vernehmlichem Stühlerücken erhoben sich alle und nahmen ihre Becher zur Hand.

«Auf Seine Majestät König George III.!»

Die anwesenden Häuptlinge, exotisch und majestätisch in ihren hellgelben Umhängen und den breiten Kragen aus goldgelben, pechschwarzen und feuerroten Federn, standen ebenfalls auf und imitierten Gestik und Mimik ihrer Gastgeber, beschränkten ihren Trinkspruch aber auf ein kurzes, freudiges *«Kilnargo!»*, da das für sie die größtmögliche Annäherung an die Aussprache des Namens des fremden Herrschers war.

«Da wir gerade dabei sind», lenkte Banks die Aufmerksamkeit wieder auf sich, «möchte ich ebenfalls einen Toast ausbringen.» Er machte eine Kunstpause, um die allgemeine Spannung zu steigern, dann sah er Brittany fest in die Augen und verkündete: «Auf Miss Addison – eine ebenso schöne wie tapfere Lady. Möge der Herr ihr auf ihrem weiteren Lebensweg beistehen.»

«Auf Miss Addison», echoten die Männer aus vollem Herzen.

Die Verlegenheit und Freude, die Brittany erfassten, zauberten eine helle Röte in ihr Gesicht und ließen ihre Züge reizvoll erglühen. Unter halb gesenkten Lidern musterte sie die vielen Gesichter, die ihr voller Sympathie entgegensahen, manche noch fremd, andere hingegen schon sehr vertraut.

Sie hatte sich verloren und befangen gefühlt, als sie kurz vor Sonnenuntergang das Fort betreten hatte, das, von Wällen, Gräben und Palisaden umgeben, auf der schmalen Landzunge errichtet worden war, die das klare Azur der Matavai-Bucht von dem Grün der benachbarten Mahonu-Bucht trennte. Würde sie sich an all die Umgangsformen erinnern, die ihre Tante ihr so mühsam eingepaukt hatte – würde man ihr mit Wohlwollen oder eher Misstrauen begegnen? Der herzliche Empfang der Offiziere und Gentlemen, die ihr der Reihe nach vorgestellt wurden, hatte ihre Bedenken zerstreut, und ihre Unsicherheit hatte sich rasch verflüchtigt. Von Anbeginn herrschte eine heitere, vertraute Atmosphäre, als wäre Brittany schon in Plymouth zu ihnen gestoßen und hätte den ganzen weiten Weg mit ihnen zusammen zurückgelegt.

Sie sah das helle Aufblitzen in Charlies Augen, als er seinen Becher auf sie hob, die Bewunderung, die den Midshipmen mehr als deutlich in ihre Gesichter geschrieben stand; sie blickte in die außergewöhnlich dunklen grauen Augen des jungen Sydney Parkinson, hungrig wie die aller Künstler, die darauf brennen, der Welt ihr außerordentliches Talent zu beweisen; sie spürte den sezierenden Blick des korpulenten Schiffsarztes, der ihre gesamte Gestalt gleichsam in einzelne Bestandteile zu zerlegen und wieder zusammenzusetzen schien, als könnte er damit ihr Wesen ergründen.

Einen kleinen Augenblick lang blieb ihr Blick an Lieutenant Hicks hängen, der schräg gegenüber von ihr, zwischen einem der Stammeshäuptlinge und Richard Pickersgill, seinen Platz eingenommen hatte. Er erwiderte ihren Blick, doch es war Brittany unmöglich, den Ausdruck in seinen Augen zu deuten – zu schnell wandte er ihn wieder von ihr ab, hinterließ in ihr jedoch eine Hitze, die sich als glühende Spur bis in ihren Magen herabzog.

Murmelnd und lärmend setzten sich die Männer und taten sich wieder an dem saftigen Braten gütlich und genossen die vielfältigen Beilagen, die die Wälder und kleinen Äcker der Insel geliefert hatten: weiche, süß-mehlige Brotfrüchte, *'ure pe* genannt; das feste, aromatische Fleisch der Kokosnuss, in dicke Scheiben geschnitten; *mape*, eine Art Kastanie, die geröstet würzig und ein wenig herb schmeckte, und

Bananen, roh wie gekocht, von nahezu weißer Farbe über alle Nuancen von Gelb bis Lachsrosa, von kräftigem, nussartigem Geschmack bis hin zu voller, reifer Süße.

Brittany hatte gerade ihre Gabel zur Hand genommen, die ihr nun weniger fremd in der Hand lag als noch zu Beginn des Abends, als sie einen Blick buchstäblich auf ihrer Haut spürte. Sie sah auf, und ihre dunkelblauen Augen trafen sich mit den unergründlichen schwarzen Tupias, des Hohepriesters und rechter Hand der Fürstin Purea, der als Ehrengast am Mittelteil der lang gestreckten Tafel saß: ein schlanker, hoch gewachsener Mann, der schwer auf ein bestimmtes Alter zu schätzen war – er hätte ebensogut Anfang zwanzig wie Anfang vierzig sein können. Selbst für tahitische Verhältnisse war er eine auffällige Erscheinung: Nicht nur, dass er von edler Gestalt war und sein Gesicht scharfe und schön geschnittene Züge besaß, die seine vornehme Abstammung bezeugten; vor allem fiel er durch die phantasievollen Muster in schwarzer Farbe auf, mit denen sein muskulöser Körper über und über bedeckt war. Dieser Schmuck, als *tatau* bezeichnet, für den in einer schmerzhaften Zeremonie mit einem Werkzeug aus geschnitzten Vogelknochen oder Haifischzähnen eine Farbe aus Öl und Ruß unter die Haut getrieben wurde, war ein Zeichen für Ehre und Rang – je mehr Ornamente einen Körper schmückten, desto bedeutender die Person, und Tupia war mehr als bedeutend.

Brittany war ihm nicht oft begegnet, denn die religiösen Welten Ta'aroas und Tanes waren nicht dieselben, und als Frau war sie zu den großen Ritualen zu Ehren der Götter nicht zugelassen. Deshalb erstaunte sie der forschende Blick, den Tupia auf sie richtete, und er beunruhigte sie. Es überlief sie kalt; sie schalt sich eine Närrin. Was hatte sie zu befürchten?

«Ich kann Ihnen nicht sagen, wie dankbar ich Ihnen dafür bin, dass Sie mich nach England zurückbringen, Mr. Cook», sprach sie ihren Tischnachbarn an, in der Hoffnung, ihn trotz seiner Einsilbigkeit in ein Gespräch verwickeln zu können, das sie von der Furcht, die Tupias Blicke in ihr ausgelöst hatten, abzulenken vermochte.

Cook ließ sein Besteck sinken und tupfte sich die Lippen mit der Serviette ab, schien eine Erwiderung hinauszuzögern, als müsste er erst nach den passenden Worten suchen. «Es ist uns allen eine Ehre, die Tochter von Captain Addison an Bord zu haben», sagte er schließlich und griff nach seinem Becher, bevor er hinzufügte: «Aber vor uns liegt noch ein weiter Weg – bedanken Sie sich beim Herrn, wenn wir sicher im Hafen von Plymouth liegen.» Es klang, als hätte er damit einen raschen Schlusspunkt unter ihr Gespräch setzen wollen.

«Haben Sie meinen Vater gekannt?», fragte Brittany, die sich nicht abschrecken ließ.

Cook schüttelte den Kopf. «Nicht persönlich, leider. Ich habe andere Männer von ihm erzählen hören – er muss wahrhaftig ein hervorragender Captain gewesen sein.»

«Ich weiß es nicht. Er war immer ein Fremder für mich – ein Besucher, der etwa alle eineinhalb Jahre nach Hause kam und nur für wenige Wochen blieb. Die Zeit auf der *Seagull* war die längste, die wir miteinander verbracht haben, seit ich denken kann. Ich wünschte, wir hätten mehr Zeit gehabt ... Haben Sie Kinder?»

Cook dachte an das kleine graue Haus in der Mile End Road, das er an Land sein Zuhause nannte, dort, wo die dünner besiedelten Vororte der Metropole London sich allmählich in Felder und Dörfer zerstreuten. «Vier. Zwei Söhne und eine Tochter – und eines, das ich noch gar nicht gesehen habe. Ich werde sie kaum noch wieder erkennen, bis wir in England sind.»

Brittany runzelte leicht die Stirn. «Ich verstehe nicht, weshalb Sie –»

«Sie meinen, warum ich dann heute hier bin – Tausende Meilen von England entfernt?»

Brittany nickte.

Ein heller Funke loderte in Cooks Augen auf und ließ einen sehnsüchtigen Glanz auf seinem sonst so stoischen Gesicht aufscheinen. Er ballte seine Hand zur Faust und verlieh so seinen leise ausgesprochenen Worten mehr Nachdruck. «Wissen Sie, was es heißt, der Erste zu sein? Der Erste, der, Sextant und Kompass in der Hand, eine Küstenlinie vermisst und dann abends in der Kajüte all die Zahlen in eine dünne Pinsellinie verwandelt, nach der sich Jahrzehnte später noch Seeleute orientieren werden – vielleicht der Erste, der seinen Fuß auf einen noch unbekannten oder nur vermuteten Kontinent setzt? Es ist eine unbeschreibliche Vorstellung, die einen nächtelang nicht schlafen lässt und unablässig vorwärts treibt.»

Abrupt verstummte er, verlegen, entgegen all seinen sonstigen Gepflogenheiten so viel von seinen Gedanken preisgegeben zu haben.

Je länger sich das Festbankett hinzog, desto deutlicher waren die Folgen des schweren, süßen Portweines bei einigen der Gäste zu sehen und vor allem zu hören.

«Ich muss mich für meine Mannschaft entschuldigen, Miss Addison.» Cook war sichtlich peinlich berührt, Brittany den Anblick von betrunkenen Gentlemen oder zumindest beschwipsten Offizieren zumuten zu müssen.

Brittany schüttelte abwehrend den Kopf. «Mr. Cook, ich war über ein halbes Jahr mit einem Handelsschiff unterwegs – ich glaube, da überrascht mich nicht mehr allzu viel.» Sie schob den Stuhl zurück und stand auf. «Wenn Sie mich trotzdem entschuldigen würden – für mich wird es Zeit.»

Cook erhob sich ebenfalls. «Das Dorf wird heute Nacht von betrunkenen Matrosen nur so wimmeln.» Er nickte seinem Ersten Offizier zu, der sich ohne Eile erhob. «Mr. Hicks wird Sie zu Ihrer Behausung begleiten.»

Die Nachtluft blies ihnen kühl entgegen, als Brittany und Lieutenant Hicks aus dem Zelt traten, und vertrieb das dumpfe Gefühl aus ihren Köpfen, das das reichliche Essen und der Wein hinterlassen hatten. Marinesoldat Webb, der am Eingang von Fort Venus Wache schob, stand stramm und legte grüßend die Hand an seinen Dreispitz.

Brittany, noch immer in der Hochstimmung, die sie den Abend über empfunden hatte, brach als Erste das Schweigen, das zwischen ihnen stand, als sie den Weg einschlugen, der unterhalb der Ansammlung von Hütten am Strand entlangführte.

«Sie haben sich heute Abend beim Wein sehr zurückgehalten.»

Hicks zuckte mit den Schultern. «Ich behalte gerne einen klaren Kopf. Nichts ist hinderlicher für das Denken als eine weinselige Stimmung.»

«Gilt das auch für Ihre Empfindungen?»

Der Erste Offizier schwieg einen Augenblick, bevor er kühl entgegnete: «Weshalb fragen Sie das?»

«Ich dachte nur, weil –» Brittany zögerte. «Selbst die kostbaren

Schönheiten, die diese Insel vor Ihnen ausbreitet, scheinen Sie kalt zu lassen.»

Purer Zynismus klang aus seinen Worten, als er erwiderte: «Meinen Sie damit, ich soll mir auch eine Geliebte halten wie all die anderen – eine, die nach meiner Abreise ein Kind von mir trägt, das sein Leben lang für den zufälligen Zusammenprall zweier Welten büßen muss?»

Die Vorstellung, wie Lieutenant Hicks das Lager mit einer *vahine* teilte, sich mit einem dieser glatten, dunkelgoldenen Frauenkörper vereinigte, trieb Brittany die Schamröte ins Gesicht, und gleichzeitig flammte heißes Begehren in ihr auf. Verwirrt über ihre eigenen Gefühle und erbost darüber, dass er ihre Absicht so gründlich missverstanden hatte, antwortete sie, keine Spur weniger zynisch: «Darüber bräuchten Sie sich keine Gedanken zu machen – keine der Frauen, die in diesem Augenblick mit einem Ihrer Männer zusammen ist, wird je die Mutter eines Mischlingskindes sein.» Sie wollte ihn absichtlich verletzen, ihn tödlich kränken, und holte tief Luft, bevor sie zum Schlag gegen ihn und alle anderen Engländer ausholte. «Keine der Frauen hier würde die Schande auf sich nehmen, sich einem Fremden hingegeben zu haben – es sei denn, sie ist eine *arioi.* Die *arioi*, Männer wie Frauen, haben sich Oro geweiht, dem Gott des Krieges, und damit einem Leben des Schauspiels, der Musik, des Tanzes und der Sinnenfreuden.»

Der Widerschein des Feuers, das auf dem Versammlungsplatz im Inneren des Dorfes hell brannte, zuckte warm über den Strand. Rhythmische Trommelschläge, das helle Pfeifen der Flöten und Bruchstücke von Liedern klangen herüber, vermischt mit dem kehligen Lachen von Frauen und dem Gegröle der Matrosen, die auf ihre eigene Weise den Geburtstag ihres fernen Königs feierten.

«Wollen Sie damit andeuten, diese Frauen sind nichts weiter als – Dirnen?!»

Sie zuckte scheinbar gleichgültig mit den Schultern. «Es ist nicht das Gleiche – aber wenn Sie es so nennen wollen, bitte. Ihr Gelübde verpflichtet sie zu Unverheiratetsein und Kinderlosigkeit, zumindest solange sie noch jung sind. Der Bruch dieses Gelübdes würde für sie einen Sturz in tiefe gesellschaftliche Missachtung bedeuten.»

«Aber wie –», setzte Hicks an, der zu ahnen begann, worauf Brittany hinauswollte; doch dann erinnerte er sich daran, dass es Dinge gab, die mit einer jungen Lady zu erörtern als unschicklich galt, und schwieg.

Brittany spürte die Frage, die ihm auf der Zunge lag, und beantwortete sie – angestrengt um Nüchternheit bemüht, doch Hicks konnte die Selbstbeherrschung, die es sie kostete, heraushören. «Keine der *arioi*-Frauen wird je ein Kind in den Armen halten, das sie empfangen hat. Es – es gibt auf der Insel weise Frauen – keine Heilerinnen wie Ratanea und mich», betonte sie scharf, «die sich darauf verstehen, ein Kind gleich bei der Geburt, noch vor dem ersten Atemzug oder bevor die Mutter es erblickt hat, zu töten. Das ist der Preis, den die *arioi* für ihren Ruhm und die Ehren, die damit verbunden sind, zahlen.»

Mit jedem Wort, das sie aussprach, wurde Brittany klarer, dass sie sich mit ihrem Angriff hauptsächlich selbst verletzte, als Frau wie als Teil dieser fremdartigen, exotischen Gesellschaftsordnung. Ihre Stimme war mit den letzten Worten immer leiser geworden. Tränen rannen ihre Wangen herab, die Hicks im Mondschein glitzern sah. Kalter Zorn packte ihn, und er war nicht sicher, ob er sich gegen diese unmenschlichen Bräuche oder Brittany selbst richtete.

«Und Sie sehen tatenlos zu – konnten Sie nicht irgendetwas gegen diese Barbarei tun, Sie mit Ihrem hohen Ansehen als –»

Wild fuhr Brittany ihn an. «Was wissen Sie denn schon über Tahiti? Hier gelten andere Gesetze als in Europa oder an anderen Flecken der Welt. Es gibt Dinge, die sind *tapu*, mehr als verboten – an sie zu rühren, hieße sein eigenes Todesurteil zu unterschreiben, vielleicht noch das anderer Menschen!»

Brittany zitterte vor unterdrücktem Zorn und Angst, jener Angst, die sie nicht mehr verlassen hatte, seit sie zu Rataneas Nachfolgerin und mit den strengen Regeln des *tapu* vertraut gemacht worden war.

Hicks verfiel in Schweigen. Aus irgendeinem Winkel seines Bewusstseins tauchten die blassen Bilder einer engen, düsteren Gasse auf, deren alptraumhafte Häuserschluchten nur ein kleines Stück grauen Himmels sehen ließen, die an manchen Stellen so schmal waren, dass zwei erwachsene Männer nicht aneinander vorbeikamen; zahnlose Hausfrauen in fleckigen, schmutzstarrenden Schürzen, die Haare verfilzt und verlaust, leerten Kübel in den Rinnstein, dessen stechender Geruch nicht an ihrem Inhalt zweifeln ließ; einäugige und zerlumpte Bettler, von denen ein Übelkeit erregender Gestank ausging, schlurften über das gesprungene, von Kot und Stroh übersäte Pflaster. Eine noch junge Stimme flüsterte in Zacharys Ohr: Hier gelten andere Gesetze; hier musst du alles vergessen, was du über Gut und Böse zu wissen glaubst, oder du gehst kläglich unter ... Die Vision verschwand so rasch, wie sie gekommen war, doch sie hinterließ einen brackigen Nachgeschmack und das unbestimmte Gefühl, ohne es zu wollen, einen Schritt auf die Frau neben ihm, auf die er so widersprüchlich reagierte, zugegangen zu sein.

«Wie konnten Sie hier fünf Jahre verbringen, inmitten solcher Grausamkeit und Menschenverachtung?», fragte er leise.

Brittany zuckte die Achseln. Ihr junges Gesicht wirkte müde in dem hellen Licht des Mondes. «Was blieb mir anderes übrig? Vielleicht ist es auch nur unsere Vorstellung von Recht und Unrecht, die die Bräuche hier in einem so düsteren Licht erscheinen lässt – ich weiß es nicht. Tahiti ist weder ein Paradies, noch ist es die Hölle.»

Hicks begann sich zu fragen, was sie, die fremden Entdecker, wirklich von dieser Welt und ihren Menschen wussten – waren sie Täuschungen erlegen, hatten sie gleichermaßen blind wie naiv dem ersten Augenschein vertraut, weil er so sehr ihrer Sehnsucht nach einer Idylle entsprach? «Ein Arkadien, dessen Könige wir sein werden», hatte Banks die Insel bei ihrer Ankunft genannt. Was für Folgen würde ihr Besuch hier haben – und welche Folgen würden die Missverständnisse nach sich ziehen, die zu vermeiden sie zu dumm oder zu arrogant gewesen waren?

«Warten Sie.» Er hielt Brittany am Arm zurück, vorsichtig, als sei sie kostbares Porzellan.

Überrascht drehte sie sich um.

«Würden Sie mir die Insel zeigen – so wie Sie sie erlebt haben? Ich möchte mir gerne mein eigenes Urteil bilden.»

Forschend blickte Brittany in sein Gesicht, suchte nach irgendetwas, das sich verändert haben musste, doch die Schatten der Dunkelheit, die darauf lagen, enthüllten ihr nichts davon. Allein seine Stimme hatte ihr verraten, dass etwas in ihm in Bewegung geraten war.

«Sehr gerne, Mr. Hicks», sagte sie langsam und jede Silbe betonend. «Wann immer Sie wollen.»

# 6

Die Sonnenstrahlen, die durch das dichte Blattwerk drängten, wurden allmählich seltener, und das Licht, das sie auf den Waldboden warfen, hatte einen warmen, kupfernen Ton angenommen.

«Kommen Sie, Mr. Gore, belassen wir es für heute dabei. Wir können mehr als zufrieden sein.»

Banks stopfte den letzten Vogel in seine lederne Jagdtasche und klemmte sein Gewehr unter den Arm. Er pfiff seinen beiden Windhunden und sog tief die feuchtkühle Luft des Waldes mit ihren würzigen Aromen ein.

Joseph Banks, in eine alteingesessene Familie des englischen Landadels hineingeboren, gehörte nicht zu jenen Abkömmlingen, die sich auf den ererbten Lorbeeren ausruhten und sich mit dem Vermögen ihrer Familie ihr Leben in den Salons und Clubs von London so angenehm wie möglich einrichteten, noch war er einer jener vertrockneten Bücherwürmer, die die düsteren, staubigen Bibliotheken dem wirklichen Leben vorzogen. Schon als Schuljunge in Eton widmete er sich lieber dem Angeln und dem Cricket als der Lektüre der griechischen Klassiker, was den Rektor der Schule ebenso in der Hoffnung enttäuschte, aus diesem viel versprechenden Jungen einen Gelehrten zu machen, wie er von Josephs heiterer und großzügiger Disposition angetan war. Doch Joseph entdeckte, dass in ihm das Herz eines Forschers schlug, neugierig und wissensdurstig, eines Amateurs im ursprünglichen Sinne des Wortes, das eines Liebhabers des Wissens auf der Suche nach Erkenntnis.

Die Schulzeit in Eton flog zwischen den Spielen unter freiem Himmel und den ungeliebten Büchern dahin, und nach seinem Abschluss trat Joseph in das hochangesehene College von Christ Church in Oxford ein, genau so, wie es von einem jungen Mann seiner Herkunft erwartet wurde. In seinem ersten Jahr dort verstarb sein Vater; drei Jahre später wurde Joseph mündig und damit fast über Nacht Erbe des immensen Vermögens und des dazugehörigen Titels – frei und unabhängig und von nun an in der beneidenswerten Lage, über seine Zukunft selbst zu bestimmen.

Mit ungebremstem Eifer und manchmal ungewöhnlichen Mitteln ging er seiner Leidenschaft für Pflanzen nach. Er bezahlte Kräuter sammelnde Frauen der Umgebung, ihn in die Grundlagen der Pflanzenkunde einzuführen, doch die Gräser und Blütenpflanzen, die Fossilien und archäologischen Überreste der englischen Landschaft verloren bald ihren Reiz, und Joseph strebte nach entfernteren Ufern.

Durch seine Bekanntschaft mit einem Lieutenant der Navy ergab sich die Gelegenheit, auf dessen Schiff Labrador und Neufundland zu bereisen und mit unzähligen, zwischen Papierbögen gepressten und in Töpfen gesetzten Pflanzen zurückzukehren. Eine Reise nach Lappland und ein Besuch Linnaeus', des viel gerühmten Papstes der Botanik, wurden von Joseph in Erwägung gezogen, doch dann schnappte er auf den Versammlungen der *Royal Society* die ersten Gerüchte einer geplanten Reise in die Südsee auf. Für die sonst so übliche Europareise der jungen Gentlemen hatte er nichts als Verachtung übrig. Eine Reise auf die andere Seite der Erde hingegen konnte wirklich eine *Grand Tour* genannt werden, und Joseph verfügte über die besten Voraussetzungen dafür: nicht nur, dass er seit zwei Jahren Mitglied der *Royal Society* war – obendrein verband ihn seit langem eine enge Freundschaft mit John Montague, Earl of Sandwich und Mitglied der Admiralität. Die mehr als nur lobende Empfehlung der *Society*, zusammen mit der nicht zu vernachlässigenden finanziellen Beteiligung Josephs in Höhe von zehntausend Pfund gaben den Ausschlag für die Admiralität, der Anwesenheit Banks' und der seines Gefolges von insgesamt sieben Personen an Bord zuzustimmen. Das Abenteuer, die Fauna und Flora einer neuen Welt zu entdecken und in Augenschein zu nehmen, konnte seinen Lauf nehmen.

Im Gehen wandte sich Banks zu Gore um. «Habe ich Ihnen schon von dem Zusammenstoß des Doktors mit einigen Eingeborenen erzählt?»

Der Zweite Offizier, der gerade prüfend mit zwei Fingern über den Lauf seiner Flinte fuhr, blickte Banks überrascht und auch ein wenig amüsiert an. «Nein, haben Sie nicht. Was ist denn vorgefallen?»

«Er wollte Blüten von einem Baum pflücken – wahrscheinlich, um sie einer seiner Angebeteten zu verehren. Ihm war nur leider entgangen, dass sich der Baum auf einem Begräbnisplatz befand und dadurch als heilig gilt. Ein Eingeborener schlich sich daraufhin von hinten an und zog ihm eine über, was sich der Doktor wiederum nicht gefallen ließ und zurückschlug. Zwei weitere Eingeborene kamen ihrem Stammesbruder zu Hilfe, indem sie Monkhouse einfach an den Haaren festhielten und sich dann alle drei in Sicherheit brachten.»

Gore konnte nicht umhin, laut herauszulachen, als er sich die Szene bildlich vorstellte. «Armer Monkhouse», schüttelte er mitleidig den Kopf, «mir scheint, Otaheiti bringt ihm nicht allzu viel Glück. Ich hoffe nur, er erweist sich bei seinen Heilkünsten als erfolgreicher.»

Die beiden Männer grinsten sich an. Obwohl Gore, im freiheitsliebenden und demokratischen Amerika geboren und aufgewachsen, und Banks, als wahrhaftiger Sohn der englischen Oberklasse, von unterschiedlichster Herkunft waren, herrschte von Anbeginn an eine gegenseitige Sympathie zwischen ihnen. Sie liebten beide die Jagd, diese Prüfung der Geduld, Ausdauer und Geschicklichkeit, ebenso wie den Aufenthalt unter freiem Himmel, der sie oft in den Wäldern nächtigen und bei den ersten Sonnenstrahlen des beginnenden Tages auf die Pirsch gehen ließ.

«Wie steht's, Mr. Gore – morgen auf Entenjagd?»

«Sehr gerne, Mr. Banks.»

Mittlerweile hatten sie den Dschungel hinter sich gelassen und sich Point Venus genähert. Die Sonne hing tief und glühend über dem Horizont und warf ihr flammendes Licht über die Zelte. Grunzend staksten zwei der halb zahmen, dunkel glänzenden Schweine vorbei, die die Umgebung der Siedlung bevölkerten, deren als geheiligt geltendes Fleisch aber nur von den Stammesoberhäuptern verzehrt werden durfte.

Abrupt blieb Banks stehen. «Sehen Sie auch, was ich sehe, Mr. Gore?»

Der Zweite Offizier ließ seine Augen über das Fort schweifen, das auf den ersten Blick unverändert wirkte. Ein hoher Palisadenzaun aus roh behauenen, zugespitzten Baumstämmen umgab eine Anzahl von geräumigen Leinenzelten, über denen der Union Jack in der warmen Brise flatterte. Mehrere Marinesoldaten hielten vor dem Eingang Wache. Gores Blick wanderte weiter, in Richtung des klaren Flusses, der, in den Bergen entspringend, durch das wilde Dickicht hindurch hinter dem Fort vorbei gurgelnd ins Meer strömte.

«Die Kanus – noch nie lagen so viele im Fluss vor Anker!»

«Und sie werden von zwei Marinesoldaten bewacht», ergänzte Banks.

Die beiden Männer tauschten einen bedeutungsvollen Blick. Beide fühlten sich den Eingeborenen und ihrer Kultur verpflichtet: Gore, weil er nicht nur die fremdartige Schönheit des Eilands, sondern auch die einer seiner Bewohnerinnen kennen und lieben gelernt hatte, und Banks, weil er hier das gefunden hatte, wonach sein Herz immer gesucht hatte: ein Garten Eden, wo die Menschen noch nicht von der Zivilisation mit ihren unnützen Zerstreuungen verdorben waren und im Einklang mit der Natur, die sie umgab, lebten. Indem er die Sprache so gut wie möglich zu lernen versuchte und brennendes Interesse an den Gebräuchen des Volkes zeigte, dadurch, dass er so viel Zeit wie möglich mit den Freunden, die er dank seiner aufgeschlossenen, umgänglichen Art unter den Eingeborenen gewonnen hatte, verbrachte, tauchte er so weit wie möglich in das Leben hier ein und verstand sich selbst als Vermittler zwischen den beiden Kulturen, bereit, einzugreifen, sollte er die Integrität der Eingeborenen oder ihrer Lebensweise bedroht sehen.

Ohne einen Gruß stürmte Banks wenig später an den Wachposten, die sich verwundert ansahen, vorbei in das Fort. Der Captain befand sich in seinem Zelt und sortierte beschriebene Papierbögen und rasch hingeworfene Federzeichnungen, von ihm selbst angefertigt, die er auf einem lang gestreckten Tisch stapelte.

«Ah, Mr. Banks – ich hoffe, Ihr Jagdausflug war erfolgreich», begrüßte Cook ihn.

«Danke, Mr. Cook, ich bin zufrieden. Ich hätte allerdings mit Ihnen zu reden», kam die kühle Erwiderung.

Cook zog leicht die Augenbrauen empor. Bisher hatte es nur wenige Meinungsverschiedenheiten zwischen ihnen gegeben; stets hatte er sich bemüht, Toleranz zu zeigen und den verschiedenen Welten, in denen sie beide ihr bisheriges Leben verbracht hatten, Rechnung zu tragen. Bei all seinen Fehlern besaß Banks in Cooks Augen einen Vorzug: Er hatte Charme und Humor, und diese Kombination erleichterte den Umgang mit ihm über alle Maßen.

Der Captain setzte sich und bot Banks mit einer einladenden Geste ebenfalls einen Stuhl an. Doch dieser schüttelte den Kopf und hob abwehrend die Hand.

«Danke. Ich will ohne Umschweife zur Sache kommen: Ich bin von mehreren Eingeborenen gebeten worden, alles zu tun, um eine Rückgabe der beschlagnahmten Kanus zu erwirken.»

Cook blickte Banks einen Moment lang an, bevor er ruhig erwiderte: «Ich fürchte, das wird nicht ohne weiteres möglich sein, Mr. Banks. Sehen Sie», fügte er erklärend hinzu, «uns ist heute Nacht ein eiserner Schürhaken abhanden gekommen, und der Dieb ist dabei gesehen worden. Es mag vielleicht nur eine Kleinigkeit sein, aber ich bin der Meinung, es ist bereits zu viel gestohlen worden.»

«Ich habe doch mit Mr. Green –»

«Ich weiß, Sie haben uns den gestohlenen Quadranten und noch einiges mehr zurückgeholt», unterbrach ihn der Captain mit erhobenen Handflächen, «was wir Ihnen auch niemals vergessen werden. Nur haben damit die Diebstähle nicht aufgehört, und ich bin nicht willens, mir noch länger von diesen diebischen Elstern auf der Nase herumtanzen zu lassen.»

«Mr. Cook», versuchte Banks eine andere Taktik, «die Fischer *brauchen* ihre Kanus – sie sind ihre Lebensgrundlage!»

«Glauben Sie, ich weiß das nicht?», gab Cook scharf zurück und fuhr dann in milderem Tonfall fort: «Wenn das gesamte Diebesgut zurückgebracht ist, erhalten sie ihre Kanus zurück – keinen Tag eher. Ich habe bereits eine Aufstellung aller gestohlenen Artikel machen und sie den Eingeborenen bekannt geben lassen.»

«Aber die Kanus gehören nicht denjenigen, die für die Diebstähle verantwortlich sind. Hätten Sie zumindest die Kanus oder andere Dinge derer, die wir der Diebstähle verdächtigen, beschlagnahmt, könnte ich das noch verstehen, aber nicht, dass Sie Unschuldige –»

«Mr. Banks!» Cooks Tonfall wurde heftig. «Darf ich Sie noch einmal darauf aufmerksam machen, dass *ich* hier das Kommando habe und Sie sich nicht in meine Entscheidungen einzumischen haben?»

Banks blinzelte erstaunt und zwang sich zur Ruhe. Gleichgültig zuckte er mit den Schultern. «Wie Sie meinen. Doch glauben Sie mir – Sie begehen einen schwerwiegenden Fehler.» Er wandte sich zum Gehen.

«Ein Fehler, Mr. Banks», hörte er Cook hinter seinem Rücken leise sagen, «wäre es, ihnen alles durchgehen zu lassen. Wir dürfen nicht riskieren, dass sie den Respekt vor uns verlieren.»

Für nahezu eine Woche kam der Handel zwischen den Eingeborenen und den Engländern, der bisher die Versorgung der Besatzung mit Nahrung gesichert hatte, fast vollständig zum Erliegen. Keine Schiffsnägel oder andere von den *Maohi* begehrten Artikel der fremden Zivilisation konnten gegen Brotfrüchte, Bananen oder Schweine eingetauscht werden. Allein den Freundschaften zwischen Mitgliedern der Mannschaft und einzelnen Eingeborenen war es zu verdanken, dass die Früchte der Insel dennoch ihren Weg zu den Engländern fanden.

Sechs Tage waren vergangen, in denen die Kanus, von den Marinesoldaten streng bewacht, in der beständigen Strömung des Flusses an den Leinen zerrten, mit denen sie festgemacht worden waren, als sich im Fort hoher Besuch ankündigte: Fürstin Purea, die als Oberhaupt des Stammes galt, der die Matavai-Bucht bevölkerte, traf mit ihrem Gefolge ein. Trotz ihrer mehr als reichlichen Körperfülle bewegte sich die Fürstin mit der Eleganz, die den Frauen dieser Insel so zu Eigen war, und ihr rundes, fettgepolstertes Gesicht ließ noch immer die feinen Züge erahnen, die sie vor zwanzig Jahren als wahrhaftige Schönheit ausgezeichnet haben mussten. In einem leuchtend roten, wadenlangen Umhang und mit roter Federkrone verbeugte sie sich tief vor dem Captain, um ihm ihre Demut zu bezeugen und ihm Ehre zu erweisen, bevor sie mit ihrer volltönenden Stimme das Wort an ihn richtete. Gore, der seinerzeit als Maat der *Dolphin* einen beträchtlichen Wortschatz der fremden Sprache erworben hatte, fungierte als Übersetzer.

«Sie sagt, Sir, dass ihr – ihr Galan für die diversen Diebstähle verantwortlich sei und sie nach deren Entdeckung die betreffenden Gegenstände an sich genommen und den Mann davongejagt habe. Die Fürstin bittet Sie um Verzeihung und darum, Sir, diese Gaben als Entschädigung anzunehmen.»

Die Männer und Frauen ihres Gefolges, die sich bisher im Hintergrund gehalten hatten, traten vor und präsentierten sowohl die entwendeten Gegenstände wie auch Körbe, gefüllt mit Bananen, Brotfrüchten, Obst, Fisch und einem Hund.

«Ein Hund?» Cooks Gesicht drückte höchstes Erstaunen und eine Spur von Ekel aus, als er sich flüsternd an seinen Zweiten Offizier wandte.

Banks beugte sich ein wenig vor und raunte: «Das gilt hier als Delikatesse. Ich habe selbst vor wenigen Tagen einem Eingeborenen ein Stück abgekauft – eher zufällig, es war in einem Korb voller Früchte verborgen.»

Cook bedankte sich in aller Form bei der Fürstin für die Rückgabe der gestohlenen Gegenstände und die Geschenke und versprach, die Kanus ihrer Untertanen sofort freizugeben. Erneut richtete Purea das Wort an Cook und machte eine ausladende Geste, die das ganze Fort miteinschloss.

«Die Fürstin besteht darauf, ein Essen für uns zu geben, Sir», übersetzte Gore.

«Sagen Sie ihr, dass wir ihre freundliche Einladung mit dem größten Vergnügen annehmen.»

Auf einen Wink Pureas hin machten sich mehrere Männer aus ihrem Gefolge daran, das Festmahl zuzubereiten. Eine Grube wurde ausgehoben, darin ein Feuer angezündet und mehrere große, flache Steine erhitzt. Auf diese Steine wurden großflächige grüne Blätter gelegt, auf die das enthaarte und ausgenommene Tier gepackt wurde. Eine weitere Schicht grüner Blätter folgte, wiederum mit heißen Steinen bedeckt. Die Grube wurde anschließend wieder mit Erde aufgefüllt und die Zeit, die das Fleisch zum Garwerden benötigte, mit sinnenhaften Gesängen und Tänzen überbrückt.

«Sagen Sie, Mr. Cook –» Solander blickte sich suchend im Kreis der Offiziere und Midshipmen um. «Wo steckt denn Ihr Erster Offizier? Lässt er sich wahrhaftig einen solchen Genuss entgehen?»

Ehe Cook antworten konnte, erwiderte Banks spöttisch: «Daniel, Sie sollten doch allmählich wissen, dass unser verehrter Mr. Hicks keinen Gefallen an irgendwelchen sinnlichen Vergnügungen findet und ihnen entflieht, wo immer er nur kann. Er scheint eine gewisse – nun, sagen wir – fast schon körperliche Abneigung dagegen zu hegen. Ist das nicht ein Jammer?», fügte er, einen unschuldsvollen Augenaufschlag vortäuschend, hinzu.

Aber niemand vermisste an diesem Spätnachmittag den Ersten Offizier noch die reizende Miss Addison – zu exotisch, zu fesselnd waren die Ablenkungen, die die *Maohi* den Männern boten, und so brachte auch niemand die Abwesenheit beider miteinander in Verbindung.

Es war ihnen zur Gewohnheit geworden, beinahe jeden Tag zusammen durch die feuchtkühlen, immergrünen Wälder der Berge zu streifen oder ausgedehnte Spaziergänge an Stränden zu machen, deren weißes Band sich scheinbar endlos hinzog. Unmerklich hatte sich ihre Beziehung gewandelt, während Brittany Hicks das alltägliche Leben auf der Insel nahe brachte, ihm zeigte, wie die Frauen aus jungen, frisch gefällten Bäumen die feinen Fasern der Rinde herauslösten, sie wuschen und so lange mit einem hölzernen Paddel schlugen, bis sich die Fasern zu einem festen Stoff, dem *tapa*, verbunden hatten; wie die Männer mächtige Baumstämme aushöhlten, um daraus Kanus zu bauen; wie Korallenfische von Treibern in ein künstlich angelegtes Labyrinth aus Steinen und Korallen in der Lagune getrieben wurden, wo ein geschickter Fischer mit einem geflochtenen Korb so viele Fische einfangen konnte, dass es für ein üppiges Mahl reichte. Sie erzählte ihm die alten Mythen, von Schöpfergott Ta'aroa, der sich selbst in einer Eierschale erschaffen hatte, eines Tages aus einem Riss dieser Schale schlüpfte, sah, dass er alleine war und beschloss, sich eine Welt zu gestalten; wie er aus den Hälften seiner Schale Himmel und Erde schuf, sich schüttelte und seine Federn als Bäume, Sträucher und Blumen auf die Erde fielen und er dann Götter, Menschen und Tiere erschuf; sie erzählte von der Mondgöttin Hina, die auf der Erde durch das Trockenschlagen ihres *tapa*-Tuches die Ruhe von Ta'aroa störte und nun vom Erdtrabanten, dem Ort ihrer Verbannung, aus über die Frauen wachte, die bis heute weiter ihr Tuch trockenschlugen; von den Geistern, die die Bäume des Waldes bewohnten und durch das Rauschen der Blätter ihren Willen bekundeten, sich den Menschen mitzuteilen; von jenen Ahnengeistern, die die Gestalt eines Vogels annahmen und nun in dessen Gesang Segen oder Verderben ankündigten, und sie wies ihn in die strikte Gesellschaftsordnung der *Maohi* ein, die hierarchisch gegliedert war, mit den Priestern und dem Adel, den *ari'i*, an der Spitze, und sie erklärte ihm das feinmaschige Netz des *tapu*, das beinahe das gesamte alltägliche Leben regelte und dessen Übertretung schwer geahndet wurde, sei es von Menschenhand oder durch die Macht der Götter.

Die Zerrissenheit, die Brittany in den vergangenen Tagen so deutlich empfunden hatte, als sie von der einen Welt enttäuscht und der anderen gegenüber noch misstrauisch war, verblasste; indem sie zwischen den beiden vermittelte, fand auch sie allmählich ihren Platz. Denn obwohl sie auf Tahiti immer eine Fremde geblieben war, so war sie doch ein Teil davon geworden, genau so, wie sie auch noch immer der westlichen Welt eines Zachary Hicks und der der anderen Engländer angehörte.

Einschläfernd strich das Meer über den Sand hinweg. Die leichte Brise zupfte spielerisch an Brittanys *pareu* und Hicks' offenem Hemd, als sie nebeneinander im Sand saßen, die Muße des Nachmittags und die Wärme der Sonne genießend – ein neues Gefühl für den Lieutenant, der es immer vorgezogen hatte, sich in seinen freien Stunden außerhalb des Dienstes Beschäftigung zu suchen, um nicht eine Stunde seines Lebens zu verschenken. Wenn er darüber nachdachte, war er nicht sicher, ob es die machtvolle Landschaft der Insel war, die selbst auf ihn ihre Wirkung nicht verfehlte, oder ob es die Gesellschaft Brittanys war, die ihn sich von seiner arbeitsamen Unrast entfernen ließ.

Ohne es vor sich selbst zugeben zu wollen, war Hicks fasziniert von ihr – von ihrem Temperament, ihrer Art zu erzählen, sich zu bewegen, und er musste sich immer wieder gewaltsam daran erinnern, dass die junge Frau neben ihm, die eine solche Reife ausstrahlte, an ihren Jahren gemessen noch ein halbes Kind war, beinahe halb so alt wie er. In dem, wie sie sich gab, was sie wusste, lag eine solche Lebenserfahrung, dass er sich ihr gar nicht so weit entfernt fühlte, wie er es zunächst vermutet hätte. Vor allem aber besaß sie eine unschätzbare Eigenschaft: Sie stellte keine Fragen, begnügte sich mit dem wenigen, was er von sich aus erzählte, und öffnete ihm stattdessen bedingungslos ihr ganzes Herz.

Das Rauschen des Wasserfalls, der klar und kalt aus den Bergen herabstürzte, übertönte das Schweigen, das sich allmählich zwischen sie gesenkt hatte. Brittany zog mit einer Hand breite Muster in den Sand neben ihren angezogenen Knien. Fregattvögel in ihrem schwarzweißen Gefieder zogen neugierig über ihnen Kreise und glitten dann wieder gleichgültig auf die offene See hinaus.

Hicks würde sich viele Monate später noch immer fragen, warum er in jenem Augenblick so handelte, wie er es tat, welcher Teufel ihn in jenem Moment ritt – er fand niemals eine Erklärung, die ihn vollkommen befriedigte. Er konnte nicht anders, er musste sie berühren, obwohl ihm bewusst war, dass er mit dem Feuer spielte. Vorsichtig, als müsste er befürchten, Brittany würde sich bei der ersten Berührung in Luft auflösen wie die Feen im Märchen, strich er über die schweren, dichten Strähnen ihres dunkelroten Haares. Brittany erstarrte und hielt den Atem an. Langsam hob sie den Kopf. Hicks war es, als offenbarte sie ihm ihre Seele in diesen klaren, tiefblauen Augen. Er sah so viel Verlangen darin, dass etwas in ihm riss und er seine Hand zurückzog.

Hastig schlossen sich Brittanys Finger um sein Handgelenk. «Nicht», wisperte sie, voller Verzweiflung, diesen kostbaren Moment zu verlieren, «nicht aufhören, bitte!»

Sie war hell entflammt. Der Lieutenant war in ihren Augen nicht nur der attraktivste Mann, dem sie je begegnet war; im Laufe der letzten Tage hatte sie entdeckt, dass sich hinter seiner zurückhaltenden, häufig schroffen Art ein interessierter Zuhörer verbarg, von scharfem Verstand und einem ganz eigenen Sinn für Humor. Doch da war noch etwas, in seinen Gesten, einem Flackern in seinem Blick, in seiner Stimme – Brittany erkannte darin die gleiche Leidenschaft, die auch in ihr glühte. Sie war eine eben erblühende Frau, voller Lebendigkeit, mit allen ihren Sinnen die Welt erkundend, und das Sehnen, das heiß durch ihre Adern floss, hatte sein Ziel in Zachary Hicks gefunden.

Mit einem Ruck befreite er sich aus ihrem Griff. Er wich ihrem Blick aus und konzentrierte sich auf den klaren, wolkenlosen Himmel. «Meine Aufgabe ist es, Sie zusammen mit dem Rest der Mannschaft sicher nach England zu begleiten – nicht, Sie zu verführen», sagte er.

Sein Pflichtbewusstsein hatte für den Augenblick wieder die Oberhand gewonnen. Offizier auf einem Schiff Seiner Majestät zu sein, bedeutete stets mehr als den Erwerb der Befähigung, eine Mannschaft zu führen. Untrennbar damit verbunden war die lebenslange Verpflichtung, sich in jeder Situation wie ein Gentleman zu benehmen, eine Pflicht, der zu gehorchen für Hicks niemals Verzicht bedeutet hatte – bis zu diesem Augenblick.

Brittany schüttelte verständnislos den Kopf.

«Wie können Sie mich zu etwas verführen, das ich selber will?» Sie spürte, wie der alte Zorn wieder in ihr emporkroch, zu dem er sie schon mehrmals gereizt hatte.

Zachary bemühte sich, die Situation zu entschärfen. «Sie sind noch so jung – was wissen Sie denn schon von solchen Dingen?»

Brittany sprang auf. «Behandeln Sie mich nicht wie ein kleines Kind! Glauben Sie im Ernst, ich hätte auf dieser Insel fünf Jahre verbringen können, ohne zu wissen, was zwischen Männern und Frauen vorgeht?» Ihre Worte gingen in zorniges Schluchzen über. «Sie sind es, der keine Ahnung hat!»

Sie wirbelte herum und eilte mit langen Schritten davon.

Langsam stand Hicks auf. Die Hände in die Hüften gestemmt, atmete er tief durch, bevor er den Kopf schüttelte und hinter ihr herlief. Sein Rufen ließ sie ihre Schritte verlangsamen; schließlich blieb sie stehen und drehte sich um. Tränen hatten breite Streifen auf ihren Wangen hinterlassen, und ihr Gesicht schien alle Verlassenheit und alles Unglück auf dieser Welt auszudrücken. «Was wollen Sie denn noch? Haben Sie denn nicht schon genug angerichtet, Mr. Hicks?», brachte sie erstickt hervor.

Er sah sie an, verblüfft und ein wenig verärgert über ihre ungerechte Anklage. «Seien Sie vernünftig», gab er zur Antwort, sich selbst zur Ruhe mahnend, «wir werden noch mehr als ein Jahr zusammen auf dem Schiff verbringen – da sollten wir doch zumindest einigermaßen miteinander auskommen.»

«Ich will nicht vernünftig sein», schrie Brittany, ihm ihre Worte ins Gesicht schleudernd, «nicht, solange Männer wie Sie mit uns Frauen spielen, wie es ihnen gerade beliebt!»

Hicks wurde weiß vor Zorn. «Ich habe nie mit Ihnen gespielt! So weit sollten Sie mich kennen, um zu wissen, dass ich kein Heuchler bin!»

«Ich kenne Sie keineswegs, weil Sie alles daran setzen, dass Ihnen niemand zu nahe kommt, am allerwenigsten ich», fuhr Brittany ihn an, den Blick von Tränen verschleiert, die Wangen gerötet vor Ärger. «Jage ich Ihnen eine solche Angst ein? Oder haben Sie etwas zu verbergen?»

Ohne es zu wissen, hatte Brittany ihn an seiner empfindlichsten Stelle getroffen. Grob packte er sie am Arm, und seine Augen sprühten blaues Feuer. «Passen Sie auf, was Sie sagen! Auch wenn Sie die Tochter von Captain Addison und Ehrengast an Bord sind, brauche ich mir von Ihnen nicht alles gefallen zu lassen!»

Sein harter Griff brannte auf ihrer Haut, und sie kämpfte vehement, sich daraus zu befreien, doch er gab keinen Deut nach. «Lassen Sie mich los, Sie tun mir weh!», rief sie.

«Nicht, bevor Sie sich nicht wenigstens ein kleines bisschen beruhigt haben!»

«Lassen Sie mich los», keuchte sie, einen verzweifelten Unterton in der Stimme, sich mit der anderen Hand gegen ihn stemmend.

Kurzerhand drehte Hicks ihr die Arme auf den Rücken. Sie versuchte, sich aus seinem Griff zu winden, doch er hielt sie so fest, dass sie kaum noch Luft bekam.

Urplötzlich wurde sie sich seiner Nähe bewusst. Sie roch seine Haut, das Salz in seinen Haaren; sie spürte die Muskeln, die sich unter dem weiten Hemd spannten, und sie konnte die kleinen Fältchen in der sonnenbraunen Haut um seine Augen erkennen. Brittany fühlte, wie sich ihre Brüste gegen seinen Oberkörper drängten, ihre Hüften sich gegen seine festen Oberschenkel pressten, und sie konnte es an seinem Gesicht ablesen, dass er es ebenso stark empfand wie sie. Keuchend und erregt von der Anstrengung, sahen sie sich in die Augen.

Es war wie ein Funke, der überspringt und einen Brand entfacht, der sie sich aneinander klammern und ihre Lippen einander finden ließ. Der warme Sand fing sie auf. Wie im Fieber streiften sie einander die Kleider vom Leib und erforschten mit allen Sinnen den Körper des anderen. Brittany schmeckte ihn, trank gierig seine Küsse und ließ staunend ihre Augen und Hände über seine Haut schweifen, die sich wie helles Gold über seine Muskeln und Knochen spannte. Zart glitten ihre Finger durch das feine blonde Vlies auf seiner Brust und ließen ihre Lippen folgen. Alle Sehnsucht, alle Lust drängte nach Erfüllung, und die Leidenschaft steigerte sich zu einem Rausch, aus dem es kein Entrinnen mehr gab.

Als er sie nahm, geschah es drängend und fordernd, und Brittany durchzuckte ein kleiner scharfer Schmerz, bevor seine Bewegungen sie bis tief in ihre Seele trafen und ein Feuerwerk von pulsierenden Explosionen entzündeten. Sie schrie seinen Namen, schrie ihn der blauen Unendlichkeit über ihr entgegen, gegen die sich Zacharys Gesicht dunkel abzeichnete. Die Zeit schien stillzustehen, das All seinen Atem anzuhalten; nur das Rauschen des Meeres und das Flüstern des Windes hüllten sie ein in die Kraft der Jahrtausende alten Magie des Lebens und der Liebe.

Brittany blinzelte in die tief stehende Sonne, die ihr warmes Licht wie eine Liebkosung über den ausgedehnten Strand schickte, an dem sie nebeneinander lagen, eng umschlungen und den Atem miteinander teilend. Wohlig seufzend schmiegte sie ihre Wange an Zacharys Brust, lauschte seinen Atemzügen, dem Schlagen seines Herzens.

Sanft löste er sich aus ihrer Umarmung und setzte sich auf. «Es tut mir Leid», sagte er leise, sich mit beiden Händen durch das zerraufte Haar fahrend, das ihn jung und ungewohnt wild aussehen ließ. «Es hätte nicht sein dürfen. Ich hätte es verhindern müssen.»

«Was meinst du?» Leicht legte sie eine Hand auf seine Schulter, doch er schüttelte sie ab.

«Ich habe die Kontrolle verloren, dich entehrt», stieß er hervor. «Es – es gibt Gründe, die es mir unmöglich machen, dir die Ehe zu versprechen.»

Brittany blinzelte verwirrt. «Daran hatte ich auch niemals gedacht. Ich – ich wollte es genauso sehr wie du.»

«Begreifst du denn nicht?» Er packte sie bei den Schultern und schüttelte sie, dass sie erschrocken zusammenfuhr. «Verstehst du nicht, was das für dich bedeutet? Du wirst nie im Leben einen ehrbaren Mann finden, der dich heiratet, wenn das ans Licht kommt! Und glaube mir, es wird ans Licht kommen, wenn wir das zwischen uns nicht sofort beenden. Es gibt kein Schiff auf dieser Welt, das ein Geheimnis bewahren könnte!» Er starrte sie mehrere Herzschläge lang finster an, bis seine Augen zu flackern begannen und er sie losließ.

Brittany starrte ins Leere. Sie konnte sich noch kein zukünftiges Leben in England, der fremden, weit entfernten Heimat, vorstellen. Tausende Meilen leeren Ozeans trennten sie davon. Wie hätte sie sich Gedanken über gesellschaftliche Konventionen machen können, wenn sie allein hoffte, England lebend wieder zu sehen? Sie bemühte sich, ihre Lage so zu sehen, wie Zachary sie sah, doch das Einzige, was sie dabei empfand, war, dass sie Zachary liebte, und alles andere verblasste daneben zu absoluter Bedeutungslosigkeit.

«Ich verachte die Ehe», sagte sie leise.

«Was redest du?» Zachary warf ihr einen verärgerten Blick zu. «Dir wird früher oder später keine andere Wahl bleiben.»

«Ich sehe es nicht als das höchste Ziel meines Daseins, dass sich ein Mann eines Tages großmütigerweise mit meinem Aussehen, meinem gesellschaftlichen Auftreten und meiner Herkunft zu schmücken geruht, meine Mitgift und mein Erbe seinem persönlichen Vermögen hinzufügt und ich ihm allein zu dienen, zu gehorchen und Kinder zu gebären habe. Ich will alles gerne ertragen, nur das nicht.» Ein fremder, unerbittlicher Ton hatte sich bei ihren letzten Worten in ihre sonst so weiche, harmonische Stimme geschlichen.

Zachary schwieg und wich ihrem brennenden Blick aus. Was sollte er ihr antworten? Dass er in den Vierteln rund um den Londoner Hafen genug Frauen gesehen hatte, die sich gegen das vorbestimmte Schicksal ihres Geschlechts aufgelehnt und ihre Unabhängigkeit verteidigt hatten, nur um in den dreckigen Gassen zu enden, ihren einstmals jungen, straffen, nun verwelkten Körper für ein paar Shilling an den Erstbesten verkauften, in billigem Gin ihre Träume und die Erinnerungen an ein besseres Leben ertränkten? Brittany stammte aus einer angesehenen Familie, gewiss, aber die Hyänen der Londoner Gesellschaft vergaßen schnell, und fünf oder sechs Jahre waren eine lange Zeit in dem Wirbel von Reifröcken und fliegenden Rockschößen. Bis Brittany die Küste Englands erreichte, würden ihre Mitgift und das ihr als einzigem Kind zufallende Erbe wohl längst unter den lauernden Geiern verteilt sein, die sich in jeder auch noch so vornehmen Verwandtschaft fanden, und sie könnte sich glücklich schätzen, wenn ihr wenig mehr als ihr Name bliebe.

Er blickte in das junge, so reizvolle Gesicht, das offen und voller Vertrauen zu ihm aufsah, und Schuld und Scham überfluteten ihn. Er hatte sie missbraucht, so kam es ihm vor, und er begann die drückende Last der Verantwortung auf sich zu fühlen.

«Wenn wir nach England zurückkehren –», wollte er einwenden, doch Brittany verschloss seinen Mund mit ihrer schlanken Hand.

«England ist weit, Zachary. Jetzt sind wir hier.» Sie rutschte näher zu ihm, bis ihre Stirn die seine berührte.

Zacharys Kiefermuskeln verhärteten sich. Er wollte dagegen ankämpfen, seine Sinne gegen ihre Reize verschließen, doch die Wärme ihrer Haut, ihr süßer Atem in seinem Gesicht waren wie ein lockendes Versprechen und ließen ihn alle Vernunft vergessen. Eine Hand in seinem Nacken, zog sie ihn mit sich herab in den Sand, ohne dass er den geringsten Widerstand leistete.

Die Dunkelheit umfing das Fort und wich nur vor dem warmen Widerschein des Feuers zurück, um das die Männer und Frauen versammelt saßen. Das Festmahl war noch in vollem Gange: Die Offiziere und Gentlemen genossen den wildromantischen Zauber des Festes, das kräftige, süße Aroma der exotischen Früchte, mit denen die *vahine* sie fütterten, und deren anmutige Gesellschaft. Es war ihnen zunächst merkwürdig erschienen, dass die Frauen nichts von den Köstlichkeiten zu sich nahmen, doch wie ihnen erklärt wurde, war es für sie – mit Ausnahme von so hoch gestellten Persönlichkeiten wie Purea – *tapu*, zusammen mit den Männern zu essen, dagegen aber eine Ehre, sie zu füttern und sie zu umsorgen, worin mit Ausnahme des Captains und ein, zwei anderen Männern alle nur zu gerne einwilligten.

Banks war begeistert vom Geschmack des gebratenen Hundes und schwärmte bereits nach dem ersten Bissen in den höchsten Tönen davon. «Nun, Sydney, was meinen Sie zu unserem Festmahl?», wollte er von seinem Zeichner wissen, der rechts von ihm saß. Der junge Mann verzog angewidert die Miene und warf das Stück, das er in den Fingern gehalten hatte, wieder zurück auf das Blatt des *Ape*-Baumes, das, so groß wie zwei Handflächen, als Teller diente.

«Fürchterlich. Es schmeckt nach rohem Rindfleisch und riecht mehr als unangenehm. Ich würde wohl eher eine von diesen gebratenen Ratten vorziehen, wie sie sich die Matrosen zubereiten.»

«Hört, hört», rief Banks amüsiert und ließ sich von dem grazilen Mädchen neben ihm Stücke einer süß-säuerlichen Frucht in den Mund schieben.

«Nun ja – andere Länder, andere Sitten», meinte Cook, Parkinson zu Hilfe eilend, während er sich selbst mit größter Mühe unter den scharfen Augen der Fürstin vor dieser ungewöhnlichen Mahlzeit zu drücken versuchte. Banks' Blick fiel auf Monkhouse, wie er mit einer jungen, drallen *vahine* aus Pureas Gefolge schäkerte, die kokett ihren Kopf schräg hielt und verlegen kicherte.

«Nun, Doktor – ist Ihnen Amor zur Abwechslung einmal hold?», rief er dem Wundarzt zu und erntete einen vernichtenden Blick.

«Sofern Sie mir nicht wieder in die Quere kommen!», knurrte Monkhouse gereizt.

«Bestimmt nicht, Doktor», lachte Banks, «auf alle Ewigkeit will ich es nicht mit Ihnen verscherzen! Ärzte, Pfarrer und Stallknechte erzürnt man besser nicht – das Leben im Diesseits wie im Jenseits hängt zu sehr von ihnen ab!»

Ein Schatten, der in den Lichtkreis des Feuers eintrat, erregte seine Aufmerksamkeit. Banks' Augen verengten sich zu schmalen Schlitzen, als er ausrief: «Unser verehrter Mr. Hicks – welche Ehre, dass Sie uns doch noch Gesellschaft leisten!»

«Gentlemen!» Hicks setzte sich neben Gore, der bereitwillig zur Seite rückte. Gleichmütig nahm er den Becher Wein, den ihm eine *vahine* reichte, und bedankte sich mit einem Kopfnicken. Banks konnte nicht erfassen, was es war, aber auf irgendeine Weise schien ihm Hicks verändert zu sein.

«Wollen Sie uns nicht verraten, wo Sie den Abend verbracht haben, Mr. Hicks?», rief er ihm zu.

Der Lieutenant blickte Banks nur kurz an, bevor er erwiderte: «Ich habe einen langen Spaziergang unternommen und mir einen Teil der Insel angesehen.»

«Waren Sie schon einmal weiter im Inneren des Landes?», mischte sich Solander begeistert ein. «In östlicher Richtung gibt es eine Waldlichtung, die in ihrer Herrlichkeit ihresgleichen sucht. Phantastische Blüten, die einen so herrlichen Duft verströmen, dass man versucht ist –»

Einer plötzlichen Eingebung folgend, fiel Banks Solander rüde ins Wort. «Sagen Sie, Mr. Hicks – Sie haben heute nicht zufällig Miss Addison gesehen? Wir haben sie nämlich die letzten Tage vermisst!»

Mochten die Offiziere und die Gentlemen noch so vertieft gewesen sein in ihre eigenen Gespräche – bei der Erwähnung von Brittanys Namen wurden alle hellhörig und richteten ihre Blicke auf den Lieutenant.

Zachary blickte Banks einige Herzschläge lang an, sein Gesicht ruhig und unerschütterlich, bevor er seinen Becher ansetzte und ungerührt entgegnete: «Bedaure, dieses Vergnügen wurde mir nicht zuteil.»

«Wahrhaftig? Wie schade.» Banks' Worte klangen eisig.

«Ich denke, ihr Verhalten ist durchaus verständlich», mischte sich Gore ein, der die unangenehme Atmosphäre spürte und eine weitere Auseinandersetzung zwischen den beiden verhindern wollte. «Die letzten Jahre waren gewiss nicht einfach für sie, und in den vergangenen drei Wochen haben sich die Ereignisse buchstäblich überschlagen. Sie wird Zeit und Ruhe brauchen, um wieder ins Gleichgewicht zu kommen.»

In einer plötzlichen Bewegung klopfte sich der Captain auf den Oberschenkel und erhob sich. «Heben wir die Tafel auf, Gentlemen. Viel Arbeit wartet ab morgen auf dem Schiff auf uns.» Ihm entging nicht, dass sich währenddessen Worte Purea und Banks leise miteinander unterhielten und Banks' Worte, von abwehrenden Gesten betont, an Lautstärke zunahmen.

Cook blickte seinen Zweiten Offizier an, der sich das Grinsen kaum verbeißen konnte. «Nun, Mr. Gore», flüsterte er ihm zu, «in welche diplomatischen Schwierigkeiten ist unser Mr. Banks da hineingeraten?»

«Die Fürstin, Sir, hat mehr als einmal und mehr als deutlich zu verstehen gegeben, dass ihr Mr. Banks nicht ganz gleichgültig ist. Und da nun die Gelegenheit so günstig ist, besteht sie darauf, in seinem Zelt zu nächtigen.»

Cook warf einen Blick zu dem sonderbaren Paar hinüber: Joseph Banks, jung und schlank, ein veritabler englischer Gentleman, und die Südsee-Fürstin, majestätisch in Kleidung und Haltung, aber eben gut zwanzig Jahre älter und von mehr als doppelter Körperfülle.

«Er wird sich schon elegant aus der Affäre ziehen», versicherte der Captain Gore mit einem leichten Schlag auf dessen Schulter.

«Sir, Sie haben vermutlich keine Ahnung von der Willensstärke dieser Frauen hier. Wenn die sich etwas in den Kopf gesetzt haben ...» Gore wandte sich lachend zum Gehen.

Inmitten der allgemeinen Aufbruchstimmung, die sich breitgemacht hatte, zwischen den Schatten der Männer und denen der Frauen, die mit heiserer Stimme lockende Zurufe an diejenigen richteten, die noch zögerten, sich eine Begleiterin für die Nacht zu suchen, starrte Zachary unverwandt in das langsam verlöschende Feuer. An einem einzigen Nachmittag war er zum Verräter geworden an all jenem, was ihn in seinem Leben bisher geleitet hatte: Ehre, Loyalität, Aufrichtigkeit. Sein Captain hatte ihn gebeten, auf Brittany zu achten, im vollsten Vertrauen, dass er die Situation nicht ausnutzen würde, und er hatte es dennoch getan, in einem Moment der Leidenschaft alle Vorsicht und alle Vernunft vergessend. Er hatte keinen Gedanken an die Konsequenzen seines Tuns verschwendet, nicht in Betracht gezogen, wie jung Brittany noch war und wie unerfahren. Er hatte es immer gewusst, von frühester Jugend an, dass diese Ungezügeltheit in ihm steckte, tief verwurzelt, und er hatte geglaubt, sie mit seinem nüchternen Verstand unter Kontrolle halten zu können. Doch Brittany, gleichermaßen voller Sinnlichkeit und Unschuld, hatte jede der Mauern durchbrochen, die er jahrelang um sich herum errichtet hatte.

Hätte er eine Neigung zur Metaphysik besessen, wäre es ihm möglich gewesen, die Ereignisse des vergangenen Nachmittags durch Hexerei oder Magie zu erklären. Doch der Gedanke, die exotische Landschaft der Insel, geprägt durch ihre Urelemente Feuer und Wasser, und die kraftvolle Ausstrahlung Brittanys, die darin aufgewachsen war, hätten der Auslöser für sein Verhalten sein können, kam ihm nicht in den Sinn. Er hatte immer sowohl die Existenz Gottes als auch dessen Widersachers, des Teufels, geleugnet, und dennoch war er in jenem Moment davon überzeugt, eine verlorene Seele zu sein, denn er würde morgen wieder zum Strand hinuntergehen, um Brittany zu sehen, und übermorgen und jeden Tag, den sie noch auf dieser Insel verbrachten, denn durch irgendeine geheimnisvolle Macht war er weder Herr der Situation noch über sich selbst.

# 7

Die Erntezeit der Brotfrucht neigte sich in der Matavai-Bucht dem Ende zu, mit ihr der Monat Juni der Europäer und die Tage, in denen die *Endeavour* im flachen, grün schimmernden Wasser der Lagune ankerte. Seit geraumer Zeit herrschte geschäftiges Treiben an Bord: Holz wurde aus den umliegenden Wäldern herbeigeschafft und zurechtgesägt, um die schadhaften Stellen des Schiffsrumpfes auszubessern; Planken wurden kalfatert, geteert und mit frischer Farbe gestrichen, brüchig gewordene Taue durch neue ersetzt und das Pulver der insgesamt vierzehn Vierpfünder und Drehbrassen an Land geholt und zum Trocknen auf gewachstem Segeltuch ausgebreitet. Die Säge des Schiffszimmermanns, das lautstarke Einhämmern von Nägeln und die knappen Befehle des Bootsmannes drangen weit über den Strand hinweg bis in das Fort, wo Joseph Banks im Schatten eines der Zelte saß und den wehmütigen Geschmack des nahenden Abschieds kostete. Gedankenverloren blätterte er in den Seiten des Tagebuches, das er seit ihrer Abreise vor acht Monaten geführt hatte.

«So trübselig, Mr. Banks?», unterbrach ihn eine tiefe Stimme in seinen Gedankengängen.

Banks blickte auf. Der Captain hatte das Zelt betreten, schlüpfte mit sichtlicher Erleichterung aus dem schweren Uniformrock und hängte ihn sorgfältig über die Lehne des Stuhles, der dem Banks' am nächsten stand. Aufseufzend ließ er sich in den Stuhl fallen und wischte sich mit dem Handrücken über die gerötete, schweißnasse Stirn. «Was für eine Hitze!»

Ohne eine Erwiderung schob Banks sein Tagebuch zur Seite und fuhr mit der Hand liebkosend über die vor ihm liegenden Zeichnungen, Szenerien des Insellebens, die Parkinson in Kreide und Kohle angefertigt hatte.

Cook betrachtete ihn aufmerksam. Die Weise, wie der junge Mann den Eingeborenen und ihrer fremden Welt begegnete, war für ihn ein Rätsel. Er selbst betrachtete die Menschen hier als einen Teil der Vulkanfelsen, auf denen sie ihre Zivilisation gegründet hatten, und diese wiederum waren für ihn lediglich ein Teil der endlosen Bläue des Ozeans, ein Meilenstein auf den Wasserwegen. Doch auch er konnte sich dem Zauber dieser Insel nicht entziehen, war wie berauscht von der wilden Schönheit der schroffen Felshänge, der vitalen Kraft der wild wuchernden Regenwälder und der anmutigen Biegung der Strände, überstrichen von den Wellen der türkisblauen Buchten. Hätte er ausdrücken sollen, was er empfand, so hätte er es nicht vermocht, denn ihm fehlten die Worte, die das alles beschreiben konnten; seine Notizen, die das festhalten sollten, was seine Augen sahen, schienen ihm unvollständig und mangelhaft. Einen kurzen, rasch vorüberziehenden Moment lang beneidete er Banks um dessen Bildung, die es ihm ermöglichte, mehr auszudrücken als das, was an der Oberfläche zu entdecken war.

«Je näher ich die Menschen hier kennen lerne, desto weniger verstehe ich sie», sagte Banks nun leise und voller Wehmut, «und dennoch fällt mir der Abschied unsäglich schwer.»

«Ein eigenartiges Volk», stimmte Cook ihm zu, «durch kein Mittel dazu zu bewegen, das Stehlen zu unterlassen, temperamentvoll und überschäumend in Freude wie Zorn und an Bräuchen festhaltend, die einen als Europäer schaudern machen.» Ein kleines Zucken überfiel seine Mundwinkel, als kostete es ihn Überwindung, diese Worte auszusprechen, bevor er hinzufügte: «Auch mir fällt es nicht leicht, von hier fortzugehen.»

Die beiden Männer tauschten einen langen, verständnisinnigen Blick; dann gab sich Banks seufzend einen Ruck und stapelte die Zeichnungen aufeinander, um sie in ihrer Mappe, in der sie vor Staub, Hitze und Feuchtigkeit geschützt sein würden, zu verstauen.

«Wann werden wir auslaufen?»

«In ein paar Tagen, wenn aller Proviant an Bord ist. Es wird allmählich Zeit – die Männer gewöhnen sich zu sehr an das süße Leben auf der Insel.»

Obwohl Banks nicht sicher war, ob es von diplomatischem Geschick zeugte, den Captain mit der Bitte, die ihm am Herzen lag, in diesem Augenblick zu überfallen, wusste er dennoch, dass es sich nicht mehr lange hinauszögern lassen würde. In beiläufigem Ton, den Blick auf die Seiten des Tagebuches gerichtet, sagte er: «Tupia würde uns gerne nach England begleiten.»

Cook, der von der Freundschaft wusste, die sich zwischen Banks und dem Hohepriester entwickelt hatte, zog es vor, als Antwort lediglich seine Augenbrauen hochzuziehen.

Rasch beeilte sich Banks, Argumente für den zusätzlichen Passagier ins Feld zu führen. «Er ist ein herrliches Exemplar dieses Volkes, von guter Herkunft und mit allen Sitten und Gebräuchen bestens vertraut, auch mit denen der hiesigen Religion – er wäre *die* Sensation in London.»

Cook schüttelte den Kopf und erhob sich. «Nein, Mr. Banks», entgegnete er knapp und schickte sich an, das Zelt zu verlassen.

«Aber Mr. Cook –»

«Nein», wiederholte der Captain mit einer abwehrenden Handbewegung, «ich bringe bereits Miss Addison mit nach England, was weiß Gott genug Aufsehen geben wird und mich gegenüber der Admiralität in eine recht missliche Lage bringen kann. Nun auch noch einen Eingeborenen –»

«*Zwei*, Mr. Cook», beeilte sich Banks, die ganze Wahrheit auszusprechen.

Cook hatte bereits ein paar Schritte zum Ausgang des Zeltes getan, als er sich nun abrupt umdrehte.

Banks fügte auf seinen konsternierten Blick hinzu: «Tupia ist ein Mann von hohem Ansehen – ich kann nicht von ihm verlangen, ohne seinen Diener mit uns zu reisen!»

«Mr. Banks – es wird *niemand* von hier mitreisen. Ich bin unter keinen Umständen bereit, eine solche Verantwortung auf mich zu nehmen.»

Nun hatte sich auch Banks erhoben. «Ich übernehme voll und ganz die Verantwortung, Mr. Cook! Ich bin nicht ganz unvermögend, wie Sie wissen, und durchaus bereit, für Tupia und seinen Diener aufzukommen. Es wird weder die Regierung noch die Admiralität auch nur einen Penny kosten!»

Cook schloss für einen kurzen Moment die Augenlider, um sich selbst zu Geduld zu ermahnen – eine Tugend, die zu verfolgen ihm von jeher schwer gefallen war und die Joseph Banks über die Gebühr zu strapazieren verstand.

«Nein.» Er wandte sich zum Gehen, doch er hatte Joseph Banks' Hartnäckigkeit unterschätzt.

In wenigen Schritten war der junge Mann hinter ihm und warf weitere Argumente in die Waagschale. «Tupia könnte uns wahrhaftig von großem Nutzen sein. Er verfügt über eine ausgezeichnete Erfahrung in den Navigationstechniken seines Volkes, und seine Kenntnis der Inseln in der Südsee ist enorm. Er hat mir bereits die Namen von etwa siebzig Inseln hier in der Gegend genannt, von denen er die meisten selbst bereist hat.»

Der Captain hatte während dieser hastig hervorgebrachten Worte seine Schritte verlangsamt und war schließlich stehen geblieben, um Banks aufmerksam zuzuhören. Von diesem letztgenannten Standpunkt aus betrachtet, schien die Idee, Tupia mit an Bord zu nehmen, gar nicht mehr derart unvernünftig, wie sie sich zunächst angehört hatte. Ein Führer durch die Inselwelt der Südsee könnte tatsächlich von Nutzen sein – sei es, um die *Endeavour* an gefährlichen Untiefen und Korallenriffen vorbeizusteuern oder rechtzeitig gewarnt zu sein, sollte sich ihr Weg mit demjenigen kriegerisch eingestellter Völker kreuzen.

«... schließlich», beendete Banks mit ausholender Geste seine Ausführungen, «weiß ich wahrhaftig nicht, weshalb ich ihn nicht als Kuriosität behalten soll, wie meine Nachbarn sich Löwen und Tiger halten, die gewiss weitaus mehr Geld verschlingen, als es Tupia je benötigen wird. Das Amüsement, das mir seine Unterhaltung bieten wird, und der Nutzen für dieses Schiff und alle anderen, die nach uns die Südsee bereisen, wird mich voll und ganz dafür entschädigen.»

«Meinetwegen – solange ich mich nicht auch noch um ihn kümmern muss ...», gab Cook schließlich nach und wandte sich zum Gehen.

«Ach, Mr. Cook», rief Banks ihm hinterher, «haben Sie schon die Pflanzen begutachtet, die wir beide rings um das Fort ausgesät haben?»

«Ist dort wahrhaftig etwas gewachsen?»

«Nun, meine Wassermelonen sind phantastisch, und den Orangen, Zitronen und Limetten bekommt das Klima hier ebenfalls ausgezeichnet. Nur von Ihrem Saatgut keimte kein einziges, fürchte ich – ausgenommen der Senf.»

«Nur der Senf?», wiederholte der Captain und schmunzelte. «Und das passiert mir, Sohn eines Farmers!»

Er hatte sich nie seiner Herkunft geschämt. Sein Vater, in jenem schottischen Dorf namens Ednam als Sohn eines Tagelöhners geboren, das später durch den Dichter Thomson wenn auch nicht berühmt werden, so doch nicht in völliger Namenlosigkeit versinken sollte, machte sich in den harten Jahren, die den blutigen Aufständen der Jakobiter zu Anfang des Jahrhunderts folgten, auf die Suche nach Arbeit und zog Richtung Süden, wie so viele andere auch in jenen Tagen. Er landete dabei in Yorkshire, ein Tagelöhner auf den umliegenden Farmen, wie es zuvor bereits sein Vater gewesen war. «Der Herr sei dir gnädig», hatte seine Mutter, das Herz schwer vor Sorge um ihren Sohn, ihm mit auf den Weg gegeben, und in dem kleinen Städtchen Stainton-in-Cleveland begegnete James senior der Gnade des Herrn in der Gestalt von Grace Pace, die im Oktober 1725 im Angesicht des Herrn seine Frau wurde.

Ein winziges, nur mit zwei Zimmern ausgestattetes Lehmhaus, strohgedeckt, wurde in dem Dörfchen Marton-in-Cleveland zu ihrem Zuhause. Im nordöstlichsten Winkel Yorkshires gelegen, auf einer kleinen Erhebung eine Viertelmeile südlich der Straße von Stockton nach Guisborough, war es kaum mehr als eine lockere Ansammlung von Farmhäusern und Cottages. Doch das Meer war nicht weit. Dort, wo die Laub- und Nadelwälder der Esk in flaches Küstenland ausliefen, fand sich Whitby, eine aufstrebende Hafenstadt, deren Einwohnerzahl die Zehntausend nahezu erreicht hatte und deren Luft erfüllt war vom Geruch der Werften, von Pech und Leim, von Tang und Salz.

In diesem kargen, eintönigen Landstrich Yorkshires wurde in der unfreundlichen, nasskalten Herbstzeit des Jahres 1728 James junior geboren und getauft, Zweitältester von acht Kindern, von denen der Herr vier früh zu sich nahm – ein kräftiges Kind, hart im Nehmen, äußerlich wie in seinem Wesen seines Vaters Sohn, fleißig, ernst und schweigsam.

Als James acht Jahre alt war, fand sein Vater eine feste Anstellung als Vorarbeiter bei Mr. Skottowe auf der Airyholme Farm, unweit des Dorfes Ayton, vier Meilen von Marton entfernt. Mr. Skottowe zählte eher zur Gentry als zu den einfachen Farmern, und da er ebenso der Wohltätigkeit zugetan wie vermögend war, bezahlte er für den aufgeweckten zweiten Jungen seines Vorarbeiters das bescheidene Schulgeld, das der Rektor der Postgate-Schule Aytons verlangte. Dort lernte James Lesen, Schreiben, Arithmetik und den Katechismus, ohne sich in einer der Disziplinen besonders hervorzutun.

Er verbrachte nicht viel Zeit mit den anderen Jungen der Schule – er war irgendwie anders, fanden diese, immer mit seinen eigenen Unternehmungen beschäftigt. In ihren Augen war er halsstarrig, kompromisslos auf seiner Meinung beharrend, ein Außenseiter; trotzdem hatte er etwas, was ihnen Respekt einflößte und sie davon abhielt, ihn zum Ziel von Spott und Hohn zu machen. Seine Leistungen in der Arithmetik waren nicht brillant gewesen, aber gut genug, um mit siebzehn als Lehrling in das Geschäft von Mr. Sanderson, Gemischt- und Kurzwarenhändler an der Küste, in Staithes, einzutreten. Mr. Sanderson war ein gerechter Lehrherr, und manches Butterbrot und mancher Apfel wanderte vom Küchentisch Mistress Sandersons in den Magen des kräftigen, hoch aufgeschossenen Lehrlings, der seine Arbeit pflichtbewusst tat, wie es seine Art war, aber ohne wirkliche Freude. Das Leben in Staithes, dem wichtigsten Fischereihafen an diesem Teil der Küste, hatte ihm eine neue Welt gezeigt, derjenigen, in der er aufgewachsen war, gänzlich entgegengesetzt. Es war die Welt der muskelbepackten Fischer, deren Rufe durch die geöffnete Ladentür drangen, wenn sie die Netze, schwer mit ihrem zappelnden Fang, von Bord ihrer Nussschalen hievten, die zusammen mit der salzigen Brise, die einen Geruch mitbrachte nach dem Himmel, der hier draußen so anders aussah als im Landesinneren, nach dem Meer, das die Unendlichkeit des Horizonts verhieß, so dass alle anderen Gerüche im Vergleich schal und erstickend wirkten. Es war nur natürlich, dass James' junges Blut, Tag für Tag dem Donnern der Brandung und dem Kreischen der Möwen ausgesetzt, nicht ruhig und kühl bleiben konnte. Nichtsdestoweniger beendete er seine Lehrzeit von eineinhalb Jahren bei Mr. Sanderson, wie es ausgemacht gewesen war, und nach eingehenden Erkundigungen seines Lehrherrn war es auch Mr. Sanderson, der, mit Einverständnis von James Cook senior, James nach Whitby brachte, wo er seine dreijährige Lehrzeit bei John Walker antrat, einem der zahlreichen, alteingesessenen Quäker Whitbys, einem Handelskapitän, Schiffseigner und Kohlenschiffer, nüchtern, fleißig und prinzipientreu, der zusammen mit seinem Bruder Henry die Reederei leitete.

Staithes war, in all seiner Lebendigkeit, ein verschlafenes kleines Hafenstädtchen gewesen, verglichen mit dem geschäftigen Treiben in Whitbys Gassen, von denen nicht eine nicht geradewegs hinunter zum Meer führte, immer die auf einem Hügel gelegene filigrane Ruine der Abtei im Rücken, düster und schaurig, eine steinerne Mahnung an die Vergänglichkeit der Dinge. Tavernen, betrunkene Matrosen, Prügeleien am helllichten Tag auf dem Kai, Langfinger, Taschenspieler und Dirnen, Presskommandos, die naive Burschen vom Lande oder Handwerkerlehrlinge in den Dienst der *Royal Navy* lockten oder sie mit brutaler Gewalt dazu zwangen, waren die düsteren Seiten des Lebens in einem Seehafen, und neben der Faszination, die das Be- und Entladen der geräumigen, dickbäuchigen Segler an den Kaimauern für den jungen James hatte, erschreckte ihn diese Seite Whitbys zunächst, bis er sie als die andere, dunkle Seite der Medaille akzeptieren konnte.

Über zweihundert Schiffe waren im Hafen von Whitby eingetragen, deren Kiele die Wasser der englischen Küste kreuzten, die des Baltikums, des Mittelmeeres, deren Wege sie bis an die Küsten der fernen amerikanischen Kolonien führten und die dann und wann für die *East India Company* in Richtung der sagenumwobenen Küsten Chinas und Indiens die Anker lichteten. Die Zahl der Schiffe, die in den Docks aus Holzplanken, unzähligen Nägeln, Pech, Leinen und Segeltuch entstanden, wuchs von Jahr zu Jahr. Besonders die Kattschiffe waren es, für die Whitby berühmt war, plumpe Schiffe mit schmalem Heck, einem vorspringenden Achter- und tiefem Mitteldeck, ohne den üblichen geschnitzten und bemalten Zierrat, aber bekannt und geschätzt für ihre Stärke, Ausdauer und den niedrigen Tiefgang, der sie trotz schwerer Lasten auch in flachen Gewässern bis dicht an die Küste heransegeln ließ – ein ideales Schiff für den Kohlentransport, und Kohle war eines der wichtigsten Handelsgüter des Nordens. Mehr als tausend Schiffe waren allein damit beschäftigt, das schwarze Gold zu transportieren, vierhundert allein damit, die Metropole London damit zu versorgen, und auf einem solchen Schiff begann der junge James seine Ausbildung in der Seefahrt.

Es waren harte Jahre, die dort auf ihn warteten. Die Bezeichnung jedes Taus, jedes Baums an Bord musste gelernt, Decks geschrubbt, Laderäume gefüllt und geleert werden; bei der ersten wilden Bö hieß es, in die Takelage zu stürzen, um die Großsegel zu reffen und festzumachen, und bei Wind und Wetter auf dem Oberdeck auszuharren. Dazu kamen die Gefahren der Ostküste Englands – kaum kartographiert, die Routen nur der Überlieferung nach bekannt, tückisch in Gezeiten, Nebel und launischem, rasch umschlagenden Wetter, ganz zu schweigen von den Untiefen und Sandbänken abseits der Küstenstriche. Eine solche Fahrt verlangte von dem Schiff und seinen Männern das Äußerste, und es brauchte einen besonders fähigen Captain, sie heil hindurchzusteuern, um nicht das Schicksal zahlloser anderer Segler zu erleiden, die, von Stürmen verschluckt, an Klippen zerschellt, auf Grund gelaufen und in Minutenschnelle gesunken waren. Die *Freelove*, ein typisches Kohlenschiff, dreimastig und schwergängig, besaß in John Jefferson, unterstützt von dessen ebenso tüchtigem Maat Robert Watson, einen solchen hervorragenden Captain, der noch dazu bereit war, sein unerschöpflich scheinendes Wissen mit allen zu teilen, die begierig danach waren, und zu diesen sollte bald auch James zählen.

Zwischen den Fahrten fand er seine Unterkunft in dem Steinhaus Mr. Walkers in Haggersgate, am Westufer des Flusses, unweit der Werften, wo er, von seinem Meister ermutigt, sich in die Kunst der Navigation vertiefte, in den Gebrauch des Kompasses und seiner Abweichungen, die verschiedenen Messmethoden eines Sextanten, in die Messung und Bedeutung von Längen- und Breitengraden, in Sternenkarten und Fernrohre, in die verschiedensten Land- und Seekarten, die in dem engen, staubigen Studierzimmer Mr. Walkers zu finden waren. Seine Kenntnisse der Arithmetik, die er in der Dorfschule Aytons erworben hatte, waren ihm dabei eine große Hilfe, und unter der Anleitung Mr. Walkers konnte er sie noch verfeinern. Mr. Walker mochte den schweigsamen jungen Mann, der mit einem solchen Ernst und Eifer an die Arbeit ging und dessen Wissbegier keine Grenzen zu kennen schien.

So zogen die Jahre vorüber, gleichmäßig und monoton in ihrem Lauf wie die Gezeiten. Elf Jahre waren vergangen, seit James, inzwischen Maat, seine Lehrzeit bei Mr. Walker angetreten hatte, elf Jahre harter Arbeit, emsigen Lernens all jenes, was Teil dieses Handwerkes war, und der Lohn dieser Plackerei war in greifbare Nähe gerückt: das Kommando der *Friendship*, das Mr. Walker, voll Vertrauen in Cooks

Fähigkeiten, ihm angeboten hatte – ein Sprung auf der Karriereleiter, wie er größer und ehrenvoller nicht hätte sein können, und James spürte die verlockende Aussicht auf Sicherheit und Beständigkeit, auf ein besseres Leben, als es sein Vater je gehabt hatte. Doch seine Entscheidung fiel anders aus: Angesteckt von dem Keim des Abenteuers, das Krieg hieß, und der allenthalben in der Luft, ganz besonders der Seeluft, lag, und getrieben von der Sehnsucht nach fremden Küsten, meldete er sich in Wapping bei der *Royal Navy* als Freiwilliger, sechsundzwanzig Jahre alt.

Dass ihn der Weg, den er damals eingeschlagen hatte, Jahre später hierher führen würde, in jene sagenumwobene Südsee, die durch seine Träume geisterte, seit er damals in der Kasse von Mr. Sandersons Laden einen Shilling der legendären *South Sea Company* gesehen und ihn heimlich gegen einen Shilling seines Ersparten eingetauscht hatte, groß und glänzend und mit der Prägung eines stolzen Ostindienfahrers mit geblähten Segeln, der zu seinem Talisman geworden war, zu seinem Leitstern – ihn, den Sohn eines Tagelöhners, der als einfacher Matrose begonnen hatte, hätte er, bei all seinen Träumen von fernen Ländern und Meeren, bei all seinem Eifer und Ehrgeiz, niemals für möglich erachtet. Doch nun stand er hier, an einem Strand, exotischer und malerischer, als eine Menschenseele ihn sich hätte ausdenken können, und blickte hinaus auf das Schiff, *sein* Schiff, die *Endeavour*, die ehemalige *Earl of Pembroke*, ein Kattschiff aus Whitby wie jene, auf denen er so viele seiner Lehrjahre zugebracht hatte, plump, aber stark und zuverlässig, den ganzen weiten Weg von Plymouth über Madeira, Teneriffa, Südamerika und durch die Straße Magellans bis hierher und, so Gott wollte, auch auf jenem Weg, der noch vor ihnen lag. So unglaublich schön es hier auch war – er dankte Gott dafür, wenn er den Befehl zum Ankerlichten geben konnte. Jeder Tag, den sie länger hier, in diesem Paradies, blieben, vergrößerte die Gefahr von Desertion oder gar Meuterei, und er selbst hatte die letzten Tage begonnen, ruhelos zu werden, getrieben von der Aussicht auf weitere, unbekannte Küsten.

Hier gab es für ihn nichts mehr zu tun.

# 8

Die Stunden, in denen die Matrosen der *Endeavour* ihren Aufenthalt mit allen Sinnen genießen konnten, schrumpften auf die wenigen der viel zu kurzen, sternenübersäten tropischen Nächte zusammen, denn das Schiff bedurfte ihrer aller Hände, um erneut bereit zu sein, den Kampf gegen Wellen, Wind und die unbarmherzige Sonne aufzunehmen. Das Deck, die Außenhaut des Rumpfes wie die Masten wurden von Schmutz, Tang und Salz befreit, abgefegt und geschrubbt und erhielten einen würzig riechenden Überzug aus verflüssigtem Harz, der sie vor der Witterung und der ständig drohenden Fäulnis schützen sollte. Die Überprüfung des Proviantes – des Rind- und Schweinefleisches, der Rosinen, der Laibe Chesterkäse, der groben Säcke an Weizen und Hafer, der feineren an Zucker, Salz und Malz, der Fässer an Bier und Wein, Essig und Öl und des unter den Matrosen so verhassten Sauerkrautes, das dem gefürchteten, oft genug tödlichen Skorbut der Seeleute vorbeugen sollte und dessen Verzehr vom Captain unerbittlich und unter Androhung strengster Strafen überwacht wurde – war vollständig abgeschlossen, die Fässer für das Trinkwasser auf schadhafte Stellen hin nachgesehen und abgedichtet. Brusthohe Pyramiden von Kokosnüssen, die sich am Strand stapelten, wurden in der Pinasse an Bord gebracht, ebenso wie ganze Stauden noch unreifer Bananen, Süßkartoffeln, Esskastanien und apfelähnlich schmeckender, sonnengelber Mangos. Die ersten Zelte des Forts wurden abgeschlagen, die Kanonen wieder an ihren ursprünglichen Positionen installiert, die Palisaden aus der Erde gerissen, in Stücke gesägt und als gespaltenes Feuerholz für die Kombüse in den Laderäumen aufgeschichtet.

«Ihre Kabine, Miss Addison.» Schwungvoll öffnete Lieutenant Hicks die Holztür, deren honigfarbene Bretter sich noch deutlich von den älteren, von Ruß und den Strapazen der Seefahrt gedunkelten und geschwärzten Teilen des Schiffes abhoben und die so Zeugnis ablegten von dem sorgfältigen, groß angelegten Umbau der *Endeavour*, ehe sie ihre große Fahrt angetreten hatte, in dessen Verlauf so viele zusätzliche Decks, Kammern und Laderäume eingerichtet worden waren, wie die Grundkonstruktion des Dreimasters es eben noch zugelassen hatte, ohne dem Schiff zu viel Tiefgang aufzubürden oder es manövrierunfähig zu machen.

Er ließ Brittany den Vortritt, die nur zögernd, ihr *tapa*-Bündel fest an sich gedrückt, den winzigen, niedrigen Raum betrat, der beinahe vollständig von der schmalen Koje, mit sauberen Leintüchern und einer zusammengefalteten dünnen Wolldecke bezogen, eingenommen wurde.

«Der Captain bedauert, Ihnen keine komfortablere Unterkunft anbieten zu können, aber –»

«Nein», schüttelte Brittany den Kopf, ohne ihn anzublicken, «ich bin vollauf zufrieden damit.»

Leise schloss Hicks die Tür hinter ihnen und lehnte sich mit dem Rücken dagegen. Er beobachtete Brittany, wie sie den Saum ihres *pareu,* unbewusst aufreizend, ein wenig höher schob, um sich besser auf die an Seilen von der Decke hängenden Koje knien und aus dem winzigen Bullauge hinausspähen zu können. Sie wirkte wie ein Kind, das gespannt auf heiß ersehnten Besuch wartet, wie sie die Handflächen zu beiden Seiten des Rahmens gegen die Holzlatten der Wand presste und den gesamten Ausschnitt des Meeres, den ihr das Fenster darbot, in Augenschein nahm, doch Hicks wusste es besser.

Kein Tag war vergangen, an dem sie sich nicht gesehen, sich nicht im heißen Sand der Lagune bis zur Erschöpfung geliebt hatten. Wenige Stunden war es erst her, dass das seichte blaugrüne Wasser ihrer einsamen Bucht ihre nackten Körper wie Seide umschmeichelt hatte. Wie unter einem Bann hatte er die Skrupel, die ihn zu Anfang belastet hatten, beiseite geschoben, bis er sie nur mehr als düstere Schatten an der Peripherie seines Bewusstseins wahrnahm. Brittanys Leidenschaft, ihre warme Stimme, die Liebkosungen in sein Ohr flüsterte, ihr Atem, sengend auf seiner Haut, schienen keinen Platz zu lassen für die abstrakten Dinge, die er einmal für die höchsten Güter in seinem Leben gehalten hatte. Sie war wirklich, so real und elementar wie die Felsen der Insel, das Meer, das sie umgab, und die Sonne, die darauf schien, ohne Falsch und ohne die aufgesetzte Schamhaftigkeit und Prüderie, die den europäischen Frauen ihres Alters ein Korsett aus Albernheit und Unterkühltheit aufzwang und sie im Vergleich zu ihr wie leblose Puppen wirken ließ.

«Was siehst du mich so an?», fragte sie plötzlich, aber leise und sanft, in seine Gedanken hinein. Sie hatte sich auf dem Rand der Bettstatt niedergelassen, ein Bein untergeschlagen, ihr noch feuchtes kastanienfarbenes Haar in Wellen über ihre Schulter fließend, ihr klares Profil von dem milden Licht der tief stehenden Sonne, das durch die Scheiben hereinfiel, beleuchtet.

Zachary Hicks hätte seines Augenlichts beraubt oder ein Narr sein müssen, um Brittanys Schönheit nicht zu sehen. In Gesichtsschnitt und Teint zweifellos europäisch, schienen ihr dennoch die Jahre, die sie auf der Tropeninsel verbracht hatte, ihre Prägung aufgedrückt zu haben: Die Mandelform ihrer Augen war eine Spur zu exotisch, ihre Haut zu samtig, ihre Wangenknochen zu hoch gewölbt, als dass sie sich mit ihren englischen Schwestern hätte vergleichen lassen. Ihre Bewegungen waren von einer ihr eigenen Anmut, fließend und geschmeidig aus Taille und Hüfte heraus, unverdorben von den Modetorheiten der Zeit wie Mieder und Panier, was ihren Reiz nur noch erhöhte; dennoch hätte nichts Zachary dazu bringen können, dies laut einzugestehen, und so blieb er Brittany die Antwort schuldig. Doch er konnte es nicht verhindern, dass das leichte Flackern in seinen Augen ihn verriet.

Langsam stieg Brittany von der Koje herunter und kam zu ihm herüber, ohne ihren Blick auch nur einen Lidschlag lang von seinem abzuwenden. Die Arme um seinen Brustkorb geschlungen, schmiegte sie sich an ihn, den Kopf in den Nacken gelegt, und flüsterte: «Küss mich.»

Er gehorchte.

«Fester», murmelte sie zwischen zwei Atemzügen, und eine Hand in der seidigen Flut ihres Haares vergraben, erwiderte er ihre Begierde, bis er sich, außer Atem, von ihr löste.

«Ich muss gehen», brachte er heiser, mit brennenden Lippen, hervor, «der Captain erwartet mich oben.»

«Sehe ich dich heute noch?»

Zachary schüttelte den Kopf. «Ich bin zur Mittelwache eingeteilt.»

Mit einer Hand griff er nach dem Knauf der Tür und öffnete sie einen Spaltbreit. Vorsichtig spähte er den Gang hinunter und schlüpfte hinaus.

«Darf ich dir Gesellschaft leisten?», flüsterte Brittany hinter seinem Rücken.

Er drehte sich um. «Besser nicht. Sie werden zwar alle heute Nacht noch im Dorf sein, aber ich will kein Risiko eingehen.»

«Gute Nacht, Zachary», wisperte Brittany, kaum hörbar, ihre Wange an das Holz der Tür gelehnt. Sie wartete, bis seine Schritte verklungen waren, bevor sie die Tür leise schloss und sich mit dem Rücken dagegenfallen ließ, wohlig aufseufzend.

Ihr Blick fiel auf ein flaches Bündel auf dem kleinen, nicht gerade voluminös zu nennenden Kissen am Kopfende der Koje, das bisher ihrer Aufmerksamkeit entgangen war. Es bestand aus einem Hemd, wie es die Offiziere und Midshipmen trugen, bis zur Brust durchgeknöpft, mit einem kleinen, spitzen Kragen, tief angesetzten Ärmeln und an den Manschetten mit je einer Rüsche verziert, und einer grob gewebten, durch langes Tragen jedoch weich gewordenen Leinenhose, weit geschnitten nach Art der Matrosen. Beides war sorgfältig zusammengelegt und beschwert mit einem kunstvoll aus Holz geschnitzten Kamm, begleitet von einem jener schwarzen Seidenbänder, die die kurzen Zöpfe der Offiziere zusammenhielten.

Selbst die einhellig freundliche Begrüßung, die sie von den Matrosen erfahren hatte, als sie mit Zachary von der Pinasse aus das Fallreep an Bord erklomm, hatte ihr nicht eine solche Freude bereiten können wie diese Geste der Gastfreundschaft. Sie wusste, wie wenig Kleidungsstücke zum Besitz eines einfachen Seemannes gehörten, oft genug nur diejenigen, die er auf dem Leib trug, und so vermochte sie dieses Geschenk in seiner ganzen Bedeutung und ehrenvollen Absicht zu schätzen.

Es hatte etwas Feierliches, als sie sich nun langsam aus der Stoffbahn ihres *pareu* wickelte und das kühle Leinen über ihre Haut gleiten ließ. Der Stoff roch nach dem klaren Flusswasser, in dem er kurz zuvor mit einer herb duftenden Seife gewaschen worden war, und nach der Sonne, die ihn dann getrocknet hatte. Die Männer, die die Sachen vor ihr getragen hatten, waren nur wenig größer gewesen als sie selbst, dabei aber ein gutes Stück breiter, so dass das weiße Hemd locker von ihren Schultern herabfiel und sie die Kordel der blassblauen Hose in der Taille eng zusammenziehen musste. Mit dem Kamm glättete sie ihr Haar und begann es zu einem Zopf zu flechten, dessen Ende sie mit dem schwarzen Band umwand.

Vielleicht lag es an dem schwindenden Licht des Tages, an dem buckligen Glas des winzigen, halb blinden Spiegels, der neben der Tür hing, oder der schattenhaften Erinnerung, dass sich Brittany kaum wieder erkannte – weder jenen Wildfang, der auf dem Deck der *Seagull* herumgetobt war, in Hemd und Hosen eines gleichaltrigen Schiffsjungen, den langen Zopf über den Rücken baumelnd, noch das heranwachsende Mädchen, das ihr, in einfachem *pareu* und mit offenen Haaren, so oft aus der dunklen Tiefe eines Teiches entgegengesehen hatte. Es war ein fremdes Gesicht, das ihr hier entgegenblickte, ungewohnt ernst und streng unter dem zurückgekämmten Haar, das aber zugleich die exotischen Züge ihres Gesichtes hervorhob. War es ihre Liebe zu Zachary, die sie so verändert hatte, oder die fremd gewordene europäische Kleidung?

Urplötzlich wurde Brittany bewusst, dass es nun kein Zurück mehr gab. Sie war hier, auf der *Endeavour*, in ihrer eigenen Kabine, bereit, die vergangenen Jahre hinter sich zu lassen, einer ungewissen Zukunft willen. Es war zu spät umzukehren, und doch wünschte sie in diesem Moment, sie könnte einen Rückzieher machen und jeden Gedanken an England und ein Leben dort auf ewig aus ihrem Bewusstsein verbannen. Sie schüttelte den Kopf über sich selbst. Weshalb nur war sie auf einmal derart unentschlossen, nachdem endlich das eingetreten war, wonach sie sich all die Jahre gesehnt hatte? War es die Urgewalt des Meeres, der sie sich erneut ausliefern musste – war es das Unbekannte, das vor ihr lag, die fremden Küsten – ein neues Leben?

Ein Klopfen an der Tür ließ sie erschreckt zusammenfahren und hastig von ihrem Spiegelbild zurücktreten, als sähe sie sich bei etwas Verbotenem ertappt.

«Herein», rief sie, bemüht, das wilde Schlagen ihres Herzens wieder in einen ruhigen Rhythmus zu bringen. Es war Charles Clerke, der seinen Kopf hereinstreckte und breit grinste, als er die Veränderung in Brittanys Äußerem sah.

«Willkommen an Bord, Matrose Addison», scherzte er.

Brittany errötete und blickte etwas verlegen an ihrer Kluft herab.

«Es ist Jahre her, dass ich so etwas getragen habe – ich muss mich erst noch daran gewöhnen», murmelte sie und erntete einen verständnisvollen Blick.

«Steht Ihnen ausgezeichnet», versuchte er sie aufzumuntern.

«Danke, Charlie.» Sein Kompliment wurde mit einem dankbaren Lächeln belohnt.

Er selbst war es gewesen, der sich an der Beschaffung der Kleidungsstücke beteiligt hatte, und das Ergebnis überraschte ihn. Das blusig fallende Hemd John Booties verlieh Brittany etwas Verwegenes, einen Anklang an eine Seeräuberbraut, während der zusammengezurrte Bund von Isaac Smiths Hose ihre Taille noch schmaler, noch weiblicher erscheinen ließ. Der lange Zopf, der über ihre Schulter fiel, ließ sie jung und verletzlich aussehen, und ihm war, als müsste sein Herz geradezu überfließen vor Zuneigung. Seit jenem Augenblick, als sie sich im Regenwald von Puaru unter dem harten Griff Lieutenant Hicks' gewunden hatte wie ein kleines Tier in den Klauen eines Greifvogels, hatte sie seine Gedanken nicht mehr verlassen. Selten waren die Gelegenheiten gewesen, bei denen sie sich begegnet waren, doch selbst in den Armen der goldhäutigen *vahine*, die seine Nächte und die freien Stunden der sonnendurchfluteten Tage mit ihren warmen Körpern und schmeichelnden Stimmen erfüllten, war ein Teil seines Seins vollkommen von ihr beherrscht.

Charles Clerke gehörte zu jenen Seeleuten, auf die es vollkommen zutraf, wenn es im Volksmund hieß, sie hätten in jedem Hafen ein Mädchen, das sehnsüchtig auf sie wartete – wenn er es genau bedachte, waren es vermutlich sogar mehrere. Er liebte ganz einfach die Frauen, hatte sie immer geliebt, sobald er alt genug gewesen war, um zu erkennen, dass der Herr zweierlei Geschlecht geschaffen hatte. Und in Brittany glaubte er sein Ideal gefunden zu haben, eine Frau, die in ihrer Person alle Vorzüge ihres Geschlechtes vereinigte, ohne deshalb weniger menschlich, weniger wirklich zu sein.

Das unverhohlene Begehren, das Brittany in seinen Augen brennen sah, befremdete sie. Nicht einen einzigen Augenblick, seit sie ihn kannte, hatte sie in ihm mehr gesehen als einen Freund, und ebenso fern war für sie der Gedanke gewesen, er könnte anders für sie empfinden, als er es vermutlich für seine daheim gebliebenen Schwestern tat. Gleichzeitig jedoch genoss sie es, fühlte sich von seinen Blicken liebkost und vergaß darüber jegliche Verwirrung. Staunen und Neugier standen plötzlich in ihrer beider Augen, als sie einander mit Blicken festhielten, die Welt um sich herum vergessend.

«Charlie! He, Clerke – wo zum Henker steckst du? Verdammt, wir gehen auch ohne dich!»

Pickersgills polternde Stimme, die von der Leiter, die an Deck führte, zu ihnen hinabdrang, brach den Bann. Brittanys Wangen überzog der Hauch eines Errötens, während sie ihre Blicke ziellos durch den winzigen Raum huschen ließ, und Charlie räusperte sich nervös, fuhr sich durch sein widerspenstiges, sonnengebleichtes Haar.

«Pickersgill», verkündete er überflüssigerweise und deutete mit dem Daumen hinter sich, dann fügte er erklärend hinzu: «Deswegen habe ich im Grunde genommen hier vorbeigeschaut. Wir setzen gleich in der Pinasse über, um mit den Eingeborenen unseren Abschied zu feiern. Möchten Sie uns nicht Gesellschaft leisten?» Seine Frage war eher eine Bitte, doch obwohl es Brittany nicht leicht fiel, sie abzulehnen, schüttelte sie den Kopf.

«Ich werde an Bord bleiben.»

«Charlie!»

Ebenso ungeduldig, wie Pickersgills Ruf geklungen hatte, riss Charlie nun die Tür hinter sich auf und brüllte zum Deck hinauf: «Verflucht, Dick, ich komm ja schon!!»

Zwischen Tür und Angel drehte er sich noch einmal zu Brittany um. «Sie werden es sich nicht noch überlegen?»

Brittanys Mundwinkel hoben sich zu einem kleinen Lächeln, das aber ihre Augen nur flüchtig streifte. Eine leichte Bitterkeit klang aus ihren Worten, als sie sagte: «Ich habe meinen Abschied bereits genommen.»

Charlie nickte, sichtlich enttäuscht, aber mit einem Aufblitzen in seinen Augen, das deutlich machte, dass für ihn zwar diese Schlacht verloren war, nicht aber der ganze Krieg, in dem er um sie zu werben gedachte. Respektvoll salutierend verabschiedete er sich, und Brittany konnte ihn lachen und sich ein scherzhaftes Wortgefecht mit dem wartenden Pickersgill liefern hören, das sich allmählich in der Ferne verlor.

Sie lauschte den johlenden Rufen der Männer, die sich an der Reling darum drängelten, in die Pinasse hinabzusteigen, die sie in die letzte Nacht entlassen sollte, in der sie die tropischen Verlockungen der Insel bis zur Neige auskosten konnten, bevor sie die harte Arbeit und Monotonie des Lebens auf See für wer weiß wie viele Monate wieder einholte und ihnen allein die schattenhaften, unzureichenden Erinnerungen an die Zärtlichkeiten der zauberhaften exotischen Frauen blieben. Als die Schritte verklungen, die letzte raue Seemannsstimme verstummt war, schlüpfte Brittany aus ihrer Kabine.

Sie war auf dem Zwischendeck untergebracht worden, zwischen der Kapitänskajüte, die vom Korridor her keinen direkten Zugang besaß und nur durch die Messe und deren Vorraum zu betreten war, und der Kabine, die sich Solander und Spöring teilten. Über den verhältnismäßig breiten Gang hinweg, der zu einem Teil auch als Stauraum genutzt und dementsprechend mit diversen eisenbeschlagenen Kisten und Fässern voll gestellt war, lagen die Unterkünfte Parkinsons und Greens sowie einer der beiden Vorratsräume der Gentlemen. Achtern endete der Gang in der Kabine Banks' und einem kleinen Vorzimmer, das in die Offiziersmesse führte. In Richtung des Vorschiffs, hinter der an Deck führenden Holzleiter, erstreckten sich die dicken Planken des Querschotts, das ohne eine Verbindungstür die Wohnräume von einem der Lagerräume trennte. Die Raumaufteilung war eher verwinkelt als praktisch, aber die Arbeiten in den Docks von Deptford hatten ihre Aufgabe erfüllt, nämlich ein Schiff, das ursprünglich für den Transport von mehreren hundert Tonnen Kohle und nur fünfzehn Mann Besatzung ausgerichtet war, so umzubauen, dass über neunzig Mann mitsamt dem Proviant, den sie im Lauf von vielen Monaten auf See verzehren würden, und der notwendigen Ausrüstung einer solchen Expedition Platz darin fänden.

Ein auffrischender Wind strich über ihre Haut, als sie durch die Luke an Deck stieg, und dieses Gefühl, das so einzigartig nur auf dem Deck eines Schiffes zu erfahren ist, löste ein feines Flattern der Erregung in ihrer Magengegend aus. Das lang gestreckte, schmal wirkende Deck lag verlassen da, auf den Dienstbeginn der dafür eingeteilten Wachposten wartend. Sparsam wie die *Endeavour* an Zierat ausgestattet war, fehlten ihr auch die aufwendigen Aufbauten manch anderer Dreimaster, die auf den Weltmeeren kreuzten; nur das absolut Notwendige wie Gangspill und Rudergeschirr, Kompasshaus und Glockengalgen erhob sich zwischen den Masten. Liebevoll fuhr Brittany über die gut zwei Finger starke Latte der Reling, als sie das Deck entlangging, es mit beinahe kindlichem Vergnügen genießend, wieder die glatt gehobelten und frisch polierten Planken unter den bloßen Füßen zu haben, die sich im sanften Wellengang der flachen, kaum von den Gezeiten berührten Lagune nur schwach bewegten.

Mittschiffs griff sie nach einem der senkrecht verlaufenden Seile der Wanten, die sich bis an die Spitze des Großmastes zogen, und erklomm Schritt um Schritt die Webleinen, die zwischen den Wanten die Sprossen einer riesigen Strickleiter bildeten. Auf Höhe des Großsegels ließ sie sich vorsichtig in dem nachgiebigen und doch so starken Flechtwerk der Seile nieder, wie sie es damals auf der *Seagull* so oft getan hatte, um den besten Ausblick auf die wilde Wasserwüste des Ozeans zu haben.

Doch es war eine völlig andere Aussicht, die sie hier erwartete – der Rumpf der *Endeavour* lag backbord zur offenen See, und auf der Steuerbordseite, auf der Brittany in den Seilen saß, erstreckte sich die Insel Tahiti in ihrer ganzen Schönheit. Mühelos konnte Brittany im Dämmerlicht die Hütten der Siedlung voneinander unterscheiden, dort, wo das breite Band aus nahezu schwarzem Sand die Matavai-Bucht, in der Dämmerung dunkelviolett schimmernd, verließ und um eine Biegung herum verschwand, die nächste der zahllosen Buchten der Insel kontrastreich einrahmend. Während die Insel sich in ihr nächtliches Gewand kleidete, trat das hell lodernde Feuer am Strand umso deutlicher hervor, das für die Eingeborenen und die Männer der *Endeavour* als festliche Beleuchtung brannte. Das helle Pfeifen der Flöten, unterlegt vom dumpfen, bisweilen auch wirbelnden Rhythmus der Trommeln, klang herüber, und durch die warme Luft drangen die Stimmen der Sängerinnen, sehnsüchtig und wehmütig: «Ich halte dich in meinem Herzen – ich halte dich in meinem Herzen …»

Als Brittany gesagt hatte, sie habe ihren Abschied von der Insel bereits genommen, so war dies nicht die ganze Wahrheit gewesen. Denn obwohl sie sich jeden einzelnen Tag, seit sie Hicks und seinen Männern begegnet und von dem Betrug der *Maohi* an ihr erfahren hatte, von den Bewohnern der Insel und dem Leben hier entfernt hatte, obwohl sie an diesem Nachmittag jener Laubhütte, die fünf Jahre lang ihr Zuhause gewesen war, ohne mit der Wimper zu zucken den Rücken gekehrt hatte, fehlte ihr noch jener letzte große Schritt, der den Bruch mit der Vergangenheit endgültig vollzog. Sie wollte sich die Insel in ihrer ganzen Schönheit einprägen, für alle Zeiten ihr Bild in das Gedächtnis eingravieren, unbelastet von den Lügen und Heimlichkeiten der *Maohi*, die Brittanys Vertrauen in diese Menschen hier so gründlich zerstört hatten. Ich halte dich in meinem Herzen ... Ein Schluchzen stieg plötzlich aus ihrer Kehle empor, kaum hörbar in seiner Kläglichkeit, und mit ihrem nächsten Atemzug vergrub sie ihr Gesicht in den Händen und begann zu weinen. Sie wusste, was sie hier zurückließ, trotz allem, was ihr angetan worden war.

Erst als ihre Augen leer waren von Tränen und brannten, kletterte sie, unsicher und mit schwachen Gliedern, in der Dunkelheit der Nacht die Wanten hinab und tastete sich blind in ihre Kabine zurück, wo sie sich erschöpft auf ihre Koje fallen ließ, den Schlaf ersehnend und in dem Gefühl völliger Leere.

## 9

«Ich denke auch, wir sollten zuerst den Großmast auftakeln», stimmte John Gore der Entscheidung seines Captains zu, warf aber gleichzeitig einen besorgten Blick zum Himmel, den bereits seit Sonnenaufgang eine dichte Wolkendecke überzog. «Hoffen wir nur, dass das Wetter einigermaßen hält – im Regen das Rigg aufsetzen ist wahrlich kein Vergnügen.»

Cook nickte und ließ ebenfalls prüfend seine Augen über den Horizont schweifen. «Einen Versuch müssen wir wagen, die Zeit sitzt uns im Nacken. Guten Morgen, Mr. Truslove», begrüßte er den Marinekorporal, der salutierend hinzugetreten war, ein hoch aufgeschossener, schlaksiger junger Mann Anfang zwanzig, strebsam, verlässlich und loyal, dessen unbändiger, kaum zu stillender Appetit unter der Mannschaft schon sprichwörtlich geworden war. «Was gibt es?»

«Sergeant Edgcumbe schickt mich, Sir, Ihnen mitzuteilen, dass zwei unserer Soldaten vermisst werden.» Er fühlte sich sichtlich unwohl in seiner Haut.

«Seit wann?» Die Frage des Captains kam wie ein Peitschenhieb.

«Clement Webb und Samuel Gibson waren zur Mittelwache im Fort eingeteilt, Sir, und als die Wachablösung heute Morgen ihren Dienst antrat, war von den beiden keine Spur mehr zu entdecken.»

«Gibson», murmelte Cook, als sähe er sich in einer lang gehegten Vermutung bestätigt.

Webb gehörte zu jenen nüchternen, illusionslosen jungen Marinesoldaten, die ihren Dienst pflichtbewusst taten, ohne sich jemals besonders hervorzutun, sei es im Negativen oder im Positiven. Gibson jedoch, schwarzhaarig und glutäugig wie ein Spanier, besaß ein aufbrausendes Temperament, das jederzeit in blindwütigen Jähzorn umschlagen konnte, und seine Disziplin ließ durchaus zu wünschen übrig. Es schien offensichtlich, dass Gibson Webb zu dieser Flucht angestiftet hatte – ihre Absicht, das mühselige Soldatendasein gegen ein Leben auf dieser Insel zu tauschen, wo anscheinend alles im Überfluss vorhanden war, wo sich die tägliche Arbeit, sein Brot zu erwerben, in Grenzen hielt, trat nur zu klar hervor, und der Absprung war zu einem denkbar günstigen Zeitpunkt gewagt worden: In drei Tagen sollte die *Endeavour* in See stechen, und die Arbeiten, die noch anstanden, beschäftigten alle verfügbaren Augen, Ohren und Hände, so dass eine Flucht, wenn sie auch nicht unentdeckt bliebe, so doch erst mit erheblicher Verzögerung bemerkt würde, was ihnen mehr als genug Vorsprung einbrächte, sich in den entlegensten Winkeln der Insel vor den Suchkommandos zu verstecken. Cook war jedoch gewillt, nicht sogleich den Stab über die beiden jungen Männer zu brechen.

«Ich gebe den beiden einen Tag Zeit, um auf das Schiff zurückzukehren. Sollten sie bis morgen früh nicht eingetroffen sein, werden wir sie aufspüren lassen», fällte er seine Entscheidung.

«Sir –»

«Ich weiß, Mr. Gore», fiel der Captain seinem Zweiten Offizier ins Wort, «uns fehlt im Grunde die Zeit, um auch nur eine Stunde mit

Warten zu verschwenden. Aber ich kann meine Männer nicht drei Monate lang die Freiheit hier genießen lassen und dann wie ein Wachhund hinter ihnen her sein, sollten sie sich zwei Schritt zu weit von uns entfernen! Die beiden kennen den Befehl, morgen früh an Bord zu sein. Sind sie es nicht, muss ich davon ausgehen, dass sie ernsthaft zu desertieren beabsichtigen, und sie suchen lassen. Verlassen Sie sich darauf, Mr. Gore – in spätestens drei Tagen sind die beiden wieder hier!»

Mit einem Kopfnicken entließ er Truslove.

Lieutenant Gore ließ seinen Blick über die ausgedehnten Regenwälder der Insel schweifen, die in ihrem Dickicht ganze Kolonien von Deserteuren verbergen konnten. Er wusste, wie empfindlich der Captain in Fragen der Disziplin reagieren konnte – zwölf Peitschenhiebe wegen Verweigerung der Sauerkrautration oder wegen Missachtung seines Befehls, den Eingeborenen respektvoll zu begegnen, waren nur zwei Beispiele, die Gore in den Sinn kamen. Wie Cook mit Deserteuren verfahren würde, daran wagte er nicht zu denken. Desertion war mit Meuterei gleichzusetzen – die übliche Strafe dafür war Tod durch Erhängen, und Gore zweifelte nicht im Geringsten daran, dass der Captain mit den beiden so verfahren würde, allein um für den Rest der Mannschaft ein Exempel zu statuieren und mögliche Nachahmer ein für alle Mal abzuschrecken. Insgeheim hoffte Gore, die *Endeavour* würde ohne die beiden segeln. Hätte er nicht um die drakonische Strafe gewusst, die darauf stand, wäre auch er der Versuchung ausgesetzt gewesen, die *Royal Navy* und seine Dienstpflicht zu vergessen und sich mit seiner Geliebten irgendwo an einem dieser paradiesischen Strände niederzulassen und, umgeben von einer Horde nackter, tobender Kinder, sein Leben dort in Stille und Frieden zu beschließen.

«Sie machen sich Sorgen um die beiden», stellte Cook fest.

«Ja, das tue ich. Eine unerfreuliche Geschichte.»

«In der Tat. Nun, wir werden sehen, wie sie sich noch entwickelt», entgegnete Cook, sich angelegentlich und in scheinbar ungestörter Konzentration mit den beiden Bögen Papier beschäftigend, auf denen die Arbeiten aufgelistet waren, die es noch auszuführen galt.

Gore beschlich das Gefühl, dass Cook sich gelassener gab, als er es tatsächlich war, und er wusste nicht recht, was er davon zu halten hatte. Es gab Situationen wie diese, in denen es unmöglich schien, zu erfassen, was in Cook vorging. Seine Gedankensprünge, die Entscheidungen, die er traf, überraschten Gore immer aufs Neue.

«Sehen Sie, Mr. Gore», rief der Captain plötzlich aus, seinen Kopf in den Nacken gelegt, «es hellt sich in der Tat ein wenig auf. Geben Sie Befehl zum Auftakeln!»

Das unbeweisbare Naturgesetz, dass in Erwartung eines Ereignisses die Zeit sich ins Unendliche dehnt, fand sich an diesem Sonntag auf der *Endeavour* aufs Schönste bestätigt. Die Stunden zogen sich hin. Eine gewisse Spannung lag in der feuchtwarmen, dampfigen Luft, nachdem die Nachricht vom Verschwinden der beiden Marinesoldaten sich wie ein Lauffeuer unter den Matrosen verbreitet hatte.

Die Gerüchte, die von Matrose zu Matrose weitergegeben wurden und von dort die Hierarchie der Dienstgrade vom Bootsmann über den Maat bis zu den Offizieren auf dem Achterdeck erklommen, hatten sich bis zum frühen Abend dahingehend verdichtet, dass Webb sich unsterblich in eine *vahine* verliebt hatte, während Gibson von der Aussicht angezogen worden war, in einem Land zu leben, wo die persönliche Freiheit grenzenlos schien. Es hieß, er habe vor einigen Matrosen damit geprahlt, er würde von einem der Häuptlinge Land und zahlreiche Diener zum Geschenk bekommen, sollte er sich zum Bleiben entschließen. Traf dies tatsächlich zu, erhielt der Vorfall eine diplomatische Komponente, die ihn zusätzlich komplizierte.

Die leichten Schwingungen der Unruhe sollten auch Brittany schließlich erreichen. Der Schlaf, in den sie sogleich gefallen war, war tief und traumlos und von heilsamer Natur gewesen; im Lauf der Nacht hatten sich ihre Züge entspannt, und als das Hellgrau dieses trüben, schon späten Tages durch die porösen Wolkenschichten in ihre Kabine fiel, blinzelte sie ruhig und zufrieden, weit entfernt davon, Trübsal oder auch nur Wehmut zu empfinden.

Doch die Untätigkeit, zu der sie an diesem Tag verdammt war, tat bald ihr Übriges. Das Wetter war zu schlecht, um den Tag an Deck zu verbringen oder an Land zu gehen, und so begab sie sich nach einer kurzen Toilette an dem hölzernen Wassereimer in ihrer Kabine in die Messe, den einzigen Raum an Bord, der ein wenig Abwechslung zu versprechen schien. Den ganzen Nachmittag pendelte sie mehr oder weniger ruhelos zwischen den hinter Glas sorgsam verwahrten Büchern und den großen Fenstern in ihren weißen Sprossenrahmen, die ihr ein sanftes, aber trübselig stahlblaues Meer präsentierten. Ihre Erleichterung kannte keine Grenzen, als sich schließlich am Spätnachmittag Lieutenant Gore zu ihr gesellte und ihr die Anfänge eines Kartenspiels beibrachte, mit dem sie sich unter Gelächter vergnügten, bis die Schiffsglocke die Offiziere zum Dinner in die Messe rief.

«Wenn Sie so weitermachen, Miss Addison, werde ich mich bald geschlagen geben müssen.» Lächelnd schob Lieutenant Gore die ausgebreiteten Spielkarten zusammen und bündelte sie zu einem Stapel.

«Schmeicheln Sie mir nicht, Mr. Gore!»

Ein kleines Grinsen blitzte als Erwiderung in seinen Augen auf. Brittany mochte den Lieutenant, von dem sie, wie von den meisten anderen Offizieren und Gentlemen auch, bisher wenig gesehen hatte. Er besaß die Art von Unkompliziertheit, die einen in seiner Gesellschaft sich wohl fühlen und entspannen ließ, obwohl sein Äußeres eher unattraktiv zu nennen war: Sein runder Kopf schien direkt auf seinen abfallenden Schultern zu sitzen; die nur spärlichen Brauen über den schweren Lidern der grau und gelb gesprenkelten Augen betonten das Zurückweichen seiner flachen Stirn, die ein seltsam anmutendes Gegengewicht zu seiner hervorspringenden, dreieckigen Kinnpartie bot. Seine Nase war zu klein und zu unregelmäßig geformt, um in dieses flächige, nahezu konturlose Gesicht zu passen, ebenso wie seine aufgeworfenen rosigen Lippen einer anderen Person zu gehören schienen. Doch saß man ihm gegenüber, verschwanden alle Unregelmäßigkeiten und störenden Formen in der wohlwollenden Aufmerksamkeit, die er einem widmete, in seiner Fähigkeit, jedes noch so ungewöhnliche Gesprächsthema interessiert aufzunehmen, und in seinem gelassenen, ruhig-heiteren Wesen, das ihn zu einem äußerst angenehmen Zeitgenossen machte.

«Ich sollte Ihnen noch etwas mitteilen», setzte der Lieutenant nun mit gedämpfter Stimme an und legte seine Stirn in die für ihn so charakteristischen Querfalten, den Kartenstapel in seinen kleinen, kräftigen Händen drehend und nach allen Seiten durchbiegend. «Seit heute Morgen werden zwei Marinesoldaten vermisst – vermutlich sind sie desertiert. Sollte der Captain heute Abend nicht bester Laune sein, nehmen Sie es nicht persönlich.»

«Ich verstehe.»

«Haben sich die beiden bis morgen früh nicht wieder eingefunden», fuhr Gore fort, «wird der Captain einen Suchtrupp ausschicken. Es können folglich noch einige Tage verstreichen, bis wir die Segel setzen.»

«Und was geschieht mit ihnen, wenn man sie findet?», erkundigte sich Brittany.

Gores bis dahin so offener Blick verdunkelte sich und wich dem ihren aus, was an sich Antwort genug war. Brittany wollte dennoch nachhaken, als die fünf Midshipmen, lärmend und polternd wie junge Hunde, in den Raum stürmten, ausgelassen und scheinbar unbelastet vom Verschwinden der beiden Soldaten.

Die scherzhaften Bemerkungen, unter denen sie sich auf ihre Plätze rund um den Tisch begaben, bezogen Brittany und Gore mit ein und ließen sie unwillkürlich ihre ernste Unterhaltung vergessen.

«Geben Sie es ruhig zu, Mr. Gore – Miss Addison hat Sie um den gesamten Inhalt Ihrer Börse erleichtert, allein mit einem Augenaufschlag von ihr. Sie sollten niemals mit schönen Frauen um Geld spielen, glauben Sie einem alten Hasen!»

In das aufbrandende Gelächter traten Molyneux und der Schiffsarzt ein, eifrig diskutierend und sich allem Anschein nach darüber einig, dass der Captain zu nachlässig verfahren war, als er nicht augenblicklich eine Suche nach den beiden Deserteuren einleitete.

«Die sind längst über alle Berge, vermutlich sogar mit Hilfe der Eingeborenen. In zwei Tagen kann man selbst mit einem der Auslegerkanus auf entlegenste Inseln gelangen – wie will er sie da dann aufstöbern, ohne Monate damit zu verbringen? Aussichtslos, vollkommen aussichtslos!»

Den beiden folgte William Perry, schweigsam wie gewöhnlich, ohne unfreundlich zu wirken, der aber die Augen verdrehte, als er die Ansichten des Maats und des Arztes vernahm.

Erneut schwang die Tür auf, und die drei Stewards betraten die Messe, beladen mit silbernen Platten, auf denen das Dinner – kalter Braten, dampfende Süßkartoffeln, gebratene und pikant abgeschmeckte Bananen – eher zweckmäßig denn kunstvoll arrangiert war: Smutje Thompson erwies sich trotz seiner amputierten Rechten als hervorragender Koch, der mit Zutaten und Gewürzen geschickt und phantasievoll umzugehen verstand, wenn auch das Anrichten der Mahlzeiten unter seinem Handicap deutlich litt, zumal leider auch seinem Küchenjungen für diese Kunst jegliche Begabung fehlte. Einer der Stewards begann rasch und geschickt über die Schultern der Männer und Brittanys hinweg den Tisch zu decken. Der Captain und Lieutenant Hicks, die als Letzte eintrafen, komplettierten die Abendgesellschaft und ließen mit ihren ernsten Mienen und gerunzelten Stirnen jegliches Gespräch rund um den Tisch ersterben.

Die Mahlzeit verlief wortkarg. Das kratzende Geräusch des Bestecks auf den Tellern durchdrang das Schweigen auf unangenehm laute Weise.

Lieutenant Gore versuchte Brittany, der die drückende Atmosphäre in dem engen Raum sichtlich zu schaffen machte und die angestrengt mit der Gabel in ihrem Essen herumstocherte, immer wieder mit Blicken aufzumuntern, ebenso wie Charlie, der beständige, unverändert gut gelaunte Blicke mit den anderen Midshipmen tauschte. Doch es waren Zacharys Augen, von denen sie einen Blick zu erhaschen suchte, ein kleines, nur für sie sichtbares Zeichen seiner Zuneigung. Aber jedes Zusammentreffen ihrer Blicke endete in einem gleichgültigen Niederschlagen seiner Lider, das Brittany zutiefst verletzte. Er hatte sie kaum eines Blickes gewürdigt, als er die Messe betreten hatte; ein knappes Nicken war alles gewesen – kein Wort der Begrüßung, keine charmante, scherzende Bemerkung über ihr verändertes Äußeres, wie sie sie von den anderen Offizieren erfahren hatte. Kühl und gelassen nippte er an seinem Wein, scheinbar völlig unberührt von der angespannten Stimmung.

Kaum waren die Teller und die nur halbwegs leer geräumten Platten abgetragen, zog sich Brittany unter dem Vorwand, früh zu Bett zu wollen, in ihre Kabine zurück, den Tränen gefährlich nahe und mit dem bitteren Gefühl, dass ihr Fehlen in der Messe von niemandem wirklich bemerkt würde.

Die Knie angezogen, die Schläfe gegen die glatt gehobelten Bretter neben dem Bullauge gelegt, betrachtete sie von ihrer Koje aus die sich nahezu unmerklich durch das düstere Licht des Regentages heranschleichende Nacht, ohne tatsächlich etwas davon wahrzunehmen. Es fiel ihr schwer, Zacharys abweisendes Verhalten zu akzeptieren; sie wusste, dass sie vorsichtig sein mussten, dass eine Entdeckung ihres

Verhältnisses nicht nur ihren Ruf, sondern vor allem auch Zacharys Rang eines Kapitänleutnants kosten konnte. Dennoch: eine solch kühle Begrüßung, eine derartige Gleichgültigkeit hatte sie nicht erwartet, und sie würde sich damit nicht zufrieden geben.

Lange Zeit lauschte sie den Geräuschen des Schiffes: dem leisen Knarzen der Balken, der Spanten, Bohlen und Planken, dem Glucksen der Wellen, die an der Außenhaut leckten; den polternden Schritten der Schnallenschuhe der Offiziere und den etwas gedämpfteren der barfüßigen Matrosen; den Stimmen, die sich näherten und wieder entfernten. Ihre Kabine war längst erfüllt von der tiefen Schwärze der voranschreitenden Nacht, als sich endlich Stille auf dem Zwischendeck ausbreitete. Brittany wartete noch ein paar Atemzüge, vom lauten Schlagen ihres Herzens begleitet, bis sie sich im Dunkeln zur Tür tastete und sie leise öffnete.

Der Gang vor ihrer Tür war nur spärlich von einer flackernden Laterne in ihrer Wandhalterung beleuchtet. Auf leisen Sohlen, ängstlich bemüht, knarrende Bohlen zu vermeiden, schlich sie sich zu der Falltür, die im Schatten der Treppe lag. Die Luke war geöffnet; flink und geschmeidig stieg Brittany die Sprossen der Leiter hinab auf das Unterdeck, das von der schwachen Beleuchtung dort ebenfalls kaum erhellt war. Doch sie kannte ihren Weg: Den großen Laderaum im Rücken, schlich sie sich an den Kammern des Zimmermanns, des Kanoniers und des Zweiten Offiziers zu beiden Seiten vorbei, passierte die Tür, hinter der Monkhouse, weinselig und den Bauch voll geschlagen, in dröhnenden Grunzern lautstark schnarchte, bis sie an ihrem Ziel, der letzten Tür auf der rechten Seite, angelangt war. Kein Laut drang daraus hervor.

Sie nahm allen Mut zusammen, öffnete die Tür an dem einfachen Holzgriff einen Spaltbreit und schlüpfte seitwärts in die Kabine. Kaum hörbar zog sie sie hinter ihrem Rücken wieder zu und gab ihren Augen einige Herzschläge lang Zeit, sich in der fremden Umgebung zurechtzufinden.

Die Kabine war kaum größer als die Brittanys. Unter das einzige Bullauge war ein schmaler Tisch aus beinahe schwarzem Holz gerückt, dessen dünne Platte sich unter der Last der zahlreichen, ordentlich der Größe nach aufeinander gestapelten Bücher förmlich bog; zwei ledergebundene Folianten – offensichtlich Tagebücher –,

Feder, Tintenfass und Streusandbüchse sowie eine nur schwachen Lichtschein verbreitende Laterne vervollständigten den Arbeitsplatz. Auf dem dazugehörigen Stuhl lag Hicks' Dreispitz; sein Uniformrock hing ordentlich über der Lehne. In einem dunkleren Winkel der Kabine stand eine massive Seekiste. Gegenüber der Tür war die Koje angebracht, auf der sich Zachary der Länge nach ausgestreckt hatte, die beiden obersten Knöpfe seiner hellen Weste geöffnet, einen kleinen Lederband aufgeschlagen in der Hand. Er sah sie verblüfft an.

«Zachary –», setzte sie flüsternd an, alle Zärtlichkeit, die sie für ihn empfand, in ihre Stimme legend, doch er fiel ihr sogleich eisig ins Wort.

«Was suchst du hier?»

Brittany blinzelte, erschrocken und verwirrt über die Kälte, mit der er ihr begegnete. Vehement gegen das flaue Gefühl in ihrer Magengegend ankämpfend, trat sie auf ihn zu.

«Ich – ich musste dich sehen ...»

«Bist du noch zu retten?» Seine Stimme war gefährlich leise, mit einem metallischen Schwingen darin. «Du kannst hier nicht so einfach hereinschneien, mitten in der Nacht! Was, glaubst du, wird geschehen, wenn dich jemand kommen oder gehen sieht?»

Brittany hatte sich dem Tisch zugewandt und streckte eine Hand nach dem obersten Buch eines Stapels aus, einem Bändchen in flaschengrünem Leder. «Es hat mich niemand gesehen und es wird mich auch niemand sehen. Ich bin vorsichtig», entgegnete sie ruhig.

In einer blitzartigen Bewegung umschloss Zacharys Faust ihr Handgelenk und riss es von dem Bücherstapel zurück, ehe ihre Finger auch nur die Oberfläche eines der Werke berührt hatten. «Rühr das nicht an!»

Brittany fuhr erschrocken zusammen. «Zachary, was – um Himmels willen, das sind doch nur Bücher!»

«Ich sagte, du sollst sie nicht anrühren. Meine Sachen gehen dich nichts an, auch meine Bücher nicht!»

Fassungslos starrte sie in sein Gesicht, suchte nach irgendeinem Anhaltspunkt, der ihr erklären könnte, was in den Mann gefahren war, den sie zu lieben glaubte, doch das kühle Glitzern seiner Augen und seine unbewegte Miene verrieten ihr nichts. Es war, als hätte sich ein Fremder seiner Seele bemächtigt und täusche sie mit seinem vertrauten Aussehen.

Ebenso rasch, wie er zugepackt hatte, entließ er sie auch wieder aus seinem schmerzhaften Griff und stand von der niedrigen Koje auf. Scheinbar gleichgültig wandte er ihr den Rücken zu. «Ich möchte dich bitten zu gehen.»

Brittany schüttelte den Kopf. Was hier vor sich ging, war zu unverständlich, als dass sie sich damit hätte abfinden können, und das weckte ihren Widerspruchsgeist. «Und wenn ich das nicht tue?»

Zachary drehte sich halb um, das verräterische Zucken unterdrückter Emotionen um den Mundwinkel, und entgegnete in einem auffallend sanften, beinahe traurigen Ton: «Fordere mich nicht heraus, Brittany.»

Doch sie war zu sehr in Fahrt, um die Zeichen zu erkennen, die die Grenze markierten, die er ihr zu überschreiten verbot. Mit leisem Hohn und zugleich bitterem Ernst fragte sie: «Wovor hast du Angst, Zachary? Vor mir?»

Er wirbelte herum, sein Gesicht eine einzige Grimasse des Hasses, und packte sie so grob an der Schulter, dass sie unwillkürlich leise aufschrie vor Schmerz. «Verlass sofort meine Kabine, oder –»

«Oder du schlägst zu, nicht wahr?» Heiße Tränen nahmen ihr die Sicht und ließen sein Gesicht vor ihren Augen verschwimmen. «Tu's, wenn du es wagst!»

Einen Augenblick lang verstärkte er den Druck seiner Hand, und Brittany glaubte, unter dem Schmerz, der in ihrem Arm pochte, ohnmächtig werden zu müssen; dann stieß er sie von sich, so dass sie in den Raum taumelte.

Zachary war ans Fenster getreten und starrte hinaus in die Dunkelheit. Sein Zorn war ebenso rasch verraucht, wie er entflammt war. Er hasste sich für die Gewalt, die er angewendet hatte, und noch mehr dafür, dass er sie bei Brittany angewandt hatte; sie konnte nicht wissen, was sie tat, als sie seine Kabine betrat, sich für seine Lektüre interessierte, für das, womit sich seine Gedanken beschäftigten. Doch sie war ihm bereits so nahe gekommen, dass ein weiterer Schritt für sie genügte, um in jenen Kern seines Seins vorzudringen, der die Brücken zur Vergangenheit schlug und zu dem er niemandem Zugang gestattete. Selbst wenn sie nicht aktiv danach suchte – irgendwann würde er schwach werden, jede Vorsicht vergessen und sich in trügerischem Vertrauen wiegen. Doch das würde er zu verhindern wissen, um jeden Preis.

Er wandte sich vom Fenster ab und sah sie an. Wie sie so vor ihm stand, die Lider gerötet von den Tränen, ihr Zopf aufgelöst, ihre ganze Gestalt den Aufruhr der Gefühle, der in ihr tobte, widerspiegelnd, regte sich in ihm so etwas wie Reue, und er streckte die Hand nach ihr aus.

Widerstrebend ließ sie sich zu ihm ziehen.

«Verzeih mir», murmelte er, den Mund an ihr Ohr gepresst, sie fest und zugleich sanft an sich drückend. Erneut begannen bei Brittany die Tränen zu fließen, nur waren es dieses Mal Tränen der Erleichterung und der Befreiung, die jeden Groll, den sie empfunden hatte, mit sich fortschwemmten.

«Versprich mir eines», flüsterte er ihr zu, «du wirst dich nie wieder für meine Sachen interessieren, keine Fragen stellen, und ich verspreche dir, dass so etwas nie wieder vorkommen wird.»

In Brittanys Schläfen pochte es, als sie ihr Gesicht in die weit gefältelten Ärmel seines Hemdes presste. Sie begann zu ahnen, dass die Seite seines Wesens, die sie bisher kennen gelernt hatte, nur eine Facette seines Charakters war, dass sich dahinter eine wilde, undurchdringliche Landschaft verbarg, die sie sich nicht einmal schattenhaft vorzustellen vermochte und die ihr Furcht einflößte. Ihr Herz begann zu schmerzen, als sie sich vorstellte, sie sollte ihn das kommende Jahr, das sie beide in dem begrenzten Raum des Schiffes verbringen würden, nur als Fremden sehen, als Offizier wie Gore oder wie die Midshipmen. Sie könnte es nicht ertragen, so von ihm getrennt zu sein; alles, nur das nicht. Sie hasste ihn für die Macht, die er über sie hatte, und sich selbst dafür, dass sie sich ihr beugte.

Angestrengt, in ihrer Stimme einen Hauch von Verachtung sich selbst gegenüber, ihrer Schwäche wegen, doch in dem sicheren Wissen, dass ein Leben ohne ihn jede Farbe, jedes Licht verlöre, entgegnete sie schließlich: «Einverstanden.»

Sie ließ es geschehen, dass er ihr tränennasses Gesicht mit Küssen bedeckte; sie wehrte sich nicht, als er sie vom Boden aufhob, sie auf der Koje niederlegte und die Knöpfe ihres Hemdes zu öffnen begann. Sie stöhnte leise auf, als er seine Hände unter den weichen Stoff gleiten und über die feste Wölbung ihrer Brüste wandern ließ, seine Lippen die Biegung ihres Kinns, ihres Halses nachzogen. Sie erwiderte seine Küsse, so voller Glut und Verlangen wie selten zuvor.

Doch ein Stachel blieb zurück – zu fein, um dauerhaft zu verletzen, aber mit Widerhaken, die das Gewebe wund scheuern und unter widrigen Umständen eine hässliche, schmerzhafte Entzündung entstehen lassen, die nur schwer wieder heilt und oft genug eine Narbe hinterlässt.

# 10

«Gewiss nicht, Charlie – wenn er nach Gibson und Webb suchen ließe, bräuchte er uns ja nicht in die Messe zu bestellen. Wir segeln ohne die beiden, verlass dich drauf. Was ich allerdings davon halte, brauche ich dir wohl nicht –»

«Scht, Saunders – er kommt!» Pickersgills eckiger Ellenbogen traf den anderen Midshipman exakt zwischen zwei Rippen, was prompt die gewünschte Wirkung, nämlich Saunders' abruptes Verstummen erzielte.

«Guten Morgen, Gentlemen.» Das in ernste Falten gelegte Gesicht des Captains strafte den heiteren Ton Lügen, mit dem er seine Offiziere begrüßte, die bereits in der Messe versammelt saßen und sich nun mit diensteifrigem Salut erhoben, als Cook zusammen mit Lieutenant Gore den Raum betrat.

Mit einem raschen Kopfnicken reagierte Cook auf ihren Gruß und forderte sie mit einer Handbewegung auf, wieder Platz zu nehmen, während er sich selbst an das Kopfende des Tisches begab. Ohne lange Vorreden kam er auf die Angelegenheit zu sprechen, die sie alle beschäftigte und deretwegen er sie zusammengerufen hatte. «Wie Sie sicher wissen, Gentlemen, werden seit gestern Morgen zwei der Marinesoldaten, namentlich Samuel Gibson und Clement Webb, vermisst. Ich war bereit, nicht gleich das Schlimmste anzunehmen, und gab ihnen bis heute Morgen Zeit, sich zurückzumelden. Da die beiden sich nicht bis zum Ende der Morgenwache eingefunden hatten, begannen Mr. Gore und ich, Nachforschungen bei den Eingeborenen anzustellen. Von ihnen hörten wir, dass sich die beiden zusammen mit zwei Frauen irgendwo in den Bergen befinden und nicht beabsichtigen zurückzukehren. Gleichzeitig wurde uns aber genaue Auskunft darüber verwehrt, wo sich die beiden aufhalten. Um es ganz klar zu sagen: Die Bevölkerung hier weiß, wo die beiden stecken, weigert sich aber geschlossen, uns bei der Suche zu helfen.» Um die Bedeutung seiner Worte zu verstärken, stützte er sich mit den geballten Fäusten auf die Tischplatte und sah die versammelten Männer, die sich unruhige, ja empörte Blicke zuwarfen, der Reihe nach an.

«Lieutenant Gore und ich waren uns darin einig», fuhr er fort, «dass es nur eine Möglichkeit gibt, die beiden zurückzuholen: Mit Hilfe von drei Marinesoldaten haben wir Fürstin Purea, Tubouratomita und zwei andere Häuptlinge als Geiseln genommen. Sie befinden sich alle unter Bewachung in Mr. Banks' Zelt. Bisher» – er holte tief Luft – «bisher scheint das allerdings die Eingeborenen wenig zu beeindrucken, und so halte ich es leider für unvermeidlich, zusätzlich Häuptling Tutaha gefangen zu nehmen, da er unserer Ansicht nach das höchste Ansehen unter den Eingeborenen genießt. Mr. Hicks» – er nickte seinem Ersten Offizier zu – «Sie nehmen sich zwei Marinesoldaten und bringen Tutaha unverzüglich an Bord. Wir wissen, dass er sich nicht weit von hier, in westlicher Richtung, befindet.»

Keine Regung zeigte sich auf Hicks' Gesicht, während die Midshipmen unhörbar aufatmeten – der Kelch dieser heiklen Aufgabe war an ihnen vorübergegangen und hatte stattdessen bei dem Mann Halt gemacht, der vom Captain bevorzugt mit dieser Art von Aufträgen betraut wurde.

Ein energisches Klopfen kündigte das Eintreten des Marinekorporals an, der mit vor Erregung hochroten Wangen formvollendet salutierte.

«Mr. Truslove – gibt es etwas Neues?»

«Die Eingeborenen, Sir, scheinen sich anders besonnen zu haben. Sie ließen verlauten, dass wir die zwei Deserteure zurückhaben könnten, wenn Sie, Sir, einen von Ihren Männern zusammen mit einer Abordnung von Einheimischen nach ihnen schickten.»

Der Captain schürzte nachdenklich die Lippen und zog die Augenbrauen hoch. Dieses Angebot war ungeheuer verführerisch und hatte zugleich etwas Verräterisches. Es klang zu schön, um wahr zu sein, doch blieb ihm wohl keine andere Wahl, als darauf einzugehen. Abwägend begann er zu nicken.

«Gut. Jonathan Monkhouse» – der junge Midshipman und Bruder des Schiffsarztes blickte überrascht auf – «Sie und Mr. Truslove übernehmen diese Aufgabe, aber keinesfalls unbewaffnet. Lassen Sie sich auf keinen Streit mit den Eingeborenen ein. Ich erwarte Sie bis spätestens zur zweiten Wache zurück. – Gentlemen, das wäre vorerst alles.»

Cook atmete tief durch, erleichtert, dass sich zumindest so viel in dieser Angelegenheit in Bewegung gesetzt hatte, und entließ seine Offiziere, die sich, im Flüsterton die Situation diskutierend, rasch aus der Messe entfernten – von Truslove und Monkhouse abgesehen, die sich stumm ansahen und sich dann in ihr Schicksal ergaben. Die Entschlossenheit, die Cook bei dem Zurückholen der Deserteure an den Tag legte, überraschte seine Offiziere nicht wenig, zumal er bisher alles darangesetzt hatte, eine Geiselnahme zur Durchsetzung seiner Forderungen zu vermeiden, selbst damals, als der immens wichtige Quadrant gestohlen worden war. Die Lage schien folglich von nicht zu unterschätzendem Ernst zu sein.

Gore und Hicks blieben in der Messe zurück, um mit dem Captain das weitere Vorgehen zu besprechen. Cook entrollte die detaillierte Karte Tahitis, die er in den langen Abendstunden in seiner Kajüte angefertigt hatte und auf der jeder der Distrikte der verschiedenen Herrscherfamilien mit den an der Küste befindlichen Siedlungen vermerkt war.

«Tutaha soll sich in Tettaha befinden, gute sieben Seemeilen westlich die Küste entlang.» Cooks rechter Zeigefinger fuhr die schwarze Tintenlinie, die in zahllosen Krümmungen und Winkeln die Küste Tahitis markierte, entlang; Hicks' und Gores Augen folgten aufmerksam. «Gehen Sie an Land, erklären Sie die Lage und was Sie zu tun beabsichtigen und vermeiden Sie es möglichst, Gewalt anzuwenden, es sei denn, es bleibt Ihnen keine andere Möglichkeit.» Cook ließ die Fingerspitzen seiner gespreizten Hände auf der Oberfläche des Tisches ruhen. «Was schätzen Sie, wie lange benötigen Sie dafür?»

Hicks überlegte kurz. «Sieben Meilen für einen Weg – schwer zu schätzen. Wir haben heute recht guten Wind – etwa fünf, sechs Stunden insgesamt, sicher nicht mehr.»

Cook nickte, eine Spur von Zufriedenheit und Vertrauen in seinem Gesicht. «Ich rechne dann am Spätnachmittag mit Ihnen und dem Häuptling. Alles Gute, Mr. Hicks.»

Der Captain verabschiedete sich mit einem aufmunternden Kopfnicken und verschwand hinter der Tür in Richtung Deck, wo Molyneux auf ihn und seine weiteren Anweisungen für die Arbeiten an Bord wartete.

«Was sagt er?», erkundigte sich Truslove.

«Er behauptet, er wisse nichts von zwei Engländern, die sich bei ihnen versteckt halten.»

«Der lügt doch wie gedruckt. Frag ihn noch einmal!»

Jonathan Monkhouse tat drohend einen Schritt auf den Eingeborenen zu, der ihm von der zehn oder zwölf Männer umfassenden Abordnung, mit denen sie sich getroffen hatten, am nächsten stand – hoch gewachsene, bärtige Männer, einige davon schon sehr alt, mit schlohweißem Haar und dennoch ungebeugter Haltung; ausnahmslos in knöchellange gelbe Umhänge gekleidet, manche mit einem schulterbreiten Kragen, der mit phantastischen schwarzen Mustern bemalt war, andere mit einem Kragen aus pechschwarzen und sonnengelben Vogelfedern. Der Midshipman verlieh seinen Worten noch mehr Nachdruck, doch sein Gegenüber hob bedauernd die Schultern, das messingfarbene Gesicht unter dem weißen Turban voll kindlicher Unschuld. Truslove ließ seinen Blick über die bronzenen Gesichter mit ihren exotisch gewölbten Wangenknochen und der kurzen breiten Nase schweifen, die ihnen gleichsam in Kälte und Abwehr erstarrt entgegensahen, dann stieß er laut und hörbar wütend den Atem aus seinen aufgeblasenen Backen und schüttelte entnervt den Kopf.

«Vergessen wir's, das führt zu nichts! Kehren wir an Bord zurück und berichten dem Captain. Ihm fällt sicher mehr ein als uns!»

Der Korporal schulterte seine Muskete an ihrem breiten weißen Trageriemen und machte kehrt; Monkhouse murmelte eine kurze, höflich gehaltene Verabschiedung und folgte ihm, ebenso wie die drei *Maohi*, die sie von der Matavai-Bucht aus an diese entlegene Stelle des Regenwaldes geführt hatten.

Truslove nahm seinen schwarzen Dreispitz mit der weißen Kokarde ab und wischte sich mit dem Taschentuch über die Stirn. Der steinige Weg, der sich durch das Dickicht schlängelte, machte eine scharfe Biegung und verengte sich dann in wucherndes Gesträuch, das seine Ranken und Blätter gierig nach ihnen ausstreckte. Lautstark fluchend und an dem störrischen Grün zerrend und reißend, bahnte der Korporal einen Durchgang. Schrill kreischend flatterte ein regenbogenfarbiger Papagei in die Höhe und verschwand wütend und zeternd in den Blattkaskaden.

«Was zum Henker –», entfuhr es plötzlich Truslove; gleichzeitig hörte er Monkhouse seinen Namen brüllen, doch es war bereits zu spät.

Wie aus dem Nichts stürzten sich von mehreren Seiten Eingeborene auf sie, mit scharfkantig behauenen Steinwerkzeugen und von den Engländern ertauschten Beilen und Messern überwältigten sie die überraschten Männer. Ohne langen Kampf waren Truslove und Monkhouse entwaffnet und ihren Angreifern ausgeliefert, die sie unter lauten, unfreundlichen Zurufen und groben Stößen in den Rücken vor sich hertrieben, erneut in den Dschungel hinein.

Es war ein langer Marsch, bis sie die Lichtung erreichten, die sich unterhalb eines steilen Berghanges erstreckte und auf der schon mehrere Eingeborene auf sie warteten, an ihren flaumigen schwarz-roten Federkronen als Häuptlinge niederen Ranges zu erkennen. Zwischen den breitflächigen Wipfeln der Kastanien blitzte immer wieder das grelle Blau des Meeres hervor, und von irgendwoher drang das muntere Plätschern eines herabstürzenden Bergbaches an Trusloves Ohren, als er Monkhouse' Übersetzung der Worte lauschte, die der Älteste der versammelten *Maohi* an sie richtete.

«Er sagt, wir hätten ihnen ihren kostbarsten Besitz geraubt, und es sei nur gerecht, wenn sie dafür zwei Leute von uns erhielten, die sie mit unserem Wissen und unserer – unserer Kultur vertraut machen. Wir hätten ihnen voller Habgier ihre Häuptlinge und die Fürstin geraubt, und wir beide sollen nun so lange bei ihnen bleiben, bis diese wieder frei sind.»

«Ihren kostbarsten Besitz?» Truslove legte seine Stirn in angestrengte Falten. «Was kann er denn damit meinen?»

Monkhouse zuckte mit den Schultern.

Truslove schüttelte verständnislos den Kopf, die Augen zusammengekniffen. «Ich kapiere nicht, was er damit meint. Wir haben nichts an Bord, was nicht –» In einem plötzlichen Geistesblitz schnippte er mit den Fingern. «Das ist Miss Addison – er meint Miss Addison! Das *kann* nur Miss Addison sein! Sicher, in ihren Augen entführen wir sie von hier – o verflucht –» In einem plötzlichen Tobsuchtsanfall schleuderte er seinen Dreispitz auf die bemooste Erde. «Und wir sind gänzlich blauäugig in diese Falle hier getappt!»

Er sah Monkhouse an, den groß gewachsenen, schlanken Midshipman, der mit seinen jungenhaften dunkelblonden Locken und schelmenhaft blitzenden Augen so gar nichts von seinem Bruder, dem dicken, zum Cholerischen neigenden Schiffsarzt hatte, und reckte wütend einen Zeigefinger in die Höhe. «Ich schwör's dir, Jonathan – wenn ich diesen Gibson je in die Finger kriegen sollte, wird er den Tag verfluchen, an dem er aus dem Bauch seiner Mutter gekrochen ist!»

Monkhouse antwortete mit einem breiten Grinsen, das sich Truslove zunächst nicht erklären konnte, bis der Midshipman auf eine Stelle hinter Trusloves Rücken deutete. «Das kannst du gleich haben, wenn du so sehr darauf bestehst!»

Truslove fuhr herum. In Begleitung mehrerer Eingeborener betraten Gibson und Webb die Lichtung, beide schweißüberströmt und anscheinend in keiner besseren Lage als Monkhouse und Truslove selbst – unbewaffnet und von ihren Wächtern vorangetrieben.

«Gibson, du Bastard!!»

In einer raschen Bewegung schnellte Truslove vor, zu rasch, um von Monkhouse, Webb oder den Eingeborenen aufgehalten zu werden. Mit aller Wucht traf seine geballte Faust Gibsons Kinn, so dass dieser ohne einen Laut zu Boden ging und sich, zunächst eher verdutzt denn wütend, den schmerzenden Unterkiefer rieb.

«Verdammt, John» – Monkhouse hielt den Korporal zurück, bevor sich dieser erneut auf den Marinesoldaten stürzen konnte – «hör auf! Überlassen wir ihn dem Captain, wenn wir an Bord zurückkehren. Das wird Strafe genug für ihn sein!»

Schwer atmend starrte Truslove Gibson an, der sich mühsam wieder aufrappelte, kaum verhohlenen Hass in seinen dunkel glühenden Augen. «Du hast Recht, Jonathan», gab der Korporal schließlich zurück und wandte sich von Gibson und Webb ab, eine feuchte Strähne, die sich aus seinem kurzen Zopf gelöst hatte, aus dem Gesicht streichend. «Wenn sie es nur schaffen, uns hier herauszuholen!»

«Dieses Gejammer macht mich wahnsinnig!» Mit Nachdruck ließ Pickersgill die Tür der Messe hinter sich ins Schloss fallen und sich selbst mit einem tiefen, dunklen Seufzen in einen der Stühle um den Tisch. Lieutenant Gore, der die Karten gerade neu mischte, schmunzelte und wechselte einen Blick mit Brittany, die ihre Lider einen Moment niederschlug, bevor sie leise sagte: «Das ist ihre Art, uns auf den Frevel aufmerksam zu machen, den wir mit der Geiselnahme begehen.»

Richard hob den Kopf. «Miss Addison, Ihre Gefühle für diese Menschen in Ehren, aber –»

«Ich weiß, Mr. Pickersgill», schnitt sie ihm heftig das Wort ab, «die Häuptlinge und die Fürstin als Geiseln zu nehmen, scheint die einzige Möglichkeit zu sein, Ihre Deserteure zurückzuholen. Aber die erzwungene Anwesenheit dieser geheiligten Personen hier an Bord bedeutet für die Menschen auf dieser Insel die grobe Verletzung eines ihrer größten *tapus*. Der Zweck heiligt nicht immer die Mittel, und Unrecht bleibt Unrecht, ganz gleich, wie ehrenhaft die Absicht ist, die damit verfolgt wird.» Abrupt schob sie ihren Stuhl zurück und verließ die Messe.

Pickersgill blickte ihr bestürzt nach. «Habe ich etwas Falsches gesagt?»

Gore schüttelte den Kopf. «Sie ist etwas aufgebracht über die Gefangennahme der Häuptlinge. Sie sieht die Dinge eben ein wenig anders als wir.»

Pickersgill lehnte sich zurück und sah den Zweiten Offiizier zweifelnd an. «Das verstehe ich nicht ganz. Als die Marinesoldaten sie an

Bord brachten, schüttete die Fürstin einen ganzen Wortschwall über Miss Addison aus, der sich meiner Meinung nicht sonderlich schmeichelhaft anhörte – wie kann sie sie da noch verteidigen?»

Der Lieutenant dachte an die frühen Abendstunden, als Lieutenant Hicks mit Tutaha in seinem Gewahrsam an Bord zurückgekehrt war. Nachdem Monkhouse und Truslove zur verabredeten Zeit immer noch nicht da waren, ließ der Captain als Vorsichtsmaßnahme die anderen Häuptlinge und die Fürstin ebenfalls an Bord bringen. Gore hatte nicht alles verstanden, was die Fürstin zu Brittany gesagt hatte, als sie sich auf dem Deck trafen, aber das, was er davon verstehen konnte, waren Vorwürfe der bittersten Sorte gewesen – sie beschuldigte sie, gemeinsam mit den Engländern Unfrieden zu stiften und Hass zu säen, das Wissen, das sie über das Leben der Eingeborenen habe, zu deren Schaden anzuwenden und ihnen alles mit Undank und Missgunst zu vergelten. Er hatte mit Besorgnis gesehen, wie Brittany unter diesen hasserfüllten Anschuldigungen erblasst war und sich in ihrem Gesicht Betroffenheit und Verletztheit abzeichneten, auch wenn sie der zornigen Fürstin gegenüber ruhig blieb und sich in wenigen höflichen Worten verabschiedete, bevor sie sich in die Messe flüchtete, wo er sie wenig später gefasst, aber in angespannter Stimmung angetroffen hatte.

«Ich denke, Dick», sprach er den Midshipman nun an, «Miss Addison versteht die Menschen hier sehr viel besser als wir, die wir hier nur Gäste sind. Sie hat hier Jahre verbracht, sich darauf eingerichtet, ihr ganzes Leben hier zu verbringen – wir sind einfach nicht in der Lage, das auch nur teilweise nachzuvollziehen. Und es lässt sich nun einmal nicht leugnen, dass ihre Bräuche, ihre Werte für uns seltsam wirken und manchmal eben auch ihr Verhalten. Das müssen wir akzeptieren. – Guten Abend, Sir.»

Leise schloss der Captain die Tür hinter sich. «Guten Abend, Mr. Gore – Mr. Pickersgill. Gibt es etwas Neues?»

Gore schüttelte den Kopf. «Zur Stunde leider nicht.»

Cook holte tief Atem. «Nun, die Nacht ist noch lang. Neun Uhr ist eben erst vorbei», stellte er mit einem Blick auf seine Taschenuhr fest.

Er setzte sich, den kleinen Band, den er in der Hand hielt, vor sich aufschlagend. Gore begann Karten zwischen sich und Pickersgill auszuteilen, doch dieser schüttelte abwehrend den Kopf und hing stattdessen seinen Gedanken nach, während Gore eine Patience zu legen begann.

Ein schnelles, lautes Klopfen ließ alle drei auffahren.

Sergeant Edgcumbe betrat die Messe und salutierte. Sein noch junges Gesicht mit der dünnen Nase und den auffallend grünen Augen, das so sehr im Kontrast stand zu seinem schon fast völlig ergrauten Haar, zeigte Ärger, Empörung und Erregung. Über seine Schulter hinweg sagte er in den Vorraum hinein, der in völliger Dunkelheit lag: «Bring ihn herein!»

Seine Worte galten Marinesoldat Dunster, einem rotgesichtigen, semmelblonden jungen Burschen, der mit sichtlicher Genugtuung Clement Webb einen Schubs gab, so dass dieser in die Messe stolperte. Sichtlich den Tränen nahe, sein weit geöffnetes Hemd mit den hochgekrempelten Ärmeln und die ausgebeulte Kniehose durchgeschwitzt und angeschmutzt, wagte er weder dem Captain noch den Offizieren in die Augen zu sehen und richtete seinen unsteten Blick stattdessen auf die Bodenplanken.

Pickersgill, in seiner gutherzigen Art von Mitleid für den armen Teufel von Marinesoldat bewegt, blickte angespannt zwischen dem Captain, der sich erhoben hatte, und Webb hin und her.

«Wo sind Gibson, Truslove und Monkhouse?» Die Frage kam gefährlich leise.

«Los, Webb, erzähl es dem Captain.» Edgcumbes Stimme hatte etwas Drohendes, als er den Soldaten leicht an der Schulter anstieß. Der junge Mann schluckte hart, bevor er, den bohrenden Blicken Cooks ausweichend und sichtlich um Fassung ringend, zögernd zu sprechen begann.

«Kor... Korporal Truslove und – Jonathan Monkhouse sind von den Eingeborenen entwaffnet worden und» – er schluckte erneut – «und befinden sich in ihrer Gewalt. Gibson – Gibson ist auch bei ihnen.» Auf einen erneuten kleinen Schubs Edgcumbes hin fügte er ein furchtsames «Sir» hinzu.

Doch Cook schien ihm bereits nicht mehr zuzuhören. Er starrte, den Zeigefinger noch immer zwischen den Seiten des kleinen Lederbandes, ins Leere. Eine erdrückende Stille machte sich in der Messe breit, die einige Herzschläge lang anhielt, bis Cook in einem jähzornigen Aufbegehren das schmale Buch auf die Tischplatte schleuderte, dass es mit einem lauten Aufklatschen aufschlug und bis an die gegenüberliegende Kante schlitterte.

«Diese Bastarde», knurrte er leise. Dann, lauter: «Nun ist es genug! Mr. Gore, geben Sie augenblicklich an Mr. Hicks den Befehl weiter, mit sämtlichen Marinesoldaten und zehn Matrosen im Langboot an Land zu gehen und unsere Männer dort herauszuholen. Wilkinson soll Musketen und Munition bereitstellen.» Gore machte Anstalten, die Befehle unverzüglich auszuführen, doch Cook war noch nicht zum Ende gelangt. «Einen Moment noch. Bevor Mr. Hicks das Schiff verlässt, will ich, dass Sie Tutaha und den anderen Häuptlingen deutlich zu verstehen geben, dass ihn einige von deren Leuten begleiten und ihm die genaue Stelle zeigen sollen, an der unsere Männer festgehalten werden. Sagen Sie ihnen, dass sie, Häuptlinge oder nicht, von mir für alles, was von nun an geschieht, zur Verantwortung gezogen werden. Sollten die drei Männer nicht freikommen oder sollte ihnen gar etwas zustoßen, so werden sie höchstpersönlich dafür büßen müssen. Sehen Sie mich nicht so ungläubig an, Mr. Pickersgill – das ist mein Ernst!» Die letzten Worte sprach Cook mit scharfer Betonung und unterstrich sie mit einem kräftigen Fausthieb auf die Tischplatte.

Der junge Midshipman zuckte kurz zusammen, fing sich aber sogleich wieder. «Jawohl, Sir. Verzeihen Sie, Sir.»

«Mr. Edgcumbe! Lassen Sie Webb in Ketten legen und in einen der unteren Laderäume bringen. Sobald Gibson ebenfalls hier eintrifft, werde ich mich mit den beiden befassen.»

«Aye, Sir.» Der Sergeant verschwand mit Dunster und Webb, der sich kaum verhohlen mit dem Handrücken eine Träne aus dem Augenwinkel wischte, sichtlich mutlos und unfähig, dem Schicksal entgegenzutreten, das ihn erwartete.

«Kommen Sie, Mr. Gore, bringen wir es hinter uns.» Mit einer energischen Bewegung zog Cook Ärmel und Kragen seines Uniformrocks zurecht und nickte seinem Offizier zu. Gore, der hinter ihm den Raum verließ, drehte sich im Gehen noch einmal halb zu Pickersgill um und hob seine Schultern, als wollte er sich gleichzeitig entschuldigen und den Midshipman aufmuntern, doch dieser schüttelte langsam und mit einer Spur Fassungslosigkeit den Kopf.

Noch lange, nachdem sich die dunkle Holztür hinter seinen Vorgesetzten geschlossen hatte, saß er grübelnd in der Messe, am Sinn des Berufes, den er gewählt hatte, zweifelnd, ebenso wie an der Berechtigung der Europäer, so selbstverständlich in die entlegensten Gebiete des Erdballs vorzudringen und dort ihre Macht und Überlegenheit auszuspielen, nur um ihren Weltkarten ein paar Quadratmeilen mehr hinzuzufügen.

## 11

«– und so beschlossen die Häuptlinge, Webb zu Ihnen an Bord zu schicken und Ihnen darüber Kenntnis zu geben, wo wir sind und was die Eingeborenen weiter zu tun beabsichtigen», schloss Truslove seinen Bericht.

Cook nickte, einen Zug von Zufriedenheit um Augen und Mund. «Ich danke Ihnen, Mr. Truslove. Sie und Mr. Monkhouse haben Ihre Sache gut gemacht.»

«Danke, Sir.» Ein freudiges Erröten zeigte sich auf Trusloves Wangen.

«Sie sind für heute entlassen.» Der Korporal griff nach seinem schwarzen Dreispitz und klemmte ihn unter den Arm.

«Mr. Truslove –», hielt Cook ihn noch zurück. «Ich möchte Sie darum bitten, über die Hintergründe der ganzen Geschichte Ihren Kameraden und der übrigen Mannschaft gegenüber nicht allzu viele Worte zu verlieren. Das Gleiche gilt auch für Mr. Monkhouse. Es wird ohnehin mehr als genug geredet werden – Sie verstehen?»

«Gewiss, Sir.» Der junge Soldat salutierte, sichtlich stolz, Träger eines solch wichtigen Geheimnisses zu sein.

Als die Tür hinter dem Soldaten ins Schloss gefallen war, nahm

Cook seine Feder zur Hand und drehte sie gedankenvoll zwischen seinen kräftigen Fingern.

«Miss Addison also», sagte er nur und blickte Lieutenant Gore und Lieutenant Hicks erwartungsvoll an, die zu beiden Seiten von ihm ihre Plätze an dem breiten, lang gezogenen Tisch eingenommen hatten, Tinte, Feder und Papier vor sich liegend, um sich während der Befragungen der an dieser unseligen Geschichte beteiligten Männer Notizen zu machen.

«Ich denke, Sir, wir sollten so schnell wie möglich segeln. Vielleicht» – Gore räusperte sich vernehmlich – «vielleicht wäre es besser, ihr nichts davon zu sagen, dass die Eingeborenen quasi im Austausch gegen sie zwei unserer Leute behalten wollten. Die ganze Angelegenheit hat sie genug belastet, denke ich.»

«Nun», seufzte Cook und schob seinen Stuhl ein Stück zurück, «ganz so einfach ist es nicht. Hätten diese beiden Unglücksraben nicht in ihrer Dummheit mutwillig das Weite gesucht, wäre diese ganze Affäre zu vermeiden gewesen. Die beiden trifft ohne Zweifel die Hauptschuld – auch daran, dass die Menschen hier sich wohl auf längere Zeit hinaus von unserem Verhalten abgestoßen fühlen werden.»

Es waren gemischte Gefühle, die Cook an diesem Vormittag empfand. Auf der einen Seite war seine Taktik, mit der er seine Männer zurückholte, höchst erfolgreich gewesen. Die Eingeborenen führten Lieutenant Hicks ohne Umschweife noch vor Tagesanbruch zu der Lichtung, auf der die Engländer festgehalten wurden, und gegen sieben Uhr in der Frühe kehrten alle wohlbehalten, und ohne auf die geringsten Widerstände gestoßen zu sein, an Bord zurück. Keine halbe Stunde später wurden von den Eingeborenen die Waffen – Musketen, Säbel und scharf geschliffene Dolche – der vier Männer zurückgegeben und daraufhin die Häuptlinge und Fürstin Purea endlich in Freiheit entlassen, allesamt sichtlich in ihrer Würde und Ehre gekränkt. Cook bedauerte dies zutiefst, doch was geschehen war, war geschehen – ihm blieb nun nur noch die Bestrafung der beiden Deserteure.

«Dann wollen wir uns anhören, was Gibson und Webb zu ihrer Verteidigung zu sagen haben.» Cook nickte dem Midshipman zu, der, die Hände auf dem Rücken verschränkt, in achtsamer Haltung an der Tür wartete. «Lassen Sie die beiden holen, Mr. Bootie.»

«Aye, Sir.» Bootie folgte unverzüglich dem Befehl des Captains und rief die beiden Marinesoldaten Judge und Wilshire herein, die mit Argusaugen und bereitgehaltener Muskete über ihre straffällig gewordenen Kameraden wachten.

Cook betrachtete die beiden jungen Männer, die Schulter an Schulter, als hätten sie sich lebenslanges Zusammenhalten geschworen, vor dem gegenüberliegenden Ende des Tisches standen. Sein Blick war derart eindringlich, dass sie ihre Augen kaum über die Kante der dicken Holzplatte hinaus zu heben wagten. Beide waren bar jeder Zeichen militärischen Ranges, barfuß, nur mit Hemd und Kniehose bekleidet, die Hände vor ihrem Körper mit einer grobgliedrigen Kette, mehrmals um die Gelenke gewunden, gefesselt.

Clement Webb war eine blasse, unauffällige Erscheinung, jemand, auf den man nicht unbedingt einen zweiten Blick verwandte. Angespannt kaute er auf seiner dünnen Unterlippe, während sein übriges Gesicht absolute Teilnahmslosigkeit ausdrückte.

So unscheinbar Webb wirkte, so auffällig war das Aussehen Gibsons. Sein zerrauftes schwarzes Haar, der dunkle, tiefbraune Teint, vom Schatten dunkler Bartstoppeln zusätzlich verdüstert, sein kantiges, südländisch anmutendes Gesicht, der kleine mattgoldene Ring in seinem Ohrläppchen – all das ließ ihn mehr einem Piraten vergangener Tage ähneln denn einem Soldaten der *Royal Navy*. Das rhythmische Anspannen und Loslassen der Muskeln seines kräftigen Kiefers war das einzig sichtbare Zeichen dafür, dass es in ihm arbeitete.

«Gibson, Webb – gibt es etwas, was Sie mir sagen möchten – etwas, was Ihr Vergehen in irgendeiner Weise mindern könnte?»

Ein kaum sichtbares Kopfschütteln der beiden Angeklagten war die Antwort auf die Frage des Captains.

«Sie wissen, welche Strafe Deserteuren wie Ihnen droht?»

Das Nicken, das auf diese Frage folgte, ließ sich nur erahnen.

«Und obwohl Sie sich dessen bewusst waren, haben Sie sich davongemacht. Können Sie mir erklären, weshalb?» Cook wurde allmählich ungeduldig. Er fühlte sich unwohl in dieser Situation, in der er über Tod und Leben zweier seiner Männer entscheiden musste, und dieses Unbehagen ließ Zorn in ihm aufsteigen.

Als ein erneutes Schweigen jegliche Erwiderung zu ersetzen drohte, schlug er mit der flachen Hand krachend auf die Tischplatte. «Ich erwarte eine Antwort von Ihnen!»

Erstaunlicherweise war es Webb, der den Mut zu einer Äußerung aufbrachte.

«Da war – da war diese Frau –», murmelte er mit halb gesenktem Kopf, die Stimme hörbar dumpf von Tränen.

«Würden Sie das bitte wiederholen!»

Webb setzte erneut an, wurde aber donnernd von Cook unterbrochen.

«Sehen Sie mich gefälligst an, wenn Sie mir antworten!»

Der Marinesoldat schluckte eingeschüchtert, hob dann aber seine runden, etwas hervorstehenden Augen. «Da war diese Frau, Sir», wiederholte er, etwas lauter und gefasster, «mit der ich mein Leben hier verbringen wollte.»

«Einer Frau wegen setzen Sie Ihr Leben aufs Spiel», sagte Cook leise, die Augen zusammengekniffen, so dass nicht zu erkennen war, welche Empfindungen sein Gemüt bewegten, «wie ein dummer Junge!»

Webbs Mundwinkel zuckten, und seine Unterlippe begann zu beben, ein Zeichen dafür, dass er gefährlich nahe daran war, die Beherrschung über seine Gefühle zu verlieren.

«Und Sie, Gibson – welchen Grund hatten Sie, hier zurückbleiben zu wollen?», fuhr Cook in seinem Verhör fort.

Der Angeredete biss die Zähne zusammen, bevor er mit ausweichendem Blick entgegnete: «Das Leben hier, Sir.»

Cook, der seiner Gewohnheit nach auf- und abzugehen begonnen hatte, blieb überrascht stehen. «Wie darf ich das verstehen?»

«Die Leute hier sind so großzügig, Sir – mit allem», erklärte er, vorsichtig die aufmerksamen Blicke des Captains und der beiden Offiziere zu deuten versuchend, dann, als er darin keinen Spott oder keine Spur von Arroganz entdecken konnte, mutiger werdend. «Man ist hier wer, Sir, auch als einfacher Soldat, ohne Besitz – man gehört einfach dazu.» Er verstummte, in dem dumpfen Gefühl, nicht das sagen zu können, was er wirklich empfand.

Doch Cook hatte ihn verstanden und begann in neutralem Tonfall nachzuhaken. «Sie haben in Ihrer Disziplin oft zu wünschen übrig gelassen, Gibson. Wenn es Ihnen so wenig bei uns in der Navy gefällt – warum haben Sie sich dann dafür entschieden?»

«War nicht meine Entscheidung, Sir.» Gibson erwiderte nun fest und aufrecht den Blick des Captains. «Bin zum Dienst gepresst worden, um gegen die Franzosen zu kämpfen. Sie haben gesagt, es wär meine Pflicht, für mein Land in den Krieg zu ziehen.»

«Wie alt waren Sie da?»

«Dreizehn, Sir. Ich wollte nach dem Krieg auch wieder raus aus der Navy, aber finden Sie mal woanders Arbeit, wenn Sie zwanzig sind und nichts anderes gelernt haben!»

Trotz der Verlockungen, die das weite Meer jenen bot, die ihr Fernweh zu stillen suchten, trotz des sicheren Soldes und regelmäßiger Mahlzeiten, die für viele ein besseres, menschenwürdigeres Dasein versprachen, fehlte es der Navy ständig an Händen, die zupacken konnten, denn in mancher Hinsicht war ein Mann besser dran, wenn er sein Glück auf den Decks der Handelsschiffe zu machen suchte. Die Arbeit in der Handelsmarine wurde besser belohnt – mit einem höheren Sold und, je nach finanziellem Erfolg der Reise, mit einer nicht zu verachtenden Prämie; das Essen war genießbarer, die Unterkünfte sauberer. In der Navy kamen zu der überall drohenden Gefahr des Ertrinkens die überaus strikte Disziplin, die unnachgiebig, teilweise sicher auch despotisch, mit der Peitsche verfolgt wurde, die geringen Freiheiten, die man den Seeleuten ließ, und die Gefahr, im Krieg als Kanonenfutter missbraucht zu werden – sofern man sich auf den drangvoll überfüllten Seglern nicht irgendeine Krankheit zuzog, bei der man mehr oder weniger sich selbst überlassen blieb. Die Aufstiegschancen waren schlecht, falls man sich nicht zum richtigen Zeitpunkt besonders hervortat, mit dem entsprechenden familiären Hintergrund gleich die gewünschte Laufbahn einschlagen konnte oder über hilfreiche Beziehungen verfügte.

Tausende von Matrosen und Soldaten waren für die Navy angeworben worden, darunter auch einige wenige für diese Expedition. Gibsons Schicksal war folglich kein ungewöhnliches, doch es entschuldigte sein Verhalten nicht, obwohl Cook betroffen war, und soweit er es an den Gesichtern seiner Offiziere ablesen konnte, erging es ihnen ähnlich. Bestrafte er die beiden zu gering, ermunterte er unter Umständen andere Männer, ebenfalls ihr Glück in der Flucht zu suchen, und nach und nach würde die halbe Mannschaft desertieren. Doch rechtfertigte die Sehnsucht nach einem besseren Leben eine so grausame Strafe wie den Tod? Vielleicht war es sentimentale Schwäche, die ihn dazu brachte, seine Entscheidung so schnell zu fällen, aber er zog es vor, nicht weiter darüber nachzudenken.

«Ich verurteile Sie beide zu jeweils zwei Dutzend Peitschenhieben wegen unerlaubten Verlassens des Forts und Vernachlässigung Ihrer Dienstpflicht.»

Gibson blinzelte mehrmals, als ob er seinen Ohren nicht trauen wollte, während Webb in einem verblüfften Laut, halb schon ein Schluchzen, den Atem ausstieß. Cook räumte eilig seine Papiere und Utensilien zusammen, als befürchtete er, eine innere Stimme der Vernunft könnte ihn noch von seinem Entschluss abbringen.

«Die Strafe wird vollstreckt werden, sobald wir abgelegt haben – wir wissen ja aus Erfahrung, welchen Aufruhr das bei den Eingeborenen auslösen kann. So lange bleiben Sie beide in Gewahrsam. Mr. Hicks, Mr. Gore –» Rasch nickte er den beiden Offizieren zu, die verblüffte Blicke tauschten, und schloss mit einem lauten Knall die Tür hinter sich.

«Ich kann es einfach nicht glauben!» Joseph Banks nahm kopfschüttelnd zwei dicke Bücher aus der Kiste, die mit geöffnetem Deckel auf den Bodendielen stand, warf einen raschen, prüfenden Blick auf ihren Rücken und sortierte sie in das Wandregal in seiner Kabine ein. Seine Habseligkeiten, die im Laufe der letzten Wochen fast vollständig in sein Zelt mit dem überwältigenden Ausblick auf die Matavai-Bucht wanderten, waren heute, beinahe als die letzten, wieder auf das Schiff zurückgebracht worden. Er wandte sich halb zu Lieutenant Gore um, der im Rahmen der weit aufstehenden Tür lehnte.

«Jedes noch so kleine Vergehen», fuhr Banks fort und zählte zur Illustration mit lebhaften Gesten die Ereignisse auf, die ihm im Gedächtnis geblieben waren, «sei es die Weigerung, frisches Fleisch oder dieses merkwürdige Sauerkraut zu essen, oder ein nichtiger Streit mit einem der Eingeborenen, wird von ihm hart bestraft. Versuchen aber zwei Männer zu desertieren und lösen damit eine Lawine von diplomatischen Verwicklungen aus» – er senkte seine Stimme und hob empört die Augenbrauen – «lässt er sie ungeschoren. Verstehen Sie das?»

«Nicht völlig, nein», seufzte Gore und verlagerte das Gewicht auf sein anderes Bein, «aber ich bin froh, dass es so ausgegangen ist. Im Grunde genommen haben wir doch alle um Gibson und Webb gebangt. Nun ist die Erleichterung umso größer.»

«Und die Autorität des Captains dafür zum Teufel – bei dem weiten Weg, den wir noch vor uns haben!»

Sorgfältig inspizierte Banks seine geräumige Kleiderkiste, in der sein Kammerdiener Briscoe die zahllosen, dezent gemusterten Seidenwesten, die fein gewebten Hemden und die Röcke mit ihren langen Schößen verstaut hatte.

«Das möchte ich nicht behaupten. Gibson soll nach seiner Verurteilung gesagt haben, er würde es dem Captain niemals vergessen, was er für ihn getan hat, und die Matrosen haben gestern Abend feierlich auf Captain Cook getrunken.»

Banks schüttelte den Kopf und ließ mit einem lauten Knall den Deckel der Kiste zufallen. «Die Matrosen trinken auf alles, was nur im Entferntesten einen Anlass dazu bietet – das ist zumindest mein Eindruck. Und was diesen Gibson anbelangt, so wird er es dem Captain, wenn schon, dann höchstens mit Undank vergelten.» Eindringlich nickte er mit dem Kopf. «Sie werden noch an meine Worte denken, Mr. Gore.»

«Wissen Sie, was man bei uns zu Hause sagt? Zu scharfe Sporen verderben das Pferd.»

«Das Pferd wird Ihnen noch die Zähne einschlagen, wenn Sie nicht darauf Acht geben», ließ sich eine sonore Stimme von der Tür her vernehmen. Die rotgesichtige, wohlbeleibte Gestalt des Schiffsarztes in seinem braunen, schon etwas abgeschabten Anzug tauchte hinter der im Vergleich dazu schlank wirkenden Gores auf. «Verzeihen Sie meine Einmischung, aber ich konnte nicht umhin, etwas von Ihrem Gespräch zu erhaschen, und muss Ihnen, Mr. Banks, vollauf Recht geben.»

Wie immer, wenn er mit höflichen Umgangsformen zu jonglieren hatte, begann sich Monkhouse nervös in dem Gestrüpp seines Vollbartes zu kratzen.

«Ah, Mr. Monkhouse! Haben Sie nun endlich den Groll aufgegeben, den Sie schon so lange gegen mich hegen – wie schön!»

«Ich wollte Ihnen lediglich meine Meinung und die vieler anderer an Bord kundtun», gab Monkhouse steif zurück und verbeugte sich etwas linkisch, «mehr hatte ich keineswegs beabsichtigt.»

Mit einer hastig gemurmelten Floskel verabschiedete er sich und flüchtete vor dem breiten Grinsen, das sich auf Banks' und Gores Gesichtern ausbreitete.

Banks griff nach der einfachen, cremefarbenen Weste, die lässig über die Lehne eines Stuhles geworfen war, und schlüpfte hinein, sein junges Gesicht ganz Heiterkeit und freudige Erwartung. «Sagen Sie, Mr. Gore, wollen Sie mir heute Abend nicht Gesellschaft leisten? Tupia sprach davon, sich in aller Form von seinem Volk und seinen Freunden zu verabschieden, und lud mich dazu ein. Ich hatte bis heute noch keine Gelegenheit, Tutahas *marae* zu zeichnen – ein Versäumnis, mit dem ich nur ungern nach Hause fahren würde. Außerdem hoffe ich mit aller Höflichkeit und Galanterie, zu der ich mich in der Lage fühle, bei den Häuptlingen und vor allem bei Purea gutes Wetter zu machen. Vielleicht gelingt es mir, den Affront der vergangenen Tage wieder ein wenig gutzumachen.»

Gore schüttelte bedauernd den Kopf. «So gerne ich es möchte, aber für uns gibt es keine Erlaubnis mehr, das Schiff zu verlassen. Wir laufen mit der ersten Flut morgen aus. Sofern die hölzernen Ankerstöcke wieder völlig instand gesetzt sind – sie fielen schon beinahe auseinander, so sehr hatten ihnen die Würmer zugesetzt.»

«Schade, Mr. Gore. Wie ich sehe, gibt es Privilegien, die ihren Namen wahrhaftig verdienen.»

Eine seiner blassen Augenbrauen hochgezogen, meinte Gore in gutmütigem Spott: «Genießen Sie sie, Mr. Banks – ehe der Captain sie Ihnen wieder beschneidet, sobald wir auf See sind!»

«Das werde ich zu verhindern wissen, Mr. Gore», entgegnete Banks, nur halb im Scherz.

# 12

«Nun, Gentlemen» – Cook nickte seinen Offizieren zu – «machen wir uns bereit – die Flut ist im Steigen. Mr. Pickersgill – alles klarmachen zum Segelsetzen.»

Der Midshipman gab den Befehl an den Bootsmann John Gathrey weiter, der sogleich die Matrosen in die Masten hinaufjagte. Knatternd rauschten die riesigen Segel von ihren Spieren und wurden sofort mit den Geitauen an die Rahen herangeholt. Der Wind, der in Böen auffrischte, stieß mit all seiner Macht in das Tuch, so dass das behäbige Schiff zu schaukeln und unruhig an seinen Leinen zu zerren begann.

«Leinen los, Mr. Pickersgill.»

Knarzend neigte sich die *Endeavour* auf ihre Steuerbordseite. Ein Zittern durchlief das Schiff, dann ein Rucken, und vorangetrieben von den eiligen Windgeistern durchglitt es das helle Grünblau des Wassers, begleitet von Dutzenden und Aberdutzenden von Auslegerkanus, die dem festlichen Anlass entsprechend mit üppiggrünen Farnwedeln, farbenfrohen Blütengirlanden und grellfarbigen Federbüscheln geschmückt waren. Unzählige braune Arme und Hände erhoben sich in die Luft, in einer scheinbar einzigen Wellenbewegung winkend. Die lauten Rufe der Eingeborenen drangen auf das Deck, um dessen Reling sich die Männer drängten, ebenso wie in den Webleinen zwischen den Wanten, um noch einen letzten Blick auf die Insel und ihre Bewohner zu erhaschen.

Auch Brittany beugte sich weit über die Kante der Reling, mit ihren Augen unablässig die Menge mehr oder minder vertrauter Gesichtszüge nach einer einzigen, ganz bestimmten Person abzusuchen.

«Nun, Miss Addison – bedauern Sie Ihren Abschied schon?»

Brittany fuhr herum. Hinter ihr stand Solander, die Hände in die Hüften seiner hellen, sich prall über die Schenkel spannenden Kniehose gestemmt, den Kragen seines Hemdes und die Knöpfe der grünbeige gemusterten Weste weit geöffnet.

Sie schüttelte den Kopf. «Nein. So gerne ich auch hier war – ich gehöre hier einfach nicht her.»

Er trat zu ihr an die Reling. «Sie halten nach der Heilerin, Ihrer Ziehmutter, Ausschau, nicht wahr?»

Brittany errötete leicht und senkte den Blick auf ihre schlanken Finger, die sich hell vom dunklen Holz der Reling abhoben. Solanders fleischige Hand legte sich leicht auf ihr Schulterblatt. «Wir lassen hier alle unsere Herzen zurück – machen Sie sich den Abschied nicht unnötig schwer!»

Brittany nickte, das Kinn tapfer vorgeschoben.

Die Wogen, die Cooks Vorgehen an Bord hatte hochgehen lassen, sei es in hellem Lob oder tiefer Ablehnung, hatten sich wieder geglättet, ebenso wie sich die Häuptlinge und Purea angesichts des abendlichen Besuches von Banks, Solander und Cook versöhnlich gezeigt und umgeben von ihrem zahlreichen Gefolge der *Endeavour* an diesem Morgen die Ehre eines Gegenbesuches erwiesen hatten. Abschiedsgeschenke – kleine Schnitzereien, Kohlezeichnungen und Halstücher auf der einen, Früchte, Muscheln und Blütenzweige auf der anderen Seite – waren ausgetauscht worden, Hände geschüttelt, Freundschaften erneut besiegelt und Tränen vergossen, ehe gegen Mittag die Flut in die Bucht einlief, die das Schiff aus dem geschützten Becken hinaustragen sollte.

Wider Erwarten hatte sie Ratanea noch einmal gesehen – sie war Teil von Pureas Gefolge gewesen, als diese heute an Bord so feierlich Abschied von den fremden Besuchern genommen hatte. Der Zorn, den die Fürstin erst vor so kurzer Zeit über Brittany ausgegossen hatte, war erloschen, und sie, die anwesenden Häuptlinge und Priester hatten Brittany mit allen erdenklichen Ehren verabschiedet, mit Segenswünschen und Gebeten, üppigen Blumenketten und wertvollen Geschenken – scharlachrot und schwarz eingefärbte *tapa*-Tücher, zu schillernden Ketten aufgefädelte Muscheln und sogar eine Hand voll der kostbaren, weiß schimmernden Perlen, die von geschickten Tauchern unter nicht unbeträchtlichen Gefahren vom Grund des Ozeans heraufgeholt wurden und die den Göttern heilig waren.

Ratanea war als Letzte zu ihr getreten. In den Armen hatte sie einen der für die Insel so typischen, aus Palmwedeln geflochtenen Körbe getragen, randvoll mit verschieden großen Behältnissen aus Nussschalen, Kokosnüssen und deren kleineren Artgenossen, an einer Stelle aufgebohrt und mit zusammengedrehten öligen Blättern wasserdicht verschlossen, kleine Päckchen, umwickelt von festen glatten Blättern, zugeschnürt mit *tapa*-Fasern, geschmückt mit seltenen, farbenprächtigen Blüten.

«Für dich», hatte sie gesagt und mit einer demütigen Verbeugung den Korb zu Brittanys Füßen abgestellt, «damit du auch weiterhin die Kunst des Heilens ausüben kannst, wohin auch immer dein Weg dich führen wird.»

Brittany hatte die rundlichen Hände der Heilerin fest in ihre eigenen, schlanken genommen. «Ich verdanke dir so vieles – beinahe alles, und kann es dir doch nicht vergelten.»

Ratanea hatte den Kopf geschüttelt, so energisch, wie sie es immer getan hatte, seit Brittany sie kannte, wenn sich in ihr Widerspruch regte. «Erinnere dich immer nur an das, was ich dich gelehrt habe – ehre die Tradition und die Götter, auf dass sie dir ihren Schutz gewähren. Das ist Dank genug.»

Für den Bruchteil eines Momentes war ihr Blick mit dem der unergründlichen schwarzen Augen Tupias zusammengetroffen, der sich hinter Brittanys Rücken zwischen den englischen Gentlemen eingereiht hatte, dann hatte sie sich wieder Brittany zugewandt. «Gib auf dich Acht, mein Kind, auf dich und deine Seele, und vergiss nie, was du auf dieser Insel gesehen und erfahren hast.»

Zärtlich hatte sie mit einer Hand über Brittanys Wange gestrichen, ihre dunklen Augen nass von Tränen.

«Wie könnte ich euch alle jemals vergessen», hatte Brittany mühsam hervorgebracht, «am allerwenigsten dich.»

Die beiden Frauen hatten sich in die Augen gesehen, noch einmal jede Stunde, die sie einander kannten, aus der Vergangenheit heraufbeschworen und vieles, was ungesagt geblieben war und es auch immer bleiben würde, in stummem Austausch ihrer Seelen ausgedrückt.

«*Ainao, Tiare'ita* – gib auf dich Acht.»

«*Ainao ho'i* – du auch», gab Brittany zur Antwort.

Als hätte sie sich mit Gewalt von ihr losreißen müssen, hatte sich Ratanea abrupt umgedreht und war in der Menge des Gefolges verschwunden, das sogleich unter Klagen und Tränen aufzubrechen begann.

«Ich hoffe nur nicht, dass es Tupia bei uns ähnlich ergeht wie Ihnen hier», seufzte Solander nun, Brittany aus ihren schmerzlichen Erinnerungen aufscheuchend. «Ich halte es für eine äußerst unvernünftige Idee, ihn mitzunehmen. Aber kommen Sie mal gegen den Eigensinn eines Joseph Banks an!»

Brittany konnte nicht anders, als zu lächeln; sie war Solander dankbar, dass er sie von der Traurigkeit dieses Abschieds ein wenig ablenkte. «Wie sind Sie Mr. Banks denn begegnet?»

«Oh», Solander richtete sich zu seiner ganzen, nicht besonders überwältigenden Größe auf und verschränkte seine unverhältnismäßig langen Arme auf dem Rücken, «die Kreise der Botanik sind nicht sonderlich groß, schon gar nicht in England – da bleibt es nicht aus, dass man einander über den Weg läuft. Spöring war auch schon mein Assistent, als ich die letzten Jahre für das Britische Museum gearbeitet habe.» Er blickte Brittany aufmerksam an, die ihn fast um einen halben Kopf überragte und für die er tiefste Sympathie empfand. «Nur Mut – Sie werden sich bei uns sicher auch noch wohl fühlen. Wir sind ein netter, aufgeräumter Kreis in der Messe.»

«Ja, das glaube ich Ihnen», entgegnete Brittany und wandte ihren Blick in Richtung Achterdeck.

In leuchtendem Königsblau und strahlendem Weiß, die goldenen Litzen, Tressen und Knöpfe ihrer Uniformen in der Sonne glitzernd, standen der Captain und sein Erster Offizier unbeweglich auf dem erhöhten Quarterdeck, scheinbar die Einzigen an Bord, die nicht ihr Herz auf Tahiti zurückließen.

«Er ist schon ein merkwürdiger Mensch – sehr höflich, sehr umgänglich, aber doch merkwürdig», hörte Brittany Solander neben sich sagen.

Obwohl sie ahnte, wen er damit meinte, fragte sie nach. «Von wem sprechen Sie?»

Mit einer ruckartigen Bewegung seines Doppelkinns zeigte der Botaniker zum Quarterdeck hin. «Von unserem Mr. Hicks natürlich. Wie gesagt: sehr umgänglich. Soweit ich das beurteilen kann, ein hervorragender Offizier; Mr. Cook hält große Stücke auf ihn. Und er besitzt ein Wissen, als ob er nicht nur eine, sondern gleich mehrere von Englands besten Schulen besucht hat. Ich habe schon manchen Abend in der Messe darüber gestaunt! Aber so fürchterlich zurückhaltend – man weiß kaum, mit wem man es zu tun hat. Es würde mich nicht wundern, sollte unser lieber Mr. Hicks uns eines Tages noch alle überraschen. Oh, Miss Addison», unterbrach er seinen Diskurs und nahm Brittany am Arm, «das *müssen* Sie sich ansehen – eine solche Aussicht dürfen Sie sich nicht entgehen lassen!»

Bereitwillig ließ sich Brittany von ihm an die gegenüberliegende Reling entführen, wo die Küste Tahitis ein letztes Mal an ihnen vorüberzog. Dann trafen die ersten, nicht mehr durch ein Riff gebremsten Wellen an die Außenhaut des Rumpfes, und die *Endeavour* glitt hinaus auf das offene Meer.

«Sie ist wunderbar.»

Brittany benötigte ein paar Herzschläge lang, um zu begreifen, dass die Worte, die kaum hörbar hinter ihrer linken Schulter ausgesprochen worden waren, aus der tahitischen Sprache stammten. Buchstäblich aus dem Nichts, wie ein Schatten, war Tupia neben ihr aufgetaucht und starrte unverwandt, ohne sie auch nur eines Blickes zu würdigen, auf die sich entfernende Silhouette Tahitis. Verstohlen sah sich Brittany um. Doch Solander und Banks, die sich rechts von ihr an die Reling drängten, schienen nichts bemerkt zu haben.

«*Ae* – Ja», gab sie schließlich, ein beengtes Gefühl in der Kehle, ebenfalls auf Tahitisch zur Antwort, «das ist sie.»

Erneut richtete Tupia das Wort an sie, ebenso leise wie zuvor und noch immer mit unbewegter Miene. «Du wirst vermutlich auch mit an Land gehen, sobald wir Raiatea erreicht haben?»

Seine Frage verwirrte sie. «Ich habe noch nicht darüber nachgedacht – ja, vermutlich ... Oder gibt es etwas, was dagegen spricht?», fügte sie in einem kleinen Anfall von Verärgerung hinzu.

«Du solltest nicht damit rechnen, mit gebührenden Ehrungen empfangen zu werden.»

«Das hatte ich auch niemals erwartet.»

Die Eiseskälte in Tupias Stimme machte ihr Angst.

«Wohl kaum – nicht als *ta'ata rapa'au*, die das ihr auferlegte *tapu* so leichtfertig gebrochen hat.» Mit einer leichten, kaum merklichen Kopfbewegung fügte er hinzu: «Noch dazu mit einem der *popa'a*.»

Das war es also, was Tupia immer wie mit Argusaugen über sie hatte wachen lassen – er wusste von ihr und Zachary, woher auch immer. Doch so leicht konnte er sie nicht in die Enge treiben.

«Ich habe nichts getan, weswegen ihr mich jemals anklagen könntet», gab sie leise zurück, die Augen starr auf den gekräuselten Ozean gerichtet.

Nach einer kleinen Pause, die wie ein kühler Luftzug über Brittanys Haut strich, entgegnete der Priester: «Ihr seid gesehen worden, du und *Hite*, und das mehr als einmal.»

Ein Seitenblick streifte Brittany, als erwarte Tupia, sie damit zu einem Eingeständnis ihrer Schuld zwingen zu können.

Natürlich hatte sie gewusst, dass das, was sie tat, bei strengster Strafe verboten war, gleich, ob sie sich mit einem *Maohi* oder einem Fremden einließ. Dass es ein Fremder war, der die Kraft seines fremden Gottes in sich trug, vergrößerte nur die Schwere ihres Verbrechens. Durch ihr *mana* war sie als Heilerin *tapu*, dazu bestimmt, ihre ganze Kraft und Energie für die Heilung Kranker einzusetzen, unbelastet von den Sehnsüchten des Fleisches und deshalb der unbedingten Keuschheit verpflichtet. Sie hatte den Eid darauf geschworen – doch welchen Gesetzen, welchen Gottheiten musste sie nach allem, was geschehen war, noch gehorchen? Die *Maohi* und ihre Priester hatten sie betrogen und verraten, um ihren Kult vor der fremden Macht zu bewahren. Sie schuldete ihnen nichts – auch Tupia nicht.

«Ihr könnt mir nichts tun, nicht mehr», sagte sie tonlos. «Ich bin zu meinem Volk zurückgekehrt und stehe unter seinem Schutz. Sollte mir etwas zustoßen –»

«Niemand wird dich anrühren», unterbrach Tupia sie, «Tane allein wird sich für deinen Treuebruch rächen.»

«Ihr könnt mir nichts anhaben – weder euer *mana* noch das eurer Götter», zischte Brittany.

«Du hast deinen Schwur gegenüber Tane gebrochen, der dir als Heilerin immer zur Seite stand. Er wird dir den Schutz entziehen, den er dir gewährt hat, und die heilende Kraft, die er dir verliehen hat, und Krankheit und Tod werden dir auf dem Fuß folgen und allen, die sich mit dir verbünden. Es wird kein Entkommen geben.» Er richtete seinen durchdringenden Blick auf sie. «Vergiss das nie.»

Krampfhaft umklammerte Brittany die Reling, und wie in einem Nebel nahm sie wahr, wie Tupia sich entfernte. Sie hatte zu lange mit den allmächtigen Göttern gelebt, um sich von Tupias Worten nicht bedroht zu fühlen, und eine kalte Angst kroch in ihr hoch.

«Miss Addison – Sie sind ja plötzlich ganz blass um die Nase!», drang Banks' Stimme durch die Nebelbänke ihrer Furcht zu ihr. «Sie werden uns doch wohl nicht seekrank werden!»

«Nein – nein, ich denke nicht», hörte sie sich selbst, wie von weit her, sagen.

Tapfer versuchte sie die Furcht abzuschütteln, versuchte, sich als Engländerin unter Engländern in Sicherheit zu wiegen, doch ein dunkler Schatten hatte sich bereits auf ihre Seele gelegt.

Mit einem leisen Seufzen schloss Cook die Tür seiner Kajüte hinter sich, erleichtert, wieder die ungebärdigen Wellen des offenen Meeres unter dem Kiel zu haben. Er nahm seinen Dreispitz vom Kopf und setzte ihn sorgfältig auf der Koje ab, bevor er sich an den ausladenden Schreibtisch setzte, der ein gut Teil der Kajüte einnahm. Mit dem massiven Schlüssel, den er aus seiner Westentasche fischte, öffnete er die oberste Schublade und zog ein flaches Päckchen hervor, das er vor sich auf den Tisch legte.

Es war ein nahezu identisches Päckchen gewesen, das ihm Admiral Hawke, der First Lord der Admiralität, vor Antritt der Reise übergeben hatte. Noch immer waren die Instruktionen, die es enthalten hatte, ihm wie ins Gedächtnis eingebrannt, so oft und so sorgfältig hatte er sie durchgelesen.

*Wir empfehlen Ihnen, auf weit südlichem Kurs Kap Hoorn zu passieren, um weit gen Westen zu gelangen, dabei aber gleichzeitig auf mindestens* 120 *Meilen die Parallele zu King George's Island anzustreben, um nach Ihren besten Bemühungen dort zumindest einen Monat oder sechs Wochen vor dem Tag des* 3. *Juni einzutreffen, damit Sie und Mr. Green über genug Zeit verfügen, die Instrumente vor der Beobachtung aufzustellen und zu justieren… Sie sind dazu angehalten, unter allen Umständen freundschaftliche Beziehungen zu den Eingeborenen zu etablieren, indem Sie ihnen im Austausch gegen Proviant, der dort reichlich vorhanden ist, solche Tauschgüter anbieten, wie diese ihnen annehmbar erscheinen, und darüber hinaus ihnen gegenüber jede Höflichkeit und Achtung entgegenzubringen… Ihnen wird, sofern die Aufgabe, mit der Sie beauftragt sind, es zulässt, ferner aufgetragen, weitere Karten, Pläne und Ansichten der Insel und ihrer Buchten anzufer-*

*tigen, die sie für die Navigation unerlässlich halten oder die uns eine genauere Vorstellung und Beschreibung liefern, als wir sie bisher erhalten haben … Wenn diese Aufgabe erfüllt ist, sind Sie dazu angehalten, ohne jegliche Verzögerung in See zu stechen und die zusätzlichen Instruktionen auszuführen, die das beigefügte versiegelte Paket enthält.*

Er hatte seinen Auftrag so gut erfüllt, wie er es vermocht hatte. Doch was würde nun vor ihm liegen? Je länger sich der Aufenthalt auf Tahiti hingezogen hatte, mit desto größerer Anspannung hatte er an die noch unbekannten Instruktionen gedacht. Eine solche Expedition um den halben Erdball zu schicken, nur um an einem einzigen Tag eine astronomische Beobachtung durchzuführen, vielleicht noch das Wissen um die Insel zu verfeinern und auf dem Weg dorthin nebenbei Pflanzen zu sammeln – es war zu unwahrscheinlich, dass dies alles gewesen sein sollte.

Er holte tief Luft, um seiner Erregung Herr zu werden, dann öffnete er das blutrote wächserne Siegel und entfaltete die ineinander gelegten Bögen schweren Papiers.

*Geheim – Von den Bevollmächtigten für die Ausübung des Amtes des Lordhochadmirals von Großbritannien etc.*

*Zusätzliche Instruktionen für Lieutenant James Cook, dazu ernannt, das Schiff Seiner Majestät* Endeavour *zu kommandieren. Da die Entdeckung bisher unbekannter Kontinente und die Erweiterung des Wissens über weit entfernte Erdteile, die zwar bekannt, aber bisher nur unvollständig erforscht sind, zur Ehre dieser Nation als Seemacht gereichen wird, ebenso wie der Krone Großbritanniens, und dem Handel und der Navigation dienlich sein wird, und da es Grund gibt, die Existenz eines Kontinentes oder Landes von großer Ausdehnung anzunehmen, weiter südlich der Route gelegen, die kürzlich von Captain Wallis in Seiner Majestät Schiff* Dolphin *genommen wurde oder der Route aller bisherigen Navigatoren auf der Suche nach diesem Land, sind Sie hiermit dem Gefallen Seiner Majestät nach dazu aufgefordert und angehalten, mit dem Schiff, dessen Kommando Sie innehaben, unverzüglich nach der Beobachtung des Durchgangs des Planeten Venus in See zu stechen und die folgenden Instruktionen zu beachten.*

«Also doch», rief Cook leise aus. Das war der Hauptgrund für die Entsendung dieser Expedition! Er war mit der Suche nach dem Großen Südlichen Kontinent beauftragt! Rasch überflogen seine Augen die nächsten Zeilen des Schreibens.

*Sie sind dazu angehalten, südwärts weiterzusegeln, um den oben genannten Kontinent zu entdecken, bis Sie den vierzigsten Breitengrad erreichen, es sei denn, Sie treffen zuvor auf Land. Sollten Sie den Kontinent jedoch nicht entdeckt haben noch auf irgendeinen augenscheinlichen Beweis für dessen Existenz in diesen Graden gestoßen sein, sollen Sie auf der Suche danach westwärts, zwischen dem eben genannten und dem fünfunddreißigsten Breitengrad weitersegeln, bis Sie dort entweder diesen Kontinent entdecken oder mit der östlichen Seite des Landes zusammentreffen, das von Tasman entdeckt wurde und nun Neu-Seeland genannt wird.*

Er ließ die steifen Bögen sinken. Die Anweisungen waren unmissverständlich: Er sollte sofort Kurs auf Süden nehmen und ohne die geringste Verzögerung seine Suche beginnen. Andererseits wollte er die Gelegenheit, die sich mit Tupias Anwesenheit an Bord ergab, nicht ungenutzt lassen und zumindest einige der nach der Schilderung des Eingeborenen zahlreichen Inseln in unmittelbarer Umgebung erkunden und auf seiner Karte der Südsee eintragen.

Entschlossen faltete er die Instruktionen zusammen und verschloss sie wieder in der Lade des Schreibtisches, ehe er sich an Deck begab, um den Befehl zu einer Kursänderung zu geben und dann seine Offiziere und die Gentlemen über die neue Lage, in der sie sich befanden, zu informieren.

# 13

Der Kiel der *Endeavour* durchschnitt die Küstengewässer der traumverlorenen Inselwelt der Südsee. Was schon Tahiti hatte ahnen lassen, bestätigten ihre Schwestern: majestätische Berggipfel, immergrüne Regenwälder, Meile um Meile weißen Sandes. Freundlich gesinnte Eingeborene hießen sie auf kleinen Juwelen inmitten des Ozeans willkommen. Banks und Solander tauchten freudig und wissbegierig in diese Welt ein, unermüdlich auf der Suche nach lokalen Variationen der Pflanzen, Tiere und Sitten der Eingeborenen. Inzwischen war es August geworden, und noch einmal lief die *Endeavour* Raiatea an, die heilige Insel der Südsee.

Saunders kam von der Nachtwache. Leise ein Liedchen pfeifend, kletterte er hinunter auf das Unterdeck und wandte sich in Richtung des Schiffsbugs, wo die Kabine lag, die er sich mit Clerke, Pickersgill, Jonathan Monkhouse und Bootie teilte.

Ein Geräusch hinter ihm wie von einer sich öffnenden Tür, dann flüsternde Stimmen, ließ ihn sich rasch um die Ecke der Kabine des Kanoniers verstecken. Die Dunkelheit, in der das Unterdeck dalag, kaum von einer einzigen Laterne erhellt, verschluckte ihn fast vollständig. Neugierig, wie immer auf der Jagd nach dem Klatsch und Tratsch, den das Leben an Bord hervorbrachte, lugte er vorsichtig um die Ecke. Was er sah, ließ seinen Atem stocken, und heftig biss er sich auf die Unterlippe, um vor Verblüffung keinen verräterischen Laut von sich zu geben.

Die Tür war die zu der Kabine des Ersten Offiziers gewesen, und der schwache Lichtschein, der durch den Türrahmen in den Gang drang, beleuchtete Hicks' hoch gewachsene Gestalt – und an ihn gelehnt die schlanke Figur Miss Addisons, ihr Haar gelöst und in einer dunklen Masse den Rücken hinabfließend.

Er konnte kein Wort von dem verstehen, was die beiden einander zuraunten, aber das war auch nicht nötig, denn Hicks schloss Brittany fest in die Arme und küsste sie, wild und leidenschaftlich, presste ihren Körper an den seinen, bis sie sich, nach einer kleinen Ewigkeit, wie es Saunders schien, atemlos aus seinen Armen löste und mit leichten, schnellen Schritten die Leiter zum oberen Deck emporstieg. Die Tür, die sich hinter Hicks schloss, nahm das Licht aus dem Gang und ließ ihn wieder in Dunkelheit zurück.

Saunders ließ den Kopf gegen die Holzwand zurücksinken und atmete tief durch. Ein breites, böses Grinsen erschien auf seinem Gesicht. Jetzt hab ich dich, Lieutenant Oberschlau, jetzt bist du dran ...

Brittany schloss die Tür ihrer Kabine hinter sich, gedankenvoll vor sich hin summend und mit der Hand glättend über ihren Zopf fahrend. Ein Schatten, der sich aus dem dämmrigen Licht des Gangs löste und vor ihr aufbaute, ließ sie mit einem kleinen erschreckten Laut zusammenfahren. «Mr. Saunders, haben *Sie* mir einen Schrecken eingejagt! Guten Morgen ...»

Sie bedachte den Midshipman mit einem Lächeln und wollte an ihm vorbeigehen, doch rasch stützte er einen Arm an der Wand ab und versperrte ihr den Durchgang.

«So eilig, Miss?» Seine Augenbrauen waren halb spöttisch, halb fragend emporgezogen.

Ein kalter Schauer überlief Brittany; sie spürte instinktiv die Bedrohung. «Ja, ich bin hungrig und möchte frühstücken. Sie entschuldigen mich ...»

Rasch wollte sie an Saunders rechter Seite vorbei, doch genauso rasch versperrte ihr sein anderer Arm den Gang. Hilfe suchend sah sich Brittany um.

Saunders machte ein übertrieben bedauerndes Gesicht. «Tut mir Leid, Missy, aber ich fürchte, Ihre Helfer sind entweder alle ausgeflogen oder tun sich gerade an Käse und Brot gütlich. Sie werden wohl mit mir vorlieb nehmen müssen.»

«Was – was wollen Sie von mir?» Brittanys Stimme war nur noch ein Flüstern; die Angst hatte ihr die Kehle zugeschnürt.

Mit einer raschen Bewegung packte Saunders grob ihren Unterkiefer und stieß sie gegen die Wand. In Panik tastete Brittany nach seinem Handgelenk, einen vergeblichen Versuch wagend, sich aus seinem stählernen Griff zu befreien. Er schob seinen muskulösen Körper näher an den ihren, bis Brittany die Schatten seiner dunklen Bartstoppeln erkennen konnte, die feinen Schweißtröpfchen auf seiner Oberlippe, das bösartige Funkeln in seinen Augen.

«Ich will nur, was unser Erster Offizier auch bekommt ...»

«Was – was meinen Sie –», brachte Brittany hilflos hervor.

«Stell dich nicht so an!», herrschte Saunders sie an und packte fester zu. Tränen schossen in Brittanys Augen, und ein leises Wimmern entfuhr ihr. «Du kannst es dir aussuchen, Missy – entweder bekomme ich, was ich will» – gierig griff er mit seiner freien Hand an ihre Brüste, bemerkte mit Wohlgefallen, dass sie sich weich und doch fest anfühlten, und genoss die Angst und den Ekel in ihrem Gesicht, als er seine Hand herabgleiten ließ und zwischen ihre Beine schob, sie dort heftig hin- und herrieb und sich fester an sie presste, so dass sie sein hartes, pochendes Glied an ihrem Oberschenkel spürte – «oder der Captain erfährt, was ihr zwei nachts so treibt, der ehrenwerte Lieutenant Hicks und die süße kleine Hure Miss Addison.» Er machte ein halb abschätziges, halb betrübtes Gesicht. «Wird ihn wohl nicht sehr erfreuen.»

Brittany schloss die Lider, Tränen rollten ihre Wangen herab. «Lassen – Sie – mich – los», brachte sie verzweifelt hervor.

«Aber sicher doch. Denk darüber nach – wäre schade um euer beider Ruf, nicht wahr?»

Brittany hatte die Augen noch immer geschlossen, und so hörte sie nur, wie sich Saunders' schwere Schritte entfernten, sich in Richtung Oberdeck bewegten.

Langsam, die Wand im Rücken, sank sie in die Hocke. Er muss uns gesehen haben – aber wo? Und wann? Wir waren doch immer so vorsichtig – ich habe mich immer ein Dutzend Mal umgeschaut, ob uns auch niemand folgt! Ich muss es Zachary sagen – nein, ihr fiel wieder jene Nacht ein, als sie zum ersten Mal in seine Koje gekommen war; sie erinnerte sich an seinen Zorn und verwarf diesen Gedanken sogleich wieder. Nein, das ist unmöglich. Und ich habe niemanden, dem ich mich anvertrauen kann ... Hilflos vergrub sie den Kopf in den Händen.

Faul blinzelte Charlie in die Strahlen der untergehenden Sonne und streckte die Beine weit von sich. Wider Erwarten hatte die Sonne in dem den ganzen Tag währenden Kampf gegen Wolken und Regen letztendlich doch den Sieg davongetragen.

«Weiß einer etwas Neues von Miss Addison? Sie ist heute nicht zum Frühstück erschienen.»

Er blickte Richard an und sah dann fragend zu Saunders hinüber, der an einer Kokospalme lehnte und lässig an einem Grashalm kaute. Die drei Midshipmen hatten ihren gemeinsamen freien Nachmittag benutzt, ein wenig über die Insel zu streifen, sich im Sand zu balgen und auszutoben, bevor die *Endeavour* endgültig den Archipel verließ und Kurs auf die hohe See nahm, sich auf die Suche nach dem Großen Südlichen Kontinent machte.

Pickersgill warf einen kleinen Stein in die schäumende Brandung. «Lieutenant Gore hat um die Mittagszeit bei ihr vorbeigeschaut und etwas von einer Unpässlichkeit erzählt. Anscheinend will sie sich aber auf keinen Fall das Fest heute Abend entgehen lassen.»

Charlie lächelte befriedigt und legte den Kopf in den Nacken, mit geschlossenen Augen die Liebkosung der Sonne genießend.

«Unpässlich?», ließ sich Saunders spöttisch vernehmen und schnippte den Grashalm in den Sand. «Kein Wunder bei ihrem lockeren Lebenswandel!» Mit einem wissenden Grinsen sah er die beiden anderen Midshipmen an.

Charlie hob den Kopf und starrte ihn an. «Was willst du damit sagen?»

«Was soll das, Paddy?», wandte sich ihm auch Pickersgill zu.

«Ich weiß, was ich weiß», gab Saunders rätselhaft zur Antwort und sah mit einem pfiffigen Ausdruck im Gesicht auf das sich verdunkelnde Meer hinaus. Er genoss die gespannte Aufmerksamkeit, die ihm die anderen beiden Midshipmen schenkten.

Langsam erhob sich Charlie aus dem Sand und richtete sich zu seiner vollen Größe auf, die Hände in die Hüften gestemmt. «Los, raus mit der Sprache – was sollte das eben heißen?»

Saunders leckte sich genüsslich über die Lippen, jeden Moment auskostend, bevor er sich wieder Clerke und Pickersgill zuwandte. «Kein Wunder, dass sich die hochwohlgeborene Miss nicht wohl fühlt – es ist sicher anstrengend, es jede Nacht mit unserem Ersten Offizier zu treiben ...» Er machte eine obszöne, an Eindeutigkeit nicht mehr zu überbietende Geste.

Die beiden anderen Midshipmen brauchten einen Augenblick, um zu begreifen, worauf Saunders anspielte.

«Du lügst!», reagierte Clerke prompt, unterstützt durch Pickersgill: «Red keinen Käse, Mann!»

Saunders hob die Arme. «Ich erzähl euch nur, was ich weiß – ich hab selber gesehen, wie sie letzte Nacht aus seiner Kabine gekommen ist, und es sah nicht nach Zufallsbegegnung aus!»

«Schwein», zischte Pickersgill und ließ offen, wen genau er damit meinte.

«Ich freu mich schon darauf, es höchstpersönlich dem Captain berichten zu dürfen – damit unser feiner Herr Erster Offizier die Rechnung für sein ehrenhaftes Benehmen bekommt! Diesen Tag kann ich kaum abwar–»

«Nichts wirst du tun!» Blitzartig stürmte Charlie nach vorne. Saunders duckte sich halbherzig, zu verblüfft, um sich verteidigen zu können. Der erste Schlag traf ihn mit voller Wucht in den Magen, so dass er verzweifelt nach Luft schnappte und zu Boden ging. Er versuchte, sich mit den Händen zu schützen, doch Clerkes blinde Wut war er nicht gewachsen. Besinnungslos drosch dieser auf ihn ein und hielt ihn mit seinem ganzen Körpergewicht im Sand.

Erst nach einer kleinen Ewigkeit, wie es ihm selbst schien, erwachte Pickersgill aus seiner Erstarrung. Er musste seine ganze Kraft aufbringen, um seinen Freund von dem kläglich wimmernden Saunders wegzuzerren. «Verdammt, Charlie, du bringst ihn noch um!», schrie er.

«Und wenn schon, verdient hätte er's!», brüllte Clerke, noch immer tobend und sich wie ein junger, wilder Stier gegen Pickersgills harten Griff wehrend, der ihn nun durch den Sand schleifte, weg von Saunders, der sich mühsam aufrappelte.

«Hör auf, Charlie!»

Clerkes Wut verrauchte so plötzlich, wie sie ihn überfallen hatte. Schwer atmend gehorchte er Pickersgill, der vorsichtig, bereit, jeden Moment wieder zuzupacken, den Griff lockerte. Mit zitternder Hand strich sich Charlie die Strähnen seines blonden Haares zurück, die sich aus seinem Zopf gelöst und ihm ins Gesicht gefallen waren, und rieb sich über den Nasenrücken.

Eine erschrockene Stille hatte sich über die drei gelegt – noch nie hatten sie einen solchen Ausbruch bei Charlie erlebt, und er selbst hätte dies niemals bei sich selbst vermutet. Nicht einmal in ihren schlimmsten Raufereien waren sie auf einen solchen Abgrund an Hass gestoßen.

«Du bist verrückt, Mann – *ich* hab doch die Lady nicht angefasst!» Saunders hatte seine Tränen heruntergeschluckt und war dabei, wieder Oberwasser zu bekommen, sich das Blut aus Mundwinkel und Nase wischend.

Charlie machte einen Schritt vorwärts und spürte sogleich Pickersgills Finger, die sich hart um seinen Oberarm schlossen. Drohend hob er den Zeigefinger, die Stimme vor Wut und zornigen Tränen verzerrt. «Behalte diese gottverdammte Geschichte für dich! Wenn ich erfahre, dass du beim Captain warst und Miss Addison durch den Dreck gezogen hast, oder das sonst einer Menschenseele erzählst, dann bring ich dich um, das schwöre ich dir – Gott und Dick sind meine Zeugen!»

Saunders hatte sich taumelnd wieder aufgerichtet, sich die schmerzenden Rippen auf einer Seite haltend und mehrmals hintereinander Blut, Sand und ein Stück abgebrochenen Zahn ausspuckend. Hasserfüllt starrte er Clerke an, wie dieser schwer atmend dastand, und er wusste, dass er seine Drohung ohne Zögern wahr machen würde. «Werd doch glücklich mit deiner gottverdammten Hure», stieß er schließlich hervor und wandte sich zum Gehen.

In einem jähen Aufbäumen wollte Charlie erneut auf ihn losgehen, doch Pickersgills rasches Zupacken hinderte ihn daran. «Du Bastard, verfluchter Mistkerl, sei verdammt!», schrie Charlie ihm wiederholt hinterher, bis ihm seine Stimme versagte.

Stoßweise atmend, jeder Atemzug gefährlich nahe daran, in ein Schluchzen umzukippen, sah er Saunders nach, wie er durch den Sand humpelte, ohne sich noch einmal umzudrehen, bis er hinter der nächsten Biegung verschwunden war. Dann erst ließ Pickersgill ihn los und klopfte ihm sanft auf die Schulter.

«Lass es gut sein, Charlie!»

Charlie schüttelte den Kopf und ließ seine breiten Schultern hängen. In der zunehmenden Dämmerung konnte Richard die Tränen sehen, die in seinen Augen standen und die er immer wieder in einer trotzigen Bewegung wegzuwischen versuchte. «Ich liebe sie, du Idiot!»

Pickersgill stach Clerke mit seinem Zeigefinger gegen das Brustbein. «Nein, nicht ich – *du* bist der Idiot! Sie gehört dir nicht, Charlie – und nun schon gar nicht mehr.»

Als er sah, wie sein Freund bei diesen Worten zusammenzuckte, nahm er ihn tröstend bei der Schulter und führte ihn gemächlich von der Kampfarena weg. «Komm schon – ich weiß, was du brauchst: einen richtig guten Schluck, der dir das Vergessen erleichtert. Vielleicht noch eine nette Begleitung für heute Nacht, und schon sieht die Welt wieder ganz anders aus. Glaub Doktor Pickersgill – der weiß schon, was gut für dich ist ...»

Die mannshohen, rund um den Festplatz in den Sand gerammten Fackeln verbreiteten ein gespenstisch zuckendes Licht, das immer intensiver und theatralischer wurde, je näher die Pinasse dem Ufer kam. Schon von Deck aus waren die Trommeln zu hören gewesen, die einen stetigen, dumpfen Rhythmus angaben. Brittany blickte kurz zurück. Hinter ihr lag im schwachen Lichtschein von nur wenigen Laternen, aber durch die zuckenden rot glühenden Flammen des Festplatzes erhellt, der massige Körper des Schiffes, kaum bewegt durch das Wasser der flachen Bucht.

Erst Stunden nach jener unangenehmen Begegnung mit Saunders hatte sie die Kraft gefunden, sich aus ihrer Koje zu erheben und sich an ihrem Wassereimer zu erfrischen. Der Gedanke an dieses Fest hatte sie aufgerichtet, denn sie wusste, dass die Festlichkeiten auf Raiatea etwas Besonderes waren, immer mit der magischen Atmosphäre der Insel verbunden, der sich niemand entziehen konnte. Tief durchatmend wandte sie sich wieder dem Ufer zu. Der Rhythmus der Trommeln hatte sich beschleunigt und eine hellere Färbung angenommen. Aus einem plötzlichen Impuls heraus richtete sich Brittany im Sitzen auf und hob den Kopf. Sie hatte nichts zu befürchten, von niemandem, schon gar nicht von einem niederträchtigen Midshipman wie Saunders.

Mit einem Ruck stieß die Pinasse auf den Strand. Banks reichte Brittany galant die Hand, um ihr aus dem Boot zu helfen. Mit jedem Schritt gaben die Muschelketten, die sie um Fußknöchel und Handgelenke trug, ein helles Klirren von sich, und die leichte Brise, die von Süden herkam, trug den Duft der Gardenien in ihr Bewusstsein, die ihr Solander heute Nachmittag von der Insel mitgebracht und mit denen sie ihr Haar geschmückt hatte.

Der Festplatz war dunkel von Menschen, und auf den ersten Blick war kaum auszumachen, wer zu den Einheimischen und wer zu den Engländern gehörte. Sogleich waren sie von einer Anzahl anmutiger Mädchen umringt, die sie mit duftenden Blütengirlanden schmückten und ihnen halbierte Kokosnüsse, gefüllt mit einem süßen, aromatischen Getränk, überreichten. Brittany war bemüht, die schnatternden Fragen und Ausrufe der Mädchen zu beantworten, die wie mit tausend Händen gleichzeitig an ihrem roten *pareu* und ihren Haaren zupften und ihr über das Gesicht und die bloßen Arme strichen, bis sie bemerkte, dass ihre Worte gar nicht zur Kenntnis genommen wurden, und sie es schließlich aufgab.

Sie näherten sich dem Zentrum des Festes, einem hoch auflodernden Feuer, das den betäubenden Duft des Holzes und der dem Feuer geopferten Blüten mit sich brachte, der sich dick und schwer auf die Lungen legte und unmerklich zu Kopf stieg. Mit jedem Schritt, den Brittany machte, tauchte sie tiefer in diese geheimnisvolle Welt ein.

«Schön, dass Sie tatsächlich kommen konnten.» Lieutenant Gore trat aus einer Gruppe Häuptlinge heraus auf sie zu. «Ich hoffe, es geht Ihnen besser.»

«Viel besser, Mr. Gore, danke. Als ob es einem schlecht gehen könnte in einer solchen Nacht!»

«Da stimme ich Ihnen zu.» Er nippte kurz an seiner Trinkschale und wies dann damit auf die Tänzer, die sich in schnellen Schritten um das Feuer herum zu einem Kreis formiert hatten. «Es ist unglaublich, welche Ausdauer und Körperbeherrschung diese Tänzer haben.»

Ein lauter Trommelwirbel brachte den rasenden Tanz urplötzlich zum Stehen, und die Gestalten der Tänzer wirkten wie versteinert, als sie sich dunkel gegen das Licht der Flammen abhoben. Laute Zurufe und Applaus der Einheimischen und der Engländer belohnte ihre Anstrengung, doch sogleich setzten die Trommler zu einem neuen Rhythmus an, sanfter diesmal, lieblicher, begleitet von mehreren Flöten, die eine sinnliche Melodie anstimmten.

Die Akteure des vorigen Tanzes traten lautlos zurück in die Menge, die das Feuer umringte, und zehn Mädchen betraten den Kreis, alle sehr jung, kaum älter als vierzehn oder fünfzehn, und nahmen sich bei den Händen. Kaum wahrnehmbar erhoben sie ihre Stimmen, ließen sie anschwellen, bis sie deutlich neben dem Lied der Flöten zu hören waren. Brittany begann schon nach wenigen Takten mitzusummen, und ohne dass es ihr recht bewusst war, ließ sie ihren Körper mit der Musik mitschwingen. Ein Teil von ihr fühlte sich warm und schläfrig, der andere kühl und klar und hellwach, und es überraschte sie nicht im Geringsten, als eine der Tänzerinnen, ohne ihren Gesang zu unterbrechen, sich einen Weg durch die Menge bahnte und sie mit sich zog, hinein in den hell erleuchteten, heiligen Kreis. Ohne zu zögern, reihte sie sich zwischen ihnen ein.

Fremde Gesichter sahen sie an, während sie um das Feuer tanzte, aber auch viele vertraute: dasjenige Cooks neben einem ungeheuer dicken und würdevollen Häuptling, die Züge Banks', Solanders und Parkinsons, der sich wie immer eifrig über sein Zeichenpapier beugte; schließlich Zacharys, wie er sie über den Rand der Nussschale hinweg, aus der er gerade trank, unverwandt ansah.

Die Menge der Zuschauer begann, den Takt der Trommeln und des Tanzes mitzuklatschen. Lieutenant Hicks, der sonst eine Abneigung gegen jede Art von Menschenansammlungen hatte, störte sich nicht daran, inmitten des Gedränges zu stehen, so verzaubert war er von Brittanys Anblick. Als hätte die heilige Insel Raiatea das Menschenmädchen in ihr zum Verschwinden gebracht, tanzte sie wie das leibhaftige Abbild einer Göttin, umgeben von ihren Dienerinnen. Und doch wusste er, wie menschlich sie war, kannte ihren jungen, weichen Körper, den Duft ihrer Haut, ihres Haares, die Süße ihrer Küsse.

In einem plötzlichen Impuls blickte er zur Seite, wo die beiden Midshipmen Clerke und Pickersgill standen, unzertrennlich wie immer, doch wo bisher immer beide gleichermaßen in Feststimmung zu sehen gewesen waren, war heute nur Pickersgill sichtlich gut gelaunt und rief in regelmäßigen Abständen den Tänzerinnen etwas zu. Clerke hielt sich geistesabwesend an seiner Trinkschale fest und fixierte einen einzigen Punkt des Geschehens: Brittany.

In diesem Augenblick trafen sich Hicks' und Clerkes Blicke. Ein paar Herzschläge lang sahen sie sich an, und der Erste Offizier konnte in den hellen, jungen Augen seines Midshipmans eine explosive Mischung aus Hass, Eifersucht, Verzweiflung erkennen. Er weiß es, schoss es Zachary durch den Kopf, woher zum Teufel auch immer, aber er weiß es.

Nach außen hin ungerührt wandte er seinen Blick wieder ab, hin zu den knisternden Flammen. Eine kalte Empfindung machte sich in seinem Inneren breit. Ohne lange darüber nachzudenken, wusste er, was er tun musste.

Der Tanz strebte, einem ekstatischen Rausch gleich, seinem Höhepunkt entgegen. Brittany drehte und drehte sich: Die Flammen, die Menschen um sie herum, der Sternenhimmel über ihr, die laue Nachtluft, das entfernte Geräusch des Meeres, sein salziger Geruch, das Schlagen der Trommeln, das so sehr dem ihres eigenen Herzens glich, sie selbst – alles schien ineinander zu fließen, eins zu werden, *war eins*. Ein letzter, donnernder Hall der Trommeln, und sie blieb stehen, breitbeinig, die Arme zur Seite ausgestreckt, den Kopf gesenkt und in tiefen Zügen Kraft und Leben einatmend. In dem tobenden Applaus, der Woge der Zurufe und der Umarmungen und des begeisterten Geschnatters der anderen Mädchen suchte sie mit den Augen Zachary, doch sie fand ihn nicht. Sanft zuerst, dann energisch, löste sie sich aus den unzähligen Armen und Händen, und ohne dass es in dem fröhlichen, ausgelassenen Tumult bemerkt wurde, schlüpfte sie durch die Phalanx der Körper hindurch.

Nach der Hitze des Feuers und des Tanzes fühlte sich der Sand unter ihren Füßen feucht, die Luft, durchmischt mit einer zarten Brise vom Meer her, kühl an, als sie sich vom Festplatz entfernte. Sie hätte jede Richtung nehmen können, um ihn zu suchen, doch ihr Instinkt zeigte ihr den richtigen Weg.

Sie spürte seine Nähe, bevor sie ihn sehen konnte, einen dunklen Schatten vor der hellen Fläche des sternenbeschienenen Strandes. Unbeweglich saß er da, die Arme locker um die Knie geschlungen, und blickte auf die hell leuchtenden Schaumkronen der Brandung hinaus. «Weshalb hast du dich hierher verkrochen?», fragte sie.

Erst nach einer kleinen Weile antwortete er ihr. «Ich musste alleine sein.»

Die Kälte und Härte in seiner Stimme erschreckten sie. Langsam trat Brittany näher und setzte sich neben ihn. «Zachary, bitte, sei nicht so zu mir», bat sie leise.

«Lass mich in Frieden», sagte er kalt, ohne sie anzusehen.

Brittany zuckte wie unter einem Hieb zusammen. «Zachary, bitte – was –» Sie schluckte. «Zachary, wir lieben uns doch.» Sanft legte sie ihre Hand auf seinen Arm.

Sofort entzog er sich ihr in einer heftigen Bewegung. «Sei bitte nicht naiv! Von Liebe war nie die Rede. Es war nett mit dir, aber das ist nun vorbei.»

Brittany erstarrte. Sie verwehrte seinen Worten den Zugang zu ihrem Bewusstsein, doch allmählich sickerte deren Bedeutung dennoch durch. Tränen stiegen ihr in die Augen. «Was habe ich denn Falsches getan, Zachary? Ist es wegen des Tanzes vorhin? Habe ich dich irgendwie verletzt? Wenn ja, dann sag es mir bitte!» Es schien ihr erträglicher, die alleinige Schuld an seinem Verhalten zu tragen – es konnte gar nicht anders sein; sie musste irgendeinen Fehler gemacht haben, sie hatte es sich alleine zuzuschreiben, wenn sie nun seine Liebe verlor.

Zachary lachte trocken auf. «Du könntest mich nie verletzen. Es ist aus, das ist alles, und ich bin nicht verpflichtet, dir Gründe dafür zu nennen.»

«Tu mir das nicht an, Zachary – so einfach kannst du mich nicht zur Seite schieben, ich –»

Er sah sie kühl an und entgegnete: «Findest du es nicht entwürdigend, so um Zuwendung zu betteln?»

Brittany entfuhr ein klagender Laut, wie der eines verwundeten Tieres. Sie nahm Zachary nur noch durch den dicken Schleier der Tränen wahr, die unaufhörlich über ihr Gesicht strömten und in ihren Augen brannten. «Ich habe dir vertraut.» Ihre Stimme war kaum noch zu hören.

«Das war dein Fehler.»

Eis, sie musste an glänzendes, splitterndes Eis denken, wenn sie ihn sprechen hörte. Langsam richtete sie sich auf und wischte sich mit zu Fäusten geballten Händen die Tränen aus den Augen.

«Zur Hölle mit dir, Zachary Hicks», sagte sie langsam. «Auf dass du dort verrotten mögest.»

Ohne ein weiteres Wort drehte sie sich um und ging.

Er hatte es getan. Es war das Beste, für sie beide. Sie würde ihn vergessen, eines Tages vielleicht sogar verstehen, warum er so handeln musste, gar keine andere Wahl gehabt hatte. Welche Zukunft hätte er ihr, der Erbin eines stolzen Namens, denn bieten können? Hätte sie sich wirklich jemals mit ihm eingelassen, wenn sie die Wahrheit über ihn gewusst hätte? Seit damals, als er seinem Zuhause, das dieser Bezeichnung in Wirklichkeit nur spottete, entflohen war, hatte er all seine Energie daran gesetzt, nach oben zu kommen, die Vergangenheit mit ihren düsteren Schatten hinter sich zu lassen, und dank seines hellen Verstandes und seines verbissenen Ehrgeizes hatte er es geschafft, sich Offizier nennen zu dürfen, war nun sogar Erster Offizier auf einer der bedeutsamsten Expeditionen in der Geschichte des Königreichs, und das nächste Ziel, das Kapitänspatent, war in greifbare Nähe gerückt. Nichts, nichts auf dieser gottverdammten Welt würde ihn nun, so kurz vor dem Ziel, davon abbringen – erst recht nicht diese dumme kleine Affäre, zu der er sich hatte hinreißen lassen. Es war besser so, für sie beide, und es war besser für sie, ihn zu hassen, als für immer Liebe und Melancholie in ihrem Herzen zu tragen.

# 14

Brittany blinzelte ein paar Mal, bevor sie den Blick durch den Raum wandern ließ, der ihr in dem fahlen Licht des anbrechenden Tages fremd vorkam. Gegenüber war die Tür, daneben der hölzerne Bottich auf dem kleinen Schemel, der ihr zum Waschen diente. Links davon lag auf den bloßen Holzplanken der Korb, den sie von Ratanea erhalten hatte, zugedeckt mit ihren zusammengefalteten *tapa*-Tüchern, den sie in der winzigen Kabine beinahe von der Koje aus hätte erreichen können, wenn sie nur den Arm ausstreckte. Als müsste sie fühlen, ob es noch da sei, strich sie über das auch noch am Morgen kühle Leintuch, das sie über sich gebreitet hatte.

Erleichtert seufzte sie auf. Es war alles in Ordnung. Sie war sicher an Bord der *Endeavour*, und nichts Beunruhigendes war geschehen. Doch aus einem Winkel ihres Gedächtnisses kroch das böse Gefühl herauf, das sie aus dem Schlaf geholt hatte, machte sich in ihr breit, bis es ihr blitzartig ins Gesicht schlug – Zachary und sie an dem einsamen Strand auf Raiatea, wie er sie von sich stieß, zutiefst verletzte. Ihr wurde übel, und der Schmerz würgte sie im Hals.

Sie konnte sich kaum mehr erinnern, wusste nicht mehr, wie sie an Bord gekommen und in ihre Kabine gelangt war, nur, dass sie stundenlang geweint hatte, bis sie keine einzige Träne mehr zu vergießen hatte und erschöpft in einen ohnmachtsähnlichen Schlaf gefallen war.

Nein, ich werde nicht weinen, biss sie in einem Aufwallen von Stolz die Zähne zusammen, nicht seinetwegen – das ist er nicht wert! Energisch rieb sie sich die Augen und setzte sich auf. Er hatte sie missbraucht, ihre Gefühle für ihn ausgenutzt, und dafür sollte er büßen.

Saunders begann ins Schwitzen zu geraten. Jeden Augenblick konnte einer der anderen Midshipmen oder einer der Offiziere hier auftauchen und ihn zur Rede stellen, was er denn hier zu suchen hätte. Endlich hörte er die Tür der Kabine zuklappen.

Brittany zuckte zusammen, als sich die düstere Gestalt vor ihr aufbaute, doch gleich darauf holte sie tief Luft und ballte die Hände zu Fäusten, um sich Mut zuzusprechen. «Guten Morgen, Mr. Saunders», grüßte sie ihn mit eiskalter Höflichkeit, «auch auf dem Weg zum Frühstück?»

«Nein, auf dem Weg zu Ihnen. Haben Sie meinen Vorschlag überdacht?»

«Vorschlag? Sie meinen wohl eher Ihren Versuch, mich zu erpressen.»

Saunders gab seinem scharfkantigen Gesicht einen milden, unschuldigen Ausdruck. «Oh, so harte Worte ...» Vorsichtshalber stützte er sich mit ausgestrecktem Arm an einer Wand ab, um ihr im Notfall erneut den Weg abschneiden zu können. Brittany machte jedoch keine Anstalten, ihm zu entfliehen.

«Vergessen Sie es, Saunders, Sie haben keine Chance.» Aufrecht stand sie da und sah ihn aus ihren dunkelblauen Augen an. Ihr durchdringender Blick begann ihn zu verunsichern.

«Nein – hab ich nicht?», gab er dennoch unbeirrt lässig zur Antwort und ließ seine Blicke derart unverfroren über ihren Körper wandern, dass Brittany das Blut in die Wangen schoss. «Der Captain wird sich sicher über mein Pflichtbewusstsein freuen, wenn ich ihm die Verfehlung seines Lieblingsoffiziers berichte ...»

Brittany setzte eine kühle Miene auf. «Der Captain wird sich ohne Zweifel auch darüber freuen, von mir zu erfahren, wie Sie mir nachgestellt und versucht haben, mir Gewalt anzutun ...»

Sie hatte nicht gedacht, dass Saunders so dumm sein würde, sich selbst eine so simple Falle zu stellen. In den frühen Morgenstunden hatte sie sich verschiedene Taktiken zurechtgelegt, wie sie mit ihm fertig werden würde, aber nun hatte er ihr alle Trümpfe in die Hand gespielt.

Saunders starrte sie an, eine Spur von Fassungslosigkeit um seine Mundwinkel. «Das werden Sie nicht wagen!»

Brittany zuckte mit den Schultern. «Wenn Sie mich dazu zwingen ...»

Saunders spürte ein flaues Gefühl in der Magengrube, als hätte ihm jemand einen Hieb verpasst. Halbherzig versuchte er, mit einem verächtlichen Lächeln ihre Drohung abzuschwächen. «Sie haben keine Beweise!»

«Ebenso wenig Sie. Aber was glauben Sie, welches Wort beim Captain schwerer wiegen wird – Ihres oder meines?»

Saunders knirschte mit den Zähnen. Sie hatte Recht. Sie war eine echte Lady, Tochter einer vermögenden Familie, und er selbst nur der zweite Sohn eines einfachen Farmers, was bitter genug war, noch dazu, wo sein schwächlicher älterer Bruder einmal alles erben würde, ohne sich jemals besonders hervorgetan zu haben, allein durch die Gnade seiner frühen Geburt, während er von frühester Jugend an in den Wanten hatte schuften, Offizieren Honig um den Bart schmieren und oft genug einige Guineas über den Tisch hatte schieben müssen, um sich endlich Midshipman nennen zu dürfen. Verdammt sollten sie und der Rest dieser hochnäsigen Bande sein! Neid und Zorn brodelten wie flüssiges Gestein in ihm hoch.

Brutal packte er sie am Arm und umschloss ihre Kehle mit der anderen schweißigen Hand. «Du gottverdammte Hure –»

Es drängte ihn danach, sie in ihre Kabine zu zerren und ihr zu zeigen, wer hier der Stärkere war, danach, sie am Boden zu halten, sie sich unter ihm winden zu spüren und zu hören, wie sie weinend um Gnade bettelte. Die Erregung, die Saunders bei dem Gedanken daran empfand, durch sein Geschlecht Macht über ihren Körper auszuüben, war schon beinahe schmerzhaft und schrie danach, befriedigt zu werden, je gewalttätiger, desto genussvoller. An jedem anderen Ort der Welt hätte er es ihr besorgt, jetzt und hier, wie man es mit Huren wie ihr tat, doch ein Schiff der Navy hatte immer ein paar Ohren und Augen zu viel, und das war nicht das Einzige, was er an diesem Beruf so hasste.

Brittany hatte damit gerechnet, dass er handgreiflich werden würde. «Nur zu, Saunders», sagte sie kalt, seinen wilden Blick scheinbar ungerührt erwidernd, «und ich schreie das ganze Schiff zusammen – dann *gibt* es Beweise!»

Schweigend starrten sie sich an, eine fühlbare Mauer aus Hass und Aggression zwischen ihnen.

Saunders wusste, dass er sich für den Moment geschlagen geben musste. «Miststück!», knurrte er und stieß sie so grob von sich, dass sie hart gegen die Wand prallte.

Brittany atmete langsam aus, als sich seine polternden Schritte entfernten, und spürte, wie ihre Knie unter ihr nachgaben. Es war überstanden – für den Augenblick hatte sie gewonnen.

ZWEITES BUCH:

# DAS ABENTEUER

*Lass deinen Haken immer ausgeworfen;*
*in dem Teich, in dem du es am wenigsten erwartest,*
*wird ein Fisch sein.*

Ovid

# 15

## Pazifischer Ozean, August 1769

Krachend zerbarst eines der Holzscheite im offenen Kamin und riss Brittany aus ihren Gedanken. Sie hatte zugesehen, wie die roten Flammen über das Holz züngelten, und war dabei ins Träumen geraten. Sie fröstelte und zog die raue, muffig riechende Wolldecke fester um ihren Oberkörper und ihre Beine, die sie an sich herangezogen hatte, um möglichst wenig ihrer Körperwärme abzugeben. Das Feuer, das nun beinahe von früh bis spät in der Offiziersmesse brannte, brachte zwar ein wenig Wärme in den düsteren, engen Raum, doch reichte sie keineswegs aus, um sich auch nur halbwegs behaglich zu fühlen.

Mit den Fingern rieb sie ihre Nase, die schon völlig gefühllos geworden war, und seufzte wohlig, als sie zu prickeln anfing. Rasch wollte sie ihre klamme Hand wieder unter die Decke stecken, doch der grobe Flor des Filzes blieb wie eine Klette an ihrem Handrücken kleben. Erneut seufzte sie auf, diesmal mit einem resignierten Unterton. Sie betrachtete ihre Hände, einst zart und weich, nun rot und rissig von der Kälte und dem eisig kalten Wasser, mit dem sie sich wusch. Sie hätte bestimmt etwas Schmalz aus der Kombüse bekommen, wenn sie darum gebeten hätte, doch sie schämte sich zu sehr, sich zu dieser Art von Eitelkeit zu bekennen, und so ertrug sie lieber schweigend das brennende Gefühl spröder Haut. Gerne hätte sie eine heiße Tasse Tee gehabt, um sich daran zu wärmen und auch um das leichte Ziehen in ihrem Unterleib zu besänftigen, doch es graute ihr davor, sich der kalten Luft auszusetzen.

In den Wochen, in denen sie mit Zachary zusammen gewesen war, hatte sie sich kaum darum gekümmert, ob ihre monatliche Blutung eintreten würde oder nicht, doch nach jener Nacht, als er sie nicht besser behandelt hatte als eine dahergelaufene Dirne, hatte sie sich gewünscht, ein Kind von ihm empfangen zu haben. Sie hatte sich kaum Gedanken darüber gemacht, welche Konsequenzen das wohl für Zachary, für sie selbst oder diese Reise gehabt hätte; es war einfach der Wunsch in ihr, etwas zu haben, was es ihm unmöglich machte, sie einfach aus seinem Leben zu verbannen, wie einen Gegenstand, den man benutzt hat und für den man nun keine Verwendung mehr sieht. Doch schon vor ein paar Tagen hatte sie die Anzeichen bemerkt, dass wieder ein Mond des Blutes vollendet war, und gestern Morgen hatte sie unter leichten Schmerzen die Streifen *tapa*-Tuchs aus ihrem Bündel geholt, mit denen das Blut aufgefangen wurde und die nach Gebrauch in kaltem Wasser ausgewaschen und dann getrocknet wurden – ganz so, wie Ratanea es ihr vor gut drei Jahren gezeigt hatte, als sie eines Morgens mit Bauchschmerzen aufgewacht war und voller Schrecken das Blut auf ihrer Schlafmatte entdeckt hatte. Ratanea brachte ihr bei, dass dies das Symbol der ihr innewohnenden lebensspendenden Macht als Frau sei, und so hatte sie es jeden Mond als das angenommen und als Teil des natürlichen Zeitenlaufs angesehen. Doch hier, allein von Männern umgeben, fühlte sie sich unwohl dabei – Brittany befürchtete, dass man es ihr anmerken würde, an ihrem Geruch, ihrem Gang oder an irgendeinem Merkmal, das ihr selbst gar nicht auffiel, und so war sie dankbar, dass die Männer den größten Teil des Tages an Deck verbrachten, auf der Suche nach dem kleinsten Hinweis auf die Küstenlinie des ersehnten Kontinentes, dabei der eisigen Kälte trotzend, die in nur wenigen Tagen über sie hereingebrochen war.

Schritte und Stimmen näherten sich der Offiziersmesse, und gleich darauf öffnete sich die Tür, und Solander, Banks und dessen Steward Briscoe traten ein.

«Oh, schön! Endlich wieder etwas Wärme – die Kälte geht mir durch Mark und Bein», seufzte Solander und stellte sich so dicht an den Kamin, dass seine grob gewebten graubraunen Kniehosen Gefahr liefen, Feuer zu fangen. Er drehte sich zu Brittany um, während er seine erstarrten Finger durch Reiben und Kneten wieder aufzutauen versuchte. «Das erinnert mich an jenen Winter in Stockholm, als es so kalt war, dass einem der Federkiel beinahe an den Fingern festfror und sich an unseren getrockneten Pflanzen kleine Eiskristalle bildeten. Linnaeus war schon am Verzweifeln, und –»

«Ach lassen Sie doch, Daniel – Sie sehen doch, dass Miss Addison halb erfroren ist! Erst einmal müssen wir sie wieder warm bekommen, dann können Sie meinetwegen Ihre Geschichten aus grauer Vorzeit zum Besten geben!» Joseph Banks rückte einen Stuhl dicht an Brittany heran und begann, ihre Schultern kräftig zu reiben. «Nicht, dass Sie uns noch krank werden wie Tupia – armes Ding! Den ganzen Tag hier auf dem kalten, zugigen Schiff!»

Die Tür öffnete sich erneut, und die beiden Offiziere und die Midshipmen Monkhouse und Bootie traten ein, mit rot gefrorenen Nasen und hochgeschlagenen Uniformkragen, hinter ihnen Nathaniel Morey, Gores Steward, der ein Tablett mit mehreren Bechern dampfend heißen, aromatisch süß duftenden Teepunsches balancierte.

Hicks warf einen kurzen Blick auf Banks, wie er noch immer in einer liebevollen und beschützenden Geste Brittanys Schultern umfasst hielt, dann nickte er zu einem knappen Gruß.

«Danke, Morey.» Gore nickte dem jungen Burschen zu und blies vorsichtig auf die Oberfläche der heißen Flüssigkeit, bevor er den ersten Schluck nahm. Behaglich streckte er seine kurzen Beine unter dem Tisch aus und seufzte wohlig auf. «Das tut gut! Was für eine Schweinekälte – verzeihen Sie, Miss Addison» – er sah kurz zu ihr hinüber und grinste dann breit – «entspricht aber nur der Wahrheit. Und bislang für nichts und wieder nichts.»

«Hier, Ihr Punsch.» Banks reichte Brittany einen Becher, den sie mit ihren Händen umschloss, um noch das letzte Quäntchen Wärme in sich aufzunehmen.

«Danke.» Vorsichtig nahm sie einen kleinen Schluck und sah zu den Offizieren hinüber. «Noch keine Spur von Land?»

Gore schüttelte den Kopf. «Leider nicht.»

Banks blickte in die braunrote Tiefe seines Bechers. «Die gleichen Vögel wie gestern, Albatrosse, Pintados und graue Sturmtaucher. Heute dann noch ein schwarzer – Sie erinnern sich, Mr. Gore, die Art, von der ich Ende März schon einmal einen geschossen hatte.»

In wenigen Zügen leerte er seinen Becher und stellte ihn auf den

Tisch, wo er noch eine Weile lang dampfend seine Wärme an den Raum abgab. Er lehnte sich mit verschränkten Armen in seinem Stuhl zurück.

«Auf alle Fälle kann es nicht mehr lange dauern, bis wir endlich wissen, wo genau der berühmte Südliche Kontinent liegt.»

«Wenn er denn existiert», ließ sich Hicks vom anderen Ende des Raumes her vernehmen und blickte kurz von dem kleinen ledergebundenen Band auf, den er aus einem der Glasschränke genommen und aufgeschlagen hatte. Gore grinste ihn über den Rand seines Bechers hinweg anerkennend an.

Banks zog seine hellen Augenbrauen zusammen und sah Hicks scharf an. «Daran besteht wohl kein Zweifel!»

Der Erste Offizier zog einen Stuhl zum Tisch heran und setzte sich. «Aber wir haben auch keinerlei Beweise. Wir wissen, dass im Westen eine Küste namens Neu-Seeland liegt, und weiter nördlich Neu-Holland – das ist alles.»

Solander versuchte, die Wogen zu glätten. «Schon aus Symmetriegründen muss ein Kontinent hier unten existieren, der den Erdball in der Balance hält.»

Lieutenant Hicks lehnte sich lässig zurück, schlug die Beine übereinander und griff nach seinem Punsch. «Bei allem Respekt, Dr. Solander – auch das ist kein zwingender Grund für die Existenz dieses Kontinentes. Die Wahrscheinlichkeit ist sicher sehr groß, dass wir noch Landstriche hier entdecken werden, doch wohl kaum von so großer Ausdehnung wie angenommen.»

«Sie scheinen ja erstaunlich gut unterrichtet zu sein», bemerkte Banks spitz.

«Innerhalb der Seefahrt ein interessantes Thema, in der Tat», gab Hicks ruhig zurück und blätterte eine Seite des Buches um, das er auf seinem Knie liegen hatte.

«Dann ist es wohl kaum nötig, Sie darüber in Kenntnis zu setzen, dass viele namhafte Gelehrte diese Meinung vertreten. Sollten Sie, bei allem Respekt Ihnen gegenüber, deren Wissen und Theorien in Zweifel ziehen?»

Lieutenant Hicks stellte seinen halb vollen Becher geräuschlos auf der Tischplatte ab und sah seinen Gegner an. «Ich ziehe grundsätzlich alles in Zweifel, was ich nicht mit eigenen Augen gesehen habe,

Mr. Banks», entgegnete er ruhig, aber bestimmt, «und bislang gibt es nicht den geringsten Hinweis, dass sich Land in der Nähe befindet – keine Landvögel, keine Wasserpflanzen, und die See ist so tief, dass wir keinen Grund loten können. Wenn es diesen Kontinent gibt, dann ist eines sicher: Er ist von weit kleinerer Ausdehnung als bisher angenommen.»

«Wo er Recht hat, hat er Recht», gab Gore heiter seinen Kommentar ab.

Bevor Banks noch etwas entgegnen konnte, betrat der Captain die Messe. «Schön warm haben Sie es hier drinnen, Gentlemen – Miss Addison», begrüßte er die Runde, einen erzwungen heiteren Ton in seiner Stimme, und wer genau hinsah, konnte den Ernst in seinem Gesicht erkennen.

«Morey», Gore nickte seinem Steward zu, «bringen Sie dem Captain bitte ebenfalls einen Punsch. Sonst noch jemand?»

«... und im Augenblick befinden wir uns etwa hier.» Cooks Zeigefinger kreiste um eine leere Stelle nahe dem unteren Rand der sorgfältig gezeichneten Karte, die gänzlich ausgebreitet auf dem Tisch der Messe lag, an den Ecken beschwert von Tintenfässern und Messinstrumenten und dunkel beschattet von den zahlreichen Köpfen, die sich darüber beugten. Der Wind war etwas abgeflaut, doch der starke Seegang war noch immer deutlich zu spüren.

«Unsere Instruktionen lauten, bis auf den vierzigsten Breitengrad zu segeln. Sollte sich bis dort nichts finden lassen, geht es nach Westen, Richtung Neu-Seeland, wo genau das auch immer liegen mag, vermutlich etwas östlich von Neu-Holland.»

Cooks Hand zog eine weite Schleife von ihrer momentanen Position auf dem Ozean, bis sie in einer vagen Bewegung auf die gezackte Linie deutete, die die Westküste Neu-Hollands darstellen sollte.

Schweigend starrten die versammelten Männer auf die Karte, denn so nah diese Zackenlinie auch bei ihrer momentanen Position wirkte, so wussten doch auch die Gentlemen unter ihnen inzwischen, dass dazwischen Wochen, wenn nicht gar Monate liegen würden.

Banks schüttelte entschlossen den Kopf und lehnte sich zurück, die Handflächen gegen die Tischkante gestützt. «So schnell dürfen wir nicht aufgeben. Wer weiß – vielleicht liegt unser Kontinent nur noch wenige Meilen von hier entfernt! Wir müssen uns vergewissern, ob er existiert, und wenn wir bis ans Ende dieser Welt fahren!»

Bestätigung für seine flammende Rede suchend, sah er sich in der Runde um.

«Ich stimme Ihnen im Grunde genommen zu, Mr. Banks», antwortete Cook nach einer kleinen Pause, «doch das schlechte Wetter scheint kein Ende nehmen zu wollen, und der starke Wind kommt stetig von Westen, treibt uns folglich weit nach Osten ab, wenn wir uns nicht in Acht nehmen.»

«Wenn wir weiter südwärts segeln, könnte es besser werden», mischte sich Solander ein und fing das Tintenfass auf, das sich der plötzlichen Neigung der Tischplatte nach gerade verabschieden wollte.

«Oder noch kälter und ungemütlicher, weil wir uns dem Südpol nähern», gab Gore zu bedenken, die Arme vor der Brust verschränkt.

«Unser Material ist ohnehin schon an der Grenze der Belastbarkeit – ich bin skeptisch, ob Masten und Segel auf Dauer noch mehr verkraften, und ich möchte es nicht darauf ankommen lassen», warnte Lieutenant Hicks, die Augenbrauen ernst zusammengezogen.

Banks blickte von einem zum anderen und kam sich wie in einem abgekarteten Spiel vor. Äußerlich nachlässig, doch inwendig vor Zorn brodelnd, zuckte er mit den Schultern. «Nun gut – was schlagen Sie vor?»

Erneut beugte sich Cook über die Karte und ließ seinen Finger darauf auf Wanderschaft gehen. «Wir könnten wieder nach Norden segeln, etwa in die Richtung, aus der wir gekommen sind – je nach Wetterlage schon gleich in nordwestliche Richtung.» Sein Zeigefinger zeichnete eine scharfe Linkskurve auf das dicke Papier. «Dann halten wir uns weiter westlich, etwa auf dieser Höhe, dreißigster bis vierzigster Breitengrad. Dort müssten wir dann entweder auf unseren Kontinent treffen –»

«Sofern er bis in diese Breiten hineinreicht!», warf Banks ungehalten ein.

«– oder aber auf Neu-Seeland oder im enttäuschendsten Falle nur auf Neu-Holland», fuhr Cook ungerührt fort, seine Hand auf die Zackenlinie besagter Küste legend. Er sah Banks an. «Wenn dieser Kontinent so groß ist, wie alle Gelehrten sagen, werden wir ihn auch in dieser Breite finden.»

«Oh, er *muss* eine gewisse Ausdehnung haben», warf Solander ein, «sonst könnte er unmöglich die Erde in der Balance halten – was er ja offensichtlich tut!»

«Wenn nicht, dann segeln wir daran vorbei», orakelte Banks mit düsterem Gesicht.

Cook, dem diese Haarspaltereien lästig zu werden begannen, richtete sich auf. «Einerlei, Mr. Banks – die Wetterlage hier ist mir zu gefährlich. Außerdem lauten die Instruktionen der Admiralität ähnlich, und ich fühle mich allein ihr verpflichtet – ihr und der Sicherheit des Schiffes mitsamt der Mannschaft!» Er wandte sich seinen Offizieren zu. «Gentlemen, nichts wie raus aus diesen Eisstürmen!»

## 16

Leise und unaufdringlich tickte der Chronometer in der Messe, als wollte er die dort versammelten Herren nicht stören, die sich, mit Feder oder Pinsel bewaffnet, konzentriert über Papierbögen und Tagebücher beugten. Schweigen lag über dem großen Tisch, an dem sich sonst die Mannschaft des Achterdecks und die Gentlemen lärmend zum Essen versammelten; allein das kratzende Geräusch der Feder, wie sie über das körnige Papier glitt, das leise Schmatzen des Pinsels, wenn Parkinson seine Aquarellfarben neu anmischte, und dann und wann Solanders murmelnde Selbstgespräche waren zu hören.

Gerade tauchte Banks die Feder erneut in sein Tintenfass und setzte an, um das Ende des Satzes mit einem Punkt zu markieren.

«Land in Sicht!»

Für einen kurzen Moment blickten sich die Männer aus großen

Augen an – Banks, Solander, Spöring, Parkinson und Briscoe, der damit beschäftigt war, die losen Blätter voll rasch hingeworfener Skizzen und Notizen seines Herrn in irgendeine Ordnung zu bringen –, dann ließen sie wie auf Kommando alles stehen und liegen und eilten polternd an Deck.

An der Bugseite drängte sich schon eine dichte Menschentraube an die Reling, und die Spannung, die in der Luft lag, war greifbar. Eine unnatürliche Ruhe lag über dem Deck; kaum wagten die Männer, ihrem Nachbarn etwas zuzuflüstern. Alle reckten die Hälse nach dem, was den gellenden, so sehr erhofften Ausruf eines Matrosen verursacht hatte.

Banks drängte sich durch die Menge bis zu Cook vor. «Ist er das», fragte er atemlos, in seiner Anspannung fest die hölzerne Reling umklammernd, «ist das endlich unser Kontinent?»

Cook starrte weiter, ein Auge zugekniffen, durch das Teleskop. Schließlich ließ er es sinken und zog seine dichten Augenbrauen zusammen. «Ich weiß es nicht. Es ist noch nicht klar zu erkennen.»

«Ich bin skeptisch, Sir», ließ sich Hicks hinter Cook vernehmen, «es hätte vorher noch andere Anzeichen geben müssen – Küstenvögel oder irgendwelche Strömungen. Dieser Kontinent, wenn er denn einer ist, taucht doch sehr aus dem Nichts heraus auf.»

Banks warf ihm einen wütenden Blick zu, den der Erste Offizier aber nicht zu bemerken schien.

Cook nickte gedankenvoll. «Das ist es, was mich auch nachdenklich stimmt. Wir müssen abwarten, bis wir näher dran sind.» Er beugte sich über die Reling. «Das Wasser scheint hier von recht blasser Farbe zu sein – Wilkinson!»

«Sir!»

«Lassen Sie ringsherum loten – ich will wissen, wie tief es hier ist!»

In Windeseile verteilten sich je zwei Matrosen auf Steuerbord und Backbord und ließen die Taue mit den daran befestigten Gewichten hinab. Clerke und Pickersgill eilten ihnen hinterher und meldeten die Werte der Markierungen bugwärts.

«Hundertzehn Faden und kein Grund! – Lasst dem Tau mehr Spiel ...»

«Hundert Faden und kein Grund!»

Bange Minuten verstrichen.

«Komm schon, komm schon, zeig dich», murmelte Banks mit zusammengebissenen Zähnen, den Blick unverwandt auf den Horizont gerichtet, den breiten hellgrauen Streifen dort fixierend, bis ihm die Augen tränten. Was es auch immer sein mochte, es schien einfach nicht näher zu rücken, seine Identität nicht preisgeben zu wollen.

«Backbord hundert Faden und kein Grund!»

«Steuerbord auch – hundert Faden und kein Grund!», kam das Echo von Pickersgill.

Das Teleskop ging von Cook zu Hicks, von diesem zu Gore und wieder zurück zu Cook; sie fassten jeweils das Objekt ihrer Aufmerksamkeit ins Auge, unzählige Herzschläge lang, wie es ihnen und den Umstehenden schien, bevor sie mit den Achseln zuckten oder den Kopf schüttelten und es weitergaben. Nun war wieder Gore an der Reihe, und geübt tastete er den Horizont mit seinen Blicken ab.

«Nebel», sagte er plötzlich in die zum Zerreißen gespannte Atmosphäre, «und nichts weiter.»

«Das ist doch nicht möglich!», rief Banks aus.

«Bitte, überzeugen Sie sich selbst!» Gore reichte ihm das Teleskop.

Hastig führte Banks es an sein Auge.

Es brauchte einen Augenblick, bis es sich an die plötzliche Nähe des eben noch so weit entfernten Horizonts gewöhnt hatte, doch dann sah er es: eine lockere, graue Masse, die tief über der See hing, porös und durchlässig wie eine Wolke – eine Nebelbank, die sie alle genarrt hatte. Langsam ließ er das Teleskop sinken.

«Gestatten Sie?» Cook überzeugte sich selbst von der Täuschung, der sie erlegen waren. Hinter seinem Rücken hörte er das erregte Raunen der Männer.

«In der Tat. Glückwunsch, Mr. Gore.» In einer energischen, beinahe zornigen Bewegung schob er das Teleskop ineinander. «Alle Männer zurück auf ihre Posten!»

*23. September*

*Mäßiges Wetter heute. Einige Vögel über dem Schiff, hauptsächlich Pintados und Albatrosse; am Abend zog ein weiterer Schwarm schwarzer Sturmtaucher vorüber, und bald danach sahen wir zwei Wale.*

*Dr. Solander fühlte sich einige Tage lang nicht gut, folglich öffnete ich heute Dr. Hulmes Zitronensaftessenz, die Mr. Monkhouse ihm verschrie-*

*ben hat, die sich als ziemlich gut erwies, wenn im Geschmack auch kaum frischem Zitronensaft ähnlich. Wir hatten heute auch einen Apfelkuchen aus den nordamerikanischen Äpfeln, die Dr. Fothergill mir mitgegeben hat, der sich als sehr gut erwies, wenn auch nicht gleichwertig zu dem Apfelkuchen, den unsere Freunde in England nun essen, aber gut genug für uns, die wir nun schon so lange der Früchte unserer Heimat entbehren. In der Hauptsache sind wir jedoch mit unseren Vorräten sehr gut bedient: Rind- und Schweinefleisch sind ausgezeichnet, genau wie die Erbsen; Weizen und Hafer, die uns teilweise schon schlecht geworden waren, sind nun und waren die meiste Zeit über sehr gut. Unser Wasser ist süß und nun spritziger als damals, als wir es aus der Quelle Otaheitis tranken.*

*Unser Brot ist allerdings nur leidlich, wegen des Ungeziefers, das sich darin breit macht. Ich habe oft Hunderte, nein* Tausende *aus einer einzelnen Scheibe herausgeschüttelt gesehen. Wir in der Messe haben jedoch eine einfache Abhilfe gefunden, indem wir es in einem Ofen backen, nicht zu heiß, was sie alle davonlaufen lässt. Aber dies ist nicht möglich für die Seeleute, die den Geschmack dieser Tiere als sehr unangenehm empfinden müssen, da sie so scharf wie Senf oder eher wie geraspeltes Hirschhorn schmecken. Es gibt übrigens 5 verschiedene Arten davon, 3* Tenebrios, *1* Ptinus *und* Phalangium concroides*; Letzteres ist jedoch selten im gewöhnlichen Brot, kam aber im Übermaß im hellen Zwieback vor, solange wir noch welchen hatten.*

Banks unterbrach seine Ausführungen und ließ seinen Blick durch die Messe schweifen. Solander war ebenfalls mit seinem Tagebuch beschäftigt, genau wie Parkinson. Spöring schrieb in seiner winzigen Handschrift detaillierte Beschreibungen gepresster Pflanzen, die er auf ihren Löschblättern vor sich ausgebreitet hatte. Tupia, in einem geliehenen Anzug mit Rüschenhemd von Joseph, was seiner exotischen Erscheinung wider Erwarten gut stand, tauschte mit Jonathan Monkhouse unter heftigem Gestikulieren Vokabeln ihrer jeweiligen Muttersprache aus. Der Captain spielte um ein paar Pennys Pharo mit den Midshipmen Bootie und Pickersgill und dem Maat Molyneux und war dabei, haushoch zu verlieren. Lieutenant Hicks hatte seinen Stuhl vom Tisch weggerückt und las, ebenso wie Dr. Monkhouse, der eifrig in seinem Bändchen blätterte und sich dabei hin und wieder aufgeregt durch den struppigen Bart strich. Charles Green lag halb auf der gepolsterten Bank am anderen Ende des Raumes und nahm in regelmäßigen Abständen einen tiefen Zug der rubinrot funkelnden Flüssigkeit aus seinem Glas, wenn er nicht griesgrämig Löcher in die gegenüberliegende Wand starrte.

Josephs Blick wanderte zum Kamin hinüber, den Brittany zu ihrem Lieblingsplatz in der Messe erkoren hatte, wie so oft in eine der steifen Wolldecken gehüllt, Shakespeares Sonette aufgeschlagen auf ihren verschränkten Knien, aber den Blick starr in die tänzelnden Flammen gerichtet.

Müde sah sie aus, erschöpft. Die Kälte und immerwährend feuchte Luft der letzten Zeit hatten ihren Tribut gefordert, zusammen mit der für eine Schiffsreise so typischen farb- und geschmacklosen Nahrung, an die man sich zweifellos gewöhnen musste, die bei ihr aber sichtlich Ekel erregte. Es zog ihm jedes Mal das Herz zusammen, wenn er zusehen musste, wie sie mit der Gabel die Bissen von einer Seite des Tellers zur anderen schob, sie schließlich lustlos zur Seite legte und die besorgten Nachfragen Cooks und der anderen Gentlemen mit einem schwachen Lächeln und der Erklärung, sie sei nicht hungrig, abwehrte.

Wann immer er konnte, suchte er ihr die besten Stücke Fleisch aus, doch es tat ihm weh, ihr nicht besorgen zu können, was sie brauchte, seit die auf Tahiti an Bord genommenen Vorräte zur Neige gegangen waren. Ihre weite Kleidung verriet nichts über den Zustand ihres Körpers, doch er sah deutlich, wie spitz ihr Gesicht geworden war, welch dunkle Schatten sich unter ihren Augen, die viel von ihrem funkelnden Glanz eingebüßt hatten, abzuzeichnen begannen. Er betete darum, endlich Land zu erreichen, und sei es nur um ihretwillen.

Er nahm kaum wahr, wie Lieutenant Hicks in seiner Ecke hustete, doch das polternde Geräusch, mit dem Brittanys Buch auf den Bodenbrettern aufschlug, ließ ihn aus seinen Gedanken auffahren. Hochrot im Gesicht, deutlich sichtbar in dem hellen Schein des Kaminfeuers, beugte sie sich hinunter, um es aufzuheben.

Dr. Monkhouse sah interessiert von seiner Lektüre auf. «Mit Verlaub – Sie hören sich gar nicht gut an, Mr. Hicks. Sie sollten einmal bei mir vorbeischauen! Ist zwar wohl keine große Sache, aber sicher ist sicher!»

Nein, er hörte sich nicht gut an, und sein Husten und seine fiebrigen Augen trafen Brittany jedes Mal bis ins Mark, wenn sie ihn ansah. Fest umklammerte sie das Buch, das ihr in letzter Zeit so viel Trost gegeben hatte. Unter Banks' Anleitung hatte sie an den endlosen Nachmittagen und Abenden in der Messe ihre Liebe für die Poesie entdeckt. Die kurzen, rhythmischen Verse kamen ihr, die seit Jahren kein Buch mehr in die Hand genommen hatte, entgegen und verzauberten sie mit ihrem Klang und ihrer reichen Bildersprache, und besonders die Werke Shakespeares hatten es ihr angetan. In seinen Versen sprach er von Liebe, besang ihre Schönheit wie die Qual, die sie hinterlassen konnte, wenn sie vergangen war oder verschmäht wurde, und Brittany fand Trost darin, dass jemand, noch dazu männlichen Geschlechts, vor ihr Ähnliches erlebt und empfunden hatte.

Der Zorn und der Hass, den sie Zachary zuerst entgegengebracht hatte, waren in den letzten Wochen allmählich zu einer tief sitzenden, dumpfen Traurigkeit verblasst, wohl auch, weil sie beide es möglichst vermieden, miteinander in irgendeinen Kontakt zu treten. Brittany hatte sich immer mehr dem Kreis um Joseph Banks angeschlossen, den der Erste Offizier seiner Antipathie gegenüber Banks wegen mied. Banks, Solander, Spöring und Parkinson gaben ihre eine gewisse Geborgenheit. Sie waren sichtbar bemüht, ihr den Aufenthalt an Bord so angenehm wie möglich zu machen, ohne dabei jemals aufdringlich zu werden. Vor allem Joseph kümmerte sich sehr aufmerksam um sie.

Wenn sie nur nicht immer so müde wäre… Sie wusste, dass sie mehr essen musste, Dr. Monkhouse hatte es ihr oft genug mit seiner dröhnenden Stimme gepredigt, doch sie konnte sich einfach nicht überwinden, das graue, schwammige, geschmacklose Fleisch hinunterzuwürgen oder die weißlichen, wässrigen Rüben. Sie ekelte sich vor dem Ungeziefer, das so zahlreich das Brot bevölkerte, und sie hasste den scharfen, Übelkeit erregenden Geruch des schmierigen Schmalzes. Allein der mit Wasser angerührte Porridge und dieses merkwürdige Sauerkraut waren halbwegs genießbar, wenn beides auch nicht gerade anregend auf ihren Appetit wirkte. Soweit sie sich erinnern konnte, war auch das Essen damals auf dem Schiff ihres Vaters nicht überragend gewesen, aber die *Seagull* war nicht so lange unterwegs gewesen wie nun die *Endeavour*, mit ungleich weniger

Besatzung und auch nicht für eine derart lange Zeitspanne auf See ausgerichtet.

Die Tür zum Korridor schwang auf und brachte einen kühlen Luftzug mit sich, der die Flammen im Kamin kurz auflodern und die Kerzen in ihren Laternen einen Moment lang flackern ließ.

«Tür zu, Charlie, oder es zieht uns alle mit hinaus!», rief Pickersgill seinem Freund entgegen. Gelächter und freundliche Zurufe empfingen den Midshipman, der grinsend die Messe betrat, seinen Dreispitz an den Haken neben der Tür hängte und sich durch seinen blonden Schopf fuhr, bevor er an den Kamin trat und seine Hände den wohltuenden Flammen entgegenstreckte. Brittany, die seine Bewegung durch den Raum mit den Augen verfolgt hatte, erwiderte sein Lächeln.

«Guten Abend, Charlie. Kalt da oben?»

Er zuckte lässig mit einer Achsel. «War schon schlimmer. Der Himmel ist bedeckt, und der Wind frischt hin und wieder auf, aber das übelste Wetter liegt wohl endlich hinter uns!»

Er wandte sich wieder dem Feuer zu, nicht ohne immer wieder einen Seitenblick auf Brittany zu werfen, die sich erneut in ihr Buch vertieft hatte, dann und wann die Lippen sacht bewegend, wenn sie sich einen Vers einprägen wollte. Charles hatte nie genau erfahren, was wirklich an Saunders' Geschichte über Miss Addison und Lieutenant Hicks dran gewesen war. Im Grunde war Saunders geistig viel zu träge, um sich so etwas ausdenken zu können, das wusste Charlie, aber er traute ihm keinen Zoll über den Weg. Andererseits hatte er die beiden nach jener Nacht auf Raiatea oft beobachtet und keinerlei Anzeichen dafür entdeckt, dass Saunders' Geschichte wahr sein konnte, im Gegenteil: Sie schienen einander völlige Gleichgültigkeit entgegenzubringen, bemüht, einander möglichst aus dem Weg zu gehen. Sei's drum: Saunders hatte die Prügel erhalten, die er sich anderer Dinge wegen längst verdient hatte, und zeigte seither einen Anflug von Respekt ihm gegenüber, und das war es allemal wert gewesen.

Traurig sah sie aus, wie so oft, wenn sie abends in der Messe saß und sich unbeobachtet fühlte, und Charlie fragte sich, was wohl in ihr vorgehen mochte. Er konnte sich nur schemenhaft vorstellen, wie es für sie sein mochte, so lange Zeit ihres Lebens in einer gänzlich anderen Welt verbracht zu haben und nun an Bord dieses Schiffes eine Reise quasi ins Ungewisse zu machen. Er wusste, wenn er nach England zurückkehrte, würde ihn Wethersfield House erwarten, das kleine, wenn auch nicht minder stolze Herrenhaus, halb in einem Buchenwäldchen verborgen, und seine Familie – sein Vater, der bodenständige Grundbesitzer und Friedensrichter, wettergegerbt, beinahe einen Kopf kleiner als er selbst, seine Mutter, deren gütige Augen immer in Tränen schwammen, gleich, ob er sie verließ oder zurückkehrte, seine Brüder Joseph und John und die Schwestern Hannah und Sarah, und im Stall würde seine kräftige Schimmelstute bereits ungeduldig mit den Hufen scharren, sehnsüchtig auf einen langen Ritt über die Wiesen wartend, die zu Wethersfield gehörten. Er wusste, dass sich kaum etwas verändert haben würde in der Zeit, in der er, so Gott wollte, an Bord dieses Schiffs die Welt umsegelt haben würde. In dem Ozean seiner Abenteuerlust war Wethersfield der sichere Hafen, ewig gleich, ewig Heimat. Doch was würde Brittany in England erwarten, nach so vielen Jahren, gemessen an ihrem jungen Menschenleben? Kein Wunder, dass sie so oft nachdenklich vor sich hin sann und bedrückt wirkte, was in ihm immer das Bedürfnis weckte, sie irgendwie aufzumuntern, so wie in diesem Augenblick.

«He, Dick, was machen deine Künste als Musikus?», rief er in den Raum hinein.

Grinsend blickte Pickersgill auf, schon bereitwillig seinen Kartenfächer zusammenschiebend und dessen Kanten leicht auf die Tischplatte klopfend. «Sag bloß, dir ist die Stimmung hier mal wieder zu ruhig!»

Clerkes Augen blitzten hell auf. «Ist schon eine Weile her, dass wir die Wände hier drin haben wackeln lassen ...»

Captain Cook machte eine einladende Geste in Pickersgills und Clerkes Richtung. «Bitte, Gentlemen – die Messe gehört Ihnen!»

Mit einem leisen Juchzer sprang Pickersgill von seinem Stuhl und auf die Tischplatte. Aus einer Innentasche seines Uniformrocks zog er eine kleine, aus hellem Holz geschnitzte Flöte, setzte zu einer beschwingten Melodie an, und im Handumdrehen war die andächtige Stimmung in der Messe überschäumender Fröhlichkeit gewichen, die keinen der Midshipmen auf den Stühlen hielt. Im Rhythmus mitklatschend, den Takt mit dem Schuhabsatz angebend, umringten sie Pickersgill, und auf ein Nicken von ihm begannen Bootie und Monkhouse mit tiefen Stimmen und wider Erwarten recht harmonisch die zu der Melodie gehörigen Verse mitzusingen.

«Darf ich bitten, Miss Addison?»

Brittany zuckte zusammen, als sich Charlie über sie beugte, und machte eine abwehrende Geste. Aber er nahm sie einfach bei der Hand und zog sie von ihrem Stuhl hoch und hinter sich her.

Brittany entfuhr ein kleiner, erschrockener Ausruf, als sie in Charlies Armen durch die Messe zu wirbeln begann. Viel Platz ließ ihnen der Raum nicht, doch Charlie nutzte wagemutig jeden Winkel. Er ließ sie sich schnell um ihre eigene Achse drehen, und dieses Mal entfuhr ihr ein Juchzen.

In einem raschen Akkord endete das Lied, aber Pickersgill setzte die Flöte erneut an. In wenigen Schritten war Banks bei Brittany und Clerke und verbeugte sich galant. «Sie gestatten, Mr. Clerke?»

Charlie, mit geröteten Wangen und schnellem Atem, grinste und machte eine großzügige Handbewegung. «Bitte, Mr. Banks.» Er warf den schweren Uniformrock von sich und begann die Ärmel seines weiten Rüschenhemdes hochzukrempeln.

«Mr. Clerke, ich übergebe Ihnen die Verantwortung für diese» – Cook machte eine ausladende Geste in die Messe hinein – «Veranstaltung.»

«Aye, Sir.» Clerke antwortete mit einem schon etwas nachlässigen Salut. «Gute Nacht, Sir. – Gute Nacht, Mr. Hicks!»

Die beiden Türen, die eine zur Kajüte des Captains, die andere hin zum Gang, schlossen sich hinter Cook und Hicks. Die Abwesenheit der beiden ranghöchsten Männer an Bord ließ den letzten Damm brechen und trug die Messe auf den Fluten der Ausgelassenheit davon.

Brittany war es, die alle Blicke auf sich zog. Lachend, die Wangen gerötet und ein übermütiges Funkeln in ihren dunkelblauen Augen, flog sie im Arm von Joseph Banks durch die Messe, so leichtfüßig, als hätte sie ihr Lebtag nichts anderes getan.

Charlie nickte unmerklich. Genau das war seine Absicht gewesen: sie auf andere Gedanken zu bringen, ihr ein wenig Farbe in den grauen Alltag an Bord zu bringen. Er wusste, es war ihm gelungen.

Solanders Bauch hob sich in einem tiefen Seufzer. «Sie sind zweifellos ein schönes Paar», sagte er zu Parkinson, der hinter ihm stand, um gleich darauf dessen Fehlen zu bemerken. «Sydney?», rief er halb laut hinter sich.

«Ich bin hier, Dr. Solander», antwortete der junge Mann vom anderen Ende des Tisches. Ein Bein über das andere geschlagen, die großformatige Zeichenunterlage gegen das Knie gestützt, ließ er seine großen, kindlich wirkenden Augen konzentriert zwischen dem tanzenden Paar und der rauen Oberfläche des Zeichenpapiers hin- und herhuschen und seine Zeichenkohle flink über das Papier wandern. Monkhouse beugte seine massige Gestalt über die entstehende Zeichnung.

«Alle Achtung, Parkinson, das sieht verdammt gut aus! Aus Ihnen wird sicher noch mal ein richtig großer Künstler – Maler bei Hofe oder für die feinen Gentlemen in London, kein Bild unter zwanzig Guineas zu haben!»

Parkinson errötete, wie er es so oft tat und ganz besonders, wenn er gelobt wurde. «Danke, Doktor, ich tue mein Bestes – aber ich wäre Ihnen trotzdem wirklich sehr verbunden», fügte er zaghaft, fast furchtsam, hinzu, «wenn Sie die große Güte besäßen, mir aus dem Licht ...»

Leise schloss Lieutenant Hicks die Tür seiner Kabine hinter sich und lehnte sich dagegen. Er atmete ein paar Mal tief durch, erleichtert, dass der befürchtete Hustenanfall ausgeblieben war; doch die feinen Stiche in seiner Seite hatten sich die letzten Tage verstärkt, und es verlangte ein gutes Maß an Konzentration, nicht sichtbar zusammenzuzucken, wenn sie ihn mitten in einer Bewegung hinterrücks überfielen. Vorsichtig schlüpfte er aus seinem Uniformrock und hängte ihn sorgfältig über die Lehne des schmalen Stuhles. Langsam ließ er sich auf seiner Koje nieder und streckte die Beine aus; erschöpft lehnte er seinen Kopf gegen die Wand und schloss die Augen. Die hoch aufbrandenden Wellen, die gegen die Außenhaut des Schiffes schlugen, fanden ihr Echo in dem rauschenden Pochen in seinem Kopf.

Er hatte das Richtige getan, das wusste er, doch sie ließ ihn nicht los. Auch wenn er sie nur zu den Mahlzeiten sah, so wanderten doch seine Augen immer wieder zu ihr hin, zu ihrer schlanken Gestalt, dem starken Kontrast zwischen ihrer hellen Haut und ihrem kastanienfarbenen Haar, zu ihrem hübschen Gesicht, und immer wieder drang ihre klare Stimme durch das laute Stimmengewirr in der Messe zu ihm. Und immer war Banks nicht weit oder einer der Midshipmen, höflich, aufmerksam, galant.

Ausgerechnet dieser versnobte Banks ... Sie waren sich zum ersten Mal begegnet, als die *Endeavour* noch in Deptford vor Anker lag und gerade mit Proviant beladen wurde. Cook stellte sie einander vor, und vom ersten Augenblick stand eine Barriere der Feindseligkeit zwischen ihnen, die im Laufe der bisherigen Reise an Höhe gewonnen hatte. Es war, als stünden sich mit Hicks und Banks nicht zwei Männer gegenüber, sondern die beiden gesellschaftlichen Klassen, denen sie entstammten, mitsamt den ihnen eigenen vorgefassten Meinungen. Banks hatte von Anfang an keine Gelegenheit ausgelassen, seine vornehme Herkunft und seine nicht unbeträchtliche finanzielle Beteiligung an dieser Reise auszuspielen und sich damit in die Belange des Schiffs und seines Kommandos einzumischen, sehr zum Verdruss des Captains und seiner Offiziere.

Hicks verabscheute die Arroganz und die Selbstverständlichkeit, mit der Banks einen Platz möglichst weit oben in der Hierarchie der Messe einnahm, und wie er sich selbst eingestehen musste, schwang dabei auch eine Spur von Neid mit – Neid auf die ungerechte Schicksalsgöttin, die Banks mit allem ausgestattet hatte, was ihm in Englands Gesellschaft Tür und Tor öffnete: eine alteingesessene Familie, ein guter Name, Geld, die Möglichkeit, an angesehenen Schulen und Colleges Wissen zu erwerben, während er für alles hatte kämpfen müssen – darum, lesen zu lernen, um jedes Buch, jedes Fetzchen Wissen, allein sogar darum, am Leben zu bleiben. Und dafür musste er sich von diesem eitlen Stutzer noch von oben herab behandeln lassen, als Emporkömmling, der die Schranken, die ihm seine Geburt in einen niederen Stand gesetzt hatte, überschritt und sich des Besitzes von mehr Wissen rühmte, als ihm seinem Rang nach gestattet war.

Er setzte sich auf und riss wütend an den Knöpfen seiner Weste, schälte sich ungeduldig aus dem hellen, festen Stoff, ehe er sie über die Stuhllehne warf.

Er hatte das Handwerk des Seemanns von Grund auf gelernt, mit unglaublichem Hunger alle Bücher und Schriften gelesen, die er in die Hände bekommen konnte, so manch einen bitter ersparten Shilling dafür ausgegeben, für Werke in Geographie, Astronomie, Geschichte, Arithmetik, Geometrie, ganze Nächte hatte er sich damit um die Ohren geschlagen, die Zähne zusammengebissen, wenn ihn die Müdigkeit in den frühen Morgenstunden zu übermannen drohte, den Spott und die Hänseleien der anderen Seeleute überhört oder mit einem bissigen Kommentar zum Schweigen gebracht, wenn er es wieder einmal vorzog, seinen Sold zu einem der Buchhändler von St. Martin's zu tragen, anstatt ihn in einem der Inns oder Freudenhäuser der High Street von Wapping sogleich wieder auf den Kopf zu hauen. Doch es hatte sich gelohnt – er hatte es hierher geschafft, auf den zweithöchsten Rang dieser Reise, aus eigener Kraft, und wenn er auch noch nicht am Ziel war, so hatte er dennoch etwas, auf das er mit Stolz blicken konnte, mit mehr und berechtigterem Stolz als ein Joseph Banks, mochte dieser auch von einer Glück bringenden Fee alles Notwendige in seine Wiege gelegt bekommen haben – mochte dieser auch noch Miss Addison zu seinen Besitztümern hinzufügen und sie auf seinem pompösen Landsitz einsperren! An seinen Voraussetzungen gemessen, hatte Hicks tausendmal mehr erreicht, als es Joseph Banks je würde, und dieser Gedanke ließ ihn mit einem Gefühl bittersüßer Befriedigung zurück.

Er löschte das Licht seiner Laterne und war bald in einen unruhigen, fieberschweren Schlaf gefallen.

# 17

Nicholas Young seufzte tief auf und zog kritisch seine sommersprossige Stupsnase kraus. Vier Glasen schon hielt er hier oben im Krähennest des Toppmastes Wache, doch außer der endlosen Fläche sanft gekräuselten Ozeans, hellblau schimmernd im sanften Licht der Sonne, und der kreisrunden Linie des Horizonts, die sich um ihn und den Rumpf des Schiffs zog, gab es nichts zu sehen. Hin und wieder überquerte ein plumper brauner Vogel das Stück Himmel über ihm und verschwand wieder in der Bläue, mit sich sein Geheimnis nehmend, woher er kam und wohin es ihn zog.

Gestern war die Wassertiefe noch mit hundertachtzig Faden ohne Grund ausgelotet worden, und es schien unwahrscheinlich, dass in den nächsten Tagen doch noch Land zu entdecken war. Ungeachtet des unglücklichen Todes von John Reading, der sich mit drei Pint Rum in eine Besinnungslosigkeit hinein getrunken hatte, aus der er nicht mehr erwacht war, hatte der Captain eine Gallone Rum darauf ausgesetzt, Land zu entdecken, dazu noch das Versprechen, dass der betreffende Teil der Küste den Namen desjenigen erhielt, der ihn zuerst sichtete. Auf die Gallone Rum konnte Young Nick, wie er von allen genannt wurde, gut verzichten – er würde sicher ohnehin eine schallende, nichtsdestoweniger wohlgesonnene Ohrfeige von Wilkinson erhalten, wenn er davon zu trinken versuchte, mit der Begründung, mit seinen zwölfeinhalb Jahren sei er noch viel zu jung, um etwas Stärkeres als mit Wasser verdünntes Ale zu trinken. Aber einen Teil, und sei es auch nur ein winziger Landstrich, von einem neuen Kontinent nach sich benannt zu wissen – das war schon was! Wilkinson wäre sicher mächtig stolz auf ihn …

Er bewunderte Wilkinson für die Macht und die Autorität, die er in seiner Position als Bindeglied zwischen dem Achter- und dem Quarterdeck hatte – keiner der Männer wagte es, sich seinen Befehlen zu widersetzen, jeder achtete und schätzte ihn zugleich, denn er nutzte seine Macht nie zu seinen Gunsten aus und war immer zu einem Spaß aufgelegt. Nick bewunderte den Captain über alle

Maßen, wie sie es alle taten, aber er flößte ihm immer einen Heidenrespekt ein, mit seiner Ehrfurcht gebietenden Gestalt und in seiner Uniform mit den in der Sonne blinkenden Goldknöpfen, über die Young Nick kaum die Augen zu heben wagte. Er war jedes Mal erleichtert, wenn der Captain ihm nicht mehr Aufmerksamkeit schenkte als einen leichten Klaps auf die schmale Schulter und dann weiterschritt.

Wilkinson hatte sich für ihn eingesetzt, als der Captain ihn bei der Musterung als zu schmächtig und vor allem zu jung für diese Reise ablehnte. Es sei Tradition, immer einen Benjamin an Bord zu haben, der im Notfall Arbeiten ausführen könnte, für die die anderen Seeleute zu groß und zu schwerfällig wären, hatte Wilkinson argumentiert. Und außerdem sei der arme Junge mutter- und vaterlos – was nicht ganz stimmte. Aber sein Vater kümmerte sich nicht um ihn, wenn er nicht gerade sturzbetrunken war und ihn dann grün und blau schlug. Seine Mutter hingegen war tatsächlich wie ein bleicher Schatten hustend und Blut spuckend durch die feuchte, verrußte Kammer geschlichen, bis sie sich eines Tages nicht mehr von der verschlissenen Strohmatratze erhob. Da sei der Junge doch besser auf dem Schiff aufgehoben, wo er nicht verhungere und wenigstens noch etwas anderes lernen könnte, als lange Finger zu machen, meinte Wilkinson. Eine bestechende Logik, der sich Cook keineswegs entziehen konnte, und so ließ er schließlich mit einem knappen Kopfnicken einen großen Traum für den kleinen Nick wahr werden: an Bord eines dieser mächtigen Segler ganz weit weg – weg vom Schmutz und Gestank des muffigen Kellerlochs, weg von Prügeln und dem ständig nagenden Gefühl des Hungers, so weit weg vom Elend und der Not, wie es nur ging – bis an das Ende der Welt. Und was er bisher davon gesehen hatte, war schöner, als er es sich je erträumt hatte.

Wohlig aufseufzend lehnte er sich mit verschränkten Armen über den Rand des geflochtenen Korbs, der das Krähennest umgab, und ließ den milden Wind sein braunes Haar aus der Stirn wehen. Gekonnt, wie ein alter Seebär, kniff er seine Augen zu schmalen Schlitzen zusammen und ließ sie über die ganze Breite des Horizonts wandern. Ganz genau betrachtete er die feine Linie des Horizonts, an der Meer und Himmel zusammentrafen.

Er erstarrte. Der Horizont schien an einer Stelle eine Verdickung aufzuweisen, als hätte der himmlische Maler die gezogene Linie korrigieren wollen und noch einmal einen kurzen Pinselstrich darübergesetzt. Ohne den Blick von diesem Punkt abzuwenden, aus Angst, ihn aus den Augen zu verlieren und ihn dann nicht wieder zu finden, tastete er nach dem kleinen Fernrohr, das er oben im Krähennest hatte.

Näher herangeholt, blieb diese Verdickung, sah aus, als stünde sie mitten im Ozean, der Brandung trotzend und von vielen, vielen Meilen Land im Rücken gestützt. Nick zögerte. Schrie er los und es erwies sich als Fehlalarm, würde er sich die nächsten Tage Wilkinson nicht unter die Augen trauen – schrie er nicht und jemand anders entdeckte das Land, obwohl er hier oben die beste Aussicht hatte, dann bräuchte er nie wieder auch nur in Wilkinsons Nähe zu kommen.

Er holte tief Luft und beugte sich dann weit über den Rand des Krähennestes. «Land in Sicht! Laaand! Land in Sicht!»

«Du bist wirklich ein Goldjunge.» Wilkinson fasste Young Nick unter den Achseln, stemmte den schmächtigen Jungen hoch über seinen Kopf und strahlte ihn von unten herauf aus seinem sonnengegerbten Gesicht an. «Ich bin mächtig stolz auf dich, Nick!» Mit Schwung setzte er ihn wieder auf den groben Planken des Unterdecks ab und klopfte ihm mit einer seiner mächtigen Tatzen heftig auf die Schulter. Nicks Wangen leuchteten hochrot vor Stolz und Freude, und noch immer fühlte er sich schwindlig vor Glück.

Wilkinson griff zu seinem schweren irdenen Krug. «Auf das Wohl von Young Nick», rief er den Männern an dem langen, schmalen Tisch im Unterdeck zu, die ebenfalls ihre Krüge erhoben und gerne auf das Wohl des Schiffsjungen tranken, nicht nur, weil sein Anblick sie oft genug an ihre eigenen Anfänge als Jüngster und Kleinster der Mannschaft erinnerte, sondern auch, weil jede Gelegenheit, auf das Wohl irgendjemandes oder von irgendetwas zu trinken, genutzt sein wollte.

Obwohl Francis Wilkinson, kantig und herb wie seine walisische Heimat, für einen Seemann noch recht jung an Jahren war – kaum über dreißig – und noch eine viel versprechende Laufbahn vor sich hatte, sehnte er sich danach, seinen Abschied von der Seefahrt zu nehmen. Er war des Herumziehens müde, nach zwei Jahrzehnten, die er fast ausschließlich auf den Decks großer und kleiner Schiffe verbracht hatte, Fregatten, Dreimaster, Schoner, auf denen er am Krieg gegen Frankreich teilgenommen hatte, Amerika, Afrika und, zusammen mit Gore und Pickersgill, an Bord der *Dolphin* schon einmal den Pazifik bereist hatte. Er sehnte sich danach, den Rest seines Lebens an einem einzigen Ort zu verbringen, von dem man ihn eines Tages nur noch auf den Gottesacker bringen würde, nach Ruhe und Frieden und einer eigenen Familie. Vielleicht hatte er den Jungen deshalb so sehr in sein Herz geschlossen – immer wenn er ihm so zusah wie in diesem Augenblick, stellte er sich vor, wie es wäre, einen eigenen Sohn zu haben, einen wie Young Nick, mit dem er am Fluss fischen gehen würde und ihm das Schnitzen beibringen könnte, vielleicht noch ein oder zwei kleine Töchter, die er abends vor dem Feuer auf den Knien schaukeln würde, vor seinem eigenen Feuer, in seinem eigenen Häuschen, umgeben von einem Stück eigenen Landes, auf dem alles wuchs, was er und seine Familie zum Leben brauchten. Vielleicht würde er sich noch ein Schwein anschaffen oder ein paar Schafe ...

Während er so vor sich hin sann, flüsterten die beiden Midshipmen Saunders und Bootie in einer dunkleren Ecke des Unterdecks miteinander. Ihrem Rang nach ohnehin weder Fisch noch Fleisch, weder gänzlich dem Vorder- noch dem Achterdeck zugehörig, fühlten sie sich an manchen Tagen hier unten besser aufgehoben als unter den allzeit gestrengen Augen des Captains und der Offiziere in der Messe.

«Los, geh rüber und frag ihn!», zischte Saunders über den Rand seines Alekrugs hinweg dem anderen Midshipman zu.

Bootie zog erstaunt die Augenbrauen hoch. «Weshalb ich? Du bist doch so scharf auf das Zeug ...»

«Du etwa nicht? Stell dich nur nicht so an, Mann – ich weiß doch genau, dass du einem kräftigen Schluck auch nicht abgeneigt bist, besonders wenn du wieder mal den Moralischen hast!»

«Du hast leicht reden – du bist ja auch nicht von deinem Alten aufs Schiff geprügelt worden!», fauchte Bootie sein Gegenüber an.

«Nee, aber ich wäre auch lieber an der Stelle meines gottverdammten Bruders, Herr über dreihundertfünfzig Schafe mit einer trockenen Schlafstube und einer willigen Magd!»

Einen Augenblick lang sahen sich die beiden in gegenseitigem Verständnis an. Bootie presste die Lippen zusammen und dachte kurz nach.

«Was mach ich, wenn Wilkinson sich einmischt? Du weißt ja wohl auch, dass er mit Argusaugen über den Kleinen wacht!»

«Das lass mal meine Sorge sein – kümmer du dich darum, dass du dem Jungen das Zeug abgeluchst bekommst!», gab sich Saunders unbesorgt.

Seufzend gab sich Bootie einen Ruck. «Gut, ich versuch's.»

Seinen Krug in der Hand, quetschte er sich neben Nicks schmächtige Gestalt auf die schmale Holzbank. «Na, Nick», begann er, «wie fühlt man sich so als großer Entdecker?»

«Klasse», nuschelte der Junge mit vollem Mund, die letzten Bissen eines Schmalzbrotes kauend und den Midshipman aus großen Augen anstarrend – außer Pickersgill und Clerke, die immer ein liebevoll neckendes Wort für ihn übrig hatten, hatten die übrigen Midshipmen sich bisher keinen Deut um ihn geschert.

«Ist sicher ein großartiges Gefühl, hm?», tastete sich Bootie weiter heran.

«Mhm», nickte Nick und wischte sich mit dem Handrücken die Schmalzspuren von den Wangen.

«Und nun bist du ja auch richtig reich – mit einer Gallone Rum im Gepäck.»

In dem schummrigen Licht, das die zwei Laternen, die von den Deckenbalken herabhingen, in den Raum schickten, entging ihm das listige Aufblitzen in Nicks braunen Kinderaugen. Nick war zwar jung, aber er war in seinem kurzen Erdendasein schon durch eine harte Schule gegangen, und die Lektionen, die er gelernt hatte, hatten sich ihm unauslöschlich ins Gedächtnis gebrannt.

«Weißt du schon, was du damit machen wirst?» Bootie stellte seinen Krug ab und ließ einen Ellbogen auf der Tischplatte ruhen.

Nick hob seine schmalen Schultern und ließ sie wieder fallen. «Weiß noch nicht – zum Selbertrinken bin ich wohl noch nicht alt genug.»

Bootie nickte und gab sich weise. «Sehr richtig – das hat noch ein paar Jahre Zeit. Aber so lange wirst du ihn wohl nicht aufheben können, oder?»

Nick schüttelte den Kopf und platzte innerlich vor Lachen – nie hätte er gedacht, dass ein Midshipman, der doch sicher ganz schön klug sein musste, um einen solch hohen Rang innezuhaben, sich so dumm anstellen könnte!

«Wenn du doch selber nichts damit anfangen kannst – warum gibst du ihn dann nicht einfach her? Du brauchst dich nicht darum zu kümmern, dir keine Sorgen zu machen, dass er dir vielleicht sogar gestohlen wird, und du machst anderen damit noch eine Freude!» Bootie verschränkte die Arme und lehnte sich befriedigt zurück. Clever, dachte er, das kann er wohl kaum ausschlagen!

Nick tat so, als denke er über Booties Vorschlag nach.

«Ich weiß nicht so recht», begann er zögerlich, «weiß nich, ob ich das darf...» Treuherzig sah er zu Bootie empor.

«Aber warum denn nicht, Nick – schließlich hast du dir das doch redlich verdient – und nun gehört er dir auch. Und wenn dir was gehört, dann darfst du damit machen, was du willst!»

Der Junge nickte und grübelte scheinbar über diese Argumentation nach. «Gut, einverstanden –», begann er nach einer kleinen Pause.

Bootie grinste siegesgewiss zu Saunders hinüber.

«– für drei Guineas gebe ich ihn her!»

Bootie glaubte, nicht richtig gehört zu haben. «Drei Guineas?» Sein üblicher Sold als Midshipman der *Royal Navy* betrug selten mehr als ein Pfund und vier Shilling im Monat, folglich mehr als dreimal weniger als das, was Nick forderte.

«Drei Guineas für die ganze Gallone – das ist doch ein gerechter Preis», bekräftigte Young Nick mit der Miene eines erfahrenen Geschäftsmanns.

Wie Gewitterwolken zogen sich Booties Augenbrauen zusammen. «Drei Guineas – du hast wohl zu lange in der Sonne gesessen! Ich lass mich doch von einem dahergelaufenen Schiffsjungen wie dir nicht über den Tisch ziehen!»

Zornesrot im Gesicht holte Bootie aus, um Nick eine kräftige Backpfeife zu verpassen, doch der duckte sich rasch mit einem breiten Grinsen und verschwand unter dem Tisch.

«Macht man das neuerdings als Midshipman – Schiffsjungs um ihren Lohn bringen?» Drohend hatte sich Wilkinson in seiner ganzen Größe und muskulösen Breite vor Bootie aufgebaut.

«Ich kann es nicht mitansehn, wie ihr euch an Schwächeren vergreift, du und dein sauberer Kumpan», wetterte er mit einem Seitenblick auf Saunders, bevor er Bootie kurzerhand an der Schulter packte und ihn wütend von der Bank zerrte. «Macht, dass ihr hier rauskommt, alle beide, und lasst euch die nächsten Tage hier unten nicht mehr sehen, wenn ihr nicht im Dienst seid», drohte er lautstark und schubste Bootie in Richtung Leiter.

«Mach mal halblang, Wilkinson, du vergisst, dass wir immerhin Midshipmen sind –», mischte sich Saunders zornig ein, wurde aber sogleich heftig unterbrochen.

«– und als solche solltet ihr Besseres wissen, als so krumme Dinger zu drehen! Ihr mögt ja achtern was zu sagen haben, aber hier vorne, da bestimme immer noch ich!», tobte der Waliser. «Und nun raus mit euch, bevor ich ernstlich böse werde!»

Am selben Abend tat Midshipman John Bootie auf Seite einhundertvierunddreißig seines Notizbuches, ganz unten, kund: *Schlechter Umgang verdirbt gute Manieren – N. Young ist ein Scheißkerl!*

## 18

Der flackernde Lichtschein der Laterne ließ dunkle Schatten über die Wände der drangvoll engen Kabine huschen, in der sich kaum ein freies Fleckchen entdecken ließ. Der Raum quoll über von schiefen Bücherstapeln, Stößen dicht beschriebener Papierbögen, unzähligen Fläschchen, Phiolen, Dosen, Büchsen, Gläsern, mit weißen, schwarz umrandeten Etiketten versehen und kleinen, runden, ordentlichen Buchstaben beschriftet. Glänzend polierte Instrumente – diverse scharf geschliffene Messer, die größten davon meist für Amputationen benutzt, gebogene Nadeln in allen Größen, Schienen verschiedener Längen und Breiten, Klammern zum Auseinanderhalten von Gewebeteilen, gläserne Schröpfköpfe – lagen ausgebreitet auf ordentlich zusammengelegten Tüchern oder blinkten ganz unvermutet irgendwo einzeln auf.

Für einen Außenstehenden mochte in der Kabine ein heilloses Durcheinander herrschen, aber für William Brougham Monkhouse hatte dieses Chaos System, und er konnte blind in die Unordnung hineingreifen, um auf Anhieb zu finden, wonach er gerade suchte. Vielleicht, so hatte er selbst oft spekuliert, brauchte er dieses Tohuwabohu als Gegengewicht zu seinem analytisch und systematisch arbeitenden Verstand. Wundarzt zu werden, war nicht sein Wunschtraum gewesen – viel lieber hätte er an einem der angesehenen Colleges studiert und sein Leben als Gelehrter verbracht, mit der Erforschung der Welt und dem, was sie zusammenhielt, doch die finanziellen Mittel, die ihm zur Verfügung standen, waren mehr als begrenzt, und so konnte er sich glücklich schätzen, zum örtlichen Wundarzt in Penrith in die Lehre geschickt zu werden. Dort lernte er, Masern von Windpocken zu unterscheiden, Zähne zu ziehen, Brüche einzurichten, Aderlässe auszuführen und offene Wunden zu vernähen. Alles Weitere, was ein Arzt zu können hatte, lernte er aus Büchern und in der täglichen Praxis.

Er liebte seinen Beruf, doch noch mehr liebte er es, Entdeckungen zu machen, sich ganz als Forscher und Gelehrter zu fühlen, als hätte auch er die Mittel eines Joseph Banks besessen, um sein Erdendasein ganz auf diesen Zweck auszurichten. Deshalb zog er es vor, seinen Beruf an Bord eines Expeditionsschiffes auszuüben; dies ermöglichte ihm, weit entfernte, fremde Landstriche zu bereisen, deren Völker, Pflanzen- und Tierwelt kennen zu lernen, Stück für Stück sein Wissen über diese Welt zu vergrößern.

Bisher konnte er mit dem Verlauf der Reise mehr als zufrieden sein – kaum Krankheitsfälle, und durch den Verzehr von Sauerkraut und Zitronensaft war der sonst so gefürchtete Skorbut gar nicht erst aufgetreten. Es war bekannt, dass diese scheußliche Krankheit, diese Geißel der Seefahrt, zu deren Symptomen starke Blutungen des Zahnfleisches, eine lähmende Mattigkeit und allmählicher Muskelschwund gehörten und die schließlich zum Tode führte, auf Mängel in der Ernährung zurückzuführen war, und rein instinktiv wurden immer frische Früchte und frisches Gemüse als Mittel dagegen empfohlen. Doch woher diese nehmen, wenn die Besatzung monatelang auf See war, weitab jeglicher fruchtbarer Küste?

Die Admiralität hatte in einer experimentierfreudigen Laune entschieden, die Lagerräume der *Endeavour* mit zusätzlichem Proviant zu füllen, der Abhilfe versprach: unzählige Fässer Sauerkraut – nach deutschem Rezept vergorener Weißkohl, der, je nach Empfindlichkeit des jeweiligen Gaumens, säuerlich bis schweflig schmeckte, aber nach einer gewissen Zeit der Gewöhnung durchaus eine Abwechslung auf dem Speisezettel bedeutete, wie Monkhouse fand; darüber hinaus eintausend Pfund «transportierbare Suppe», kleine, runde Taler aus Stärke und Fleischbrühe, die in heißem Wasser zu einer veritablen Bouillon aufgelöst wurden und so dem Hafer und den Erbsen an den fleischlosen Tagen Montag, Mittwoch und Freitag einen Hauch von Geschmack verliehen. Ebenso sollten stark gezuckerter Sirup wie auch ein Absud von Malz das Auftreten dieser Krankheit verhindern. Doch Monkhouse schwor auf den Saft von Zitronen, auch auf den von Orangen, sofern vorhanden, der sich aber nicht lange aufbewahren ließ, ohne brackig zu schmecken und dann Durchfall zu verursachen.

Allein der Erste Offizier machte ihm Sorgen. Natürlich waren sie beide sich einig gewesen, dass es sich nicht nur um eine Erkältung handelte – und genauso waren sie sich darüber einig, dass Hicks in seiner Position unabkömmlich war. Er hatte seine Zustimmung dazu gegeben, dass Lieutenant Hicks auch weiter seiner Arbeit auf dem Schiff nachging; starrsinnig, wie Monkhouse ihn einschätzte, hätte er sich von ihm ohnehin nicht zu Bettruhe verdonnern lassen. Das Einzige, was er ihm raten konnte, war, genug zu essen, genug zu schlafen und sich ansonsten möglichst warm zu halten, was ihm selbst angesichts der zugigen, feuchten Luft auf diesem Schiff wie Spott in den Ohren klang.

Doch heute Abend wusste er nicht, was ihn mehr bedrückte – die Sorgen um den Gesundheitszustand des Ersten Offiziers oder die Geschehnisse der letzten Tage, seit die *Endeavour* in der hufeisenförmigen Bucht angelegt hatte, die der Captain in einem Anflug von Galgenhumor *Poverty Bay*, Bucht der Armut, getauft hatte, weil sie, wie er es begründete, ihnen nichts von dem hatte bieten können, worauf sie gehofft hatten.

Seufzend zog er sein schweres, an manchen Stellen eselsohriges Tagebuch heran, in dem er alles festhielt, so exakt, wie es ihm möglich war, und begann darin zu blättern.

*1769, 6. Oktober – 8. Oktober. Poverty Bay.*
*Am sechsten Oktober 1769 erreichte das Schiff* Endeavour *Neu-Seeland … Am Abend besuchte eine Abordnung die nördliche Küste, wo vom Schiff aus ein Fluss entdeckt wurde, der in die Bucht hineinströmt. Keine Bewohner waren zu sehen. – Die Pinasse wurde an der Mündung des Flusses zurückgelassen … Wir erforschten die Nachbarschaft und fanden auch gleich einige Hütten mit deutlichen Zeichen, dass die Eingeborenen sie eben erst verlassen hatten. Diese Hütten waren sehr niedrig, die Wände aus Schilf, und mit einer Art Binsen und dickem Gras gedeckt …*

*Angrenzend an diese Hütten stand der verkohlte Stumpf eines Baumes, auf den ein Stück weißen Bimssteins gestellt war, der die sehr grobe Gestalt einer menschlichen Figur hatte – es benötigte einige Hilfe der Vorstellungskraft, um die Absicht des Künstlers zu erkennen. Unsere ersten Überlegungen führten uns zu der Schlussfolgerung, dass dieses Objekt religiöser Natur war, und so wurde es mit großer Achtsamkeit wieder zurückgestellt und mit ein paar Perlen und Nägeln geschmückt …*

Ein Schuss, der von der Flussmündung zu ihnen herüberdrang, hatte sie aufgeschreckt, und an den Landungsplatz zurückgekehrt, erzählten die dort gebliebenen Matrosen von mit Speeren bewaffneten Eingeborenen, die plötzlich auf sie zugekommen waren. Der Bootsführer hatte die Nerven verloren, seine Muskete abgefeuert und einen der Eingeborenen tödlich verwundet.

*Nachdem wir diese Geschichte gehört hatten, folgten wir der Blutspur und fanden die Leiche. Es war ein kurzer, aber sehr kräftig gebauter Mann – etwa fünf Fuß drei Zoll groß. Auf seiner rechten Wange und seiner Nase waren Spiralen und Punkte in die Haut* tattauiert *– er hatte drei gebogene* Tattaus *über seinem linken Auge, von der Nasenwurzel ausgehend bis zu der Schläfe … Dieses war eine außerordentlich neue und einzigartige Erscheinung und sollte anscheinend seinem Gesicht* *einen Ausdruck von Wildheit verleihen. Sein Haar, dick und schwarz, war auf dem höchsten Punkt seines Kopfes zusammengebunden. Seine Zähne waren gleichmäßig und klein, aber kein bisschen weiß. Seine Gesichtszüge waren grob, aber gut proportioniert, seine Nase gut geformt, seine Ohrläppchen durchbohrt, sein Bart kurz ... Die Kugel drang auf Höhe der sechsten Rippe links in den Körper ein und verließ ihn durch das rechte Schulterblatt. Einige Perlen und Nägel wurden auf den Körper gelegt, und wir verließen ihn in Richtung Strand.*

Monkhouse griff zu dem zinnernen Becher, der gefährlich schräg auf einem Stapel verschiedener, schon recht abgegriffener Pflanzenbestimmungsbücher stand, und genehmigte sich einen tiefen Schluck des süßen Portweins – wie immer aus rein medizinischen Gründen –, bevor er umblätterte und weiterlas, sich die Ereignisse der folgenden Tage noch einmal ins Gedächtnis rief. Zwar hatte er alles detailliert niedergeschrieben, doch er wusste, er würde auch so nie das Handgemenge vergessen, das bei ihrem nächsten Erkundungsversuch an Land entstand, als Mr. Green von einem der Eingeborenen bestohlen wurde – und wieder wurden Musketen abgefeuert, ein Mann getötet, mehrere verwundet. Er blätterte weiter: ein Zwischenfall mit den Eingeborenen nach dem anderen, immer beendet von Schüssen aus den Musketen, immer kostete es Menschenleben.

Sie segelten weiter, in Richtung Süden, in der Hoffnung, dort freundlichere Aufnahme zu finden, doch vergebens. Eines Tages versuchten die Eingeborenen sogar, Taiata, Tupias Diener, zu entführen, der mit knapper Not gerettet werden konnte. Wieder erhielt ein Punkt auf der Landkarte, die man eben erst zu zeichnen begonnen hatte, einen aus bitterem Galgenhumor heraus geborenen Namen: *Cape Kidnappers.*

Ein leises Klopfen an der Tür ließ ihn aus seinen Gedanken auffahren. «Herein», brummte er, vorsichtshalber ungehalten, um mögliche Störenfriede gleich wissen zu lassen, dass sie bei ihm in keinster Weise willkommen waren. «Sie sind's, Perry», kommentierte er – beinahe enttäuscht, dass sich kein Grund bot, ein Donnerwetter vom Stapel zu lassen – das Eintreten seines Assistenten, wie er ihn zu bezeichnen pflegte, was als Titel eindeutig professioneller klang als der sonst übliche Gehilfe, wie er fand.

«Guten Abend. Ich hoffe, ich störe Sie nicht.»

Der Schiffsarzt brummte etwas in seinen Bart, was aber nicht allzu unfreundlich klang. Doch selbst wenn, hätte es Perry nicht vertrieben, denn dieser hatte längst bemerkt, dass Monkhouse hinter seiner rauen, stacheligen Schale einen weichen, umgänglichen, fast schon herzlichen Kern besaß.

Monkhouse sah schweigend zu, wie Perry, als sei es die natürlichste Sache der Welt, einen gigantischen Stoß Papierbögen auf dem niedrigen Schreibtisch beiseite schob und sich auf den frei gewordenen Fleck setzte, seine kräftigen Beine von sich streckend.

Minutenlang herrschte eine beklemmende Stille in dem Raum, noch betont durch das monotone, überlaute Ticken von Monkhouse' Taschenuhr und das leise Klopfen der Wellen an den Schiffskörper.

«Nun?», durchbrach der Arzt die Stille und schlug sein Tagebuch zu.

Perry zuckte mit einer seiner breiten Schultern. «Verdammt schlechte Stimmung in der Messe. Ich musste dort raus.» Er deutete auf das Tagebuch des Arztes. «Wie ich sehe, haben auch Sie in ruhmreichen Erinnerungen geschwelgt.»

Monkhouse schwieg und betrachtete seine dicken Finger, die den zerschrammten Band aus dunkelbraunem Leder umfasst hielten. «Mir scheint», begann er endlich, «dieses Land zeigt sich uns nicht von seiner freundlichsten Seite. Als seien wir hier nicht willkommen.»

«Es scheint so», stimmte Perry zu und betrachtete nachdenklich den schlichten braunen Stoff seiner Kniehosen, seine Arme über der Brust verschränkt.

Monkhouse mochte diesen jungen Mann, der nie ein Wort zu viel sprach, als hätte er Angst, es zu verschwenden. Selten hatte er einen Mann erlebt, der, gerade mündig geworden, schon so schweigsam und nachdenklich war. Perry war außergewöhnlich groß von Gestalt, wohl der größte Mann an Bord, kräftig und muskulös, dabei aber langsam in seinen Bewegungen, ohne träge zu wirken. Es war eher eine Art innerer Ruhe und Behutsamkeit, die er ausstrahlte, als würdigte er alles, was ihn umgab, mit einer beinahe religiösen Feierlichkeit. Sein schwarzes Haar legte sich glatt und glänzend wie das Gefieder eines Raben zu einem kurzen Zopf, und seine dunklen Augen vermittelten Ruhe und das Gefühl, in einen tiefen, unbewegten Teich zu blicken.

Er stammte aus Chiswick, einem kleinen, idyllischen Dorf westlich von London, wo sein Vater mit dem Verkauf von Bauland für die noble Gesellschaft Geld gemacht hatte und sich deshalb erlauben konnte, seinem einzigen Sohn seinen Segen zu erteilen, als dieser ihn um die Erlaubnis bat, eine Laufbahn als Wundarzt einzuschlagen. Denn Arzt zu werden, Menschen zu heilen, das war der geheime Traum des schweigsamen, ernsten William, seit er denken konnte. Und der Wunsch, sein erworbenes Wissen mit dem lockenden Abenteuer verbinden zu können, das auch das schwere Blut eines William Perry nicht ungerührt ließ, hatte ihn in die Docks von London gezogen und an Bord der *Endeavour* anheuern lassen.

«Nun, wer weiß, ob wir nicht doch noch auf friedliche Stämme stoßen werden», seufzte Monkhouse schließlich auf, aber seinen Worten fehlte jede Überzeugungskraft.

Perry sah seinen Meister direkt an. «Selbst wenn nicht – ich schäme mich für das, was geschehen ist.»

Die beiden sahen sich lange an; dann klopfte Monkhouse Perry leicht auf den Arm, seufzte erneut tief auf und kramte hinter diversen Bücherstapeln einen Krug und einen zweiten Becher hervor. «Dennoch – es ist geschehen, und wir werden es nicht wieder rückgängig machen können.»

Perry sah ihm zu, wie er den zweiten Becher mit der granatroten Flüssigkeit füllte und sich selbst ebenfalls nachgoss. Er nahm den Becher mit einem leichten Kopfnicken entgegen. «Gerade das macht mir zu schaffen.»

*9. Oktober*

*… So endete der unangenehmste Tag, den mein Leben bisher zu Gesicht bekam; schwarz sollte er gekennzeichnet werden, und der Himmel gebe, dass ein solcher nicht noch einmal vorkommen und alle künftigen Betrachtungen dieser Reise ins Negative verfälschen wird.*

Joseph Banks schob sein Tagebuch von sich und lehnte sich in seinem Stuhl zurück. So euphorisch hatten sie diesen so lange ersehnten Kontinent betreten, und so bitter waren ihre Erfahrungen, die sie an seinen Gestaden machen mussten. Hätten sich die Opfer vermeiden lassen? Auf diese Frage fand er keine Antwort, sooft er sie sich auch durch den Kopf gehen ließ.

Er sah zu Pickersgill hinüber, der gedankenverloren mit seinem Stechzirkel spielte und dabei geistesabwesend auf die Karte starrte, die er zu zeichnen begonnen und in großen, klaren und dezent ausgeschmückten Lettern *Karte eines Teils des Südlichen Kontinentes* überschrieben hatte, dann zu Cook, der ebenfalls in seinem Logbuch blätterte. Banks fragte sich, was wohl in ihm vorgehen mochte – wie er die deprimierenden Ereignisse der vergangenen Tage festgehalten hatte, ob er versucht hatte, ihr Verhalten zu rechtfertigen, in dem wichtigsten Dokument, das sie an Bord hatten, dem Logbuch des Schiffes. Cooks wettergegerbtes Gesicht verriet ihm nichts darüber.

*Dienstag, 10. Oktober*
*... noch im gleichen Augenblick ergriffen sie ihre Waffen und was sie noch im Boot hatten und begannen, uns anzugreifen. Dies zwang uns, auf sie zu schießen, und unglücklicherweise wurden zwei oder drei getötet und einer verwundet ...*

*Ich bin mir bewusst, dass die meisten Menschen, die solche Dinge nicht erfahren haben, meine Entscheidung, auf sie schießen zu lassen, tadeln werden, noch denke ich selbst, dass der Grund, den ich dafür hatte, sie ergreifen zu wollen, mich in irgendeiner Weise rechtfertigt, und wenn ich geglaubt hätte, dass sie den geringsten Widerstand leisten würden, wäre ich ihnen nicht nahe gekommen, aber so wie sie handelten, konnte ich nicht stehen bleiben und zusehen, wie entweder mir selbst oder denen, die mich begleiteten, der Schädel eingeschlagen wurde.*

Cook atmete tief ein. Bisher war diese Reise so erfolgreich verlaufen, und nun schien es, als hätten sie einen Klabautermann an Bord, der ihnen nichts als Unglück brachte. Sie hatten zwar Land entdeckt, aber weitab von der Position, die der berühmte Geograph Dalrymple errechnet hatte. Cook konnte sich bereits lebhaft ausmalen, wie ihm nach ihrer Rückkehr vorgeworfen würde, er sei einfach unfähig gewesen, die errechneten Positionen anzulaufen – und Dalrymples Meinung wog schwer in den Kreisen, die sich der Geographie, der Schifffahrt und der Navigation widmeten. So hatte er gehofft, zumindest mit dem entdeckten Land selbst mehr Glück zu haben, doch hier wurde er aufs Bitterste enttäuscht. Nichts hatten sie erreicht bisher, gar nichts, all die Meilen, die sie nach Süden gesegelt waren, die wilde Küste entlang, so dass er am Siebzehnten beschlossen hatte umzudrehen, am danach benannten *Cape Turnagain*, Kap der Umkehr, in der Hoffnung, dass Fortuna ihnen weiter nördlich mehr Gunst schenken würde.

Die Zeit drängte. Durch die Händel mit den Eingeborenen hatte es keine Gelegenheit gegeben, weiter ins Land vorzudringen, von der ungeheuren Gefahr einmal abgesehen, die ihnen dort aller Wahrscheinlichkeit nach gedroht hätte, und am Strand gab es kein Süßwasser – das Trinkwasser, das sie von Tahiti mitgenommen hatten, wurde allmählich knapp; die Fässer mussten dringend aufgefüllt werden. Aber wo? Er wusste, er durfte sich nicht mit Schuldgefühlen belasten, er musste sich auf andere Dinge konzentrieren, aber am späten Abend, wenn es still und dunkel war, so wie jetzt, ließen sie sich nicht mehr abwehren, die kleinen Dämonen, die ihm zuflüsterten, er habe verantwortungslos gehandelt, sich als der rücksichtslose Eroberer gezeigt, der er doch niemals sein wollte. Er wollte doch nur die weißen Flecken des Globus erhellen, zum Stolz seiner Nation und ihres Königs – nicht mehr.

Er gab sich einen Ruck und ergriff seine Feder.

*Freitag, 20. Oktober*
*Diese Bucht ist weniger geschützt vor der See, als ich zuerst gedacht habe, aber da die Eingeborenen, von denen viele in ihren Kanus zu uns kamen, von freundlicher Disposition zu sein schienen, bin ich gewillt zu versuchen, ob wir nicht ein wenig Wasser an Bord nehmen und uns ein wenig in der Natur des Landes umsehen können, bevor wir weiter nordwärts segeln.*

Er setzte die Feder ab. Lass uns nicht noch mehr Blut vergießen, schickte er ein Stoßgebet zum Himmel, lass diese Reise friedlich weitergehen.

# 19

*Samstag, 21. Oktober*
*Am Abend ließ der Regen nach; wir landeten und fanden zwei Quellen mit Trinkwasser und alle Eingeborenen sehr freundlich und friedlich, worauf ich entschied, zumindest einen weiteren Tag hier zu verweilen, um Wasser aufzunehmen und Mr. Banks die Gelegenheit zu geben, ein wenig von den Erzeugnissen des Landes zu sammeln.*

«Lassen Sie die Pinasse abfieren, Wilkinson!»

Langsam wurde das große Beiboot an dicken Tauen auf das Wasser hinabgelassen, das in der Bucht fast unbewegt dalag, beinahe ebenso glatt wie ein Spiegel und von ähnlich klarblauer Farbe.

Brittany folgte dem Boot mit den Augen, wie es sich immer weiter vom Deck entfernte, und verspürte eine gewisse Traurigkeit. Nach den langen Wochen auf See, zur Untätigkeit und beinah vollständigen Bewegungslosigkeit verdammt, sehnte sie sich danach, wieder Landluft einzuatmen, ihre Muskeln wieder zu gebrauchen, ihren gesamten Körper deutlich zu spüren. Aber kein Wort war gefallen, das ihr hätte Hoffnung darauf geben können, und mittlerweile wagte sie es nicht mehr, den Captain um Erlaubnis zu bitten, nach den unzähligen Malen, die er ihre Bitte abgeschlagen hatte – nicht unbegründet, wie sie widerwillig zugeben musste. Sie wusste, dass dieses Land voller Gefahren steckte, hatte die Aggressivität der Maori, wie sich die Bewohner selbst nannten, mit eigenen Augen gesehen, hatte gesehen, wie die Engländer sie mit gleichen Mitteln vergalten, und nie hatte sie sich in Gegenwart der Maori vollkommen sicher gefühlt, die wenigen Male, die einige von ihnen an Bord gekommen waren.

Sie waren ihr völlig fremd, obwohl sie nahezu dieselbe Sprache sprachen wie die Bewohner Tahitis, oft gleiche oder ähnliche Worte benutzten, vergleichbare gesellschaftliche Regeln zu besitzen schienen. Brittany zuckte beim Klang ihrer lauten, tiefen Stimmen zusammen, konnte sich eines Angstschauders nicht erwehren, wenn sie die blauschwarzen Muster sah, mit denen sie ihren Gesichtern das Aussehen der Maske eines Kriegers gaben, wenn sie ihre Worte durch das Rollen der Augen, wilde Gestik und Mimik noch unterstrichen, sie neugierig anstarrten und umkreisten. Wut stieg in ihr auf, wenn sie sah, wie es Tupia sichtlich Genugtuung verschaffte, dass sie sich so furchtsam zurückhielt, während er als Botschafter Tahitis und Übersetzer zwischen Engländern und Maori vermittelte und so eine zentrale Rolle spielte – als wollte er ihr damit zu verstehen geben, dass sie ein Nichts sei, jegliche Würde und Stärke verloren hatte, durch ihre eigene Schuld und Sünde.

Tief aufseufzend lehnte sie sich auf die Latte der Reling, während sie zusah, wie sich unweit von ihr Banks und Solander, jeder mit einer Muskete und ihren geräumigen Ledertaschen zum Sammeln von Pflanzen bewaffnet, zum Fallreep begaben, wo die Pinasse darauf wartete, ihre Passagiere an Land zu bringen. Aus den Augenwinkeln sah sie, wie Gores untersetzte Gestalt auf sie zukam, und unbewusst richtete sie sich auf, bemüht, ihrem Gesicht einen weniger trübseligen Ausdruck zu verleihen, um nicht zu deutlich zu verraten, was sie fühlte. «Guten Morgen, Mr. Gore.» Sie lächelte den Zweiten Offizier gezwungen an.

«Guten Morgen, Miss Addison. Da Sie schon einmal auf einem Schiff gereist sind, darf ich wohl annehmen, dass Sie ohne weiteres ein Fallreep hinunterklettern können?»

Brittany blinzelte verwirrt. «Gewiss kann ich das. Aber –», setzte sie an, unterbrach sich jedoch, weil ihr ein Gedanke gekommen war, und blickte Gore direkt an, der sich ein Lächeln nicht verkneifen konnte.

«Ich darf?», fragte Brittany leise und ungläubig.

Gore nickte. «Hier scheint alles seelenruhig zu sein, und Mr. Banks lag dem Captain so lange in den Ohren, Sie mitnehmen zu dürfen, bis er schließlich seine Zustimmung gegeben hat. Wenn Sie –», wollte Gore noch hinzufügen, doch Brittany war schon zum Fallreep hinübergeeilt.

Banks und Solander saßen bereits mit Banks' Diener Roberts, Spöring, Parkinson und Marinesoldat Gibson, der ihnen als Geleitschutz für alle Fälle mitgegeben worden war, in der Pinasse. Geschickt ließ sich Brittany langsam, Schritt für Schritt, Handgriff um Handgriff das Fallreep hinunter und rutschte auf die schmale Holzbank neben Banks. Kurz drückte sie seine Hand.

«Danke, Joseph», flüsterte sie und lächelte ihm zu.

«Nichts zu danken», entgegnete er, ihr Lächeln und ihren Händedruck erwidernd. «Mr. Cook zögerte zwar noch, aber selbst er musste schließlich zugeben, dass es wohl im Augenblick nirgendwo sicherer sein könnte als hier.»

«Und schließlich», fügte Solander hinzu, «sind wir ja auch noch da, Joseph und ich, und wir werden schon auf Sie Acht geben – Helden, die wir sind!»

Der Captain selbst vervollständigte die kleine Reisegruppe, und die Matrosen legten sich auf Cooks Kommando hin in die Riemen, um sie ans Ufer zu bringen.

Ein feinkörniger Sandstrand erstreckte sich über die gesamte Küste und wand sich in eine winzige Bucht hinein. Raue schwarze Felsen grenzten die Bucht zu beiden Seiten ein, als flache Landzungen in das klare Wasser hineinragend. Nur wenige Fuß von der Wasserlinie entfernt wuchsen Sträucher mit kurzen, fedrigen Blättern aus dem Sand, von denen eine höher gewachsene Variante den Saum des Waldes bildete, der sich dicht und undurchdringlich an das schmale Band des Strandes drängte.

Tahiti und ihre Schwestern waren unvergleichlich in ihrer Sanftheit und Farbenpracht, so intensiv, als könnten sie nur einem Traum entsprungen, niemals Wirklichkeit sein. Die Küste von Neu-Seeland war anders – herber, karstiger, kühler, dabei aber auch leichter als die oftmals schwül-süßen Schönheiten der pazifischen Inseln. Zum Landesinneren hin erhoben sich steile Berggipfel, deren Häupter sich hinter Nebelschleiern halb verbargen. Wälder zogen sich von der Küste bis hoch ins Gebirge, üppig und von häufigen Regenschauern kündend.

Auf Cooks Befehl hin nahmen die Matrosen die Ruder zu sich heran und ließen die Pinasse gemächlich auslaufen, bis ihr Bug sich mit einem dumpf kratzenden Geräusch in den Sand bohrte. Nur wenig später landete unter dem Kommando von Lieutenant Gore ein weiteres Boot, einige Matrosen und zahlreiche leere Fässer an Bord, um aus dem klaren Flusswasser, das in beständig ruhigem Fließen in die Bucht mündete, die Trinkwasservorräte der *Endeavour* wieder aufzustocken. Kaum hatten die Engländer auch nur einen Fuß an Land gesetzt, stürmten die ersten Maori auf sie zu, begierig, Fische,

Flusskrebse, Hummer, Muscheln, kunstvolle Holz- oder Knochenschnitzereien oder ihr eigenes Tuch gegen die so begehrenswerten Güter der Fremden, besonders das *tapa*-Tuch Tahitis und Flaschen aus Glas, einzutauschen. Brittany hielt sich mit Bedacht etwas abseits von dem Gewühl und dem Lärm, der bei dem regen Tauschhandel entstand, an dem auch die Matrosen teilnahmen, sofern sie noch etwas zum Tauschen besaßen.

Doch sie war nicht die Einzige, die Abstand hielt: Erst jetzt bemerkte sie die Gruppe von Frauen, die hinter den eifrig handelnden Männern zurückgeblieben waren und die sie nun eingehend musterten. Es war das erste Mal, dass Brittany die Frauen der Maori aus dieser geringen Entfernung sah; bisher waren sie nie mit an Bord gekommen, und was Brittany sonst von den Menschen hier gesehen hatte, war meist von der sicheren Distanz des Schiffs aus gewesen. Einige Herzschläge lang musterten sich die Frauen aus den zwei so unterschiedlichen Welten schweigend.

Die Frauen der Maori waren kaum kleiner als die Männer. Ihre Haut war von einem hellen Kupferton; das schwarze, wellige Haar trugen sie lang und offen den Rücken hinabhängend; eine oder zwei von ihnen hatten üppige Strähnen mit kunstvoll aus Holz geschnitzten Kämmen auf dem Hinterkopf zusammengenommen. Ihre Kleidung ähnelte sehr jener der Männer: Das raue, unregelmäßig gewebte und ungefärbte Tuch war um den Körper geschlungen und über eine Schulter geworfen, aber im Vergleich zu dem der Männer war das Tuch der Frauen großflächiger und reichte bis über ihre Knie hinab. Ein Band aus geflochtenen Grashalmen, in das rundherum breite, bis zu Brittany hinüber süß duftende Blätter gesteckt waren, diente ihnen als Gürtel. Ausnahmslos alle Frauen trugen Ohrringe der unterschiedlichsten Art in ihren durchbohrten Ohrläppchen und bis zu handtellergroße geschnitzte Anhänger an einer fein geflochtenen Schnur um den Hals.

Die Gesichter der sechs oder sieben Frauen waren recht unterschiedlich; gemeinsam waren ihnen die großen, mandelförmigen Augen in einem tiefen Braun, die tief angesetzte, breite Nase und die breiten, flach geschwungenen Lippen. Im Gegensatz zu den Männern trugen sie keinen Gesichtsschmuck, bis auf diejenige der Frauen, die Brittany am nächsten stand. Deren Lippen waren schwarz gefärbt, was ungewöhnlich aussah, aber zu ihrer kupfernen Haut und ihrem schönen, exotischen Gesicht keineswegs abstoßend wirkte, und ihr Nasenrücken wurde von je einer schwarzen Linie links und rechts eingerahmt, die in Schnörkeln auf den beiden Nasenflügeln ausliefen.

Diese Frau, vielleicht drei oder vier Jahre älter als sie selbst, von schlanker Gestalt, verzog nun das Gesicht zu einem breiten Lächeln und enthüllte dabei zwei Reihen ebenmäßiger weißer Zähne. In wenigen Schritten war sie bei Brittany; die anderen Frauen, die einem niedrigeren Rang anzugehören schienen, folgten ihr. Kaum einen Fußbreit vor Brittany blieb sie stehen und ließ ihre dunklen Augen erneut über die Weiße wandern, die aber immer wieder zu deren kastanienfarbenem Haar zurückkehrten. Schließlich streckte die Frau ihre schlanke Hand danach aus, was Brittany erschreckt zurückzucken ließ.

*«Kaoure – mataiki tau makauwe»,* sagte die Frau leise mit ihrer tiefen, sanften Stimme.

Brittany glaubte, etwas Ähnliches wie das tahitische *oure* für «nein» und *mataitai* für «anschauen» herausgehört zu haben. Diese Frau hatte nichts Furcht Einflößendes wie die Männer, im Gegenteil, und so griff Brittany in ihren Nacken, streifte das schwarze Band aus ihrem Zopf und schüttelte mit raschen Kopfbewegungen die geflochtenen Strähnen auseinander.

*«Mataitai»,* lächelte sie die Frau an, die sie zuerst überrascht ansah, weil sie wohl die Ähnlichkeit mit ihrer Sprache erkannt hatte, dann lächelte auch sie und strich leicht über Brittanys Haar, nahm vorsichtig einzelne Strähnen in die Hand, fühlte ihre Seidigkeit und Glätte, betrachtete aufmerksam die rot schimmernden Reflexe, die das Sonnenlicht darauf erscheinen ließ.

«*Ataahua* – schön», erklärte die Maori-Frau schließlich befriedigt und ließ langsam die schweren Haarsträhnen aus ihren Fingern gleiten. Dann nahm sie, energisch und doch zärtlich, Brittany bei den Schultern und legte Nasenspitze an Nasenspitze. Brittany schloss für einen Augenblick die Lider und nahm deutlich den süß-frischen Duft des Grases wahr, der von dem geflochtenen Gürtel der Frau aufstieg, zusammen mit deren schweren, moschusähnlichen Duft.

Als sie die Augen wieder öffnete, rief die Maori-Frau, die Brittany noch immer umarmt hielt, den anderen etwas über die Schulter zu. Sie stürmten lachend auf Brittany zu und überschwemmten sie mit einer Flut von Fragen in ihrem fremden Dialekt. Brittany verstand davon kaum die Hälfte, doch sie ahnte, dass es Fragen waren nach dem Woher, ob noch mehr Frauen an Bord seien, ob alle Frauen bei ihr so aussähen wie sie, ob sie etwas Besonderes mit ihrer Haut mache, dass sie so hell bliebe. Sie holte tief Luft und stellte dieser Flut einen Damm von schnell hervorgesprudelten Sätzen auf Tahitisch entgegen, in denen sie so kurz wie möglich erzählte, wo sie herkam, dass sie auf Tahiti gelebt hatte und wohin ihre Reise sie führen würde.

Recht schnell entwickelte sich ein reges Gespräch zwischen den *wahine*, wie sich die Frauen der Maori selbst nannten, und Brittany, das zwar nicht von Missverständnissen und Verständigungsproblemen frei war, aber dennoch auf beiden Seiten die Neugier befriedigte.

Ein Wort tauchte immer wieder auf: *pakeha*. Brittany fragte schließlich nach, was genau unter diesem Ausdruck zu verstehen sei, bis eine der Frauen, eine Rundliche mit einem niedlichen Kleinmädchengesicht, kichernd erklärte, *pakeha* sei der Name eines Volkes von *patupaiarehe*, von Feenwesen, die die Wälder am Strand bevölkerten und des Nachts auf den Wellen tanzten, und weil die Fremden so weiß und so hellhaarig wie diese Zauberwesen seien, hätten sie ihnen den Namen dieses Feenvolkes verliehen. Miro, so hieß die schöne Frau mit der Zeichnung auf der Nase, die Brittany so freundlich willkommen geheißen hatte, erzählte ihr, dass dieses Land von den Maori *Aotearoa* genannt wurde, das Land der langen weißen Wolke, und Maui, ein listiger und trickreicher Halbgott, hatte einst Aotearoa aus dem Meer geangelt.

Ihre eigentliche Heimat, so erzählte Miro, läge jedoch weit, weit weg, im fernen Osten, auf einer heiligen Insel, genannt *Hawaiki*. Von dort kam einst der große Fischer Kupe, auf der Suche nach dem Riesentintenfisch, von dem er glaubte, dass er seinen Fang gestohlen hatte, und auf dieser Suche entdeckte er dieses große, weite Land, mit seinen hohen, in dichten weißen Nebel gehüllten Bergen, fruchtbar und grün und allein von unzähligen Vögeln bewohnt. Ihr Volk war ein stolzes Kriegervolk und setzte in der Tradition Kupes die Fischerei fort. Miro selbst war die Tochter eines *ariki*, eines Häuptlings, und von edler Geburt, noch von den ersten Menschen Hawaikis abstammend, die hierher gekommen waren, und sie hatte auch schon selbst einen Sohn geboren, der aber bei den alten Frauen im Dorf sei – ob Brittany denn auch schon Kinder geboren habe? Brittany verneinte, und einen Moment lang gab es ihr einen feinen Stich, als die Erinnerung an Zachary sie wieder überfiel.

«Wie ich sehe, haben Sie schnell Freundschaft geschlossen», rief Banks ihr fröhlich zu, der sich von dem lebhaften Getümmel des Handelsplatzes hatte losreißen können.

Brittany erhob sich aus dem Sand, in den sich die Frauen niedergelassen hatten, und klopfte sich die weite Seemannshose ab. «Das war bei dem freundlichen Empfang hier auch nicht weiter schwierig. Haben Sie ein gutes Geschäft gemacht?», erkundigte sie sich bei Joseph.

«In der Tat, das habe ich.» Er öffnete seinen Lederbeutel und hielt ihn Brittany hin, damit sie einen Blick hineinwerfen konnte. «Einen mächtig großen Hummer, gegen nur ein paar Stränge Glasperlen – ist das nicht ein guter Tausch? Diese Hummer hier sind gewiss die größten und besten, die ich je gegessen habe!»

«Nun, wie steht's – wagen wir den Marsch ins Landesinnere?» Solander kam schnaufend vom Landeplatz herbeigetrabt, hinter ihm Parkinson, der im Laufschritt Kohle und Zeichenpapier, mit denen er die Szenerie festgehalten hatte, in seiner Umhängetasche verstaute.

«Von mir aus gerne, aber ob sich Miss Addison von dieser» – Joseph ließ seinen Blick über die *wahine* schweifen – «reizenden Gesellschaft trennen kann ...» Sein charmantes Lächeln verfehlte nicht seine Wirkung auf die Maori-Frauen, die es verlegen bis kokett erwiderten.

In einem plötzlichen Impuls griff Miro nach dem schweren, geschnitzten Anhänger, den sie zwischen ihren vollen Brüsten trug, und zog ihn sich über den Kopf. Bestimmt nahm sie Brittanys Hand, legte die Schnitzerei hinein und schloss ihre Finger darum.

Brittany schüttelte den Kopf und hielt ihr das Geschenk wieder hin. «*Oure* – nein, das ist zu kostbar!», protestierte sie, aber Miro schloss Brittanys Finger erneut um den Anhänger und bestand darauf, dass sie ihn annahm.

«*Tiki* – er bringt dir Glück für deine Fahrt über das Meer», erklärte sie in ihrer Sprache.

Brittany öffnete die Faust und betrachtete das kostbare Geschenk.

Es war etwa so lang wie ihr Handteller und ungefähr halb so breit, flach und aus jadegrünem Stein geschnitzt, der glatt poliert war und sich kühl anfühlte. Er stellte einen kleinen Dämon oder ein anderes Fabelwesen dar, wirkte aber keineswegs Furcht erregend, im Gegenteil: Die Schnitzerei hatte etwas Magisches, das Brittany zutiefst anrührte.

Sie spürte, wie Miro sie am Unterarm berührte, und sah auf. «*Aroha* – ich bin mit meinem Herzen mit dir», flüsterte sie, Brittanys Blick mit ihren dunklen, unergründlichen Augen festhaltend. Sie schien zu zögern, als wollte sie noch etwas hinzufügen, dann rannte sie mit ihren Frauen an Brittany vorbei zu den Männern, um zu sehen, was diese von den *pakeha* ertauscht hatten.

Kühl und feucht umschloss sie das Blätterreich. Scharf stieg ihnen der frische grüne Duft immerfeuchten Laubes in die Nase, durchsetzt mit dem dumpfen Geruch nach Moder und Fäulnis, so typisch für die Wälder dieses Teils der Erde und damit stets an die Vergänglichkeit des Lebens erinnernd. Allmählich verstummten auch die begeisterten Ausrufe der Botaniker, und schweigend wanderten sie durch den Urwald, der ihnen ein Relikt der Ewigkeit zu sein schien, sie gemahnend, ihm in Ehrfurcht gegenüberzutreten.

Immer wieder tauchten schroffe Felswände auf und entzogen dem grünen Wachsen seinen Boden; dann rückten die Baumriesen schweigend auseinander und machten einem kleinen Tal Platz, in das Licht und Sonne drangen und das manchmal der Lauf eines klar sprudelnden Flüsschens durchzog. Kleine Täler erweiterten sich zu großen Flächen, von steilen Felswänden oder saftiggrünen Berghängen eingerahmt. Einstmals bewohnt, kündeten halb verfallene Hütten und schwarz verkohlte Brennstellen von ihrer Vergangenheit, die zugunsten einer neuen Zukunft in der Höhe der Berghänge aufgegeben worden war.

Das breite Tal verengte sich wieder; ein schmaler, kniehoch bewachsener Pfad führte zwischen verwitterten Felswänden hindurch. Das Vorwärtskommen war mühselig; das raue Gestein bot den Händen, die Unterstützung suchten, nur schlechten Halt. Nun stieg der Pfad steil an; Felsbrocken mit schneidend scharf abgesplitterten Kanten türmten sich auf, moosig in ihren Ritzen, von Flechten überzogen.

Banks erklomm als Erster das Hindernis, die einzelnen Steine als natürliche Stufen nutzend. Keuchend drehte er sich um und wischte sich den Schweiß von der Stirn. «Geht es, Miss Addison?»

Lächelnd nahm Brittany Banks' Hand, stützte sich mit der anderen auf einen flachen Stein und setzte den Fuß auf den ersten Felsvorsprung. Langsam, Stufe für Stufe, Fels für Fels, arbeitete sie sich nach oben, mit der ganzen Kraft ihrer Muskeln und voller Konzentration, unterstützt von Banks, der sie bei ihrem letzten Schritt mit Schwung nach oben zog.

«Alles in Ordnung?», fragte er besorgt, seine Hände auf ihren Armen ruhen lassend.

Brittany konnte nur nicken; sie schöpfte Atem und wischte sich mit dem Handrücken über ihr schweißnasses Gesicht. Schweigend und schwer atmend warteten sie auf die anderen, bis diese sich, schwer beladen mit ihren prallvollen Ledertaschen, ebenfalls emporgearbeitet hatten.

Vor ihnen erstreckte sich eine Felswand, von den drängenden Fingern knorriger, dicht belaubter Bäume halb überwuchert, und in dieser Felswand klaffte ein Loch, riesig in seinem Durchmesser, das bis auf den Boden reichte und einem von Menschenhand geschaffenen Torbogen ähnelte, so kunstvoll abgerundet war der Fels, der sich darüber erstreckte. Ein mit Steinen übersäter Pfad, halb unter Gräsern und blühenden Kräutern verborgen, führte zwischen steilen, dicht bewachsenen Hängen darauf zu. Jenseits des Bogens fiel der Boden steil ab und zerstreute sich in dünn bewachsene Felsen und grün überzogene Hänge, die weiter unten auf dichte Baumgruppen trafen. Sie rahmten eine halbkreisförmige Bucht ein, die in eine schlanke Landzunge überging. Auf der gegenüberliegenden Seite ragte eine hügelige Halbinsel in den Ozean.

Banks kniff die Augen leicht zusammen. «Von hier aus lässt sich nahezu der gesamte Küstenabschnitt überwachen. Die winzigste Nussschale ist auf unzählige Meilen Entfernung zu erkennen.»

«Wie außergewöhnlich», murmelte Solander, darauf bedacht, die geheimnisvolle Stimmung dieses Ortes nicht zu stören.

«Es muss ein heiliger Ort sein», fügte Brittany hinzu, den Blick wie gebannt auf die bestechende Schönheit der Bucht geheftet, «oder er war es zumindest irgendwann einmal.»

«Weshalb glauben Sie das?», flüsterte Joseph hinter ihrer Schulter.

Brittany schüttelte leicht den Kopf. «Ich weiß es nicht. Es ist nur ein Gefühl, vielleicht weil es aussieht, als sei er von Menschen- oder Götterhand geschaffen, und er von so unwirklicher Schönheit ist.» Verlegen wandte sie den Kopf und lächelte Banks zu.

Er beobachtete sie, wie sie ihren Blick wieder der atemberaubenden Schönheit der unter ihnen liegenden Bucht zuwandte. Mit Blicken streichelte er die zarte Linie ihrer Wangen, ihres schlanken Halses, stellte sich vor, wie es wäre, sie in seinen Armen zu spüren, sein Gesicht in der Schwere ihres Haares zu vergraben, seinen Duft einzuatmen, sie zu der Seinen zu machen.

Seit jener Nacht auf Raiatea hatte er davon zu träumen begonnen, sie zur Herrin von Revesby Abbey zu machen, sie in Samt und Seide zu kleiden, nach der neuesten Mode aus Paris, die schönsten Geschmeide der Juweliere von Clerkenwell für sie auszuwählen und sie ihr selbst anzulegen, sich stolz mit ihrer berauschenden, fremdartigen Schönheit in der Oper, im Theater oder bei Hofe zu zeigen oder sich einfach nur darauf zu freuen, dass sie schon am Kamin oder am Dinnertisch auf ihn wartete, wenn er abends von der Jagd heimkehrte – und sich dann die Türen des Schlafzimmers für sie beide öffneten.

Vor Josephs Traumbilder schob sich plötzlich ein anderes, das eines jungen Mädchens, nach der neuesten Mode in tief dekolletiertes Mieder und Reifrock gekleidet, das blonde Haar in Kringeln und Schleifen aufgesteckt, mit losem Puder überstäubt und mit zartblauen Seidenblüten geschmückt, deren Farbton mit demjenigen ihrer großen, runden Augen übereinstimmte.

Der Anflug eines schlechten Gewissens machte sich dumpf in ihm breit. Die kleine Harriet, mittlere Tochter der Blossets, bildete zwischen der groß gewachsenen, schönen und eleganten, in jeglicher Gesellschaft brillierenden älteren Schwester und der jüngeren, einer gläubigen und reizlosen Methodistin, die allem Weltlichen entfloh, eine Art Gleichgewicht: Lebhaft und sprühend vor Koketterie, mit einer gewissen lebenstüchtigen Klugheit und reizvoll frischen Schönheit ausgestattet, hatte sie rasch Josephs leicht entflammbares Herz in Brand gesteckt – und er das ihre.

Er erinnerte sich noch gut an den letzten Abend, bevor er diese Reise antrat. Solander und ein junger Mann aus der französischen

Schweiz namens de Saussure, der in England gerade einen Teil seiner *Grand Tour* absolvierte und der leider ebenso wenig Englisch sprach wie Joseph Französisch, vervollständigten die Gesellschaft von Mistress Blosset, den Misses Blosset und ihm selbst. Sie waren in der Oper gewesen, verzichteten auf eine Kutsche und genossen bei einem Spaziergang den milden Sommerabend, an den sich ein leichtes Souper im Hause Blosset anschloss. Harriet hatte ihn den ganzen Abend nicht aus den Augen gelassen, ihm zugeflüstert, sie werde sich mit ihrer Mutter und den beiden Schwestern für die Dauer seiner Abwesenheit ganz aufs Land zurückziehen, es mache ihr nicht das Geringste aus, seinetwegen auf die Bälle und Feste zu verzichten, die sie früher so genossen hatte. Diese Zeiten seien vorbei, seit sie ihm begegnet wäre. Joseph trank ein Glas nach dem anderen, um sein schlechtes Gewissen zu beruhigen: Er hatte ihr verschwiegen, dass er schon am nächsten Morgen nach Plymouth aufbrechen und dort an Bord der *Endeavour* gehen würde. Er hatte es einfach nicht über sich gebracht, hatte Angst vor dem Moment des Abschieds gehabt, vor ihrer Reaktion, die – dessen war er sich sicher – beteuerungsreich und tränenfeucht ausfallen würde. Und aus dieser Furcht heraus und sicher auch unter dem Einfluss des hervorragenden Weines bat er nach dem Aufheben der Tafel Mistress Blosset darum, ihre Tochter auf ein Wort in einem separaten Salon sprechen zu dürfen.

So gestand Joseph Harriet unter vier Augen, dass er schon am nächsten Tag auf seine große Reise ging, von der niemand wusste, wie lange sie ihn von der Heimat fern halten und welche Gefahren ihn erwarten würden. In ihrer Verzweiflung, dass der Abschied so unerwartet nahe war, warf sich Harriet an seine Brust und durchfeuchtete Batisthemd, Spitzen und den seidenen Rock mit ihrer Tränenflut, bis Joseph sich erbarmte und sie bat, nach seiner Rückkehr seine Frau zu werden, und so eine tränenüberströmte, sehnsuchtsvolle, inwendig aber überglückliche Harriet Blosset zurückließ, als er in den frühen Morgenstunden die Kutsche nach Plymouth bestieg. Er hatte seinen Antrag damals durchaus ernst gemeint. Doch so schnell, wie er für Harriet und ihre scheuen Küsse entflammt war, so schnell hatten die Abenteuer dieser Reise sie aus seinem Bewusstsein gedrängt – und die Liebe der exotischen Frauen aus seinem Herzen. Wenn er an Harriet dachte, erinnerte er sich ihrer mit dem Gedanken, dass sie schon immer etwas Hausbackenes ausgestrahlt hatte. Ihr fehlte dieser gewisse Reiz, der verzehrende, alles verschlingende Leidenschaft entfachen konnte und den er in Brittany gefunden hatte.

Wie so oft in den letzten Monaten schob er jeden weiteren Gedanken an Harriet weit von sich, mit der Entschuldigung, England sei weit und niemand könne auch nur ahnen, was ihn noch erwarten würde; er lebte allein in der Gegenwart. Und Brittany war ein lebendiger, greifbarer Teil davon.

# 20

Banks summte fröhlich den Refrain eines Weihnachtsliedes vor sich hin, während er den Pinsel in Wasser tauchte, ihn auf das Näpfchen mit der Aquarellfarbe tupfte und dann in schnellen Pinselschwüngen über das Papier wischen ließ. Er legte den Kopf ein wenig zurück, kniff die Augen leicht zusammen und begutachtete kritisch sein Werk. Mit hochgezogenen Augenbrauen legte er den Pinsel beiseite. «Parkinson, Parkinson», seufzte er schließlich, «wie gelingt es Ihnen nur, dass Ihre Bilder der Wirklichkeit so nahe kommen?»

Der junge Mann sah von dem Aquarell auf, das er gerade nach einer Bleistiftskizze fertigte, und lächelte. «Ich male nur, was ich sehe», gab er zur Antwort, schwärzte die Haare seines Pinsels und fügte dem Porträt eines Maori noch eine weitere geschwungene Linie auf dessen Gesicht hinzu.

Banks seufzte noch einmal laut auf. «Ich hoffe doch, dass niemand daraus Rückschlüsse auf mein Sehvermögen ziehen wird», verkündete er mit trauriger Stimme und hob sein Werk deutlich sichtbar hoch.

Mitfühlendes Gelächter brandete in der voll besetzten Messe auf, in das Banks fröhlich einstimmte, kannte er doch seine Schwächen auf künstlerischem Gebiet nur zu gut.

Ein Gedanke kam ihm plötzlich in den Sinn, der ihn sich nachdenklich in der Messe umsehen ließ. «Ein Jammer, dass wir nicht wenigstens irgendetwas haben, um diesem Raum dem Anlass entsprechend ein festliches Kleid zu geben.»

«Bedanken Sie sich bei den vertrackten Winden, die wir die letzten Tage hatten.» Cook blickte kurz von der Karte auf, die er in den Abendstunden in der Messe zu zeichnen begonnen hatte. «Ich bin heilfroh, dass wir wieder auf Sichtweite an Land herangekommen sind.»

«Darf ich?» Bittend streckte Banks die Hand aus.

Cook nickte, legte die Feder hin und übergab vorsichtig mit beiden Händen das großflächige Pergament an Banks.

Drei Monate war es nun her, dass der kleine Schiffsjunge Land gesichtet hatte, und morgen war Weihnachten – das zweite, das die Besatzung der *Endeavour* nun schon auf hoher See verbrachte.

«Dieser Kontinent muss wahrhaftig gigantisch sein», murmelte Banks und fügte lauter hinzu: «Ich denke, was wir bisher von ihm gesehen haben, muss eine Art Halbinsel sein. Wenn wir –» Der bellende Husten des Ersten Offiziers unterbrach ihn in seinem Gedankengang, und er setzte mit konsterniertem Gesicht erneut an. «Wenn wir nun von der Größe dieser Landzunge aus auf die Ausdehnung unseres Kontinentes Rückschlüsse zu ziehen versuchen …», schlug er vor.

Cook sah ihn an und schüttelte langsam den Kopf, seinen Blick zwischen Banks und Hicks hin- und herspringen lassend, unschlüssig, wem er zuerst seine Aufmerksamkeit schenken sollte.

«Damit wäre ich vorsichtig, Mr. Banks», entschied er sich schließlich, «wir wissen nicht, wie die Küste weiter verlaufen wird. Die Erde folgt in ihrem Antlitz leider nicht mathematischen Formeln. – Mr. Hicks», wandte er sich leise an seinen Offizier, «auf ein Wort in meine Kabine.»

«Sir.» Mit sichtlicher Mühe erhob sich Hicks aus seinem Stuhl und folgte dem Captain, der die massive Holztür hinter ihnen beiden schloss.

Neugierig bis betreten starrten die anderen in der Messe hinter den beiden her – unmittelbar aus dem Gespräch heraus vom Captain auf eine Unterredung unter vier Augen gebeten zu werden, noch dazu ohne erkennbaren äußeren Anlass, war eine kleine Sensation an Bord, die allerlei Spekulationen im Flüsterton auslöste. Auch Brittany starrte das schartige dunkle Holz noch einige Herzschläge lang an, nachdem sich die Tür hinter den beiden geschlossen hatte.

«Joseph», holte Solanders dröhnende Stimme sie in die Gegenwart zurück, «eigentlich könnten Sie einige der Gänse, die Sie heute so zahlreich geschossen haben, für ein Weihnachtsmahl spenden! Die Zoologie wird sicherlich ohne sie auskommen, aber wir gewiss nicht ohne ein Weihnachtsessen!»

Gemurmel und Gelächter zollten seinem Vorschlag Beifall.

«Sie werden es mir nicht glauben, Daniel, aber daran hatte ich bereits selbst gedacht», entgegnete Banks. «Da dieses Federvieh unseren europäischen Gänsen so erstaunlich ähnlich sieht, bin ich davon ausgegangen, dass es gewiss auch ähnlich schmeckt, und habe sämtliche Exemplare in die Kombüse bringen lassen. Der Koch wird uns für den morgigen Abend etwas daraus zaubern.» Joseph beugte sich rasch zu Brittany hinüber. «Würden Sie mir die Ehre erweisen, mir morgen Abend nach dem Dinner ein Gespräch unter vier Augen zu gestatten?»

Brittany nickte, ein wenig verwirrt. «Gewiss, Joseph. Aber –»

Doch Banks schüttelte den Kopf und legte den Zeigefinger kurz an die Lippen. «Weihnachtsüberraschung», flüsterte er und blinzelte ihr verschwörerisch zu, bevor er sich wieder lautstark in das Stimmengewirr einmischte.

Midshipman Saunders nahm einen tiefen Schluck Ale aus seinem Krug und lehnte sich gegen die Wand. Es war ihm nicht entgangen, dass sich der vornehme – und nach allem, was man so hörte, schwerreiche – Mr. Banks sich für die rothaarige Hexe zu interessieren begonnen hatte. Eine Idee kam ihm, und erneut setzte er den Krug an, dieses Mal, um sein Grinsen dahinter zu verbergen.

In der Kajüte wies Cook auf den Stuhl neben seinem Schreibtisch. Hicks bedankte sich mit einem Kopfnicken und setzte sich langsam und vorsichtig. Cook beobachtete ihn, wie er sich angestrengt um die Kontrolle seiner Bewegungen bemühte. «Haben Sie Schmerzen?», fragte er seinen Ersten Offizier ohne lange Vorreden, als er sich ebenfalls setzte.

Hicks wich seinem Blick aus und machte eine vieldeutige Geste.

Cook hob ärgerlich seine buschigen Augenbrauen. «Mr. Hicks, ich möchte, dass wir beide absolut ehrlich zueinander sind. Wir sind uns wohl beide im Klaren darüber, dass Sie nicht nur unter einer Erkältung leiden.»

Der Lieutenant starrte auf seine schwarzen Schnallenschuhe. «Ja, Sir», sagte er schließlich.

Cook fühlte sich unwohl. Er hasste es, irgendwelche Dinge mit seinen Männern zu besprechen, die in den Bereich des Privaten gehörten, doch der Gesundheitszustand seines Ersten Offiziers war nur in zweiter Linie privat – zuallererst war es eine Angelegenheit, die ihre Konsequenzen für die Arbeit an Bord hatte, und somit eine offizielle. Er holte tief Luft. «Mr. Hicks, ich mache mir Sorgen um Sie.»

Hicks zog die Augenbrauen hoch. «Das brauchen Sie nicht, Sir, ich komme schon zurecht», entgegnete er kühl.

«Sie können jederzeit Krankheitsurlaub bekommen», sagte Cook leise, ohne auf Hicks' Einwand einzugehen, «Mr. Gore oder Mr. Clerke könnten Ihre Arbeit übernehmen, bis es Ihnen wieder besser geht.»

Ruckartig hob Hicks den Kopf. «Wenn ich meine Aufgaben nicht zu Ihrer Zufriedenheit erfüllt habe, Sir, dann –»

Cook hob eine Hand. «Gewiss nicht, Mr. Hicks.» Er sah seinem Ersten Offizier direkt in die Augen. «Sie sind wohl der beste Mann unter meinen Offizieren, und ich fühle mich für Sie verantwortlich. Ich will Sie heil zu Ihrer Familie zurückbringen.»

Er hatte kaum zu Ende gesprochen, als ihn der Gedanke durchzuckte, dass er nicht das Geringste über den Lieutenant wusste – nicht, aus was für einer Familie er stammte, ob seine Eltern noch lebten, ob er Frau und Kinder hatte oder eine Liebe, die in der Heimat auf ihn wartete. Doch auch jetzt verriet ihm nichts in dem unbewegten Gesicht des Offiziers etwas darüber.

Cook seufzte unhörbar. Hicks stand ihm wahrhaftig an Halsstarrigkeit nicht im Geringsten nach, denn er wusste, er würde an seiner Stelle keinen Deut anders handeln.

«Ich gebe mein Bestes, Sir.»

«Ich weiß», murmelte Cook, den Blick kurz senkend, ihn dann

wieder auf den Lieutenant richtend. «Danke, Mr. Hicks, das war alles.»

«Sir.» Langsam erhob sich Hicks, salutierte und schloss die Kajütentür hinter sich.

Cook lehnte sich in seinem Stuhl zurück und sann über seinen Ersten Offizier nach. Selten hatte er jemanden erlebt, der einen solchen Ehrgeiz an den Tag legte. Aus den Papieren, die er in Deptford zu Gesicht bekommen hatte, ging hervor, dass Hicks im November vor genau dreißig Jahren in Stepney geboren war, dem lärmend-bunten Viertel unweit der Docks. Sein Eintritt in die Navy war jedoch mit dem Ort Ripon angegeben, einer kleinen Stadt in Yorkshire, und er wusste, dass Hicks schon als Junge in der Navy gedient hatte. War er in Ripon einem Presskommando in die Hände gefallen? Aber Hicks, der noch vor drei Jahren nur den Rang eines Vollmatrosen innegehabt hatte, wirkte auf ihn eher wie einer der Männer, die als jüngerer Sohn einer vermögenden Familie ihre Laufbahn auf See als Steward des Captains begannen und sich rasch Midshipman nennen durften – nicht wie jemand, der anderthalb Jahrzehnte lang einfacher Matrose gewesen war. Hicks' Biographie und Person gaben ihm Rätsel auf, und es wollte ihm nicht gelingen, die einzelnen Teile des Puzzles zusammenzufügen. Aber schließlich, so dachte er seufzend, war es auch nicht seine Aufgabe, über seine Männer nachzudenken, sondern über sie zu befehlen. Sich wieder aufsetzend, zog er das Logbuch zu sich heran und machte sich daran, die heutige Position einzutragen. Doch er vermochte sich nicht so recht auf seine Eintragungen zu konzentrieren; immer wieder schweiften seine Gedanken ab.

Weihnachten. Es fühlte sich gar nicht danach an, hier auf offener See, an dieser exotischen Küste. Kurz vor Weihnachten jährte sich der Tag, an dem er vor sieben Jahren Elizabeth zur Frau genommen hatte. Es war eine kurze Zeremonie gewesen, die in der Kirche von St. Margaret's in Little Barking stattfand. Elizabeth hatte ihren Sonntagsstaat getragen, das einfache dunkelblaue Wollkleid, das ihr zu ihren durchdringenden blauen Augen so gut stand, und er seine Uniform.

Elizas Augen – sie waren das Erste gewesen, was ihm an ihr aufgefallen war. Er hatte damals ein Quartier in Shadwell bewohnt, einem reinen Viertel der Seeleute und ihrer Familien. Sie war, einen geflochtenen Korb über dem Arm, in der Pennington Street unterwegs gewesen, und es hatte nicht lange gebraucht, bis Cook durch beharrliches Nachfragen in der Nachbarschaft der engen, schiefen Gassen herausgefunden hatte, dass die junge Dame Elizabeth Batts hieß, aus einem winzigen Dorf in Essex kam und zurzeit bei ihrer Mutter logierte, die in zweiter Ehe in Shadwell verheiratet war. Ein gutmütiger Marinekorporal, der mit Elizabeths Stiefvater flüchtig bekannt war, arrangierte bereitwillig ein Treffen. So fand sich eines Sonntagnachmittags der einsilbige Maat James Cook am Teetisch von Elizabeths redseliger Mutter und deren jovialem Ehemann wieder, von den schönen blauen Augen Elizabeths eindringlich gemustert, ohne dass sie ein Wort zu viel an ihren Gast verschwendete. Nur heimlich wagte er es, sie aus den Augenwinkeln zu beobachten, wenn sie aufstand, um die Teekanne neu zu füllen oder noch etwas Gebäck aus der Küche zu holen. Ihm gefiel die Art, wie sie sich bewegte, geschmeidig und energisch, und er bemerkte mit Wohlgefallen ihre schlanken, geschickten Hände.

Als er sich nach dem Tee etwas linkisch verabschiedete, glaubte er, durch sein ungeselliges, jeglichen Charme entbehrendes Betragen alle Chancen verspielt zu haben. Erst sehr viel später erfuhr er, dass er gerade durch seine Schweigsamkeit und sein ernstes Wesen ihr Interesse geweckt hatte. Eigenwillig und starrsinnig wie Eliza war, war sie die treibende Kraft bei Werbung und Heirat, und ehe Cook sein Glück, ihr den Hof machen zu dürfen, hatte fassen können, waren sie auch schon Mann und Frau.

Seine Eliza … Sie war der Anker seines Lebens, der ruhende Pol, von dem aus er mit starkem Herzen zur Erforschung der Welt hatte aufbrechen können. In stummem Gebet dankte er dem Herrn für die Gnade, ihm eine solche Frau geschenkt zu haben.

Joseph Banks schloss die letzten Knöpfe der zartgelben Weste aus matt schimmernder Seide, als es klopfte.

«Ja bitte», rief er und griff nach dem passenden mattgelben Rock, den Briscoe gebügelt über die Stuhllehne gelegt hatte, bevor er sich umdrehte, um zu sehen, wer ihn störte, während er sich für das Weihnachtsdinner vorbereitete. «Mr. Saunders», rief er überrascht aus, «was führt Sie zu mir?»

Er schlüpfte in den Rock.

«Hätte Sie gerne auf ein Wort gesprochen, Sir», antwortete der Midshipman, der etwas unbeholfen in der Türöffnung stand.

«Bitte», bat ihn Banks herein. «Was kann ich für Sie tun?»

«Nun, Sir», begann Saunders, als er die Tür hinter sich schloss, «ich denke, ich weiß etwas, das für Sie interessant sein könnte.»

«Ach – wahrhaftig?» Banks hielt in seiner Bewegung inne, starrte den etwa gleichaltrigen Midshipman an, für den er noch nie Sympathie empfunden hatte, und fuhr dann in seiner Toilette fort. «Und was könnte das Ihrer Meinung nach sein?» Er sah Saunders direkt an, als dieser nicht sofort antwortete. «Nun raus mit der Sprache, ich habe nicht den ganzen Abend Zeit für Sie!»

Arroganter Bastard, dachte Saunders, du wirst gleich ganz anders mit mir umgehen! Ohne weitere Umschweife platzte er mit seinem Wissen heraus. «Miss Addison ist kein Umgang für einen Gentleman wie Sie. Sie ist das Liebchen von Mr. Hicks!»

Banks, der den Spitzenwasserfall seines Jabots geordnet hatte, erstarrte. Langsam hob er den Blick zu Saunders. «Wie bitte?», fragte er gefährlich leise und mit einem scharfen Unterton.

«Sie sollten besser einen Bogen um sie machen – sie ist nichts weiter als eine gewöhnliche Offiziershure», präzisierte Saunders seine Aussage.

Einen Augenblick lang hatte Banks geglaubt, sich verhört zu haben, doch ganz offensichtlich hatte sein Gehör ihn nicht getäuscht. Fieberhaft begann es in ihm zu arbeiten. Konnte daran etwas wahr sein? Er traute dem Lieutenant so ziemlich alles zu, auch, ein unschuldiges Ding wie Miss Addison zu verführen ... Aber nein, er schüttelte innerlich den Kopf, nein, das war unmöglich. Bei aller Bescheidenheit verfügte er doch über nicht wenig Erfahrung, was Frauen anbetraf, und genug, um mit einem Blick unzweifelhaft wissen zu können, dass Brittany noch Jungfrau war, rein und unberührt, noch auf den Mann wartend, dem sie ihre Unschuld vertrauensvoll schenken würde. Er glaubte genau zu wissen, was für ein Wesen Brittany war: sanft und feinfühlig und verletzlich, eines jener zerbrechlichen Geschöpfe, die ehrenwerte Männer wie er beschützen und behüten mussten. Sie hatte sich ihm in den letzten Monaten enger angeschlossen, das sprach für sich selbst, und er würde es nicht zulassen, dass ihr Name und ihr Ruf durch den Schmutz gezogen würden.

Kalt sah er Saunders an. «Was wollen Sie – Geld?»

Der Midshipman grinste verlegen. «Eigentlich wollte ich Ihnen nur einen Gefallen tun, Sir, dass Sie mich vielleicht in guter Erinnerung behalten – aber wenn Sie es gerade erwähnen …»

Banks wurde es speiübel. Er hatte einiges erwartet, als er sich zu dieser Reise entschlossen hatte, aber nicht, dass er es mit so widerlichen Kreaturen wie Saunders zu tun bekommen würde. «Machen Sie, dass Sie hier rauskommen, aber schnell», brachte er zwischen zusammengebissenen Zähnen hervor.

«Sir?» Nun war es an Saunders, seinen Ohren nicht zu trauen, und er erzürnte Banks dadurch erst recht.

«Wagen Sie es niemals wieder, den Namen Miss Addisons in den Schmutz zu ziehen. Ein Kretin wie Sie verdient es nicht, Offizier in der *Royal Navy* zu sein, und Sie können von Glück sagen, wenn ich nicht unmittelbar zum Captain gehe und ihn von Ihrem niederträchtigen Benehmen in Kenntnis setze.» Mit Befriedigung sah Joseph, wie Saunders leichenblass wurde. «Und jetzt hinaus mit Ihnen!»

Saunders, verblüfft, dass seine List erneut nicht aufgegangen war, bewegte sich nicht.

«Hinaus, habe ich gesagt», explodierte Banks, «ich dulde keine Ratten in meiner Kabine!»

Saunders biss die Zähne zusammen. Er hatte verspielt, das wusste er. Wenn er sich noch einmal rührte, wäre alles zerstört, was er bisher in seinem Leben erreicht hatte, und der Gedanke daran, seine Rache nicht mehr zu bekommen, weiterleben zu müssen mit dem Gefühl, ein Verlierer zu sein, der zu hoch gesetzt hatte, lief wie ein schmerzhafter Krampf durch seine Eingeweide.

Er salutierte kurz und verließ fluchtartig die Kabine.

Banks atmete tief durch und löste seine Hände, die er zu Fäusten geballt hatte, als die Tür hinter Saunders ins Schloss fiel. Unbewusst trat er an seinen Waschtisch und griff nach der Lavendelseife, begann, seine Hände gründlich zu schrubben, als müsse er sie von einem Ekel erregenden Schmutz oder Geruch befreien.

# 21

Wenn auch traditioneller Weihnachtsschmuck fehlte, so hatte doch ein guter Geist, namentlich Sydney Parkinson, dafür gesorgt, dass in der Messe an diesem Abend eine besondere Atmosphäre herrschte. Er hatte vom Captain eine Extra-Ration an Kerzen erbeten, so dass der dunkle Raum in dem weichen, goldenen Licht vieler Flammen erstrahlte. Ein weißes Tuch bedeckte den sonst nackten Holztisch, der mit Tellern, Bestecken, weißen Servietten und Josephs eigens für diesen Anlass aus der mit Sägespänen gefüllten Kiste, in der sie sonst sorgsam verstaut waren, hervorgeholten Gläsern nach allen Regeln der Etikette gedeckt war.

Nahezu das komplette Achterdeck hatte sich in der Messe versammelt, nur Lieutenant Hicks hatte sich freiwillig zur Ersten Wache gemeldet, und Bootie und Saunders zogen es vor, unter Deck zu feiern, wo es weniger formell zuging.

Wie die biblische Heuschreckenplage machte sich die Messe über das Dinner her, für das sich Smutje Thompson alle Mühe gegeben hatte. Noch mehr Anklang als das Essen fanden allerdings der Wein und das Ale, die zu diesem besonderen Anlass in Strömen flossen und denen freudig zugesprochen wurde, und auch das viele gute Essen konnte nicht verhindern, dass die Wirkung der benebelnden Getränke recht bald einsetzte.

Auch Joseph, der sich den ganzen Abend über angeregt mit Brittany unterhalten hatte, merkte nun, wie ihm der gute Wein zu Kopf stieg. Außer ihr schien er nichts mehr im Raum wahrnehmen zu können.

«Ich habe wohl etwas zu viel Wein getrunken, Joseph», flüsterte sie ihm zu, «ich mache mich besser auf den Weg in meine Koje ...» Etwas unsicher erhob sie sich.

«Warten Sie», rief er und schob ebenfalls seinen Stuhl zurück, «ich begleite Sie!»

Die wenigen Schritte, die bis vor Brittanys Tür führten, erschienen ihm viel zu kurz. So lange hatte er seine Gefühle und Gedanken mit sich herumgetragen, sich so oft diesen Augenblick ausgemalt, und nun war er viel zu schnell herangerückt, ohne dass er sich so recht hatte darauf vorbereiten können.

«Gute Nacht, Joseph, schlafen Sie gut – und danke für dieses schöne Weihnachtsfest», hörte er sie sagen.

Wie um alles in der Welt sollte er beginnen? «Vielleicht kommt es etwas überraschend für Sie», sagte er, seine eigene Stimme wie aus weiter Ferne wahrnehmend, «aber ich kann meine Gefühle für Sie nicht länger verhehlen, ich habe sie schon viel zu lange mit mir herumgetragen.»

Er nahm ihre Hand, presste sanft seine Lippen auf ihren Handrücken und sagte in feierlichem Ton: «Würden – würden Sie mir die überaus große Ehre erweisen, meine Frau zu werden?»

Ein leichter Schwindel erfasste Brittany.

Josephs Frau ... Er war umgänglich, zuvorkommend, ein vollendeter Gentleman und nicht unvermögend. Sie wusste, er würde sie auf Händen tragen, ihr jeden Wunsch von den Augen ablesen, sie beschützen und umsorgen, ein einfühlsamer und zärtlicher Liebhaber sein, ein guter Ehemann und Vater, und kaum eine Frau an ihrer Stelle würde zögern. Doch der Gedanke, nach ihrer Rückkehr so bald Ehefrau und Mutter zu sein, diese Rolle auch nicht wieder abschütteln zu können, solange sie lebte, erschreckte sie. Nahm sie seinen Antrag an, besiegelte sie im gleichen Augenblick ihr weiteres Schicksal – unausweichlich, endgültig, und davor scheute sie zurück.

«Ich weiß, dass ich Sie mit meiner Bitte überfalle, und ich erwarte nicht, dass Sie sich gleich entscheiden. Ich lasse Ihnen alle Zeit der Welt, wenn Sie es wünschen.» Vorsichtig fuhr er mit den Fingerspitzen über ihre Wange und zog sie näher zu sich heran, ihren Namen kaum hörbar flüsternd.

Brittanys Lider flatterten und schlossen sich wie von selbst. Sie sehnte sich danach, dass er sie umarmte und küsste, und gleichzeitig wünschte sie, er möge sie gehen lassen. Als hätte er ihre heimliche Sehnsucht erraten, berührte er vorsichtig ihre Lippen mit den seinen, kostete sie wie eine seltene Frucht. Brittany empfand seinen Kuss nicht als unangenehm – er war sanft und trocken und schmeckte ein wenig nach dem süßen Wein, den er den ganzen Abend über genossen hatte. Sie spürte, wie ihn dieser Kuss erregte, wie er sie dichter an sich zog, leidenschaftlicher wurde.

So gerne hätte sie sich fallen lassen, jegliche Erinnerung ihres Körpers von ihm auslöschen lassen, in seinen Armen einen neuen Anfang gewagt, doch sie konnte es nicht. Etwas in ihrem Inneren widersetzte sich diesem Wunsch, und die Erinnerung an das, was sie in Zacharys Armen, bei seinen Küssen gespürt hatte, ließ sie sich in diesem Augenblick leer und hohl fühlen. Tränen brannten in ihren Augen, als sie sich langsam aus Josephs Umarmung löste. «Joseph, es tut mir Leid, aber –»

«Wir haben ein ganzes Leben lang Zeit, Brittany! Ich verspreche, Geduld mit dir zu haben.» Zärtlich fuhr er mit seinen Fingern durch ihr Haar, und es war Brittany, als rührte er mit dieser Geste direkt an ihr Herz. Sie spürte, wie ihre Bedenken, ihr Widerstand zu schmelzen begannen.

Das laute Poltern von Schnallenschuhen, die rasch die Sprossen einer Leiter hinabstiegen, ließ sie beide auffahren. Es war Lieutenant Hicks, der den Fuß von der untersten Sprosse nahm, sich umdrehte und erstarrte, als er die beiden sah.

Das Regenwasser, das von Hicks' Dreispitz und Pelerine tropfte, hinterließ dunkle Pfützen auf den schwach beleuchteten Bohlen des Ganges. Eine fast unerträgliche Spannung baute sich in der Luft auf, in der ein winziger Funke genügt hätte, um eine gewaltige Explosion auszulösen. Doch dieser Funke kam nicht; stattdessen ließen nur wenige ausgesprochene Worte die aufgeladene Atmosphäre zu Eis gefrieren, als sich Banks aufrichtete, ohne Brittany aus seinen Armen zu lassen.

«Verzeihen Sie, dass ich Sie darauf aufmerksam mache, Mr. Hicks – aber Ihnen scheint es zu entgehen, dass wir gerne unter uns wären, Miss Addison und ich.»

«Verzeihung, Mr. Banks, ich wollte Sie beide gewiss nicht stören. Fröhliche Weihnachten Ihnen beiden», sagte Hicks kalt.

Entsetzt schloss Brittany die Augen. Sie war zu erschrocken, um in irgendeiner Weise reagieren zu können, fühlte sich willenlos und schwach wie eine Gliederpuppe. Für einen Augenblick glaubte sie, ein helles Aufflackern in seinen Augen gesehen zu haben, doch vielleicht hatte sie sich auch getäuscht. Sie hörte, wie Zacharys Schritte ein Deck weiter unten verklangen und die Tür zu seiner Kabine mit einem dumpfen Schlag ins Schloss fiel.

Stille breitete sich aus, kaum gemildert durch die rauen Stimmen und das Gelächter, das gedämpft aus der Messe zu ihnen drang, oder das weit entfernte Gegröle der im Bauch des Schiffes feiernden Matrosen.

«Er ist und bleibt ein ungehobelter Klotz», ließ sich schließlich Banks verärgert vernehmen und holte Brittany damit in die Realität zurück. Mit einem Schlag gab es kein Zögern, kein Vielleicht mehr für sie.

«Es tut mir Leid, Joseph», sagte sie, den Blick gesenkt, «aber ich kann Sie nicht heiraten. Ich wünschte, ich könnte Ihnen eine andere Antwort geben», fügte sie fast unhörbar hinzu.

«Brittany.» Er nahm ihr Kinn und zwang sie sanft, ihn anzublicken. «Ich werde auf Sie warten – wenn es sein muss, bis in alle Ewigkeit.»

«Bitte, Joseph», bat Brittany mit erstickter Stimme, «ich möchte Sie nicht verletzen, aber ich kann nicht Ihre Frau werden, und ich will es auch nicht!» Heftiger, als sie es beabsichtigt hatte, löste sie sich aus seiner Umarmung.

Ihre Worte trafen ihn tief. «Aus» – er räusperte sich verhalten – «aus welchen Gründen lehnen Sie meinen Antrag ab? Ich will mich nicht selbst über den grünen Klee loben, aber ich bin nicht hässlich, nicht arm und bisher hatte ich nicht den Eindruck, dass die weibliche Welt mich abstoßend findet ...»

«Das bestreite ich auch nicht, Joseph. Es ist nur – es ist nur, dass ich Sie nicht liebe – nicht so, wie es sich für eine Ehe geziemt.»

«Das kann wachsen, Brittany! Ich gebe zu, mein Antrag kam sehr plötzlich, aber –» Er verstummte, als er sah, wie sie traurig den Kopf schüttelte.

«Es hat keinen Sinn, Joseph, bitte – bemühen Sie sich nicht weiter.» Sie sah ihn unvermittelt an, ihr Blick von Tränen verschleiert. «Es tut mir Leid.»

Er sah zu, wie sie die Tür hinter sich schloss.

Noch nie war er abgewiesen worden, und dieses Gefühl ließ ihn schwer schlucken. Geistesabwesend verharrte er noch einige Augenblicke lang an derselben Stelle, bevor er sich seufzend auf den Weg zurück in die Messe machte, in der Hoffnung, dass sich dort noch genug Wein finden ließe, um sich in seliges Vergessen hinein zu trinken.

# 22

Im Januar und Februar blieb das Schiff auf nördlichem Kurs und peilte seine frühere Position am Cape Turnagain an, um die Umrundung der nördlichen Insel Neu-Seelands zu vervollständigen, bevor es endgültig nach Süden beidrehte.

Schiff wie Besatzung schienen in höchster Eile zu sein. In raschem Tempo trieben günstige Winde das Schiff voran, die quadratischen Segel prall gefüllt; hoch sprühte die Gischt auf und schlug bis über die Reling, als die *Endeavour* schnell wie ein Pfeil durch die Wellen pflügte.

Eine neue Küste galt es zu kartographieren. In den Namen, die Buchten, natürliche Häfen, Klippen, Inseln und Halbinseln erhielten, verewigten sich die Entdecker, legten für die Nachwelt Zeugnis ab von ihrer Anwesenheit auf diesem neuen Land: *Port Gore, Pickersgill Island* – unnötig zu sagen, dass der Midshipman mehrere Tage außer sich war vor Freude über die Ehre, die ihm damit zuteil wurde –, *Gore Bay, Banks Peninsula, Port Molyneux, Solander Island.*

Eingeborene in ihren Kanus begleiteten immer wieder für kurze Zeit ihren Weg, schickten Zurufe und Handzeichen hinauf an Deck und zeigten sich bei den wenigen Landungen, die noch vorgenommen wurden, freundlich, friedlich und geschäftstüchtig.

*24. Februar*

*... An Bord sind wir nun in zwei Parteien aufgespalten, eine, die wünscht, dass das Land in Sicht ein Kontinent sein möge, die andere, dass es genau das nicht sei. Ich selbst war immer stark für erstere Meinung, obwohl ich leider sagen muss, dass an Bord meine Partei so klein ist, dass sie wohl kaum aus mehr als mir und einem armen Midshipman besteht, und der Rest sich allmählich nach Roastbeef sehnt.*

*10. März*

*Frische Brisen den ganzen Tag, die uns um die Landspitze trugen und damit unser Luftschloss namens Kontinent gänzlich zerstörten.*

«Guten Abend, Gentlemen.» Mit einem freundlichen Kopfnicken schloss Cook die Tür seiner Kajüte hinter sich, die in die Messe führte.

Seine Offiziere, die sich um den Tisch scharten, auf dem die große Seekarte bereits ausgebreitet lag, erhoben sich zu seiner Begrüßung.

«Nehmen Sie wieder Platz», forderte Cook die Männer mit einer großzügigen Geste auf, die dieser Einladung mit eiligem Stühlerücken nachkamen. Nur Lieutenant Gore blieb stehen, die Arme über der Brust verschränkt und mit erwartungsvollem Blick.

Cook legte Zirkel und Lineal auf den Rand der Karte und ließ seinen Blick kurz über seine Offiziere schweifen. Lieutenant Hicks schien heute einen seiner guten Tage zu haben; hätte er nicht sichtbar an Gewicht verloren und noch immer einen Fieberglanz in den Augen gehabt, hätte man glauben können, er hätte seine Krankheit überwunden.

«Ich habe Sie hier zusammenkommen lassen, weil ich mich mit Ihnen beraten möchte, welchen Weg wir am besten für die Heimreise nehmen sollten, da wir nun Neu-Seeland vollständig umsegelt und kartographiert haben.» Ein zufriedenes Lächeln huschte über Cooks Gesicht. «Irgendwelche Vorschläge?»

Unwillkürlich richteten sich alle Augenpaare auf die Karte, die vor ihnen ausgebreitet lag und die mittlerweile in frischer schwarzer Tinte die Umrisse der beiden Inseln Neu-Seelands, durch eine Wasserstraße getrennt, die *Cook's Strait* benannt worden war, enthielt.

«Haben *Sie* einen, Sir?» Gore blickte seinen Captain interessiert an.

«Im Grunde würde ich den Weg über Kap Hoorn bevorzugen.» Cook tat einige Schritte auf die linke Seite des Tisches zu und zeigte auf die Südspitze Südamerikas. «Auf diese Weise könnten wir endgültig die Theorie vom Großen Südlichen Kontinent beweisen oder widerlegen.»

«Wir würden in den Winter kommen, der umso kälter sein wird, je weiter südlich wir uns halten», ließ sich Lieutenant Hicks vernehmen, «das Material hat unter den Winden bisher genug gelitten, einen Winter dazu würde es nicht noch überstehen.»

«Ich bin mit Ihnen einer Meinung, Mr. Hicks.» Gedankenvoll fuhr sich Gore mit dem Zeigefinger über seine gefurchte Stirn. «Vor allem müssten wir auf sehr hohem Breitengrad segeln, um eine Aussage über die Existenz dieses Kontinents machen zu können.»

Cook nickte. «Das waren auch meine Bedenken», stimmte er seinen Offizieren zu.

Gore trat näher an die Karte und beugte sich darüber. «Eine andere Möglichkeit wäre über das Kap der Guten Hoffnung», überlegte er halb laut und ließ seinen Blick von der Küstenlinie Neu-Seelands nach Westen zu der Südspitze Afrikas wandern. «Was natürlich eine sehr lange Strecke offener See bedeutet ...», gab er zu und sah Cook und Hicks an.

Hicks nickte und machte ein abschätziges Gesicht. «Keine Möglichkeit, Proviant oder Trinkwasser an Bord zu nehmen, höchste Belastung für das Material und winterliches Wetter», zählte der Erste Offizier die Argumente auf, die gegen diese Route sprachen.

Gore schürzte die Lippen und legte seine Stirn in Falten. «Und keine Aussicht darauf, dass sich dort vielleicht doch Land befindet», fügte er Hicks' Ausführungen hinzu.

«Das wäre sehr unwahrscheinlich», meinte auch Cook.

Schweigend brüteten die Offiziere über den gezackten und gewellten Linien der Karte.

«Wenn», begann Hicks, die Augenbrauen konzentriert zusammengezogen, seine Hand westlich von Neu-Seeland auf dem Pergament ruhen lassend, «wenn wir westwärts segeln, müssten wir theoretisch auf die Ostküste von Neu-Holland treffen, wo genau diese auch immer liegen mag.» Sein Zeigefinger beschrieb einen Kreis neben der Zackenlinie, die die Westküste Neu-Hollands darstellte. «Sollte diese

Küste nach Norden führen, könnten wir sie in Richtung Neu-Guinea entlangsegeln. Von Neu-Guinea und den anderen Inseln aus könnten wir dann Kurs auf Afrika nehmen, über das Kap der Guten Hoffnung, St. Helena und die Azoren wieder nach England segeln.» Er hob den Kopf und sah die anderen Offiziere an, die seinen Ausführungen und der Bewegung seines Zeigefingers auf der Karte mit Blicken gefolgt waren. «Dieser Weg ist zwar länger an Seemeilen, aber so vermeiden wir den Winter.»

«Und wir können weiterhin detaillierte Karten erstellen», überlegte Cook laut.

«Ich bin dafür, Sir, auf diese Weise brauchen wir uns auch keine Gedanken über Proviant und Trinkwasser zu machen.» Zufrieden richtete sich Gore auf und verschränkte die Hände auf dem Rücken.

Cook nickte, sich noch ein oder zwei Punkte durch den Kopf gehen lassend. «Es freut mich, dass wir uns einig geworden sind. Morgen früh werden wir die Anker lichten und Kurs nach Westen nehmen. Danke, Gentlemen, Sie sind entlassen.»

Seine Taschenuhr zeigte schon weit nach Mitternacht, doch noch immer glitt Cooks Feder über die Seiten, die vom goldenen Schein der Laterne beleuchtet wurden.

*Bevor ich dieses Land völlig verlasse, möchte ich eine kurze und allgemeine Beschreibung des Landes, seiner Bewohner und deren Sitten, Bräuche etc. geben, wobei hier zu beachten ist, dass viele Dinge nur auf Mutmaßungen beruhen, da wir zu kurze Zeit an den jeweiligen Orten verbrachten, um viel von ihrer Innenpolitik zu erfahren, und so nur Schlussfolgerungen aus dem ziehen konnten, was wir zu verschiedenen Zeitpunkten beobachteten.*

*Teile der Ostküste dieses Landes wurden zuerst von Abel Tasman 1642 entdeckt und von ihm Neu-Seeland genannt; er landete jedoch niemals dort, wahrscheinlich wurde er dadurch entmutigt, dass die Eingeborenen 3 oder 4 seiner Leute an seinem ersten und einzigen Landungsplatz töteten. Dieses Land, von dem zuerst gedacht wurde, es sei ein Teil des imaginären Südlichen Kontinents, besteht aus zwei großen Inseln, die von einer Meeresenge oder Passage von 4 oder 5 Meilen getrennt sind …*

Cook setzte die Feder ab und rieb sich mit den Fingern der anderen Hand die Nasenwurzel, um das unangenehme Brennen seiner Augen zu lindern. Er blinzelte und tunkte die Feder wieder in die Tinte, ehe er sich daranmachte, in mühevoller Kleinarbeit alle Theorien über die Lage des Großen Südlichen Kontinentes mit seinen Entdeckungen zu vergleichen und am Ende seine eigene Schlussfolgerung daraus zu ziehen.

*... Aber kehren wir auf unsere Reise zurück, die, so sei es mir gestattet, die meisten – wenn auch nicht alle – Argumente und Beweise ausgeräumt hat, die von verschiedenen Autoren vorgebracht wurden, um zu beweisen, dass ein Südlicher Kontinent existiert – allerdings nur, was den Bereich nördlich von 40 Grad südlicher Breite betrifft; was sich südlich davon befindet, kann ich nicht sagen. Sicher ist, dass wir meiner Meinung nach keine sichtbaren Zeichen von Land sahen, weder auf unserem Kurs nordwärts, südwärts oder westwärts bis wenige Tage vor unserer Landung an der Ostküste Neu-Seelands ... So habe ich meine Meinung hier offen und vorurteilslos niedergeschrieben, ohne die Absicht, jegliche zukünftigen Versuche der Entdeckung des Südlichen Kontinentes zu entmutigen – im Gegenteil; diese Reise wird deutlich machen, dass nur noch ein kleiner Raum nördlich des 40. Breitengrades übrig ist, in dem das große Objekt liegen kann, und ich denke, es wäre sehr schade, wenn dieser Gegenstand, der das Ziel so vieler Zeitalter und Nationen gewesen ist, nun nicht völlig aufgeklärt würde. Dies könnte sehr leicht in einer einzigen Reise durchgeführt werden, ohne viel Aufwand oder Gefahr oder die Angst der Kursverirrung, da der Navigator nun wüsste, wo er suchen sollte. Aber sollte nach alledem kein Kontinent gefunden worden sein, könnte er seine Gedanken der Entdeckung der vielen Inseln zuwenden, die in den tropischen Regionen nördlich dieser Linie liegen, wie uns gesagt wurde, und das mit sehr großer Glaubwürdigkeit ... Sollte es angemessen erscheinen, während Tupias Lebenszeit ein Schiff zu diesem Zweck auszusenden, sollte er mitsegeln. In diesem Falle hätte dieses Schiff einen unschätzbaren Vorteil vor jedem anderen, das zuvor auf Entdeckungsreise in diesem Ozean war. Denn durch Tupia, selbst wenn er einen nicht selbst begleitete, könnte man immer Leute bekommen, die einen von Insel zu Insel geleiten könnten, und man könnte sicher sein, auf jeder Insel freundlich empfangen und mit Proviant versorgt zu werden.*

Tief aufseufzend lehnte sich Cook in seinem Stuhl zurück. Ob er damit der Ordnung Genüge getan hatte? Er glaubte nicht an diesen verdammten Kontinent, hatte es auch nie wirklich getan, Skeptiker, der er war, aber er wusste, dass in den Kreisen der Admiralität und der Geographie diese Ansicht der Ketzerei gleichkam. Er hatte versucht, in seinem Bericht die Fakten darzustellen, die die meisten Argumente eindeutig entkräfteten oder widerlegten. Noch war der endgültige Beweis nicht erbracht, noch bestand zumindest theoretisch eine Chance, dass der Kontinent existierte, und das musste er festhalten, auch wenn es ihm widerstrebte, aber für ihn wog die beweisbare Wahrheit mehr als seine eigene, persönliche Meinung. Er hoffte, dass die Genauigkeit seiner Ausführungen die Admiralität wenn auch nicht positiv, so wenigstens nicht negativ über ihn urteilen lassen würde.

Er sehnte sich nach ein paar Stunden Schlaf, bevor er bei Tagesanbruch an Deck sein musste, um für das Ablegen alles vorbereiten zu lassen, doch er wollte seinen Bericht noch zu Ende bringen. Erneut tauchte er die Feder in die Tinte und begann, eine lange Liste der Inseln und ihrer Positionen aufzustellen, die noch in der Südsee vermutet wurden.

## 23

Die Stunde vor Sonnenaufgang war die schlimmste, um Wache zu halten. Die Nacht war vorbei, doch ihre Finsternis schien noch schwärzer, noch stiller zu sein – als wollte sie sich verbergen, sich nicht rühren, um von den ersten Lichtstrahlen des neuen Tages nicht entdeckt und dann vertrieben zu werden. Und nie schien die Sehnsucht nach Schlaf größer zu sein, als böte sich hier die letzte Möglichkeit, die erholsame Ruhe der Nacht zu genießen, sei es auch nur für den Bruchteil einer Stunde, bevor der Tag hereinbrach, mit seiner Helle und Lebendigkeit.

Trotz Uniformrock und der Pelerine aus dicker Wolle fröstelnd, ging Lieutenant Hicks auf und ab, um sich wach und wenigstens eine Spur warm zu halten, die Schmerzen seiner müden Muskeln ignorierend. Er hätte Tag und Nacht schlafen können, so erschöpft fühlte er sich, und wie um seinem Körper zu trotzen, der ihm so hinterlistig den Dienst versagte, meldete er sich immer öfter freiwillig für die Nachtwachen, die ihn gänzlich forderten, ihm das Letzte abverlangten, die ihn aber immer mit dem Stolz zurückließen, nicht nachgegeben, keine Schwäche gezeigt zu haben. Sein Zustand hatte sich wieder verschlimmert – er hustete Blut.

Zu oft hatte er in den engen, übervölkerten Gassen Londons diese Krankheit gesehen, ihre überdeutlichen Anzeichen, als dass er sich hätte täuschen lassen – die ausgemergelten Körper, die erschreckende Blässe, die fiebrigen Augen, der rot gefärbte Auswurf, der sie alle, Männer und Frauen, Kinder wie Greise, allmählich ausbluten ließ. Der Weiße Tod streckte seine knochige Hand nach ihm aus, wie nach so vielen Seeleuten vor ihm, Opfer ihrer Herkunft und ihres Berufes.

Ein leichtes Aufgrauen der Finsternis kündigte die Dämmerung an, und in großen Schritten eilte der Tag heran. Das erste helle Tageslicht glitt über den Ozean, blass und noch unberührt vom Feuer der Sonne.

Allein eine Stelle am westlichen Horizont hellte sich nicht auf, blieb dunkel und unbeweglich in der zähen Masse des Ozeans und nahm Hicks' Blick gefangen. Er zögerte keinen Herzschlag lang. «Jordan! Laufen Sie hinunter und wecken Sie den Captain. Wir haben Land entdeckt.»

«Ist das Neu-Holland?» Fieberhaft drängte sich Banks durch die Seeleute hindurch an die Reling. Rasch näherte sich die dunkle Küste und ließ bald Einzelheiten erkennen.

«Es wäre zu unwahrscheinlich, dass es das nicht ist», bestätigte Cook, sein Teleskop in der Hand und sichtlich erfreut. «Das südliche

Kap dort trägt übrigens schon den Namen *Point Hicks*, zu Ehren unseres Ersten Offiziers.» Ein freundlicher Seitenblick traf den Leutenant, der neben ihm stand und bei der Erwähnung dieser Ehrung keine Miene verzog.

Kaum merklich zog Banks die Augenbrauen hoch und sah auf den Küstenstreifen hinaus.

«Meinen Glückwunsch, Mr. Cook.»

Sanfte Hügelketten, von einem dicken grünen Flor überzogen, liefen flach in breite Sandstrände aus. Dahinter erhoben sich aus dem Dunst, kaum sichtbar in ihrem feinen Nebelgewand, nackte Berggipfel. Ein azurblauer Himmel spannte sich darüber, und das grellgoldene Licht der Sonne ließ alle Farben noch intensiver erscheinen.

«Und hol – uuuund hol – uuuund –», drangen die Befehle des Bootsmannes durch die warme Luft, und in dem gleichmäßigen Rhythmus, der das Leben eines Seemannes bestimmt und zu seinem zweiten Herzschlag wird, griff eine schwielige Hand nach der anderen nach den Geitauen und zog sie an die Rahen heran, bis die Segel sich kräftig in der Brise bauschten.

«Nun guck sich einer das an», murmelte Matrose Woodworth, als er zwischen zwei Handgriffen aufsah. Wie gebannt starrte er in Richtung der Küste.

«He, Johnny, wass'n los?» Archibald Wolfe, der raubeinige Schotte, folgte Woodworths Blick. «Hass'n Geist gesehen oder was?»

Drei durchsichtige Säulen erhoben sich zwischen Schiff und Strand aus dem Wasser, steil nach oben strebend und glatt glänzend in der Sonne, deren Strahlen sich in dem aufgewirbelten Wasser in regenbogenfarbigen Funken brachen. Zwei der Säulen verschwanden sogleich wieder, lösten sich gleichsam in der Luft auf, die sie umgab, doch die dritte blieb bestehen, dick wie ein Schiffsmast, dabei aber durchsichtig wie flüssiges Glas und biegsam wie ein Tau. Sie tanzte umher, sich seitwärts biegend und verneigend, sich zusammenziehend, lang und schlank machend, dann wieder breiter werdend und gleichsam schrumpfend, wie unter der Last der rauchgrauen Wolke, die über ihr schwebte. Immer wieder schienen sich in den Strudeln und aufkochenden Wellen weitere Wassersäulen bilden zu wollen, bis sich schließlich aus dem steingrau gefärbten Wasser ein weiterer gläserner Schlauch emporzog, schwankte und bebte, sich schließlich der größeren Säule näherte, unter deren Sog zu wanken begann, dann mit ihr verschmolz, worauf sich beide langsam, als hätten sie ihre beabsichtigte Wirkung erreicht, in die dichte Masse der Wolken zurückzogen.

Schweigen herrschte an Deck, als sich das Meer langsam beruhigte und die Wolke sich allmählich auflöste, unter der Wärme der Sonne zergehend.

Archibald Wolfe hatte noch immer seine Augen auf das Meer geheftet, das ihnen eine tiefblaue Wellenlandschaft darbot, sanftmütig und unschuldsvoll, als sei nichts gewesen.

«Das bedeutet nix Gutes», sagte er halb laut vor sich hin, «gar nix Gutes – würd sagen, dieses Land bringt uns noch verdammt viel Pech.»

Ein noch jungfräulicher Bogen Pergament wurde entrollt und die Punkte darauf eingetragen, deren Position der Sextant angab. Eine feine schwarze Pinsellinie verband sie zu einer zusammenhängenden Küstenlinie, und saubere schwarze Buchstaben bezeichneten die Namen, mit denen sie getauft wurden: *Cape Howe*, *Mount Dromedary* für einen flach abgerundeten, zweigipfligen Berg über dem entsprechenden *Cape Dromedary*; *Point Upright*, nach den nadelspitzen, senkrecht in den Himmel ragenden Klippen; *Pigeon House* für einen zugespitzten Hügel, der einem Taubenschlag bemerkenswert ähnelte; *Cape St. George*, in Sicht am Namenstag des Heiligen; *Long Point* und *Red Point*.

Ab und an konnte man von Deck aus feine Rauchsäulen aufsteigen sehen, und in der Schwärze der Nacht zeigten golden aufglimmende Feuer die Gegenwart von Menschen an. Ein Näherkommen schien in den ersten Tagen unmöglich – die Menschen dieses Landes, von dunkler Hautfarbe, wenn auch nicht wirklich schwarz, leisteten mit aus Holz geschnitzten Speeren und Wurfpfeilen jeder Annäherung erbitterten Widerstand oder flohen in die Wälder.

Die Landschaft veränderte sich; das bisher üppige, von hellem Sand gesäumte Grün bekam Lücken, zerstreute sich und verschwand allmählich; die Gegend wurde karstiger, öder: nackter Fels und Sand und Himmel. Allein Gruppen dürrer Bäume, tief gebeugt unter der Glut der Sonne, die Rinde verbrannt und das wenige Laub von staubiger Farbe, zeugten von Leben.

## 24

*25. April*
*Große Feuerstellen waren heute Morgen gegen 10 Uhr zu sehen – wir nahmen an, dass die Gentlemen dort an Land ein üppiges Frühstück zubereiteten! Das Land, ansonsten gut genug bewachsen, schien an einigen Stellen nackt; in meiner Vorstellung erinnerte es mich an den Rücken einer mageren Kuh – im Allgemeinen mit langem Haar bedeckt, aber nichtsdestoweniger haben dort, wo ihre dürren Hüftknochen weiter hervortreten, als sie im Grunde sollten, zufällige Reibung und Stöße sie gänzlich ihres Anteils an Haarwuchs beraubt.*

In dunklen Silhouetten hoben sich die Körper mehrerer Eingeborener von dem hellen Sand ab, der die Nachmittagssonne blendend reflektierte. Wenige, winzig wirkende Hütten bildeten dunkle Flecke in der grellen weißen Fläche des Strandes.

Knatternd schnurrte die Ankerwinde im Kreis und ließ rasselnd die Kette hinab. Eine dichte Staubwolke stieg von dem sandigen Grund empor und trübte das klare blaue Wasser der weitläufigen Bucht. Die Pinasse wurde zu Wasser gelassen, um Cook, Banks, Solander und Tupia an Land zu bringen, begleitet von einer Hand voll Matrosen und Gibson und Webb, ihre Musketen im Anschlag, als Geleitschutz. Doch kaum war der Bug der Pinasse auch nur in Reichweite des Ufers, wiederholte sich das seltsame und unbefriedigende Spiel der zurückliegenden Tage – langsam und ohne Eile, aber unbeirrbar, wandten die Eingeborenen ihnen ihre dunkel glänzenden Rücken zu und gingen davon, nicht einen einzigen Blick an sie verschwendend. Nur zwei Männer blieben zurück, kräftig und muskulös wie alle Angehörigen dieses seltsamen Volkes, ihre dunkelbraune Haut, bar jeglicher Kleidung, in grellweißer Farbe mit Linien und Punkten bemalt. Stumm und unbeweglich, wie die standhaften Bäume dieser Landschaft, sahen sie ihnen entgegen, ihr dickes schwarzes Haar von der leichten Brise kaum bewegt, ihre Gesichter, durch die Linsen des Fernrohres herangeholt, von dem beständigen Einfluss der Sonne und des Windes erzählend. Regungslos, wirkten sie wie aus Fels gehauen, wie Menschen einer fernen Zeit, in der die Entdeckung des Feuers und seiner Macht noch nicht lange zurücklag.

Erst als der Bug der Pinasse knirschend auf Grund stieß, kam Bewegung in die zwei Männer: Drohend erhoben sie ihre Speere und riefen ihnen mit ihren tiefen Stimmen etwas zu.

«Was sagen sie, Tupia?» Etwas hilflos sah Cook den Priester an, doch dieser schüttelte bedauernd den Kopf.

«Was es auch bedeuten mag – es klingt nicht sonderlich einladend», kommentierte Banks und ließ seinen Blick kritisch über den Strand wandern, auf der Suche nach einem möglichen Hinterhalt.

«Vielleicht können wir sie hiermit versöhnlich stimmen», meldete sich Solander zu Wort, die Hände voll mit bunten, auf kurzen Schnüren aufgefädelten Perlen und silbern glänzenden Nägeln.

Cook sah ihn skeptisch an, nickte dann aber und meinte: «Einen Versuch ist es wert.»

Solander holte aus und warf seine Schätze in Richtung der Eingeborenen, die rasch einige Schritte zurücktraten, als die Geschosse, in der Luft zerstreut, auf dem Boden auftrafen und feine Sandwölkchen aufstieben ließen.

Mit einer raschen Handbewegung hielt Cook Marinesoldat Gibson zurück, der aus der Pinasse springen und zu den Eingeborenen vordringen wollte. «Warten Sie, Gibson – wir wollen sehen, wie sie darauf reagieren!»

Gespannt warteten die Engländer in der Pinasse, an deren Rumpf sich die auslaufenden Wellen der Brandung brachen.

Schritt um Schritt traten die Eingeborenen wieder näher, aufmerksam die in der Sonne glitzernden fremden Dinge betrachtend. Schließlich bückte sich einer der beiden und fischte eine Perlenschnur aus dem fein rieselnden Sand. Vorsichtig betastete er sie mit der freien Hand, während die andere noch immer den Speer umklammert hielt, der den Eingeborenen um Längen überragte. Er drehte und wendete die Schnur, betastete eine Perle nach der anderen und hielt sie ins Sonnenlicht, wo sie einen Funkenregen irisierender Reflexe über den Strand schickte. Der andere Eingeborene untersuchte einen der Nägel, fuhr immer wieder mit der Kuppe seines Daumens über die Spitze, betrachtete ihn von allen Seiten.

«Sie scheinen nicht abgeneigt zu sein», flüsterte Banks und sah den Captain bedeutsam an. Dieser nickte zustimmend, ohne den Blick von der Szene abzuwenden.

«Vielleicht erwischen wir nun einen günstigen Moment», gab er ebenfalls flüsternd zur Antwort und nickte den beiden Marinesoldaten zu. «Vorwärts, Männer!»

Doch sie waren beobachtet worden, und allein auf ihre Anstalten hin, den Strand zu betreten, ließen die beiden Eingeborenen die merkwürdigen Geschenke fallen und kamen auf sie zu, ihre Speere drohend erhoben und ihre dunklen Gesichter in unmissverständlich zorniger Mimik verzogen.

«Webb, Ihre Muskete.» Cook streckte seine Hand aus, ohne die Eingeborenen aus den Augen zu lassen.

Ohne Zögern reichte der Soldat seinem Captain die Waffe und fügte leise «Ist nur Schrot drin, Sir» hinzu.

«Gut», gab Cook knapp zur Antwort, legte an, zielte zwischen den beiden Eingeborenen hindurch, die sich ihnen beharrlich näherten, und gab einen Warnschuss ab, der die winzigen Eisenkügelchen pfeifend über den Strand fliegen ließ.

Wie erwartet traten die beiden Männer ein paar Schritte zurück, aber offensichtlich kaum erschreckt durch die Feuerwaffe. Langsam bückten sie sich an der Stelle, von der aus sie das Näherkommen des fremden Kanus beobachtet hatten.

«Achtung, Sir, sie werfen mit was nach uns», brüllte Gibson plötzlich los, und instinktiv duckten sie sich alle.

Ein faustgroßer Stein prallte krachend gegen die Bordwand der

Pinasse und ließ ein paar Holzfasern darin splittern. Solander, der unmittelbar dahinter gekauert hatte, erbleichte.

Zwei Wurfpfeile, gleich nach dem Stein geworfen, landeten knapp vor ihnen im Sand, und Webb reichte seinem Captain die nachgeladene Muskete, der einen erneuten Schuss auf die beiden Männer abgab. Obwohl er den einen getroffen haben musste, ließ sich dieser nichts anmerken, sondern nahm einen runden, aus Holz geschnitzten und mit abstrakten dreieckigen Mustern verzierten Schild auf, der zu seinen Füßen im Sand gelegen hatte und mit dem er nun seinen Körper zu schützen vermochte.

«Vorwärts, wir gehen an Land», rief Cook, Entschlossenheit in seinem Gesicht, und sprang aus der Pinasse.

Zwei weitere Pfeile bohrten sich zu ihren Füßen in den Sand, und Cook gab einen weiteren Schuss ab. Abwartend starrten die Engländer zu den Eingeborenen hinüber, die ihre Blicke aus ihren dunkel glänzenden Augen furchtlos erwiderten.

Minuten vergingen, dann wandten sich die beiden Männer um, gleichgültig, wie es schien, und trotteten gemächlichen Schrittes davon, scheinbar unberührt von der Begegnung mit einer andersartigen Welt und deren Bewohnern.

Der Sand knirschte unter ihren Schnallenschuhen, als sich die Engländer in Richtung des Landesinneren aufmachten, wo sich die niedrigen Hütten kaum über den Boden erhoben. Gibson und Webb folgten, mit geübten Blicken die Gegend nach möglichen Gefahren absuchend, vor denen sie die Gentlemen und ihren Captain zu schützen hatten.

Als könnte der leiseste Windhauch sie umstoßen, standen die fragilen Hütten aus abgeschälter Baumrinde da, zu klein, um mehr als einer erwachsenen Person Schatten spenden zu können. Eine Bewegung in dem dunklen Schattenfeld, das die Rindenhütte umgrenzte, ließ Banks stehen bleiben und langsam in die Knie gehen. Vorsichtig lugte er in die halb runde Öffnung hinein, seinen Augen Zeit lassend, bis sie in der Schwärze des Schattens Konturen erkannten.

Langsam schärfte sich das Bild und löste sich in die rundlichen Leiber dreier kleiner Kinder auf, keines älter als ein bis zwei Jahre, eines davon noch ein auf dem Rücken liegender Säugling, die vorgewölbten Lippen unter der breiten Knopfnase von der Milch verkrustet, mit der seine Mutter es nährte. Aus großen Augen sah ihn das Kleine an, furchtlos, aber auch ohne jegliche Neugier. Auch die anderen beiden Kinder, rund und wohlgenährt, zeigten keinerlei Anzeichen, vor ihm zurückzuweichen oder ihm entgegenzukommen – sie saßen einfach nur da, ihn unter ihrem wilden wolligen Haarschopf musternd. Joseph roch den süßen Kindergeruch nach Milch und Haar und sonnendurchwärmter, weicher Haut, vermischt mit dem würzigen Geruch einer wilden Rasse.

«Ein Skandal», murmelte Banks, «solch arme kleine Würmer hier ihrem Schicksal zu überlassen. Was sind das bloß für Menschen ...»

Eilig kramte er aus seiner ledernen Umhängetasche ein paar Perlschnüre hervor, rot und giftgrün und violett, und legte sie vor den Eingang der Hütte, wo die Kinder sie anstarrten, ohne Neigung zu zeigen, sie zu ergreifen und näher zu untersuchen.

In ein paar Schritten war er bei den anderen, gereizt mit seinem spitzenumsäumten Taschentuch den feinen Sand von seinen Knien wischend. «Wollten Sie nicht nach Wasser suchen lassen, Mr. Cook?»

*Montag, 30. April*
*Sobald die Männer, die Holz gemacht und Wasser geholt hatten, zum Dinner an Bord waren, kamen 10 oder 12 Eingeborene zum Landungsplatz und nahmen ihre Kanus weg, die dort lagen, machten aber keine Anstalten, irgendeines unserer Fässer, die an Land gelassen worden waren, anzurühren, und am Nachmittag kamen 16 oder 18 von ihnen dreist bis auf 100 Yards an unsere Leute am Landungsplatz heran und blieben dort stehen. Mr. Hicks, der der Dienst habende Offizier an Land war, tat alles, was in seiner Macht stand, um sie mit Geschenken etc. anzulocken, doch es hatte keinen Sinn; alles, was sie von uns zu wollen schienen, war, dass wir endlich verschwänden.*

Leise tickte die Taschenuhr, die Cook vor sich auf dem Tisch liegen hatte, die späte Stunde in die Kapitänskajüte hinein, während er die Ereignisse des vergangenen Tages zusammenfasste.

*Sonntag, 6. Mai*
*Am Abend kehrte die Pinasse vom Fischen zurück, mit zwei Stachelrochen an Bord, die zusammen beinahe 600 Pfund wogen. Die große*

*Menge neuer Pflanzen etc., die Mr. Banks und Dr. Solander an diesem Platz gesammelt hatten, veranlasste mich, ihm den Namen ...*

Cook setzte die Feder ab. Selten war es ihm so schwer gefallen, einen Namen für einen Punkt auf den Landkarten zu finden, denen er Abend für Abend ein Stück hinzufügte. *Sting-Rays Harbour* war seine erste Idee gewesen, in Anlehnung an die fette Beute, die Lieutenant Gore in dem flachen, warmen Wasser der Bucht gemacht hatte und an der sie sich in einem schwelgerischen Festmahl gütlich getan hatten. Doch die Unmengen von Zweigen, belaubten Ästen, einzelnen Blättern, Gräsern und Blüten, die die Messe einem exotischen Treibhaus ähneln ließen, hatten ihn auf den Gedanken gebracht, in der Wahl des Namens für die Bucht diesen Sammeleifer zu ehren. Doch wie sollte er sie genau bezeichnen? *Bay of Plants*? *Botanist Harbour*? *Botanist Bay*? Keine der Alternativen, die ihm in den Sinn kamen, schien ihm gut genug, poetisch genug, um der Schönheit dieser Landschaft gerecht zu werden. *Botanists' Bay*? Kritisch kniff er die blaugrauen Augen zusammen und grübelte weiter über einen passenden Namen nach.

Schließlich entspannten sich seine Züge. Er tunkte die Feder in die Tinte und ließ sie in energischen Buchstaben über das raue Papier gleiten.

*... veranlasste mich, ihm den Namen* Botany Bay *zu geben ...*

Ein eiliges Klopfen, dann das stürmische Eintreten Pickersgills ließ ihn die Feder beiseite legen.

«Mr. Pickersgill, was erlauben Sie sich –», setzte Cook ungehalten an, doch der junge Midshipman, sichtlich erregt und außer Atem, ein hektisches, furchtsames Funkeln in den Augen, ließ alle seemännische Disziplin fahren und fiel seinem Captain hastig ins Wort.

«Dr. Monkhouse schickt mich, Sir, Sie schnell holen zu kommen – Mr. Hicks, Sir, er –»

Pickersgill kam nicht dazu, eine komplette Erklärung abzugeben, denn das Schlimmste befürchtend, erhob sich Cook rasch und eilte in Richtung der Kabine seines Ersten Offiziers.

# 25

Die Laterne auf dem schmalen Schreibtisch gab nur einen schwachen, blassgelben Schein in den Raum ab, von dem die massige Gestalt des Schiffsarztes noch zusätzlich einen Teil verschluckte und in Schatten verwandelte, die wie Dämonen über die Wände huschten, als er mit geübten Griffen seine Instrumente einsammelte und in die abgeschabte, schon recht ausgefranste Ledertasche packte.

Stumm sah Hicks ihm dabei zu. Dass er jetzt in seiner Koje lag, zu schwach, um von alleine aufrecht zu sitzen, kam für ihn einer Niederlage, einer Demütigung gleich, von der er nicht wusste, wie er sie verwinden sollte. Gedankenfetzen schwirrten durch seinen schmerzenden Kopf, erinnerten ihn an Dinge, an die er nicht erinnert werden wollte, doch zum ersten Mal gehorchten seine Gedanken nicht seinen Befehlen, sondern folgten allein ihrem eigenen Willen, und er war zu müde, um ihnen trotzen zu können.

Knarzend neigte sich die Koje auf eine Seite, als sich Monkhouse mit seinem ganzen Gewicht darauf niederließ. Schweigend sahen sich die beiden Männer in die Augen, etliche Herzschläge lang, bis der Wundarzt tief Luft holte und Hicks aufmunternd auf die Schulter klopfte.

«Das wird schon wieder», versuchte er ihn in seinem tiefen Bass zu beruhigen, «ein paar Tage Ruhe, und Sie kommen wieder auf die Beine. Sie werden sehen – bald sind Sie wieder ganz der Alte!» Doch eine leichte Unsicherheit in der Stimme und das Flackern in seinen Augen verrieten Hicks, dass Monkhouse selbst nicht an seine Worte glaubte.

Der Lieutenant nickte, einen bitteren Zug um den Mund. «Gewiss, Doktor», gab er zur Antwort, ungebrochenen Sarkasmus in der Stimme, der den Schiffsarzt unmerklich zusammenzucken ließ.

Was hätte er ihm anderes sagen sollen? Dass er bisher niemanden gesehen hatte, der diese Krankheit um mehr als ein paar Jahre überlebt hatte – dass er ihm unter den Lebensbedingungen hier auf dem Schiff nicht mehr als zwei, drei Monate gab? Außerdem schätzte er den Lieutenant so ein, dass er die Wahrheit selbst nur zu gut kannte – hätte es da Sinn gemacht, ihn mit gut gemeinter, aber seiner Ansicht nach kaltherziger Ehrlichkeit zu strafen?

«Ich sehe gleich morgen früh wieder nach Ihnen, Mr. Hicks. Versuchen Sie, ein paar Stunden zu schlafen», nickte er ihm im Gehen freundlich zu, doch das Lächeln seiner Mundwinkel erreichte seine Augen nicht.

Geistesabwesend starrte der Erste Offizier ins Leere, offensichtlich in seine eigene Welt zurückgezogen.

Leise zog Monkhouse die Tür hinter sich zu und schloss für einen kurzen Augenblick die Lider. Er fühlte sich erschöpft, wie von einer zentnerschweren Last bedrückt, und innerlich verfluchte er Situationen wie diese, die ihm die Freude an seinem Beruf vergällten, ihn mühselig und kräftezehrend erscheinen ließen. Tief durchatmend öffnete er die Augen und sah den Captain an, der, in Hemd und Weste, die Hände auf dem Rücken verschränkt, ungeduldig auf dem Korridor auf- und abgeschritten war, solange der Arzt nach dem Lieutenant gesehen hatte.

«Wie geht es ihm?», fragte Cook ohne Umschweife, deutliche Anspannung im Gesicht.

Monkhouse nickte bedächtig, seine nächsten Worte genau abwägend. «Den Umständen entsprechend verhältnismäßig gut, Sir.»

«Was soll das heißen, Monkhouse? Könnten Sie sich vielleicht etwas deutlicher ausdrücken?» Ärgerlich verzog der Captain das Gesicht.

Monkhouse kratzte sich unbehaglich unter dem offen stehenden Kragen seines Hemdes, das noch immer über den Bund der Kniehose hing. Er hatte sich in aller Eile angekleidet, als ihn Pickersgill zu dieser späten Stunde aus seiner Koje geholt hatte, hastig hervorsprudelnd, dass der Erste Offizier während des Dienstes entkräftet zusammengebrochen und von ihm und einem weiteren Matrosen in seine Kabine gebracht worden war, worauf Monkhouse rasch ein paar Instrumente und Medizinfläschchen in seine Tasche warf.

Was sollte er dem Captain sagen? Dass er in absehbarer Zeit seine rechte Hand auf dieser Reise verlieren, sie zumindest für längere Zeit entbehren würde? Vielleicht wäre es klüger, nicht gleich alle Pferde scheu zu machen. «Mr. Hicks hat während der Mittelwache einen

Schwächeanfall erlitten», brummte er wahrheitsgemäß, aber dennoch recht vage.

«Das ist mir bekannt», entgegnete Cook in beißendem Tonfall, «aber Sie werden wohl in der Lage sein, mir Genaueres –»

«Bitte, Sir», fiel ihm Monkhouse ins Wort, «nicht hier.»

Cook starrte ihn an. «Steht es so schlimm?», fragte er leise.

«Auszehrung», antwortete Monkhouse, den bohrenden Blicken des Captains ausweichend, «ich fürchte, ich kann nicht viel für ihn tun.»

Ein ungutes Schweigen senkte sich über die beiden Männer.

«Gottverdammt», stieß Cook schließlich gedämpft hervor, seine Hände so fest zu Fäusten geballt, dass die Knöchel weiß hervortraten. «Und was bitte können Sie noch für ihn tun?»

Monkhouse schüttelte leicht den Kopf.

«Er wird viel Pflege brauchen, damit er wieder zu Kräften kommt. Das ist die einzige Chance, die ich sehe. Minimal, gewiss, aber immerhin …»

«Lassen Sie mich das tun, bitte.»

Die weiche Stimme, die diese Worte hervorgebracht hatte, ließ die Köpfe der beiden Männer herumfahren. Aus den Schatten, die den niedrigen Korridor verdüsterten, löste sich Brittanys schlanke Gestalt und trat ihnen entgegen, in ihrer Körperhaltung auf widersprüchliche Weise Unsicherheit und Bestimmtheit zugleich ausdrückend.

«Miss Addison, was –», begann Cook, unterbrach sich aber selbst, als er sah, wie Brittany sichtlich um Worte rang, mit ihren Händen fahrige Gesten ausführend und ihre Blicke ziellos umherschweifen lassend.

«Ich habe schlecht geschlafen, Stimmen gehört und bin nachsehen gegangen und habe Sie beide hier dann reden hören – ich» – sie senkte ihren Blick – «ich würde mich gerne um Mr. Hicks kümmern.» In einem plötzlichen Gefühl der Sicherheit sah sie zuerst Cook, dann Monkhouse fest in die Augen.

Cook und Monkhouse tauschten einen kurzen, erstaunten, ja verwirrten Blick.

«Lassen Sie es mich versuchen, Captain, bitte! Ich fühle mich so unnütz hier auf dem Schiff, und ich weiß, dass Mr. Monkhouse noch mehr zu tun hat. Sie alle haben immer so viel zu tun – und ich sitze den ganzen Tag nur herum, untätig und faul. Ich würde so gerne helfen – bitte!» Um Verständnis heischend, sah sie von einem zum anderen.

Schweigend sah Cook zu Monkhouse, der als Antwort nur leicht die Augenbrauen hob, als wollte er sagen, dass die Entscheidung allein bei ihm als Captain läge.

Cook fühlte sich besonders verantwortlich für die Enkelin von Vizeadmiral Addison – er musste sie heil nach Hause bringen, das wusste er, und so konnte er es nicht gestatten, sie ihn engsten Kontakt mit einem Todkranken und dadurch in Gefahr zu bringen, gar nicht zu reden von der Frage der Schicklichkeit. Doch da war etwas in ihren Augen, mit denen sie ihn so flehentlich ansah, als ginge es um ihr Leben und nicht das eines seiner Offiziere, das ihn zögern ließ, ihr die Bitte rundheraus abzuschlagen – etwas Unbeugsames, Machtvolles, viel stärker, als sie ihnen allen bisher erschienen war, und dem er schließlich wider besseres Wissen nachgab. Er nickte. «Wenn Sie es wünschen, nehmen wir Ihre Hilfe gern an.»

«Danke. Sie werden es nicht bereuen, das verspreche ich Ihnen.» Brittany lächelte schwach.

«Ich hoffe es.» Cook wollte ihr Lächeln erwidern, doch es gelang ihm nicht recht. Er hatte kein gutes Gefühl bei dieser Sache.

«Was muss ich tun, Doktor?» Offen sah Brittany Monkhouse an, der sich erstaunlich schnell wieder fing und nun in seiner Tasche zu wühlen begann, aus der er einige Fläschchen und Phiolen zutage förderte, die er ihr in die Hand drückte.

«Das hier ist eine Tinktur mit Laudanum – sie soll den Husten stillen und für einen ruhigen Zustand des Patienten sorgen», erklärte er ihr eifrig, ganz in seinem Element. «Anwendung je nach Bedarf. Das hier ist der Extrakt aus der Rinde der Silberweide, zur Senkung des Fiebers – Sie geben es am besten drei Mal täglich, bei sinkender Temperatur entsprechend weniger; und das hier ist Rosmarintinktur, ganz allgemein zur Stärkung, zu den Mahlzeiten oder in angewärmtem Wein. Hilfreich sind auch Waschungen mit Essigwasser!»

Verwirrt begutachtete Brittany die Fläschchen aus braunem Glas und ihre mit winzigen Buchstaben beschrifteten Etiketten. Sie verstand nichts von der Medizin, die Monkhouse anwendete – sie verstand nur etwas von den Heilkräften der Pflanzen, Wurzeln und

Gräser Tahitis und davon, wie man einen Kranken wieder in das Reich der Gesunden zurückholte, mit Liebe und ausdauernder Pflege.

Lange hatte sie mit sich gerungen, im Schatten des Ganges, nachdem aufgeregte Stimmen sie aus ihrem unruhigen Schlaf geweckt und sie auf das untere Deck geführt hatten, wo sie unfreiwillig das Gespräch zwischen Monkhouse und Cook belauscht hatte. Die Wahrheit über Zachary, der sie so lange ausgewichen war, ausgesprochen zu hören, war schmerzhaft und beängstigend, und einen Moment lang hatte ein teuflischer Rachedämon ihr hämisch eingeflüstert, ihn doch seinem Schicksal zu überlassen, so wie er sie dem ihren überlassen hatte, in jener Nacht, als er so grausam ihre Liebe weggeworfen hatte. Doch sie wusste, sie konnte es nicht tun; dazu war sie zu lange die Ziehtochter Rataneas gewesen, ein Kind Tanes. Es graute ihr davor, ihm alleine gegenüberstehen zu müssen, doch sie spürte, es ging hier nicht um Zachary oder sie, sondern um etwas viel Größeres, Bedeutenderes, und das ließ ihr keine Wahl. Sie musste tun, was richtig war, und aus dem Schatten, in den sie sich zurückgezogen hatte, hervortreten – und genau das tat sie in dem schwach beleuchteten Korridor.

Sie nickte dem Doktor und Cook kurz zu, als wollte sie ihnen Mut zusprechen, ihnen versichern, dass sie es schaffen konnte, doch in Wirklichkeit tat sie es für sich selbst. Die Fläschchen mit Medizin fest umschlossen, das Glas kühl gegen ihre Handfläche, öffnete sie mit einem tiefen Atemzug die Tür.

Cook starrte die schmale Holztür an, hinter der sie verschwand, und sagte: «Sehen Sie jeden Tag nach ihm, Mr. Monkhouse, und halten Sie mich auf dem Laufenden.» Dann wandte er sich ohne ein weiteres Wort zum Gehen.

Es raubte Brittany beinahe den Atem, nach so langer Zeit wieder diesen vertrauten Raum zu betreten, in dem sie so viele selige und berauschende Stunden verbracht hatte. Als sei es erst gestern gewesen, meinte sie Zacharys Hände auf ihrer Haut, seine Lippen auf den ihren zu spüren, und Tränen der Sehnsucht und des schmerzlichen Gefühls des Verlustes stiegen in ihr auf, doch sie bekämpfte sie. Das war nicht der Ort und nicht die Zeit, um sich der Trauer um das, was sie verloren, was Zachary zerstört hatte, hinzugeben.

Eine Bewegung in der Koje ließ sie aus ihren Gedanken auffahren. Er schlief nicht, wie sie gehofft hatte, sondern starrte sie aus hellwachen Augen an, den Kopf auf mehrere Kissen gestützt, und selbst in dem schummrigen Schein der rußenden Kerzenflamme in ihrem gläsernen Zylinder glaubte sie zu sehen, wie der Hass seine Augen aufglimmen ließ. Ihr Herz begann heftig zu schlagen, halb aus Furcht und halb in dem Gefühl freudiger Erregung, ihm wieder nahe zu sein. Tief Atem schöpfend, durchquerte sie die kleine Kabine, stellte die Glasfläschchen sorgsam auf dem Schreibtisch ab, wo sie zusammen mit den ordentlich aufeinander geschichteten Büchern, Tintenfass und Federmesser, Streusandbüchse und zurechtgeschnittenen Federn im Licht der Laterne lange zuckende Schatten warfen. Zacharys Augen folgten ihr, begleiteten jede ihrer Bewegungen mit ihrer eisigen Abwehr. Doch sie wagte es, seinen Blick zu erwidern, etwas, was sie über Monate hinweg beide so vehement vermieden hatten.

Stumm musterten sie sich, ihrem Gegenüber mit keiner Bewegung, keiner Geste oder auch nur einem Lidschlag verratend, was gerade in ihnen vorgehen mochte.

Es war Hicks, der als Erster das Schweigen brach. «Was willst du hier? Willst du dich an meiner Schwäche weiden, dich rächen? Bitte, nur zu, genieße dein Vergnügen!»

Der Zynismus seiner Worte ließ Brittany schaudern. Aus Hicks' Augen sprach Hass und Hilflosigkeit zugleich, und als ihr Blick sich mit dem seinen traf, erkannte Brittany darin die Schmerzen, die ihn peinigten, und die Angst, die ihn quälte. Einen Moment lang war sie versucht, einfach davonzulaufen, Augen und Ohren zu verschließen und in sicherer, weil unbeteiligter Entfernung auf das Ende zu warten, doch irgendetwas in ihr befahl ihr, seinem hasserfüllten Zynismus die Stirn zu bieten.

Sie richtete sich auf und atmete tief ein. «Falsche Schlussfolgerung», sagte sie kühl und ruhig, aber bestimmt und blickte ihm fest in die Augen, «das ist keineswegs der Grund, weshalb ich hier bin.»

Ihre Selbstbeherrschung und Bestimmtheit überraschten ihn, doch so schnell gab er sich nicht besänftigt.

«Vielleicht besäßest du die Güte, mir deine Gründe mitzuteilen, da ich an dieser Situation nicht ganz unbeteiligt bin.» Abschätzig, wie es ihr vorkam, sah er sie an, als hätte seine Arroganz, mit der er sie so oft zur Weißglut getrieben hatte, nicht im Geringsten unter seiner Krankheit gelitten.

«Der Doktor meinte, du bräuchtest Pflege, und da habe ich mich anerboten –»

«Oh, wir verschaffen uns einen Ehrenplatz in der Ahnenreihe der heiligen Samariter», unterbrach er sie höhnisch.

«Sei nicht albern», fuhr Brittany ihn an, Zornesröte auf den Wangen und mit funkelnden Augen, «ich will dir nur helfen!»

Sein Blick wurde starr und hell, und seine Stimme bekam einen rauen Unterton. «Ich will deine Hilfe aber nicht, noch die von irgendjemand anderem sonst. Mach, dass du rauskommst», erwiderte er leise.

«Du verstehst nichts, gar nichts, auch wenn du das immer glaubst», rief sie, ohne Rücksicht darauf, vom Gang aus gehört zu werden, «ich will nicht zusehen, wie du allmählich vor die Hunde gehst, ich will etwas dagegen tun!»

Schwer atmend stand sie im Raum und starrte ihn an, bereit für seinen nächsten Angriff, der nicht lange auf sich warten ließ.

«Es kümmert mich nicht, was *du* willst – ich will dich auf alle Fälle hier nicht mehr sehen. Wenn ich schon krepieren muss, dann ganz gewiss nicht in deiner Gegenwart!» Hätte er irgendeinen Gegenstand in Reichweite gehabt, er hätte auf Brittany gezielt, und sie konnte ihm ansehen, dass er mit Vergnügen getroffen hätte, je schmerzhafter, desto besser.

«Zachary, bitte –», begann sie, halb zornig und halb in dem Bemühen, ihn zu besänftigen, doch er unterbrach sie, heiser vor unterdrücktem Zorn.

«Verschwinde endlich und lass mich in Frieden, bevor –» Der Hustenanfall, der ihn überwältigte, erstickte seine Drohung.

In wenigen Schritten war Brittany bei ihm, stützte ihn im Rücken und half ihm, sich leicht vorzubeugen, um ihm das Husten zu erleichtern. Es schnitt ihr ins Herz, unter ihren Händen zu spüren, wie viel Gewicht er verloren hatte, wie deutlich die Rippen unter dem schweißfeuchten Hemd zu spüren waren, wie jede Hustenwelle ihn bis ins Mark erschütterte. Nach einer Ewigkeit erst, wie ihr schien, ebbte der Anfall ab, wurde leiser, bis nur noch Zacharys Atem zu hören war, flach und stoßweise. Sorgsam half sie ihm, sich wieder zurückzulegen.

Sein Gesicht wirkte grau in dem schwachen Licht der Laterne, und obwohl er das Taschentuch, in das er hineingehustet hatte, rasch unter das Leintuch geschoben hatte, hatte sie die leuchtend roten Flecken darin gesehen. Ermattet schloss er die Augen, zu ausgelaugt, um noch einmal die Kraft für einen Zornausbruch aufzubringen.

Ein Gedanke kam Brittany. Sie nahm seine Hand, die sich kalt und klamm anfühlte, in die ihre. «Wenn – wenn ich verspreche, dass nichts von dem, was hier drinnen geschieht, was ich hier gesehen oder gehört habe, nach außen dringt – lässt du mich dir dann helfen?», fragte sie leise, aber eindringlich jedes Wort betonend.

Zachary ließ sich Zeit mit seiner Antwort, die Lider geschlossen und nur allmählich in einen ruhigeren Atemrhythmus zurückfindend. Brittany glaubte schon, er wäre eingeschlafen, als sie sein schwaches, kaum wahrnehmbares Nicken bemerkte. Fest drückte sie seine Hand, ohne dass er diesen Händedruck erwiderte.

«Ich bin morgen früh wieder hier», flüsterte sie, «versuch zu schlafen.»

Langsam legte sie seine Hand auf das dünne Leintuch, das seinen Körper bedeckte, und erhob sich von der Koje, bemüht, diese nicht zu sehr schwingen zu lassen. Sie hätte ihn gerne noch einmal berührt, in einer zärtlichen Geste über seine Stirn gestrichen, doch sie wagte es nicht, aus Angst, ihn noch einmal zu erzürnen. Leise schloss sie die Tür hinter sich.

Erst als sie in ihre Kabine zurückkehrte, überfielen sie Furcht und Verzweiflung. Sie gab dem Zittern ihrer Beine nach und sank in die Knie. Weinend vergrub sie ihr Gesicht in den Armen; sie fühlte sich hilflos angesichts der Aufgabe, die sie so bereitwillig übernommen hatte und der sie sich nun nicht gewachsen fühlte.

Wie sollte sie Zachary helfen? Sie wusste nichts über seine Krankheit, und es gab niemanden, den sie hätte fragen können. Anfang April war sie siebzehn Jahre alt geworden, doch gewöhnlich fühlte sie sich viel älter. Aber heute schien sie nur halb so alt zu sein, hilflos und verwirrt und in Tränen aufgelöst, in ihrer Not nach jemand Älterem rufend, der sie an der Hand nahm und den Weg entlangführte, den sie sich fürchtete allein zu gehen.

Ihr Schluchzen verebbte, und endlich hob sie den Kopf. Niemand würde kommen, um ihr zu helfen, ganz gleich, wie verzweifelt sie auch war. Sie stand an einem Scheideweg: Sie konnte weiter weinen und über ihre Ohnmacht klagen und zusehen, wie Zachary seiner Krankheit erlag, oder sie konnte ebenso gut aufstehen und versuchen, etwas zu tun – und sei es nur, ihm sein Krankendasein so erträglich wie möglich zu machen.

Energisch wischte sie sich mit beiden Händen über die Wangen, die nass und heiß von ihren Tränen waren. Tastend streckte sie die Hand nach dem Korb aus, der noch all das enthielt, was neben ihrer Erinnerung vor nicht allzu langer Zeit ihr ganzes Leben ausgemacht hatte. Liebkosend fuhr sie über die zusammengefalteten *tapa*-Tücher in Zartgelb und Scharlachrot und legte sie auf ihren Schoß, ließ die schillernden, scharfkantigen Muschelketten durch ihre Finger gleiten, bevor sie eine Kokosnussschale nach der anderen in die Hand nahm und sie öffnete, sich anhand des Geruchs, der Farbe oder der Konsistenz genau daran zu erinnern versuchte, was darin war und wogegen es half; ebenso verfuhr sie mit all den anderen Behältnissen – den verschieden großen Nussschalen in Grün und Braun und den kleinen, von festen Blättern umwickelten Päckchen.

Sie fand darin die getrockneten Wurzeln verschiedener Farne, die eingedickten Säfte dickfleischiger Blätter, pur oder vermischt mit Säften anderer Pflanzen und frischen Blüten; getrocknete, eingerollte Blätter, die unter ihrer Berührung knisterten, filigrane Gräser, seidenzarte getrocknete Blüten in verwaschenen Farben; Nusskerne, groß und klein, fettig glänzend, unzählige Samenkörner und stark duftende Öle, in die zum Teil verschiedene Pflanzen eingelegt worden waren und die nun ein starkes Aroma verströmten.

«Tane», begann sie zu flüstern, «Tane von langem Atem – Tane, dessen Berührung untertan macht – Tane vom weiten Himmel – Tane mit ausgebreiteten Armen – leih deiner Tochter deine Kraft ...»

Sie schloss die Augen und sah sich wieder in den Wäldern Tahitis, Ratanea an ihrer Seite, wie sie die grüne Welt auf ihrer Suche nach heilkräftigen Pflanzen durchstreiften. In ihrem Inneren hörte sie Rataneas weiche, singende Stimme, wie sie beinahe nebensächlich erzählte, während sie voranschritten oder Blätter und Blüten in ihre geflochtenen Körbe sammelten: Wir Menschen werden krank, wenn wir die Beute von Dämonen werden. Und das werden wir umso leichter, je öfter wir die Gebote brechen, die uns von den Göttern mitgegeben werden – wenn wir hassen, wenn wir neidisch sind, wenn wir die Treue brechen oder uns gegen den Platz wehren, der uns im Leben gegeben worden ist. Die Pflanzen sind Tanes Geschenk an uns – vollkommen in ihrer Schönheit, vollkommen in ihrem Leben, und vollkommen zur Heilung.

Ein einzelnes Wort drang aus Brittanys Unbewusstem in ihre Erinnerung und begann in ihrem Kopf widerzuhallen: *tuto'o – tuto'o* ... Es war kein vertrautes Wort, aber eines, das ihr schon einmal in ihrer Zeit mit Ratanea begegnet war, doch seine Bedeutung wollte und wollte ihr nicht einfallen.

«*Tuto'o*», murmelte sie es gedankenvoll vor sich hin, in dem Versuch, sich daran zu erinnern.

*Tuto'o,* beantwortete Rataneas Stimme in ihrem Inneren ihre Frage: wenn der Husten nicht mehr aufhört, bis die Seele den Leib verlassen will, und Fieber den Menschen verglüht. Solltest du ihm je begegnen – sei auf der Hut: Tust du zu viel, vertreibst du die Dämonen zu rasch, und sie nehmen die Seele mit auf ihrer Flucht. Tust du zu wenig, bleiben ein paar von ihnen zurück und nähren sich von dem Kranken, bis von seiner Seele nichts mehr übrig ist.

Weitere Bruchstücke, die wie Nebelschleier aus ihrer Erinnerung auftauchten, fügten sich dazu: Wenn du je einen solchen Kranken hast: Bring zuerst das Fieber herunter, bevor es seine Seele verbrennt! Dann vertreibe einen nach dem anderen die Hustendämonen – langsam, hörst du, nicht zu schnell! Wenn einige davon geflohen sind, gib dem Kranken Stärke – hilf ihm, Körper und Seele stark zu machen, damit sie keine Nahrung mehr sind für die Dämonen ...

Fieberhaft griff Brittany zu den Pflanzenextrakten, die Ratanea ihr mitgegeben hatte, wie beschwörend ihre Namen murmelnd – die noch jungen, hellgrünen Blätter des *tamanu*-Baumes und seine hellgelben Samenkörner; der kleinblättrige Hibiskus aus den Bergen, *purau-toroire*; die abgeschälte und pulverisierte Rinde des seltenen *ahi*-Baums, warm und animalisch duftend und mit Kokosnussöl vermischt; der aus den Wurzeln der *ava*-Pflanze ausgepresste Saft, scharf und bitter und in größerer Menge giftig, in geringer Dosis aber beruhigend und krampflösend; die getrockneten und zerriebenen Blätter des *para*-Farns; die in der Wärme der Sonne getrockneten orangerot leuchtenden Beeren des *pua*-Baumes, der der Legende nach von Tane aus dem Himmel auf die Erde gebracht und seitdem als ihm heilig angesehen wurde. Sie wusste, die Pflanzen Tahitis waren stark, hatten das noch nicht verloschene Feuer der Erde und Sonne in sich, und Brittany kehrte zurück auf die Insel, die ihr so lange Heimat gewesen war, während die rot flammenden Strahlen der aufgehenden Sonne durch das Bullauge krochen und ihre enge Kabine mit ihren goldenen und kupferfarbenen Lichtern erhellten und adelten.

## 26

Zachary sah zu, wie Brittany geschickt das Geschirr zusammenräumte und das Tablett auf dem Tisch abstellte, bevor sie über der zuckenden Flamme einer Kerze eine irdene Schale erwärmte, die rasch einen schweren, süßen Duft durch den kleinen Raum schickte. Das warme Licht der Kerze legte einen goldenen Schimmer über Brittanys Gesicht und ließ es noch weicher, noch weiblicher erscheinen, als es war. In dunklen Reflexen glänzte ihr kastanienfarbener Zopf, und im Gegenlicht zeichneten sich die leichten Rundungen ihres Körpers unter den dünnen Stoffen von Seemannshose und Leinenhemd ab. Die Erinnerung daran, sie einst berührt und liebkost zu haben, brachte ein ziehendes Gefühl des Verlangens mit sich.

Das hohe Fieber hatte ihm die ersten Tage das Bewusstsein getrübt; nur schwach erinnerte er sich an Brittanys Gegenwart, ihre kühlen Hände, wenn sie ihn stützte und ihm bitter schmeckenden Wein einflößte, seine Brust mit einer stark riechenden Salbe einrieb, Arme,

Hals und Brust mit Essigwasser abwusch und ihm mit leiser Stimme gut zuredete. Er hatte sich dagegen wehren, sie mit aller Kraft von sich stoßen wollen, doch das Fieber und der Husten waren stärker, und wie in einer Falle war er gezwungen, alles mit sich geschehen zu lassen, hilflos und in dem Gefühl, unendlich gedemütigt zu werden. Er konnte sich an Traumbilder erinnern, die er seit Jahren verloren geglaubt hatte und die ihn im Fieberschauer erneut überfielen. Hatte er geredet in diesen Fieberträumen – Namen genannt, Ereignisse verraten? Wenn es so war, ließ sich Brittany nichts anmerken; sie stellte keine Fragen, und keine Andeutung kam über ihre Lippen.

Das Fieber sank, und mit ihm kam der tiefe, traumlose Schlaf, in dem Körper und Seele sich erholen, der einen wie ein weiches, schwarzes Tuch einhüllt und wiegt und tröstet. Und jedes Mal, wenn er erwachte, war Brittany da, die ihn mit ihren Salben und Tränken und anfangs leichter Kost wieder aufpäppelte, bis er sich wieder stark genug fühlte, jeden Abend vom Captain und Midshipman Bootie die neuesten Ereignisse, Daten und Zahlen mitgeteilt zu bekommen und sie mit noch schwacher, aber unverändert deutlicher Handschrift in sein Tagebuch einzutragen, das nun wieder lückenlos und auf dem neusten Stand war, so, wie er sich immer darum bemüht hatte.

Doch er war nicht mehr derselbe. Ein Teil von ihm war unter der Hitze des Fiebers gleichsam verglüht, und wie Minerale, die unter der Hitze des Erdfeuers schmelzen und sich zu einem neuen, dichteren und wertvolleren Gestein verbinden, so fühlte er sich weniger zerrissen – glatter, harmonischer in sich selbst. Die Glut des Jähzorns, die immer in ihm geglommen und nur auf den Funken gewartet hatte, der sie zum hellen Aufflammen bringen würde, diese Glut war zahm geworden. Aber war es tatsächlich das Fieber gewesen oder vielmehr Brittanys beständige liebevolle Pflege, die ihn so verändert hatte? Er ertappte sich immer öfter dabei, wie er sie heimlich beobachtete, jeder ihrer Bewegungen mit den Augen folgte, wie sie in seiner Kabine mit den Gerätschaften und der Medizin hantierte, und er fragte sich, was in diesem Augenblick wohl in ihr vorging.

Er wusste, er hatte ihr viel Böses zugefügt – er hatte sie, entgegen all seinen Prinzipien, entehrt, die Liebe und das Vertrauen, die sie ihm bedingungslos geschenkt hatte, ohne Zögern entgegengenommen und sie bei der nächsten Gelegenheit verstoßen wie irgendeine gemeine Dirne. Hätte sie ihn verstanden, wenn sie alles über ihn gewusst hätte? Gegen seinen Willen hatte er begonnen, ihr so etwas wie Vertrauen zu schenken, aus der Achtung heraus, die er ihr gegenüber entwickelt hatte: Trotz allem, was zwischen ihnen vorgefallen war, hatte sie sich dafür entschieden, ihm zu helfen, für ihn da zu sein, bedingungslos – etwas, das noch nie jemand für ihn getan hatte, solange er denken konnte. Er hätte ihr misstrauen müssen, doch er konnte es nicht, und ein ganz neues, noch nie gekanntes Gefühl hatte in ihm zu wachsen und reifen begonnen, so neu und unbekannt, dass es ihm beinahe Angst machte, und dennoch sehnte er sich danach, mehr davon zu verspüren.

«So gewissenhaft, wie du mir immer zusiehst, könntest du dir deine Medizin bald selbst zusammenmischen», neckte Brittany ihn, als sie sich, die irdene Schüssel in der Hand, vorsichtig auf dem Rand der Koje niederließ.

«Meine Talente liegen leider auf einem gänzlich anderen Gebiet.» Ein Lächeln huschte über Zacharys Gesicht und ließ für einen Moment die feinen Fältchen unsichtbar werden, die das Fieber in sein Gesicht gebrannt hatte und ihn reifer wirken ließen. Er hustete mehrmals kurz auf und legte sich dann wieder in die Kissen zurück.

«Du hast es nur noch nicht versucht», scherzte Brittany weiter und öffnete geschickt den Kragen seines Hemdes, begann, mit leichter Hand die intensiv nach Sandelholz, Kokos, Kampfer und Blüten duftende Salbe in kreisförmigen Bewegungen auf seine Brust aufzutragen.

Zachary schloss die Augen und genoss das Prickeln, das Brittanys schlanke Finger und die Salbe durch seinen Körper strömen ließen.

Brittany beobachtete ihn, wie ein stiller, beseelter Friede über sein Gesicht zog. Jeglicher Groll, den sie ihm gegenüber empfunden hatte, war verschwunden; übrig geblieben war das Mitgefühl einem leidenden Mitmenschen gegenüber und etwas, das viel tiefer ging als das. Wie das Band, das zwei Menschen verbindet, die beide erlebt haben, wie die knöcherne Hand des Todes, die eben noch ihren Schatten auf sie warf, sich zurückzieht und vorerst verschwindet; wie das, was entsteht, wenn zwei Menschen eine gemeinsame Geschichte zu erzählen wissen, so fühlte es sich an. Und wie Hicks erlaubte sich Brittany den heimlichen Luxus, sich an der Berührung zu erfreuen, und das helle Leuchten in ihren Augen verriet sie. Es war ihr kaum bewusst, dass Zachary die Augen wieder geöffnet hatte und sie ansah. Erst die Berührung seiner Finger, die sich um ihr Handgelenk schlossen, ließ sie in Bewegungslosigkeit erstarren.

«Glaubst du, du wirst mir je verzeihen können?»

Abweisend schüttelte Brittany den Kopf und zog ihre Hand zu sich heran. Sie wollte diese Dinge nicht hören, nicht wieder daran erinnert werden. Zu lange hatte sie darum gekämpft, das alles hinter sich zu lassen. Es zurückzuholen, wieder lebendig werden zu lassen, hieße, erneut zu leiden, zu trauern und zu hassen.

So fest er konnte, umklammerte er ihr Handgelenk. «Ich muss es wissen – wirst du mir je verzeihen können, was ich dir angetan habe?»

Mit einem leisen Ausruf sprang Brittany auf, sich ruckartig aus seinem Griff befreiend. Die Schale aus Ton beschrieb in der Luft einen hohen Bogen, bevor sie klirrend auf dem Boden zerbarst, betäubend den Duft ihres Inhalts verströmend, doch weder Zachary noch Brittany achteten darauf.

«Warum musst du alles zerstören? Warum konntest du es nicht lassen, wie es war?» Eine leichte Zornesröte im Gesicht, schleuderte Brittany ihm ihre Anklagen ins Gesicht, von heftigen Gesten unterstrichen. «Warum musstest du wieder davon anfangen, nach all der Zeit?»

«Weil ich musste, Brittany, ich –»

Vehement fiel sie ihm ins Wort. «Du, ja, immer du – ich aber nicht, aber das kümmert dich auch nicht, hat es auch nie!»

Ohne dass sie es merkte, strömten ihr Tränen ungehemmt über die Wangen.

«Brittany –» Bittend streckte er die Hand nach ihr aus, eine Geste der Demut, die Brittany unerträglich schien.

«Ach, geh zum Teufel», rief sie aus, halb im Zorn und halb in Verzweiflung, ehe sie zur Tür hinausstürmte, sie krachend hinter sich zufallen ließ.

Zachary hustete matt. Erschöpft lehnte er sich in die Kissen zurück und starrte an die rußgeschwärzte Decke. Bilder tauchten vor seinem geistigen Auge auf, jene Bilder, die ihn in den Fieberträumen verfolgt hatten und die er längst vergessen geglaubt hatte.

Er hatte seine Geheimnisse gut bewahrt – nicht ein Wort war ihm je davon entschlüpft, nicht gegenüber den anderen Männern, von denen er sich so weit fern gehalten hatte, wie es auf einem Schiff nur ging, ohne sich verdächtig zu machen, nicht gegenüber den Mädchen und Frauen, denen der unnahbar wirkende Seemann so gut gefiel und den sie mit all ihren Reizen um den Finger zu wickeln suchten. Es blieb bei ein paar Liebesnächten, und er ging als der Fremde, als der er gekommen war, scheinbar ohne Herz und ohne Gefühl. Würde er Brittany all das erzählen können, was er bisher immer aus seinem Bewusstsein zu drängen versucht hatte? Würde sie ihm überhaupt zuhören wollen?

Sein Geist war noch wach, doch sein Körper, nach Erholung und Heilung verlangend, suchte den Schlaf, der ihn nur zu bald übermannte und mit sich hinabzog in die tiefe traumlose Dunkelheit.

Eine Woche lang verharrte Brittany in erbittertem Schweigen, dem Zachary eine ebensolche Einsilbigkeit entgegensetzte. Er hatte am nächsten Tag versucht, auf sie zuzugehen, ihr entgegenzukommen, doch war jede seiner Bemühungen an ihrer zur Maske einer Rachegöttin erstarrten Miene abgeprallt. Die Gleichgültigkeit, die sie so plötzlich ihm gegenüber an den Tag legte, erboste ihn; obwohl sie ihn weiterhin mit der gleichen Sorgfalt pflegte und obwohl er jeden Tag deutlicher spüren konnte, wie seine Kräfte zurückkehrten, fühlte er sich vernachlässigt – und verletzt. Es kostete ihn viel Überwindung, es sich selbst einzugestehen: Es tat ihm weh, sich so zur Seite geschoben zu fühlen, und er verspürte so etwas wie Scham darüber, ihr trotz ihres sichtlichen Unwillens noch immer zur Last zu fallen. Zachary vermisste die liebevolle Aufmerksamkeit, die sie ihm geschenkt hatte, ihre leichte Heiterkeit, mit der sie sich angewöhnt hatte, mit ihm zu scherzen, ihr strahlendes Lächeln, ihre lebendige Gegenwart. Als sei sie nur noch eine mechanische Puppe, ging sie in seiner Kabine ein und aus, ohne ein persönliches Wort an ihn zu richten oder ihn wirklich anzusehen. Und mit ekelhaft schmeckender Bitterkeit wurde ihm klar, dass sie sein Verhalten genauso empfunden haben musste, damals, in jener Nacht auf Raiatea und in der Zeit danach, und er hätte viel dafür gegeben, das alles ungeschehen zu machen.

Aufrecht in seiner Koje sitzend, im Rücken von einer Anzahl Kissen gestützt, sah er ihr schweigend zu, wie sie mit den Fläschchen hantierte, rasch und geschäftsmäßig. Der intensive, süß-animalische Duft, den die Salbe auf seiner Brust verströmte, kroch bis tief in seine Atemwege, wo er seine heilende Kraft entfalten konnte. Er spürte noch immer Brittanys schlanke Finger auf seiner bloßen Haut, als hätten sie Spuren hineingebrannt. Die Sehnsucht, sie berühren zu können, alles Leid, das sie je durch ihn erlitten hatte, wegzustreicheln, fortzuküssen, sie mit Leib und Seele um Vergebung zu bitten, bereitete ihm beinahe körperliche Schmerzen.

«Brittany.» Ehe er es sich bewusst wurde, hatte er leise ihren Name gesagt.

Etwas in der Art, wie er ihn betont, die Silben geformt hatte, ließ sie in ihrer Bewegung innehalten und zu ihm herübersehen. Ihre Blicke hielten sich fest, die beiden Enden des Bandes, das zwischen ihnen zerrissen war, aneinander fügend und vorsichtig tastend, ob es wieder zusammenzuknüpfen war. Es wollte ihr nicht gelingen, an ihrem kalten Zorn festzuhalten, wie sie es die vergangenen Tage getan hatte.

«Setz dich zu mir.»

Zögernd kam sie seiner Bitte nach. Etwas hatte sich in ihm verändert, das spürte sie deutlich, und um das Besondere dieses Augenblicks nicht zu zerstören, schwieg sie, seinen Blick nicht offen erwidernd.

«Ich –» Er setzte sich noch in der Koje zurecht. «Ich möchte dir etwas sagen. Ich hätte es schon längst tun sollen, aber ich konnte einfach nicht.» Er sah auf seine Hände herab, die er in seinem Schoß verschränkt hatte, und lächelte ironisch, bevor er erneut den Blick hob. «Ich bitte dich um nichts, nur darum, dass du mir jetzt zuhörst.»

Brittany nickte, ein leichtes Zucken um die Mundwinkel und ein Gefühl der Beklommenheit in ihrem Herzen.

Zacharys Blick wanderte zur gegenüberliegenden Kabinenwand, über die die Flamme der Laterne flüchtige Schatten warf, als er die Gespenster heraufbeschwor, die ihn so lange verfolgt hatten, bis in seine Fieberträume hinein.

Stepney, im Herzen Londons gelegen, im Norden von der Whitechapel und der Mile End Road begrenzt, im Süden durch die lebhaft bunte Commercial Street, Umschlagplatz von Waren aus aller Herren Länder, von den Stadtteilen Whitechapel und Shadwell abgeteilt, hatte sich trotz seiner zentralen Lage etwas Ländliches bewahrt; und obwohl nicht reich, war Stepney auch kein Elendsviertel wie etwa Spitalfields, in dem die Weber, viele davon aus Frankreich geflohene Hugenotten, buchstäblich an ihren Webstühlen verhungerten.

Unweit der Docks gelegen, bestimmten das Meer und die Schifffahrt das Leben in Stepney: Makler und Händler schlossen inmitten des Gedränges ihre Geschäfte per Handschlag ab; Taschendiebe, Gaukler und Dirnen gingen ihrem eigenen Tagwerk nach; aus den Werkstätten der Handwerker drang das Geräusch von Sägen, Hämmern und Schmieden durch die Straßen, der Geruch nach frisch gesägtem Holz, nach gewachstem Leinen, dem Hanf der Seile, nach Teer und Pech und frischer Farbe. Ratternd holperten die Pferdefuhrwerke über das unebene Pflaster, beladen mit immens großen Tuchballen für den Segelmacher; brüllend riefen sich die Arbeiter kurze Sätze zu. Hausfrauen tratschten an der Ecke, den Kopf halb unter ihren rüschengesäumten Häubchen verborgen, den Korb mit Eiern, Butter und Speck über dem Arm, und unter ihren Röcken spielten rotznäsige, barfüßige Kinder Versteck, die sich eine Backpfeife einfingen, wenn es ihren Müttern zu viel wurde.

Zacharys Mutter hatte das Schicksal so vieler junger Mädchen in den Vierteln rund um den Hafen geteilt: Ein flotter Seemann hatte ihr mit seinem selbstsicheren, weltgewandten Auftreten den Kopf verdreht und in einem dunklen Winkel der Häuser mit groben Zärtlichkeiten die Jungfernschaft genommen, bevor er auf Nimmerwiedersehen an Bord seines Schiffs verschwand. Mit Schimpf und Schande wurde sie aus dem Haus geworfen, in dem sie in Diensten stand, als ihr Zustand sichtbar wurde. Das Arbeitshaus drohte, erbärmliche letzte Zuflucht für gefallene Frauen, doch buchstäblich in letzter Minute fand sich ein gutmütiger Bär von einem Kerl, der der hochschwangeren jungen Frau Zuflucht gewährte. Das trügerische Glück währte kaum ein paar Jahre – Teufel Alkohol machte es innerhalb weniger Monate zunichte. Zacharys Stiefvater bekam als Schiffszimmermann keine Arbeit mehr und kümmerte sich bald auch nicht mehr darum; seine Frau saß bis in die Nächte hinein an ganzen Körben voll aufwendiger, kostbarer Näharbeiten, für die sie nicht mehr als ein paar Pennys bekam, die ihr einstiger Retter aus der Not sogleich wieder versoff und verhurte; den Jungen schickte er unter Androhung schlimmster Strafen so bald wie möglich zum Betteln und Stehlen auf die Straße.

Es war ein Abend im Oktober, als er müde und hungrig und durchfroren von der nebligen Kälte in den Gassen Shadwells nach Hause zurückkehrte und sich unversehens von groben Fingern schmerzhaft gepackt und ins Innere des Hauses gezerrt fand. Heiser vor Verlangen nach dem kostbaren Nass, das sonst die Kehle so wohltuend befeuchtete und das heute Abend ausgeblieben war, bellte der Stiefvater den Jungen an. Zitternd kramte Zachary die paar Pennys und Farthings hervor, die der Tag eingebracht hatte, stammelte eine Entschuldigung für den geringen Betrag, bevor ihn sein Stiefvater mit einem kräftigen Schubs und einem Tritt seines klobigen Stiefels durch den rußigen engen Raum schlittern ließ. Er stürzte bäuchlings auf den ausgetretenen Holzfußboden, doch eine schwarz behaarte Hand zerrte ihn wieder empor. Der muskelbepackte Arm des Stiefvaters holte aus und ließ die Pranke mit voller Wucht in Zacharys Gesicht sausen, noch einmal und noch einmal, löste einen funkelnden Regen heller Lichtblitze hinter seinen Augenlidern aus. Dann eine Explosion des Schmerzes, der metallische Geschmack dickflüssigen Blutes, als die mächtige Faust ihm die Nase zerschmetterte.

Irgendwo fiel ein Stuhl zu Boden, eine schrille Frauenstimme drang an sein Ohr, und jemand drängte sich zwischen ihn und seinen Stiefvater, der ihn verächtlich wie einen nutzlosen Gegenstand gegen die steinerne Kaminumrandung stieß, wo er wie leblos liegen blieb.

Mühsam öffnete Zachary die Augen – sein Kopf schmerzte, das Atmen durch die gebrochene Nase fiel ihm schwer; aus einer Wunde am Kopf rann helles Blut, verdunkelte das Bild des Raumes, in dem eine große, massige Gestalt unaufhörlich auf einen schlanken Frauenkörper einprügelte. Er versuchte sich aufzurichten, doch die Schmerzen ließen ihn stöhnend zurücksinken. Er hasste dieses Gefühl der Hilflosigkeit, das ihn am Boden hielt, das ihn sich so oft die Ohren hatte zuhalten lassen, wenn sich die immer gleichen Szenen hier in diesem Raum abgespielt hatten, die Schreie, die Schläge, wenn er hatte mitanhören müssen, wie seine Mutter auf dem Lager nebenan leise weinte unter den tierischen Grunzern des Stiefvaters – er hasste sich dafür, dass er so schwach und feige war, er hasste das Schicksal, das seiner Mutter und ihm so übel mitspielte, er hasste Gott, wenn es einen gab, dafür, dass er so etwas zuließ. Doch am meisten Hass empfand er für seinen Stiefvater.

Aus den Augenwinkeln wurde er des eisernen Schürhakens gewahr, der am Kamin lehnte. Ein roter Schleier des Jähzorns zog hinter seinen Augen vorüber, als er das kühle Eisen in seiner Handfläche spürte. Ein unbändiger Zorn bemächtigte sich des Jungen und ließ ihn sich taumelnd vom Boden erheben, ohne Rücksicht auf die pochenden, scharfen Schmerzen.

Der erste Schlag traf den Mann quer vor das Schienbein, so dass er vor Schmerz aufbrüllte und in die Knie ging. Der zweite zog einen blutig roten Striemen längs über das hassverzerrte Gesicht und machte ein hässliches Geräusch, wie das Aufplatzen eines reifen Kürbisses, als die hervorquellenden Augen sich verdrehten und der schwere Körper zu Boden ging, dumpf aufschlagend wie ein gefällter Baum.

Übrig blieb Stille und eine dunkelrote Blutlache, die sich langsam auf dem Bretterboden ausbreitete und in dessen Ritzen versickerte.

Hicks verstummte. Das leise Ticken der Taschenuhr auf seinem Schreibtisch wurde unangenehm laut.

«War er tot?», fragte Brittany leise, mit belegter Stimme.

Zachary sah zu ihr hinab, die im Laufe seiner Erzählung von der Koje auf den Boden herabgeglitten war, ihre Knie unter sich gezogen, als sei sie dort sicherer vor den Schrecken seiner Vergangenheit. Ihre Augen waren angstgeweitet und geschwollen von Tränen.

Er schüttelte den Kopf. «Nein, er war nicht tot.» Auf Brittanys halb erleichtertes, halb erschrecktes Ausatmen reagierte er mit leichtem Stirnrunzeln. «Aber ich glaubte, er wäre es, und das tat auch meine Mutter. Sie schickte mich in aller Eile weg, zog es vor, die Konsequenzen jener Nacht alleine zu tragen. Ich glaube, sie hatte, nach dem, was geschehen war, mehr Angst vor mir als vor allem anderen, meinen Stiefvater eingeschlossen.»

Ein bitteres Lächeln zeigte sich auf Zacharys Gesicht, als er sich daran erinnerte, wie sie ihn in eine dünn gescheuerte Wolljoppe gesteckt und in der Dunkelheit der Nacht hastig aus dem Haus geschoben hatte, sich mit einem gehauchten Kuss auf seine Stirn und einem gemurmelten Segen von ihm verabschiedete. Er wusste, dass er in Gefahr war, fliehen musste, um Gefängnis oder Galgen zu entgehen. Nie war er das Gefühl losgeworden, dass es sein Jähzorn gewesen war, der ihre Liebe zu ihm getötet hatte – wie hätte sie, die unter einem gewalttätigen Ehemann zu leiden gehabt hatte, auch noch einen solchen Jungen ertragen oder gar lieben können?

«Was geschah weiter?» Das Kinn auf den Rand der Koje gestützt, sah Brittany ihn gebannt an.

Zachary schob sich die Kissen unter dem Kopf zurecht. «Er war nicht mehr derselbe, als er zu sich kam – wusste nicht mehr, wer oder wo er war, konnte kaum mehr sprechen. Hilflos wie ein Kind ließ er sich von meiner Mutter versorgen, bis er wenige Jahre darauf starb. Die Nachbarn bezeugten alle vor Gericht, er sei betrunken gestürzt und hätte sich im Fall den Schädel an bewusstem Schürhaken eingeschlagen und ich sei aus Angst vor seinem Wüten davongelaufen. Meine Mutter war sehr beliebt im Viertel, wenn auch niemand je hatte wahrhaben wollen, wie die Dinge standen.»

Zachary suchte im Schutz der Nacht in einem der verlotterten Gasthäuser der Gegend Zuflucht, dessen Laufburschen er von der Straße her kannte. Der Gelegenheitsbarbier und Möchtegern-Wundarzt des Viertels wurde rasch herbeigeholt, doch trotz des großen Glases Gin, das man ihm die Kehle hinabgeleert hatte, schrie er vor Schmerzen, als man ihm den gebrochenen Nasenrücken, von dem ein langer Knochensplitter sogar die Haut über der Nasenwurzel durchstoßen hatte, wieder einrichtete und notdürftig verarztete. Die Schankwirtin, eine dicke Matrone in ihren Vierzigern, wollte ihn da behalten, bis seine Wunden verheilt waren, doch die Angst saß ihm zu sehr im Nacken. Er blieb bis zum Einbruch der nächsten Nacht, den Tag in unruhigem, von Alpträumen beherrschten Schlaf verbringend.

In seiner Erinnerung sah er sich wieder durch die menschenleeren Gassen der Metropole laufen. Sein Weg führte nach Norden, durch die Straßen von Mile End und Hackney, bis er das offene Feld erreicht hatte und von nun an alle Dörfer und Marktflecken, die an seinem Weg lagen, links liegen ließ, um kein Aufsehen zu erregen.

Allein in die Nähe einsamer Gehöfte wagte er sich im Schutz der Dunkelheit, schlief in Scheunen oder auf dem Feld, stahl Eier, klaubte wilde Beeren oder späte, wurmstichige Äpfel auf und entkam so manches Mal nur knapp den scharfen Zähnen eines wachsamen Hundes.

Sein Weg war ziellos und kannte doch nur ein Ziel: nach Norden, in eine graue, unwirtliche Gegend, möglichst an der Grenze zu Schottland, wo man ihn nicht freiwillig suchen würde. So wanderte er über Felder, schaurige Moore und traurige Heideflächen hinweg, Meile um Meile zwischen sich und die schrecklichen Ereignisse jener Nacht bringend, einem ungewissen Schicksal entgegen. Schließlich, nach endlosen Wochen, erreichte er Yorkshire, zu müde, um noch einen Schritt weiterzugehen. Er wollte Arbeit suchen, aber kein Meister wollte einen Elfjährigen mit Londoner Akzent, ohne Papiere oder Empfehlungsschreiben – er konnte den Argwohn deutlich spüren, der ihm überall entgegenschlug. In seiner Not ließ er sich vor Einbruch des Winters von der Navy anmustern, wo niemand fragte, wer er war oder woher er kam. Hier war er sicher – selbst wenn man nach ihm gesucht hätte: Die Navy gab niemanden so ohne weiteres her, der sich ihr verpflichtet hatte.

«Aber sie haben gar nicht nach dir gesucht, nicht wahr?» Brittanys Stimme war kaum mehr zu hören.

Zachary schüttelte den Kopf und runzelte die Stirn.

«Nein, aber das wusste ich nicht. Es hätte ohnehin nichts geändert.» Voller Bitterkeit starrte er in den dämmrigen Raum.

Seine erste Zeit in der Navy war bestimmt von Seekrankheit, von zu Tode erschöpfender Arbeit, von Prügeln, Schikanen und Demütigungen, doch er ermahnte sich selbst, die Zähne zusammenzubeißen – er war nicht der Hölle in Stepney entronnen, um hier klein beizugeben, und die unregelmäßige Krümmung seiner Nase, die hell leuchtende Narbe, die von jener Nacht zurückgeblieben waren, erinnerten ihn immer aufs Neue daran. Ein übermächtiger Ehrgeiz erwuchs in ihm, der ihn arbeiten und lernen ließ wie ein Besessener. Er schaute den Offizieren, unter denen er segelte, so viel ab wie nur möglich, Gestik, Sprache, Benehmen. Niemand sollte je von seiner Vergangenheit erfahren, davon, wie es in seinem Innersten aussah. Alle Gefühle, die er besaß, hatte er in jener Nacht der Flucht hinter sich zurückgelassen. Er hatte diesem unausgesprochenen Schwur Folge geleistet, beinahe zwei Jahrzehnte lang, war seinen Weg unbeirrt gegangen. Und dann hatte ein einziger Tag auf einer winzigen Insel der Südsee alles verändert – unmerklich zuerst, doch dann mit umso deutlicherer Macht, und ein Teil von ihm sehnte sich wieder nach dem Schutz zurück, den diese Mauer aus Eis ihm geboten hatte und der nun verloren war.

«Und du bist nie wieder nach Stepney zurückgekehrt?», unterbrach Brittany behutsam die Stille, in die er sich bei den letzten Gedanken zurückgezogen hatte.

Seine Züge verhärteten sich. «Vor etwa zehn Jahren. Ich rechnete mir aus, dass mich inzwischen niemand mehr erkennen würde, wenn ich mich auch nicht ganz sicher fühlte.»

Er war äußerlich ruhig durch die Straßen geschlendert, ein gut aussehender Seemann wie viele andere auch, dem die Mädchen hinterhersahen, doch innerlich hatte er Angst, dass ihn irgendjemand erkennen, ihn bei seinem Namen rufen würde. Seine Mutter war inzwischen gestorben, ihrem einstigen Peiniger in ein namenloses Armengrab gefolgt. Seltsamerweise verspürte er gar nichts, höchstens Erleichterung, dass sich keine Spur von ihm und seiner Vergangenheit fand – als hätte er nie dort gelebt.

«Nun weißt du alles», schloss er trocken seine Erzählung und fügte mit bitterem Ton hinzu: «Der ehrgeizige und geachtete Erste Offizier mit all seinem Wissen ist in Wirklichkeit ein Bastard, ein Dieb und ein jähzorniger Totschläger. Du weißt ja» – er lachte heiser auf – «es jagt keiner mehr nach Ehre, als wer eine Schande zu bedecken hat. Wahrlich kein feiner Umgang für die Enkelin eines Vizeadmirals …»

«Du kannst stolz sein auf das, was du erreicht hast», sagte sie langsam.

«Das alles ist keine Entschuldigung für das, was ich dir angetan habe –», begann er leise.

«Nein, ist es nicht», unterbrach ihn Brittany heftig.

Eine beklemmende Stille entstand, bevor sie sich wieder fing und in versöhnlichem Tonfall, aber mit hörbar zitternder Stimme hinzufügte: «Aber ich verzeihe dir dennoch.»

Rasch nahm er ihre Hand und hielt sie so fest, dass es schon beinahe schmerzte, doch Brittany machte keine Anstalten, sie ihm zu entziehen. Sein Blick hielt den ihren fest, und die Welt um sie herum versank im Nichts, als sie in ihren Augen einander ihre Herzen öffneten, bar jeglicher Geheimnisse. Es gab keine Mauern mehr, die sie trennten.

# 27

Das Meer war durchsichtig und fast farblos und so klar, dass man bis auf den sandigen Grund blicken konnte. An Felsen unter der Wasseroberfläche brachen sich die Wellen in milchiger Gischt. Ein warmer Wind von Süden füllte die Segel und ließ das Schiff pfeilschnell durch das glatte, seidig glänzende Meer gleiten.

Mit meckernden Geräuschen schnellten grau glänzende Leiber aus dem Wasser, schossen neben der Bordwand einher, glitten unter der glasklaren Oberfläche hindurch, müheloser, wie es schien, als der Wind selbst.

«Sehen Sie das, Brittany? Das sind Delphine!»

Aufgeregt wies Banks mit dem ausgestreckten Zeigefinger auf ihre fröhlichen Begleiter, die sich in Schwärmen zusammenfanden und wieder zerstreuten, als spielten sie zusammen mit dem Schiff ein temperamentvolles Spiel nach geheimen Regeln. Lachend beugte er sich weiter über die Reling, verfolgte mit seinen Blicken die elegant dahinschießenden silbernen Tiere, spürte den Fahrtwind und die feucht sprühende Gischt in seinem Gesicht und den Haaren, die sich längst aus seinem aschblonden Zopf gelöst hatten.

Er wandte den Kopf und sah Brittany an, die neben ihm an der Reling lehnte. «Ist das nicht herrlich? So etwas habe ich noch nie gesehen! Jedenfalls noch nie so nahe – und so viele von ihnen!»

Sie beugte sich neben Joseph über die Reling und sah dem munteren Tanz der Tiere zu, deren Spiel sie so oft von den Stränden Tahitis aus beobachtet hatte. «Auf Tahiti heißt es, Delphine seien die zurückgekehrten Seelen ertrunkener Seefahrer und Fischer, die nun andere auf deren Seefahrt begleiten, sie schützen und sie vor den Gefahren warnen, die auf See lauern», sagte sie leise.

«In der Tat?» Banks sah sie interessiert an und richtete sich auf. «Nun, wenn dem so ist, dann steht der Rest dieser Reise unzweifelhaft unter einem äußerst guten Stern – bei dieser enormen Anzahl von guten Schutzgeistern!»

Grinsend beugte er sich erneut über die Reling, mit seinem geübten Blick weitere Bewohner von Neptuns Reich ausmachend – schillernde Fische in allen Farben des Regenbogens, große wie kleine, matt geschuppte wie metallisch glänzende, dem Tross der Delphine folgend, als würden sie von deren schnellen Sog mitgezogen.

«Hai steuerbord voraus!», erklang ein Ruf aus den Wanten, und tatsächlich ließ sich in beträchtlicher Entfernung eine dreieckige Schwanzflosse ausmachen, dann eine zweite und dritte, kleine Kreise umeinander ziehend, sich auf vorsichtiger, lauernder Distanz haltend.

«Es ist kaum zu glauben, was für ein Artenreichtum hier herrscht», rief Banks begeistert aus, seine Augen mit der Hand vor der Sonne schützend und fasziniert die stumme, unaufdringliche Anwesenheit der berüchtigten Tiere beobachtend. Er warf einen strahlenden Seitenblick auf Brittany und zog bei deren Anblick seine hohe, glatte Stirn in Falten.

«Ist Ihnen nicht gut? Sie sind plötzlich so blass geworden!»

Brittany umklammerte die Reling so fest, dass die Kanten des Holzes ihr schmerzhaft in die Handflächen schnitten, doch es wurde ihr kaum bewusst. Alles Blut war ihr aus dem Gesicht gewichen, als sie die spitzen metallisch grauen Flossen sah, und es war ihr, als täte sich ein Abgrund vor ihr auf.

«Es – es muss die Sonne sein», hörte sie sich selbst murmeln.

«Sie brauchen sich nicht zu ängstigen, Brittany – hier an Bord sind wir vollkommen sicher, das können Sie mir glauben!»

«Ich muss aus der Sonne, Joseph», wiederholte sie, noch immer kaum hörbar. Als sie sich von der Reling wegdrehte, bemüht, sich trotz des Schwindelgefühls, das sie erfasst hatte, aufrecht zu halten, fing sie Tupias Blick auf, und sie konnte es an seinen schwarzen Augen ablesen, dass er es ebenso wie sie interpretierte. Ein kalter Schauer lief ihr über den Rücken, der sie trotz der wärmenden Strahlen der Sonne, die das frisch geschrubbte, sauber riechende Deck grell zurückwarf, frösteln machte und sie in der ohnmächtigen Gewissheit zurückließ, ein denkbar schlechtes Omen gesehen zu haben.

«Alle Mann aus den Kojen», gellte Wilkinsons Ruf über das Unterdeck, «raus aus den Federn und ran an die Arbeit!»

In der Dämmerung ließen sich schemenhaft die Konturen schlafschwerer Leiber ausmachen, in Hängematten zwischen den Kisten und Fässern schaukelnd, auf Bänken und Tischen oder auf dem nackten Bretterboden, nur vereinzelt von einer wärmenden Decke geschützt.

«Wenn's wenigstens Federn wären», brummte Benjamin Jordan und streckte sich missmutig unter seiner fadenscheinigen Joppe, die seine Zudecke war. Mit schmatzendem Geräusch ließ er seine Kiefer arbeiten, um den schalen Geschmack in seinem Mund zu vertreiben. Es war eine kurze Nachtruhe gewesen – Rum war ausgeschenkt und ausgiebig genossen worden. Damit untrennbar verbunden, rollten Würfel über die Bodenplanken und wechselten ganze Hände von Pennys den Besitzer, wurde reichlich ausgeschmücktes Seemannsgarn gesponnen – je später die Stunde, desto phantastischer –, wurden die Lieder der Heimat gesungen, mit rauen Kehlen und wehem Herzen, und manch eine Meinungsverschiedenheit war gegen Morgen schlagkräftig entschieden worden.

Noch ein wenig schlaftrunken setzte er sich auf und fuhr ausgiebig gähnend mit beiden Händen durch sein sonnengebleichtes Haar, das in alle Himmelsrichtungen von seinem eckigen Schädel abstand. Um ihn herum regten sich Dutzende anderer Männer, sich räkelnd und den Schlaf aus den Augen reibend, laut gähnend und manche leise vor sich hin fluchend, dass schon wieder ein neuer Tag voller Arbeit angebrochen war.

Schlurfend tat Jordan auf nackten Sohlen die ersten Schritte dieses Tages, hinüber zu der Hängematte, in der Richard Orton lag, der Sekretär des Captains, verantwortlich für eine sorgfältige tägliche

Abschrift des Schiffslogbuches und der Briefe und Schriften, die der Captain verfasste, der es nach dem nächtlichen Gelage nicht mehr bis in seine eigene Kabine geschafft hatte.

Er rüttelte den Sekretär an einer Schulter. «Aufstehen, Orton, 's ist Zeit – Wilkinson hat schon die Runde gemacht!» Schweigen war die Antwort. Keine Bewegung verriet, ob Orton ihn gehört hatte. «Orton, verdammt!» Jordan wurde ungeduldig und trat einen Schritt vor – hinein in eine klebrige Flüssigkeit unter der Hängematte. «Was zum Henker –», fluchte der Matrose lautstark und riss die Augen auf, um nachzusehen, was genau einer dieser Dreckfinken letzte Nacht wieder verschüttet hatte.

Er schluckte, als er die dunkle Lache als geronnenes Blut identifizierte, dessen metallischen, widerlich-süßen Geruch seine Nase erst nachträglich wahrnahm. Ein banges Gefühl in seinem Herzen, wandte er sich langsam, als könnte er die schreckliche Wahrheit damit hinauszögern, der Hängematte zu. Stumm und blass lag der Sekretär darin, seine Kleidung am Rücken aufgeschlitzt und ausgefranst, sein Kopf mit den weißblonden Haaren blutverschmiert, die Augen geschlossen, als läge er in tiefem Schlaf.

«Zu Hilfe», brüllte Jordan über das Unterdeck, «die Schweine ha'm ihn umgebracht!»

«Er wird es schaffen», versicherte Monkhouse und ließ die angelaufenen Messingschlösser seiner Ledertasche zuschnappen.

Schweigend starrte Cook seinen Sekretär an, der in der schmalen Koje seiner winzigen Kabine auf dem Unterdeck lag. Ortons Gesicht zeigte noch immer eine unnatürliche Blässe, wenn sich auch auf seinen Wangen ein kleiner Farbtupfer abzeichnete, der dem Betrachter verriet, dass er der todesähnlichen Bewusstlosigkeit entronnen und von Monkhouse mit einer stärkenden Arznei bedacht worden war. Sein Kopf war mit weißen Stoffbinden umwickelt, durch die an beiden Seiten noch ein wenig Blut sickerte und scharlachrote Flecken hinterließ.

«Er braucht Ruhe», sagte der Schiffsarzt leise mit einem Seitenblick auf seinen Patienten, der durch eine Dosis Laudanum in einen tiefen Schlaf gefallen war.

Leise schloss Monkhouse die Tür hinter sich und dem Captain.

«Was ist bloß in diese Männer gefahren», machte Cook seinem Zorn Luft.

«Der Rum, Sir», seufzte Monkhouse mit einem nachsichtigen Blick. «Aber», schmunzelte er leise, «gleich auf die Idee zu kommen, Ihrem Sekretär die Uniform aufzuschlitzen und mit einem Messer seine Ohrmuscheln ...» Ein Aufblitzen in seinen dunkelbraunen Augen und ein verräterisches Zucken um die Mundwinkel zeigten, dass für Monkhouse diese Geschichte nicht einer gewissen Komik entbehrte – im Gegensatz zum Captain, der den Wundarzt konsterniert ansah, worauf Monkhouse beschwichtigend die Hand hob und errötete.

«Schon gut, Sir, verzeihen Sie mein schlechtes Benehmen. Der Junge macht einen stabilen Eindruck. Ich glaube, er ist außer Gefahr, wenn wir eine Infektion vermeiden können – worum ich mich natürlich nach Leibeskräften bemühen werde», fügte er hastig hinzu.

«Gut.» Cook nickte, sein markantes Kinn mit der leichten Kerbe energisch vorgeschoben. «Wenn ich diesen Bastard zu fassen bekomme ...», knurrte er vor sich hin, die graublauen Augen zusammengekniffen und dunkel wie Gewitterwolken.

«He, Magra», brüllte Wilkinson in die Takelage hinauf, «sollst runterkommen – Befehl vom Captain!»

«Was der wohl von dir will», bemerkte Timothy Rearden mit einem scheinheiligen Grinsen und zog das Tau fester zu sich heran.

«Keine Ahnung, aber er wird mir schon nicht den Kopf abreißen, hat ja keinen Grund dazu.» Der Amerikaner schlang sein Tau zu einem gekonnten Knoten, bevor er sich an den Wanten hinunterließ, wo neben Wilkinson Korporal Truslove und Marinesoldat Gibson standen.

Äußerlich gab sich Magra ruhig, doch ein beklemmendes Gefühl machte sich in ihm breit. Er war sicher, dass diese Vorladung etwas mit Ortons Verstümmelung zu tun hatte, die in Windeseile auf dem Schiff die Runde gemacht hatte – aber was genau? Er war unschuldig, hatte den gestrigen Abend in seligem Suff verbracht und Orton beinahe die ganze Zeit über nicht gesehen. Hatte ihn jemand fälschlich beschuldigt? Aber wer und warum? Überzeugt, dass sich alles aufklären würde, sprang er auf die Deckplanken, wo er sogleich von Gibson gepackt wurde.

«James Magra», verkündete Truslove mit unbewegtem Gesicht, «ich nehme Sie hiermit unter Arrest. Es besteht der Verdacht, dass Sie aus bösem Willen heraus Richard Orton, Sekretär des Captains, vergangene Nacht schwer misshandelt und verletzt haben.»

«Was soll die Scheiße», brüllte Magra, der sich in Panik losreißen wollte, doch Gibson hielt seine Arme in eisernem Griff auf seinem Rücken zusammen. «Ich hab damit nichts zu tun – ich bin unschuldig, verdammt, das müsst ihr mir glauben!»

Truslove verzog keine Miene. «Darüber wird der Captain entscheiden. Vorwärts, Gibson, bringen Sie ihn nach unten!»

In der Messe, die mehr denn je einem tropischen Gewächshaus oder der naturkundlichen Abteilung des British Museum glich, sah sich Magra dem Captain gegenüber, der mit strenger Miene über dicht beschriebenen Papieren am Tisch saß, flankiert von Lieutenant Gore, der im Augenblick die Aufgaben des Ersten Offiziers übernahm, solange Lieutenant Hicks noch rekonvaleszent war, und Midshipman Clerke, der dadurch vorübergehend in die Position des Zweiten Offiziers aufgerückt war. Hinter ihnen standen die Midshipmen Saunders und Pickersgill, die Arme auf dem Rücken verschränkt und mit starrem Gesichtsausdruck.

«Danke, Mr. Truslove – Mr. Gibson.» Der Captain nickte den beiden Soldaten zu, die salutierten und in den Vorraum hinaustraten, die Tür leise hinter sich schließend.

Magra wäre es lieber gewesen, sie noch in seinem Rücken zu spüren – so fühlte er sich nackt und schutzlos, einer Situation ausgeliefert, die er, trotz seiner Unschuld und seines sonst unbezwingbaren Mutes, nicht meistern zu können glaubte.

Er schreckte zusammen, als der Captain ihn anredete, so dass dieser seine Worte wiederholen musste. «Sie wissen, weshalb Sie hier sind, Magra?»

Der Angeredete nickte hastig und schluckte trocken. «Wegen – wegen der Sache mit Ortons Ohren, Sir.»

Aufmerksam sah Cook ihn an. «Was wissen Sie darüber?»

«Nicht viel, Sir – nur, dass ihm sie jemand heute Nacht abgeschnitten hat. – Hab ich gehört», fügte er schnell hinzu, um seine Unschuld von vornherein in ein helleres Licht zu rücken.

Cook senkte seinen Blick kurz auf seine Papiere, schob einige Blätter auf die Seite und wieder zurück. «Ich habe ein paar Männer befragen lassen, und dabei ist mir zu Ohren gekommen, dass Sie mehrmals gedroht haben, Orton umzubringen – wenn es, wie Sie sagten, nicht gegen das Gesetz wäre. Stimmt das?»

Ein kalter Schauder lief Magras breiten Rücken hinab. Das hatte er von seinem losen Mundwerk! Er schluckte erneut.

«Ich höre?», vernahm er die Stimme des Captains.

Er räusperte sich. «Ist – ist schon möglich, dass ich das mal gesagt habe. Sie wissen sicher selbst, wie Orton war – ist.» Er schloss für einen Moment die Lider vor Entsetzen über seinen Fauxpas, fuhr dann aber rasch fort: «Er kann verd–» Er räusperte sich erneut. «Er kann ganz schön nachlässig und überheblich sein, und –»

«Magra», unterbrach ihn der Captain ungehalten, «es geht hier nicht um Ortons Verhalten, sondern um Ihres! Orton soll nicht der Einzige gewesen sein, der von Ihnen in dieser Weise bedroht worden ist, und Sie haben bereits mehrere Male Männern ihre Kleidung aufgeschlitzt, während sie schliefen.»

Der Matrose biss die Zähne zusammen. «Entschuldigung, Sir. Ich –» Er geriet ins Stocken, fing sich dann aber wieder und setzte mit flatternden Augenlidern erneut an. «Es mag sein, dass ich nicht immer meinen Mund gehalten habe, wenn ich es hätte sollen, und ich weiß, dass ich oft Streitereien angezettelt habe – aber ich hab mit dieser Geschichte nichts zu tun, Sir, ehrlich nicht, das müssen Sie mir glauben!»

Offen sah er seinen Captain an, einen flehenden Ausdruck in den schwarz funkelnden Augen, bis Cook seinen Blick wieder auf die Tischplatte senkte und sich verhalten räusperte.

«Nun, Magra, wenn Sie daran unbeteiligt waren – können Sie sich vielleicht an etwas erinnern, was Sie gesehen haben, etwas, was uns weiterbringt?»

Magra starrte ihn hilflos an.

Sich erinnern – wenn das doch nur so einfach wäre! Alles, was er sich ins Gedächtnis zurückzurufen vermochte, war verschwommen. Er sah Orton, und es war auch jemand bei ihm – sie tranken und lachten, und plötzlich schrien sie sich an, worauf Orton wütend seinem Gegenüber den Inhalt seines Bechers ins Gesicht schüttete. Das

Bild schärfte sich, wurde klarer und überlagerte sich mit dem von Saunders, der gleichmütig in den Raum hineinsah.

Saunders! Er war es gewesen, der mit Orton so heftig gestritten hatte, und Magra traute Saunders alles zu. Hatte Ravenhill, der Segelmacher, ihn nicht vor ihm gewarnt? Magra sah den Midshipman direkt an, als er die Stimme hob.

«Sir, ich –» Ich kann mich erinnern – Saunders hatte Streit mit Orton, und als ich aufwachte, weil mein Nebenmann sich die Seele aus dem Leib kotzte, sah ich Saunders grinsend aus dem Unterdeck schleichen. So wollte Magra seine Beobachtungen zusammenfassen. Doch er kam nicht dazu, sie dem Captain und dessen Offizieren mitzuteilen, denn Saunders schien seine Gedanken zu lesen und reagierte mit einem hasserfüllten, warnenden Blick und einer winzigen Geste, die er so rasch und leicht ausführte, dass sie außer Magra selbst niemand im Raum wahrnahm: In einer flinken Bewegung fuhr er mit dem Zeigefinger quer über seine Kehle.

Magras Worte blieben ihm buchstäblich im Hals stecken. Er wusste, dass dies keine leere Drohung bleiben würde, und im gleichen Augenblick war er absolut sicher, dass Orton ein Opfer Saunders' geworden war. Würde er reden, den Captain von seiner Unschuld überzeugen können, indem er Saunders beschuldigte, wäre er ein toter Mann; schwieg er jetzt, würde ihn der Captain bestrafen – schlimmstenfalls mit ein paar Wochen Arrest und der Peitsche.

Er wurde sich bewusst, dass alle Augenpaare im Raum wie gebannt auf ihn gerichtet waren, und er hörte seinen eigenen Atem überdeutlich und keuchend.

«Ich», ließ er sich schließlich mit trockener Kehle vernehmen, «ich kann mich an nichts erinnern, Sir.» Rasch senkte er den Blick, um nicht bei der Lüge ertappt zu werden, zu der er Zuflucht genommen hatte. Er hörte Papiere rascheln, das Kratzen einer Feder, ein leises Hüsteln. Pflichtbewusst sah er auf.

«Sie werden sicher verstehen», sagte der Captain leise, «dass ich Sie nicht einfach wieder laufen lassen kann, solange sich dieser Verdacht nicht ausräumen lässt.» Vorsichtig sah er den Seemann an, der geistesabwesend nickte. «Schon alleine deshalb, um den oder die möglichen Täter davon abzuhalten, so etwas noch einmal zu tun.» Er räusperte sich leise. «Sie sind hiermit von allen Ihren Pflichten entbunden und werden sich von der Takelage auch so lange fern halten, bis diese unselige Geschichte aufgeklärt ist.»

«Jawohl, Sir.» Magras Antwort war kaum zu hören.

Mochte dieses Urteil auf den ersten Blick auch milde wirken, so wusste der Amerikaner doch, dass er damit zu einem Aussätzigen würde in der eng verschworenen Gemeinschaft der Seeleute. Keinen Finger mehr an Bord rühren zu dürfen, zwangsweise zur Untätigkeit verurteilt zu sein, ohne den guten Grund einer Krankheit, hieß, den anderen die Solidarität zu verweigern, was sie gegen ihn aufbringen würde: Sie würden Hohn und Spott über ihm ausschütten oder ihn auf jede erdenkliche Weise schikanieren.

«Mr. Pickersgill, lassen Sie ihn losbinden.»

«Sir.» Der Midshipman beeilte sich, den Auftrag auszuführen, und gleich darauf war die gesamte Messe im Aufbruch begriffen – für den Nachmittag war eine weitere Expedition an Land angesetzt.

Allein Midshipman Clerke sinnierte noch eine Weile über die Vernehmung des Matrosen nach. Er mochte Magra, auch wenn sie beide sich schon manch hitziges Wortgefecht und ein, zwei kleinere Handgemenge geliefert hatten, doch ihn beschäftigte noch etwas anderes. Er war sicher, dass Magra sich an etwas erinnert hatte – er hatte es in seinem Gesicht gelesen, es an seiner fester klingenden Stimme gehört. Magra wusste etwas, aber er hatte sich selbst unterbrochen und es vorgezogen, zu schweigen. Weshalb? Sein Blick hatte kurz zuvor etwas Entsetztes, Furchtsames gehabt, war auf ein bestimmtes Ziel in Clerkes Rücken gerichtet gewesen …

Saunders!, schoss es ihm blitzartig durch den Kopf. Saunders musste etwas damit zu tun haben, und auf irgendeine Weise hatte er Magra zum Schweigen gebracht, ohne dass sie es alle bemerkt hatten.

Impulsiv wollte er den Captain aufsuchen, ihm unverzüglich seinen ungeheuren Verdacht mitteilen, doch dann zögerte er. Es war nur ein Verdacht, und er hatte noch nie zu übler Nachrede geneigt. Er brütete lange über das Für und Wider, bis er beschloss, der Sache selbst auf den Grund zu gehen.

Er fand Saunders unter Deck, auf dem Weg zu ihrer Kabine. Der Gang war leer, weit und breit keine Menschenseele, und so ging Clerke sofort zum Angriff über und hielt den anderen Midshipman am Ärmel des Uniformrocks fest.

«Was war das vorhin mit Magra?», wollte Clerke ohne Umschweife wissen.

Saunders grinste dümmlich. «Was meinst du?», gab er lässig zurück.

«Stell dich nicht so an», herrschte ihn Charlie an, «du hast Magra auf irgendeine Weise eingeschüchtert, als er auspacken wollte – weshalb? Hast du etwas mit Ortons Verletzungen zu tun?»

Das Grinsen wich nicht von Saunders' Gesicht. Langsam und provozierend musterte er Clerke von Kopf bis Fuß. «Sieh an», sagte er endlich mit einem unverschämten Ton in der Stimme, «kaum vertreten wir den Ersten Offizier, benehmen wir uns auch schon wie der Captain persönlich!»

«Red keinen Schwachsinn, Mann», verteidigte sich Clerke, eine verlegene Röte auf den Wangen, «ich bin immer noch einer von euch! Der Lieutenant wird ohnehin bald wieder seinen Posten einnehmen.» Rasch ließ er Saunders' Ärmel los.

«Nun ja», gab Saunders zurück, etwas Abschätziges in seinem Blick, «vielleicht kannst du ihn ja dann bei eurer süßen Hure vertreten – als Ausgleich!»

In einer blitzschnellen Bewegung packte Clerke Saunders am Kragen und warf ihn gegen die Wand. Eindringlich starrte er ihm ins Gesicht, seine hellen Augen vor Zorn und Hass sprühend. «Hör endlich auf mit deinem dreckigen Geschwätz, sonst bekommst du wirklich Ärger!»

Höhnisch lachte Saunders auf. «Warum vögelst du sie nicht einfach, wie es unser Erster Offizier getan hat, anstatt die ganze Zeit ihre nicht vorhandene Ehre zu verteidigen? Könntest dir 'ne Menge Zeit und Mühe sparen – und mehr ist sie ohnehin nicht w–»

Clerke hatte so getan, als wollte er sich bereits gleichgültig von Saunders abwenden; nun fuhr er blitzartig herum und ließ seine Faust in Saunders' Magengegend schnellen, so dass dieser prustend die Luft ausstieß und wie ein nasser Sack zu Boden ging.

Seine schmerzenden Finger ausschüttelnd, stieg der Midshipman über Saunders hinweg, der zusammengekrümmt da lag und sich die Eingeweide hielt. «Ich krieg dich dran, Patrick», sagte er leise und ging, ohne sich noch einmal nach ihm umzudrehen.

# 28

«Lieutenant Hicks, Sir.»

«Danke, Mr. Pickersgill.»

Der Midshipman salutierte und schloss die Tür der Kajüte hinter dem Ersten Offizier. Rasch erhob sich Cook von seinem Schreibtisch und begrüßte Hicks mit einem kräftigen Handschlag. «Schön, dass Sie wieder bei uns sind.» Mit der ausgestreckten Hand bot er ihm einen Stuhl an.

«Danke, Sir.»

Cook beobachtete ihn heimlich, als beide Platz nahmen. Obschon noch immer so schmal, dass die Konturen seines Gesichtes scharf hervortraten, drückten seine Bewegungen eine neue Kraft und Energie aus, die deutlich zeigten, wie gut er sich seit seinem Zusammenbruch vor einem Monat erholt hatte. Er schien dem Captain verändert – in sich selbst ruhend, als hätte er mit seiner Krankheit den unterschwelligen Zorn, der immer in seinem Inneren geschwelt hatte, verloren. Er wirkte reifer, stärker, und in seinem kurzen dunkelbraunen Zopf verwoben sich, kaum sichtbar, einzelne feine graue Strähnen mit den goldenen Glanzlichtern, die die Sonne der vergangenen Tage darin hinterlassen hatte.

«Es freut mich, dass Sie wieder ganz genesen sind», ließ Cook sich schließlich vernehmen, seine Hände auf der Tischplatte verschränkt.

«Es geht mir gut, Sir, danke», entgegnete Hicks, in seinem Stuhl zurückgelehnt und die Beine übereinander geschlagen. «Wie ich höre, hat Clerke seine Sache mehr als gut gemacht.»

Cook nickte. «Sehr gut sogar – wenn er auch bei weitem nicht über Ihre Erfahrung verfügt. Ich bin froh, dass Sie wieder auf Ihrem Posten sind.»

Für einen Moment sahen sich der Captain und sein Erster Offizier so offen und direkt an, wie sie es bisher nie getan hatten, seit diese waghalsige Reise sie zusammengebracht hatte.

«Danke, Sir, ich auch.»

«Immerhin lässt sich aus meiner Sicht schon jetzt sagen, dass dieses Land weitaus mehr an Vegetation hervorbringt, als es auf den ersten Blick vermuten lässt», dozierte Banks und spießte das letzte Stück seines Schinkens auf die Gabel, bevor er sich von seinem Steward nachlegen ließ. «Ob diese Pflanzen allerdings irgendeinen medizinischen oder wirtschaftlichen Nutzen haben, muss noch untersucht werden.»

«Wäre das nicht eine Lebensaufgabe für Sie, Dr. Monkhouse?», nickte Solander dem Schiffsarzt am anderen Ende des Tisches zu und hob ihm seinen gut gefüllten Becher entgegen.

Wie immer, wenn er sich in einer versammelten Runde angesprochen sah, errötete Monkhouse und begann, sich nervös in seinem Bart zu kratzen. «Nun, Dr. Solander», begann er mit knarzender Stimme, «wenn ich dazu die Gelegenheit fände ...» Er ließ sich auf keine eindeutige Antwort festnageln, obwohl ihn die Tatsache, dass man ihn einer solch wichtigen Aufgabe für fähig hielt, sichtlich mit Stolz erfüllte.

«Es scheint nun keine Zweifel mehr zu geben», fuhr Banks fort, «dass diese großartige Reise eine weitere nach sich ziehen wird – mindestens! Und wir können wahrlich mit Fug und Recht behaupten, dass uns Fortuna all ihre Gunst geschenkt hat und es sicherlich auch noch weiter tun wird, denn schließlich –»

Mit einem heftigen Luftzug flog die Tür zu Vorraum und Korridor auf, und Midshipman Clerke, der Dienst habende Offizier der Ersten Wache, erschien in dem niedrigen Türrahmen, sichtlich erregt, die Tür noch in der Hand.

«Wenn Sie bitte mit an Deck kommen möchten, Sir», sprach er hastig den Captain an, «wir haben Grund auf sieben Faden!»

Schwarze Schatten drängten sich um die Reling und starrten in das ruhig daliegende, im Licht der Laternen fluoreszierende Wasser, aus dem die Gefahr drohte. Mit einem gurgelnden Geräusch wurde die Leine emporgezogen und mit zusammengekniffenen Augen die Anzahl der Knoten begutachtet.

«Grund auf zehn Faden, Sir», gab Molyneux bekannt, die Leine mit dem daran befestigten Gewicht sogleich wieder hinablassend.

«Grund auf zwölf Faden», erscholl der Ruf von Steuerbord her.

«Ein Riff», kommentierte Lieutenant Gore.

«Vermutlich die Ausläufer der Korallenbänke, die wir bei Sonnenuntergang gesehen haben», ergänzte Lieutenant Hicks.

«Lassen Sie Groß- und Vormarssegel wegnehmen, Mr. Clerke!»

Als hätte er die Äußerungen seiner Offiziere gar nicht wahrgenommen, reagierte Cook mit schlafwandlerischer Sicherheit auf die bedrohliche Lage. Sanft lief das Schiff aus. Ohne die drängende Energie des Windes lag es ruhiger auf dem schimmernden Wasser. Eine gebannte Stille, zu angespannt, um andächtig zu sein, lag über dem Deck, als die Anwesenden auf die neusten Angaben der Lottiefe warteten. Unbewusst hatte Brittany Zacharys Nähe gesucht und krallte sich nun Schutz suchend in den schweren Stoff seines Uniformärmels.

«Grund auf vierzehn Faden.» – «Hier sechzehn!»

Ein hörbares Aufatmen ging über das Deck, und in vereinzelten Lachern, Seufzern nicht unähnlich, und erregtem Geflüster entlud sich die gespannte Atmosphäre.

«Achtzehn Faden!» – «Einundzwanzig Faden!»

«Lassen Sie nur mit den Toppsegeln fahren, Mr. Clerke, und bleiben Sie auf der Hut», befahl Cook seinem Midshipman, eine böse Ahnung im Nacken, obwohl sich die Situation zu entspannen schien, doch er wusste aus Erfahrung, dass Untiefen selten allein kamen.

Ein erneuter Ruf schien Cook in seiner Vorahnung zu bestätigen.

«Grund auf zwölf Faden!» – «Zehn!»

«Acht!» – «Hier auch acht!»

«Sofort alle Segel wegnehmen lassen!»

Als ginge es darum, ihre nackte Haut zu retten, refften die Matrosen in den Mastbäumen die Segel, so schnell sie es vermochten, und zurrten sie mit aller Macht fest, sich blind auf die unzählige Male geübten, in Fleisch und Blut übergegangenen Griffe verlassend. Mit leisen, ruckenden Bewegungen verlangsamte die *Endeavour* ihre Fahrt, bis sie, allein von der schwachen Strömung vorwärtsgetrieben, wie ein Gespensterschiff kaum noch eine Spur in der spiegelglatten See hinterließ. Eine unerträgliche Stille, von Furcht geschürt, legte sich über das Deck.

«Zehn Faden!» – «Elf!»

«Anker bereit zum Auswerfen machen!» Cook wollte auf alle Eventualitäten vorbereitet sein.

«Fünfzehn!» – «Hier zwanzig Faden!!»

Ein leiser Laut, wie ein Schluchzen, entfuhr Brittany vor Erleichterung, und im Schutze der Dunkelheit fand ihre Hand die Zacharys, die ihr Trost und Geborgenheit gab.

«Zwanzig Faden konstant!» – «Einundzwanzig!»

Erst jetzt wurde Cook sich bewusst, dass er die ganze Zeit über die Reling so fest umklammert gehalten hatte, dass die Kanten des Holzes sich schmerzhaft in seine Handflächen gedrückt hatten. Er musste sich förmlich dazu zwingen, sie loszulassen, seinen rasenden Herzschlag wieder ruhiger werden zu lassen, auch wenn er befürchtete, dass der Alptraum noch längst nicht vorüber war.

«Einundzwanzig hier!» – «Hier auch einundzwanzig Faden!»

Cook richtete sich auf und versuchte, seiner Stimme einen festen, ruhigen Klang zu verleihen. «Sie können sich alle unter Deck begeben, es steht weiter nichts zu befürchten. Ich werde heute Nacht an Deck bleiben.»

«Ich bleibe zur Verstärkung hier», meldete sich Lieutenant Gore zu Wort, «nur für alle Fälle.»

«Gut», nickte Cook seinem Zweiten Offizier zu, bevor er sich der finsteren See zuwandte und mit angespannten Zügen darüber zu brüten begann, was sich noch unter ihrer Oberfläche verbergen würde.

Nächtliche Ruhe legte sich über die unteren Decks; denn keine Aufregung, die einmal überwunden ist, währt lange genug, um der Müdigkeit am Ende eines langen Tages ernsten Widerstand leisten zu können. Und es war auch nicht der Schrecken, den die Untiefe, die der Kiel des Schiffes um Haaresbreite gestreift hatte, verursacht hatte, der Brittany nicht einschlafen ließ, sondern der feste und doch zärtliche Händedruck Zacharys hielt sie wach, ließ sie Stunde um Stunde der köstlichen Erinnerung nachspüren. Sie sahen sich nicht oft – während der lärmenden Mahlzeiten, während seiner Wache auf dem sonnenüberstrahlten Deck oder abends in der Messe beim Schein der Kerzen; doch sein Blick, wenn ihre Augen sich trafen, sprach für sich selbst, und Momente wie derjenige vorhin ließen ihr Herz höher schlagen. Eine gewisse Scheu hatte sich zwischen ihnen eingeschlichen, als seien sie sich eben erst begegnet und hätten nicht schon so viele Augenblicke der Leidenschaft miteinander geteilt. Was sie nun miteinander verband, war viel intensiver, viel enger als zuvor.

Ohne Vorwarnung lief ein kräftiger Ruck durch das Schiff, dann ertönte das Poltern und Scheppern durcheinander fallender Gegenstände und Möbel. Das Holz der Planken und Bohlen knirschte, krachte und splitterte, ließ das Schiff in seinem Innersten aufstöhnen und erzittern, als wollte es zerbersten.

Mit einem leisen Aufschrei rutschte Brittany aus ihrer Koje, als die Kabine unter ihr jäh abfiel. Mit pochendem Herzen lag sie bäuchlings auf dem Boden, kaum die Prellungen spürend, die der Sturz ihr verursacht hatte, hörte die Rufe und hastigen Schritte der Männer, die aus allen Winkeln des Schiffes herbeiliefen, und versuchte zu begreifen, was geschehen war. Sie mussten aufgelaufen sein, und als wollte sich die *Endeavour* selbst befreien, neigte sie sich von Seite zu Seite, unruhig in ihrer unfreiwilligen Gefangenschaft. Panisch tastete Brittany nach ihrer Hose und kleidete sich mit zitternden Händen an, bevor sie im Gedränge der nach oben strömenden Männer die Sprossen an Deck erklomm.

Um sie herum wimmelte es von hektisch durcheinander rennenden Männern, die sie anrempelten, ohne sich zu entschuldigen, oder ihr im letzten Moment auswichen. Wie gelähmt verharrte sie unbeweglich auf der Stelle, ungläubig auf das Durcheinander um sie herum starrend, als sei sie wieder das kleine Mädchen, das der Sturm mit sich fortgerissen hatte. Das Meer war ruhig, doch ansonsten glichen sich die Bilder auf unheimliche Weise.

Ihr Blick fiel auf Cook, der mit kaum bewegter Miene wie im Auge eines Hurrikans stand und Befehle gab, die seine Offiziere rasch, aber ebenso ruhig wie ihr Captain ausführen ließen und so allmählich eine gewisse Ordnung in die Männer brachten. Aufgaben wurden verteilt, Männer in Gruppen zusammengerufen, und bald tat jede Hand am rechten Platz, was zu tun geboten war.

Alle Boote waren zu Wasser gelassen worden und loteten die Wassertiefe rund um den schwerfälligen Körper des Schiffes, das sich nur noch wenig bewegte, wie ein dicker Fisch, der an Land mit letzter Kraft ins Leere schnappt, bevor seine Augen glasig werden.

«Drei Faden!» – «Hier vier!»

«Gottverdammte vier Fuß hier, Sir!» – «Auf Schiffslänge steuerbord acht Faden!»

Rasselnd lockerten sich die Ankerketten, und ein Anker nach dem anderen rauschte ins Wasser, eine hoch aufspritzende Fontäne über das Deck werfend.

«Sir» – Molyneux salutierte schwer atmend – «habe tauchen lassen – wir sind auf einen Felsen aufgelaufen, und um uns herum sind nur Korallenriffe!»

Was dies für sie alle bedeutete, wurde nicht ausgesprochen, nicht einmal gedacht, und doch leitete das Bewusstsein der Gefahr von nun an alle ihre Handlungen.

«Danke, Mr. Molyneux.» Cook zog seine Taschenuhr hervor und hielt sie schräg, um den Lichtschein einer Laterne auf ihrem Zifferblatt einzufangen. «Die Flut ist im Steigen, vielleicht können wir uns loshieven, wenn wir genug Ballast abwerfen. Mr. Hicks – lassen Sie Befehl geben, das Schiff zu leichtern!»

Über einen Hebebaum wurde der Inhalt der Lagerräume an Deck gehievt und von den Männern über Bord geworfen – Öl- und Wasserfässer, nicht dringend benötigte Proviantkisten und Mehlsäcke, Bandeisen, Vorratsgläser, jene Kisten, die Steine als Ballast enthielten, schließlich auch die sechs Vierpfünder samt ihrer Halterungen, an denen Bojen befestigt wurden, um sie später vielleicht wieder bergen zu können. Alles, was zu viel Gewicht brachte und im Augenblick entbehrlich schien, versank in den hoch aufspritzenden Wassermassen. Aus dem Bauch des Schiffes ertönte hohl das rhythmische Schlürfen der Pumpen, deren Ertrag in Eimern von Mann zu Mann weitergegeben wurde, hinauf auf das Deck, wo das durch das Leck eingedrungene Wasser seinem Ursprung zurückgegeben wurde und die leeren Eimer den umgekehrten Weg zurück nahmen. Kein unwilliges Knurren, kein einziger Fluch war an Deck zu hören – mit kurzen Rufen verständigten sich die Männer, stumm und konzentriert mitanpackend.

Noch immer erstarrt in ihrer Furcht sah Brittany ihnen zu, und die Erinnerung an jenen Orkan, den sie nur um Haaresbreite überlebt hatte, hielt sie wie mit eiserner Hand im Genick gepackt. Erst als sie sah, wie sich der Schiffsjunge mit einem schweren Sack abmühte, den über Bord zu hieven er noch nicht stark genug war, erwachte sie aus ihrer Lähmung.

«Warte, Nick, zu zweit schaffen wir es vielleicht.»

Mit vereinten Kräften gelang es ihnen, den zentnerschweren Sack über Bord gleiten zu lassen.

Anerkennend und ein wenig spitzbübisch grinste der Junge sie an. «Danke, Miss – gar nicht schlecht für 'ne Lady!»

Als wäre der Bann gebrochen, der sich über sie gelegt hatte, packte sie nun mit an bei all den Kisten, Fässern und Säcken, die sich auf Deck hoch auftürmten, und manch anerkennender Blick streifte sie, wie sie schwitzend und keuchend Seite an Seite mit dem Schiffsjungen und den Männern gegen die Zeit arbeitete.

Plötzlich fühlte sie sich sanft beim Arm genommen. «Ich brauche Ihre Hilfe, Brittany», sagte Joseph leise und verstärkte den Druck seiner Hand.

Mit der freien Hand wischte sie sich über das nasse Gesicht, dabei energisch ein paar Haarsträhnen, die an ihren feuchten Wangen klebten, an ihren Platz verweisend. «Ich kann nicht, Joseph, ich –»

Ohne auf ihre Einwände zu achten, zog er sie mit sich fort, heraus aus dem betriebsamen Gedränge der Männer, die weiter unablässig Ballast abwarfen, unter Deck, in den Korridor, der zur Messe führte und an dem auch die Kabinen Solanders, Banks', Spörings, Parkinsons und Greens lagen.

«Joseph, was soll das, ich werde oben noch gebraucht – so lassen Sie mich doch endlich los, ich –»

Ihr wütender Protest, mit dem sie sich zu befreien suchte, verstummte abrupt, als sie das hektische Hin- und Hereilen von Josephs Dienern und den anderen zivilen Passagieren sah, die schnellen Schrittes von einem der Räume zum anderen marschierten, deren Türen weit offen standen, und aus dem Chaos, das die Erschütterung des Schiffes angerichtet hatte, das bargen, was ihnen am wichtigsten erschien, und es ebenso geschickt wie rasch verpackten. Kohlezeichnungen und Aquarelle wurden sorgfältig zusammengerollt und in wasserdichtes Wachstuch gehüllt, gepresste, getrocknete und katalogisierte Pflanzen in abgedichtete Kisten geschichtet, ebenso wie die unzähligen losen Seiten und in Leder gebundenen Tagebücher, die in engen Buchstaben das zusammenfassten und für die Nachwelt festhielten, was sie gesehen hatten. Mit hochrotem Gesicht verstaute Green seine kostbaren Instrumente in Holzkisten, in seiner Fahrigkeit mehrere Male die Stöße beschriebener Papierbögen in hohem Bogen durch die Luft flattern lassend, bis sich sein Diener Reynolds ihrer erbarmte, sie rasch einsammelte und in dicken Packen in die Zwischenräume der Kisten steckte.

«Wir retten, was wir noch retten können», antwortete Joseph nüchtern auf ihre unausgesprochene Frage, «in der Hoffnung, dass alles, was wir gesammelt und erforscht haben, uns überleben und von unserer Reise Zeugnis ablegen wird.»

Brittany lachte ungläubig auf; zu grausam klangen seine Worte in ihren Ohren. «Sie glauben doch nicht ernstlich, dass wir –»

Er packte sie fester beim Arm. Der ernste Blick, mit dem er sie ansah, die Angst, die sie in seinen grauen Augen erkannte, ließen ihn wie einen Fremden erscheinen.

«Ich war vorhin selbst unten in den Laderäumen. Das Schiff macht so viel Wasser, dass die drei Pumpen es gerade wieder hinausschaffen können, die vierte arbeitet gar nicht. Uns aus dem Wasser hieven zu können, wird mit jeder Stunde unwahrscheinlicher, geschweige denn das Schiff wieder flottzumachen. Früher oder später wird das Wasser steigen und das Schiff sinken. Wir haben nicht genug Boote, um uns alle an Land zu bringen – die meisten von uns werden ertrinken.» Er lachte bitter auf, als er diesen Gedanken weiterverfolgte. «Unter Umständen ein gnädigeres Schicksal als das derjenigen, die dieser unfruchtbaren Küste ausgeliefert sein werden, bewohnt von den vielleicht unzivilisiertesten Menschen dieser Welt, fern jeder Hoffnung, die Heimat je wieder zu sehen. Ich, Brittany, bereite mich jedenfalls auf das Schlimmste vor!»

Er ließ sie los und ging auf seine Kabine zu, durch die sein Kammerdiener Roberts wie ein tanzender Derwisch hindurchfegte, in einem bunten Wirbel Röcke, Westen, Kniehosen und Spitzenkrawatten in die edel gearbeiteten Kisten warf und einen Deckel nach dem anderen mit lautem Knall zuschlug.

Ein Abgrund hatte sich vor ihnen allen aufgetan, doch ungleich jenem, der sich vor der *Seagull* damals geöffnet hatte, dachte dieser gar nicht daran, sie eilig zu verschlingen, mit sich hinabzuziehen, ehe ihnen bewusst wurde, wie ihnen geschah – dieses Ungeheuer ließ sich Zeit, viel Zeit, kostete jeden Herzschlag aus.

Unwillkürlich biss Brittany die Zähne zusammen, bis ihre Kieferknochen schmerzten. Sie wirbelte herum und eilte in die Messe, um Solander und Parkinson bei den Papierfluten der Zeichnungen, Skizzen und Bilder zur Hand zu gehen.

Unbemerkt hatte sich auf leisen Sohlen der neue Tag herangeschlichen, und sein helles Licht blickte auf ein wahres Trümmerfeld, das sich um den Bauch des Schiffes ausbreitete: Lose Bretter von Kisten, die an im flachen Wasser lauernden Felsen und Riffen zerborsten waren, halb leere Fässer, an Felsspitzen hängen gebliebene und aufgequollene Säcke trieben auf der Wasseroberfläche, die grau wie Blei wirkte in dem blassen Licht des frühen Tages. Kein Lüftchen regte sich, und das Meer blieb ruhig wie ein Spiegel, kaum von Wellen gekräuselt, grell das goldene Licht der rasch aufgehenden Sonne reflektierend.

«Ankerspill und Bratspill besetzt, Sir!»

Molyneux salutierte in aller Form, trotz seiner brennenden Oberarmmuskeln, die Ärmel seines schweißnassen Hemdes bis über die sehnigen Ellbogen gekrempelt.

«Danke, Mr. Molyneux.»

Mit zusammengekniffenen Augenbrauen starrte Cook weiterhin auf das ruhige Meer hinaus und lauschte auf das tiefe Rauschen, das das Steigen der Flut ankündigte. Er warf einen kurzen Blick auf seine Taschenuhr, deren kleiner Zeiger sich auf die Zehn zubewegte, bevor er zur Kontrolle noch einmal rasch seine Augen über das Deck und in die Takelage wandern ließ. Alle Leinen waren belegt, alle Segel gesetzt, um auch noch das kleinste Quäntchen an Wind einzufangen.

Unablässig drang das Geräusch der Pumpen von unter Deck herauf, das im Laufe der vergangenen Nacht zu einem Echo ihrer Atemzüge geworden war. Eimer für Eimer wurde heraufgeholt und zurück ins Meer geschüttet – eine Aufgabe, die Sisyphos' würdig gewesen wäre, denn für jeden Eimer, der Neptuns Reich zurückgegeben wurde, drang die gleiche Menge wieder von unten durch das Leck in die Laderäume. Die kräftigsten der Männer, darunter Marinesoldat Gibson, Bootsmannsmaat Wilkinson, Midshipman Clerke und William Perry, waren an den Ankerwinden in Position gegangen, ihre Armmuskeln lockernd und knetend, müde von der erschöpfenden Arbeit an den Pumpenhebeln.

Eine bedrückende Mischung aus Angst und sehnsüchtiger, verheißungsvoller Erwartung lag über dem Deck, das beinahe zu klein erschien, um alle fassen zu können, die sich in dieser entscheidenden Stunde darauf versammelt hatten. Die Müdigkeit, die Schlaflosigkeit und zu harte Arbeit verursacht hatten, zeigte sich ausnahmslos in allen Gesichtern, aber ebenso eine angespannte Wachheit, die von der Bereitschaft kündete, ihrer aller Schicksal ins Gesicht zu sehen, wie immer dieses auch aussehen mochte. Kein Wort zu viel wurde ausgesprochen, als könnte ihr Schweigen ihre Rettung bewirken, und die Befehle des Captains, mochten sie auch noch so leise geäußert sein, klangen wie Donnerschläge über das Deck.

«Alle Mann an die Spillspaken!»

«An die Spillspaken!», wiederholte Bootsmann Gathrey, und breitbeinig platzierten sich die Männer an der waagerechten Winde des Bratspills, aus dem die Holzbalken staken, mit denen es bewegt wurde, ebenso wie jene Männer, die die senkrechte Winde des kleineren Ankers bedienen sollten.

Gurgelnd umschäumte die Flut den Schiffsrumpf und ließ ihn leise aufschaukeln. Die Dreimastbark ruckte an ihren Ankerleinen, und als wollte er sich versichern, das Richtige zu tun, tauschte Cook einen kurzen Blick mit Lieutenant Hicks und Lieutenant Gore, ehe er tief Luft holte und Gathrey zunickte. «Anker hieven!»

«Anker hieven! Uuund hiev – uuund hiev –», fiel der Bootsmann sofort in einen gemächlichen, nichtsdestoweniger zackigen Rhythmus, in dem die Männer am Bratspill die Spaken ergriffen und zu sich heranzogen, sie aus ihrer Halterung entfernten und in die nächste steckten, von wo aus sie sie mit aller Kraft erneut zu sich heranholten.

«Und hiev!», echote Molyneux, der das Kommando für die Männer an der kleinen Ankerwinde gab, die die Spaken der senkrechten Winde vor sich her drückten, einen mühsamen Schritt vor den anderen setzend. Das Holz der Winden knarrte unter der gezielten Muskelkraft der Männer, gab ihr allmählich nach.

«Uuund hiev – uuund hiev!», feuerten die Midshipmen im Einklang mit Gathreys und Molyneux' Kommandos die Männer an.

Brittany schlang die Arme um sich, als suchte sie Halt in sich selbst. Banks, der hinter ihr stand, legte ihr beruhigend eine Hand auf die Schulter.

«Uuund hiev! Uuund hiev!!»

Mit einem Rucken, das durch den gesamten Leib des Schiffes lief, löste sich erst der kleine, nur wenig später auch der große Anker aus dem sandigen Untergrund, und eilig stürzte eine Hand voll Männer herbei, um die beiden Anker zu bergen.

«Der Buganker hat sich zwischen den Felsen verfangen, Sir», brüllte Archibald Wolfe über seine Schulter hinweg in Richtung des Quarterdecks, mit mehreren anderen Matrosen aus Leibeskräften an dem armdicken Tau des kleinen Ankers zerrend.

«Kappt das Seil», antwortete Cook ohne Zögern. Auf den Buganker konnten sie verzichten, doch die Chance, sich von dem Riff zu befreien, mussten sie unter allen Umständen nutzen.

Der mächtige Hauptanker, von Wasser triefend und von Algen grün überzogen, wurde an Deck gewuchtet, die letzten Fasern des Ankertaus rissen, und mit einem munteren Schwanken, das wie ein erleichtertes Seufzen durch das Schiff ging, begleitet von einem Knirschen und dem Ächzen der Balken, glitt die *Endeavour* wieder auf das Meer hinaus.

«Sie schwimmt, Sir», rief ein begeisterter Charles Clerke seinem Captain entgegen, bevor er und Pickersgill sich um den Hals fielen, wie so viele andere Männer an Deck.

Donnernde Hurrarufe und brüllende Jauchzer steigerten sich zu einem ohrenbetäubenden Lärm, der aus tiefstem Herzen kam.

«Die Pumpen können den Wasserspiegel in den Laderäumen konstant halten, zumindest für die nächsten Stunden – allerdings sind die Männer am Rande der Erschöpfung», fügte Lieutenant Hicks seiner Schilderung der Lage hinzu und sah in die Runde der Offiziere, die Cook eiligst in der Messe zusammengerufen hatte. Mit all den aufeinander getürmten gepackten Kisten und geschnürten Bündeln ähnelte sie eher dem Lagerraum einer Handelsniederlassung denn dem Raum, in dem über das Schicksal des Schiffes und seiner Besatzung entschieden wurde.

An keinem der Männer waren die vergangenen Stunden spurlos vorübergegangen; Erschöpfung und Müdigkeit standen ihnen allen deutlich in die Gesichter geschrieben. Kein Fetzchen blauen Tuches war zu sehen; die hellen Kniehosen und aufgekrempelten Hemden, fleckig von Schweiß und Staub, ließen die Offiziere jünger erscheinen, verletzlicher, so bar jener Würde und des heldenhaften Glanzes, die eine goldbetresste Uniform ihrem Träger verleiht. Cook, der seinen Blick ebenfalls über seine Männer hatte schweifen lassen, die so ruhig und gelassen über die Handgriffe der Seeleute gewacht und damit jede Panik oder Anzeichen einer Meuterei vermieden hatten, dass es sogar einem Süßwassermatrosen wie Joseph Banks angenehm aufgefallen war, fragte sich, ob er selbst wohl seinen Männern einen ähnlich erschöpften Anblick bot. Unwillkürlich straffte er sich, ließ sein Gesicht einen entschlosseneren Ausdruck annehmen.

«Wir müssen dringend einen sicheren Ankerplatz finden, in dem wir das Schiff trockenlegen und notdürftig reparieren können», verkündete er stirnrunzelnd.

«Wir könnten die Pinasse auf Erkundungsfahrt vorschicken», schlug Lieutenant Gore vor, sein schütteres Haar, das sich aus seinem Zopf gelöst hatte, zurückstreichend.

Cook nickte und sah den Maat an. «Das übernehmen Sie, Mr. Molyneux.»

«Dennoch» – Lieutenant Hicks runzelte ebenfalls die Stirn und lehnte sich in seinem Stuhl zurück, die Arme vor der Brust verschränkt – «können wir allenfalls eine Notreparatur vornehmen – und wir haben noch Tausende von Seemeilen vor uns bis England.»

Cook ging ein paar Schritte auf und ab, einen Arm auf dem Rücken, Daumen und Zeigefinger der anderen Hand in Gedanken an seine Lippen gelegt. Schließlich nickte er langsam und sah seinen Ersten Offizier an. «Was schlagen Sie vor, Mr. Hicks?»

«Nun, wir werden ein Trockendock brauchen, in dem wir die notwendigen Vorrichtungen und Werkzeuge vorfinden, mit denen wir das Schiff sorgfältig reparieren und überholen können. Ansonsten sehe ich der Heimreise nicht sonderlich zuversichtlich entgegen.» Er tauschte einen kurzen Blick mit Cook und Lieutenant Gore, der schließlich aussprach, was sie alle dachten.

«Batavia.» Auf die fragenden Blicke der Midshipmen fügte Gore erklärend hinzu: «Das einzige Trockendock in der gesamten südlichen Hemisphäre. Es steht unter holländischer Herrschaft.» Mit einem Augenzwinkern fügte er hinzu: «Könnte schlimmer sein, aber auch weitaus besser!»

Cook verfolgte diesen Vorschlag weiter. «Bis Batavia sind es allerdings noch einige hundert Meilen, und wir wissen nicht, ob eine Meerenge zwischen Neu-Holland und Neu-Guinea existiert. Sollte dies nicht der Fall sein, liegt noch sehr viel mehr Weg vor uns, wenn wir Neu-Guinea und die anderen Inseln umfahren müssen. Ob wir an dieser Küste so schnell einen brauchbaren Anlegeplatz finden, ist ebenfalls noch ungewiss, und im Augenblick macht der Wind es nahezu unmöglich, die Küste anzulaufen.» Ernst sah er seine Offiziere an. «Wie lange können unsere Männer noch durchhalten – einen Tag, zwei Tage oder drei? Selbst wenn die Gentlemen und wir alle mitanpacken: Lange können wir das Wasser nicht auf diese Weise zurückhalten.»

«Wir müssten das Leck auf irgendeine Weise notdürftig flicken, solange wir noch im Wasser sind», murmelte Gore nachdenklich.

Ein leises Räuspern ließ die Offiziere aus ihren Gedanken auffahren und Midshipman Pickersgill erwartungsvoll ansehen.

«Mr. Monkhouse möchte Ihnen, glaube ich, etwas sagen, Sir», grinste er den anderen Midshipman an, der neben ihm saß und bei seinen Worten rot anzulaufen begann, darin nun tatsächlich ein wenig Ähnlichkeit mit seinem älteren Bruder zeigend.

«Nun, Mr. Monkhouse, ich höre», ermunterte Cook den jungen Unteroffizier freundlich und mit sichtlichem Interesse.

Jonathan Monkhouse räusperte sich und fuhr sich mit der Hand nervös durch seine widerspenstigen hellbraunen Locken, ehe er das Wort ergriff. «Vor einiger Zeit bin ich auf einem Handelsschiff aus Amerika nach Hause zurückgekehrt, das durch ein Leck noch mehr Wasser machte als unseres im Augenblick, beinahe achtundvierzig Zoll in der Stunde. Unseren Maat schien das jedoch nicht zu kümmern, und wir liefen dennoch aus.» Mit jedem Wort entspannte er sich mehr und genoss beinahe das Interesse, mit dem die anderen Offiziere und Midshipmen seiner Erzählung lauschten. «Er nahm ein Leesegel und vermischte eine große Menge fein geschnittenen Wergs mit Wolle, mit dem er das Segel in faustgroßen Portionen bestückte. Darauf kippten er und vier oder fünf Helfer Schafsdung und anderen Dreck – wie sie erzählten, soll Pferdemist am besten dafür geeignet sein.»

Mit ausgreifenden Gesten seiner kräftigen Hände veranschaulichte er seine Schilderung, in der das Segel an den vier Ecken mit Seilen in das Wasser hinabgelassen und unter den Schiffskiel gezogen wurde, wo der Sog, der durch das Leck entstand, dann die Klumpen aus Werg anzog und sie so das Loch im Schiffsrumpf verstopften.

«Ich habe schon von dieser Methode gehört», nickte Lieutenant Gore, «habe aber noch nie gesehen, wie sie durchgeführt wird.»

«Und das Leck war wahrhaftig dicht?» Cooks Gesicht drückte Skepsis aus.

Der junge Monkhouse schmunzelte, so dass das Grübchen in seiner Wange sich vertiefte. «Nun, Sir, dicht genug, um heil von Virginia nach London zu gelangen!»

Leises Lachen von Seiten der anderen Offiziere quittierte seine humorvolle Bemerkung; allein der Captain blieb ernst. Nachdenklich fuhr sich Cook mit dem Knöchel seines Zeigefingers über die Oberlippe, als er sich die von Monkhouse vorgestellte Technik noch einmal durch den Kopf gehen ließ. Schließlich nickte er. «In Ordnung, versuchen wir es. Ich danke Ihnen, Mr. Monkhouse.»

«Nun wissen wir wenigstens, weshalb wir die beiden Schafe mit an Bord haben», lehnte sich Gore mit erheiterter Miene zurück, «jetzt können sie sich endlich einmal als nützlich erweisen!»

*Mittwoch, 13. Juni*
*... Mr. Monkhouse, einer meiner Midshipmen, war einmal an Bord eines Handelsschiffes, das leckgeschlagen war und 48 Zoll pro Stunde machte, aber durch diese Methode von Virginia nach London nach Hause gebracht wurde, allein mit der Hilfe der eigenen Mannschaft. Ihm erteilte ich die Leitung dieser Arbeit, die er zu meiner höchsten Zufriedenheit ausführte.*

*Donnerstag, 14. Juni*
*Am Nachmittag leichte Brise von Südost bis Ost. Schickte den Maat mit zwei Booten aus, um den Grund vor dem Schiff zu loten und um gleichzeitig nach einem geeigneten Hafen Ausschau zu halten ... Um 8 Uhr kehrte die Pinasse an Bord zurück, in der sich einer der Gehilfen des Maats befand, und dieser berichtete, dass sie ungefähr zwei Meilen leewärts einen guten Hafen gefunden hätten ...*

Cook war schon im Begriff, die Feder wegzulegen und nach der Streusandbüchse zu greifen, als ihm noch etwas einfiel. Er tunkte die Feder erneut in Tinte und fügte am Rand des Eintrags hinzu:

*Heute setzte ich Mr. Magra wieder in den Dienst ein, da ich ihn des Verbrechens, dessen er angeklagt wurde, nicht schuldig sprechen konnte.*

Magra war sichtlich erleichtert gewesen, von ihm und seinen Offizieren von jeglicher Schuld an jenem Vorfall freigesprochen zu sein und wieder seinen Dienst tun zu dürfen. Cook runzelte die Stirn, als er erneut über die ganze Geschichte nachdachte. Orton hatte sich rasch wieder erholt und schien die tiefen Narben und Kerben, die der nächtliche Überfall an seinen Ohren hinterlassen hatte, akzeptiert zu haben. Auch er behauptete, sich an nichts erinnern zu können, erst wieder unter den Händen Dr. Monkhouse' zu sich gekommen zu sein, doch Cook wurde den Verdacht nicht los, dass dahinter mehr steckte, dass Orton den oder die Täter zu decken versuchte, aus welchem Grund auch immer, wie auch alle anderen Matrosen nichts gehört und nichts gesehen haben wollten. Er wusste, er hätte der Sache schärfer auf den Grund gehen sollen, doch im Augenblick gab es Wichtigeres: Das Schiff musste so gründlich wieder instand gesetzt werden, dass es unter allen Umständen Java erreichte, wo es in den Docks der mächtigen Handelsmetropole Batavia fachmännisch überholt werden konnte. Um Streitereien und Feindseligkeiten unter den Männern würde er sich dann wieder kümmern, wenn er von der Sorge um sein Schiff, von dem ihrer aller Leben und Heimkehr abhingen, befreit war.

Seufzend schlug er das Logbuch zu, griff nach seiner Taschenuhr, die vor ihm auf dem Tisch lag, und begann sie aufzuziehen – wie jeden Abend seine letzte Handlung des Tages, ehe er das Licht löschte und sich in seine Koje begab.

# 29

Arbeitsgeräusche drangen mehrere Tage lang über den Strand hinweg: Dumpf klopfend wurden mit mächtigen Hieben Bäume gefällt, die dann zurechtgesägt, gehobelt und geschmirgelt wurden und mit sich den würzigen Geruch frischen Holzes brachten. Mit klirrendem Lärm wurden Bolzen, Nägel und Eisenbänder über weiß glühenden Flammen geschmiedet. Gellend klangen die Zurufe der Männer durch die Bucht, die eifrig die Schäden der Fahrt zu richten begonnen hatten.

Wie ein auf dem Rücken seines Panzers liegender gigantischer Käfer lag die *Endeavour* im Sonnenlicht des neuen Morgens da.

«Sehen Sie sich das an, Sir!» John Satterley, der kräftige, dunkelhaarige Schiffszimmermann, wies auf eine Stelle am Bug des Schiffes. Auf der Steuerbordseite, auf Höhe des Fockmastes, klaffte ein Loch in den Planken, etwas größer als eine kräftige Männerfaust. Fast alle Schichten, aus denen der Schiffsrumpf entlang des Kieles bestand, waren mit offensichtlich enormer Wucht durchschlagen worden.

«Unglaublich», murmelte Cook und trat näher heran, mit den Fingerspitzen vorsichtig über die Kanten des Lochs fahrend. «Kaum ein Splitter zu sehen – als wäre alles von Menschenhand mit einem scharfkantigen Werkzeug herausgeschnitten worden!» Mit seiner Schuhspitze stieß er an einen harten Gegestand und blickte nach unten.

«Das ist der Übeltäter, Sir.» Satterley bückte sich, hob einen knapp faustgroßen Gesteinsbrocken auf und reichte ihn dem Captain. Er war überraschend leicht, weiß und von poröser Struktur.

Cook schüttelte den Kopf. «Ein Korallenstein», bemerkte er, das Gebilde aus Kalk nach allen Seiten drehend und genau betrachtend.

«Wir hatten ordentliches Schwein, dass er stecken geblieben ist, Sir, sonst wären wir wohl untergegangen wie ein gottverdammtes Teesieb!»

Cook fasste erneut das Leck ins Auge und versuchte, durch das Loch hindurch zu erkennen, was im Inneren des Schiffs noch alles in Mitleidenschaft gezogen worden war.

«Die Wurmhaut hat's bös erwischt, Sir», erklärte Satterley, «und das kann ich hier nicht beheben. Je eher wir in ein anständiges Dock kommen, umso besser, oder die Biester fressen uns das Schiff unter dem Hintern weg.»

Stumm musterte Cook den beschädigten Schiffsrumpf, bevor er den Zimmermann kritisch ansah. «Glauben Sie, dass Sie es schaffen, Satterley?»

«Ja, Sir. Bis Batavia schaffen wir's auf alle Fälle, aber dort müssen wir das Ganze von Grund auf erneuern, sonst holen wir uns auf dem Heimweg nasse Füße.»

Einen Zug von Zufriedenheit um seine Mundwinkel, nickte Cook ihm ermunternd zu. «Danke, das wollte ich wissen.»

Die weiten Beine ihrer Hose bis über die Knie hochgekrempelt, watete Brittany durch das erfrischend klare Wasser, bei jedem Schritt ihre Zehen in den schweren Sand unter der Wasseroberfläche vergrabend. Schritt um Schritt ließ sie den betriebsamen Lärm hinter sich.

Um ihre Beine huschende Silhouetten erregten ihre Aufmerksamkeit, und sie bückte sich, um die winzigen Fische besser sehen zu können, die in Schwärmen um sie herumschwammen.

Ein Schatten, den sie aus den Augenwinkeln wahrnahm, ließ sie erschrocken auffahren.

«Zachary», entfuhr es ihr atemlos, und einen Augenblick lang fühlte sie sich überwältigt von dem wilden Schlagen ihres Herzens, bevor sie sich wieder fing und ihre Augenbrauen zornig zusammenzog. «Was soll das, mich hier so zu erschrecken?»

«Du solltest nicht auf eigene Faust unterwegs sein, und das weißt du auch.»

Brittany musterte ihn von der Seite, seine schlanke Gestalt in heller Kniehose, Weste und Hemd, von denen seine Haut sich dunkler abhob, seit die Sonne an Deck ihr wieder Farbe verliehen hatte; sein dunkles, lockiges Haar, kaum lang genug, um mehr als einen kurzen Zopf in seinem Nacken zu bilden, sein scharf geschnittenes Gesicht. Zärtlichkeit durchflutete sie, durchsetzt mit einem feinen Stich der Bitterkeit darüber, dass die Stunden, die sie an seinem Krankenbett ausgeharrt hatte, ihn ihr so nahe gebracht hatten, und doch waren sie beide noch immer so weit voneinander entfernt. Rasch wandte sie sich um und watete an Land, scheinbar gleichmütig mit den Achseln zuckend.

«Ich habe keine Angst», entgegnete sie, als sie sich in den warmen Sand fallen ließ.

Ein leichter Schatten huschte über sein Gesicht. «Gewiss nicht», sagte er leise, mehr zu sich selbst als zu Brittany, ehe er sich nach einem Kiesel bückte und kraftvoll nach einem unsichtbaren Objekt in der sanften Dünung des Wassers zielte.

Brittany blinzelte zu ihm empor. «Ist das ein Fehler?»

Er schüttelte den Kopf. «Im Gegenteil – ich bewundere dich für deinen Mut. In jeder Hinsicht.»

Er ließ sich neben ihr im Sand nieder. Angestrengt sah er auf seine Hände herab, die einander locker umfasst hielten, die Ellenbogen auf die angezogenen Knie gestützt. «Lass es mich bitte wissen, wenn ich Joseph Banks zu sehr in die Quere kommen sollte. Ich möchte unsere Differenzen nicht auf deinem Rücken austragen.»

«Weshalb hasst ihr beide euch so sehr?»

«Ich glaube nicht, dass man es als Hass bezeichnen kann. Wir stammen einfach aus verschiedenen Welten», sagte Zachary leise. «Er ist ein eitler Stutzer, voller romantischer Phantasien über das Leben im Allgemeinen und die Seefahrt im Besonderen. Er gehört zu jenen Menschen der Oberklasse, die sich nicht vorstellen können, dass das Leben außerhalb der Ballsäle und Studierzimmer nicht halb so malerisch ist wie in Romanen oder der Oper, dass es nicht den hehren Idealen folgt, die die philosophischen Salons als Grundlage des Menschseins fordern. Doch er hält sich für unfehlbar, glaubt, seine Herkunft und sein Vermögen räumten ihm alle Rechte dieser Welt ein.»

Brittany vergrub ihr Gesicht in ihrer Armbeuge. «Verurteilst du mich auch für meine Herkunft?»

Ein ernster Seitenblick streifte sie, ehe er den Kopf schüttelte. «Ich beurteile niemanden aufgrund seiner Herkunft, nur aufgrund dessen, was er ist und wer er ist. Manchmal wünschte ich jedoch, du hättest mehr von der Arroganz und dem Snobismus eines Joseph Banks.»

Ruckartig hob Brittany den Kopf und sah ihn aus blitzenden Augen an. «Weshalb?», fragte sie scharf.

«Weil du dann weniger durch meine Gedanken spuken würdest», sagte er leise.

Brittany hielt den Atem an, um das Gefühl dieses Augenblicks auszukosten, der so zerbrechlich schien wie Glas. Sie hatte Angst, das Besondere dieses Momentes mit einem unbedachten Wort zu zerstören, und so wählte sie ihre nächsten Worte mit Bedacht. «Ich habe Josephs Heiratsantrag abgelehnt», sagte sie kaum hörbar.

«Ich weiß», antwortete er nüchtern.

«Woher?»

Zachary zuckte mit den Achseln und machte ein abschätziges Gesicht, eine Hand voll Sand nach der anderen durch seine Finger rieseln lassend. «Ich habe euch beobachtet – die Blicke, die zwischen euch hin- und hergingen – der Klang eurer Stimmen ... daraus konnte ich beinahe immer herauslesen, was zwischen euch vorging.»

Brittany fühlte sich, als hätte er sie bei etwas Verbotenem ertappt. Sie spürte, wie Zornesröte in ihrem Gesicht aufstieg, doch ein Gedanke ließ sie verblüfft innehalten und unwillkürlich ausrufen: «Du bist eifersüchtig!»

Zacharys Mundwinkel zuckten leicht, als könnte er sich nicht entscheiden, zu lächeln oder zornig dreinzublicken. «Das ist wohl nicht völlig abwegig – ich –» Er unterbrach sich, bevor er den Kopf leicht über sich selbst schüttelte und fortfuhr: «Ja, ich bin wohl eifersüchtig auf Joseph Banks, eifersüchtig und neidisch. Dennoch denke ich, du hättest seinen Antrag annehmen sollen.»

Verständnislos sah Brittany ihn an. «Weshalb hätte ich das tun sollen?»

Mit einem tiefen Ausatmen erklärte Zachary: «Du hättest ein für alle Mal ausgesorgt. Nichts könnte dir mehr Sorgen bereiten, nichts dir mehr schaden, sobald du nach England zurückgekehrt wärst. Du wärst in Sicherheit, für den Rest deines Lebens.»

«Sicher wie in einem Gefängnis», murmelte Brittany vor sich hin.

Er schien sie nicht gehört zu haben und fuhr fort, ihr seine Gedankengänge darzulegen. «Du siehst doch selbst, dass ich dir nichts bieten kann – gar nichts, und –»

«Mehr als Joseph es jemals könnte!», unterbrach ihn Brittany leidenschaftlich.

Zachary schwieg. Er spürte, dass jedes weitere Wort zu viel gewesen wäre. Kaum gekannte, fremde Empfindungen überwältigten ihn, und so ergriff er als Antwort Brittanys Hand und hauchte einen

Kuss hinein, in der vagen Hoffnung, dass sie verstehen würde, was ihn bewegte.

Und sie verstand.

*14. Juli*
*Unser Zweiter Offizier, der heute jagen war, hatte das große Glück, das Tier zu schießen, das lange das Objekt unserer Spekulationen war. Es mit anderen europäischen Tieren zu vergleichen, wäre unmöglich, da es nicht die geringste Ähnlichkeit mit allem zeigt, was ich je gesehen habe. Seine Vorderläufe sind extrem kurz und ihm beim Laufen keinerlei Hilfe, dafür sind die Hinterbeine unverhältnismäßig lang; mit diesen springt es 7 oder 8 Fuß weit bei jedem Sprung … Dieses wog 38 Pfund …*

*15. Juli*
*Das Tier, das gestern geschossen wurde, wurde heute zum Dinner zubereitet und erwies sich als hervorragendes Fleisch. Am Abend kehrte das Boot vom Riff zurück und brachte 4 Schildkröten mit, von denen es heißt, es gäbe sie hier in Fülle. Unsere Schildkröten sind gewiss allen vorzuziehen, die ich je in England gegessen habe, was daher kommen muss, dass wir sie frisch aus dem Meer verzehren, bevor sie ihr natürliches Fett verloren haben oder mit dem unnatürlichen Futter ernährt worden sind, das ihnen in den Behältern gegeben wird, in denen sie gehalten werden, was ihrem Fett einen bei weitem nicht so köstlichen Geschmack verleiht, wie es ihn in wildem Zustand hat …*

«Wie gewonnen, so zerronnen», murmelte Banks vor sich hin, als er mit trübseligem Gesicht, das Kinn schwer in seine Hand gestützt, in der Messe über seinen Aufzeichnungen der vergangenen Tage brütete.

«Mr. Banks?»

Joseph blickte rasch auf. Er brauchte einen Augenblick, um sich bewusst zu werden, dass er das ausgesprochen hatte, was ihm durch den Kopf gegangen war. «Verzeihung, Mr. Cook, ich habe wohl laut gedacht.» Er seufzte leise auf. «Ich bedaure zutiefst, dass unsere guten Beziehungen zu den Eingeborenen dieser Bucht so schnell wieder scheiterten. Es war alles so viel versprechend gewesen!» Fast schon einen verzweifelten Ausdruck im Gesicht, blickte er in die Runde. «Wir geben Ihnen Stoff, Nägel, Papier und anderen Kram, den sie zwar annehmen, aber ohne großes Interesse, und dann gelingt es uns, mit einem Fisch ihre Freundschaft zu erwerben», erklärte er mit lebhafter Gestik, «sie nennen uns ihre Namen und bringen am nächsten Tag einen Fisch als Gegengeschenk. Wir dürfen sie berühren und erfahren ein paar Worte ihrer Sprache. Sie zeigen sich uns freundlich, aber wir dürfen sie nicht in ihre Dörfer begleiten und ihre Frauen aus der Nähe sehen. Und dann geraten sie in Wut darüber, dass wir unsere Ausbeute an Schildkröten nicht mit ihnen teilen, und jegliche Freundschaft, jeglicher Respekt ist dahin.» Joseph verstummte und starrte vor sich hin. «Ich wünschte, ich könnte diese Menschen und ihr Verhalten verstehen», fügte er leise hinzu, «aber es will mir beim besten Willen nicht gelingen.»

«Könnte es vielleicht sein», ließ sich Brittany gedämpft vernehmen, die bei Banks' Worten aus ihrem heiß geliebten Shakespeare aufgeschaut hatte, «dass sie uns für habgierig halten?»

Banks sah sie verblüfft und auch ein wenig ungläubig an. «Der paar Schildkröten wegen?» Sein Blick drückte mehr als Skepsis aus.

«Es waren einige Schildkröten, acht oder neun, und sehr große noch dazu», beharrte Brittany auf ihrem Standpunkt.

Joseph runzelte ungehalten die Stirn. «Bei allem Respekt, Brittany – Sie glauben doch nicht im Ernst –»

«So abwegig finde ich Miss Addisons Einwand keineswegs, Mr. Banks.» Nun sah auch Lieutenant Hicks von seiner Lektüre auf. «Dafür spräche zumindest, dass die Eingeborenen auf unsere Geschenke keinerlei Wert zu legen scheinen – ausgenommen den Fisch, den sie in gleicher Münze zurückzahlten. Sie scheinen die Dinge, die zum Überleben unbedingt notwendig sind, höher zu schätzen als den unnötigen Tand, den wir ihnen mitbringen. Und unter Umständen scheinen wir ihnen tatsächlich zu viel zu fischen und zu erlegen.» Er und Brittany tauschten einen kurzen Blick des Einverständnisses aus.

Joseph fühlte, wie Eifersucht in ihm aufstieg. «Und deshalb setzten sie den halben Küstenstreifen in Brand?», gab er mit arroganter Miene zu bedenken. «Ich bitte Sie, Mr. Hicks ...»

Brittanys Gedanken wanderten zu den Geschehnissen jenes Nachmittags zurück, als sich ein heftiger Streit um eine der Schildkröten entzündet hatte, um die die Eingeborenen die Fremden gebeten hatten. Ein Handgemenge entstand, und die Situation schien außer Kontrolle zu geraten, bis die Eingeborenen den Rückzug antraten und den Engländern auf ihre eigene Weise zu verstehen gaben, was sie von deren Aufenthalt hier dachten: Sie setzten Grasbüschel in Brand und hielten sie an das Buschwerk entlang des Ufers. Wie Zunder nahmen die trockenen Pflanzen gierig das Feuer auf und gaben es weiter, bis das gesamte Grasland in Flammen stand, lichterloh und knisternd brennend, und die Hitze war bis an Deck zu spüren gewesen.

«Ich hatte den Eindruck, sie wollten uns damit fern halten», begann sie nun zaghaft, «als zögen sie damit einen Zaun aus Flammen.» Vorsichtig sah sie die Männer in der Runde an, die ihr mit zustimmendem Kopfnicken Recht gaben.

«Es scheint so», pflichtete ihr Cook bei und runzelte die Stirn. «Wir hatten großes Glück, dass dieser unglückliche Vorfall erst jetzt geschah, keine Woche, nachdem wir das zum Trocknen ausgelegte Pulver wieder an Bord gebracht hatten. Nicht auszudenken, wenn sich die gesamte Ladung entzündet hätte ...»

«Ich hatte», fügte Banks hinzu, «ehrlich gesagt keine Vorstellung davon, mit welcher Heftigkeit das Gras in diesem heißen Klima brennen kann –, oder davon, wie schwer ein solcher Brand sich löschen lässt. – Nun», fuhr er seufzend fort und ergriff seine Feder, «das wird uns hoffentlich eine tüchtige Lehre sein: Falls wir je wieder in die Verlegenheit kommen sollten, in diesem Klima Zelte aufstellen zu müssen, werden wir zuvor alles ringsherum abbrennen, bevor wir damit beginnen.»

«Wenigstens», nickte ihm Solander über seinem eigenen Tagebuch zu, «wissen wir nun, dass dieses merkwürdige Tier, hinter dem wir so eifrig her waren, von den Eingeborenen *Känguru* genannt wird.»

«Was soll ich sagen, Daniel», entgegnete Banks mit hochgezogenen Augenbrauen, «außer, dass ich diesen Namen mehr als nur treffend finde – ein äußerst seltsamer Name für ein äußerst seltsames Tier!»

Der schwache Schein der Laterne ließ zuckende Schatten über die Tischplatte und die darauf verteilten Papierbögen huschen. Leise kratzte die Feder über das raue Papier. Immer wieder hielt Cook inne, brütete über einer bestimmten Formulierung, wog einzelne Worte gegeneinander ab, ehe er erneut ansetzte und weiterschrieb.

*... Aufgrund dessen, was ich über die Eingeborenen von Neu-Holland gesagt habe, mögen sie manchen als die armseligsten Menschen auf dieser Welt erscheinen, aber in Wirklichkeit sind sie bei weitem glücklicher als wir Europäer. Da sie nicht nur jeglicher Kenntnis der überflüssigen, sondern auch der notwendigen Annehmlichkeiten entbehren, die in Europa so sehr gesucht werden, sind sie glücklich darin, ihren Gebrauch nicht zu kennen. Sie leben in einer Ruhe, die nicht von der Ungleichmäßigkeit ihrer Lebensbedingungen gestört wird: Der Boden und das Meer versorgen sie mit allen Dingen, die sie zum Leben brauchen; sie trachten nicht nach großartigen Häusern, Haushaltswaren etc. Sie leben in einem warmen und schönen Klima und geniessen eine sehr gesunde Luft, so dass sie kaum Kleidung benötigen. Dies scheinen sie sehr genau zu wissen, denn viele, denen wir Tuch etc. gaben, ließen es gleichgültig am Strand und in den Wäldern liegen, wie einen Gegenstand, für den sie keinerlei Verwendung fänden. Kurz gesagt scheinen sie all jenem, was wir ihnen gaben, keinen Wert beizumessen, noch trennten sie sich von dem, was sie besaßen, für irgendeinen Gegenstand, den wir ihnen dafür anboten. Dies spricht in meinen Augen dafür, dass sie sich selbst als mit allem versorgt betrachten, was zum Leben notwendig ist, und dass sie keine überflüssigen Dinge besitzen ...*

Er hielt inne, legte die Feder beiseite und zog stattdessen die Seekarte zu sich heran, an der er die vergangenen Wochen gearbeitet hatte. In winzigen Krümmungen und Häkchen wand sich der Weg der *Endeavour* durch das Labyrinth des Riffs.

Mühselig war dieser Weg gewesen. Immer die Pinasse voraus, segelte das Schiff langsam durch das nicht enden wollende Riff, steuerte durch den engen, weit verzweigten Irrgarten aus Korallengestein und Felsformationen. Ein endloses Band leuchtend blauen Ozeans begleitete sie steuerbord auf ihrer Fahrt, während sie durch Lagunen und Flachwasserzonen in allen Farben des Wassers zogen, Smaragd und Türkis und Azur und Aquamarinblau. Unzählige winzige Inseln, felsig und zum Teil von grünem Pelz überzogen, lugten aus der endlosen Wasserfläche. Die Küstenlandschaft veränderte sich, wurde karger, sandiger, tropischer, und die ersten Palmen, gebeugt und knorrig unter der Hitze der Sonne, tauchten auf. Und immer wieder ragten aus dem schillernden Wasser die Grate und Gipfel der sterblichen Überreste der Korallen auf, zu halb runden Atollen geformt, durchsetzt mit niedrigen Felsnadeln, an denen Brecher weiß aufschäumten und explosionsartig aufspritzten. Über große Strecken hinweg schimmerten unter der Wasseroberfläche Sandbänke hell auf. Die Küste schien kein Ende zu nehmen, allein in Größenordnungen von wenigen Yards in der Stunde vorüberzuziehen, und die Gefahr, erneut auf Grund zu laufen, saß ihnen Tag und Nacht im Nacken, Woche für Woche, die sich das Schiff durch dieses Labyrinth quälte.

Vorsichtig, fast zärtlich, ließ Cook seine Finger auf der gewundenen Linie ruhen, die einen scharfen Knick nach links machte und die Passage markierte, die sie so heiß ersehnt hatten – diejenige, die ihnen den direkten Seeweg nach Westen öffnete, in das Trockendock von Batavia. *Endeavour Strait* hatte er sie getauft, und sie war fast schon der erste Schritt auf dem Weg nach Hause, nach England.

«Dem Herrn sei Dank», murmelte er vor sich hin, «das Schlimmste liegt wohl hinter uns.»

## DRITTES BUCH:

# DIE HÖLLE

*Denn wo viel Weisheit ist, da ist viel Grämen,*
*und wer viel lernt, der muss viel leiden.*

Prediger Salomo (Kohelet), 1,18

# 30

## Batavia (Java), Oktober 1770

Von ferne drang der kehlige Gesang eines Vogels an Brittanys Ohr, untermalt von voll tönenden Stimmen, die sich in einem eigentümlichen Singsang unterhielten und immer wieder in fröhliches Kichern ausbrachen. Im Halbschlaf spürte Brittany, wie feine Sonnenstrahlen auf ihrem Gesicht ein angenehm warmes Gefühl hinterließen. Wohlig aufseufzend reckte sie sich mit geschlossenen Augen, den Schlaf aus ihren noch schweren Gliedern vertreibend, ehe sie faul in das goldene Licht der späten Morgensonne blinzelte. Ihr Blick glitt über die schneeweißen Kissenberge und eine in leuchtenden Farben bestickte Seidendecke, eingerahmt von einem massiven Bettgestell aus kunstvoll geschnitztem, dunklem Holz.

Mit einem Ruck setzte sie sich auf. Sie versuchte sich zu erinnern, wo sie sich befand und wie sie hierher gelangt war, doch es wollte ihr nicht gelingen.

In Gedanken ging sie in der Zeit zurück, rief sich noch einmal den Jubel in Erinnerung, der an Deck ausgebrochen war, als die *Endeavour* in die heiß ersehnte Passage hineingesegelt war. Sie erinnerte sich an die grüngoldenen Inseln, die bald an ihnen vorüberzogen, Tanimbar, Timor, Savu und Sumba, üppig und verheißungsvoll in ihrem tropisch satten Grün unter einem bestechend blauen Himmel. Wo auf dieser Welt ließen sich Kostbarkeiten wie Gewürznelken, Muskatnuss und Muskatblüte, Zimt, Pfeffer und Kaffee, Tabak, Baumwolle und Indigo finden, wenn nicht hier, wo jedes Eiland einer geheimen, palmenbeschatteten Schatzinsel glich?

Schließlich hatten sie Batavia erreicht, das pulsierende Zentrum der Holländisch-Ostindischen Kompanie, Drehscheibe für eine Handelsmacht, die allein aus den Erträgen dieser so reichen Inseln, aus Gewürzen, Tee und Kaffee, Tausende und Abertausende Gulden Gewinn machte, Jahr um Jahr. Erbaut als Fort, um die holländische Seemacht in diesem Teil des Pazifiks abzusichern und den Handel dadurch erst zu ermöglichen, floss bald schon viel Geld in die neu gegründete Stadt, und wo möglicher Reichtum in der Luft liegt, zieht er magisch Menschen in seinen Bann auf der Suche nach ihrem Glück. Die Stadt wuchs, nach holländischem Vorbild in schnurgeraden, rechtwinklig aufeinander treffenden Straßen erbaut, durchzogen von künstlich angelegten Wasserwegen, den Grachten, auf denen sich Güter und schwere Lasten viel schneller transportieren ließen als auf den schlecht gepflasterten Straßen. Batavia galt bald als eine der vornehmsten und prächtigsten Handelsstädte, eine Metropole, in der sich Geld, Macht und eleganter kolonialer Lebensstil zu einem glitzernden Gewebe verflochten.

Doch in der tropischen Hitze und den feuchtheißen Regenzeiten verwittert alles von Menschenhand Gestaltete ungleich schneller als in europäischen Breiten, und so war der Glanz Batavias rasch verblasst, ausgewaschen in den Fluten des Monsuns, verglüht unter der Hitze der Sonne, ausgebleicht im sumpfigen Morast. Allein der Ruhm blieb – und der Stolz der Holländer auf ihr Gewürzimperium. Diese Stadt schien niemals zu schlafen, immer darauf bedacht, den Handel weiter auszubauen, mehr zu verkaufen, mehr Geld zu machen, mehr von ihrem Reichtum zu zeigen. Und dieser hektische Puls, dem das Leben hier folgte, in den Banks und Solander und die übrigen Männer so begeistert eintauchten, ihn bejubelten und feierten, als Rückkehr in ihre Welt begrüßten, dieser Pulsschlag, dieses lärmende Treiben traf Brittany wie ein Schock, machte sie schwindlig und bereitete ihr Kopfschmerzen.

Sie verabscheute diese Stadt, seit sie von Deck aus die ersten Mauern erblickt hatte. Batavia war laut, schmutzig und stank, und auch der distanziert-respektvolle Empfang, den ihnen Mijnheer van der Parra, der Generalgouverneur Batavias und damit des gesamten asiatischen Raumes, über den die Holländisch-Ostindische Kompanie herrschte, in seinem prachtvollen, geräumigen und kühlen Stadthaus bereitet hatte, änderte nichts an der Tatsache, dass sich Brittany zurück an Bord wünschte – je eher, desto besser. In dieser Stadt lag etwas in der Luft, was ihr Angst einflößte, und gleichzeitig wusste sie, dass sie so lange hier ausharren musste, bis die *Endeavour* in den riesigen Docks wieder auf Vordermann gebracht worden war.

So angestrengt sie auch darüber nachdachte – sie fand keine Erklärung dafür, wie sie in dieses Bett geraten war, über das sich wie ein Zelt ein feinmaschiges Netz breitete, das nur die milde, frisch duftende Luft und die Wärme und Helligkeit der Sonne hindurchließ, den Rest des Raumes aber in einen hellen Nebelschleier hüllte. Auch das Nachthemd, das sie trug, aus feinstem Batist, mit Lochstickerei und zarter Spitze reichlich verziert, war ihr fremd.

Brittany war so vertieft in ihre Erinnerungen und Grübeleien, dass sie nicht bemerkt hatte, wie sich die Tür zum Zimmer geöffnet und sich leise Schritte genähert hatten. Erst als das zarte Netz über dem Bett sich hob, fuhr Brittany erschrocken zusammen und kauerte sich in den voluminösen Kissen zusammen, ihr Leintuch wie zum Schutz fest um sich gezogen. Und obwohl ihr Verstand ihr sagte, dass sie sich vor dem jungen asiatischen Mädchen, das kaum älter zu sein schien als sie selbst, wohl kaum zu fürchten brauchte, konnte sie es nicht verhindern, dass ein Zittern sie durchlief, Ausdruck ihrer Verwirrung und Orientierungslosigkeit.

Das Mädchen, klein und zierlich und von dunkelgoldener Hautfarbe, gekleidet in eine langärmlige, knielange Jacke und einen dunkelgrünen Wickelrock aus schimmerndem Seidenstoff, geschmückt mit zahlreichen goldenen Armreifen und Ohrringen, die ein sanftes Klirren von sich gaben, wenn sie sich bewegte, lächelte freundlich und sanftmütig aus ihren schwarzen, mandelfömigen und leicht schräg gestellten Augen, als sie die Handflächen aneinander legte, sich vor Brittany verneigte und etwas in ihrer eigenen Sprache murmelte, das wie ein plätschernder Bach klang, ehe sie sich auf ihren bloßen Sohlen ebenso rasch und leise entfernte, wie sie gekommen war.

Brittany stieß einen tiefen Seufzer der Erleichterung aus und krabbelte aus dem Bett, das ihr riesig erschien, verglichen mit der winzigen Koje an Bord des Schiffes. Der Fußboden aus glatt poliertem Holz fühlte sich unter ihren Füßen kühl an. Nach der Enge an Bord schien Brittany das Zimmer von wahrhaftig gigantischen Ausmaßen.

Ein Waschtisch mit Waschschüssel und Kanne aus bemaltem Porzellan, ein großer ovaler Spiegel sowie zwei zierliche Sessel und ein niedriges Tischchen aus geflochtenem Rohr verloren sich fast in der Weite des Raumes.

Das Sonnenlicht des späten Vormittags strömte durch die Schlitze der hölzernen Fensterläden, die die beiden hohen Fenster von außen verschlossen. Zielstrebig ging Brittany darauf zu, öffnete die doppelten Fensterflügel, die nur angelehnt waren, löste den Haken aus seiner Verankerung und gab den Fensterläden einen leichten Stoß, dass sie nach außen aufschwangen.

Schwer und golden wie Honig tropften die Sonnenstrahlen vom dichten Blätterwerk der Baumwipfel. Sträucher, mächtige Bananenbäume, hoch gewachsene Kokospalmen, dunkelgrün belaubte Feigenbäume, hellrosa und rot blühende Rhododendren und Orchideen in phantastischen Formen zogen sich zwischen Rasenflächen wie in einem Paradiesgarten bis an die Mauer des Hauses hin. Wie Statuen standen die Gestalten von zwei oder drei Männern und ebenso vielen Frauen in dieser feuchtgrünen Pracht, allesamt in langärmlige, locker fallende Jacken und bunt bedruckte Wickelröcke gekleidet, schwarzhaarig, dunkeläugig und mit asiatischen Gesichtszügen, offensichtlich damit beschäftigt, diesen paradiesischen Zustand aufrechtzuerhalten. Sie starrten den fremden Gast an, verneigten sich höflich und arbeiteten dann unbeirrt weiter, doch ihr Geschnatter und Gelächter war verstummt.

Mit geschlossenen Augen sog Brittany den süßen und frischen Duft ein, der durch das Fenster zu ihr hereinströmte und die Klarheit von Bergluft mit sich brachte. Sie schalt sich eine Närrin, dass sie diesem Ort in den ersten Stunden eine solche Abneigung entgegengebracht hatte. Vermutlich hatte sie alles überanstrengt, der Anblick einer lebendigen, großen Stadt zu sehr verwirrt, nach der Ruhe und Abgeschiedenheit, die sie ihr Leben lang gekannt hatte, zuerst in Greenhill und St. Mary's Bay, dann auf Tahiti und schließlich in der eng begrenzten Welt an Bord des Schiffs. Doch wie so oft sah nach einer durchschlafenen Nacht alles anders aus, und mit einem Gefühl des Genusses begann sie sich mit diesem östlichsten Außenposten der zivilisierten westlichen Welt anzufreunden.

Das Geräusch einer sich leise öffnenden und wieder schließenden

Tür ließ sie sich umdrehen. Eine zierliche Frau glitt geschmeidig durch den sonnendurchfluteten Raum auf sie zu, beinahe einen ganzen Kopf kleiner als sie selbst und gekleidet in eine langärmlige, dünne Jacke in kräftigem Gelb und den so typischen langen Wickelrock, scharlachrot und sonnengelb eingefärbt. Dunkel von Teint, mit großen, dunklen Augen und glänzend schwarzem Haar, das sie zu einem kunstvollen, mit erbsengroßen Perlen geschmückten Knoten aufgesteckt trug, waren ihre Züge zweifellos europäisch, wenn auch mit einem Hauch der hiesigen Exotik überzogen – ob ererbt oder in langen Jahren in diesem Land erworben, ließ sich nicht sagen. Mit einem breiten Lächeln kam sie nun auf Brittany zu, ihre goldbestickten Pantoffeln machten ein leises Geräusch auf dem Holzfußboden, und sie streckte die Hände willkommen heißend nach Brittany aus.

«*Goedemorgen, Juffrouw* Addison», rief die Frau ihr entgegen, die Worte mit einem eigentümlich auf- und absteigenden Tonfall aussprechend, «schön, dass Sie schon wach sind! Mai-mai hat mich geholt, um nach Ihnen zu sehen!» Ihre Aussprache des Englischen war von leisen Zischlauten begleitet, die ihm einen seltsamen Akzent verliehen und zusammen mit kleinen Fehlern in der Grammatik verrieten, dass Englisch nicht ihre Muttersprache war.

Herzlich nahm sie Brittanys Hände in die ihren, doch Brittany konnte ihre Freundlichkeit nur mit einem verwirrten Lächeln beantworten. Sie kam Brittany bekannt vor, auch wenn sie nicht wusste, wo sie sie schon einmal gesehen hatte.

Prüfend sah die Frau Brittany mit geneigtem Kopf an, und erst jetzt bemerkte Brittany die feinen Fältchen in ihrem Gesicht, die sie als jenseits der Vierzig auswiesen. «Sie erinnern sich nicht, nicht wahr? Arme *deern*, nach so einer weiten Reise – um die halbe Welt! Kein Wunder! Sie müssen doch zu Tode erschöpft sein, nach alledem!» Besorgt legte sie ihre kühle kleine Hand an Brittanys Wange, als wollte sie fühlen, ob diese an Fieber litt.

Zusammen mit dem schwachen Duft nach Zimt und Sandelholz, der den Seidenstoffen entströmte, die die fremde Frau trug, brachten ihre Worte Erinnerungsfetzen zurück. Brittany sah sich selbst in einem großen, von Kerzen hell erleuchteten Raum, den Captain und Joseph an ihrer Seite. Ein korpulenter, rotgesichtiger Mann in einer prachtvollen Uniform hielt eine kurze Rede, und ihm zur Seite stand diese Frau, in elegantem Mieder und Reifrock. Es war Brittany gewesen, als übertönte das Rauschen des Blutes in ihren Ohren jedes Wort, das gesprochen wurde, und die hellen Flammen der Kerzen verschwammen zu weit entfernten Lichtpunkten, als sie sich plötzlich so leicht fühlte, als ob sie Flügel hätte. Von weit entfernt hatte sie aufgeregte Stimmen vernommen, Gesichter über sich gebeugt gesehen, gehört, wie Joseph ihren Namen wieder und wieder sagte und leicht ihre Hand tätschelte, doch die Worte *«arme* deern, *nach so einer weiten Reise»*, mit energischer Stimme von dieser Frau vorgebracht, hatten sich unauslöschlich in ihr Gedächtnis eingebrannt, bevor es ihr schwarz vor Augen wurde.

«Sie – Sie sind die Frau des Gouverneurs, nicht wahr?», fragte Brittany leise, ihrer eigenen schattenhaften Erinnerung nicht gänzlich trauend.

Die Frau strahlte sie freudig an. «Sie erinnern sich, wie schön! Der Mijnheer Gouverneur ist in der Tat mein Mann! Ich bin Adriana van der Parra, aber sagen Sie ruhig Adriana zu mir. Ich hoffe, Sie haben gut geschlafen in unsere Gästezimmer – ich bin froh, dass es Ihnen wieder besser geht! Ich habe Ihre *kapitein* gesagt, dass ich es halte für un-ver-rant-wort-lich» – sie betonte jede Silbe mit einem leichten Rucken des Kopfes – «Sie zu jagen um die halbe Welt in diese kleine Schiff, und dass Sie besser aufgehoben sind bei mir! Männer sind oft so unsensibel für uns Frauen, denken nur immer an Geld und Karriere und nie an –» Sie unterbrach ihren überschwänglichen Redeschwall und sah Brittany bestürzt an. «Ich rede und rede, und Sie sehen ganz blass aus!»

Ungeduldig klatschte sie in die Hände, worauf wie aus dem Nichts zwei Mädchen erschienen, die demjenigen, das Brittany vorhin so erschreckt hatte, täuschend ähnlich sahen und die sich beeilten, den scharf und in der fremden, singenden Sprache hervorgebrachten Befehlen ihrer Herrin so schnell wie möglich nachzukommen.

Freundschaftlich hakte sich Mevrouw van der Parra bei Brittany unter und tätschelte ihr mütterlich den Arm. «Jetzt erst ein feines Bad, neue Kleider, dann ein gutes Frühstück, und Sie fühlen sich wie neu geboren!» Sie kicherte leise, bevor sie fortfuhr, auf Brittany einzureden: «Sie müssen entschuldigen meine Englisch, aber es ist so lange her, dass ich im Pensionat damals war! Ich bin hier geboren, niemals weggewesen von Batavia, meine ganze Leben nicht! Mein Vater war bei de *Oostindische*, und meine erste Mann, *God hebbe zijn ziel*, war auch bei de Kompanie. So viel Zeit vergangen seit damals – und englische Bücher sind schwer zu kriegen hier! Unser Junge lernt jetzt Englisch, und manche Tage ich mich setze mit Nadel und Faden dazu, aber ist nicht dasselbe, nicht wahr? Aber unser Junge lernt so schnell! Kommen Sie, Juffrouw Addison, Sie werden staunen, wenn Sie unser Badehaus gesehen haben, sicher das Schönste in ganz Batavia! Arme *deern*, so eine weite Reise, und nur unter lauter Kerles!»

Unter dem nicht enden wollenden Geschnatter Mevrouw van der Parras, die Brittany durch die Gänge des prachtvollen Hauses führte, gelangten sie in einen hohen, nicht übermäßig großen Raum mit rundem Grundriss, ganz in Weiß und Gold und Royalblau gehalten, in dessen Mitte eine runde Wanne aus weißem Marmor eingelassen war.

Der unaufhörliche Redeschwall der Gouverneursgattin betäubte Brittany wie eine stark wirkende Droge, und so ließ sie willenlos alles mit sich geschehen – wie die beiden Mädchen sie entkleideten und ihr in das Becken halfen, dessen heißes, dampfendes Wasser ihr bis zum Nacken reichte und schwer nach Sandelholz und betörend süß nach den gelben sternförmigen Blüten duftete, die auf der Wasseroberfläche schwammen. Brittany schloss die Augen und überließ sich ganz dem wohligen Gefühl der Wärme und des berauschenden Luxus, den sie empfand, als die sanften Hände eines der Mädchen ihren Nacken zu kneten und zu massieren begannen. Eingehüllt in Wärme und Duft und Wonne fühlte sie sich, als sei sie nach ihrer langen Reise heimgekehrt und in Sicherheit. Ein winzig kleiner Funke des Misstrauens, das kurze Aufflammen einer dunklen Ahnung, legte einen Schatten über ihre genussvolle Laune, doch verschwand er schnell in der Seligkeit des Augenblicks.

«Fünftausend Reichstaler?» Cooks Augenbrauen strebten seinem Haaransatz zu, bevor er sich wieder fasste und eine konsternierte Miene aufsetzte. «Das scheint mir reichlich hoch zu sein!» In einer ablehnenden Geste warf er den Bogen Papier, auf dem der Kostenvoranschlag für die Instandsetzung seines Schiffs aufgeführt war, auf den Schreibtisch zurück.

Gemütlich lehnte sich der Hafenbeamte zurück und faltete die rundlichen Hände über seinem kugeligen Bauch, der die goldenen Knöpfe seiner hellen Weste zu sprengen drohte. Mit seiner semmelblonden Perücke und dem hochroten Gesicht, in dem wässrig blaue Augen versanken wie Rosinen in einem zähen Teig, sah er keineswegs danach aus, als trüge er einen solch exotischen Titel wie den eines *Shahbandar*, eines Königs des Hafens.

«Ihre Bark ist sehr stark beschädigt», antwortete der Hafenbeamte bedächtig in dem typischen, auf- und absteigenden Klang des Holländischen, «wir werden viel Arbeit brauchen, um sie wieder flottzumachen. Sie bekommen von uns alles, was Sie brauchen, Mijnheer Cook: einen Platz in den Docks, Material, so viel Sie wollen, Werkzeuge, fähige Arbeiter und Proviant für Ihre Männer.» Er rutschte etwas tiefer in seinen Sessel und vergrub das zweite Kinn seines geröteten Gesichtes unter dem ersten. «Das alles kostet Geld, Mijnheer Cook, und wir hier in Batavia müssen so vieles aus Holland und dem Rest Europas importieren. Wir können uns keine Verluste leisten.» Abschätzend sah er den englischen Captain an, der von seiner Hilfe abhängig war, wie sie beide nur zu genau wussten.

«Als wir hier einliefen, war von einer weitaus geringeren Summe die Rede», versuchte Cook zu handeln, doch der Hafenbeamte zuckte gleichgültig mit seinen kurzen, breiten Schultern.

«Der Schaden hat sich als viel größer erwiesen, als wir zuerst dachten – was übrigens auch von Ihrem Zimmermann bestätigt wurde.»

Womit er durchaus bei der Wahrheit blieb, was Cook aber nicht in bessere Stimmung versetzte. Er lehnte sich in seinem Stuhl zurück und spürte, wie ihm der blanke Zorn den Nacken hochkroch. «Können Sie mir verraten, wo ich diese Summe herbekommen soll? Mein Schiff ist kein Schatzschiff Seiner Majestät, sondern ein Expeditionsschiff, und wir haben nicht einfach so fünftausend Reichstaler an Bord!»

Er unterstrich seine Worte mit einem Schlag der flachen Hand auf den Schreibtisch zwischen ihnen.

Der Hafenbeamte zeigte keinerlei Regung. «Es findet sich bestimmt jemand, der Ihnen etwas borgen wird», erklärte er ruhig, und Cook konnte die Herablassung deutlich heraushören.

Er sprang auf und tat ein paar Schritte durch das stickige, von

Papier überflutete Kontor, um sich möglichst ruhig zu halten, bevor er ruckartig stehen blieb und mit seinem Zeigefinger drohend auf den Beamten wies. «Sie wissen vermutlich ganz genau, dass sich in dieser ganzen Stadt keine einzige Person befindet, die willens wäre, uns eine solche Summe auszulegen – ich und meine Offiziere haben einen ganzen Tag damit verbracht, uns danach zu erkundigen! Und selbst wenn» – er machte eine ungeduldige Geste – «selbst wenn diese Person bereit wäre, dies zu tun, so wird sie der Gedanke davon abhalten, bei Ihnen und dem Gouverneur dafür in Ungnade zu fallen!»

Der Hafenbeamte sah den englischen Captain ungerührt aus seinen flachen Knopfaugen an. «Das, Mijnheer Cook», sagte er langsam, «ist nicht unser Problem.»

«Ich befinde mich in einer Notlage, sehen Sie das denn nicht? Wir sind ein Schiff Seiner Majestät von England, und wir müssen hier reparieren lassen, um heil wieder nach Hause zu kommen!»

Endlich reagierte der Beamte, indem er sich noch tiefer in seinem Stuhl verkroch. «Ich verstehe Sie sehr gut, Mijnheer Cook», gab er zur Antwort, hob aber gleich darauf bedauernd seine kleinen Patschhände, «die Holländisch-Ostindische Kompanie ist jedoch kein Wohlfahrtsinstitut!»

Er musste gesehen haben, wie ein Funke explosiven Zorns in Cooks Augen aufglomm, und eilig griff er hinter sich zu Papier und Feder und hielt sie dem Captain entgegen. «Wenn Sie vielleicht eine Bitte an den Gouverneur abfassen wollen – er legt das Geld sicher für Sie aus, aus der Schatzkammer der Kompanie. Mijnheer van der Parra gilt nicht umsonst als sehr umgänglich …» Er sah den englischen Captain mit einem scheinheiligen Ausdruck an.

Schweigen breitete sich zwischen ihnen aus. Nur das Ticken der Wanduhr in ihrem Gehäuse aus Holz und Glas war zu hören, zusammen mit den Geräuschen des Hafens, die in den stickig heißen Raum drangen.

«Sie meinen – einen Schuldschein?», durchschnitt Cooks Stimme scharf die Stille.

Der Hafenbeamte, der das leere Blatt Papier und die angeschmutzte Feder noch immer ausgestreckt vor Cook hinhielt, zuckte leicht mit einer Schulter. «Ich kann Ihnen nicht vorschreiben, wie Sie ein solches Papier nennen, Mijnheer Cook!»

Cook spürte, wie ihm der Schweiß ausbrach. Unterschrieb er ein solches Papier, konnte er vor der Admiralität in Teufels Küche kommen – eigenmächtig fünftausend Reichstaler aus der Staatskasse Englands an eine andere Nation zu versprechen, kam einer Insubordination gleich, die ihn vor das Kriegsgericht bringen konnte. Unterschrieb er nicht, müsste er mit einem notdürftig reparierten Schiff die Heimreise antreten – und würde sie in den sicheren Tod führen, vor dem sie auch all das Glück, das sie bisher gehabt hatten, nicht bewahren könnte.

Er hatte keine Wahl.

Ungehalten riss er dem Beamten das Papier aus der Hand, schnappte sich das Tintenfass, das gefährlich schief auf einem Aktenstapel balancierte, und begann zu schreiben.

*Lieutenant James Cook, Kommandant Seiner Britischen Majestät Schiff die* Endeavour, *bittet um Erlaubnis, dies Seiner Exzellenz, dem Höchst Ehrenwerten Petrus Albertus van der Parra, Generalgouverneur etc. etc. etc., vorlegen zu dürfen, dass er eine gewisse Summe Geld benötigen wird, um die Kosten bestreiten zu können, die bei der Reparatur und Instandsetzung Seiner Britischen Majestät Schiff an diesem Ort anfallen werden. Durch seine Anweisungen und Ernennung ist er beauftragt und bevollmächtigt, selbige Summe in Wechseln an die zuständigen Behörden zu geben, die Seiner Britischen Majestät Navy beaufsichtigen.*

*Selbiger Lieutenant James Cook erbittet von Seiner Exzellenz, dass er erfreut wäre, wenn er Befehl gäbe, ihn mit einer solchen Summe Geldes auszustatten, die er für den oben genannten Zweck benötigen mag, entweder aus dem Vermögen der Kompanie oder durch Erlaubnis privater Personen, die willens sein mögen, Geld gegen Wechsel an die Ehrenwerten Obersten Offiziere und Bevollmächtigten Seiner Britischen Majestät Navy zu geben, an die Bevollmächtigten für die Versorgung Seiner Majestät und die Bevollmächtigten für die Krankenversorgung.*

Darunter setzte er Ort und Datum und mit wütenden Zügen seine Unterschrift, bevor er das Schriftstück dem Hafenbeamten reichte, der eilig danach griff und seine Äuglein darüberhuschen ließ. Ein dünnes Lächeln, anscheinend Ausdruck höchster Zufriedenheit, zeigte sich auf seinem dicklichen Gesicht.

«Ich werde Ihre schriftliche Bitte umgehend an den Gouverneur und den Rat der Stadt weiterleiten. – Glauben Sie mir, Mijnheer Cook, das war eine weise Entscheidung von Ihnen!», fügte er hinzu, als er sah, dass er im Begriff war, den Raum zu verlassen.

«Das wird sich erst noch herausstellen», knurrte Cook und ließ die Holztür zu den Hafenkontoren krachend hinter sich ins Schloss fallen.

Die Luft draußen erwies sich als keinen Deut besser als jene in der drangvollen Enge des Kontors – dick und ölig stand sie über der großzügig angelegten Reede Batavias, durchglüht von der tropischen Sonne und trotz der nahen See von keinem Lüftchen bewegt.

Lieutenant Gore, ohne Uniformrock, die Weste weit geöffnet und die Ärmel seines Hemdes bis über die Ellbogen hochgekrempelt, wartete auf ihn. «Und, Sir?», fragte er abwartend, seine gebräunten, kräftigen Unterarme in die breiten Hüften gestemmt.

Cook zog als Antwort stumm die Augenbrauen hoch und machte ein verdrießliches Gesicht. Gore schüttelte den Kopf und senkte für einen Moment den Blick auf seine staubigen Schnallenschuhe.

«Ich habe einen Schuldschein unterschrieben», sagte Cook schließlich.

Der Zweite Offizier erstarrte. «Habgierige Pfeffersäcke», murmelte er, gerade laut genug, dass Cook ihn hören konnte.

Als dieser nicht darauf reagierte, sondern weiterhin auf den Kai hinausstarrte, an dem Dutzende von Segelschiffen vor sich hin dümpelten und auf dem reges Treiben herrschte, fuhr Gore fort: «Man könnte fast glauben, sie nehmen es uns übel, wie arme Schlucker hierher gekommen zu sein, nicht einmal in der Lage, mit unseren verbliebenen drei Geschützen einen ordentlichen Salut zur Begrüßung abzufeuern!»

Erwartungsvoll sah er den Captain an, der langsam den Kopf schüttelte. «Mr. Hicks hat bei unserem Einlaufen alles in seiner diplomatischen Art geklärt. Aber Sie haben Recht, Mr. Gore, Habgier regiert diese Stadt. Die Holländer wissen nur zu gut, dass sie das einzige brauchbare Trockendock weit und breit in der südlichen Hemisphäre haben, und das nutzen sie aus, bis auf den letzten Farthing.»

«Aber wir haben keine andere Wahl, nicht wahr?»

Cook stieß hörbar den Atem aus und starrte auf das silbern überglänzte Meer hinaus. «Nein, keine. Folglich machen wir das Beste daraus. Es bleibt uns wohl auch nichts anderes übrig», fügte er mit einem für ihn ungewöhnlichen Fatalismus hinzu.

Eine nachdenkliche Stille entstand zwischen ihnen, als sie jeder ihren Gedanken über Batavia und ihre missliche Lage hier nachhingen, ehe Gore erneut das Wort ergriff.

«Bevor ich es vergesse, Sir: Die Gattin des Gouverneurs hat eine Nachricht schicken lassen, dass sich Miss Addison auf ihrem Landsitz sehr gut von ihrem Schwächeanfall erholt hat. Offenbar war es nichts Ernstes, nur eine Überanstrengung der Nerven – sie hat zwei Tage ununterbrochen geschlafen.»

Cooks Gesichtszüge entspannten sich unmerklich. «Wenigstens eine gute Neuigkeit heute, Mr. Gore.»

«Mrs. van der Parra bittet Sie, Miss Addison bis zu unserer Abreise in ihrer Obhut zu lassen. Sie ist der Meinung, die Landluft sei für junge Damen weitaus bekömmlicher als die Luft hier unten am Hafen.»

Unwillkürlich lenkte Cook seinen Blick an den Himmel, der weiß vor Hitze schien. «Vielleicht hat sie damit gar nicht so Unrecht», murmelte er als Antwort. Lauter fügte er hinzu: «Lassen Sie Mrs. van der Parra ausrichten, dass ich ihr großzügiges Angebot sehr gerne annehme.» Eine Sorge weniger im Augenblick, die mich belastet, fügte er in Gedanken hinzu.

«Unser Schiffsarzt scheint die Luft hier jedoch weniger gut zu vertragen», drang die Stimme des Zweiten Offiziers in seine Gedanken.

«Inwiefern?» Cooks buschige Augenbrauen zogen sich irritiert zusammen.

«Der Doktor klagt über Unwohlsein und leichtes Fieber und hat sich in sein Zelt zurückgezogen – Ihre Erlaubnis natürlich vorausgesetzt, Sir.»

«Glauben Sie, es ist etwas Ernstes?»

Gore grinste unwillkürlich. «Wie ich Monkhouse kenne, nicht. Ihn wirft so schnell nichts um – außer vielleicht ein paar Schluck Rum zu viel …»

Cook versuchte, mit einem leichten Schmunzeln auf diese scherzhafte Bemerkung seines Lieutenants zu reagieren, doch so recht wollte es ihm nicht gelingen. Er fühlte sich ausgelaugt und gereizt nach den zermürbenden letzten Wochen und dem neuerlichen Ärger. Er brauchte dringend ein paar Stunden Ruhe, um neue Kraft zu schöpfen.

«Kommen Sie, Mr. Gore» – er gab dem Zweiten Offizier einen leichten Schlag auf die Schulter – «lassen Sie uns zurück an Bord gehen. Auf die Antwort des Gouverneurs können wir dort ebenso gut warten wie hier. Und vielleicht ist an Deck auch der Hauch einer Brise zu spüren ...»

«Sehr gerne, Sir», antwortete Lieutenant Gore grinsend und schlug sich im nächsten Moment hastig auf die Wange. Angewidert betrachtete er die dünnen schwarz-roten Schlieren in seiner Handfläche. «Ich hasse diese Biester», murmelte er zornig vor sich hin, ehe er den Captain mit einem schiefen Grinsen ansah. «Mr. Banks nennt sie Moskitos, ich sage dazu Stechmücken, aber letztendlich kümmert es mich keineswegs, wie diese Ungeheuer heißen, solange sie nicht aufhören, einen bei lebendigem Leib aufzufressen.» Mit einem klatschenden Geräusch schlug er sich auf den linken Unterarm und erledigte ein weiteres Exemplar dieser aufdringlichen Insekten. «Überall in der Stadt fallen sie in Schwärmen über einen her, aber wohl nirgendwo so sehr wie im Hafen, schon allein deshalb kann ich es kaum erwarten, bis wir endlich mit den Arbeiten am Schiff beginnen können!»

Cook nickte und machte ein düsteres Gesicht. «Dann wollen wir hoffen, dass der Herr Gouverneur und die Herren vom Rat schnell zu einer Entscheidung gelangen und uns die Kosten vorschießen!»

# 31

«Ein solcher Reichtum an Früchten und Blüten ist mir bisher wahrlich noch nicht begegnet, auf all meinen Reisen nicht, diese hier eingeschlossen! Ananas, Orangen, Pampelmusen, Mangos, Wassermelonen, Granatäpfel», zählte Banks mit ausgreifenden Gesten auf, während er über den gepflegten Rasen schritt, zwischen rosa und violett blühenden Orchideen hindurch, «arabischer Jasmin, Tuberosen oder diese exotische Narzissenart. Diese Insel ist ein Paradies der Düfte und der Farben – und dennoch erlebe ich immer wieder so denkwürdige Szenen wie diesen toten Büffel, der tagelang halb verwest in einer der Hauptverkehrsstraßen der Stadt lag, erbärmlich und bis zum Himmel stinkend, ehe er endlich beiseite geräumt wurde.»

Er warf einen Seitenblick auf Brittany, die im Schatten ihres Sonnenschirms gemächlich neben ihm herging, ihren Blick starr geradeaus gerichtet, und fuhr in seinem Diskurs fort. «Missverstehen Sie mich nicht, Brittany: Ich schätze diese Wasserwege durchaus – es ist wahrhaftig unglaublich, wie billig man darauf reisen kann, durch die gesamte Stadt hindurch, und die ist von wahrhaft gigantischer Ausdehnung! – Hören Sie mir eigentlich zu? Sie wirken so abwesend!»

Josephs vorwurfsvolle Rüge ließ Brittany aufschrecken. «Aber gewiss, Joseph», gab sie murmelnd zur Antwort und beschleunigte ihre Schritte, um den scharfen Augen Mevrouw van der Parras zu entgehen, die sie wie Dolchstiche in ihrem Rücken spürte. Sie wäre am liebsten gerannt, so weit fort wie nur möglich, doch selbst wenn das Anwesen, das auf den ersten Blick Freiheit und kaum bezähmte Wildnis verhieß, nicht von einer hohen, mit kunstvollen Aufbauten verzierten Steinmauer umgeben gewesen wäre, hätten das Korsett ihres Kleides, das ihren Oberkörper wie eine zu enge Hülle aus Eisen umschloss, und die langen Röcke ihre Flucht verhindert.

Die ersten Tage auf dem Landsitz der van der Parras hatte Brittany in der traditionellen Tracht des Landes verbracht, der leichten, langärmligen Jacke, der *kebaja*, und dem knöchellangen Wickelrock, dem *sarong*, aus kühler, glatter Seide und in fröhlichen Farben und prächtigen Mustern eingefärbt, bis Mevrouw van der Parra eines Morgens erklärt hatte, dass der *sarong* im Hause zwar durchaus angebracht, für offizielle Anlässe, Besuche und Empfänge aber undenkbar sei.

Die *djait*, die chinesische Hausschneiderin, kam, die die Damen der ersten Kreise Batavias modisch beriet, nahm Maß und nähte in Windeseile mehrere Kleider für Brittany nach den detaillierten Anweisungen der Gouverneursgattin. Obwohl die Garderobe in ihren zarten Farben und leichten Materialien Konzessionen an das feuchtheiße, tropische Wetter machte, empfand Brittany die Kleider als Tortur. Zum Glück war sie von Natur aus schlank und mit einer schmalen Taille ausgestattet, so dass sie, die nicht wie all die anderen Frauen über Jahre hinweg an das Korsett gewöhnt war, nahezu mühelos in die engen Mieder passte, wie Mevrouw van der Parra nicht müde wurde zu betonen – und dennoch gerne mit Hand anlegte, um die Schnüre von Brittanys Mieder noch ein wenig enger anzuziehen, so dass Brittany glaubte, nicht mehr atmen zu können. Doch vielleicht hätte sie das auch noch ertragen, hätte sie sich sonst nicht in jeder Hinsicht als Gefangene gefühlt. Ihre Gedanken kreisten nur noch um Flucht, und die Hoffnung, Batavia möglichst bald wieder verlassen zu können, bestimmte bald ihr ganzes Sein.

«Wie geht es mit dem Schiff voran?», fragte sie nun leise, in der Angst, dass Joseph ihr mit seiner Antwort den letzten Strohhalm entreißen würde, an dem sie sich die vergangenen Tage noch festgehalten hatte.

«Oh», seufzte Joseph auf, die Arme auf dem Rücken seines lindgrünen Seidenrocks verschränkt, «der arme Mr. Cook! Zuerst verzögert ein dummer Übersetzungsfehler die Eingabe seiner Petition an den Rat der Stadt, und dann musste er darauf warten, bis die Herren des Rates wieder zusammentraten, was erst letzten Freitag der Fall war. Und gestern erwies sich die große jährliche Parade der hiesigen Flotte als grobe Enttäuschung für ihn. Er hatte sich wohl eine geordnetere Formation vorgestellt! Sie müssen wissen, diese Parade wird einmal im Jahr zu Ehren –»

«Ich weiß», gab Brittany gepresst zurück, «ich war gestern ebenfalls anwesend.» Obwohl sie ihn nicht direkt ansah, konnte Banks das zornige Aufblitzen in ihren Augen sehen, mit dem sie ihn dafür rügte, sie seit ihrer Aufnahme in das Haus der van der Parras vor über zwei

Wochen nicht ein Mal besucht zu haben, bis zu diesem Tag, als er ihr und ihrer Gastgeberin in aller Form die Aufwartung machte. Banks ließ sich jedoch durch seinen Fauxpas keineswegs erschüttern.

«Gewiss, ich erinnere mich, Sie in der Loge des Gouverneurs gesehen zu haben. Nun» – er holte tief Luft und wechselte gekonnt das Thema – «die Eingabe an den Rat ist seit Sonntag durch, und die Arbeiten können beginnen.»

«Hat – hat der Captain sich geäußert, wie lange es dauern wird?» Hastig und leise brachte Brittany ihre Frage vor, sich mit einem kurzen Blick über die Schulter vergewissernd, dass Mevrouw van der Parra mit ihrem Dienerpaar in genügend großem Abstand folgte, um nicht alles von ihrer Unterhaltung belauschen zu können.

«Ich denke, ein solch gründliches Überholen des Schiffes wird wohl noch einige weitere Wochen in Anspruch nehmen. Aber», fuhr er strahlend fort und bemerkte nicht, wie bitterste Enttäuschung sich auf Brittanys Gesicht breit machte, «wen wird es so eilig nach Hause ziehen, wenn man noch ein paar Wochen diesen überwältigenden Luxus hier genießen kann, in dieser Stadt, in der sich malaiische, chinesische und holländische Kultur auf einzigartige Weise vermengen? – Mein Kompliment an Ihre Stadt, Mrs. van der Parra», rief er über die Schulter hinweg der Gouverneursgattin zu, die sich mit einer zirpenden Dankeshymne revanchierte.

«Mr. Green war natürlich besonders angetan von dem hiesigen Observatorium, erst vor zwei Jahren eröffnet und im Stil einer traditionellen Pagode nachgebaut. Die Hotels sind ein wenig teuer, gewiss», fuhr er fort, während sein Blick über die grünsilbern glänzenden Wellen des Ciliwung schweifte, der den Besitz der van der Parras auf einer Seite begrenzte, «Kost und Logis zwei Reichstaler am Tag pro Person – das sind acht Shilling! –, Tee, Kaffee, Punsch und Tabak frei, aber Wein und Bier nur gegen Bezahlung – für drei Shilling und drei Dime, Wasser sogar vier Shilling! Und die Mahlzeiten, die uns dieser Halsabschneider Van Heys auftischte, waren das Geld nun wahrhaftig nicht wert, ungenießbares Fleisch, dieselbe Ente drei Tage hintereinander, und dann noch die Extrakosten für die Diener –»

Brittanys Hand, die sich in den Ärmel seines Rocks krallte, unterbrach seinen Redefluss. «Bitte, Joseph, Sie müssen mir helfen», bat sie ihn leise, aber eindringlich, ein Zittern in der Stimme.

Erstaunt sah er sie an und nahm sie beim Arm, was ein warnendes Hüsteln Mevrouw van der Parras auslöste, das ihn jedoch nicht zu kümmern schien. «Wobei denn, Brittany?» Die Verzweiflung, die er in ihrem Gesicht lesen konnte, verwirrte ihn.

«Ich muss von hier fort, Joseph, so schnell wie möglich», wisperte sie, ängstliche Seitenblicke auf die Gouverneursgattin werfend, die ebenso wie Banks und Brittany stehen geblieben war und misstrauisch zu ihrem englischen Schützling und deren Kavalier hinübersah.

«Weshalb? Dieser Besitz ist unglaublich schön und luxuriös, und Mevrouw van der Parra kümmert sich wahrhaftig wie eine Mutter um Sie. Sie tun ja gerade so, als sei dies hier ein schrecklicher Ort, Brittany», versuchte er sie aufzuheitern. «Ich verstehe, dass es Ihnen schwer fällt, sich wieder in unsere Gesellschaft einzufügen», fuhr er leise und behutsam fort, «das braucht Zeit. Sie sind erst zwei Wochen hier, und –»

«Mir erscheint es, als seien es zwei Jahre», murmelte sie tonlos.

«Haben Sie Geduld», redete Joseph weiter beruhigend auf sie ein, «das geht nicht von heute auf morgen, und es ist weitaus besser, Sie gewöhnen sich schon hier an die gesellschaftlichen Spielregeln, als wenn Sie es erst in England tun. Und obendrein» – ein Lächeln huschte über sein Gesicht – «obendrein sind Sie schon jetzt eine absolut perfekte, verwirrend schöne englische Lady!»

Mit Wohlgefallen ließ er seinen Blick über ihr Gesicht wandern, das blasser und schmaler wirkte, als er es in Erinnerung hatte, umrahmt von kunstvoll mit der Brennschere gelocktem und aufgestecktem kastanienfarbigen Haar, über den blassblauen Seidenstoff, der ihren Oberkörper eng umschloss und in einem viereckigen Ausschnitt den Ansatz ihrer Brüste zeigte, ein Anblick, der Joseph an ihr völlig fremd war und der ihn nicht nur deshalb so überaus reizte. Weich und fließend, unterlegt von nur einem oder zwei Unterröcken, umspielte der dünne Stoff, bewegt von einem zarten Windhauch, ihre Beine und ließ Brittany in Josephs Augen als vollkommene Verkörperung der Weiblichkeit erscheinen.

Brittany konnte in Josephs Augen lesen, was er empfand, wie sehr er sie bewunderte und begehrte, vielleicht nun mehr noch als je zuvor, und es stieß sie zutiefst ab. Zorn wallte in ihr auf, geboren aus Enttäuschung und verletztem Vertrauen, und sie entriss ihm ihre Hand, wandte sich abrupt von ihm ab.

«Ich hasse diese Kleider», zischte sie wütend und gerade noch hörbar, «ich hasse diese Kaffeekränzchen und diese klatschenden Weiber, die endlose Fragen nach mir und meiner Familie und meinem Vermögen stellen und mich mit ihren pickligen, dicklichen Söhnen verheiraten wollen!» Energisch wischte sie die Tränen von ihren Wangen, die zu fließen begonnen hatten. Eindringlich sah sie ihn an. «Bitte, Joseph, nehmen Sie mich mit, bringen Sie mich fort von hier!» Schwer atmend, jeder Atemzug fast schon ein Schluchzen, wartete sie auf seine Antwort.

Joseph versank in Schweigen. Es berührte ihn, Brittany so aufgelöst zu sehen, und ein Teil von ihm hätte keinen Augenblick gezögert, sie auf der Stelle von hier fortzubringen, wenn es sie wieder glücklich machte. Doch auch wenn Batavia auf gesellschaftlicher Ebene nur bedingt London glich, so würden die Erfahrungen, die Brittany hier, im Haus der wichtigsten Familie auf Java, machte, ihr nach ihrer Rückkehr nach England zugute kommen, das wusste Joseph. In seinen Augen fehlte es ihr noch an so vielem – an gesellschaftlichem Schliff, an Bildung, an Umgangsformen, und seiner Ansicht nach war es besser, sie lernte sie hier, wo alles weniger steif zuging als in England. Sie würde sich damit abfinden müssen, in Zukunft solch ein Leben zu führen, und je eher sie sich daran gewöhnte, desto besser. Doch noch ein anderer Gedanke bestimmte sein Zögern: Solange Brittany hier auf dem Landsitz der van der Parras weilte, fern der Stadt und noch ferner des Hafens, so lange war sie sicher – sicher vor dem schlechten Einfluss, den der Erste Offizier bereits viel zu lange auf sie ausgeübt hatte. Joseph hatte die feinen Stiche der Eifersucht nicht vergessen, die er verspürt hatte, wenn er durch Zufall Zeuge geworden war, wie sie und Lieutenant Hicks in ihren leise geführten Gesprächen die Köpfe zusammensteckten, so dicht, dass sie einander beinahe berührten, Blicke oder ein Lächeln austauschten, die von einer wachsenden Vertrautheit zwischen ihnen sprachen. Neid hatte ihn anzunagen begonnen, Neid auf diesen einfachen Offizier, der mit Leichtigkeit das zu erreichen schien, was ihm trotz aller Bemühungen nicht gelungen war: Brittanys Herz zu erobern. Und in den letzten beiden Wochen war in Joseph die Hoffnung aufgekeimt, dass Brittany den Lieutenant vergessen würde, sobald sie ihn längere Zeit nicht mehr gesehen hätte – oder dass sie zumindest endlich einsehen würde, wo ihr Platz im Leben war: an der Seite eines echten Gentleman, von vornehmer Geburt und vermögend. An *seiner* Seite.

«Brittany», begann er schließlich leise, ihrem Blick ausweichend, «ich *kann* Sie nicht mitnehmen! Wir sind fünf Junggesellen in dem Haus, das wir gemietet haben. Es ist undenkbar, dass Sie dort mit uns wohnen, solange das Schiff im Trockendock liegt!»

«Aber an Bord –» widersprach Brittany voll trotziger Verzweiflung, doch Banks unterbrach sie.

«Das Schiff ist eine Welt für sich – hier, in Batavia, gelten andere Regeln.»

«Und wenn ich im Hafen –»

«Im Hafen können Sie erst recht nicht bleiben. Was bisher war, konnte Ihnen nichts anhaben. Aber Batavia ist so gut wie Europa, und alles, was hier geschieht, kann Ihren Ruf ruinieren – und damit Ihr ganzes weiteres Leben.»

«Was kümmert mich mein Ruf», rief Brittany erregt aus, ihre Worte mit heftigen Gesten unterstreichend, «ich bin so schrecklich einsam hier, Joseph, niemanden kümmert es wirklich, wie es mir geht! Ich bin den ganzen Tag eingesperrt, und ständig wird mir vorgehalten, was ich alles falsch mache! Ich bin zu groß, zu ungeschickt, kann kein Französisch, keine Nadelarbeiten, nicht einmal richtig tanzen!»

Es zerriss Joseph das Herz, sie so zu sehen, ihre Traurigkeit, und einen Augenblick lang war er versucht, ihrer Bitte nachzugeben, ohne Rücksicht auf die Folgen. Doch in diesem Moment trat Mevrouw van der Parra vor und sagte mit kalter Sanftheit: «Mijnheer Banks, ich glaube, Ihr Besuch hat unsere Juffrouw Addison zu sehr angestrengt. Sie gehen wohl besser.»

«Einen Moment noch, Madam.» Er neigte seinen Kopf näher zu Brittany. «Sie sollten bei allem Mrs. van der Parra gegenüber nicht undankbar sein, schließlich hat sie –»

Ungläubig starrte Brittany ihn an, und der Zorn, der aus ihren Augen sprühte, ließ Joseph verstummen. «Sie wollen mir also nicht helfen, Joseph?» Ihre Stimme drohte ihr bei jedem Wort zu versagen.

«Ich kann nicht, Brittany! Bitte verstehen Sie, dass wir uns keine Unstimmigkeiten mit dem Generalgouverneur leisten können, solange wir –»

«Ich verstehe sehr gut, Joseph», entgegnete Brittany, «vor allem verstehe ich, dass Sie mir nicht helfen *wollen.*»

«Brittany, ich –» Mit einer bittenden Geste setzte Joseph zu einer erneuten Erklärung an, doch Brittany fuhr ihm dazwischen.

«Ich wünsche Ihnen einen so schönen Aufenthalt in Batavia, wie ich ihn momentan genieße, Joseph!», fauchte sie ihn an, in einem blauen Wirbel aus Seide davonstürmend und zwischen den mächtigen, knorrigen Stämmen der Tamarindenallee verschwindend. Hilflos sah Banks ihr nach.

Mevrouw van der Parra folgte seinem Blick, bevor sie den gut aussehenden, kultivierten jungen Engländer eindringlich von der Seite her musterte, der mit der hübschen Juffrouw Addison so unanständig vertraut war und damit eine ernst zu nehmende Konkurrenz für alle vermögenden Junggesellen Batavias darstellte, die unter dem Mangel an heiratsfähigen Frauen in der Kolonie litten.

«Sie ist sehr schwer im Zaum zu halten», bemerkte sie schließlich, aufmerksam die Reaktion dieses Mr. Banks beobachtend, «völlig verwildert.»

«Seien Sie nicht zu hart zu ihr, Mrs. van der Parra», entgegnete Banks leise, «oder Sie wird daran zerbrechen.»

Mevrouw van der Parra lachte bitter auf. «Keine von uns ist je an guter Erziehung zerbrochen! Wie sollen wir Frauen Söhne bekommen, die eine Handelsreich wie Holland beherrschen, wenn wir schwach sind wie eine zarte Vogel? Wie sollen wir überleben in eine Klima, das so ungesund ist wie hier in Batavia, wenn wir nicht stark genug sind, ein bisschen Disziplin zu ertragen?»

Banks durchfuhr ein leises Frösteln. «Es wird Zeit für mich», murmelte er, «die Abendluft wird bereits kühl.» Er konnte nur mit Mühe ein Zittern unterdrücken.

«Aber es hat kein bisschen abgekühlt seit heute Nachmittag», erwiderte Mevrouw van der Parra erstaunt.

«Nun, vielleicht habe ich mich in Ihrer Gegenwart erkältet, Madam», gab Banks trocken zurück und verabschiedete sich mit einer formvollendeten Verbeugung, ehe er, die Arme fest um seinen

Oberkörper geschlungen, durch den Garten auf das prächtige, halb europäische und halb traditionell gehaltene Haus zuging.

# 32

Die offene Kutsche holperte über die unbefestigte, staubige Straße, mit jedem Tritt der beiden Pferde eine hellgelbe, pulvrige Wolke aufwirbelnd. Vorbei zogen samtgrüne Felder, wohlgeordnete, terrassenförmig ansteigende Pflanzungen von Tee, Kaffee und Tabak und die unverwechselbaren Reisfelder – lang gezogene, rechteckige Wasserflächen, in denen in gleichmäßigem Abstand die Reishalme in dichtem Spalier standen. Vereinzelte Bäume, filigran wie auf einer Tuschezeichnung, erhoben sich dazwischen, und im Dunst, der unter der heißen Sonne aus der feuchtgrünen Landschaft aufstieg, waren die zarten Gipfel der Bergketten gerade noch zu erkennen.

«Die Bälle bei den van Riemsdijks zählen immer zu den schönsten – ganz Batavia wird da sein, und ich hoffe wirklich, dass Huysmans endlich die Seide bekommen hat, die er mir seit Wochen verspricht. Wenn er aber wieder nur Musselin hat, werde ich endgültig –»

Nur mit halbem Ohr hörte Brittany dem Geplauder Mevrouw van der Parras zu. Halb verborgen unter ihrem Sonnenschirm starrte sie hinaus in die Landschaft und hing ihren eigenen Gedanken nach. Seit Josephs Besuch vor mehr als einer Woche schien sie ihren Widerstand gegen das Leben im Haus des Gouverneurs aufgegeben zu haben, nahm höflich an den zahlreichen Kaffeetischen, Dinnereinladungen und Soireen teil und fügte sich ansonsten schweigend, wenn die Gouverneursgattin ihre Haltung oder ihr Benehmen wieder einmal korrigierte, was Mevrouw van der Parra nicht ohne

Genugtuung bemerkte. Doch inwendig sann Brittany darauf, aus ihrer Gefangenschaft auszubrechen. Sie hatte auch eine Vorstellung, wie ihr das gelingen könnte, und deshalb hatte sie zugestimmt, mit in die Stadt zu fahren, wo Mevrouw van der Parra neue Stoffmuster begutachten und eine Ballgarderobe für sich und Brittany bestellen wollte.

Die ersten Häuser der breit zerstreuten Metropole tauchten auf, als Brittany bemerkte, dass ihre Gastgeberin verstummt war. Pflichtschuldigst lächelte Brittany sie unter dem Rand ihres Sonnenschirmes hervor an.

Ungewohnt ernst erwiderte Adriana van der Parra ihren Blick. «Sie dürfen nicht glauben, ich tue das alles, um Sie leiden zu sehen», sagte sie leise und sah auf ihre feinen Spitzenhandschuhe hinab.

Brittany biss sich auf die Unterlippe. Dass die Gouverneursgattin so leicht erraten hatte, was sie ihr gegenüber empfand, berührte sie auf peinliche Weise.

«Ich will Ihnen helfen, Juffrouw Addison», fuhr Mevrouw van der Parra fort und ließ gedankenverloren die Bänder ihres bestickten Täschchens durch ihre behandschuhten Finger gleiten. «Wir in Batavia leben anders als in Europa, sind freier und großzügiger. Ich war nie in Ihrer Heimat, aber ich kann mir vorstellen, was Sie dort erwarten wird. Ich will Sie davor bewahren, ein alte Jungfer zu werden, weil Sie nie gelernt haben, sich in Gesellschaft zu bewegen.»

«Gewiss», murmelte Brittany, nicht sonderlich überzeugt. Sie hasste es, dass man immer nur im Zusammenhang mit einer möglichen Heirat an sie dachte, und Wut stieg in ihr auf.

«Ich weiß, was es heißt, ein – wie sagt man in Englisch? – *muurbloempje* – kleine Blume an die Mauer ...» Ratlos sah sie Brittany an, die unwillkürlich ein wenig lächeln musste.

«Mauerblümchen», half sie der Gouverneursgattin weiter.

«Mauerblümchen», wiederholte diese und holte tief Luft, ehe sie fortfuhr: «Heute ist alles anders, auch hier in Batavia, aber früher war ich eines, weil ich von der Seite meiner Mutter asiatisches Blut geerbt habe. Keine gute Heirat war ich, auch nicht mit Mitgift und gute Ausbildung und hübsche Gesicht, aber Batavia hat zu wenig Frauen, als dass Männer wählerisch sein könnten. Heute ist es anders, heute taufen und adoptieren sie Töchter von den Sklavenfrauen, aber damals hat die junge Adriana van der Bake es nicht leicht gehabt.» Sie verstummte und starrte auf den Rücken des einheimischen, ganz in Weiß gekleideten Kutschers, der sich anscheinend ungerührt auf dem ungepolsterten Kutschbock durchrütteln ließ.

Petrus Albertus van der Parra war kein schlechter Mann. Er hatte viel Geduld mit ihr gehabt, als sie sich nach der viel zu kurzen Ehe mit Anthony Guldenarm – er starb am Fieber, noch vor dem ersten Hochzeitstag – zuerst gar nicht wieder verheiraten wollte und ihm, nachdem sie seinem beharrlichen Werben und der Hartnäckigkeit ihrer Mutter nachgegeben hatte, so lange die ehelichen Rechte verweigerte. Sie hatte ihn nie lieben gelernt, sich wohl aber an ihn gewöhnt und daran, ihr Leben mit ihm zu teilen. Siebzehn Jahre gingen ins Land, ehe der ersehnte Erbe geboren wurde – fünfunddreißig Jahre war Adriana da alt gewesen, und von diesem Tag an hatten sie nicht wieder das Bett miteinander geteilt. Adriana wusste, dass er sich eine malaiische Geliebte hielt, wie die meisten anderen hohen Beamten der Vereinigten Holländisch-Ostindischen Kompanie auch, doch solange eine solche Beziehung keine Kinder hervorbrachte, die ihrem Petrus Albertus junior das mächtige Erbe streitig machen konnten, tat sie es allen anderen Ehefrauen der Kompanie gleich: Sie tolerierte es gleichmütig und stolz erhobenen Hauptes.

Verlegen sah Brittany auf ihre Hände hinab, die in hellbeigen Handschuhen aus fester Seide steckten. Dass Mevrouw van der Parra einmal unglücklich gewesen war, sich linkisch und ausgestoßen gefühlt hatte wie sie die vergangenen drei Wochen, wäre ihr nie in den Sinn gekommen, und sie schämte sich dafür, ihrer Gastgeberin so viel Hass entgegengebracht zu haben. Sie erschrak, als sich die kleine Hand Mevrouw van der Parras plötzlich um die ihre schloss, und blickte auf.

«Ich will nicht, dass es Ihnen in England genauso ergeht, Juffrouw Addison», sagte die Gouverneursgattin leise, und in ihrer Stimme schwangen Besorgtheit und so etwas wie Zärtlichkeit mit.

«Sie erinnern mich sehr an meine Tante», entfuhr es Brittany unwillkürlich. Es schien erst gestern gewesen zu sein, dass sie Tante Patty das letzte Mal gesehen hatte, wie sie am Kai in Plymouth gestanden und dem sich entfernenden Schiff nachgeblickt hatte.

«Sie muss sehr stolz sein, eine Nichte wie Sie zu haben», erwiderte ihre Gastgeberin, und ehe Brittany darauf etwas erwidern konnte, fügte sie hinzu: «Ich wäre es.»

Verlegen über dieses unerwartete Kompliment senkte Brittany ihren Blick auf ihre und Mevrouw van der Parras Hände, die sich noch immer umschlungen hielten. Sie setzte zu einer Antwort an, doch das plötzliche Rucken der Kutsche, die anhielt, unterbrach ihr Gespräch.

«Wir sind schon da», bemerkte Mevrouw van der Parra fröhlich und wie verwandelt, als sie sich beim Aussteigen von ihrem Kutscher helfen ließ. «Das, Juffrouw Addison, ist die Tigergracht, die schönste und größte Gracht in ganz Batavia!»

Ein breiter, schnurgerader Kanal durchschnitt an dieser Stelle die Stadt. Einfache Holzboote, hoch beladen mit Lasten, und aufwendig geschmückte Kähne, in denen Personen von sichtlich hohem Rang saßen, zogen durch das schmutziggraue Wasser, das einen dumpfen, modrigen Geruch verströmte. Zu beiden Seiten des Kanals zog sich eine breite Prachtstraße dahin, von Palmen gesäumt und belebt von den vornehm gekleideten Holländern und ihren eleganten Frauen, ausnahmslos in Mieder und Reifrock. Immer in deren Gefolge, traditionell in lose fallendem Hemd und farbenprächtigem *sarong*, ihre Dienerschaft, die ihren Herren Sonnenschirme aus Reisstroh und Seide hinterhertrugen, zu Päckchen verschnürte Einkäufe, kunstvoll bemalte Seidenfächer in der Größe eines Pfauenrads oder die unbedingt dazugehörige, aus Holz geschnitzte und mit kostbaren Einlegearbeiten verzierte Betelbüchse, in der die Nüsse und Blätter der Betelpflanze aufbewahrt wurden, die von so vielen Eurasiern und Europäern gekaut wurden, wie an anderen Orten der Welt Kaffee getrunken oder Tabak geraucht, und die die Zähne schwärzlichrot färbten. Die Gebäude entlang des Kanals waren aus rötlichem Stein erbaut, zwei- oder dreistöckig, mit grün gestrichenen Holzläden zum Schutz gegen die brennende Sonne und kunstvoll geschnitzten Türen. In der Ferne verband eine halbrunde Steinbrücke die beiden Ufer des Kanals miteinander. Alles wirkte ordentlich und beinahe kleinstädtisch, verriet den großen Reichtum, auf den diese Stadt sich gründete, doch dass der einstige Glanz verblasst war, sah man deutlich.

«Kommen Sie, Juffrouw Addison, wollen wir sehen, was Mijnheer Huysmans uns heute zeigen kann!» Die Röcke ihres Kleides mit einer

Hand leicht gerafft, wollte die Gouverneursgattin das Geschäft betreten, dessen Tür ein Diener mit einer tiefen Verbeugung weit geöffnet hielt. Dies wäre der Moment gewesen, in dem Brittany sich auf dem Absatz hätte umdrehen und davonstürmen können, ihrer Freiheit entgegen, doch die Offenheit und das Vertrauen, das Mevrouw van der Parra ihr entgegenbrachte, ließen sie zögern. Jetzt noch zu flüchten, schien ihr nicht nur unangebracht, sondern auch feige und rücksichtslos, und so holte sie tief Luft, um ihre Stimme fest und sicher klingen zu lassen.

«Ich möchte gerne hinunter zum Hafen, Mevrouw van der Parra.»

Die Gouverneursgattin fuhr herum und sah Brittany aus großen, dunkel glänzenden Augen an. «Sie können nicht in die Hafen, Juffrouw Addison!», rief sie aus.

«Bitte, Mevrouw, nur heute, ich muss einfach», bettelte Brittany leidenschaftlich.

Eine der kleinen Hände der Gouverneursgattin schloss sich hart um Brittanys bloßen Unterarm. «Der Hafen ist kein Platz für Sie, Juffrouw! Es ist gefährlich dort, und die Luft ist schlecht, es gibt viele Krankheiten –» Abrupt brach sie ihre Warnung ab, als sie sah, wie sich Widerstand und Trotz in Brittanys Augen aufbauten und sie sich unter ihrem Griff versteifte. Mevrouw van der Parra schüttelte den Kopf. «Es hat keinen Sinn, das sehe ich. Sie würden selbst gehen, wenn zwanzig Seeungeheuer im Hafen wären! Weshalb nur?»

Brittany senkte den Kopf, um das Glühen auf ihrem Gesicht zu verbergen, und schwieg.

Schließlich seufzte Mevrouw van der Parra auf. «Gehen Sie, wenn Sie es müssen. Ich bete darum, dass Sie es nicht bereuen werden. Pak wird Sie an den Platz der *Endeavour* bringen.»

Mit einem leichten Nicken wandte sie sich an den Kutscher, bevor sie sich ruckartig abwandte und das Haus betrat, aus dessen Innerem angenehme Kühle auf die glühend heiße Straße hinausdrang, ehe die massive Holztür sich hinter ihr schloss.

Die Hitze, die über dem Hafen lag, war unerträglich. Flirrend schwebte die sonnendurchglühte Luft über den Docks und den träge daliegenden Schiffskörpern und machte jede Bewegung zu einer unmenschlichen Anstrengung.

«Die Kisten aus den unteren Lagerräumen haben wir nun alle draußen, Sir, ebenso alle Fässer und die restliche Ladung. Ich habe alles hier verzeichnet und nach dem Löschen abgehakt.»

Bootsmannsmaat Wilkinson reichte Lieutenant Hicks die eng beschriebenen Listen.

Der Erste Offizier begutachtete eine Seite nach der anderen, eine steile Falte der Konzentration zwischen den Augenbrauen.

«Gut», sagte er schließlich, bündelte die Listen und legte sie zur Seite. «Als Nächstes muss das Mobiliar von Bord, alle persönlichen Gegenstände aus den Kabinen und das Schiff abgetakelt werden. In dem Lagerschuppen dort hinten stehen leere Holzkisten. Achten Sie persönlich darauf, dass die Habe unserer zivilen Passagiere sicher verpackt wird und die Kisten mit Namen versehen und nummeriert sind. Der Schuppen müsste genug Platz für Kisten und Möbel bieten, wenn wir alles geschickt stapeln.» Er begann, die notwendigen Listen, auf denen alles Inventar aufgeführt war, für Wilkinson zusammenzusuchen, als ihn etwas innehalten und aufblicken ließ.

Wie damals in jenem üppig wuchernden Wald auf dem winzigen Eiland vor Tahiti war es mehr eine körperliche Empfindung denn ein bloßes Wahrnehmen, als hätte allein ihre Anwesenheit ihn angerührt. Und wie damals sahen sie einander in die Augen, gänzlich verloren im Zauber des anderen.

«Gottverdammich!» Erst Wilkinsons dröhnender Ausruf zerriss den Bann. «Wenn das nicht unsere Miss Addison ist!»

Wilkinson vergaß in seiner echten Freude alle Etikette und schüttelte ihre Hand, bis Brittanys Arm zu schmerzen begann. «Das ist ja eine echte Überraschung, Miss Addison! Wir hatten uns Sorgen gemacht, als wir hörten, dass Sie beim Empfang vom Gouverneur umgekippt sind, und waren natürlich mächtig erleichtert, dass es Ihnen so bald wieder besser ging! Gut sehen Sie aus – und mächtig fein haben Sie sich für uns Seebären gemacht!» Begeistert strahlte er sie an und ließ ganz ungeniert seinen Blick über ihren Rock und ihr Mieder aus beigefarbenem Musselin schweifen, mit hellblauen Streublümchen übersät, die Ärmel dreiviertellang und von breiten Spitzen gesäumt.

«Danke, Wilkinson, für Ihren freundlichen Empfang.»

Nur wer sie gut kannte, konnte bemerken, wie sie sich bemühte, den Lieutenant nicht allzu freudig anzustrahlen, aber sie konnte es nicht verhindern, dass ihr Blick immer wieder zu ihm wanderte und der Glanz in ihren Augen sie verriet. Der Bootsmannsmaat setzte zu einer erneuten Bemerkung an, doch die knisternde Atmosphäre, die zwischen Brittany und dem Lieutenant in der Luft lag, entging auch ihm nicht.

Er räusperte sich. «Ich würde ja gerne weiter mit Ihnen plaudern, Miss, aber die Pflicht ruft», entschuldigte er sich etwas verlegen und ließ neugierige Blicke zwischen den beiden hin- und herschweifen. «Kann ich die Listen dann mitnehmen, Sir?»

«Gewiss.» Hicks gab sich einen Ruck und suchte die Papiere zusammen.

«Danke, Sir.» Wilkinson nahm den Papierstoß entgegen und salutierte lässig. «Dann einen schönen Tag noch, Miss Addison – Mr. Hicks.» Mit einem freundlichen Nicken entfernte der Bootsmannsmaat sich in Richtung des Schiffsrumpfs.

Eine gespannte Stille entstand zwischen Brittany und Hicks. So viel gab es zu sagen nach den beinahe vier Wochen, die sie einander nicht gesehen hatten, und doch schien keiner von ihnen den Anfang zu finden. In einer abwartenden Geste schlüpfte Brittany langsam aus ihren Handschuhen.

Schließlich räusperte sich Zachary. «Gut siehst du aus.»

Verlegen strich Brittany eine Strähne, die sich in der feuchten Hitze aus ihrer kunstvollen Hochsteckfrisur gelöst hatte, zurück. In Zacharys Gegenwart fühlte sie sich noch befangener in der fremden Tracht, an die sie sich noch nicht völlig gewöhnt hatte, doch die Blicke, die er ihr zuwarf, zeigten ihr, dass sie ihm darin gefiel.

«Danke», antwortete sie leise, «du auch.»

Das entsprach der Wahrheit: In den Wochen, die er an Deck und in den Docks verbracht hatte, hatte seine Haut eine tiefbraune Färbung angenommen. Noch immer war er schlanker als früher, wirkte sehniger, und die Art, wie er seine Ärmel hochgekrempelt und das Hemd weit offen stehen hatte, wie sich sein lockiges Haar, sonnengebleicht, in der tropischen Luft kräuselte, wie die feinen Schweißperlen auf seiner Haut glänzten, ließ ihn wild und verwegen wirken.

Langsam ging Brittany um den schmalen Klapptisch herum, stellte sich neben ihn und blickte neugierig über die ausgebreiteten Papiere. Der durch Unterröcke und ein schlankes Panier versteifte Musselin ihrer Röcke streifte Zachary und brachte den zarten Duft einer blumigen Seife mit. Wie gebannt ließ er seinen Blick auf der Linie ihres Nackens ruhen, die die gebändigte Flut ihres kastanienfarbenen Haares enthüllte. Es erstaunte ihn immer wieder, wie scheinbar mühelos sie sich verwandelte, von dem bezaubernd exotischen Mädchen in *pareu* und blumengeschmücktem, offenen Haar über die kecke Seemannsbraut in Hemd und Hosen bis hin zur eleganten Lady, ohne je die Essenz ihres Seins, diesen unbeschreiblichen Zauber, den sie auf ihn ausübte, einzubüßen. Etwas an ihr blieb immer gleich.

Mit einer Hand wies sie auf die Papiere vor ihnen. «Was bedeutet das alles?»

«Das?» Hicks deutete auf einen beliebigen beschriebenen Bogen. «Das sind die Listen für das Löschen und Abtakeln des Schiffs, bevor wir es trocken legen können. Hier siehst du –»

Er wollte eine der Listen aufnehmen, doch im selben Moment zog Brittany ihre Hand zurück, und ihrer beider Hände trafen sich in der Luft, was sie beide zusammenzucken ließ, gleichermaßen vor Schreck wie vor Erregung. Sie starrten sich an, unsicher, wie sie reagieren sollten, bevor Zachary behutsam ihre Hand in die seine nahm und zart mit dem Daumen über ihre Handfläche fuhr.

«Ich hätte dich gerne im Haus des Gouverneurs aufgesucht, aber ich war hier im Hafen unabkömmlich», sagte er leise.

Brittany schüttelte den Kopf. «Das macht nichts.» Ein kleines, übermütiges Lächeln erhellte ihr Gesicht. «Mevrouw van der Parra hätte dich wahrscheinlich ohnehin nicht in meine Nähe gelassen.» Das Lächeln verschwand. «Du –» Sie schluckte. «Du hast mir gefehlt.»

Mit flatternden Lidern sah sie zu ihm auf, unsicher, wie er auf dieses Geständnis reagieren würde. In ihr war ein Rest an Ungewissheit geblieben, was seine Reaktionen anging, verwurzelt in der Angst, dass das Vertrauen, das zwischen ihnen bestand, jederzeit wieder zerbrechen konnte, fragil, wie es ihr erschien.

Zachary nahm ihre Hand fester in die seine, so dass sie sich ihm zuwenden musste. «Du hast mir auch gefehlt», murmelte er und zog sie zu sich. Brittanys Herz begann schnell zu schlagen.

«Miss Addison!» Ein lauter Ruf hinter ihrem Rücken ließ sie und Zachary hastig auseinander fahren, als sähen sie sich bei etwas Verbotenem ertappt.

Es war William Perry, der Assistent des Schiffsarztes, dessen Ruf sie so erschreckt hatte und der nun mit langen, eiligen Schritten auf sie zukam. «Sie schickt der Himmel, Miss», stieß er hervor, als er sie erreicht hatte, völlig außer Atem. Mit festem Griff nahm er Brittany am Arm und wollte sie mit sich fortziehen.

«Mr. Perry, was soll das?», begann Brittany zu protestieren und stemmte sich gegen ihn.

«Ich brauche dringend Ihre Hilfe», gab er knapp zur Antwort und zog sie trotz ihres Widerstrebens mühelos ein paar Schritte mit sich fort.

«Können Sie Ihr Benehmen erklären, Mr. Perry?», fuhr ihn Lieutenant Hicks scharf an, der zwischen sie getreten und dabei war, Brittany aus Perrys Griff zu befreien.

Der junge Mann holte tief Luft und fuhr sich mit dem Handrücken über das schweißnasse, gebräunte Gesicht. «Der Doktor ist schwer krank, ich weiß nicht, ob er es überleben wird, einige andere von der Mannschaft hat es auch erwischt, wie die beiden Tahitier, und täglich liegt jemand Neues flach. Und eben war ich im Haus von Mr. Banks – ein einziges Krankenlager.» Schwer atmend nach diesem für ihn ungewohnten Redefluss strich er sich eine dicke Strähne seines glatten schwarzen Haares aus dem erschöpft wirkenden Gesicht. «Ich schaffe das nicht mehr alleine.»

Bittend sah er von Brittany zu Hicks und wieder zu Brittany, einen Zug der Verzweiflung um seine Mundwinkel.

Ein flaues Gefühl der Angst machte sich in Brittany breit, doch dann nickte sie energisch. «Ich komme mit Ihnen, Mr. Perry.»

Das weiß gestrichene, zweigeschossige Haus in der Tigergracht, das die englischen Gentlemen gemietet hatten, lag Tür an Tür mit dem Gästehaus Mijnheer Van Heys'. Der rundliche Vermieter von Joseph und Solander stürzte buchstäblich aus der Tür seiner Pension heraus, sich die schmalen Lippen noch mit einer Serviette abwischend, als der junge englische Doktor vorfuhr. Einen erregten, halb englischen, halb holländischen Wortschwall über ihn ausschüttend, begleitete er Perry die wenigen Schritte bis zur Eingangstür, ohne die junge Frau weiter zu beachten, die mit ihm gekommen war.

Perry, Monkhouse' lederne Arzttasche in der Hand, antwortete lediglich mit einem mürrischen Gesichtsausdruck auf die Redseligkeit des Holländers, als er den kupfernen Türklopfer mehrere Male gegen die grün gestrichene Tür donnern ließ. Erst als eine verschüchterte malaiische Frau die Tür einen Spaltbreit öffnete, wandte sich Perry an den Vermieter.

«Ich kümmere mich um die Gentlemen», sagte er knapp, «und um Ihre Miete machen Sie sich mal keine Gedanken. – Kommen Sie, Miss Addison.» Energiegeladen drückte er die Tür auf und zog Brittany mit sich hinein.

Ein ungutes Schweigen lag über dem Haus, noch betont durch das überlaute Ticken einer Standuhr in der Ecke. Dämmriges Licht herrschte in der Diele, die mit schweren holländischen Möbeln gediegen eingerichtet und mit dunklem Holz getäfelt war. Ein leises Stöhnen drang aus dem oberen Stockwerk in die Stille zu ihnen herab, und unwillkürlich starrte Brittany die schmale Treppe mit dem weiß gestrichenen Holzgeländer hinauf. Entschlossen raffte sie ihre Röcke zusammen und eilte die Treppenstufen hinauf.

Das obere Geschoss bestand aus drei einander gegenüberliegenden Schlafzimmern, deren Türen weit offen standen. Die Luft war stickig und verriet, dass trotz der Hitze, die draußen herrschte, schon lange kein Fenster mehr geöffnet worden war. In dem Raum, der der Treppe am nächsten war, fand Brittany Joseph. Er lag in dem großen, aus dunklem Holz gefertigten Bett, ungeschickt und nur halb von einem dünnen Leintuch bedeckt, aschfahl im Gesicht und am ganzen Leibe zitternd. Sein Kammerdiener Briscoe kauerte sich auf einem Sessel in einer Ecke des Zimmers zusammen und war offensichtlich in keiner besseren Verfassung.

Mit wenigen Schritten war Brittany bei Joseph und kniete sich mit raschelnden Röcken vor dem Bett nieder. Sie legte die Handflächen an sein Gesicht, das trotz seiner Blässe vor Fieber glühte, und nahm eine seiner Hände in die ihren – eiskalt. Verwirrt sah sie Perry an, der hinter ihr das Zimmer betreten hatte. «Er hat hohes Fieber und scheint doch zu frieren», stellte sie ratlos fest.

«Malaria-Fieber», erklärte Perry. «Wir bräuchten Chinin, aber Monkhouse hat keines in seiner Kabine.»

«Ist das eine bekannte Medizin?» Brittany spürte, wie heftige Schauder durch Josephs Körper liefen.

Perry nickte. «Gewonnen aus der Rinde des Chinabaumes und sündhaft teuer. Das Einzige, was hier helfen kann.»

«Joseph hat bestimmt welches mitgenommen – er würde nie so weit reisen, ohne sich für alle Fälle abgesichert zu haben», murmelte Brittany. Sie richtete sich halb auf und beugte sich leicht über Josephs zitternden Körper.

«Joseph», rief sie leise, aufmerksam in sein Gesicht blickend, um sich keine Regung entgehen zu lassen, «Joseph!» Sie rüttelte ihn leicht an der Schulter, doch er schien sie gar nicht wahrzunehmen – mit starrem Blick sah er aus trüben Augen unverändert an ihr vorbei, scheinbar einen weit entfernten Punkt im Raum fixierend.

«Joseph, haben Sie irgendwo Chinin? In irgendeiner Kiste oder Tasche?», versuchte sie es weiter – vergeblich.

Mutlos senkte sie den Blick. Mehrere tiefe Atemzüge lang saß sie so da, in dem machtlosen Gefühl, vor einem Abgrund zu stehen, ehe sich Trotz in ihr aufbäumte. Energisch stand sie auf und ging hinüber zu Briscoe.

«Briscoe», rief sie. «Können Sie mich hören? Hat Mr. Banks irgendwo Chinin?» Fest nahm sie den schmalen, dunkelhaarigen Diener an der Schulter, doch auch er schien nicht in der Lage, sie zu verstehen oder ihr zu antworten.

Sie eilte in die anderen Schlafzimmer, wo sie auf einen Blick sah, dass allesamt in dem gleichen schlechten Zustand waren: Auch Solander und Banks' zweiter Diener Roberts froren und schwitzten zugleich unter dem hohen Fieber, und Schiffsarzt Monkhouse schien im dritten Schlafzimmer unter seinen Fieberschauern zu verglühen.

«Wir müssen abwarten, wie es sich entwickelt», sagte Perry, eine Spur von Resignation in seiner tiefen Stimme, «ohne Chinin …»

Brittany schüttelte heftig den Kopf. «Es muss welches da sein, das spüre ich.» Sie sah Perry unverwandt an. «Fragen Sie mich nicht, weshalb, aber ich weiß es.»

Im gleichen Atemzug wirbelte sie herum und begann, die Türen sämtlicher Schränke in den Schlafzimmern aufzureißen und die Fächer zu durchwühlen.

«Warten Sie» – Perrys kräftige Hand hielt sie vorsichtig an einer Schulter zurück – «lassen Sie mich das machen. Ich fühle mich nicht wohl bei dem Gedanken, in Mr. Banks' Sachen herumzukramen.»

Brittany konnte Perrys Skrupel verstehen; sie selbst fühlte sich wie ein neugieriger Eindringling, als sie vor den Seekisten kniete und Kniehosen und seidene Röcke in die Hand nahm, Bücher und Schreibsachen, Seife, Rasierpinsel und Rasiermesser. Aus dem Augenwinkel sah sie, wie Perry, die Arme voll wollener Decken, von einem Zimmer zum anderen ging und sie dort verteilte, und ab und an hörte sie ihn beruhigende Worte murmeln, wenn einer der Patienten unter Schmerzen wieder zu stöhnen begann.

Ein rechteckiges Holzkästchen erregte ihre Aufmerksamkeit. Sie zögerte kurz. Vielleicht befand sich darin ein Geheimnis, das Joseph lieber für sich behalten hätte, doch dann gab sie sich einen Ruck und klappte den Deckel auf. Zwei gläserne Phiolen, etwa so lang und so dick wie der kräftige Daumen eines Mannes, waren in dem mit rotem Samt ausgeschlagenen Kästchen eingebettet. Behutsam nahm Brittany eine heraus und betrachtete neugierig das grauweiße, grobkörnige Pulver darin.

«Mr. Perry», rief sie über ihre Schulter hinweg, «was ist *Peruv. B.*?» Mit zusammengezogenen Augenbrauen brütete sie über den zierlichen Buchstaben auf dem kleinen weißen Etikett, ehe sie Perry ansah, der in langen Schritten herbeigeeilt war.

«*Peruvian Bark*, Peruanische Rinde», erklärte er kurz, «eine andere Bezeichnung für Chinin.»

Vorsichtig erhob sich Brittany und reichte ihm das Kästchen und die Phiole, die sie herausgenommen hatte. Beinahe ehrfürchtig nahm Perry beides entgegen und sah sie an, ohne ein Lächeln, aber mit höchster Anerkennung in seinem Blick.

«Dann wollen wir mal loslegen», sagte er nur.

In der leidlich kühlen Vorratskammer des Hauses fanden sie einige Flaschen Wein, von einer dicken Staubschicht bedeckt, und sogar eine Karaffe mit modrig riechendem Essig, die sie unter dem lautstarken Protest der älteren der beiden malaiischen Dienerinnen nach oben trugen.

Gegen die Temperaturen im unteren Stockwerk erschien die Hitze, die ihnen auf den obersten Treppenstufen entgegenschlug, noch unerträglicher als zuvor. Mit beiden Händen wischte sich Brittany über ihr schweißnasses Gesicht. Missmutig zerrte sie am Schulterausschnitt ihres Mieders, der ihr in der tropisch heißen Luft schmerzhaft in die Haut schnitt.

«Es ist unerträglich hier drin», murmelte sie verärgert. «In dieser Luft kann niemand gesund werden!» Energisch entriegelte sie das Fenster und öffnete die beiden Fensterflügel weit. Luft strömte herein, warm und feuchtheiß, aber ungleich angenehmer als jene, die dick und stickig im Raum stand. Tief durchatmend beugte sie sich aus dem Fenster hinaus und zog die beiden Flügel der grün gestrichenen Fensterläden zu sich heran, sie bis auf einen handbreiten Spalt schließend und mit dem beweglichen Haken fixierend.

Perry, der an dem niedrigen Sekretär saß, maß Wein und das Chinarindenpulver ab. Schmunzelnd sah er sie über Messbecher und Silberlöffel an.

«Wenn Monkhouse Sie jetzt sähe, würde er Sie ausschelten.»

«Weshalb?» Brittany stemmte die Hände in die Hüften.

«Er wäre der Ansicht, die Luft hier sei der Verursacher der Krankheit. *Mala Aria* – schlechte Luft.»

«Wenn irgendeine Luft schlecht war, dann war es die hier drinnen. Frische Luft hat noch niemandem geschadet!», erklärte sie trotzig.

Sie trat näher zu ihm und beobachtete genau, wie er mit der Medizin hantierte, während sie über seinen letzten Worten brütete. «Glauben Sie das auch – das mit der schlechten Luft?», fragte sie nach einer Weile leise.

Perry machte ein abschätziges Gesicht, als er den letzten Löffel Chinin in einem Becher mit Wein verrührte.

«Monkhouse ist ein sehr erfahrener Arzt, aber in manchen Fragen konnten wir uns nicht einig werden.» Er stöpselte die Phiole mit der Fieberrinde zu und verstaute sie wieder sorgfältig in dem sicheren Holzkistchen. «Meiner Ansicht nach hängt die Krankheit mit diesen verfluchten Mücken zusammen.»

«Glauben Sie wirklich?»

Perry zuckte mit der Schulter und erhob sich, je einen Becher mit Wein und darin aufgelöster Medizin in den Händen. «Beweise habe ich keine, aber Beobachtungen.» Er reichte ihr einen der Becher und wies mit dem Kinn auf das Bett, in dem Banks unter schweren Wolldecken in eine kurze Phase der Apathie gefallen war. «Flößen Sie ihm so viel davon ein, wie Sie können.»

Löffel für Löffel träufelte Brittany den Wein zwischen Banks' leicht geöffnete Lippen, sorgsam darauf achtend, dass er ihn auch schluckte. Und als ob sein vom Fieber ausgetrockneter Körper wüsste, dass er Flüssigkeit brauchte, gleich welcher Art, ließ er sich Becher um Becher verabreichen, in Abständen von Stunden, und sobald Perry und Brittany mit allen durch waren, konnten sie von vorne beginnen. Immer wieder traten die Fieberphasen auf, zusammen mit Perioden heftigen Schüttelfrostes, dann herrschte wieder plötzliche unheimliche Ruhe, in der die Kranken Atem zu holen schienen für ein neues Aufbäumen ihres Körpers gegen die Krankheit.

Mit einer großen Schüssel, gefüllt mit hochprozentigem Essigwasser, ging Brittany von Bett zu Bett, von einem notdürftig errichteten Lager auf einem der Kanapees für die Diener zum nächsten und rieb Arme, Beine und Oberkörper der Männer mit der Flüssigkeit ab, um das Fieber zu senken. Erneut wurde mit Wein und Chinin die Runde gemacht, dann wieder mit Essigwasser. In dieser sich endlos wiederholenden Monotonie vergingen die Stunden, zogen sich in ununterscheidbare Länge.

In den leichten Halbschlaf, in den Brittany gefallen war, drangen zwei Stimmen, die tiefe eines Mannes und die sanfte einer Frau, die sich unweit von ihr leise unterhielten.

«Unten im Hafen sieht es ähnlich aus. Stündlich erhöht sich die Zahl der Kranken», hörte Brittany die männliche Stimme sagen.

«Chinin?»

Die Männerstimme schnaubte verächtlich.

«Alle Apotheker, bei denen ich war, haben sich taub gestellt. Als ob sie befürchteten, ich könnte die benötigte Summe dafür nicht aufbringen!»

Eine kleine Pause trat ein, bevor die Frauenstimme leise sagte: «Fürs Erste lege ich aus, was Sie brauchen, und sorge dafür, dass die Apotheker Sie mit allem versorgen.» Die Männerstimme setzte zu einer Entgegnung an, doch die Frau kam ihm zuvor.

«Lassen Sie es nur nicht meinen Mann wissen, er würde das nicht wollen», flüsterte sie kaum hörbar. Sie atmete tief durch, ehe sie mit festerer Stimme ansetzte: «Sagen Sie Ihre *kapitein*, er soll reparieren seine Schiff und Batavia so schnell wie möglich verlassen, noch bevor Regenzeit beginnt.»

«Wenn wir können, gerne», entgegnete die männliche Stimme, «aber das Dock, das wir brauchen, wird zurzeit noch von holländischen Schiffen, die Pfeffer für Europa an Bord nehmen, belagert. Solange müssen wir warten.»

Müde hob Brittany den Kopf. «Mr. Perry?», rief sie leise in die Dämmerung hinein, die sie umgab.

Eine Tür schwang auf und brachte den hellen Schein einer Laterne in den Raum. Brittany blinzelte in das Licht und stieß einen leisen Schmerzenslaut aus, als ihre Glieder ihr deutlich machten, wie unbequem sie sich in dem Sessel zusammengekauert hatte, bevor sie vor Erschöpfung eingeschlafen war. Eine Schattensilhouette näherte sich ihr mit dem Rascheln von Röcken, dann eine zweite, die die Laterne hielt. Erst als Erstere vor ihr in die Knie ging, Brittanys Hände in ihre eigenen, angenehm kühlen nahm und dabei den schwachen Duft von Sandelholz verströmte, erkannte sie Mevrouw van der Parra.

Hastig setzte sie sich in ihrem Sessel auf und holte Luft, um alles zu erklären, doch die Gattin des Gouverneurs tätschelte beruhigend ihre Hand und schüttelte den Kopf. «Mijnheer Perry hat schon heute Nachmittag ein Nachricht zu mir aufs Land geschickt, aber ich habe erst heute Abend in den Hafen erfahren, wo Sie sind, als ich Sie dort suchen ließ. Er hat mir erzählt, wie tüchtig Sie waren heute.»

«Mevrouw van der Parra hat uns ihre Hilfe zugesichert», warf Perry ein und stellte die Laterne auf das Tischchen, das neben Brittanys Sessel stand.

«Danke», sagte Brittany einfach und drückte fest die Hand Mevrouw van der Parras.

Diese schüttelte abwehrend den Kopf. «Würde jedes tun an meine Stelle. Diese Krankheit ist wie ein Fluch, der über Batavia liegt», murmelte sie unheilvoll und mit dem Schmerz in der Stimme, der aus leidvoller eigener Erfahrung stammt. Achtundzwanzig Jahre war es her, dass dieses verzehrende Fieber ihr den Mann genommen, sie zur

Witwe gemacht und dabei ihr Lebensglück zerstört hatte, das sie nie wieder gefunden hatte.

Ein leises Stöhnen vom anderen Ende des Raumes her ließ alle drei auffahren, und trotz der Schmerzen ihrer müden Glieder war Brittany mit einem Satz aufgesprungen und an Josephs Bett geeilt. Er schien zu schlafen, unruhig zwar, aber doch weit entfernt von den früheren heftigen Fieberschauern. Prüfend legte sie ihre Handfläche kurz auf seine Stirn und beide Wangen.

«Das Fieber sinkt», sagte Perry, der hinter sie getreten war. «Aber noch ist längst nicht alles ausgestanden. Wir müssen abwarten, wie es weitergeht.»

Ein lauter Donnerschlag zerriss das Schweigen, das für einen Moment eingetreten war. Brittany trat an das offene Fenster, durch das wunderbar kühle Luft hereinströmte, und spähte durch den Spalt zwischen den beiden Fensterläden. Ein grell aufleuchtender Blitz erhellte für den Bruchteil eines Augenblicks den schwarzen, sternlosen Nachthimmel, und dann setzte der Regen ein, gleichmäßig und rauschend. Stumm lauschten die drei den Geräuschen des Gewitters, sogen tief die plötzlich so klare und wohltuende Luft ein, als Brittany ein Gedanke durchzuckte.

Rasch drehte sie sich zu Perry um. «Wo sind Tupia und Taiata? Sie sind doch nie von Joseph getrennt gewesen!»

«Unten im Hafen», antwortete er. «Mr. Banks hat sie vor zwei Tagen dorthin bringen lassen. Tupia wollte am Meer sein.»

Brittany wandte sich wieder dem Fenster zu. Sie spürte, dass es schlecht um Tupia stand. Er schien es selbst zu wissen, wenn er darum gebeten hatte, in der Nähe des Meeres sein zu dürfen, jenes Elementes, das wie kein anderes die Kultur der *Maohi* bestimmte. Sie waren Kinder des Meeres, und auch der Ort, an den ihre Seelen nach ihrem Tod zurückkehren würden, lag im weiten Ozean.

«Ich möchte morgen gerne Tupia sehen», sagte sie leise, aber bestimmt.

# 33

Flimmernd stand die Gluthitze über den Zelten, die sich auf dem schlammigen Boden des Hafenareals aneinander drängten. Beinahe zu den Ausmaßen einer kleinen Stadt hatten sie sich in den vergangenen Tagen vermehrt, um nach und nach alle Männer der *Endeavour* aufzunehmen, nachdem das Schiff gänzlich ausgeräumt worden war und nun als leerer Rumpf auf dem trüben Wasser des Hafenbeckens schwamm. Eine unnatürliche Ruhe lag über der Zeltstadt, als Brittany und Perry durch den matschigen Untergrund stapften, dabei den tiefen Pfützen auswichen, die der nächtliche Regen hinterlassen hatte, und über die Leinen der Zelte hinwegstiegen.

«Hier ist es.» Perry blieb vor einem der Zelte stehen, bereit, die Plane, die den Eingang verschloss, für sie zur Seite zu schieben.

Unschlüssig verharrte Brittany in ein paar Schritt Entfernung. Ein Gefühl von Furcht hatte sie beschlichen, je näher sie dem Zelt gekommen waren. Heute schien der Entschluss, den sie in der Dunkelheit der vergangenen Nacht gefasst hatte, übereilt und sentimental. Was suchte sie hier? Sie hatte von Tupia bisher nichts Gutes erfahren, nur Schmähungen, Drohungen und böse Blicke. Wenn er Hilfe brauchte, sollte er sich an Perry wenden – sie hatte hier nichts verloren, schuldete ihm nichts.

Perry bemerkte ihr Zögern und erahnte den Konflikt, in dem sie sich befand. Es war für ihn von Anfang an offensichtlich gewesen, dass eine tiefe, wohl nicht zu überbrückende Kluft zwischen ihr und dem tahitischen Priester bestand. Aus seinen Beobachtungen hatte Perry irgendwann die Schlussfolgerung gezogen, dass Tupia Brittany wegen irgendetwas zürnte – wie ein Lehrer einem unartigen Zögling – und dass Brittany ihm darin die Stirn bot. Er rechnete es ihr hoch an, dass sie sich trotzdem überwand und nach ihm sehen wollte.

«Ich komme mit, wenn Sie wünschen», bot er ihr seine Hilfe an.

Brittany sah hastig zu ihm auf und schüttelte dann energisch den Kopf. «Danke, Mr. Perry, ich gehe alleine.»

Ohne ein weiteres Wort zu verlieren, schob Perry die Plane am Eingang zur Seite.

Tief einatmend und sich selbst Mut zusprechend, trat Brittany in das Innere des Zeltes. Ein einfacher Strohsack, mit einem Leintuch überzogen, bildete die Bettstatt, auf der Tupia mit geschlossenen Augen unter einer dünnen Wolldecke lag. Die Luft im Zelt war zum Ersticken dick und durchsetzt mit dem unangenehmen Geruch nach Krankheit. Brittany schlich auf Zehenspitzen zu dem niedrigen Hocker, der neben dem Lager stand, und setzte sich möglichst geräuschlos.

«Ich wusste, dass du kommen würdest.»

Sie erstarrte beim Klang von Tupias Stimme und hob vorsichtig den Blick auf seine Höhe. Der tiefe Goldton von Tupias Haut war einem hässlichen Graubraun gewichen; selbst das Tintenschwarz seiner Hautzeichnungen schien verblasst und grau. Trocken und schuppig hing seine Haut lose über den Knochen. Doch seine Augen strahlten unverändert in dem alten schwarzen Feuer und straften sein übriges Aussehen Lügen.

Brittany wusste nicht, was sie auf diese Worte, auf Tahitisch vorgebracht, hätte antworten sollen, zu sehr war sie erschüttert von der Veränderung, die mit ihm vorgegangen war, doch schien Tupia auf keine Entgegnung zu warten und fuhr mit dem nächsten Atemzug fort: «Ta'aroa hat es mir vorausgesagt.»

Wenn er sprach, wurde sichtbar, dass sein Zahnfleisch ungesund dunkelrot und angeschwollen war, von blutigen Stellen durchsetzt, und dass sein früher so makelloses, strahlend weißes Gebiss zahlreiche schwarze Lücken aufwies, die seinem Gesicht etwas Heimtückisches verliehen und ihn um Jahrzehnte gealtert wirken ließen. Unwillkürlich wich Brittany ein wenig zurück vor dem faulen Atem, den er mit jedem Wort verströmte, und ein wissendes Lächeln huschte über Tupias ausgemergeltes Gesicht.

«Das ist die Rache», flüsterte er und bleckte seine verbliebenen Zähne, «die Rache Tanes für deinen Treuebruch.»

Unwillkürlich richtete sich Brittany im Sitzen auf und wollte heftig etwas entgegnen, dem Zorn, der in ihr aufwallte, Luft machen, doch Tupia ließ sie nicht zu Wort kommen.

«Dies ist erst der Anfang, Tiare'ita, und das Ende wird schrecklich sein. Ich trauere nicht, dass ich nicht mehr lange genug leben werde, um zu sehen, wie ihr alle leiden und untergehen werdet, weil du Schuld auf dich geladen hast.»

Mit klopfendem Herzen und dem Gefühl, sich gegen seine unberechtigten Vorwürfe verteidigen zu müssen, begann Brittany leise, sich wieder in die Sprache hineinzufinden, die ihr in den vergangenen Monaten fremd geworden war.

«Ich habe keine Schuld auf mich geladen. Ich –»

Das böse Auflachen Tupias unterbrach sie. «Du hast einen Sterblichen – einen *popa'a*» – er spuckte das Wort förmlich aus – «dem Gott vorgezogen, dem du ewige Treue geschworen hast!»

«Was ist das für ein Gott», fragte Brittany leise, «der eifersüchtig auf die Liebe ist?»

Sie sah Tupia furchtlos in die Augen. Er erwiderte ihren Blick, sein Gesicht eine ausdruckslose Maske. «Einer wie derjenige der *popa'a*», entgegnete Tupia. «Mr. Green und Joseph haben mir aus der Schrift eurer Religion vorgelesen und sie mir erklärt: ‹Ich bin der Herr, dein Gott, du sollst nicht andere Götter haben neben mir›», zitierte er in fast fehlerfreiem Englisch.

Brittany schüttelte abwehrend den Kopf. «Tane ist nicht so. Tane ist –»

«Was weißt du über Tane?», fuhr Tupia sie an. Hass und unbändiger Zorn schossen aus seinem Blick.

«Was weißt du über ihn?», gab Brittany nicht minder laut und heftig zurück.

«Das, was mich meine Ahnen und die Ahnen der höchsten Priester Raiateas gelehrt haben», antwortete Tupia würdevoll, und für einen Herzschlag lang war er wieder der machtvolle, unbeugsam starke Priester Ta'aroas.

Brittany schwieg für einen Moment, ehe sie leise, aber bestimmt entgegnete: «Es kümmert mich nicht, was dich alle diese Männer gelehrt haben. Ich weiß, dass Tane mehr ist als das *tapu*, das ihr Priester mit ihm verbindet.» Mit jedem Wort, das sie sprach, fühlte sie sich sicherer. «Tane ist überall dort, wo wir Liebe finden, Schönheit und Heilung. Er ist kein rachsüchtiger Gott, der uns all das neidet – er schenkt es uns, aus seiner Güte heraus.» Noch nie zuvor hatte sie diese Gedanken in Worte gefasst, die immer nur abstrakt und als reine Gewissheit in ihr vorhanden gewesen waren.

Tupias Augen wurden schmal. «Du warst nie eine von uns. Wie glaubst du, unsere Götter verstehen zu können?»

«Weil ich es kann», rief Brittany und sprang auf, «weil sie nicht nur euch gehören! Tane ist ein Name für etwas viel Größeres, das du überall finden kannst – nicht nur auf Tahiti!»

«Schwache Worte eines schwachen Weibes», murmelte Tupia verächtlich und richtete seinen Blick auf die Zeltwand.

Seine Bemerkung verletzte Brittany zutiefst. Sie wusste, dass sie Recht hatte, sie wusste es ganz einfach, und die Arroganz und Selbstherrlichkeit, mit der Tupia ihren Glauben einfach als Schwäche ihres Geschlechts abtat, brachten Bitterkeit in ihr hoch. Allein weil seine Vorfahren Priester gewesen waren, ihr Leben dem Dienst an den alten Göttern Tahitis geweiht hatten, weil er von Kindesbeinen an mit den Regeln und Geboten der Religion vertraut war, glaubte er im Recht zu sein.

«Wie», fragte sie leise, einen gefährlich sicheren Unterton in der Stimme, «wie kann es dann sein, dass du, der du immer alle Gebote getreulich befolgt hast, der du mir die ganze Zeit über von einem Fluch gesprochen hast, den ich auf mich gezogen haben soll, so schwer krank bist und ich nicht?» Sie holte tief Luft und fuhr, noch leiser, fort: «Ich sage es dir: Weil dir die Gebote, die Menschen aufgestellt haben, wichtiger sind als das, was du in dir spürst, nämlich die tatsächliche Anwesenheit des Göttlichen.»

Ein bedrohliches Schweigen breitete sich in dem beengten Raum aus. Tupias schwere Atemzüge klangen überdeutlich laut, und je länger sein Schweigen andauerte, desto sicherer wurde Brittany, dass sie gewonnen hatte, und mit trauriger Gewissheit spürte sie auch, dass er damit seine Kraft verloren hatte. Tupia war ein Diener der Gottheiten mit der ganzen Macht seiner Seele; sollte sein Glauben ins Schwanken geraten, so würde auch sein Lebenswille damit sterben.

«Du wirst Tanes Rache auch zu spüren bekommen», stieß Tupia heiser hervor, doch er klang nicht sehr überzeugt.

«Möglich. Nur glaube ich nicht an seine Rache. Tane» – sie holte tief Luft – «Tane ist größer, als du und ich je erfahren werden.»

Als von Tupia keine Antwort kam, wandte sie sich langsam zum Gehen.

«Ta'aroa erwartet mich», hörte sie Tupia leise sagen, und sie drehte sich noch einmal zu ihm um. Ein beseeltes Lächeln glitt über sein von der Krankheit so grausam gezeichnetes Gesicht. «Und ich werde die Ehre haben zu erfahren, wie groß *er* ist.»

Betroffen schwieg Brittany für einen Moment, ehe sie leise erwiderte: «Ich will dir deinen Glauben nicht wegnehmen, Tupia – aber ich lasse mir den meinen auch nicht von dir zerstören.»

Sie wusste nicht, ob er ihre letzten Worte noch vernommen hatte, bevor er den Blick wieder an die Decke des Zeltes richtete und sich in die unsichtbare Welt seiner Götter zurückzog, doch auf seltsame Weise auch aufgewühlt wie mit sich selbst und Tupia im Reinen, schob sie die Plane am Eingang zur Seite und trat hinaus in die schmerzhaft grelle Hitze des Nachmittags.

# 34

*Notiz von Lieutenant Cook an Maat Molyneux, 5. November 1770*
*Da es Gott gefallen hat, Mr. W. B. Monkhouse, den Arzt Seiner Majestät Schiff* Endeavour, *zu sich zu nehmen, werden Sie hiermit gebeten und angewiesen, zusammen mit der Hilfe Mr. Perrys, des Gehilfen des Schiffsarztes, eine strenge und sorgfältige Überprüfung aller Medikamente, Instrumente und aller Bedarfsartikel des Schiffsarztes vorzunehmen und mir persönlich darüber Bericht zu erstatten. Sie sind dazu angehalten, in diesem Bericht die exakte Menge jedes Artikels festzuhalten, und sollte etwas in schlechtem Zustand sein, sollen sie dessen Mängel erwähnen, damit alles in der Apothecaries Hall in London entsprechend beurteilt werden kann. Alle oben erwähnten Medikamente, Instrumente und Bedarfsartikel sind in die Obhut von Mr. William Perry zu geben, den ich als Nachfolger des Schiffsarztes bestimmt habe.*

*Notiz von William Perry an Lieutenant Cook, 6. November 1770*
*Da alle notwendigen Artikel für den Bedarf der Kranken und Verletzten an Bord Seiner Majestät Schiff* Endeavour *aufgebraucht sind, halte ich es für notwendig, Sie darum zu bitten, eine unverzügliche Aufstockung derselben anzuordnen.*

*William Perrys Aufzeichnungen, 6. November 1770*
*Erhielt von Lieutenant James Cook die Summe von vier Pfund neunzehn Shilling und zwei Pence Sterling, um Bedarfsartikel für fünfundachtzig Mann für sieben Monate zu erwerben, welches die vollständige Besatzung Seiner Majestät Schiff* Endeavour *unter seinem Kommando ist und wofür ich zwei Quittungen mit diesem Wortlaut und Datum ausgestellt habe.*

«Erde zu Erde, Asche zu Asche, Staub zu Staub», schloss Cook den Gottesdienst zu Monkhouse' Gedenken.

Prasselnd traf die erste Hand voll Erde auf das Segeltuch, in das die sterblichen Überreste des Schiffsarztes eingehüllt und in die Erde hinabgelassen worden waren, und weitere folgten, ehe zwei Matrosen begannen, das aus dem feuchten, tonigen Boden ausgehobene Grab wieder zuzuschaufeln.

Schweigend ließ Brittany ihren Blick über die Männer schweifen, die sich hier, außerhalb der Stadt, versammelt hatten, um Dr. Monkhouse die letzte Ehre zu erweisen. Der leise Windhauch, der die riesigen Blätter der Bananenbäume hinter ihr leise aufrauschen ließ, bauschte leicht den Rock ihres Kleides aus blassblauer Seide. So warm und sanft er auch blies, machte er ihr eine Gänsehaut. Forschend sah sie jedem Einzelnen über das sich füllende Erdloch hinweg ins Gesicht, suchte nach den ersten verräterischen Anzeichen der Krankheit darin, nach Müdigkeit, Kopfschmerzen, Schweißausbrüchen und dem Gefühl der Kälte, bereit, sofort einzugreifen, sollte sie etwas bemerken.

Pickersgill und Clerke hatten, ungewohnt ernst dreinschauend, Jonathan Monkhouse in die Mitte genommen, der blass und mit versteinertem Gesicht der Beerdigung seines Bruders beiwohnte. Der Erste und der Zweite Offizier, die den Captain flankierten, zeigten ihre Trauer auf ihre eigene Weise: Gore mit sichtlich bewegter Miene,

Hicks mit einer undurchschaubaren Maske der Reglosigkeit. Hinter sich hörte Brittany Parkinson verhalten schniefen, und Perry stand aufrecht und mit unbeweglichem Gesicht neben ihr.

«Wo ist Joseph?», fragte sie im Flüsterton Solander, der durchscheinend blassgelb neben ihr stand.

«Er lässt sich entschuldigen – es geht ihm heute nicht gut, ein leichter Fieberanfall», gab der Schwede ebenfalls flüsternd zurück und wischte sich die Stirn, auf der zahlreiche dicke Schweißtropfen standen.

Brittany nahm ihn beim Arm. «Sie gehören ebenfalls ins Bett, Doktor», sagte sie leise, «Sie dürfen sich nicht überanstrengen.»

Solander schüttelte erschöpft den Kopf und wollte etwas erwidern, doch Perry, der Brittany leicht an der Schulter berührte, hielt ihn davon ab. «Wir sind an der Reihe», verkündete der neue Schiffsarzt und wies auf Jonathan Monkhouse, der halb abwesend die Beileidsbezeugungen der Männer entgegennahm. Sie waren die Letzten, die zu ihm traten und versuchten, ihm Trost zuzusprechen, in Worten oder in Gesten – ein sinnloses Unterfangen an diesem Tag, wie sie alle nur zu genau wussten.

«Jonathan», sagte Brittany leise und drückte warm seine Hand, die sich eiskalt anfühlte, «ich wünschte, ich könnte Ihnen etwas Tröstendes sagen, aber ich weiß, dass es da nicht viel gibt.»

Der junge Monkhouse presste die Lippen zusammen und deutete ein Nicken an. «Danke, Miss Addison, Sie sind sehr freundlich.» Er holte tief Luft und hob seinen Blick, den er bisher unverändert gesenkt gehalten hatte, und seine Augen waren dunkel vor Schmerz. «Er war immer mein Vorbild gewesen. Er war so viel älter als ich, dass alles, was er konnte, wie ein Wunder auf mich wirkte und ich immer so werden wollte wie er. Und nun ist er einfach nicht mehr da.» Er sah Brittany direkt an. «Sagen Sie – er hat nicht gelitten, nicht wahr?» Der flehentliche Wunsch, sie möge diese Frage verneinen, klang in seiner Stimme mit.

Brittany schüttelte den Kopf. «Nein, Jonathan, er hat nicht gelitten.»

Vehement gegen seine Tränen ankämpfend, nickte der Midshipman. Brittany bemerkte die Schweißperlen auf seiner Stirn und das leichte Zittern, das seine Schultern erbeben ließ. Sie legte die Hand auf den Ärmel seines dunkelblauen Uniformrocks. «Fühlen Sie sich nicht wohl, Jonathan?»

Monkhouse schüttelte den Kopf und verschränkte die Arme vor dem Oberkörper. «Es geht schon. Mir ist nur so schrecklich kalt…»

«Sie können mich hier nicht einsperren, Mevrouw», rief Brittany wutentbrannt und marschierte in langen Schritten durch den Korridor, der die zwei Flügel des prachtvollen Hauses miteinander verband und der auf einer Seite zu der weiten, von mächtigen Rasamala-Bäumen umstandenen Rasenfläche hin offen war.

Mevrouw van der Parra, die, von zwei Dienern begleitet, gemächlichen Schrittes vorausging, drehte sich rasch um und ließ ihre Rocksäume mit einem Rascheln über den glatt polierten Steinboden gleiten. «Und ob ich das kann», zischte die Gattin des Gouverneurs leise, «offensichtlich muss ich es sogar, unvernünftig wie Sie sind!»

Brittany war vor Mevrouw van der Parra stehen geblieben und starrte ihre Gastgeberin hasserfüllt und schwer atmend an.

«Sie müssen es einsehen, mein Kind», fuhr die Gouverneursgattin sanfter fort, «einen Gentleman wie Mijnheer Banks in seinem Haus zu pflegen, mag im Notfall noch angehen – aber im Hafen haben Sie nichts verloren!» Offensichtlich ungerührt wandte sie sich um und schritt mit schleifenden Röcken weiter.

Brittany starrte ihr fassungslos hinterher, ehe sie sich wieder fing und Mevrouw van der Parra und ihrer Dienerschaft hinterhereilte. «Die Männer im Hafen brauchen mich, Mevrouw», rief sie ihr atemlos hinterher, «jeden Tag fallen mehr Männer dem Fieber zum Opfer, und Mr. Perry hat auch nur zwei Hände. Ich bin als Heilerin ausgebildet, ich weiß, was –»

Abrupt blieb Mevrouw van der Parra stehen und drehte sich um. «Es steht Ihnen nicht an, sich um einfache Seeleute zu kümmern, Juffrouw Addison!», gab sie scharf zurück. «Besonders, wenn Sie sich dabei selbst in Gefahr bringen und Ihren Ruf ruinieren, ist jede Barmherzigkeit fehl am Platz!»

Brittany schwieg einen Augenblick lang, sichtbar um Haltung ringend und innerlich tobend, ehe sie zornig ausrief: «Was kümmert mich mein Ruf, wenn Menschen im Sterben liegen!»

Mevrouw van der Parra richtete sich würdevoll zu ihrer ganzen

Größe auf und musterte Brittany aus hart glänzenden Augen: «Mag sein, dass Ihnen selbst nichts an Ihrem Ruf liegt, Juffrouw», entgegnete sie kalt. «Mein Mann jedoch ist der Generalgouverneur dieser Insel und des ganzen ostindischen Raumes, und ich kann es mir nicht leisten, dass eine junge Dame, die ich unter meinem Dach beherberge, und sei sie auch noch so dem Abenteuer zugetan, sich mit gemeinen Seeleuten im Hafen herumtreibt!» Sie wollte ihren Weg fortsetzen, doch ein Ausruf Brittanys ließ sie innehalten.

«Sie sind hartherzig, Mevrouw!»

Die Gouverneursgattin sah das junge Mädchen an, das vor unterdrückter Wut zitterte.

«Ich halte mich an die Spielregeln, Juffrouw», sagte sie nach einer kleinen Pause leise und mit einem geheimnisvollen Lächeln, «und Sie sind klug genug, um zu wissen, dass Sie besser daran täten, meinem Beispiel zu folgen.»

Langsam ging sie weiter, betrat durch die weit geöffneten Flügel einer Glastür den Teil des Hauses, der Gästen vorbehalten war und in dem auch Brittanys Zimmer lag.

Wie in Trance war Brittany ihr gefolgt. «Sie können mich nicht gegen meinen Willen festhalten», sagte sie leise und bestimmt.

«Ganz wie Sie meinen, Juffrouw», erwiderte Mevrouw van der Parra kühl und sah zu, wie Brittany in den Raum schlüpfte und die Tür hinter sich zuzog, ehe sie ihrem Diener mit einer leichten Kopfbewegung einen Wink gab.

Aufatmend lehnte Brittany sich mit dem Rücken gegen das massive Holz der Tür und schloss erschöpft die Augen. Seit sie vor mehreren Stunden von der Beerdigung des Schiffsarztes in das Landhaus des Gouverneurs zurückgekehrt war, um ihre Sachen zu packen und sich der Pflege der Kranken unter der Besatzung zu widmen, hatte sie diese hitzige Auseinandersetzung mit ihrer Gastgeberin geführt, und zu ihrem eigenen Erstaunen hatte sich Mevrouw van der Parra als mindestens ebenso halsstarrig gezeigt wie Brittany selbst. Doch sie würde nicht klein beigeben – sie nicht!

Das klingende Geräusch von Metall auf Metall und ein feines Klicken in ihrem Rücken ließen sie erstarren. Hastig drehte sie sich um und begann an der Tür zu rütteln, die wie von Zauberhand plötzlich verschlossen war.

«Öffnen Sie die Tür», rief sie laut, und sie glaubte, vor Wut ohnmächtig zu werden, als sie mit den Fäusten gegen die Tür zu schlagen begann, «öffnen Sie die gottverdammte Tür!»

Der Türgriff ächzte, als sie an ihm rüttelte, und ihre Handflächen begannen zu schmerzen, als sie wieder und wieder mit der flachen Hand gegen das dunkle, glatt polierte Holz schlug. Sie hasste es, eingesperrt zu sein, wie sie es schon damals auf Greenhill immer gehasst hatte, wenn ihre Tante sie zur Strafe für ihr Unartigsein in ihr Zimmer eingeschlossen hatte.

«Lassen Sie mich raus – ich will hier raus», schrie sie, unaufhörlich mit den geballten Fäusten gegen die Tür trommelnd.

Niemand antwortete ihr.

Nach einer kleinen Ewigkeit, wie es schien, verließen sie ihre Kräfte, und sie sank schluchzend in die Knie. Ein Luftzug, der durch das geöffnete hohe Fenster hereindrang, ließ sie auffahren, doch das Bewusstsein, dass das gesamte Anwesen von einer glatten, unüberwindlich hohen Mauer umgeben und von zahlreichen Soldaten der Holländisch-Ostindischen Kompanie bewacht wurde, ließ sie sogleich wieder in sich zusammensinken.

Der Gedanke, dass es nichts gab, was sie für die Männer im Hafen tun könnte, dass sie es wahrscheinlich nicht einmal erfahren würde, wenn einer von ihnen im Sterben lag, wollte sie innerlich zerreißen. Angst erfüllte sie, Angst um Joseph und Solander und Parkinson, Angst vor allem um Zachary. So sehr war sie ein Teil dieser eingeschworenen Gemeinschaft geworden, dass sie sich fern von ihnen verloren fühlte. Sie wusste, dass es keine Möglichkeit gab, Zachary oder Joseph oder Cook selbst eine Nachricht zukommen zu lassen, um Hilfe zu bitten oder einfach Kontakt zu halten – Mevrouw van der Parra würde jeden ihrer Briefe kontrollieren, und die Diener des Hauses, deren Sprache Brittany nicht sprach, waren zumeist Sklaven, Eigentum des Gouverneurs.

Auf der anderen Seite der Tür wartete Mevrouw van der Parra, ihre kleinen, schlanken Hände vor ihren weiten Röcken gefaltet, und lauschte mit unbewegtem Gesicht zuerst Brittanys Toben, dann ihren Tränen. Einen Augenblick lang fühlte sie sich in ihre eigene Jugend zurückversetzt, als ihre Mutter sie mehrere Tage lang in ihr Zimmer eingeschlossen hatte, um ihren Widerstand gegen die Ehe mit dem fast zwanzig Jahre älteren Petrus Albertus van der Parra zu brechen. Adriana hatte damals geglaubt, lebendig begraben zu werden, wo sie doch nichts weiter wollte als leben nach Anthonys Tod, und hatte schließlich dem Druck ihrer Familie nachgegeben.

Erst als Brittanys Schluchzen leiser wurde, wandte sie sich ab und begab sich mit leichten Schritten in ihr Schlafzimmer, wo sie sich an ihren Sekretär setzte und ein kleines Billett abfasste, in dem sie Captain Cook darüber in Kenntnis setzte, dass sie es für unerlässlich hielt, Juffrouw Addison bis auf weiteres bei sich zu behalten, und dass die junge Dame ihr darin zugestimmt hatte.

# 35

Das Heimtückische an Malaria ist neben der Wucht, mit der sie zuschlägt, ihre Hartnäckigkeit: Wen sie einmal in ihrem Würgegriff hat, den lässt sie so schnell nicht wieder los. Sie lockert kurz ihre Klauen, lange genug, um Luft zu holen und an Heilung glauben zu lassen, ehe sie ruckartig erneut ihre Krallen um ihr Opfer schließt, noch fester diesmal. Und nur eines scheint sicher zu sein: dass es jeden jeden Tag treffen kann, ohne Unterschied.

So glich die Zeltstadt der Engländer im Hafen von Batavia mit jedem Tag, der verstrich, mehr einem Krankenlager. Während die holländischen Arbeiter mit neuen Holzplanken, Hammer und Nägeln, Teer und Werg die schweren Wunden heilten, die Salzwasser, Felsen und der Schiffsbohrwurm dem Schiffskörper geschlagen hatten, forderte die tropische Luft über dem morastigen Hafen unerbittlich ihren Tribut von der Besatzung.

*Notiz von William Perry an Lieutenant Cook, 16. November 1770*
*Bei Durchsicht der Arzneien und Drogen, die dem verstorbenen Schiffsarzt Mr. Monkhouse gehörten, welche ich am 6. dieses Monats vorgenommen habe, und die seither in meine Obhut gegangen sind, scheint mir ein großer Mangel davon zu bestehen, wenn man unseren gegenwärtigen Krankheitszustand und die dringende Notwendigkeit für eine weitere Versorgung in Betracht zieht. Der Preis für Medikamente ist hier, wie ich finde, sehr hoch, aber da die Krankheit sich weiter ausbreitet und die wirksamste Medizin erfordert, spielt das für mich keine Rolle. Das Geld, das ich für die notwendigen Einkäufe brauchen werde, beläuft sich nach meinen Berechnungen auf ungefähr 20 Pfund, eine Summe, die ich weder besitze noch auf irgendeine Weise an diesem Ort auftreiben kann. Deshalb bin ich verpflichtet, Sir, Sie um Bargeld zu bitten, was, wie ich hoffe, Ihre Einwilligung zur Folge haben wird, besonders, da es ohne dieses Geld in Kürze nicht mehr in meiner Macht stehen wird, in der Ausübung meiner Pflicht die Beschwerden der Männer zu lindern.*

Joseph Banks stolperte erschöpft in sein Schlafzimmer und ließ sich in den Sessel fallen, der der Tür am nächsten stand. Schwer atmend ließ er seinen Kopf, der so unendlich schwer schien und im nächsten Augenblick zu zerplatzen drohte, auf dem Polster zur Ruhe kommen. Ein dezentes Hüsteln ließ ihn auffahren, und er brauchte geraume Zeit, um sich zurechtzufinden und zu erkennen, wer da vor ihm stand.

«Ah, Dr. Jäggi», sagte er schließlich und fügte dann, laut Atem schöpfend, hinzu: «Wie geht es Solander?»

Der klein gewachsene Schweizer Arzt, den der Gouverneur ihnen geschickt hatte, sah ihn aufmerksam durch die dicken Gläser seiner Brille an, die ihn wie eine Eule aussehen ließ, und wippte auf den Zehenspitzen seiner abgetragenen Schuhe auf und ab. «Nit gut, wie ich fürchte», sagte er schließlich in seinem Schweizer Akzent, «ich mache mir große Sorgen um Ihren Kompagnon – und um Sie auch, Mr. Banks!»

Müde blinzelte Banks ihn an. «Ich dachte, Ihre Senfpflaster würden Wirkung zeigen, jedenfalls sah es zuerst danach aus», seufzte er resigniert, zu erschöpft und ausgelaugt, um wirkliche Besorgnis empfinden zu können.

Jäggi wiegte nachdenklich den beinahe kahlen Kopf. «Es hat Sie beide schwer erwischt, und selbst meine Senfpflaster sind wirkungslos gegen die schlechte Luft hier in Batavia.» Er reckte den Kopf ein wenig vor und sah Banks an. «Sie beide sollten so schnell wie möglich aufs Land hinausfahren. Dort draußen haben Sie eine Luft, fast so gut wie in unseren schönen Schweizer Bergen. Die besten Erholungschancen für Sie und Ihren Kompagnon, nicht wahr?»

Teilnahmslos zuckte Joseph mit der Schulter, das Äußerste, wozu er sich im Augenblick in der Lage fühlte. «Wenn Sie es sagen, Doktor... Sind wir denn überhaupt transportfähig?»

Der kleine Doktor kratzte sich an seiner kahlen Schläfe. «Von meinem Standpunkt spricht nichts dagegen. Ich habe mir auch schon die Freiheit erlaubt und mit Ihrem Gastwirt gesprochen, und er hat freundlicherweise sein eigenes Landhaus zur Verfügung gestellt.»

Schwach hob Joseph eine Hand. «Von mir aus gerne. Wenn Sie sich soweit um alles kümmern würden, Dr. Jäggi...»

Der Schweizer Arzt ergriff das Revers seines abgeschossenen Rockes und warf sich in seine schmale Brust. «Aber gerne, Mr. Banks. Wir Doktoren sind nicht nur zum Verschreiben von Medizin da, sondern ganz allgemein für das leibliche Wohl unserer Patienten, nicht wahr?»

Das Landhaus des Mijnheer van Heys besaß in der Tat eine hervorragende Lage. Etwa zwei Meilen außerhalb der Stadt, von zahllosen weiß und rosafarben blühenden, betörend duftenden Frangipani-Bäumen umgeben, stand es inmitten einer grünen, sanft hügeligen Landschaft, die ein munter plätscherndes Flüsschen in zahllosen Krümmungen durchfloss. Kühl und frisch umstrich eine leichte Meeresbrise das niedrige, weiß gestrichene Haus, an das sich ein halb verwilderter exotischer Garten anschloss. Auf den ersten Blick schienen sie ein kleines Paradies gefunden zu haben, nach der drückend heißen, lärmenden und schmutzigen Stadt, was Banks zu der Bemerkung veranlasste, er fühle sich hier wie zu Hause, ähnele diese Landschaft doch frappierend seiner geliebten Heimat Lincolnshire.

Leider entpuppte sich das Innere des Hauses nicht nur als eng bemessen und dürftig mit altem, wurmstichigem Mobiliar ausgestattet, sondern auch als äußerst regendurchlässig: Die nächtlichen Schauer, die die nahende Regenzeit ankündigten, hinterließen Pfützen auf dem welligen Holzboden und durchtränkten die mottenzerfressenen Teppiche, deren Farben längst verblasst waren.

«Grundgütiger – damit ließe sich wohl bald eine Mühle betreiben», murmelte Banks kopfschüttelnd, als er über den kleinen Bach stieg, der die Diele der Länge nach durchfloss.

Soweit seine Kräfte, die des neu hinzugestoßenen Spöring und jene des offenbar wieder erstarkten Solander es zuließen, halfen sie den zahlreichen einheimischen Bediensteten, alle wichtigen Möbel möglichst außerhalb der Reichweite der Lücken im Dach zu rücken, allen voran natürlich die durchgelegenen Betten mit den feuchten, muffig riechenden Kissen und Decken.

Noch in derselben Nacht zwang ein neuer Fieberanfall Solander auf sein Lager, heftiger und bedrohlicher als alle vorigen. Banks verharrte bewegungslos in dem altersschwachen Sessel, den er dicht neben das Krankenlager gestellt hatte. Dr. Jäggi fuhr in seinem alten, holprigen Karren vor, sah sich den Schweden kurz an, zuckte mit seinen schmalen Schultern und erklärte, entweder überstünde Solander diese Nacht und befände sich dann auf dem Weg der Besserung oder er würde noch morgen an der Seite von Monkhouse seine letzte Ruhestätte finden.

Die Nacht schien kein Ende nehmen zu wollen, schwarz und Angst einflößend in ihrer Stille, als Stunde um Stunde zäh vorüberfloss. Banks glaubte zuerst, die Stimme, die leise seinen Namen geflüstert hatte, sei eine Sinnestäuschung gewesen, ehe er erfasste, dass es Solander gewesen sein musste. Ruckartig, beinahe schon erschrocken, hob er den Kopf.

«Daniel?», gab er zögernd zur Antwort. Die langsam verlöschenden Kerzenflammen gaben nur noch einen schwachen Schein von sich, doch dieser reichte aus, um zu erkennen, dass Fieber und Schüttelfrost gewichen waren. Matt und ausgelaugt, am Ende seiner Kräfte nach diesem Ringen mit dem Tod, lag Solander in den Kissen, buchstäblich ein Schatten seines früheren Selbst, doch in seinen Augen stand unübersehbar ein lebendiger Funke und der Wille zum Überleben.

«Du dachtest wohl, ich gebe schon den Löffel ab?» Seine Stimme klang heiser und dünn vor Erschöpfung. Joseph spürte, wie sich seine Kehle zuzog, und er presste die Lippen zusammen, um die Tränen zurückzudrängen, die in seinen Augenwinkeln brannten.

«In der Tat, Daniel», antwortete er schließlich mit belegter Stimme, «das dachte ich.»

Ein schwaches Lächeln huschte über Solanders eingefallenes Gesicht, und er schloss die Augen. «Nichts da, Joseph. Irgendjemand auf dieser Welt muss schließlich die undankbare Aufgabe übernehmen, auf dich Acht zu geben.»

## 36

Der Monsun, der Ende November sein versprochenes Rendezvous mit Batavia einhielt, ertränkte die Stadt im Morast. Regen strömte beinahe unaufhörlich vom Himmel. Nur selten versiegte die Flut von oben, überließ gnädig ihre Herrschaft einer blassen, müde wirkenden Sonne, die kaum die Kraft hatte, die Nässe, die der Regen hinterlassen hatte, auch nur ansatzweise aufzutrocknen. Die Feuchtigkeit, die dennoch dabei verdunstete, stieg als warmer, zäher Dampf empor, ließ einem bei jeder Bewegung den Schweiß aus den Poren brechen und erschwerte das Atmen.

Ein einfacher, hölzerner Karren rumpelte über die nächtliche Landstraße, ließ mit jeder Drehung seiner Räder hohe Fontänen an Schlamm aufspritzen, immer in der Gefahr, in der nächsten Pfütze, dem nächsten Loch, das der Regen in den Morast gegraben hatte, stecken zu bleiben. Der einheimische Kutscher und sein Fahrgast waren bis auf die Haut durchnässt, und der Malaie fluchte unaufhörlich in seiner melodiösen Sprache vor sich hin, während der junge

Mann, der zusammengekauert neben ihm saß, stumm und geistesabwesend ins Leere starrte.

Lichter tauchten endlich aus der ununterscheidbaren grauen Regenwand vor ihnen auf, ließen dunkel die Konturen eines massiven, mehrflügligen Hauses erkennen. Mit einem Ruck hielt der halb auseinander fallende Karren, und der Kutscher knurrte etwas Unverständliches in seiner Sprache. Mühsam kletterte der junge Mann, dem jede Bewegung sichtlich schwer fiel, vom Bock. «Ich verstehe schon – weiter können Sie mich nicht bringen», sagte er auf Englisch und machte sich auf den Weg, langsam und kraftlos durch den knöchelhohen Schlamm stapfend.

Beinahe von einem Schritt zum nächsten endete der Morast und ging in sorgfältig verlegte Steinplatten über, von den Holzplanken der breiten Brücke unterbrochen, die über den reißenden Ciliwung führte, nur um sich dahinter fortzusetzen und den Besucher geradewegs auf das Haus hinzuführen. Von schattenhaften marmornen Nymphen und Nixen eingerahmt, beschützt von Poseidon, erhob sich ein mächtiges Tor hinter der Brücke, dessen Flügel weit aufstanden und von Soldaten in roten Uniformen bewacht wurden. Die Mauer, in die der Torbau überging und die sich den Fluss entlangzog, war von unzähligen Laternen hell erleuchtet.

Hinter dem Torweg ließen sich die Umrisse mehrerer geschlossener Kutschen ausmachen, überschattet von den Silhouetten der hoch aufragenden Rasamala-Bäume mit ihren glatten Stämmen. Der helle Schein unzähliger Kerzen drang aus den hohen Fenstern des weitläufigen, mit seinen beiden Seitenflügeln, reichen Verzierungen und geschwungenen Dächern wie ein Palast aussehenden Hauses und wirkte einladend und einschüchternd zugleich auf den ungebetenen Gast.

Im Schutz der Nacht und des Regenschleiers beobachtete der junge Engländer geraume Zeit die wachhabenden Soldaten und das Treiben der Diener, die zwischen den Kutschen und dem Seiteneingang hin- und herliefen. Das Rauschen des Regens konnte ihn täuschen, doch er glaubte, leise Musik herüberschweben zu hören. Richard Pickersgill zögerte noch mehrere Herzschläge lang, ehe er tief Luft holte, mit der Hand über sein triefnasses Gesicht wischte und sein Glück bei den Wachposten versuchte.

Gesprächsfetzen schwirrten durch den hohen, hell erleuchteten Raum. Der Schein der Kerzen brach sich in den Tausenden Facetten der Kronleuchter und warf Lichtblitze auf die farbenprächtigen Mieder und ausladenden Röcke der anwesenden Damen der Gesellschaft Batavias und auf die nicht minder eleganten Schoßröcke der Herren, die wie üblich in der Überzahl waren. Das malaiische Quartett, das für musikalische Untermalung der Abendgesellschaft sorgte, bemühte sich, europäische Streichinstrumente in den Händen, den fremden Weisen des Landes auf der anderen Seite der Erde gerecht zu werden, doch es gelang ihm nicht, die eigene Art zu spielen zu verleugnen, und so bekamen die Melodien von Vivaldi, Purcell und Scarlatti den exotischen Unterton der asiatischen Tradition. Die Kerzenflammen strahlten zusammen mit der Wärme, die die Menschenmenge abgab, eine unangenehme Hitze ab, die den Schweiß aus allen Poren brechen ließ. Mit raschen Auf- und Abbewegungen fächelte sich Brittany mit ihrem blau bemalten Fächer Luft zu, genau so, wie Mevrouw van der Parra es ihr gezeigt hatte, und obwohl es ihr etwas Kühlung verschaffte, fühlte sie sich lächerlich dabei.

Sie war unendlich erleichtert gewesen, als nach Stunden, wie es ihr vorkam, die Tafel aufgehoben worden war. Es war eine Tortur für sie gewesen, so lange Zeit kerzengerade in ihrem versteiften Korsett auf dem überschlanken Stühlchen sitzen, sich das Geplapper der Damen an ihrem Tisch anhören zu müssen und dabei von den Köstlichkeiten auf den glänzenden Silberplatten jeweils nur einen Bissen zu nehmen, obwohl ihr noch immer der Magen knurrte. Inwendig seufzte sie auf, als sie an die Krabben in der köstlichen Sauce und den scharf gewürzten Reis dachte, an dem sie sich hätte satt essen können, ebenso wie an den marinierten Rindfleischhäppchen, dem süß-sauren Gemüse oder dem leuchtend bunten, verlockend süß duftenden Obst, doch Mevrouw van der Parras scharfer Blick, als sie sich anschickte, ihren Teller zum zweiten Mal füllen zu lassen, hatte sie davon abgehalten.

Von der Ecke des Raumes aus, in die Brittany sich zurückgezogen hatte, hatte sie einen guten Blick über die versammelten Damen und Herren. Sie war froh, dass sie hier der Aufmerksamkeit entgehen konnte, die ansonsten wie der Monsunregen über sie niederging. Brittany war jung – wenn auch nicht mehr so jung wie die Mädchen

Batavias, die oft mit vierzehn oder fünfzehn Jahren verheiratet wurden –, ausnehmend hübsch und aus einer – wie man hörte – sehr guten englischen Familie. Dass sie an Bord eines englischen Schiffes von einer geheimnisvollen Insel hierhergebracht worden war, sich weigerte, für die Soireen der van der Parras ihr hoch gestecktes rot schimmerndes Haar und ihren hellen Teint pudern zu lassen, erhöhte nur noch ihren Reiz für eine Gesellschaft, die nach nichts mehr lechzte als nach Sensationen, je aufregender, desto besser. Vor allem aber besaß sie den größten aller Vorzüge, den man in Batavia überhaupt nur besitzen konnte: Sie war weiblichen Geschlechts und somit von vornherein ein begehrtes Gut bei den unter chronischem Frauenmangel leidenden Junggesellen der Stadt, die sich darum drängten, der fremden Schönen vorgestellt zu werden. Gerade näherte sich wieder einer dieser Herren, und unwillkürlich richtete Brittany sich auf und setzte ein nicht allzu freundliches Lächeln auf.

Galant verbeugte sich der junge Mann in froschgrünem, langschwänzigem Seidenrock und quittengelber Kniehose, ehe er mit hoher, singender Stimme auf Englisch seinen Namen nannte. «Jan Alting – Sie erinnern sich? Der Gouverneur selbst hat uns heute Abend einander vorgestellt!»

«Gewiss», log Brittany murmelnd und antwortete mit einem halbherzigen Knicks – sie konnte sich beim besten Willen nicht an alle Herren erinnern, die ihr im Laufe des Abends präsentiert worden waren, und im Augenblick war sie sicher, dieses gerötete, schweißnasse Gesicht, dessen Kinnpartie aus dem hohen gestärkten Kragen hervorquoll und das von einer voluminösen, dick gepuderten Perücke gekrönt wurde, noch nie in ihrem Leben gesehen zu haben.

«Mein Vater ist hoher Beamter der Kompanie, und ich selbst habe meine Lehrzeit auf den Molukken verbracht, in –» Bereits vor dem Ende seines ersten Satzes war Brittanys Aufmerksamkeit abgeschweift, und sie ließ seine Worte an sich vorbeifließen. Wie unter einer Glocke aus Glas sah sie, wie seine wulstigen Lippen Worte formten, doch die dazugehörigen Laute drangen nicht an ihr Ohr.

Plötzlich wurde ihr bewusst, wie seine blassgrauen Augen sie von oben bis unten taxierten, ihre schlichte Hochsteckfrisur mit der Perlennadel darin musterten, über ihr cremefarbenes, mit dunkelblauen Blütenranken besticktes Kleid wanderten und sich schließlich zwischen ihrer schmalen Taille und dem schlanken, gleichfalls perlengeschmückten Hals einpendelten und lüstern in ihren viereckigen Ausschnitt krochen. Sie legte ihre Hand auf die Brust, um seine gierigen Blicke abzuwehren, und ein Aufschimmern der Begierde in seinen hervorstehenden Augen verriet Brittany, dass ihn das nur noch mehr reizte. Eine Welle der Übelkeit stieg in ihr empor, als sie sich vorstellte, wie er sich ihr näherte, sie mit seinen fleischigen, beringten Fingern berührte, sie küssen wollte, und ein saurer Geschmack breitete sich in ihrem Mund aus.

Ihre Knie gaben zu einem wackeligen Knicks nach und trugen sie rasch davon, mechanisch einen Fuß vor den anderen setzend. Ihre Schritte beschleunigten sich, je näher sie der großen Flügeltür kam, und erst als die Absätze ihrer hochhackigen Schuhe ihr Echo in der hohen, kühlen Halle fanden, die leer und verlassen da lag, wagte sie, langsamer zu gehen und tief durchzuatmen, um ihrer Übelkeit Herr zu werden.

Aufgeregte Stimmen, die durch das Eingangsportal in die Halle drangen, erregten ihre Aufmerksamkeit. Es war ein eigenartiges malaiisch-holländisch-englisches Gemisch, das sie hörte, und neugierig trat sie näher. Zwei bewaffnete Soldaten und zwei Hausdiener waren im strömenden Regen damit beschäftigt, einen völlig durchnässten jungen Mann die Stufen hinabzuschaffen, der sich aus Leibeskräften dagegen wehrte und sie abwechselnd in allen drei Sprachen anbrüllte. Brittanys Blick traf sich mit dem Pickersgills, der in diesem Moment jeglichen Widerstand aufgab und unter dem harten Griff der Wachmänner erschlaffte.

Sie eilte zu ihm und schubste die Hausdiener unsanft zur Seite. Mit lauten, recht undamenhaften Ausdrücken erreichte sie, dass die Männer Pickersgill losließen, auch wenn Wachposten und Diener sie weiterhin aus ein paar Schritten Distanz argwöhnisch beobachteten. Einen Moment lang starrte der Midshipman Brittany an, ein ungläubiges, freudiges Staunen in seinen dunkelgrauen Augen, doch ehe Brittany ihn begrüßen konnte, wurde sein Gesicht ernst.

«Ich brauche Ihre Hilfe, Miss Addison! Charlie – Charlie hat es erwischt. Bitte kommen Sie mit, ich weiß, dass er Sie braucht!» Flehend hielt er ihren Blick fest.

Stumm sah ihn Brittany an, wie er blassgelb und hohläugig vor ihr stand, einem Gespenst nicht unähnlich, zitternd und tropfnass. Ohne länger zu überlegen, nickte sie.

Der Regen trommelte auf die grob gewebten Tuchbahnen der Zelte und explodierte in Schlammspritzern, wenn er auf die Erde traf. Die Köpfe eingezogen, um sich instinktiv, aber vergebens, gegen die Flut zu schützen, die vom Himmel strömte, eilten Brittany und Pickersgill über den aufgeweichten Boden zwischen den Zelten.

«He!» Der Ausruf einer tiefen Stimme ließ sie beide erstarren, als seien sie Diebe, die man auf ihrem Beutezug erwischt hatte.

Doch es war lediglich William Perry, die lederne Arzttasche in der Hand, der nun mit langen Schritten auf sie zukam. «Machen Sie, dass Sie ins Bett kommen, Pickersgill», herrschte er den Midshipman, keineswegs unfreundlich, an, «Sie haben gerade erst einen Fieberanfall überstanden und bei diesem Wetter draußen nichts verloren!»

Als hätte er Brittany erst jetzt wahrgenommen, verstummte er und sah sie lange mit einem schwer zu deutenden Ausdruck in seinen dunklen Augen an. Sein dichtes schwarzes Haar klebte ihm am Kopf, und feine Bäche rannen daraus über sein gebräuntes Gesicht.

«Mr. Pickersgill hat mich geholt, um nach Mr. Clerke zu sehen», erklärte Brittany schließlich ein wenig verlegen und zog Richards Uniformrock fester um ihre Schultern, den er ihr auf der Fahrt umgehängt hatte. Trotzdem war sie ebenso durchnässt wie Pickersgill, doch es kümmerte sie herzlich wenig, dass sie aussah wie eine ertränkte Katze.

Schließlich nickte Perry kaum merklich. «Kommen Sie.»

Die fünf Midshipmen, die sich ein Zelt teilten, boten ein Bild des Jammers: Jonathan Monkhouse erholte sich in seiner Hängematte von seinem letzten Fieberanfall und lag in unruhigem Schlaf, der ihn immer wieder leise aufstöhnen und Schluchzern ähnliche Geräusche ausstoßen ließ. John Bootie in der benachbarten Hängematte zitterte unter einem leichten Fieberschauer, der, wie Brittany mit einem Blick sah, verriet, dass die Malaria bei ihm im Abklingen war. Saunders, dem das Fieber besonders zugesetzt und ihn als dunklen Schatten seiner selbst zurückgelassen hatte, saß mit untereinander geschlagenen Beinen auf einem Stuhl, eine Wolldecke um sich geschlungen, und starrte stumpfsinnig ins Leere, schien das Eintreten Brittanys und Pickersgills in keinster Weise wahrzunehmen.

Perry schnappte eine Wolldecke und ein halbwegs sauberes Leintuch, das er auf einer Seekiste in einer Ecke entdeckt hatte, und warf sie Pickersgill zu, der sie geistesgegenwärtig auffing.

«Schauen Sie, dass Sie sich trocken bekommen», rief er und begann, in seiner Tasche zu kramen.

Brittany schlüpfte aus Richards Uniformrock und ließ ihn achtlos auf den wackligen Stuhl fallen, der wie verloren mitten im Innenraum des Zeltes stand, ehe sie in wenigen Schritten an die Hängematte trat, in der Midshipman Clerke im ersten schweren Würgegriff des Fiebers lag. Sein blondes, widerspenstiges Haar klebte matt und in feuchten Strähnen in seinem jungenhaften Gesicht, das unter dem Fieber noch jünger und verletzlicher wirkte. Sein Atem ging stoßweise, sein Körper wurde immer wieder von Kälteschauern geschüttelt. Seine Lider flatterten, und rote Flecke hatten sich auf seinem wächsern gelblichen Gesicht ausgebreitet.

«Charlie, Charlie», murmelte Brittany leise und beruhigend, als sie mit leichten, schnellen Griffen zu spüren versuchte, wie hoch das Fieber war, das seine Wangen glühen ließ, und es schien ihr, als entspannten sich seine Gesichtszüge augenblicklich.

«Danke», flüsterte sie Pickersgill zu, der ihr wortlos einen Stuhl dicht an die Hängematte seines Freundes gestellt hatte und ihr mit einem stummen Kopfnicken antwortete, ehe er sich entkräftet auf seiner eigenen Hängematte niederließ. Schwerfällig wickelte er sich in die Wolldecke ein und starrte apathisch zu ihnen herüber.

Perry hatte inzwischen eine Flasche Wein, mit abgekochtem Wasser verdünnt, hervorgekramt, die Flüssigkeit in einen Becher gefüllt und eine hohe Dosis Chinin darin aufgelöst. Er reichte den Becher Brittany, und sie begann, mit einem Löffel das heilsame Gebräu zwischen Charlies vom Fieber ausgetrocknete, aufgesprungene Lippen zu träufeln. Sie hatte ihm kaum den halben Becher eingeflößt, als er seine Lider ein wenig hob und sie schwach anlächelte.

«Bin ich im Himmel oder was?» Seine Stimme klang rau und spröde, doch ein trotziger Unterton lag darin, der verriet, dass er sich von diesem Fieber nicht unterkriegen zu lassen gedachte.

Unwillkürlich musste auch Brittany lächeln, doch Charlies Bild verschwamm vor ihren Augen unter den Tränen, die sie wegzublinzeln versuchte. Sanft berührte sie seine Wange. «Ich bin es – Brittany», flüsterte sie ihm zu. «Sie sind noch immer in Batavia, Charlie. Das Fieber hat Sie erwischt, und Pickersgill hat mich geholt, um nach Ihnen zu sehen.»

«Dick – der gute Dick», murmelte Charlie und verstummte unter einem erneuten Kälteschauer, der ihn frieren und zittern machte. Als dieser allmählich abebbte, versuchte er ein erneutes Lächeln. «Ich hatte mich schon gewundert, dass Engel offenbar genauso aussehen wie Sie», sagte er mit angestrengter Heiterkeit, ehe er erschöpft die Augen schloss und trocken schluckte.

Eine neue Welle des Schüttelfrostes erfasste ihn, und mit geschlossenen Augen tastete er zitternd nach ihrer Hand. Mitfühlend legte Brittany sie in die seine, und mit erstaunlicher Kraft schlossen sich seine Finger um die ihren.

«Ich wusste – dass – dass Sie – kommen würden», stieß er leise, mit abgehackt wirkender Stimme hervor, und dicke Schweißperlen standen auf seiner Stirn. Seine Lider wieder einen Spalt geöffnet, fügte er flüsternd hinzu: «Würden Sie um mich weinen, wenn ich morgen nicht mehr wäre?»

«Charlie, du dummer Junge», schalt Brittany ihn zärtlich aus, ihre Stimme dick vor Tränen, «du wirst noch lange nicht sterben, das weiß ich. Du hast noch viele Jahre vor dir – du wirst eines Tages das Kommando eines Schiffes innehaben, der Frau deines Lebens begegnen, sie heiraten und eure Kinder aufwachsen sehen. Das hier ist noch lange nicht das Ende, Charlie, glaub mir, das ist erst der Anfang.» Brittany redete und redete, als müsste sie Charlie davon überzeugen, sich nicht selbst aufzugeben, gegen das Fieber anzukämpfen, doch vielleicht wollte sie sich auch selbst darin versichern, dass Charlie kein Opfer des Fiebers würde, nicht er, nicht der lebenslustige, immer fröhliche Charlie. «Captain Charles Clerke – wie fändest du das?», fügte sie schließlich flüsternd hinzu, als ihr nichts anderes mehr einfiel, bemüht, ihre eigene Angst hinter einem Lächeln zu verbergen.

«Gewiss», Charlies Mundwinkel zuckten leicht, deuteten ein Grinsen an, als er atemlos die Worte hervorstieß. «Klingt gut. Verdammt gut.» Mit letzter Kraft riss er noch einmal seine Augen auf. «Würden Sie um mich weinen?», wiederholte er mit Nachdruck, einen erschreckenden Ernst in seinen Augen, die sonst immer vor Heiterkeit und Übermut gesprüht hatten.

«Sehr, Charlie», antwortete Brittany mit belegter Stimme und drückte fest seine Hand. «Du würdest mir schrecklich fehlen.»

Ein kleines Lächeln erhellte Charlies schweißnasses, müdes Gesicht, das noch glatt war von seiner Rasur am Morgen, und trotz des Schüttelfrostes wirkten seine Gesichtszüge ruhig und entspannt.

«Das», murmelte er mit verlöschender Stimme, «das wollte ich nur wissen.»

Es war späte Nacht, als Perry und Brittany aufbrachen. Sie fühlte sich, als hätte sie wochenlang nicht geschlafen, und nachdem sie Charlie endlose Stunden lang durch den heftigen Fieberanfall begleitet und schließlich in einem tiefen friedlichen Schlaf zurückgelassen hatte, der Heilung versprach, fühlte sie sich innerlich wie leer. Perry schob die Plane am Eingang seines Zeltes zur Seite und ließ Brittany den Vortritt, die eilig hineinschlüpfte.

Die Luft im Innern war kaum trockener als die feuchtheiße Monsunluft draußen, doch hier drin waren sie wenigstens vor dem unaufhörlichen Regen geschützt. Auf einem windschiefen Stuhl breitete Perry seine tropfnasse Joppe und den breitkrempigen Hut aus, der durch das Wasser völlig seine Form verloren hatte.

Brittany fand es mittlerweile unangenehm, den klatschnassen Stoff auf der Haut zu haben, und sie begann, an dem leichten Seidenstoff herumzuzupfen, der feucht an ihrem Körper klebte, ehe sie es seufzend aufgab; stattdessen zog sie sämtliche Nadeln heraus, die ihre Haarpracht am Hinterkopf aufgetürmt und zusammengehalten hatten, drehte ihr nasses Haar zu einem dicken Seil und wrang es aus.

«Sie sollten sich etwas Trockenes anziehen», empfahl Perry, der mit einer Weinflasche und mehreren Phiolen und Pulverdöschen hantiert hatte und das Gemisch nun in zwei Bechern über einem einfachen Kocher, wie er von Ärzten und Apothekern zum Erhitzen von Salben und Ingredienzen verwendet wurde, erwärmte.

«Jetzt und hier?» Brittany sah ihn aus großen Augen an.

«Wenn möglich», erwiderte Perry trocken und ohne eine Miene zu verziehen, als er ihr den Becher mit dem warmen, herbsüß duftenden Wein reichte.

«Das könnte Ihnen so gefallen», lächelte Brittany ihn schwach, aber dennoch mit einem kecken Aufblitzen in den Augen an.

«Ich spreche als Arzt, nicht als Mann», gab er ungerührt zurück, wenn auch nicht ohne einen Funken Humor in seinen dunklen Augen, und strich mit einer Hand sein glattes schwarzes Haar zurück, das ihm triefend ins Gesicht hing.

«Können Sie das so ohne weiteres trennen?», zog Brittany ihn auf und sah ihn belustigt über den Rand ihres Bechers hinweg an.

«Ja, kann ich», antwortete Perry ruhig und fuhr fort: «Heute ist es schon zu spät, aber Sie sollten gleich morgen früh wieder in das Landhaus des Gouverneurs zurückkehren. Man wird sich dort bereits um Sie sorgen.»

Brittany starrte in die dunkelrote Flüssigkeit in ihrem Becher, ehe sie leise, aber mit scharfem Unterton sagte: «Ich gehe nicht zurück.»

Perry setzte sich an den wackligen Klapptisch. «Weshalb nicht?» Er lehnte sich zurück und sah sie abwartend an.

Brittany zögerte einen Augenblick, ehe sie sich zu ihm setzte und begann, all ihre Kümmernisse hervorzusprudeln. Manchmal unter Tränen, manchmal zornig, schüttete sie Perry ihr Herz aus, der mit unbewegtem Gesicht zuhörte. Erst als sie verstummte und sich die letzten Tränen aus den Augen wischte, mit erbitterter Miene auf ihren Becher starrte, räusperte sich Perry verhalten und setzte sich auf.

«Wie Sie mir die ganze Angelegenheit geschildert haben», ließ er sich nachdenklich vernehmen, «sind Sie wohl ebenso im Recht wie Mevrouw van der Parra.» Er sah, dass Brittany aufbrausen wollte, und fuhr mit ruhiger Bestimmtheit fort: «Ich bin sicher, dass sie morgen in aller Frühe hier erscheinen wird, um Sie wieder mitzunehmen. Bis dahin» – er erhob sich ohne große Eile und trat zu einer Seekiste in einem Winkel des Zeltes – «sollten Sie wenigstens ein paar Stunden Schlaf finden.»

Zusammen mit einer ordentlich zusammengelegten Wolldecke reichte er ihr eines seiner tadellos gefalteten Hemden. «Ich werde sehen, was ich für Sie tun kann», fügte er hinzu und griff nach seiner Tasche. «Sie können für heute Nacht mein Zelt haben. Ich ziehe solange in das Zelt der Offiziere – dort ist noch eine Hängematte frei. Gute Nacht», verabschiedete er sich mit einem knappen Kopfnicken.

«Danke», sagte Brittany leise und drückte die Sachen an sich, die ihr zumindest eine Nacht der Freiheit versprachen.

«Keine Ursache», erwiderte er freundlich und ließ sie allein im Zelt zurück.

Wie erwartet traf früh am nächsten Morgen der geschlossene Zweispänner des Gouverneurs im Hafen ein. Die beiden berittenen Soldaten, die die Kutsche begleiteten, verrieten den offiziellen Charakter des Besuchs. Der Monsun hatte für den Augenblick ein Einsehen gehabt und sich zurückgezogen, wohl um Kraft für eine neue Regenflut zu schöpfen, und der bleigraue Himmel schien sich sogar ein wenig aufgehellt zu haben.

Perry trat gerade aus einem der Krankenzelte, als er der eleganten Kutsche gewahr wurde, und ohne Zögern ging er darauf zu. Einer der Diener sprang von seinem Posten hinten auf der Kutsche und öffnete eilfertig den Wagenschlag.

«Verzeihen Sie, Madam», erklärte Perry ruhig, «aber es wäre wohl besser, wenn Sie im Trockenen blieben. Hier im Hafen versinken Sie im Morast.»

Mevrouw van der Parra musterte einen Augenblick lang den jungen, ausnehmend großen Mann, der vor ihr stand und ihr aus seinem kantigen, braun gebrannten Gesicht unerschrocken entgegensah. Seine muskulösen Unterarme, die aus den hochgekrempelten Ärmeln seines schlichten Hemdes hervorschauten, verrieten, dass er schwere Arbeit zu tun gewohnt war, doch seine Hände waren die eines Künstlers, schlank und biegsam, dabei kräftig und offensichtlich voller Feingefühl.

«Gut», entgegnete sie frostig, «ich nehme an, dass Sie ohnehin wissen, weswegen ich hier bin.»

Perry nickte ungerührt. «Gewiss, Madam. Aber Sie werden Miss Addison entschuldigen – sie schläft noch nach der Aufregung gestern.»

Unwillkürlich richtete Mevrouw van der Parra sich kerzengerade auf. «Sie scheinen nicht zu verstehen, Mijnheer: Ich gedenke, Juffrouw Addison mitzunehmen, und das augenblicklich.» Ihr Gesicht drückte Entschlossenheit und die Würde eines Menschen aus, der es gewohnt ist, Befehle zu geben und Gehorsam zu erwarten.

«Oh, ich verstehe sehr gut, Madam», erklärte Perry mit hochgezogenen Augenbrauen, «aber ich denke, wir beide sollten Miss Addisons Wunsch respektieren, hier im Hafen bleiben zu dürfen. Abgesehen davon, dass ich ihre Hilfe wirklich sehr gut brauchen kann.»

Die Gouverneursgattin musterte eher erstaunt denn ärgerlich diesen jungen Engländer, der es wagte, sich ihr zu widersetzen. Äußerlich wirkte er wie ein beliebiger, körperlich hart arbeitender Landbursche, doch sein Auftreten, mit dem er unmissverständliche Autorität ausstrahlte, und seine Wortwahl ließen eher auf einen jungen, vermögenden Gentleman schließen.

«Mijnheer», sagte sie schließlich würdevoll, «Ihr *kapitein* persönlich hat Juffrouw Addison in meine Obhut gegeben, und in aller Bescheidenheit denke ich, dass sie nirgendwo besser aufgehoben ist als unter meinem Dach!»

Perry verzog keine Miene. «Ich bin nur ein einfacher Arzt, aber durchaus ein Ehrenmann, Madam, ebenso wie sämtliche Offiziere und Marinesoldaten an Bord. Wir haben Miss Addison heil und unversehrt von Otaheiti hierher gebracht, und wir werden sie auch ebenso heil und unversehrt von hier aus wieder nach England bringen. Unser Captain ist leider schwer an der Malaria erkrankt und unpässlich, aber ich bin sicher, er würde Ihnen nichts anderes sagen.»

Die Gouverneursgattin sah den jungen Arzt aus zornfunkelnden Augen an. «Ich bin die Gattin des Gouverneurs, Mijnheer, und als solche verpflichtet, den Anstand zu wahren, besonders, wenn es um eine junge Dame aus gutem Hause geht wie Juffrouw Addison!»

«Miss Addison würde ein eigenes Zelt beziehen, unter meinem Schutz und dem der Offiziere stehen, und es steht Ihnen selbstverständlich frei, ihr einen oder mehrere Bedienstete zur Seite zu stellen, die dafür sorgen, dass sie immer in Gesellschaft wäre», führte Perry unerbittlich seine Verhandlungen fort.

«Sie scheinen in der Tat nicht zu verstehen, Mijnheer», schoss die Gouverneursgattin zurück, «es geht nicht um das, was ich will oder nicht, sondern allein um das, was meine Pflicht ist und was in meiner Macht liegt!»

«Madam», Perry verlagerte sein Gewicht von einem Bein auf das andere und sah sie treuherzig von unten herauf an, «es ist mir bewusst, dass Sie die mächtigste Frau Batavias sind. Und wer sollte die Regeln ändern, wenn nicht Sie?»

Das unsichere Flackern in ihren schwarz glänzenden Augen zeigte ihm, dass er die richtigen Worte gewählt hatte, und zielgenau setzte er noch eins drauf. «Wenn Sie ehrlich zu sich selbst sind, Madam, dann würden Sie an Miss Addisons Stelle ganz genauso handeln, nicht wahr?»

Schweigen trat ein, und Perry konnte an den widerstreitenden Emotionen, die über Mevrouw van der Parras Gesicht zogen, ablesen, dass er gewonnen hatte. Inwendig seufzte er auf vor Erleichterung.

«Es ist nicht gut für eine Frau in unserer Welt, so hartnäckig zu sein und sich immer durchsetzen zu wollen – es bringt kein Glück», sagte Mevrouw van der Parra leise und kummervoll, mehr zu sich selbst als zu dem jungen englischen Arzt. Ihr Blick verlor sich in dem Halbdunkel im Inneren der Kutsche, ehe sie sich wieder Perry zuwandte. «Juffrouw Addison kann sich glücklich schätzen, Freunde wie Sie zu haben, Mijnheer.»

Aus einem inneren Impuls heraus straffte sie sich wieder, verhärteten sich ihre eben noch so weichen Züge, als sie energisch hinzufügte: «Ich billige es keineswegs, dass Juffrouw Addison hier bei Ihnen bleibt, aber ich bin dieser Diskussionen müde. Ich lasse ihr eine Dienerin und ein paar Kleider schicken und hoffe, dass sie weiß, was sie tut. Entbieten Sie ihr meine besten Wünsche.» Sie gab dem geduldig wartenden Diener ein Zeichen mit ihrer behandschuhten Hand.

«Das werde ich, Madam. Ich danke Ihnen.» Perry verbeugte sich formvollendet.

Ohne ein weiteres Wort von ihr rumpelte die Kutsche davon.

Langsam krochen die letzten Wochen des November und die ersten des Dezember vorüber. Ein Tag schien wie der andere, gleichförmig in den verwaschen grauen Farben des Regenwetters und monoton in der immer gleichen, bedrückenden Arbeit an den Krankenlagern. Hoffnung war ein kostbares Gut geworden, mit dem man sparsam umgehen musste, und mit jedem Tag, der verstrich, schien der Kalender mehr und mehr seine Gültigkeit zu verlieren.

In alter Gewohnheit hielt Perry Brittany die Plane am Eingang des Zeltes auf. Eilig schlüpfte sie hinein, wie immer froh, der alles durchweichenden Flut für den Augenblick entkommen zu sein. Perrys Zelt war für sie beide zum Wohnzelt geworden, in dem sie gemeinsam ihre kurzen Mahlzeiten einnahmen, die Arzneien zusammenmischten und in jenen seltenen, ruhigen Stunden zusammensaßen, in denen es nichts Dringendes zu tun gab, wo sie sich über den Zustand einzelner Kranker austauschten und beratschlagten. Das ehemalige Vorratszelt neben demjenigen Perrys war ausgeräumt worden und beherbergte nun Brittanys Nachtlager, während Perry seine Nächte seither umgeben von aufgestapelten Weinflaschen und den Kisten und Kästen verbrachte, in denen seine Medikamente aufbewahrt wurden.

Der sumpfige Boden des Zeltes machte unter den Sohlen ihrer knöchelhohen Stiefel aus weichem Leder schmatzende Geräusche, und Brittany war jeden Tag aufs Neue dankbar für dieses Geschenk Mevrouw van der Parras. Zierlich gearbeitet, waren sie in den Augen der Gouverneursgattin zwar dennoch kaum elegant zu nennen, aber wenigstens praktisch, wie diese seufzend erklärt hatte. Still sandte Brittany zum wiederholten Male ein Dankgebet an ihre Gastgeberin, die sich in den vergangenen Wochen mehrfach als Wohltäterin erwiesen und dabei geholfen hatte, genug Chinin für alle Malariakranken der Mannschaft zu besorgen, Brittany mit einer eigenen Dienerin, die ihr nicht von der Seite wich, und mit noch ein paar einfachen, locker geschnittenen Kleidern aus unempfindlicheren Stoffen auszustatten, samt der dazugehörigen Regenkleidung. Selbst der kleine eiserne Ofen, der in einer Ecke des Zeltes eine unangenehme Hitze, dafür aber auch eine herrlich trockene Luft verbreitete, war eine hilfreiche Leihgabe von ihr, ebenso wie dessen Pendant in Brittanys eigenem Zelt. Mevrouw van der Parra hatte wiederholt betont, dass sie Brittanys Aufenthalt in dem Teil des Hafens, den die Besatzung der *Endeavour* für sich innehatte, keineswegs billigte, doch das hinderte sie nicht im Geringsten daran, Brittany und Perry jede Hilfe materieller Art zukommen zu lassen, und Brittany spürte, wie sich ihr Herz immer mehr für die Gattin des Gouverneurs erwärmte.

Rasch streifte sie die weite Kapuze vom Kopf und löste das Band, das das voluminöse Cape unter ihrem Kinn zusammenhielt, ehe sie es zum Trocknen auf einem Stuhl ausbreitete. Doch selbst der eingeölte Stoff des Capes hatte den Unmengen an Regen keinen Einhalt bieten können, und mit raschen Bewegungen strich sie über ihr locker geschnittenes Oberteil und den Rock aus einfachem graublauem Kaliko, um die überschüssige Feuchtigkeit davon zu entfernen, doch das Gefühl schweren, nassen Stoffes auf der Haut blieb.

«Danke, Mai-mai», bedankte sie sich bei der kleinen, einheimischen Dienerin, die ihr eine der für Batavia typischen henkellosen Tassen aus blau bemaltem weißem Porzellan reichte, bis zum Rand gefüllt mit heißem, dampfendem Tee.

Mevrouw van der Parra hatte ihr das Mädchen zur Seite gestellt, das seither strengstens über sie wachte, jede Geste, jeden Blick und jeden Tonfall zwischen ihr und Perry genauestens beobachtete und darüber zweifellos in regelmäßigen Abständen Mevrouw van der Parra Bericht erstattete. Ein Umstand, über den Brittany und Perry sich unablässig lustig machten – im Augenblick das einzige Mittel, das sie beide besaßen, um in diesen Wochen nicht in Mutlosigkeit und Verzweiflung zu versinken.

Perry bedankte sich mit einem knappen Nicken bei dem asiatischen Mädchen ebenfalls für seine Tasse Tee. Andächtig nahm er ein, zwei Schlucke des wohltuend heißen und aromatischen Getränks, ehe er leise, ohne Brittany anzusehen, sagte: «Mr. Banks' Bediensteter war heute hier. Sie waren gerade bei Wilkinson.»

«Briscoe? Was wollte er?» Sie nahm einen weiteren Schluck aus ihrer Tasse.

«Wie üblich – sich nach Ihrem Befinden erkundigen und Sie im Auftrag Mr. Banks' bitten, zu ihm aufs Land zu kommen oder in das Haus der van der Parras zurückzukehren.» Noch während er sprach, hatte Brittany ungeduldig zu nicken begonnen.

«Er versteht es nicht», stieß sie ungehalten hervor, «und er wird es auch nie verstehen! Ich» – sie machte eine ausholende Geste – «ich kann mich doch nicht aufs Land zurückziehen, wenn ich hier gebraucht werde!»

«Er sorgt sich um Sie», gab Perry zu bedenken.

Seit sie begonnen hatten, zusammen die Opfer des Fiebers zu behandeln und zu pflegen, brachte er ihr großen Respekt und Anerkennung entgegen. Man merkte, dass sie den Umgang mit Kranken gründlich gelernt hatte; geschickt und unverkrampft ging sie mit ihnen um, umsorgte sie auf eine liebevolle, mütterliche Art, tröstete und munterte sie auf. Nur Tupias Zelt hatte sie nicht wieder betreten seit jenem letzten Zusammentreffen mit ihm. Sie hatte nie erzählt, was sich damals zwischen ihnen ereignet hatte, und Perry hatte auch nie das Verlangen gehabt, sie danach zu fragen. Sie hätte ohnehin nichts für ihn tun können, genauso wenig wie er: Tupia litt an einer Form von Skorbut, von der er bisher noch nie gehört hatte und die sich jeglicher Behandlung widersetzte. Perry wusste instinktiv, dass sowohl Tupia als auch sein kleiner, freundlicher Diener Taiata, der sich in dem feuchten Wetter eine Lungenentzündung zugezogen hatte, Batavia nicht mehr lebend verlassen würden.

Das Fieber zeigte sich als wahrhaft demokratisch, griff wahllos unter den Männern zu, ungeachtet ihres Ranges, machte auch vor dem Captain selbst nicht Halt, und es schien ihm gleichgültig zu sein, dass die Mannschaft der *Endeavour* eine noch junge und kräftige war, in der nur wenige das dreißigste Jahr überschritten hatten. Kaum jemand schien ihm zu entkommen, und nur wenige waren stark genug, sich nach dem Abklingen des Fiebers schnell wieder von ihrem Lager zu erheben.

Unermüdlich eilten Perry und Brittany von einem Zelt zum nächsten, in deren feuchten Innenräumen die Kranken sie sehnsüchtig erwarteten; nicht so sehr, weil sie sich Heilung von ihnen versprachen, als vielmehr in dem Bedürfnis nach Zusprache, Trost und einer helfenden Hand, die für den Augenblick die Schmerzen und die Angst linderte. Die Anzahl der Zelte, denen sie einen Besuch abstatteten, schien mit jedem Tag größer zu werden.

Die Tage schienen endlos lang und die Nächte immer viel zu kurz zu sein, und so war es wieder später Abend, stockdunkel seit mehreren Stunden, als Brittany und Perry in das Wohnzelt zurückkehrten. Brittany fühlte sich müde und ausgelaugt – seit einigen Tagen schien jede Bewegung sie unglaubliche Kraft zu kosten, und die wenigen Stunden Nachtruhe brachten nie genug Erholung.

Das Innere des Zeltes lag in tiefe Schatten getaucht, die das schwache Licht der Laterne auf dem Tisch kaum zu durchdringen vermochte. Wie eine Schlafwandlerin strebte Brittany auf den Ofen zu, an dem Mai-mai mit ihrem holländisch-malaiischen Gezirpe schon auf sie wartete und ihr das klatschnasse Cape abnahm. Brittany strich mit festem Griff das Wasser vom Ansatz bis zu den Spitzen aus ihrem langen Zopf und ließ ihre feuchten, kühlen Handflächen erschöpft auf den Augen ruhen.

«Guten Abend, Mr. Perry.»

Eine tiefe, ihr wohl bekannte Stimme in ihrem Rücken ließ sie herumfahren. In dem Schattenwinkel, in dem die eine Ecke des Zeltes verborgen lag, erhob sich Lieutenant Hicks von einem Stuhl. Als sei sie urplötzlich gelähmt, beobachtete Brittany bewegungslos und stumm, wie Perry auf ihn zuging und ihn freundlich begrüßte, und sie spürte, wie ihr Herz rasch zu klopfen begann, unruhig zuerst, bis es in einen freudigen, übersprudelnden Rhythmus verfiel.

«Guten Abend, Mr. Hicks. Ich hoffe, Sie haben nicht allzu lange gewartet.»

Der Lieutenant schüttelte den Kopf. «Keineswegs.» Er sah hinüber zu Brittany, die ihn noch immer anstarrte und sich vergebens bemühte, die feine Röte auf ihren Wangen zu bekämpfen. Er verbeugte sich leicht in ihre Richtung. «Guten Abend, Miss Addison.» Sie konnte sich täuschen – der Lichtschein der Laterne reichte nicht weit und verschwamm rasch in der Dunkelheit des Zeltes, doch Brittany war sicher, ein halb ironisches, halb mutwilliges Funkeln in seinen Augen gesehen zu haben.

«Guten Abend, Mr. Hicks», gab sie hoheitsvoll zurück, und das leise Lächeln Zacharys zeigte ihr, wie sehr ihn das Schauspiel, das sie vor den Augen Perrys und Mai-mais aufführten, amüsierte.

«Sie trinken sicher eine Tasse Tee mit uns», hörte Brittany den Arzt sagen.

«Gerne», kam die Antwort des Lieutenants.

Noch immer starrte er Brittany an, was sie erneut erröten ließ. Seinen Blick ebenso intensiv erwidernd, setzte sie sich zu den beiden Männern, die an gegenüberliegenden Seiten des Tisches Platz genommen hatten. Ohne dass es den beiden auffiel, ließ Perry rasch seine Augen zwischen ihnen hin- und herwandern.

Mai-mai brachte den Tee und zog sich mit einem Aneinanderlegen ihrer Handflächen und einer leichten, eleganten Verbeugung in den Schatten des Zeltes zurück, in dem sie nicht gesehen werden konnte, wohl aber selbst alles sah, was um den Tisch herum geschah.

«Was führt Sie zu mir?», begann Perry und blickte den Ersten Offizier durch den dichten Dampf, der von seiner Tasse aufstieg, an.

Der Lieutenant lehnte sich in dem schmalen Stuhl zurück, schlug seine langen Beine übereinander und griff nach seiner Tasse. «Erstens möchte ich mich über den Gesundheitszustand der Mannschaft informieren und Ihnen zweitens mitteilen, dass die Quartiere an Bord wieder bezogen werden können.»

Perry streckte die Beine von sich. «Ich kann es kaum erwarten, die Männer wieder ins halbwegs Trockene zu bringen.»

«Das Beladen mit Proviant und Trinkwasser ist noch nicht komplett», erklärte Hicks, «ebenso wenig wie das Auftakeln, und das Deck muss noch gestrichen werden. Die Holländer haben ganze Arbeit geleistet – ich habe selten eine Werft gesehen, in der so effizient gearbeitet wird ... In welchem Zustand ist die Mannschaft?»

«Über fünfzig Mann sind schwer malariakrank, die übrigen mehr oder weniger arbeitsfähig. Ich hoffe, die meisten werden sich einigermaßen erholt haben, bis wir endgültig ablegen. Ravenhill hat das Fieber übrigens als Einzigen außer uns» – er wies mit seiner Tasse auf Brittany, Hicks und sich selbst – «verschont. Der beste Schutz gegen diese Krankheit scheint also in der Pflege von Kranken oder im exzessiven Konsum von Rum zu bestehen.» Das heitere Aufglimmen in seinen Augen verschwand, als er den Ersten Offizier ernst ansah. «Sie hatten unverschämtes Glück, dass es nicht auch Sie erwischt hat.»

«Ich weiß», entgegnete der Lieutenant kurz.

«Es freut Sie sicher zu hören», fuhr Perry fort, «dass der Captain endgültig über den Berg ist. Wie ich seine Konstitution und seinen Willen einschätze, wird er in wenigen Tagen wieder auf dem Posten sein.»

Der Lieutenant nickte. «Gut. Er ist wie ich der Meinung, dass wir Batavia so bald wie möglich verlassen sollten, aber im Moment herrscht noch ungünstiger Wind.»

«Ich wünsche uns allen, dass er rasch dreht», meinte Perry und leerte seine Tasse mit einem Zug.

«Ich werde morgen früh alles veranlassen, um die Kranken an Bord zu bringen», erklärte Hicks.

«In Ordnung», erwiderte Perry, «ich lasse den Transport der Kranken überwachen. Wenn Sie mich entschuldigen, Mr. Hicks – Miss Addison» – eilig erhob er sich und nickte den beiden zu – «ich will noch eine letzte Runde durch das Zeltlager machen.»

Pflichtbewusst erhob sich Brittany ebenfalls und wollte ihr Cape holen, doch Perry schüttelte den Kopf.

«Bleiben Sie hier, Mai-mai wird mich begleiten.» Mit wenigen knappen Worten in Holländisch erklärte er der jungen Malaiin, was er von ihr erwartete, worauf sie in höchsten Tönen protestierte, was Perry mit einer noch knapperen Erwiderung zum Verstummen brachte.

Brittany holte Luft, um etwas zu sagen, doch Perry war schon in seinen nassen Rock geschlüpft, hatte den verformten Hut auf den Kopf gedrückt und war ein rasches «gute Nacht» murmelnd mit der schmollenden Mai-mai aus dem Zelt verschwunden.

Brittany spürte Zacharys Blicke auf ihrer Haut, und das Schweigen, das in der heißen Luft des Zeltes stand, lockend und verheißungsvoll, ließ sie innerlich vor Erwartung vibrieren.

«Du siehst müde aus», durchbrach seine Stimme leise die Stille.

Brittany nickte und trat wieder an den Tisch, mit gesenktem Blick die leeren Tassen zusammenräumend. «Ich bin es auch.» Unwillkürlich wischte sie mit dem Handrücken über die Augen, eine Geste, die sie jünger und verletzbar erscheinen ließ.

Zachary lehnte sich wieder in seinem Stuhl zurück und sah sie abschätzend an, bis sie unter seinem forschenden Blick sichtlich nervös zu werden begann.

«Du solltest nicht länger hierbleiben. Der Hafen ist kein Platz für dich», erklärte er nüchtern.

Ruckartig hob Brittany den Kopf und blitzte ihn aus zornesblauen Augen über den Tisch hinweg an. «Hast du dich neuerdings mit Joseph und Mevrouw van der Parra gegen mich verbündet?», fauchte sie leise.

«Sei nicht albern, Brittany. Ich mache mir Sorgen, das ist alles.»

«Sag mir nicht, was ich zu tun oder zu lassen habe», rief sie hitzig.

Zacharys Augen verdunkelten sich. «Du und dein gottverdammter Starrsinn», sagte er leise und gefährlich ruhig.

Sie starrten sich an, in einer mit Zorn, Angriffslust und unterschwelligem Verlangen aufgeladenen Atmosphäre. In zwei Schritten war Zachary bei ihr und packte sie kurzerhand am Arm, zu schnell für Brittany, als dass sie sich hätte wehren können. Sie fand sich in seinen Armen wieder, die sie fest umschlossen. Halb in Abwehr, halb in Erwiderung seiner Umarmung krallte sie sich in dem feuchten, steifen Gewebe seines dunkelblauen Uniformrocks fest.

«Gib dir keine Mühe, Brittany», murmelte Zachary, sie noch enger an sich ziehend, seine Lippen so nahe an ihrem Gesicht, dass sein

Atem über ihre Haut strich und Brittany wohlig erschauerte, «du und ich, wir haben ineinander unseren Meister gefunden, und keiner von uns kann das leugnen.»

Sie spürte die Wärme seines Körpers durch ihrer beider Kleidung hindurch, die Kraft und die Leidenschaft, mit der er sie festhielt und die ihren Zorn ganz einfach wegzuschmelzen begann. In einem plötzlichen Impuls, einem Aufbranden der eben abgeebbten Wut, machte sie sich steif in seinen Armen, bot ihm Widerstand, als ob sie ihm entfliehen wollte, und sie konnte es an dem Aufblitzen in seinen Augen ablesen, wie sehr ihn das amüsierte und reizte.

«Siehst du, was ich meine», sagte er leise, und im nächsten Augenblick spürte sie seine Lippen auf den ihren, voller Begehren. Seine Küsse wurden leidenschaftlicher, fordernder, und Brittany ließ sich mit geschlossenen Augen von ihnen davontragen.

Doch beide wussten, sie würden nicht mehr wagen als das, aus Angst, das Glück, einander unverhofft so nahe zu sein, nicht ertragen zu können.

# 37

«Willkommen zurück an Bord, Sir.» Lieutenant Hicks salutierte, als er Cook die Tür zur Kajüte aufhielt.

Ein müdes Lächeln entrang sich Cook, als er seine Kabine betrat, die, frisch gestrichen und ordentlich wieder eingeräumt, wie neu aussah. Schwerfällig ließ er sich auf dem Stuhl an seinem Schreibtisch nieder, der leise unter ihm knarrte. Noch immer schien ihn jede Bewegung übermenschliche Anstrengung zu kosten, obwohl er seit über einer Woche fieberfrei war.

«Bitte.» Mit einer schwachen Geste bot er seinem Ersten Offizier den Stuhl neben dem Schreibtisch an.

«Danke, Sir.» Hicks setzte sich und ließ seine schlanke Hand auf dem sauber aufgeschichteten Stoß von Papierbögen ruhen. «Ich habe Ihnen alle wichtigen Unterlagen mitgebracht. Hier habe ich» – er wandte sich dem Schreibtisch zu und begann, die obersten Blätter durchzusehen, zu sortieren und schließlich in der Hand zu bündeln – «eine Aufstellung der ausgeführten Arbeiten an Bord, sortiert nach Datum.» Er legte die dicht beschriebenen Bögen vor Cook hin, der stumm darauf starrte. «Das hier ist eine Liste der an Bord genommenen Vorräte und Bedarfsartikel, und hier habe ich das Verzeichnis der neu angemusterten Männer, insgesamt neunzehn.»

Cook fühlte sich benommen. Die Zahlen und Buchstaben, die Hicks vor ihm ausbreitete, verschwammen vor seinen Augen, und sosehr er sich auch auf die Worte des Lieutenants zu konzentrieren versuchte, so machten sie für ihn doch keinen Sinn.

«Das wäre dann von meiner Seite alles, Sir», bemerkte Hicks abschließend und sah den Captain abwartend an.

«Danke, Mr. Hicks», murmelte Cook in die Stille hinein, die den Ausführungen des Ersten Offiziers folgte, «ich werde mir alles genauestens anschauen.» Er hörte, wie Hicks den Stuhl zurückschob, ahnte, dass der Lieutenant salutierte und nahm das Zuklappen der Tür hinter ihm wahr.

Erschöpft legte er die Stirn in die aufgestützten Hände. Perry hatte ihm versichert, er befände sich auf dem Weg der Besserung, doch er fühlte sich keineswegs danach. Ein Tag schien so kräftezehrend wie der nächste zu sein, und er fragte sich, wie er Schiff und Besatzung sicher zurück nach England bringen sollte. Der Weg, den sie noch zurückzulegen hatten, schien endlos, Tausende von Meilen offener See – dagegen wirkte das, was sie bisher durchgestanden hatten, wie ein Kinderspiel. Ihm war, als hätte er damals im Hafenbüro des *Shahbandar* einen Pakt mit dem Teufel unterzeichnet, der die Seelen seiner Männer gefordert hatte, die wie durchscheinende Geister das Schiff bevölkerten. Er hatte keine Wahl gehabt, hatte keinen Grund, sich Vorwürfe zu machen, und doch fühlte er sich verantwortlich, und dieser Verantwortung musste er gerecht werden.

Tief durchatmend hob er den Kopf und lehnte sich in seinem

Stuhl zurück, bevor er die erste der unzähligen Listen aufnahm und sich mit zusammengekniffenen Augen auf die verschwommenen Buchstaben und Zahlen konzentrierte, sich zwang, sie wieder klar zu sehen, um sich ein Bild darüber verschaffen zu können, in welchem Zustand sich die *Endeavour* befand, was an ihr noch zu tun war, ehe er ihrer aller Schicksal vertrauensvoll an sie band.

Charles Clerke lehnte sich weit über die Reling und sog tief den frischen, salzigen Geruch des Meeres ein. Ein trüber Morgenhimmel hing über der bewegten See, doch der so verhasste Regen, der sie in den vergangenen Wochen beharrlich verfolgt hatte, schien heute auszubleiben. Er schloss die Augen und genoss den kräftigen Wind. Selten hatte er sich so lebendig gefühlt wie in den letzten Tagen, als die Fieberanfälle schwächer geworden und schließlich ganz abgeklungen waren. Sooft er die Kraft dazu fand, begab er sich hinauf an Deck, wo er den reinen Elementen so nahe war und sich vergewissern konnte, dass er ein lebendiger Teil davon war.

Ein Geräusch in seiner Nähe ließ ihn die Augen öffnen. Ein breites Grinsen zog über sein schmal gewordenes, immer noch bleiches Gesicht, in dem die Züge schärfer und kantiger hervortraten als früher.

«Morgen, Gibson – was treibt dich so früh an Deck?»

Der Marinesoldat spuckte auf das Meer hinaus, ehe er sich mit dem Rücken an die Reling lehnte und mit finsterer Miene auf den Hafen Batavias hinausstarrte.

«Wichtige Angelegenheiten», antwortete Gibson knapp und ohne den Midshipman anzusehen.

Charlie kannte Gibson – sie beide hatten sich bei Rum, Bier oder Wein manch eine Nacht um die Ohren geschlagen, seit sie zusammen diese Reise angetreten hatten, und sich gegenseitig im Kartenspiel den Sold ganzer Wochen abgeluchst. Er sah ihm an, dass ihn etwas sehr beschäftigte. «Schieß los, Gibson», forderte er ihn auf.

Der Soldat zögerte. «Ist es wahr, dass ihr Offiziere eine Belohnung ausgesetzt habt, wenn euch einer Ortons Peiniger ans Messer liefert?» Unverwandt sah er Clerke aus seinen dunkel glühenden Augen an.

Charlie nickte bestätigend und beugte sich wieder halb über die Reling. «Fünfzehn Gallonen Arrak für den- oder diejenigen, die herausfinden, wer ihm die Kleider aufgeschlitzt hat, und fünfzehn

Guineen für den, der das Schwein findet, der ihm die Ohren abgeschnitten hat.» Forschend sah er den Soldaten an. «Weißt du etwas darüber?»

Gibson schürzte seine vollen Lippen und sah auf die Deckplanken hinab, ehe er antwortete. «Ich weiß was, aber ich hab keine Beweise», sagte er leise und starrte neben Clerke in das rauchblaue Wasser, das unruhig an den Holzplanken des Schiffsleibs aufschäumte.

Gibson hatte nicht vergessen, wie großmütig der Captain ihm und Webb gegenüber gehandelt hatte, damals auf Tahiti, als sie beide zu desertieren versuchten. Jeder andere Kapitän hätte kurzen Prozess mit ihnen gemacht, doch Cook hatte sich die Gründe für ihr Verhalten angehört und Gnade walten lassen. Die Wunden, die die zwei Dutzend Peitschenhiebe hinterlassen hatten, waren längst verheilt; geblieben war indes seine Entschlossenheit, es dem Captain so gut zu vergelten, wie er es vermochte. Gibson hatte ein gutes Gefühl für offen oder verdeckt ausgetragene Fehden zwischen den Männern, die den Frieden an Bord bedrohten, und er hatte es sich zur Aufgabe gemacht, diese mit mehr oder weniger friedlichen Mitteln zu beenden, um zu verhindern, dass die Mannschaft sich spaltete und ihre so lebenswichtige Einheit zerbrach.

«Es geht mir nicht um die verdammte Belohnung», fügte er stirnrunzelnd hinzu. Er sah Charlie an, der ihm aufmerksam zuhörte – er mochte den Midshipman, nicht zuletzt, weil er wusste, dass Clerke den Mund halten konnte, wenn es darauf ankam.

«Magra hat im Fieber geredet», gab er deshalb sein Geheimnis preis, «und ich saß daneben.»

«Lass mich raten» – Charlies Augen verengten sich – «und unser Freund Saunders kam dabei nicht gut weg.»

Wütend hieb Gibson mit der geballten Faust auf die Latte der Reling. «Dieser Scheißkerl», zischte er hasserfüllt und machte gleich darauf seinem Zorn mit einem weiteren Hieb Luft.

«Vorsicht», grinste Charlie und wies auf das Stück Reling, das Gibson malträtiert hatte, «sonst muss Satterley noch einmal ran, bevor wir überhaupt abgelegt haben!» Er sah Gibson an, der vor unterdrückter Wut kochte. «Was schlägst du vor?»

Der Marinesoldat zuckte mit der Schulter. «Wir können ihn dem Captain übergeben und die Belohnung kassieren, und alles ist in

Butter.» Verächtlich verzog er den Mund. «Verdient hätte er eine solch sanfte Behandlung allerdings nicht!»

Grinsend stieß ihn Charlie an. «Raus mit der Sprache, Gibson – welch teuflischen Plan hast du ausgeheckt?»

Ein böses Lächeln umspielte Gibsons Mundwinkel, und seine dunklen Augen glommen auf wie ein Stück Kohle im Feuer, als er leise antwortete: «Wir knöpfen ihn uns vor – heute Nacht.»

Ihre Blicke trafen sich. Charlie wollte schon seine Rechte ausstrecken, um ohne Zögern den Pakt mit Gibson zu besiegeln, als er innehielt. «Lass es uns noch verschieben», schlug er dem Soldaten vor. «Pickersgill ist noch nicht so schnell wieder auf den Beinen, und er hat sicher genauso viel Freude daran, mit Saunders ein Hühnchen zu rupfen, wie du und ich und manch anderer.»

Gibson zupfte an dem kleinen goldenen Ring in seinem Ohrläppchen und dachte über diesen Vorschlag nach, ehe er knapp nickte. «Also schön. Wir beehren ihn dann Sonntagnacht.» Ein breites Grinsen trat auf sein Gesicht, das seine Zähne hell in seinem dunklen Gesicht aufblitzen ließ, als er hinzufügte: «Sozusagen als vorgezogene Weihnachtsüberraschung.»

Offen hielt er Clerke seine braune Pranke hin, in die Charlie bereitwillig einschlug.

Unbeweglich stand Brittany an dem weit geöffneten, bis zum Boden reichenden Fenster und starrte hinaus in den Regen. Frisch drang die Luft in das Zimmer hinein und brachte den Duft nasser Blätter und Blüten mit sich.

Sie hatte zuerst gezögert, Mevrouw van der Parras Einladung anzunehmen, die letzten Tage in Batavia in ihrem Landhaus zu verbringen – sie hatte die Zeit nicht vergessen, in der sie sich dort wie eine Gefangene gefühlt hatte. Zu groß war zudem das schlechte Gewissen gewesen, sich in den Luxus und Müßiggang zurückzuziehen und alle Kranken der alleinigen Obhut Perrys zu überlassen. Doch Perry selbst befürwortete mit ruhig, aber bestimmt vorgebrachten Worten ihren Aufenthalt dort, argumentierte damit, dass sie sich von den Strapazen der Krankenpflege erholen, in der frischen Luft Kraft schöpfen müsse, ehe sie für die nächsten Monate aufs Schiff zurückkehrte, und fügte schließlich hinzu, der Zustand der Männer sei stabil und sie könne ohnehin nicht mehr tun als er, nämlich zu warten, bis alle im Laufe der Zeit wieder zu Kräften gekommen waren. So gab Brittany, müde und erschöpft, seinem Drängen und demjenigen Mevrouw van der Parras schließlich nach und stieg in die Kutsche des Gouverneurs, die sie zurück in das prachtvolle Haus brachte.

War ihr das Landhaus in ihren ersten Wochen dort wie ein Kerker erschienen, so betrat sie es nach dem Morast, der drangvollen Enge und den lästigen Moskitos des Hafens, als sei sie in das verlorene Paradies zurückgekehrt. Weise hatte Mevrouw van der Parra darauf verzichtet, Brittany noch einmal mit gesellschaftlichen Verpflichtungen zu belasten, und sie mit der Begründung eines allgemeinen Erschöpfungszustandes vor den Damen Batavias und deren heiratswütigen Söhnen entschuldigt.

Die ersten drei Tage hatte Brittany beinahe unaufhörlich geschlafen. Doch wirklich erfreuen konnte sie sich an der Ruhe nicht. Die Gedanken an die Männer der *Endeavour* ließen sie nicht los.

Hinter ihr öffnete und schloss sich leise eine Tür, und Mevrouw van der Parras leichte, schnelle Schritte näherten sich. «Wollen Sie nicht doch noch ein paar Zeilen an Ihre Tante schicken?», hörte sie die Gattin des Gouverneurs sanft in ihrem auf- und abklingenden Tonfall sagen. «Das nächste Handelsschiff nach Holland könnte einen Brief an sie mitnehmen.»

Brittany schüttelte den Kopf und wandte sich Mevrouw van der Parra zu. «Ich weiß nicht einmal, wo sie inzwischen lebt – ob noch immer auf Greenhill, ob in London oder an einem anderen Ort. Ob es sie überhaupt noch gibt», fügte sie leise hinzu. «Je länger ich unterwegs bin, desto mehr glaube ich, dass nach dem Ende dieser Reise nichts wirklich zu Ende ist, sondern alles erst beginnt, und das macht mir Angst.» Sie starrte wieder aus dem Fenster hinaus, wo das Grün der Bäume und Sträucher durch die Tränen, die unwillkürlich in ihren Augen aufgestiegen waren, verschwamm.

Schweigend betrachtete Mevrouw van der Parra die junge Engländerin mit der abenteuerlichen Geschichte, die ihr wie ein verwundeter Vogel vor die Füße gefallen war und dann doch so viel Stärke und Energie bewiesen hatte. Sie bewunderte Brittany für ihre Tapferkeit und auch für ihren Eigensinn und wünschte sich, sie hätte in ihrem Leben nur einmal den Mut gehabt, so zu handeln, wie es Brittany an ihrer Stelle getan hätte – wer weiß, wo es sie hingeführt hätte?

Das geräuschlose Eintreten eines Dieners, der sich tief verneigte, riss Mevrouw van der Parra aus ihren Gedanken. Sie legte ihre Hand zart und leicht, wie die Berührung eines Schmetterlings, auf Brittanys Rücken. «Kommen Sie, Juffrouw Addison – die Kutsche ist vorgefahren.»

In der Halle fielen Brittany zuerst die aufgetürmten Kisten auf, als sie an der Seite Mevrouw van der Parras die breite, geschwungene Treppe hinabkam – die männliche Gestalt in cognacfarbenem Rock und dazu passender Kniehose, die mit dem Rücken zu ihnen durch eines der hohen Fenster auf den Garten hinaussah, entging ihr.

«Ich habe alle Kleider, die für Sie angefertigt wurden, einpacken lassen.» Brittany wollte etwas einwenden, doch Mevrouw van der Parra drückte ihr beruhigend die Hand. «Nehmen Sie es ohne schlechtes Gewissen an, Juffrouw Addison. Es war mir eine Freude, Sie darin zu sehen und zu wissen, dass Sie gut angezogen in Ihre Heimat zurückkehren.»

Kräftig erwiderte Brittany den Händedruck. «Ich danke Ihnen vielmals, Mevrouw van der Parra. Für alles!»

Mit einem wehmütigen Lächeln sah die Gouverneursgattin das Mädchen an, das sie so sehr ins Herz geschlossen hatte, und es schien ihr unerträglich, sie an Bord dieser kleinen, plumpen Dreimastbark, umgeben allein von Männern, dem Schicksal zu überantworten. Es fiel ihr schwer, sie gehen zu lassen, aber sie war klug genug, zu wissen, dass nichts und niemand Brittany hier in Batavia halten könnte.

«*Niet te danken*, nichts zu danken», wehrte sie ab und konnte nicht verhindern, dass ihr Tränen in die Augen stiegen. «Wenn Sie mir nur versprechen, möglichst bald zu schreiben, wenn Sie in England sind, damit ich weiß, dass Sie heil angekommen sind und es Ihnen gut geht.»

«Das verspreche ich Ihnen.» Fest sah Brittany in die dunklen Augen Mevrouw van der Parras.

«Sonst sorge ich dafür, dass sie es tut», ließ sich eine weiche, männliche Stimme hinter ihrem Rücken vernehmen.

Brittany fuhr herum, und ihre Augen weiteten sich in ungläubigem Staunen. «Joseph!» Mit wenigen Schritten war sie bei ihm und nahm ihn bei den Händen. «Ist das schön, Sie zu sehen! Wie geht es Ihnen?»

«Es geht mir gut, danke, dank des Chinins bin ich seit längerer Zeit fieberfrei.» Blass war er geworden und schmal, doch man konnte ihm ansehen, dass er das Fieber überwunden hatte.

«Und Solander?» Brittanys Augen drückten Besorgnis aus, strahlten Banks aber unverändert weiter an, froh, ihn in so guter Verfassung zu sehen.

«Rappelt sich gerade wieder auf. Sie wissen doch – Unkraut vergeht nicht!», gab er ihr zur Antwort.

Brittany wollte ihn weiter mit Fragen überschütten, doch Joseph nahm sie vorsichtig beim Arm. «Es gibt noch etwas, das Sie wissen sollten, Brittany», begann er, und die Trauer in seinem Blick ließ Furcht in ihr aufsteigen.

«Tupia ist tot. Es ging ganz schnell. Als man ihm die Nachricht brachte, dass sein Diener im Nebenzelt gestorben war, begann er ihn und den Verlust seiner Heimat zu beklagen. Keine drei Tage später starb er selbst. Es war, als ob Taiatas Tod den letzten Faden durchschnitten hätte, der ihn am Leben hielt.»

Brittany starrte stumm vor sich hin. Der große Priester Ta'aroas, der ausgezogen war, die weite Welt der göttlichen Schöpfung kennen zu lernen, war nicht mehr, und Brittany wusste nicht, ob sie trauern oder ihrer Erleichterung Luft machen sollte.

«Wann –», begann sie, doch ihre Stimme versagte.

«Vor drei Tagen schon», antwortete Joseph. «Ich wollte es Ihnen persönlich mitteilen und damit warten, bis Sie sich ein wenig erholt hatten.»

«Wir müssen gehen, Juffrouw Addison», sprach Mevrouw van der Parra Brittany sanft an, während sie sich den kleinen cremefarbenen Hut mit dem grünen Blumenschmuck aufsetzte, in dem sich die Farben ihres Kleides wiederholten, und in ihre Handschuhe schlüpfte, «es ist noch eine weite Weg bis in die Hafen.»

«Gewiss», antwortete Brittany matt und nahm ihren Hut entgegen, den ihr ein Diener reichte, eine blaue Variante desjenigen Mevrouw van der Parras.

Die ganze Fahrt über die schlammige, holprige Landstraße hinweg plauderte Banks unablässig mit den beiden Frauen, doch an Brittany schienen seine Worte abzuperlen wie die Regentropfen, die außen an der kleinen Scheibe in der Seitenwand der Kutsche herabliefen und der sanften Landschaft, die draußen vorüberzog, einen unwirklichen Anstrich gaben. Und sie wurde das Gefühl nicht los, dass der Geist Tupias sie beobachtete und sich an ihre Fersen heftete.

Mit einer unentschlossenen Geste wies Brittany in die Ecke ihrer Kabine, in der die Diener die Kisten abstellen sollten, und im Handumdrehen herrschte in dem winzigen Raum eine drangvolle Enge. Dann war sie alleine.

Seufzend setzte sie vorsichtig das zerbrechliche Hutgebilde aus Seide und zarten künstlichen Blumen ab, als ein kräftiges Klopfen sie sich umdrehen ließ. Im Rahmen der offenen Tür lehnte, in Hemd und Weste, die große, dunkle Gestalt des Arztes. «Willkommen zurück an Bord», begrüßte er sie mit einem kurzen Nicken.

«Danke, Perry. Alles in Ordnung soweit?»

«Wie man es nimmt», antwortete er. Er richtete sich zu seiner vollen Größe auf und fuhr mit einem tiefen Atemzug fort: «Allgemein ist die Malaria auf dem Rückzug, abgesehen von ein paar neuen Fällen.» Er zögerte kurz, als überlegte er, ob er das, was ihm auf der Zunge lag, mitteilen sollte. «Dafür haben wir jetzt die Ruhr an Bord. Hohes Fieber, allgemeine Schwäche, blutiger Durchfall – ziemlich scheußlich und nichts, was ich Ihnen zumuten möchte.»

Ein Kälteschauer jagte über Brittanys Haut und ließ sie innerlich erstarren. «Geben Sie mir etwas Zeit, um mich umzukleiden», versuchte sie mit fester Stimme zu sagen, doch ihr gelang nicht mehr als ein heiseres Flüstern.

Perry nickte und wandte sich zum Gehen. Die Tür schon in der Hand, drehte er sich noch einmal zu ihr um. «Ich bin froh, dass Sie wieder hier sind», sagte er leise, ehe er die Tür hinter sich zuzog.

# 38

Mit missmutigem Gesicht schlurfte Midshipman Saunders durch das Unterdeck. Nicht einmal die zwei Becher Rum, die er heute Abend geleert hatte – Sonntag vor Weihnachten hin oder her –, hatten die düstere Laune vertreiben können, die sich seiner bemächtigt hatte, nachdem er den Klauen des Fiebers entronnen war. Er hatte den Kampf auf Leben und Tod zwar gewonnen, aber bisher keine Freude daran finden können – das Leben, in das er zurückgekehrt war, schien ihm sinnlos und voller Mühsal. In seinem Hang zur Bequemlichkeit ohnehin nie ein Seemann mit Leib und Seele gewesen, schien ihm nun dieser Broterwerb verhasster denn je, und seither war kein Tag vergangen, an dem er sich nicht wieder und wieder gefragt hatte, was um alles in der Welt er auf diesem Schiff zu suchen hatte, Tausende von Meilen von England entfernt. Die Mundwinkel zusammengekniffen, bog er in den Korridor ein, in dem die Kabine lag, die er mit den anderen Midshipmen teilte. Ohne Rücksicht darauf zu nehmen, ob die anderen vielleicht schon schliefen, riss er die Tür auf und schlug sie krachend hinter sich zu.

Die enge Kabine war nur schlecht beleuchtet, und Saunders brauchte einige Augenblicke, ehe sich seine Augen an das Dämmerlicht gewöhnt hatten. Er blinzelte mehrmals, um sich zu vergewissern, dass er auch tatsächlich sah, was er zu sehen glaubte, ehe ein Grinsen über sein hohlwangiges Gesicht huschte.

«Na, Jungs», ließ er sich betont lässig, aber hörbar unsicher vernehmen, in dem Versuch, die greifbare, drohende Spannung, die in der Luft lag, zu zerstreuen, «auch schon alle hier?»

Clerke, Pickersgill, Gibson und Monkhouse blickten ihm schweigend entgegen. Er schluckte und trat vorsichtshalber einen Schritt zurück, um im Notfall die Flucht antreten zu können, doch Booties Silhouette, die sich rasch aus den Schatten des Raumes löste und zwischen ihn und die Tür in seinem Rücken trat, schnitt ihm den Rückzug ab.

«Ihr seid ja nicht sonderlich gesprächig heute», fuhr er mit einem nervösen Auflachen fort.

Mit finsterem Blick trat Gibson dicht vor Saunders hin. Einen Moment lang sah er den Midshipman abschätzig von oben bis unten an, ehe er ihn blitzartig mit beiden Händen vor den Brustkorb stieß, so dass Saunders zurücktaumelte, und ihn dann grob an den Aufschlägen des dunkelblauen Uniformrocks packte.

«Was soll das, Mann», rief Saunders, sich in aufsteigender Panik gegen Gibsons stahlharten Griff wehrend, dem er jedoch nicht entkam.

Mit einer schnellen Bewegung drehte Gibson ihm mit einem leise knirschenden Geräusch den Arm auf den Rücken, so dass Saunders unter dem scharfen Schmerz aufschrie. «Verdammt, Gibson, was soll die Scheiße – wir zwei hatten doch nie Ärger miteinander», rief er ängstlich und gab einen erneuten Schmerzenslaut von sich, als Gibsons andere Hand seinen Kopf an den Haaren zurückriss.

«Du weißt, was du getan hast, und wir wissen es auch», hörte er Charlies Stimme hinter sich sagen, als ihm Tränen des Schmerzes und der Wut den Blick verschleierten.

«Ich – ich weiß nicht, wovon du sprichst», stotterte Saunders, in der törichten Hoffnung, Gibson würde ihn loslassen, wenn er sich aus allem herausreden konnte.

«Dann wollen wir dich und deinen sturen Schädel daran erinnern», knurrte Gibson und stieß ihn mit voller Wucht, Kopf voraus, gegen die Wand. Der Midshipman stöhnte auf, als der stechende Schmerz in seinem Nasenbein in seinen Kopf fuhr und er Blut schmeckte.

«Red dich nicht raus», hörte er Bootie ärgerlich von der Tür her rufen, «du Schwein hast Orton verstümmelt, weil du in eurem Streit nicht Sieger geblieben bist, und das ist weiß Gott nicht alles, was du auf dem Kerbholz hast!»

«Das ist eine Lüge!», schrie Saunders hastig, seine Stimme erstickt von Blut, Speichel und Tränen der Demütigung, doch Gibsons eiserner Griff kannte kein Erbarmen.

«Wir geben dir eine letzte Chance, Saunders», flüsterte der Marinesoldat in sein Ohr. «Wenn du dich bis morgen Abend nicht freiwillig dem Captain gestellt hast, kommen wir wieder und werden dann ähnlich liebevoll mit dir umgehen wie du mit Orton!»

Der kalte Schweiß lief Saunders über die Stirn, und sein rasender Herzschlag dröhnte in seinen Ohren. Doch sein Starrsinn befahl ihm, sich nicht derart widerstandslos zu beugen. «Da steckst allein du dahinter, Charlie», rief er in einer plötzlichen Eingebung hasserfüllt aus, «du Scheißkerl willst dich nur dafür rächen, dass ich dir die Wahrheit über deine Hure gesa–»

Weiter kam er nicht; Charlies Faust traf ihn mit ungebremster Kraft in der Magengegend, dass er Galle schmeckte. Im nächsten Augenblick von Gibson losgelassen, sackte Saunders zu Boden.

«Denk gut darüber nach, Saunders», empfahl ihm Gibsons dunkle Stimme, ehe er die Stiefelspitze des Marinesoldaten unsanft in der Seite spürte und hörte, wie sich Schritte in eiligem Gepolter entfernten und die Tür zuklappte.

Die Nacht vom vierundzwanzigsten auf den fünfundzwanzigsten Dezember war still und mondlos, und dicke Wolken verschluckten den silbernen Glanz der Sterne – eine Nacht, die nicht besser erdacht werden konnte, um in ihrem Schutz zu fliehen.

Es kostete Saunders alle Kraft, das Beiboot so leise wie möglich zu Wasser zu lassen, ohne dass die Seile verdächtig laut knarzten oder das Boot unsanft und mit hörbarem Klatschen auf der Wasseroberfläche aufsetzte. Verstohlen sah er sich noch einmal um, ob ihm auch niemand gefolgt war oder die beiden Wachposten von ihrem Rundgang unter Deck zurückkehrten, dann schwang er sich über die Reling und ließ sich am Seil hinab. Ein böses Grinsen glitt über sein mit Ruß geschwärztes Gesicht, das ihn in dem schwachen Schein der Hafenlaternen unsichtbar machen sollte, als er daran dachte, wie sehr ihm die Krankheitsfälle zupass kamen: Die Zahl der Dienst habenden Männer pro Wache war reduziert worden, um Kräfte zu schonen. Mit kräftigen Hieben seines Messers durchschnitt er das Seil und stieß sich von der Bordwand ab.

Lautlos glitt das kleine Boot durch die tintenschwarze Wasserfläche, einen helleren Streifen Fahrwassers hinter sich lassend. Erst als der nur notdürftig beleuchtete Rumpf des Mutterschiffs sich bereits ein gutes Stück weit entfernt hatte, sich als mächtige, dunkle Silhouette gegen die Nacht abhob, wandte sich Patrick Saunders um und warf einen Blick zurück.

«Fröhliche Weihnachten», flüsterte er voll bitterer Ironie vor sich hin, ehe er hasserfüllt hinzufügte: «Auf dass es für euch Bastarde eine Fahrt zur Hölle werden möge!» Er griff zu den Rudern und ließ sie lautlos in das tintige Wasser gleiten.

Wie ein dicker schwarzer Vorhang verschluckte die tropische Nacht den Midshipman.

Mit einem Seufzer der Erleichterung ließ sich Captain Cook in seinen Stuhl fallen. Es fühlte sich unsagbar gut an, endlich wieder den schaukelnden Seegang des offenen Meeres unter sich zu spüren, der das Schiff mit sich trug und die Planken und Bohlen aus Holz knarzen und flüstern ließ, doch echte Freude konnte er nicht darüber empfinden. Zu aufreibend waren die vergangenen zwei Tage gewesen. Zwei seiner Männer waren gestorben und begraben worden, einen Tag später ein Dritter, und er hatte es anfangs für einen üblen Scherz gehalten, dass ihn die holländischen Kapitäne, mit denen er sich dann und wann kurz unterhielt, ihn ausnahmslos dazu beglückwünschten, während seines Aufenthaltes nicht die halbe Mannschaft verloren zu haben. Viele waren noch immer krank, und einer seiner Midshipmen war desertiert.

Er wusste, dass eine Suche nach Saunders in dieser reich bevölkerten, belebten und lärmenden Stadt sich wie die Suche nach der sprichwörtlichen Nadel im Heuhaufen gestalten würde – Saunders hatte fast eine ganze Nacht Vorsprung, und hatte er inzwischen den Weg in die undurchdringlich bewaldeten Berge gefunden, wäre es nahezu aussichtslos, ihn wieder aufzuspüren. Jedenfalls nicht, ohne entweder die Hilfe der holländischen Behörden in Anspruch zu nehmen oder noch einige Wochen länger hier vor Anker zu liegen, und keines von beiden war Cook dieser Unruhestifter wert.

Sein Blick fiel auf zwei Schriftstücke auf der Tischplatte vor ihm – Schuldscheine über nahezu fünftausend Reichstaler, die er vor wenigen Tagen ausgestellt hatte und die die *Endeavour* hochverschuldet nach England zurückkehren lassen würden. Es erfüllte ihn mit einem bangen Gefühl, damit der Admiralität entgegentreten und sich dafür verantworten zu müssen, auch wenn er wusste, dass es keine Möglichkeit gegeben hatte, anders zu handeln.

Seufzend zog Cook Logbuch und Tintenfass zu sich heran. Er

schlug den dicken, ledergebundenen Folianten auf, tunkte den Federkiel in die Tinte und hielt das Datum fest.

*Mittwoch, 26. Dezember*
*... Die Anzahl der Kranken an Bord beläuft sich im Augenblick auf 40 oder etwas mehr, und der Rest der Besatzung ist in geschwächtem Zustand ... Ungeachtet dieser allgemeinen Erkrankung haben wir bisher nur sieben Mann verloren: den Schiffsarzt, drei Seeleute, Mr. Greens Diener und Tupia und seinen Diener, die beide Opfer dieses ungesunden Klimas wurden, ehe sie das Ziel ihrer Wünsche erreicht hatten. Tupias Tod kann allerdings nicht nur auf die ungesunde Luft Batavias zurückgeführt werden – das Entbehren der pflanzlichen Kost über einen langen Zeitraum hinweg, die er sein ganzes Leben zuvor gewöhnt war, brachten alle Beschwerden mit sich, die zu einem Seefahrerdasein gehören. Er war ein scharfsinniger, vernünftiger, geistreicher Mann, aber stolz und eigensinnig, was seine Situation an Bord sowohl für ihn selbst als auch für seine Umgebung unangenehm machte, und er neigte sehr dazu, jene Schwächen zu fördern, die seinem Leben ein Ende setzten ... Batavia ist ein Ort, der so oft von Europäern besucht wurde und von dem so viele Schilderungen existieren, dass jede Beschreibung, die ich hier geben könnte, unnötig erschiene; außerdem habe ich weder die Fähigkeiten noch die Unterlagen, die für ein solches Unternehmen ausreichen würden, denn wer auch immer einen aufrichtigen Bericht über diesen Ort verfasst, muss in vielen Dingen all jenen Autoren widersprechen, die zu lesen ich die Gelegenheit hatte. Aber diese Aufgabe werde ich einer fähigeren Hand überlassen und werde mich auf solche Dinge beschränken, die mir für einen Seemann zu wissen notwendig erscheinen ...*

Niemand konnte ahnen, dass der Sensenmann an Bord bereits Quartier bezogen hatte, sich bequem zurücklehnte und in aller Ruhe wartete, bis es Zeit war, seinen Rundgang über Deck zu beginnen.

# 39

In all ihrer Pracht zog die Küste Javas vorbei. Die Sunda-Straße, jene Meerenge, die zwischen den Inseln Javas und Sumatras hindurchführt, brachte das Schiff auf die offene See, vorbei an Inseln, die still und geheimnisumwoben wirkten, als hätten göttliche Geschöpfe sie zu ihrem Wohnsitz erwählt. Doch sie breiteten ihre Schönheit vergeblich unter der glänzenden Sonne aus, denn an Bord der plumpen Dreimastbark, die so zielstrebig ihren Weg durch die blauen Fluten machte, schien niemand auch nur einen Blick für diese Herrlichkeit übrig zu haben.

«Sehen Sie, Sir» – Solander wies mit seinem plumpen Zeigefinger auf das Wasserfass im unteren Laderaum – «die Biester sind uns gefolgt und haben sich seit Batavia wahrscheinlich fleißig vermehrt.»

Die Hände auf dem Rücken seines Uniformrocks verschränkt, beugte sich Cook zusammen mit dem schwedischen Botaniker über das Fass und betrachtete die Mücken, die auf der durch den Seegang vibrierenden Wasseroberfläche saßen. Fragend sah er Solander an, der rasch wieder an Gewicht zugelegt hatte, aber noch immer mager erschien, verglichen mit seinem früheren Erscheinungsbild, und dessen Kniehosen und Röcke, die er früher zu sprengen gedroht hatte, nun lose an ihm herabhingen.

«Mr. Banks klagt unaufhörlich über diese Blutsauger – oder eher über die schmerzhaften Stiche, die sie hinterlassen. Auch wenn Miss Addison ihm ihre wunderbare Salbe überlassen hat», seufzte er laut auf. «Mr. Perry allerdings glaubt, dass ein Zusammenhang zwischen den Stichen der Moskitos und dem Auftreten des Fiebers besteht.»

Cook ließ äußerlich gefasst den Blick zwischen dem Wasserfass und Solander hin- und herwandern, doch innerlich tobte er über das Pech, das sie anscheinend nicht in Batavia zurückgelassen, sondern mit an Bord genommen hatten.

«Was glauben Sie?», fragte er den Botaniker mit zusammengekniffenen Augen.

Solander kratzte sich ratlos an der Stirn und starrte in das leicht hin- und herschwappende Wasser hinein. «Ich weiß es nicht, ehrlich gesagt. Aber ich halte Mr. Perry für einen äußerst fähigen Arzt und glaube, wir sollten kein unnötiges Risiko eingehen.» Nun war es an ihm, den Captain abwartend anzublicken.

Cook nickte bedächtig. «Ich bin völlig Ihrer Meinung. Ich werde Befehl geben, vor Princes Island ankern zu lassen und neues Trinkwasser an Bord zu holen.»

Die Tagebücher an Bord schrieben den 1. Januar 1771.

Die hoch aufragende vulkanische Insel Krakatau, dicht besiedelt, glitt vorüber, dann die lang gezogene Sandküste Balis, hinter der sich, majestätisch und kahl, der nackte Kegel eines Berges erhob. Princes Island kam in Sicht, von geringer Ausdehnung und ohne nennenswerte Erhebung, aber berückend in dem bläulichen Grün seiner dichten Laubwälder, um die sich ein breiter, blasser Sandstrand zog.

Smaragdfarben war die See, in der die Anker der *Endeavour* das Schiff festhielten, und der Himmel darüber leuchtete wolkenlos. Die geschäftstüchtigen Bewohner der Insel strömten herbei, um mit den Engländern um Schildkröten, Fische und Früchte zu feilschen. Die Wasserfässer an Bord wurden eines nach dem anderen über die Reling gekippt und ins Meer geleert, innen und außen geschrubbt und gebürstet, um auch noch die letzte Spur der Moskitos und ihrer Brut zu vernichten, bevor sie wieder an den Quellen und Bächen der Insel gefüllt und an Bord gebracht wurden. Es war eine langwierige und mühevolle Prozedur, die mehrere Tage in Anspruch nahm, in denen die Beiboote unablässig zwischen Mutterschiff und Küste hin- und herpendelten, um die erhandelten Nahrungsmittel wie Kokosnüsse, Bananen, Zitronen und Mangos, Hühner, Fisch, Niederwild und natürlich Schildkröten an Bord zu nehmen.

Keuchend rannte Brittany den Strand entlang, spürte mit Befriedigung, wie ihre Muskeln unter der ungewohnten Beanspruchung zu schmerzen begannen, und der Widerstand, den der unter ihren bloßen Füßen wegrieselnde Sand aufbot, schien sie nur noch mehr anzufeuern; der dünne, abgeschossene Stoff der Seemannshose und des weiten Hemdes, gegen die sie ihre Kleider mit den langen Röcken getauscht hatte, flatterte wohltuend kühl um ihren Körper. Obwohl in mancher Hinsicht unpraktischer als Hemd und Hose, war sie seit Batavia ganz dazu übergegangen, die einfach gearbeiteten Kleider zu tragen, die ihr Mevrouw van der Parra hatte anfertigen lassen. Die körpernahen Oberteile mit den bis über die Ellbogen reichenden Ärmeln und die weiten Röcke gaben Brittany mehr Sicherheit, vielleicht weil der feste Stoff ihr mehr Distanz zu ihrer Umwelt verschaffte als das dünne, durchgescheuerte Tuch der Seemannskleidung oder weil die Kleider in ihrer schmucklosen Schlichtheit sie strenger, ernsthafter wirken ließen, nicht so verwegen und keck wie gerüschtes Hemd und weite Hose. Doch heute hatte sie das Verlangen verspürt, in eine andere, freiere Haut zu schlüpfen, und war dankbar dafür, dass sie Mevrouw van der Parra davon hatte abbringen können, ihr das Hemd und die Hose abzunehmen, mit denen sie in das Haus des Gouverneurs gekommen war, und sie zu verbrennen.

Im Laufen kam Brittany ins Straucheln und fiel in den warmen Sand, der sie weich auffing. Nach Luft schnappend lag sie da, den Schlag ihres Herzens laut in den Ohren, ehe sie sich auf den Rücken rollte und in den azurblauen Himmel hinaufstarrte, ihrem sich langsam beruhigenden Atem lauschend. Brittany spürte, wie ihr Blut schnell und heiß durch ihren Körper kreiste, und das leichte Ziehen in ihren Muskeln ließ sie sich endlich wieder lebendig fühlen, ungleich den vergangenen zwei Wochen, seit sie Batavia verlassen hatten und in denen sie ihr ganzes Dasein darauf konzentriert hatte, an Perrys Seite Medizin zu verabreichen, Fieber zu senken, die Kranken zu waschen, mit leichter Kost zu füttern und ihnen ihren Zustand so erträglich wie möglich zu gestalten.

In den letzten Tagen hatte sie sich keine anderen Gedanken erlaubt als jene, die sich um ihre Patienten und deren Zustand drehten. Von Perry hatte sie viel über die verschiedenen Pülverchen, Flüssigkeiten und Salben gelernt, die er neben dem Chinin anwandte, und sie hatte die Kenntnisse mit eingebracht, die sie von Ratanea erworben hatte, und die eine oder andere getrocknete Pflanze oder Blüte Perrys Medizin hinzugefügt. Doch nichts von alldem, was sie tagtäglich versuchten, schien wirklich zu helfen; der Zustand der Kranken schwankte von Tag zu Tag, gab mal Anlass zu Hoffnung, mal zu düsterstem Pessimismus. Was indes blieb, war der düstere Schatten, den Brittany in allen Ecken und Winkeln des Unterdecks zu sehen glaubte, Tupias Fluch, Tane würde sich an ihr und an jenen, die sie umgaben, für ihren Bruch des *tapu* rächen. Sie konnte sich schon längst nicht mehr dagegen wehren, besonders nicht in den ohnehin kurzen Nächten. Wohin sie auch ging, in welchen Teil des Schiffes sie ihre Schritte auch lenkte, nirgendwo gab es ein Entkommen, nirgendwo konnte sie befreit aufatmen, nicht einmal an Deck unter freiem Himmel.

An Bord eines der Beiboote war sie geflohen, hatte kaum auf Josephs Geplauder geachtet, der ihr vor neuer Kraft strotzend von den Pflanzen der Insel erzählte, die er zu sammeln begonnen hatte, von den kuriosen Angewohnheiten seines neuen, in Batavia angeworbenen Dieners Sander und von den diplomatischen Beziehungen, in die er mit dem König der Insel getreten war. Kaum hatte der Bug des Bootes auf dem flach auslaufenden Sandstrand aufgesetzt, war sie schon behände hinausgeklettert und hatte, dem verdutzten Joseph ein paar Abschiedsworte zurufend, zu laufen begonnen. In ausgreifenden Schritten war sie durch den Sand gerannt, immer weiter und weiter, ohne anzuhalten, als könnte sie nur so das Gespenst ihrer bösen Ahnungen hinter sich lassen.

Aber vielleicht war sie auch vor dem geflohen, was sie unter Deck gesehen und erlebt hatte, vor den einst bärenstarken, unbeugsam wirkenden Männern, die sich unter qualvollen Bauchkrämpfen krümmten, einen Fieberanfall nach dem anderen durchlebten und in ihrer Angst nach ihren Müttern und Frauen riefen; vor dem Gestank nach Schweiß und Blut, nach Kot und Urin, nach Krankheit und Tod, und am Ende vielleicht vor ihrer eigenen Angst und Hilflosigkeit. Das Entsetzen, das Brittany jeden Morgen aufs Neue in sich bekämpfen musste, begann sie zu zermürben.

Sie setzte sich auf und sah auf das jadegrüne Wasser hinaus. In totenstiller Einsamkeit lag der Strand da. Die Brise, die von der See her wehte, strich ihr über die Wangen und durch die Haare. Es war ihr, als berührte Rataneas tröstende Hand sie über Meer und Land hinweg und löste den Knoten, den die Angst in ihrer Kehle geschnürt hatte. Langsam ließ sie den Kopf auf ihre angezogenen Knie sinken und begann zu weinen, lautlos zuerst, bis ihre Atemzüge in heftige Schluchzer übergingen. Immer wieder hieb sie ohne aufzublicken neben sich in den Sand, krallte ihre Finger so fest um eine Hand voll, dass es schmerzte, ehe sie wieder losließ und sich willenlos der Schwäche, die sie in sich spürte, überließ.

Sie fragte sich nicht, woher er so plötzlich neben ihr im Sand aufgetaucht war oder woher er gewusst hatte, dass sie hier war – er war da, und das allein zählte. Sie spürte, wie er sie in seine Arme schloss, so fest, dass sie sich in Sicherheit fühlen konnte. Die goldene Litze seiner Rockaufschläge war kratzig an ihrer Wange, und der dicke blaue Stoff roch nach der muffigen Luft an Bord, nach dem Salz der Seeluft und nach Zachary selbst, als sie ihr Gesicht darin vergrub.

Ihre Lippen trafen sich, zart zuerst, dann leidenschaftlicher, gegenseitig Forderungen stellend und erfüllend, die Züge des anderen erforschend und liebkosend. So lange hatten sie einander nicht mehr gespürt, dass es ihnen wie eine Ewigkeit erschien, als sei es in einem anderen Leben gewesen, und jede Berührung weckte die Sehnsucht nach mehr. Zacharys Hände und Lippen glitten unter den dünnen Stoff des Hemdes, fuhren die Konturen ihres Körpers nach, und Brittany antwortete ihm in der gleichen Sprache. Ihre Kleidungsstücke wurden zu ihrem Ruhebett, das Meer und der Himmel ihr Zeuge, als sie eintauchten in die berauschende Welt der Lust und Sinnlichkeit, das Versprechen hielten, das sie einander vor langer Zeit am Strand von Tahiti gegeben hatten.

Skrupellos machten sie sich in den folgenden Tagen das Chaos der Krankheit zunutze, das die regelmäßige Routine der Arbeiten zu stören und schließlich gänzlich zu vernichten begann. Tag für Tag, eine Woche lang, stahlen sie sich davon und trafen sich am Strand, weitab vom Landeplatz der *Endeavour*, unbeobachtet und sicher vor unerwünschten Lauschern. Wie Kinder lieferten sie sich Wettrennen durch den weißen Sand, tollten übermütig durch die aufschäumende Brandung oder spielten lachend Fangen zwischen den mächtigen, rissigen Stämmen der Baumriesen des nahen Dschungels. Und immer wieder wurde aus dem Spiel plötzlich Ernst, schlug die spielerische Energie um in leidenschaftliches Begehren, das sie einander in die Arme trieb, das sie für wenige, viel zu kurze Stunden die Vorboten des Grauens, die sich an Bord eingefunden hatten, im Rausch der Sinnlichkeit vergessen ließ und ihnen die kraftvolle, lebendige Macht der Liebe entgegenstellte.

Es waren ihre letzten unbeschwerten Stunden zusammen, bevor die *Endeavour* ihre Anker lichtete und auf das offene, scheinbar grenzenlose Meer hinaussegelte, einem Alptraum aus Krankheit und Tod entgegen.

# 40

*Donnerstag, 24. Januar 1771*
*Wind Südwest bis Südsüdost. Kurs exakt Süd. Zurückgelegte Distanz 4 Meilen. Position 9 Grad, 34 Minuten südlicher Breite, 256 Grad 50 Minuten westlicher Länge von Greenwich aus. Zuerst leicht auffrischender Wind, dann ruhig.*

*In den frühen Morgenstunden verstarb John Truslove, Marinekorporal, ein Mann, der von allen an Bord hoch geschätzt wurde. Viele unserer Männer liegen zurzeit krank darnieder, entweder am Fieber oder der Ruhr leidend. Wir glauben, dass es an dem Trinkwasser liegen könnte, das wir auf Princes Island an Bord genommen haben, und haben jetzt Kalk hineingegeben, um es zu reinigen.*

*Freitag, 25. Januar*
*Leichte Brisen, sonst ruhig; heiß und schwül.*

*Aus dem Leben schied Mr. Spöring, ein Gentleman, der zu Mr. Banks' Gefolge gehörte.*

Die Luft in der voll gestellten Kabine war erstickend. Kisten mit getrockneten Pflanzen, die einen staubigen, modrigen Geruch verströmten, türmten sich aufeinander, und darauf gepackt waren zahllose unordentliche Stöße von Zeichnungen und Aquarellen. Es waren nicht nur die drangvolle Enge und die feuchte Hitze, die den Aufenthalt in der engen Kabine unangenehm machten, sondern auch die Übelkeit erregenden Dünste der Krankheit, die sich wie schwere, stinkende Tücher auf die Atemwege legten.

Brittany tauchte ein Stück Leintuch in die Schüssel mit Essigwasser, wrang es aus und fuhr damit Sydney Parkinson über das Gesicht und die bloßen Arme, die erschreckend mager aus den hochgerollten Ärmeln seines Hemdes schauten. Bald nach dem Ablegen von Princes Island hatte er über Schwindel und Durchfall geklagt und schnell jegliche Kraft verloren. Sein ausgemergelter Körper war nass vor Schweiß und zuckte unkontrolliert unter den Fieberschauern – seit Tagen schon hatte er immer wieder für Stunden das Bewusstsein verloren. Brittany wusste, dass es keine Hoffnung mehr gab, versuchte jedoch, ihm die letzten Tage so erträglich wie möglich zu machen, während Perry seine Runde bei all den anderen Kranken an Bord drehte, die jeden verfügbaren Platz unter Deck einnahmen und im Wechsel auch auf das Oberdeck hochgeschafft wurden, um von der frischen, wenn auch heißen Luft oben zu profitieren.

Liebevoll strich Brittany dem jungen Mann über das schweißverklebte Gesicht, bevor sie ihn vorsichtig an einer Seite anhob und das kotbeschmierte Leintuch unter ihm hervorzog, ihn behutsam säuberte und ein frisches Tuch unter ihm ausbreitete. Parkinson, der ohnehin immer schmal, beinahe zierlich gewesen war, wirkte nun so zart unter ihren Händen, als bestünde er nur noch aus Knochen und der pergamentenen Haut darüber. Seine Augen, riesig in seinem eingefallenen Gesicht, ruhten dankbar auf ihr, als sie ihn langsam, als könnte er ihr dabei zerbrechen, wieder in der Koje zurücklegte und die Wolldecke über seinen zitternden Körper breitete, ungeachtet der drückenden Hitze im Raum.

Als er sich plötzlich unter ihrer Berührung versteifte, folgte sie seinem Blick, der auf den Boden neben der Koje gewandert war. Obwohl sie das beschmutzte Leintuch aus Gewohnheit rasch zusammengeknüllt hatte, waren doch die grellroten Blutflecke deutlich zu sehen, und sie konnte es an der Angst in Parkinsons Gesicht ablesen, dass er sie bemerkt hatte. Langsam hob er seinen Blick, sah Brittany mit einem Ausdruck an, der ihr verriet, dass er um seinen Zustand wusste und ihn zugleich leugnen wollte.

«Ich bin gleich wieder bei Ihnen, Sydney», flüsterte sie ihm zu, nahm das Bündel vom Boden auf und trat mit der Schüssel vor die Kabine. Mit geschlossenen Augen atmete sie ein paar Mal tief durch, sich selbst zu Mut und Stärke ermahnend, ehe sie das Tuch dem Wäschedienst übergab, der es in einem hölzernen Bottich mit starker Seifenlauge und dampfend heißem Wasser waschen würde, um es anschließend in der warmen Brise an Deck zu trocknen. Dann holte sie frisches Wasser und wusch gründlich ihre Hände mit der groben, auf der Haut beißenden Seife.

Als sie zurückkehrte, starrte Parkinson unbeweglich an die Decke, in die innere Welt seiner Gedanken versunken. Erst als sie die Schüssel mit dem sauer riechenden Essigwasser auf den Tisch stellte, schien er ihre Anwesenheit zu bemerken und wandte den Kopf. «Falls», begann er mit matter Stimme, «falls ich nicht nach Hause zurückkehren werde...» Seine Stimme versagte ihm; er schluckte und sah Brittany Hilfe suchend an.

«Schh», machte sie leise und zog die Wolldecke fester um ihn, «es wird alles wieder gut, Sydney.»

Doch etwas in Parkinson kämpfte um das letzte Quäntchen Kraft, das noch irgendwo in ihm schlummern mochte. Angestrengt hob er den Kopf, und sein brennender Blick ließ Brittany sich dicht zu ihm herunterbeugen.

«Meine – meine Kiste –», hauchte er ihr ins Ohr und gab ihr mit einem Zucken seiner Augenbrauen die Richtung an. «Unter meinen Hemden – die Minia– Miniatur...» Keuchend ließ er sich zurückfallen, als ein heftiger Krampf ihn durchlief.

Zögernd ging Brittany auf die Kiste zu. Mit einem leisen Klicken sprang das Schloss auf, und Brittany konnte den massiven Deckel hochhieven. Eines nach dem anderen nahm sie vorsichtig die fein säuberlich gefalteten und aufeinander gestapelten Hemden heraus und legte sie auf ihren Schoß, um sie nicht zu zerdrücken. Dann sah sie die runde Miniatur, goldgefasst und an einem glänzend schwarzen Seidenband.

«Diese hier – haben Sie diese gemeint, Sydney?» Das Metall lag kühl in ihrer Handfläche, und das glatte Band schmeichelte ihren Fingern, als sie es ihm entgegenhielt.

Ein kaum merkliches Nicken war die Antwort. Vorsichtig setzte sich Brittany auf den Rand der Koje und ließ behutsam das Medaillon in Sydneys eiskalte Finger gleiten, die sich fest darum schlossen, als handelte es sich um ein magisches Amulett, aus dem er genügend Kraft ziehen könnte, um wieder gesund zu werden, ehe er die mit feinen Pinselstrichen gemalte Miniatur betrachtete. Seine Augen strahlten dabei hell auf, zeigten einen lebendigen, warmen Glanz und täuschten für den Moment darüber hinweg, wie hoffnungslos sein Zustand war.

«Das – das ist Jane», flüsterte er heiser und hielt Brittany die Miniatur in seiner flachen Hand hin.

In zarten Pastelltönen zeigte es eine Frau, die das Leben liebte und der ohne ihr Zutun gewiss alle Herzen zuflogen, die der Frauen wie die der Männer, ohne dass sie leichtsinnig oder oberflächlich wirkte; im Gegenteil, sie schien eine heitere wie tief gehende Lebensklugheit zu besitzen. Ein weicher Zug legte sich auf Parkinsons eingefallenes Gesicht, als er die Miniatur erneut betrachtete.

«Sie – sie ist meine Cousine – eine weit entfernte allerdings.» Er versuchte ein leises Auflachen, das ihm jedoch sichtlich Schmerzen bereitete und ihn zwang, einen Moment innezuhalten, um neue Kraft zu schöpfen.

«Schonen Sie sich, Sydney», bat Brittany leise, beruhigend eine Hand auf seine eingefallene Brust legend, doch Parkinson schüttelte den Kopf.

«Ich – ich will meine – ihre – Geschichte nicht mit ins Grab nehmen, ohne – ohne sie erzählt zu haben. Jane – Jane gilt als die Abenteurerin in unserer weit verzweigten Familie», begann er mit einem leisen Lächeln und fuhr stockend in seiner Erzählung fort, sich selbst immer wieder unterbrechend, um Atem zu schöpfen und seine rauen, vom Fieber aufgeplatztzten Lippen mit der Zunge zu befeuchten. «Sie – sie war noch sehr jung, als sie an den viel älteren Captain Gomeldon verheiratet wurde. Sie verabscheute ihn auf den ersten Blick und floh noch vor der Hochzeitsnacht aus seinem Haus. Natürlich war Gomeldon außer sich vor Wut, führte sich als gehörnter Ehemann auf und suchte seinen Ruf wieder herzustellen, indem er sie quer durch England verfolgte. Jane entkam nach Frankreich, als junger Mann verkleidet.» Ein Lächeln überzog Parkinsons abgezehrtes Gesicht. «Bis heute werden die Abenteuer und Possen, die sie dort erlebte, mit großem Vergnügen in unserer Familie weitererzählt. Vor – vor allem die Geschichte mit jener Nonne, die sich in den feschen jungen Engländer verliebte und um ein Haar seinetwegen aus dem Konvent getürmt wäre, um mit ihm zu fliehen. Zwei Jahre nach der Hochzeit starb Gomeldon, und Jane konnte in ihre Heimatstadt Newcastle zurückkehren. Sie – sie ist sehr an Naturgeschichte und Philosophie interessiert ...»

Sein Blick wanderte erneut zu dem Medaillon, und seine Stimme war kaum mehr hörbar, als er hinzufügte: «Sie ist so wunderschön – so stark und so mutig. Zuweilen erinnern Sie mich ein wenig an sie.» Er sah Brittany mit einem Strahlen in den Augen an. «Sie beide würden sich – würden sich wunderbar verstehen, das weiß ich.»

Bitterer Ernst erschien auf Parkinsons früher so kindlichem, nun einem Greis erschreckend ähnlichen Gesicht. «Sie ist ein wenig älter als ich – fast zehn Jahre ... ich habe mich immer so klein und unbedeutend gefühlt ihr gegenüber – wie ein grüner Junge ... ich hatte nichts vorzuweisen – nichts ... außer meinen Bildern.» Er atmete laut aus, als die ersten Tränen über seine Wangen liefen. «Ich hatte so sehr gehofft, ihr mit dieser Reise beweisen zu können, dass ich genauso wagemutig bin wie sie – dass ich es wert bin, einen Platz in ihrem Herzen einzunehmen – ich habe mich sogar auf Otaheiti tätowieren lassen – und nun ...»

Das helle Licht, das seine Augen hatte lebendig erscheinen lassen, erlosch, und Brittany konnte sehen, wie er förmlich in sich zusammensank. Fest nahm sie seine abgemagerte Hand in die ihre, spürte, wie das Medaillon kühl zwischen ihrer beider Handflächen lag, spürte, dass der Tod Sydney Parkinson schon bei der Hand genommen hatte.

«Ich werde ihr schreiben und ihr erzählen, wie tapfer und mutig ich Sie erlebt habe, Sydney, die ganze weite Reise über», bot Brittany ihm an, bemüht, ihr Schluchzen zu unterdrücken.

«Das würden Sie wirklich tun? Der Herr möge es Ihnen auf ewig vergelten ...» Sein Atem ging schwer und unregelmäßig, als er ihren Händedruck zu erwidern suchte. «Ich – ich will noch nicht sterben», flüsterte er ihr zu, «aber ich denke, ich muss gehorchen, wenn der Herr mich zu sich befiehlt ...»

Das graue Licht des Abends fiel durch das Bullauge, verdüsterte sich weiter, und Brittany entzündete eine Kerze, die ein warmes, mildes Licht in den Raum schickte, während sie sich auf einem Stuhl niederließ, um an Sydneys Seite zu wachen. Stunde um Stunde verstrich, eine so still und unauffällig wie die nächste. Sydneys mühevolle Atemzüge waren das einzige Geräusch in der engen Kabine, als die Nacht voranschritt.

Sie musste eingenickt sein, denn als sie die Augen öffnete, beugte sich Perrys hünenhafte Gestalt über Parkinson. Sie erhob sich. Stumm standen sie nebeneinander und nahmen Abschied von Sydney, dessen Züge entspannt und gelassen wirkten, und nur sein wächsern bleiches, starres Aussehen verriet ihnen, dass sein junges Leben verloschen war.

Brittany wandte sich um und ging mit müden Schritten hinüber zu dem schmalen Tisch, der die gesamte Wand unter dem Bullauge einnahm. Beleuchtet von dem goldenen Schein der fast heruntergebrannten Kerze lagen auf der dünnen, wurmstichigen Holzplatte Mappen und Zeichnungen verteilt. Sie schob die obersten Blätter beiseite und betrachtete die pastellfarbigen Aquarelle, die darunter hervorkamen: das Porträt eines Maori mit seinem Federschmuck, das Gesicht kunstvoll tätowiert; der kräftige Ast eines Brotfruchtbaumes mit seinem dichten grünen Laub und den dicken goldgelben Früchten daran; prachtvoll bunte Südseevögel, auffällig gemusterte Fische mit glänzender Schuppenhaut.

«Ein unglaubliches Talent.» Perry war hinter sie getreten und hatte über ihre Schulter hinweg ebenfalls die Werke Parkinsons betrachtet. Brittany nickte.

«Er war doch noch so jung – noch keine fünfundzwanzig.» Traurig ließ sie die Augen über die Zeichnungen, Aquarelle und Skizzen schweifen, die sich vor ihnen ausbreiteten. «Vergangen, einfach so, ohne der Welt wirklich alles zeigen zu können, was in ihm steckte», murmelte sie, den Blick von Tränen verschleiert. «Es ist so ungerecht, so grausam!»

Perry nickte. «Ich befürchte, er wird nicht der Letzte gewesen sein.»

*Sonntag, 27. Januar*
*Wechselhafter Wind. Kurs Süd, 30 Grad West. Zurückgelegte Distanz 17 Meilen. Position 9 Grad 56 Minuten südlicher Breite, 256 Grad 32 Minuten westlicher Länge von Greenwich. Wenig Wind und meist ruhig.*

*Aus dem Leben schied Mr. Sydney Parkinson, naturgeschichtlicher Maler für Mr. Banks, und kurz danach John Ravenhill, Segelmacher, ein Mann fortgeschrittenen Alters.*

*Dienstag, 29. Januar*
*Sehr wechselhaftes Wetter, manchmal stürmisch und regnerisch, dann wieder abflauender Wind und ruhig.*

*In dieser Nacht starb Mr. Charles Green, der von der* Royal Society *ausgesandt wurde, um den Venusdurchgang zu beobachten. Seine Gesundheit war lange in einem schlechten Zustand gewesen, auf den er keinerlei Rücksicht nahm, im Gegenteil; er lebte in einer solchen Weise, dass es die Erkrankungen fördern musste, unter denen er litt, dazu kam die Ruhr, die seinem Leben schließlich ein Ende setzte.*

*Mittwoch, 30. Januar*
*Die meiste Zeit mäßige Brise und bewölkt, dazwischen stürmisch und gewittrig. An der Ruhr starben Sam Moody und Francis Haite, zwei Zimmermannsleute.*

*Donnerstag, 31. Januar*
*Zuerst nachlassender Wind und schön, dann stürmisch mit Regenschauern.*

*Im Laufe der letzten 24 Stunden starben uns vier Männer an der Ruhr, namentlich John Thompson, Schiffskoch, Benjamin Jordan, Zimmermannsgehilfe, James Nicholson und Archibald Wolfe, beide Matrosen. Ein trauriger Beweis der verhängnisvollen Situation, in der wir uns befinden: Wir haben kaum gesunde Männer genug, um Segel zu setzen und die Kranken zu versorgen, wobei viele der Letzteren so krank sind, dass wir kaum noch Hoffnung auf Genesung haben.*

*Freitag, 1. Februar*
*Frischer Wind mit flüchtigen Regenschauern. Zwischendecks gereinigt und mit Essig abgewaschen.*

Wie ein Geisterschiff, stumm und tot, glitt die *Endeavour* durch den Indischen Ozean, beängstigend endlos in seiner weiten Bläue, das Licht des Himmels glitzernd auf seinen Wellenkronen brechend.

In den Laderäumen und Gängen unter Deck, eingekeilt zwischen Kisten und Fässern, Taurollen und Packen steifen Segeltuchs, krümmten sich die Männer, in Hängematten oder auf dem nackten Boden, aufstöhnend unter den peinvollen Krämpfen, die durch ihre Gedärme liefen. Sie phantasierten unter dem hohen Fieber, das damit einherging und sie von innen heraus verzehrte, oder lagen apathisch herum, zwischen Tod und Leben schwebend und weder dem einen noch dem anderen Reich völlig zugehörig. Die Luft, die zum Greifen dick im nur schummrig beleuchteten Unterdeck stand, war schal und durchsetzt mit dem Gestank nach Krankheit, Fäulnis und Tod, Übelkeit und Panik erregend zugleich und dabei so widerstandsfähig, dass kein Lüften, kein Scheuern der Bohlen und Planken dagegen half; selbst die beißende Säure hochprozentigen Essigs, mit dem die Wände und Böden in regelmäßigen Abständen abgerieben wurden, vermochte dem Pesthauch der Krankheit nur für wenige Momente Einhalt zu gebieten.

Brittany und Perry machten mehrmals am Tag ihre Runde, bekämpften das Fieber mit einem Gemisch verschiedener Tinkturen, den Durchfall mit absorbierenden Rindenextrakten, den Verlust an lebenswichtiger Flüssigkeit und körpereigenen Salzen und Vitalstoffen mit abgekochtem Wasser, dem in hohen Mengen Salz und Zucker zugesetzt wurde, und mit kräftiger Fleischbrühe. Tägliche Waschungen mit Essigwasser sollten das Fieber senken und die Infektion eindämmen. Doch sosehr sie sich auch abmühten, mit allen Mitteln, die ihnen zur Verfügung standen, gegen die Krankheit ankämpften, so schien doch der Tod nur wenige Schritte hinter ihnen seine eigene Runde über das Deck zu machen, ihnen oft genug über die Schulter zu blicken und sich in aller Ruhe seine nächsten Opfer auszuwählen.

*Samstag, 2. Februar*
*Frischer Wind und hauptsächlich schönes Wetter.*

*Daniel Roberts, Gehilfe des Kanoniers, schied aus dem Leben. Er starb an der Ruhr. Seit wir mit dem frischen Passatwind segeln, scheint diese fatale Krankheit zum Stillstand gekommen zu sein, doch noch immer steht es um einige Männer so schlecht, dass es keinerlei Hoffnung mehr zu geben scheint.*

*Sonntag, 3. Februar*
*Gleich bleibendes Wetter. Aus dem Leben schied John Thurman, Gehilfe des Segelmachers.*

*Montag, 4. Februar*
*Auffrischender Passatwind und neblig, leichte Sturmböen mit Regen.*

*In der Nacht starben Mr. John Bootie, Midshipman, und Mr. John Gathrey, Bootsmann.*

Mit zitternden Händen setzte Cook den Punkt auf das raue Papier des Logbuchs. Ein weiterer dieser verteufelten Krämpfe durchlief ihn, ließ ihn den Federkiel in der geballten Faust knirschend zerquetschen, das Tintenfass, das er neben sich gestellt hatte, mit einem Poltern von der Koje auf den Boden stürzen und dort in einen schwarz glänzenden, in unzähligen feinen Spritzern zerfransten See auslaufen. Es fühlte sich an, als ob es ihm die Gedärme heraustrieb, ihn mitten entzweiriss, und mit eisern zusammengebissenen Zähnen legte er sich in die Kissen zurück, in der Hoffnung, dass die qualvollen Schmerzen sich irgendwann abschwächen und ihn in Frieden lassen würden. Doch jedes Nachlassen, jedes erleichterte Aufatmen zwischen den wellenartig auftretenden Krämpfen wurde mit neuer Pein bestraft. Das Wissen, dass die überwiegende Zahl seiner Männer dasselbe durchlitt, war kein Trost, aber mahnte ihn zum Durchhalten – er musste seine Männer, sollte Gott sie verschonen, nach Hause bringen, und wenn es das Letzte war, was er tat.

*Mittwoch, 6. Februar*
*Wind Südost. Kurs West, 15 Grad Süd. Zurückgelegte Distanz 126 Meilen. Position 18 Grad 30 Minuten südlicher Breite, 272 Grad 28 Minuten westlicher Länge von Greenwich.*

*Frischer Passatwind und schönes Wetter.*

*In der Nacht starb Mr. Jonathan Monkhouse, Midshipman und Bruder des verstorbenen Schiffsarztes.*

Richard Pickersgill kauerte sich in einer Ecke der Kabine zusammen, die die fünf Midshipmen miteinander geteilt hatten, in der es kaum je still gewesen war vor Gelächter, lauten Zurufen und spielerischem Handgemenge und die nun in einem peinvollen Schweigen dalag. Drei der fünf Kojen waren verwaist, und er wusste nicht, ob der Schmerz, der durch seine Eingeweide zog, die letzten Nachwirkungen der teuflischen Ruhr widerspiegelte oder jenen Schmerz, den er in seiner Seele spürte.

Er konnte es noch immer nicht glauben, dass Bootie und Monkhouse nicht wieder zurückkehren würden. Nie wieder würden sie in geselliger Runde mit ihm und Clerke bei einem Becher Ale oder Rum zusammensitzen und Karten spielen; nie wieder würde Jonathan Monkhouse mit seinem Wortwitz und seinem Humor eine ernste Unterhaltung in lebhaftes Gelächter umschlagen lassen. Nie wieder würde Bootie – der genaue, ordentliche Bootie – ihm großzügig seine Aufzeichnungen über die täglichen Ereignisse an Bord herüberschieben, damit er seine eigenen, oft unvollständigen ergänzen konnte, und er sich damit revanchieren können, dass er ihm einen ausgab. Es schien ihm unvorstellbar, dass die beiden einfach nicht mehr waren, vom Antlitz der Erde getilgt, obwohl er zugesehen hatte, wie ihre sterblichen Überreste, in Segeltuch eingenäht, den Wellen übergeben worden waren.

«Nun sind nur noch wir beide übrig», murmelte Pickersgill vor sich hin, als er seinen Blick erneut durch den engen Raum wandern ließ, der immer so gedrängt voll erschienen war und nun kalt und unfreundlich wirkte in seiner Leere und ihm eine Gänsehaut machte.

«Wir werden es nach Hause schaffen, Dick», ließ sich Charles Clerke von seiner Koje her vernehmen, «das sind wir den beiden schuldig.»

Pickersgill hob den Kopf und sah zu seinem Freund hinüber, der noch in voller Uniform, wie er vom Begräbnis Monkhouse' unter Deck zurückgekehrt war, auf seiner Koje saß. Seinen Dreispitz hatte er neben sich gelegt und schaukelte sacht hin und her, sich in Abständen mit den Füßen in den staubigen, fleckigen Schnallenschuhen vom Boden abstoßend.

«Wofür, Charlie», gab er mit rauer Stimme zurück, «wofür haben sie ihr Leben lassen müssen, kannst du mir das sagen? Für ein paar lumpige neue Seekarten, ein paar Landstriche mehr, über die der Union Jack flattert? Ist das Menschenleben wert? Ist auch nur irgendetwas von dem, was wir dafür bekommen, Lohn genug für das, was wir auf See erdulden müssen?»

Er verstummte und starrte Charlie mit einer Mischung aus blinder Wut und Verzweiflung an, Tränen in den Augen.

«Sie kannten das Risiko, genau wie du und ich», entgegnete Charlie leise und mit heiserer Stimme. «Es gibt nirgendwo absolute Sicherheit, Dick, nicht einmal zu Hause in deinem Bett. Das Einzige, was du tun kannst, ist, dich jeden Tag aufs Neue daran zu erinnern und jeden Tag so zu leben, dass du nicht das Gefühl hast, ihn verschwendet zu haben.»

Pickersgills Gesicht verzog sich zu einer hässlichen Grimasse, als die ersten Tränen darüber liefen. «Du widerst mich an mit deinem Geschwätz», schleuderte er ihm entgegen, «ihr widert mich alle an!» In seiner Ohnmacht ließ er den Tränen freien Lauf. Er weinte um seine toten Kameraden, um den Verlust seiner Unschuld und seiner Ideale, die ihn damals als Jungen auf See gelockt und während dieser ganzen Reise geleitet hatten und die nun in Scherben vor ihm lagen. Er wusste, die See würde ihn nie wieder freigeben, dafür hatte sie sich zu tief in seine Seele hineingefressen, doch er wusste auch, dass die nachtschwarze Verzweiflung, die sich seiner bemächtigt hatte, nicht wieder von ihm weichen und ihn bis ans Ende seiner Tage als hartnäckigen Schatten begleiten würde, den er immer nur ignorieren oder leugnen, aber niemals wieder loswerden könnte.

*Samstag, 9. Februar*
*Leichte Brisen und schönes Wetter.*

*Am Morgen sahen wir ein Schiff steuerbord auf Höhe des Quarterdecks, das holländische Farben gehisst hatte.*

*Sonntag, 10. Februar*
*Frische Brisen und nebliges Wetter.*

*In der Nacht verloren wir das holländische Schiff aus den Augen, das uns inzwischen überholt hatte.*

*Dienstag, 12. Februar*
*Um 7 Uhr morgens starb nach langer und schmerzhafter Krankheit Mr. John Satterley, Schiffszimmermann, an der Ruhr – ein Mann, der von mir und jedem Gentleman an Bord sehr geschätzt wurde. An seiner Stelle habe ich George Nowell ernannt, einen der Zimmerleute, von denen nur noch er und ein weiterer übrig sind.*

*Donnerstag, 14. Februar*
*Mäßige Brisen und bewölkt, mit einigen Regenschauern.*
*Aus dem Leben schied Alexander Lindsay, Seemann …*

*Freitag, 15. Februar*
*Wetter wie gestern. An der Ruhr starb Daniel Preston, Marinesoldat.*

*Mittwoch, 20. Februar*
*Frische Brisen und klare Sicht.*
*Heute Morgen begannen der Zimmermann und sein Gehilfe, die Pinasse zu reparieren – der erste Tag, seit wir Princes Island verlassen haben, an dem wir in der Lage sind zu arbeiten.*

Brittany träufelte eine zähe rotbraune Flüssigkeit aus einer gläsernen Phiole auf einen Löffel, ehe sie dem Matrosen, der unter ihren Händen kaum mehr als ein Skelett war, behutsam in eine halb sitzende Position verhalf und ihm den Opiumextrakt einflößte. Sie und Perry hatten sich darauf geeinigt, den Männern, bei denen es keine Hoffnung mehr gab, diese starke Arznei zu verabreichen, um ihnen die grauenvollen Schmerzen zu ersparen und ihnen ein friedliches Ende zu ermöglichen.

Die überwiegende Zahl der Männer an Bord war über den Berg, kam – je nach Konstitution und Krankheitsverlauf – unterschiedlich schnell wieder auf die Beine. Doch noch immer lagen einige wenige im Kampf mit dem Tod.

Vorsichtig half ihm Brittany, sich zurückzulegen, und mit einem dankbaren Blick bedankte sich Alexander Simpson bei ihr.

«Die Medizin wird gleich wirken», flüsterte sie ihm zu, während sie die raue, verschlissene Wolldecke fester um seinen knochigen Körper in der Hängematte zog, «wenn die Schmerzen nachlassen, können Sie vielleicht ein wenig schlafen.»

«Miss –» Angestrengt hob Simpson eine Hand.

«Versuchen Sie sich zu schonen, Simpson», bat Brittany leise, dem jungen Mann liebevoll über das Gesicht streichend, das, grau und zusammengeschrumpft, wie das eines Greises wirkte und kaum mehr daran erinnerte, was für ein kräftiger, tüchtig zupackender Seemann er vor nicht allzu langer Zeit gewesen war.

«Schlafen kann ich noch lang genug», gab Simpson mit schwacher Stimme zur Antwort. «Ich möcht Sie um was bitten, Miss.» Er schluckte ein paar Mal schwer, um seine restliche Kraft zusammenzunehmen. «Ich – ich hab ein Mädel zu Haus, Miss – ein verdammt hübsches sogar – hat mein Kind getragen, als wir ausliefen – werd's nun nie sehn ...» Er holte tief Luft nach seinen hastig hervorgestoßenen Worten. «Hab 'n bisschen was von meinem Sold gespart – ist in dem Taschentuch in meinem Seesack dort drüben. Würden – würden Sie es ihr bringen, Miss? Oder schicken, mit einem Brief – Mary kann nämlich sogar lesen. Hat sie bei der Herrschaft gelernt, bei der sie in Diensten steht.» Ein schwacher Schein von Stolz leuchtete in seinem Gesicht auf.

«Was soll ich ihr denn sagen – oder schreiben, Simpson?»

Der Matrose überlegte kurz und befeuchtete seine rissigen Lippen. «Dass – dass ich mich auf unser Kind gefreut hab. Und darauf, sie zu heiraten ...» Er zögerte kurz, ehe er, kaum noch hörbar, weitersprach. «Und – und dass ich sie geliebt hab.»

«Ich verspreche es Ihnen, Simpson, ich werde ihr das Geld und eine Nachricht zukommen lassen, sobald ich in England bin.» Sie bekräftigte ihr Versprechen mit einem leichten Händedruck.

Nach einer kurzen Pause sagte er leise: «Mary – Mary Jennings aus der Upper East Smithfield.»

Brittany beobachtete ihn, wie er allmählich in das Reich des Schlafes hinüberglitt. Der Klang von Perrys schweren Schritten hinter ihr ließ sie vorsichtig ihre Hand aus der Simpsons gleiten und sich zu dem jungen Schiffsarzt umdrehen.

«Wie geht es ihm?», fragte Perry im Flüsterton.

Brittany wischte sich mit dem Handrücken über ihre verschwitzte Stirn. «Ich fürchte, er wird die Nacht nicht überleben.»

Perry senkte den Blick auf die Bodenplanken und schwieg einen Moment lang. «Für ihn wird es eine Erlösung sein», sagte er schließlich. «Kommen Sie. Es ist schon spät.»

Perry ließ ihr den Vortritt an der Leiter, die auf das obere Deck führte. Er konnte nicht umhin, mit einem Schmunzeln die Geschicklichkeit zu bewundern, mit der Brittany gelernt hatte, trotz der voluminösen Röcke die Sprossen hinauf- und hinabzuklettern, ohne sich mit den breiten, niedrigen Absätzen ihrer Schuhe darin zu verfangen und in Gefahr zu geraten abzustürzen, und selbst er musste zugeben, dass es nicht eines gewissen Reizes entbehrte, dann und wann einen Blick auf einen Knöchel oder eine Wade in den weißen Strümpfen zu erhaschen.

Als er neben ihr den Gang entlangschritt, der zur Messe führte, in der sie ein sehr spätes, im Verhältnis zu den früheren, unbeschwerten Zeiten frugales Dinner erwarten würde, beobachtete er sie aus den Augenwinkeln heraus. Sie war auf erschreckende Weise dünn geworden; die Kleider aus einfachem Kaliko von hellgrauer und taubenblauer Farbe, die sie trug, hingen lose um ihre fragil wirkende Gestalt, und ihr Gesicht war schmal geworden. Er fragte sich jeden Tag aufs Neue, woher sie die unbändige Kraft nahm, mit der sie den Kranken Pflege und Trost angedeihen ließ. Er hielt große Stücke auf sie, bewunderte ihren Mut und ihre Entschlossenheit, doch auch sie war nur ein Mensch, und er fragte sich, wie lange sie die Tortur der schweren körperlichen Arbeit aushalten würde, die ihnen beiden nahezu rund um die Uhr alles abverlangte, und noch mehr, wie lange sie die Anwesenheit von schwerer Krankheit und Tod und Machtlosigkeit ertragen könnte. Es beunruhigte ihn, dass sie allem Anschein nach ganz in der Krankenpflege aufging, sich selbst darüber vernachlässigte und kaum dazu zu bewegen war, mehr als ein paar Bissen zu sich zu nehmen. Es gefiel ihm nicht, wie sie oft beim Anblick oder dem Geruch von Mahlzeiten blass um die Nase wurde, als ob ihr manche Nahrungsmittel Übelkeit erregten, und er hatte beschlossen, auf der Hut zu sein, sie unverzüglich ins Bett zu stecken, sollte er die ersten Anzeichen von Krankheit an ihr bemerken. Doch wie sie so neben ihm ging, wirkte sie nur müde und erschöpft, und ihr blasses Gesicht zeigte keine Anzeichen von Fieber.

Eine schmächtige Gestalt, die sich aus dem Schatten des Korridors löste und ihre Finger in Brittanys Röcke krallte, ließ sie beide herumfahren.

«Nick!», rief Brittany aus und nahm den Schiffsjungen, der ihr knapp bis zum Brustbein reichte, bei den mageren Schultern. «Du gehörst ins Bett – noch bist du nicht ganz gesund!»

«Ich – ich muss Sie sprechen, Ma'am», stotterte der Junge, der in den vergangenen Monaten zwar gewachsen, aber immer noch zu klein und zu zart für sein Alter war und wesentlich jünger wirkte als beinahe vierzehn. Ängstlich sah er zu der dunklen, riesenhaften Gestalt des Schiffsarztes empor, als befürchtete er, im nächsten Augenblick am Kragen seines Hemdes gepackt und tüchtig ausgescholten zu werden.

«Ich gehe schon voraus», sagte Perry ruhig und strebte die Tür des kleinen Vorraums an, der in die Messe führte.

Brittany spürte, wie Young Nick unter ihren Händen erleichtert aufatmete, als er Perry hinterhersah, aber auch, unter welcher Anspannung er stand. Eindringlich blickte sie in die braunen Kinderaugen. «Was gibt es, Nick?»

Der Junge errötete vor Verlegenheit, ihr so nahe zu sein, die ihm so überirdisch schön erschien, deren sanfte Berührung und tröstenden Worte er als so wohltuend empfunden hatte, als er sich unter den Bauchkrämpfen gewunden, geweint und nach seiner Mutter geschrien hatte. Heimlich hatte er sich auf das Achterdeck geschlichen, was ihm als einem der einfachen Seeleute unter strengster Strafe verboten war, er aber dennoch riskiert hatte, aus der Angst heraus, die ihn seit mehreren Nächten kaum mehr schlafen ließ und in den wenigen Stunden unruhigen Schlafes mit grauenvollen Alpträumen von Tod und Verderben quälte.

Seine runden Augen füllten sich mit Tränen. «Wilkinson» – er kämpfte mit dem Schluchzen – «Wilkinson – er stirbt, nicht wahr?» Er war zu jung, um in seiner Angst Haltung zu bewahren, und mit zitterndem Kinn und vorgeschobener Unterlippe ließ er den Tränen freien Lauf. «Er hat sich immer um mich gekümmert – wie ein echter Vater», fuhr er stockend fort, «hat mir versprochen, mich bei sich wohnen zu lassen, wenn wir wieder in England sind und er heiratet – ich weiß doch nicht, wo ich hin soll, wenn wir zurückkommen, hab doch kein Zuhause mehr! Es ist alles so schrecklich», begann er nun laut zu weinen, «sie schreien vor Schmerzen – und wachen einfach nicht mehr auf…»

Impulsiv schloss Brittany ihn in die Arme, versuchte, seine krampfhaften Atemzüge zu beruhigen, indem sie ihm über den Rücken strich und durch das glatte braune Haar fuhr, während er sich ausweinte, an ihr Halt suchte, das Gesicht an ihrer Brust vergraben, den Stoff ihres Kleides mit seinen Tränen durchfeuchtend.

«Wilkinson hat es schwer erwischt», sagte sie langsam, mit ruhiger Betonung, «und er war sehr, sehr krank. Perry und ich tun alles, was wir können, um ihn zu retten – er wird nicht sterben, nicht hier, nicht auf diesem Schiff! Darauf gebe ich dir mein Wort…»

Sie murmelte tröstende Worte und war sich nicht bewusst, dass sie dafür englische und die tahitischen, die sie von Ratanea gelernt hatte, verwendete. Zärtlich fuhr sie dem Jungen mit gespreizten Fingern durch den dichten Haarschopf, spürte, wie er sich unter ihrer Berührung entspannte, die Schluchzer abebbten, er ruhiger atmete, endlich den Kopf hob.

Sanft wischte sie ihm die Tränenspuren von den Wangen. «Hast du Hunger?», fragte sie, als sie spürte, wie scharf seine Wangenknochen unter der blassen, sommersprossigen Haut hervortraten.

Zögernd nickte der Schiffsjunge, laut schniefend.

«Dann komm», erwiderte Brittany und nahm ihn bei der Schulter, ihre Schritte in Richtung Messe lenkend.

«Das – das darf ich nicht, Miss», rief Nick erschrocken aus, wie festgewurzelt auf der Stelle verharrend, «ich darf nicht in die Messe!»

Brittany stupste ihn leicht vor die magere Brust. «Wenn ich dich mitnehme, dann darfst du das auch. Außer Perry und mir wird ohnehin niemand mehr dort sein!»

Unschlüssig trat Nick von einem Bein auf das andere. Die Aussicht auf Essen verlockte ihn mehr als alles andere, doch die Befürchtung, entgegen der Versicherung von Miss Addison in hohem Bogen wieder aus der Messe zu fliegen und womöglich noch dafür bestraft zu werden, flößte ihm Angst ein.

«Ich –», begann er zögernd und wischte sich über die nassen Augen, «ich fürcht mich vor Mr. Perry, Miss. Er – er kuckt immer so grimmig drein und sagt fast nie was.»

Brittany lachte hell auf.

«Du hast völlig Recht mit deiner Beobachtung, Nick, aber ich kann dich beruhigen: Mr. Perry ist ein ganz netter Mensch und hat sicher nichts dagegen, wenn du ausnahmsweise in die Messe mitkommst.»

In der Tat war es sogar Perry selbst, der dem Jungen eine dicke Scheibe gerösteten, noch warmen Brotes vor die Nase legte. Mit großen Augen sah er zu, wie der Schiffsarzt die Schmalzbüchse vor ihn hinstellte, tüchtige Stücke von einem kalten Braten herunterschnitt und auf Nicks Teller legte, als sei er, der einfache Schiffsjunge, der den untersten Platz in der Hierarchie des Schiffes einnahm, ein wichtiger Gast, den zu bewirten eine christliche Pflicht war.

«Iss», sagte der Schiffsarzt mit seiner bekannt knappen, aber nie unfreundlichen Art und wies auf den üppig beladenen Teller vor Nicks Stupsnase, «damit du nicht immer so ein Hänfling bleibst!»

Immer wieder wanderten Nicks Augen heimlich zu Perry hinüber, doch unter dessen wohlwollenden Blicken begann sein Argwohn zu schwinden und ganz allmählich dem aufkeimenden Saatkorn des Vertrauens Platz zu machen.

«Sie sollten sich ein Beispiel an dem Jungen nehmen», hörte Nick den Schiffsarzt zu Miss Addison sagen, und er sah, wie sie leicht errötete, dann ernst, beinahe sogar trotzig, erwiderte:

«Ich habe wirklich keinen Hunger, Perry.»

Nick, mit vollen Backen kauend, bemerkte, wie sie das kalte braunrosa Fleisch, umgeben von einer knusprigen, glänzenden Kruste, mit sichtlichem Ekel betrachtete und rasch ihren Blick davon abwandte, als polternde Geräusche und laute, brüllende Stimmen, die aus dem Unterdeck heraufdrangen, sie auffahren ließen.

Brittany sprang auf, um zur Tür zu eilen, doch Perry hielt sie am Arm zurück.

«Ich werde nachsehen – bleiben Sie bei dem Jungen.» Er spürte, wie sie sich unter seiner Hand trotzig anspannte, sah, dass sie ihm eine wütende Erwiderung an den Kopf werfen wollte, und fügte leise, aber bestimmt hinzu: «Ich werde Sie rufen, falls ich Sie brauche. Versprochen!»

«In Ordnung», gab sie schließlich mit einem Kopfnicken nach.

Mit langen Schritten eilte Perry durch das Unterdeck, den Stimmen entgegen, die immer lauter und heftiger klangen, je näher er dem Tumult kam.

Gibson und Webb, die unweit des geräumigen Hauptlagerraums ihr Quartier hatten, waren schon vor ihm eingetroffen und rangen mit Thomas Rossiter, dem Trommler der Marinesoldaten, der sich unter ihrem Griff wie ein Wahnsinniger gebärdete.

«Lasst mich los, ihr Schweine – lasst mich verdammt noch mal los, Hurensöhne, elende», hörte Perry ihn brüllen, während er sich unter den Händen der beiden Soldaten wand und sich nach Leibeskräften wehrte, hochrot im Gesicht und schäumend vor Wut. Ein paar Schritte davon entfernt stand Lieutenant Hicks, leicht vornübergebeugt und sich keuchend die Seite haltend.

«Was ist passiert?» Mit nüchterner Sachlichkeit musterte Perry Rossiters Ausbruch.

«Dieser Bastard hier», stieß Gibson gepresst hervor und verstärkte seinen Griff, «ist sturzbesoffen auf die Kranken losgegangen und hat auf sie eingeschlagen. Mr. Hicks» – ein respektvoller Blick traf den Ersten Offizier – «kam während seiner Wache dazu und ging dazwischen. Aber Sie sehen ja selbst, Sir, dass er am Durchdrehen ist!» Langsam und mit zunehmender Stärke drehte er Rossiter die Arme auf den Rücken.

«Verrecken soll'n se alle – je schneller, desso besser! Sie sin' an all'm schuld – sie bring'n uns den Tod an Bord! Wir müss'n se über Bord werfen, sonst müss'n wir alle dran glauben! Halleluja! Der Herr sei uns gnädig, uns arm'n Sündern – wir sin' allein in seiner Hand!»

«Nehmen Sie ihn in Gewahrsam, Gibson», ordnete Lieutenant Hicks in das Geschrei des Trommlers hinein an, «der Captain wird sich morgen früh mit ihm befassen.»

«Der Herr sei uns gnädig – das ist das Ende! Er straft uns für unsere Sünden –»

Mit schriller Stimme fuhr Rossiter in seinen apokalyptischen Visionen fort, während Gibson und Webb ihn hinausschleiften, in jenen düsteren, winzigen Lagerraum, der für solche Fälle vorgesehen war, bis sein wahnhaftes Toben urplötzlich abbrach, als ob er von den Soldaten zum Schweigen gebracht worden wäre.

Die Stille, die entstand, war beängstigend. Stöhnend rührten sich die Kranken, die seinem gewalttätigen Angriff entronnen waren, auf ihren Lagern, doch ehe Perry nach ihnen sehen konnte, brach der Lieutenant in einen bellenden, krampfartigen Husten aus. Instinktiv stützte ihn Perry, gab ihm Halt, während der Anfall seinen Körper erschütterte, und Perry sah, wie sich der schneeweiße Stoff des Taschentuchs, das Hicks gegen seinen Mund presste, zwischen seinen Fingern blutrot verfärbte.

Endlich ebbte der Husten ab, und Lieutenant Hicks konnte wieder Atem schöpfen, richtete sich langsam auf.

«Sagen Sie ihr nichts», sagte Hicks nach einer Weile leise, einen bitteren Zug in seinem Gesicht.

Perry schüttelte den Kopf. «Nein, werde ich nicht.» Er zögerte kurz; dann wandte er sich um, um sich um die Kranken zu kümmern.

*Donnerstag, 21. Februar*

*Wind Süd bis Ostsüdost. Kurs West bis Süd. Zurückgelegte Distanz 126 Meilen. Position 25 Grad 21 Minuten südlicher Länge… Bis Mittag schönes Wetter, später Windböen, begleitet von Regenschauern.*

*Zwischen 2 und 3 Uhr nachmittags unternahm ich mehrere Beobachtungen der Sonne und des Mondes… In der Nacht starb Alexander Simpson, ein sehr tüchtiger Seemann. Am Morgen bestrafte ich Thomas Rossiter mit 12 Peitschenhieben für Trunkenheit, grobe Beleidigung des Dienst habenden Offiziers und dafür, dass er einige Kranke schlug.*

*Mittwoch, 27. Februar*

*Brisen wie gestern und wolkig.*

*Am Morgen starben an der Ruhr Henry Jeffs, Manoel Pereira und Peter Morgan, alles Matrosen. Letzterer kam in Batavia krank an Bord, wovon er sich nicht mehr erholte, und die anderen beiden waren lange jenseits aller Hoffnung auf Besserung gewesen, so dass der Tod dieser drei Männer an einem Tag uns nicht im Geringsten alarmierte; im Gegenteil hoffen wir, dass sie die Letzten waren, die ein Opfer dieser verhängnisvollen Krankheit wurden, da diejenigen, die jetzt noch krank sind, sich in einem aussichtsreichen Zustand der Erholung befinden.*

Cook überflog die Seiten, die er in den vergangenen Tagen beschrieben hatte. Die Liste der Todesfälle schien ihm endlos, und er begann nachzuzählen, dann und wann den Namen eines Mannes, um den er besonders trauerte, vor sich hin murmelnd. Seit dem Ablegen in Batavia vor fast auf den Tag genau zwei Monaten hatten sie 22 Mann verloren.

VIERTES BUCH:

# HEIMKEHR

*Wahrlich: es ist in der Dunkelheit,*
*dass man das Licht findet.*
*Wenn wir also Kummer haben,*
*dann ist dieses Licht uns am nächsten.*

Meister Eckhart

# 41

## Südostafrikanische Küste, März 1771

Eine kräftige, strudelnde Strömung in der unruhigen, flaschengrünen See trieb die englische Dreimastbark unaufhörlich auf die Küste zu, zu mächtig, um das Schiff der Kraft des Windes zu übergeben. Mehrere Stunden lang kämpften Wind und Wellen gegeneinander um die *Endeavour*, ehe der Ozean, in donnernden Brechern tobend und wütend, das Schiff dem Wind überließ, der es zügig mit sich nach Süden trug.

Einer fruchtbaren, malachitgrünen Küste entlang segelten sie an das Kap, an die Grenze zwischen zwei Weltmeeren, die sich an seiner Küste trafen und vermischten. Der schmale weiße Strand zog sich in einer langen Kurve hin und wies dem müden Reisenden, ob von Osten oder Westen kommend, den direkten Weg nach Cape Town, einem Ort der Erholung für Männer und Material, von dem aus die letzte Etappe der langen Fahrt begann, die endlich nach Hause führte. Kaum ein Platz dieser Erde schien dafür geeigneter zu sein als dieser Garten Eden, von einem milden, mediterranen Klima verwöhnt, in dem die Früchte Europas gediehen und reiche Ernte einbrachten: Äpfel, Birnen, Pfirsiche, Aprikosen, Feigen, dick und reif zwischen dem vollen Laub der Bäume, Weizen und Gerste auf den Feldern, die dichten Teppichen mit hohem Flor ähnelten. Doch noch mehr als die Schätze, die dieses Land vor dem Besucher auszubreiten wusste, war es die Rückkehr in das quirlige Hafenleben nach endlosen Meilen stillen, einsamen Ozeans, die diesen Platz zu einer sehnsüchtig angepeilten Oase machte: Holländer, Dänen, Franzosen, Engländer und Portugiesen, Fregatten, Handelsschiffe und Ostindienfahrer gaben sich hier ein Stelldichein, allesamt froh, der Einsiedelei des Weltmeeres entkommen und in Gesellschaft anderer Seeleute zu sein. Und mit der den Seefahrern so eigenen Phantasie verliehen sie diesem traumhaften Platz klangvolle, märchenhafte Namen, die seinen Ruf als Paradies bis in die entlegensten Winkel der Welt trugen: Straße der Gärten, Goldener Bogen, Kap der Guten Hoffnung.

Zachary saß an dem Schreibtisch in seiner Kabine, von einer einzelnen Kerzenflamme schwach golden beleuchtet, und starrte auf die aufgeschlagenen Seiten seines Tagebuchs.

Seite um Seite hatte er mit seiner festen, ausgreifenden Handschrift gefüllt, einen ledergebundenen Band bereits voll geschrieben, darin alle Arbeiten, alle Ereignisse an Bord während dieser Reise festgehalten, knapp und präzise, wie es seine Art war. Nie hatte es Raum gegeben für die Schönheiten der Länder, die sie bereist hatten, nie für die Eigenarten der Menschen, die sie bevölkerten; jede ihrer Verhaltensweisen, die ihnen gegenüber nicht den nötigen Respekt gezeigt hatte, hatte er arrogant als «anmaßend» bezeichnet. Die dürren, stichwortartig abgefassten Zeilen, die er Abend für Abend niedergeschrieben hatte, schienen ihm heute sperrig und linkisch. Er war sich selbst fremd geworden in der letzten Zeit, hatte nachzudenken begonnen und immer öfter die Bücher, die ihm stets treue Weggefährten gewesen waren, links liegen gelassen. Es war bemerkenswert, was für Gedanken einem in den Sinn kamen, wenn man es zuließ, sich nicht dagegen wehrte und verschloss, und staunend hatte er bereitwillig dieses Neuland des Geistes betreten, das ihm eine ganz neue Sicht auf die Welt eröffnete.

Noch immer starrte er regungslos auf den heutigen Eintrag, der das Datum des 14. März trug. Es gab keinen offensichtlichen Grund dafür, weshalb dies sein letzter Eintrag in das Buch sein würde. Es war kein besonderes, bedeutungsschweres Datum, nichts hatte sich ereignet, was als Meilenstein auf dieser Reise oder in seinem Leben hätte gewertet werden können; er hatte sich einfach entschieden, seine Aufzeichnungen hier zu beenden, damit seinen Abschied als Offizier zu nehmen. Langsam klappte er das Buch zu und erhob sich, bemüht, die stechenden Schmerzen in seiner Brust zu ignorieren. Er schlüpfte in seinen Uniformrock und klemmte die beiden Bände in braunem Leder unter den Arm.

Der Weg hinauf in die Kabine des Captains schien ihm endlos zu sein; aber vielleicht war es auch die Schwäche seiner Muskeln, die er von Tag zu Tag deutlicher spürte. In dem engen Vorraum, von dem aus eine Tür in die Messe führte, die andere in die Kapitänskajüte, hielt er einen Moment inne, um dem brennenden Schmerz zum Trotz Atem zu schöpfen. Kein Laut drang zu dieser fortgeschrittenen Stunde aus der Messe.

«Herein», vernahm er gedämpft Cooks Stimme als Antwort auf sein Klopfen und trat ein.

Cook hob den Kopf von den Papieren, auf denen er die Werte der Längen- und Breitengrade miteinander verglich, und sah seinen Ersten Offizier überrascht an. «Guten Abend, Mr. Hicks.»

Hicks deutete einen Salut an, und ein Zucken seiner Mundwinkel verriet, dass selbst diese Bewegung ihm Schmerzen bereitete.

«Bitte.» Mit einer einladenden Handbewegung bot Cook ihm den Stuhl neben seinem Schreibtisch an. Er sah mit einem Gefühl der Bedrücktheit zu, wie sich der Lieutenant langsam und angestrengt niederließ, als ob ihm jede Regung entsetzliche Pein verursachte.

Abwartend sah er den Offizier an, der als Antwort die beiden ledergebundenen Bände vor ihn auf den Tisch legte.

«Meine Notizen von dieser Reise, Sir», erklärte Hicks. Ein leichter Hustenanfall unterbrach ihn; als dieser abklang, räusperte er sich verhalten und fuhr fort: «Ich möchte sie Ihnen anvertrauen, Sir, und Sie um Krankheitsurlaub ersuchen.»

Cook griff erneut zur Feder und drehte sie nachdenklich in seinen Händen. «Ich wusste nicht, dass es Ihnen derart schlecht geht», sagte er schließlich.

«In der Tat nicht besonders, Sir», gab Hicks mit leiser Ironie zurück.

Cook wählte seine nächsten Worte mit Bedacht, dem Ernst der Lage Rechnung tragend. «Ich würde nur ungern ohne Sie nach Hause zurückkehren.»

Der Lieutenant senkte seinen Blick und schwieg einen Moment, ehe er den Captain ansah. «Ich habe nichts, was in England auf mich wartet», entgegnete er mit ruhiger Gelassenheit.

«Ihr Kapitänspatent», erwiderte Cook schnell und lauter, als er beabsichtigt hatte. Hastig zog er unter einem Stapel Papiere einen dicht beschriebenen Bogen hervor und hielt ihn Hicks hin. «Ich habe das Empfehlungsschreiben bereits aufgesetzt. Es fehlen nur noch das Datum und meine Unterschrift.»

Erwartungsvoll sah er den Lieutenant an, der abwesend auf das Dokument starrte.

So lange hatte er auf diesen Moment gewartet, bei Tag und bei Nacht davon geträumt. Der Ehrgeiz, sich eines Tages Captain nennen zu dürfen, hatte ihn vorwärtsgetrieben, war sein Rettungsanker in der Not gewesen und sein Hoffnungsschimmer in guten Zeiten, und es erstaunte ihn selbst, dass es ihn nun so wenig berührte, wo es so greifbar war. Es bedeutete ihm nichts mehr, und langsam schüttelte er den Kopf.

«Vielen Dank, Sir, ich weiß diese Ehre zu schätzen. Aber ich befürchte, ich werde nicht mehr lange genug leben, um England wieder zu sehen. Meine Zeit läuft ab.»

Cook presste die Lippen zusammen und ließ das Blatt sinken. «Ich habe Mr. Perry beauftragt, morgen Quartiere für alle Kranken anzumieten», sagte er mit belegter Stimme. «Sie werden selbstverständlich auch an Land logieren, bis wir wieder ablegen. Vielleicht ist das milde Klima hier von Nutzen für Sie.» Er machte eine kurze Pause. «Ich wünschte, ich könnte mehr für Sie tun.» Cooks Stimme klang rau.

«Es war mir eine Ehre, mit Ihnen zu segeln, Sir.»

Die beiden Männer sahen sich an, einen langen Blick austauschend, in dem sie einander Respekt zollten, gegenseitig ihre Fähigkeiten als Seefahrer und die Persönlichkeit des anderen anerkannten, ehe sich Lieutenant Hicks erhob.

«Gute Nacht, Sir.»

«Gute Nacht, Mr. Hicks. Lassen Sie mich wissen, wenn Sie etwas brauchen.»

Cook verharrte lange unbeweglich auf seinem Platz, nachdem Lieutenant Hicks gegangen war, und starrte auf die Unterlagen auf seinem Tisch, ohne sie wirklich wahrzunehmen. Es hatte auf dieser Reise Situationen gegeben, in denen er Lieutenant Hicks hätte zurechtweisen müssen, wie damals auf Tahiti, als er – gegen seine ausdrückliche Anordnung – jenen Häuptling festsetzen oder als er einmal einen

Maori, der ein wichtiges Instrument von Bord gestohlen hatte, auspeitschen ließ, was in seinen Augen eine unverhältnismäßig harte Strafe gewesen war. Er hatte es nie getan. Er hatte Hicks immer eher als gleichberechtigten Offizier denn als Untergebenen gesehen, seiner Erfahrung, seinem scharfen analytischen Verstand und seiner starken Persönlichkeit Rechnung getragen. Von allen Verlusten, die seine Mannschaft bisher zu erleiden hatte, würde der Hicks' der schwerste sein. Es schien ihm, als sei sein Schiff verdammt, als ob der Tod es zu seinem Besitz gemacht und ihn als Captain entthront hatte, und nichts, was er tat, schien dies abwenden zu können. Schwer stützte er den Kopf in die Hände und schickte ein Gebet voller Angst und Zorn zu seinem Schöpfer, mit der Bitte um Beistand in seiner Not.

«Ihr Spiel, Charlie», seufzte Banks resigniert, warf seine Karten hin und schob den schiefen Turm aus Münzen über die Mitte des Tisches hinweg, wo er von Charlie mit breitem Grinsen in Empfang genommen wurde.

Sie beide hatten oft beieinander gesessen in der letzten Zeit, in der häufig verwaisten Messe bei einem Becher Wein über Karten und Würfeln über das Leben im Allgemeinen und die Liebe im Besonderen philosophiert, in heiterer Laune den Schrecken der Krankheit und des Todes um sie herum für wenige Stunden vergessen. Stundenlang konnten sie über Pferde und die Jagd fachsimpeln, tauschten sie Anekdoten von Jugendstreichen und Liebesabenteuern, Erfahrungen und Erlebnisse ihrer bisherigen Seereisen oder führten lebhafte Diskussionen über noch bevorstehende Entdeckungsfahrten.

«Revanche?», fragte der Midshipman, schob die Karten zusammen und bündelte sie zu einem dicken Packen.

«Revanche», wiederholte Banks und nickte ihm zu, «dieses Mal werde ich gewinnen.»

«Sagen Sie das nicht zu früh», grinste Lieutenant Gore ihn über den Rand seines Bechers an und erntete einen vernichtenden Blick.

Gores tiefe Stimme hatte Solander aufgeweckt, der auf seinem Stuhl weit hinabgerutscht war und vor sich hin gedöst hatte. Hastig setzte sich der Schwede wieder auf und räusperte sich verlegen. Noch immer war er im Vergleich zu früher mager, wenn man auch förmlich zusehen konnte, wie er jeden Tag wieder an Gewicht zulegte.

«Auf ein Neues», nickte Joseph Charlie zu und nahm seine Karten auf.

Brittany trank von ihrem starken, süßen Tee, während sie schweigend ihre Blicke durch die Messe wandern ließ. Wer immer den Raum betrat, war bemüht, die gelöste Stimmung früherer Zeiten wieder auferstehen zu lassen, aber es wollte nicht gelingen: Zu deutlich waren die Lücken spürbar, die der Sensenmann an Bord hinterlassen hatte, und jeder Versuch, die Unbeschwertheit früherer Abende wieder aufleben zu lassen, blieb nicht mehr als eben ein Versuch und wirkte auf unangenehme Weise angestrengt. Mit wehem Herzen machte ihr Blick immer wieder an jenen Stellen Halt, die schmerzhaft waren in ihrer Leere. Erst jetzt war ihnen in grausamer Endgültigkeit bewusst geworden, dass sie alle tot waren, Parkinson, Green, Spöring, die beiden Monkhouses – nie wieder würden sie ihre Plätze rund um den narbigen Tisch einnehmen; ihre Stühle würden unwiderruflich verwaist bleiben.

Der Chronometer auf dem Wandschränkchen schlug leise elf. Sie hatte so sehr gehofft, Zachary heute Abend in der Messe zu begegnen, nach all den Wochen, in denen sie im Unterdeck wie in einer Katakombe eingeschlossen gewesen war, ihn immer nur im Vorübergehen gesehen hatte, wenn sie von einem Kranken zum nächsten eilte, nicht mehr als einen Blick von ihm oder auf ihn erhaschte, der ihr neuen Mut und neue Kraft gab, bevor sie dem Grauen der Krankheit wieder entgegentrat.

Joseph, der ihre Gedanken erriet, sagte bewusst laut in den Raum hinein: «Ein Jammer, dass unser verehrter Mr. Hicks zurzeit etwas indisponiert ist – wirklich scheußlich, dieser Husten ...»

Ohne aufzublicken, nahm er eine Spielkarte vom Stapel. Mit leiser Genugtuung sah er aus dem Augenwinkel, wie Brittany ihn fassungslos anstarrte.

«Aber bei unserem guten Mr. Perry», setzte er mit einem scheinheiligen Unterton noch eines drauf, «ist er ja in besten Händen.»

Perry, der sich eine weitere Tasse Tee eingoss, wandte sich zu ihr um. Ruhig hielt er Brittanys Blick stand, bevor er sich, scheinbar gleichgültig, wieder in voller Konzentration mit der Zuckerdose und seiner Teetasse beschäftigte.

Wie gelähmt saß Brittany auf ihrem Platz, und ihre Finger, die sich fest um die Tasse schlossen, fühlten sich eisig an. Etwas in ihr sträubte sich dagegen, Josephs Worten zu glauben – es konnte, durfte nicht sein, dass der Husten zurückgekehrt war! Der Gedanke, über der Pflege so vieler Kranker und Sterbender Zachary vergessen, ihn seinem eigenen Schicksal überlassen zu haben, so dass andere mehr wussten als sie selbst, war unerträglich, schnürte ihr die Luft ab.

Langsam stand sie auf und ging zu dem Beistelltischchen hinüber. «Weshalb, Perry?», flüsterte sie kaum hörbar. Der junge Arzt hielt für einen Moment damit inne, in seiner Tasse zu rühren.

«Er hat mich darum gebeten», entgegnete er ebenso leise, ohne sie anzusehen.

Brittany schloss die Lider. Dass ihr Zachary nach allem, was sie zusammen erlebt hatten anscheinend noch immer nicht sein volles Vertrauen schenkte, verletzte sie zutiefst, und die Wut, die sie im gleichen Augenblick überrollte, ließ sie kaum merklich zittern. Aus einem plötzlichen Impuls heraus knallte sie mit einem Klirren ihre Tasse auf das Tischchen und stürmte zur Messe hinaus, die Tür krachend hinter sich zuschlagend.

Mit hochgezogenen Augenbrauen sah Banks ihr nach. «Du meine Güte…», murmelte er leise und erwiderte die erstaunten Blicke der anderen Männer am Tisch, bevor er sich zu Perry umwandte. «Sie haben ihr wohl doch ein bisschen zu viel zugemutet die letzte Zeit!» Er richtete seine Aufmerksamkeit wieder auf den Kartenfächer, den er in der Hand hielt und gleich darauf mit der Bildseite nach oben auf der Tischplatte ausbreitete.

«Gewonnen, Charlie», verkündete er mit einem triumphierenden Lächeln.

Brittanys Absätze hallten laut auf dem glatten Holzboden wider, als sie eilig den Gang entlanglief; hastig raffte sie mit einer Hand die Röcke ihres mattblauen Kaliko-Kleides zusammen und kletterte die Leiter hinab. Mit pochendem Herzen und schnellem Atem verharrte sie einen Moment vor der Tür, ehe sie sie ungeduldig aufriss, jeden Muskel ihres Körpers angespannt, aus Angst vor dem, was sie erwarten würde.

Zachary saß auf seiner Koje, Hemd und Weste geöffnet, die langen Beine in Kniehosen und Strümpfen ausgestreckt, ein Kissen in seinem Rücken, und sah sie überrascht an. Im schummrigen Licht, das die im Luftzug flackernde Laterne verbreitete, sah er aus wie eh und je – stark und athletisch; allein der Schweiß, der trotz der kühlen Luft in der Kabine auf seinem Gesicht und seiner bloßen Brust glitzerte, verriet, dass er unter einem hohen Fieber glühte. Brittany verspürte den Drang, zu ihm zu laufen und sich in seine Arme zu werfen, zu trösten und selbst getröstet zu werden, doch der Zorn, der in ihr tobte, hielt sie noch immer gefangen. Sie holte tief Luft und ballte ihre Hände zu Fäusten, dass sich ihre Fingernägel schmerzhaft in ihre Handflächen gruben.

«Weshalb muss ich von anderen erfahren, dass es dir nicht gut geht? – Noch dazu von Joseph», fügte sie mit anklagender Betonung hinzu.

«Brittany –», erwiderte Zachary müde, doch sie ließ ihn nicht zu Wort kommen.

«Ich dachte, wir wären uns einig gewesen – keine Geheimnisse mehr zwischen uns, hieß es!» Zornestränen funkelten in ihren Augen, verdunkelten sie, dass sie fast schwarz wirkten.

«Nicht streiten, du liebenswerte Furie», entgegnete er mit einem matten Lächeln und streckte die Hand nach ihr aus, «setz dich zu mir.»

Brittany schüttelte den Kopf und machte eine abwehrende Handbewegung. «Nein, Zachary, ich will wissen, weshalb –»

«Bitte», unterbrach er sie heftig, «siehst du nicht, dass ich nicht mehr die Kraft habe, mich mit dir zu zanken?»

Brittany verstummte und schluckte schwer an seinen Worten.

Mit wenigen Schritten war sie bei ihm, schmiegte sich in seine Umarmung, krallte ihre Finger in den glatten, schweißdurchfeuchteten Stoff seiner Weste, als müsste sie sich versichern, dass sie ihn noch spüren konnte, er noch da war. «Weshalb hast du mir denn nichts gesagt?», rief sie leise, ihre Wange gegen seine Schulter gepresst, und ihre Tränen durchnässten seinen Ärmel.

Zachary strich über ihr schweres Haar, das zu einem tiefen Mahagoniton nachgedunkelt war, vergrub sein Gesicht darin, roch seinen warmen Duft. «Du hattest genug Kranke zu versorgen», antwortete er nach einer Weile, «auch ohne mich. Ich war froh, dass ich die Ruhr so leicht überwunden hatte.»

Aufbegehrend befreite sie sich aus seinen Armen und setzte sich auf. «Ich wäre doch auf der Stelle zu dir gekommen, wenn ich gewusst hätte –» Sie unterbrach sich, als sie die Unnachgiebigkeit in seinem Blick erkannte, hob die Hand und strich über seine Wange, fuhr die scharfen Konturen seines wieder schmaler gewordenen Gesichts nach, und die Liebe, die sie in diesem Moment für ihn empfand, war derart überwältigend, dass sie ihr den Atem zu nehmen drohte. «Ich liebe dich so sehr», flüsterte sie mit bebender Stimme. «Ich könnte es nicht ertragen, dich zu verlieren, Zachary. Versprich mir, dass du kämpfen wirst. Für mich – für uns!» Ihre Stimme erstarb, und er konnte fühlen, wie ihr Körper unter der Angst erzitterte.

Er hätte nie geglaubt, dass eine Frau ihm je so viel Liebe entgegenbringen, je sein Herz so sehr berühren könnte, und mit einem Anflug von Trauer dachte er daran, wie wenig Zeit ihnen beiden noch bleiben würde. «Ich verspreche es», antwortete er leise, wider besseres Wissen.

Er drückte sie an sich, spürte ihren mageren Körper an seinem, seine Wärme und Lebendigkeit, und sein Herz zog sich schmerzhaft zusammen, als er sie stumm um Verzeihung für die eben ausgesprochene Lüge bat.

# 42

In erstaunlich flüssigem Englisch hatte der malaiische Diener Cook gebeten, einen Moment zu warten, bis er den Gouverneur von seiner Ankunft in Kenntnis gesetzt hatte, und Cook vertrieb sich die Zeit solange, indem er seinen Blick durch das Haus des Gouverneurs wandern ließ.

Obwohl Cape Town mit seinen breiten, schnurgeraden und rechtwinklig aufeinander treffenden Straßen in den vergangenen Jahren zu den Ausmaßen einer mittelgroßen Stadt herangewachsen war, ähnelte es mit seinen niedrigen, weiß gestrichenen und strohgedeckten Steinhäusern noch immer der kleinen, lebhaften Siedlung, die die Holländer vor gut einhundertzwanzig Jahren hier gegründet hatten.

Ursprünglich hatten die holländischen Siedler und die Nomadenvölker entlang der Küste in friedlichem Einvernehmen gelebt, Waren ausgetauscht und neugierig die Sprache, Sitten und Bräuche des jeweils anderen Volkes kennen gelernt. Doch dann fielen die Eingeborenen des Kaps zu Hunderten den Krankheiten zum Opfer, die die Holländer neben ihrer Kultur und ihren Waren mitbrachten, oder wurden gewissenlos in den Busch zurückgedrängt, um die entstehende Stadt zu einem europäisch geprägten Außenposten des holländischen Seeimperiums zu machen. Nur wer die Stadt in Richtung des Landesinneren verließ, bekam die farbigen Ureinwohner dieser fruchtbaren Küste noch zu Gesicht.

Die Stadt war gegründet worden, um über einen Stützpunkt in der südlichen Hemisphäre zu verfügen, an dem die Schiffe, die mit Handelsgütern zwischen Europa und Asien verkehrten, Proviant und Trinkwasser aufnehmen und schadhafte Masten, Rahen und Segel nachbessern lassen konnten. Ohne nennenswerte Handelsschätze und sowohl hinsichtlich der Verwaltung als auch der Finanzen unabhängig von Batavia, konnte sich an dieser reichen, fruchtbaren Küste, am Kreuzpunkt der wichtigsten Seewege, eine Gesellschaft entwickeln, die berühmt war für ihre Offenheit, Großzügigkeit und Gastfreundschaft und der jeder Segler, gleich welcher Nation, willkommen war.

So prachtvoll das Haus von Gouverneur Petrus Albertus van der Parra gewesen war, so einfach war das des Gouverneurs von Cape Town: ein schlichtes, weiß getünchtes Ziegelhaus, eingeschossig, das sich unter einem tief gezogenen Dach aus Strohbündeln duckte. Wenig Möbel fanden sich darin, um möglichst viel Licht und Luft durch die großen, weit geöffneten Fenster hereinzulassen; keine Tapeten bedeckten die Wände und nur Bastmatten den nackten Holzfußboden. Das Arbeitszimmer, in dem zu warten Cook gebeten worden war, bildete keine Ausnahme. Ein Schreibtisch, im Verhältnis zu seinen englischen Pendants leicht und zierlich, stand quer im Raum, dazu gehörten zwei niedrige Stühle mit runder Lehne. An den Wänden standen halbhohe Vitrinen, die hinter ihren Glasscheiben in Leder gebundene und mit Goldprägung versehene Buchrücken beherbergten. Eine Pendeluhr mit blau bemaltem Porzellanzifferblatt unter einer Glasglocke schlug mit zirpendem Klang die volle Stunde.

Ein Seestück in dramatisch verwischten Pastellfarben an einer der nackten, weiß getünchten Wände erregte Cooks Aufmerksamkeit. Seinen Dreispitz in den hinter dem Rücken verschränkten Händen haltend, versenkte er sich in die Betrachtung des Gemäldes, bewunderte die Kunstfertigkeit, mit der der Maler die Bewegungen der See und der Schiffe und das Farbenspiel des Lichts eingefangen hatte. Von draußen kommende und sich rasch nähernde Schritte ließen ihn sich umdrehen. Durch die mehrflüglige Tür, die weit aufstand und den Blick auf eine lang gezogene Veranda und einen kleinen, verwilderten Garten freigab, sah er mit langen Schritten einen Mann auf sich zukommen, die Schöße seines verblichenen, einst wohl pfauenblauen Rockes hinter ihm herflatternd; sein mausgraues, dünnes Haar, das sich aus dem kurzen Zopf in seinem Nacken gelöst hatte, wehte im Laufschritt um seinen Kopf.

«Guten Tag, Mijnheer Cook», hörte er ihn schon von weitem in dem typischen Singsang des holländischen Akzents rufen, seine Rechte bereits zum Begrüßungshandschlag ausgestreckt.

Mit leichter Irritation bemerkte Cook, dass dieser Mann, der den forschen Gang eines Jünglings hatte, schon hoch in seinen Siebzigern stehen musste, was aber seiner Vitalität und Lebhaftigkeit keinen Abbruch tat.

«Ryck Tulback», stellte er sich mit einem herzhaften Händeschütteln vor, «ich bin der Gouverneur dieser wunderschönen Stadt. Eigentlich schon viel zu lange für meinen Geschmack, aber anscheinend findet der Rat niemand anders.»

Er bemerkte, dass Cooks Blick noch immer von der Szenerie an der Wand gefesselt war. «Wie ich sehe, hat mein bescheidener Van der Boek Ihre Aufmerksamkeit erregt.»

«Ein schönes Stück», stimmte Cook zu.

Tulback legte den Kopf ein wenig zur Seite und ließ seinen Blick zwischen dem Gemälde und dem englischen Captain hin- und herschweifen. «In der Tat, in der Tat. Er hat auch fast nichts gekostet –

diese Art von Malerei ist in Holland nicht besonders beliebt. Aber glauben Sie mir: eines nicht allzu fernen Tages werden Maler mit diesem Stil reich und berühmt werden. Wird dem armen Van der Boek allerdings nicht mehr allzu viel bringen, wie ich fürchte ...» Mit wenigen Schritten war er an der Tür, öffnete sie einen Spalt und rief in den Korridor hinaus: «Jan – *koffie, alstublieft!*»

Genauso eilig, wie er in den Raum getreten war, begab er sich hinter den Schreibtisch und wies mit großzügiger Geste auf den Stuhl auf der anderen Seite des Tisches. Cook bedankte sich mit einem Kopfnicken und nahm Platz, und gleich darauf erschien der malaiische Diener, der ihn so freundlich empfangen hatte, mit einem Tablett, auf dem in einer mit einem einfachen Blumenmuster bemalten Fayencekanne aromatischer Kaffee dampfte. Der Gouverneur rutschte auf seinem Stuhl hin und her, als könnte er es nicht abwarten, bis der Diener die Tassen vor sie hingestellt und sie mit starkem Kaffee, dicker Sahne und reichlich Zucker versorgt hatte.

«Nun, Mijnheer Cook», begann er, seinem Diener mit einem Nicken dankend, «ich hoffe, Sie hatten eine gute Fahrt bis an das Kap.»

«Nicht ganz», erwiderte Cook mit ernster Miene, «ich habe viele meiner Männer an die Malaria und die Ruhr verloren – nahezu ein Drittel meiner ursprünglichen Besatzung, und viele sind noch immer krank.»

Für einen Augenblick verharrte der unstete Gouverneur unbeweglich auf seinem Platz, ehe er mit dem silbernen Löffel schnell in seiner Tasse zu rühren begann. «Das ist äußerst unerfreulich. Ich werde Ihnen selbstverständlich einen Arzt schicken.» Hastig nahm er ein, zwei große Schlucke. «Wir wollen doch versuchen, Ihnen den Aufenthalt hier am Kap so angenehm wie möglich zu gestalten, bevor es wieder nach Hause geht. Alle Achtung übrigens vor der Fahrt, die Sie hinter sich haben – phänomenal, muss ich schon sagen, einfach phänomenal, diese Leistung.»

Cook verzog keine Miene angesichts dieses überschwänglichen Lobes, sondern nickte nur knapp. «Eine weite Reise, in der Tat. Und wir sind alle froh, bald wieder nach Hause zurückzukehren. – Selbstverständlich werden wir für die entstehenden Unkosten aufkommen», kam er noch einmal auf das Thema der Versorgung von Mann und Schiff zurück.

Tulback machte eine beschwichtigende Geste. «Nur die Ruhe, Mijnheer Cook, Geld ist alles andere als erstrangig.» Er fing den verblüfften Blick des englischen Captains auf und fuhr schmunzelnd fort: «Sehen Sie, Mijnheer Cook: Ich bin nicht verheiratet und zum Glück von habgierigen Angehörigen verschont geblieben, die mich dazu drängen, ein Vermögen anzuhäufen. Ich bin mehr als zufrieden mit dem, was ich regulär verdiene, und bin ansonsten bemüht, jedem Reisenden, der das Kap anläuft, einen erholsamen Aufenthalt hier zu verschaffen.» Er stellte seine leere Tasse auf der Tischplatte ab und lehnte sich mit übereinander geschlagenen Beinen in seinen Stuhl zurück. «Wir haben schließlich einen guten Ruf zu verlieren!»

Cook sah ihn über den Rand seiner noch immer mehr als halb vollen Tasse hinweg an. «Wir haben in Batavia ganz andere Erfahrungen gemacht», entgegnete er leise.

«Ha, Batavia!», rief der Gouverneur aus, als hätten Cooks Worte ihn in einer lang gehegten Vermutung bestätigt. «Wenn je eine Stadt den biblischen Beinamen Sodom und Gomorra verdient hat, dann Batavia! Korruption, wohin man auch blickt. Alles jagt nur nach Geld, Geld, Geld – und der Macht, die man dafür anscheinend kaufen kann. Nein, Mijnheer Cook», betonte er mit einem heftigen Kopfschütteln und einem Wackeln seines erhobenen Zeigefingers, «das ist nicht unsere Art hier am Kap, nicht, seit ich mich Gouverneur nennen darf! Uns ist jeder willkommen, ob arm oder reich. Wir haben ja genug von allem!»

In einer weiten Geste breitete er die Arme aus, als ob er damit all die Obstgärten, Gemüsebeete und Weinberge an seine magere Brust drücken und dann dem englischen Captain und seiner Mannschaft schenken wollte.

*Freitag, den 15. März*

*… Meine erste Sorge war es, für den Empfang der Kranken eine angemessene Unterkunft an Land zu beschaffen. Zu diesem Zweck beauftragte ich den Schiffsarzt, nach einem Haus Ausschau zu halten, in dem sie untergebracht und verköstigt werden könnten: Dieses fand er bald und vereinbarte mit den Leuten dieses Hauses einen Preis von zwei Shilling pro Tag und Mann, was, wie ich herausgefunden habe, der übliche Betrag und*

*die übliche Vorgehensweise ist, und anschließend gab ich dem Schiffsarzt den Befehl, das Ganze zu überwachen.*

Cook hielt inne und grübelte über die Worte nach, mit denen er den nächsten Abschnitt am besten beginnen sollte. Er setzte mehrmals an, zögerte und überlegte von neuem, bis er energisch die Feder in die Tinte tauchte und sie in schnellen Zügen über das Papier gleiten ließ.

*Wenig Bemerkenswertes hat sich ereignet, seit wir Java verließen, das für den Navigator oder denjenigen von Nutzen sein könnte, dem dieses Tagebuch in die Hände fallen wird. Was davon jedoch wichtig sein könnte, werde ich hier erwähnen …*

Während Cook in einem Überblick die Erfahrungen beschrieb, die sie während der schrecklichen Zeit der Krankheit gemacht hatten, gingen ihm vielfältige Gedanken durch den Kopf. Er wusste, dass die Zahl der Männer, die er seit Batavia verloren hatte, für Reisen von dieser Dauer und Weite die übliche Sterberate war, und immerhin hatte er den bisher so gefährlichen Skorbut mit Sauerkraut und Zitronensaft in Schach halten können, doch er konnte darüber nicht einmal den Hauch eines Triumphes empfinden. Seiner Meinung nach war in Friedenszeiten jeder Tote an Bord einer zu viel, und er verbrachte Stunden damit, darüber nachzugrübeln, wann er hätte anders handeln müssen, was er hätte tun können, um den Tod dieser Männer zu verhindern. Dass er dabei zu keinem Ergebnis kam, erleichterte sein Gewissen nicht im Geringsten.

*Für das Wohlergehen aller Seeleute und Menschen im Allgemeinen ist es zu wünschen, dass irgendeine Vorbeugung gegen diese Krankheit gefunden und in jenen Klimazonen in die Tat umgesetzt wird, in denen sie häufig auftritt; denn es ist unmöglich, in diesen Klimazonen ein Schiff mit Proviant und Wasser zu beladen, wenn entweder das eine oder das andere, nach der Meinung verschiedener Leute, die Ursache für das Auftreten der Ruhr ist. Wir neigten dazu, es dem Wasser zuzuschreiben, das wir auf Princes Island aufnahmen, und den Schildkröten, die wir dort erhandelten und von denen wir einige Tage lebten, aber dafür scheint es keinen Grund zu geben, wenn wir bedenken, dass dieses Jahr alle Schiffe aus Batavia an der gleichen Krankheit in demselben Ausmaß litten wie wir, und viele von ihnen kamen hier in einem weitaus schlimmeren Zustand an, obwohl keines von ihnen auf Princes Island Wasser an Bord nahm. Dasselbe kann ich von dem Ostindienfahrer* Harcourt *unter Captain Paul sagen, der Batavia kurz nach unserer Ankunft dort verließ und direkt nach Sumatra fuhr. Wir hörten später, dass er in einer sehr kurzen Zeit über zwanzig Mann durch Krankheit verloren hat. In der Tat scheint dies ein Jahr allgemeiner Krankheit in den meisten Teilen Indiens gewesen zu sein, denn die Schiffe aus Bengalen und Madras bringen traurige Nachricht von der Verwüstung, die dort durch die vereinten Kräfte von Krankheit und Hungersnot angerichtet worden ist …*

Cook unterbrach seine Ausführungen und rieb sich die schmerzende Stelle über der Nasenwurzel. Er fühlte sich müde und zermürbt; der ruhelose Entdeckergeist, der ihn stets vorwärtsgetrieben hatte, war für den Augenblick erloschen, und er betete darum, möglichst schnell nach Hause zu gelangen, Schiff und Besatzung in die Sicherheit des Heimathafens zu bringen. Doch fürs Erste mussten sie hier neue Kraft schöpfen, um die vielen Meilen leerer See, die zwischen dem Kap und Englands Küste lagen, in halbwegs gutem Zustand hinter sich zu bringen, und das würde Zeit kosten – zwei, drei Wochen vielleicht, und er dachte bereits jetzt mit Ungeduld daran, wieder die Segel zu setzen.

Am nächsten Morgen brach Solander beim Rasieren in seiner Kabine mit hohem Fieber und entsetzlichen Krämpfen zusammen. Der eiligst aus der Stadt geholte Arzt diagnostizierte eine schwere Form der Ruhr.

*Samstag, 16. März*
*Wechselhafte, leichte Windböen über den ganzen Tag hinweg. Vertäuten das Schiff, strichen die Segel, brachten am Morgen alle Kranken (28) in die Quartiere an Land und holten frisches Fleisch und Gemüse für die an Bord verbliebenen Männer.*

*Mittwoch, 20. März*
*Am Nachmittag legte der Ostindienfahrer* Holton *ab, der uns mit 11 Salutschüssen grüßte; wir antworteten mit der gleichen Ehrenbezeugung.*

*Während seines Aufenthaltes in Indien verlor dieses Schiff zwischen 30 und 40 Mann durch Krankheit und hatte zu dieser Zeit ziemlich viele Männer an Skorbut darniederliegen; andere Schiffe litten im gleichen Verhältnis.*

*So haben wir herausgefunden, dass Schiffe, die wenig mehr als zwölf Monate von England weg waren, ebenso viel oder mehr unter der Krankheit gelitten haben wie wir, die nun bald dreimal so lange auf See sind …*

## 43

«Guten Morgen, Mevrouw Janssen.» Die blau bemalte Porzellanschüssel mit Essigwasser in der einen, feuchte, zerknüllte Leintücher in der anderen Hand, betrat Brittany die geräumige Wohnküche ihrer Pensionswirtin.

Die kleine, rundliche Frau in schwarzer Witwentracht und weißem Spitzenhäubchen drehte sich vom Herd weg, an dem sie werkelte, und wischte sich die Hände an der frisch gestärkten Schürze ab. Ihr gutmütiges Gesicht mit den roten Wangen und den feinen Fältchen darin strahlte, als sie Brittany sah.

«*Goedemorgen*, Juffrouw Addison», erwiderte sie herzlich und fügte mit einem Blick auf Schüssel und Tücher hinzu: «Sie sind heute Morgen aber schon wieder fleißig!»

«Ich muss, Mevrouw», lächelte Brittany sie an.

«Kommen Sie.» Eilfertig rückte die Wirtin einen Stuhl vom Tisch weg, der in der Mitte des hellen Raumes stand, und klopfte einladend auf dessen Lehne. «Wer so hart arbeitet wie Sie, braucht ein ordentliches Frühstück!» Ohne Brittanys Antwort abzuwarten, wandte sie sich rasch um und begann scheppernd mit ihren kupfernen Töpfen und Pfannen zu hantieren.

Brittany goss den Inhalt der Schüssel in den steinernen Ausguss, wrang die Leinentücher darüber aus und ließ sie in den hohen Weidenkorb daneben fallen, in dem bereits Wäsche zum Waschen lag, bevor sie sich mit einem unhörbaren Seufzen an den Tisch setzte.

Sie wusste, dass sie es mit ihrer Wirtin gut getroffen hatten. Mevrouw Janssen bot armen, einsamen Matrosen so etwas wie ein zweites Zuhause, mit hellen, luftigen Zimmern, deftiger, nahrhafter Hausmannskost, Wäschewaschen und Plätten inklusive, und einem offenen Ohr und warmherzigen Worten für kummergeplagte und heimwehkranke Seeleute. Brittany mochte die warme, patente Art, mit der Mevrouw Janssen alles anpackte, vor dem Schlafengehen sogar noch eigenhändig eine Runde durch die Zimmer der Kranken machte, die Laterne in der Hand, um dort nach dem Rechten zu sehen, und auch, wie hingebungsvoll sie sich um Brittany kümmerte, selbst wenn sie das Drängen der Wirtin, doch mehr zu essen, manchmal als lästig empfand. Sie hätte gerne mehr gegessen, hatte oft genug ein flaues Gefühl im Bauch vor Hunger, und sie war selbst erschrocken, als sie sich am ersten Tag in dem blanken Spiegel in ihrem Zimmer gesehen hatte: Blass und hohlwangig war sie geworden, durchscheinend wie ein Gespenst. Sie hatte Hunger, großen sogar, doch wenn sie dann vor dem gedeckten Tisch saß, war er wie weggeblasen, machte einem Übelkeitsgefühl Platz, ganz besonders morgens.

Bei dem köstlichen Duft, der bald durch die Küche zog, zog sich ihr Magen knurrend zusammen, und sie freute sich nun doch auf eine warme Mahlzeit. Gestern Abend hatte sie mehr gegessen als gewöhnlich; die Gemüsepastete, die Mevrouw Janssen zubereitet hatte, hatte selbst ihr geschmeckt, und sie hatte es an Perrys Gesichtsausdruck ablesen können, dass er in dieser Hinsicht endlich einmal mit ihr zufrieden war.

«Lassen Sie es sich schmecken, Juffrouw», hörte sie die Wirtin neben sich sagen, als sie den Teller vor Brittany auf den Tisch stellte.

Brittany erbleichte, als sie das gelb-weiß marmorierte Rührei sah, noch vor sich hin brutzelnd und Blasen werfend, mit fettglänzenden Speckstücken darin. Eben hatte der würzige Duft ihr noch solchen

Appetit bereitet, und nun überrollte sie eine Welle des Ekels. Sie spürte, wie sich ihr Magen krampfartig zusammenzog, und sprang hastig von ihrem Stuhl auf. Sie schaffte es gerade noch zu dem Blecheimer auf dem Rand des steinernen Ausgussbeckens, in dem Mevrouw Janssen den Abfall zu sammeln pflegte, bevor sie sich übergab. Der Brechreiz lief in schmerzhaften Wellen durch ihren ganzen Körper, würgte sie in der Kehle und ließ erst nach, als sie sich des gesamten Inhalts ihres Magens entledigt und kaum mehr Kraft in den Muskeln hatte.

«Achgottachgott, mein armes Mädchen», murmelte Mevrouw Janssen mitfühlend, stützte Brittany und streichelte ihr beruhigend über den Rücken, während sie sich erbrach.

Als die Krämpfe endlich nachließen, führte die Wirtin sie an den Tisch und drückte sie in einen der Stühle.

«Armes Kind, setzen Sie sich erst einmal. Nicht hinsehen, ich muss erst noch die Eier wegräumen.» Sie trug den Teller so weit weg wie möglich von Brittany, in die hinterste Ecke der Küche, und kam mit einem Glas Wasser zurück.

«Danke.» Mit zitternder Hand hielt Brittany das Glas und trank in großen Zügen, den widerlich sauren Geschmack und die Trockenheit in ihrem Mund hinabspülend. Erst als sie das Glas beinahe geleert hatte, schien sich ihr rasender Herzschlag zu beruhigen, doch noch immer starrte sie erschöpft ins Leere.

«Ich kann Ihnen das so gut nachfühlen, Juffrouw», sagte Mevrouw Janssen, als sie sich zu Brittany setzte und ihre Hand täschelte, die schlaff in der ihren lag, «was meinen Sie, was ich mit meinen beiden damals mitgemacht habe! Jeden Morgen gespuckt, und das wochenlang! Aber ich mache mir doch Sorgen um Sie», fuhr sie im Plauderton fort, «Sie müssen doch irgendetwas essen, Sie und das Kind!»

«Das Kind?» Brittany sah ihre Wirtin mit großen Augen an.

«Aber Kindchen» – die Witwe Janssen strahlte sie aus ihren lavendelblauen Augen an und schüttelte leicht ihre Hand – «glauben Sie wirklich, ich hätte es nicht bemerkt? Ich habe selbst zwei Kinder geboren und habe in den Jahren seither so viele werdende Mütter gesehen und manch einer hier am Kap geholfen, ihr Kind auf die Welt zu bringen. Ich hatte es gleich geahnt, als ich Sie bei Ihrer Ankunft hier sah! Seit Sie bei mir sind, haben Sie so gut wie nichts gegessen, so vieles hat Ihnen Übelkeit bereitet, oft war Ihnen schwindlig, und dann waren Sie auch immer so blass – aber vor allem haben Sie dieses Strahlen in den Augen, wie es nur eine Frau hat, die guter Hoffnung ist!»

Brittany wollte etwas erwidern, Mevrouw Janssen erklären, dass sie sich irren müsse, dass sie kein Kind erwarte, doch sie blieb stumm. Wie lange war es her, dass sie und Zachary sich am Strand von Princes Island geliebt hatten – acht, neun Wochen? Sie konnte sich nicht erinnern, seither ihre monatliche Blutung gehabt zu haben, aber sie konnte sich auch täuschen, hatte sie doch kaum auf sich selbst geachtet, in der Zeit, in der sie die kranken und sterbenden Männer pflegte.

«Nun schauen Sie doch nicht so bekümmert», rief Mevrouw Janssen in Brittanys Gedanken hinein und fuhr ihr liebkosend über die Wange, «als hätte ich Ihnen ein schlimmes Geheimnis entlockt! Sie brauchen sich dafür doch nicht zu schämen – wenn Sie zurück in England sind, dann heiraten Sie Ihren netten Offizier, und alles ist in Ordnung!»

Brittany fuhr auf – woher wusste die Wirtin von ihr und Zachary? Hatte sie ihre Gespräche an seinem Krankenbett belauscht, aus Versehen oder absichtlich? Sie setzte zu einer Erwiderung an, doch Mevrouw Janssen fuhr mit einem schalkhaften Lächeln fort: «Oh, ich habe sehr wohl bemerkt, wie der junge Mann hier ums Haus streicht, immer wieder nach Ihnen Ausschau hält, wie ein Kater auf Brautschau. Ab und zu wagt er es sogar, hereinzukommen und nach Ihnen zu fragen, und wenn ich ihm anbiete, Sie zu holen, lehnt er rasch ab und bittet mich, Ihnen nichts davon zu sagen, dass er hier war. Will nur von mir wissen, ob es Ihnen auch gut geht, und schaut dann doch so hungrig mit seinen schönen blauen Augen die Treppe hoch, ob Sie nicht just in diesem Augenblick herunterkämen. Einen feschen Burschen haben Sie sich da ausgesucht», eifrig nickte die Wirtin ihr zu, dass der Spitzenrand ihrer Haube auf- und abflatterte, «flott sieht er aus in seiner Uniform! Sie beide sind ein schönes Paar, Sie mit Ihren roten Haaren und der hellen Haut, und er blond und so schön braun!»

Charlie … Charlie war hier gewesen und hatte sich nach ihr erkundigt, und Mevrouw Janssen glaubte, sie beide wären ein Paar. Unwillkürlich musste sie lächeln.

«Sehen Sie – wenn man an seinen Schatz denkt, sieht die Welt doch gleich viel schöner aus!» Zufrieden, dass ihre Worte Brittany so sichtbar aufgemuntert hatten, tätschelte sie ihr noch einmal die Hand, bevor sie sich für ihre Körperfülle erstaunlich schnell erhob. «Trotzdem müssen Sie etwas essen, Sie sind viel zu dünn für eine werdende Mutter!»

Geschäftig begann Mevrouw Janssen mit ihrem leicht watschelnden Gang in der Küche hin- und herzueilen, Kartoffeln zu schälen und zu reiben, mit ihren Töpfen und Pfannen zu klappern, dann und wann einen kurzen Abstecher in die angrenzende Vorratskammer zu machen, während sie unaufhörlich schwatzte und plauderte. Brittany hörte ihr nur mit halbem Ohr zu, während sie sich an einer Tasse heißen Milchkaffees mit viel Zucker festhielt. Sie hatte als Heilerin genug Einblick in das Geheimnis des Lebens gehabt, Frauen in der Zeit des Wachsens des Kindes begleitet, mit Ratanea auch Kinder ans Licht der Welt gebracht, um zu wissen, was in ihr vorging. Und wenn es stimmte – wenn sie tatsächlich ein Kind von Zachary erwartete?

Die Vorstellung, mit einem Kind unter dem Herzen nach England zurückzukehren, bereitete ihr Unbehagen; die Ungewissheit dessen, was sie dort erwarten würde, war zu groß, doch gleichzeitig wollte sie sich darauf freuen, wollte in Jubel darüber ausbrechen, Zacharys Kind in sich zu haben. Aber jetzt war nicht die richtige Zeit, in sich hineinzuhorchen; erst musste es Zachary wieder besser gehen, dann würde sie sich auch die Zeit für sich selbst nehmen und für das Kind, das vielleicht gerade in ihr heranwuchs.

Ein angenehmer Duft, der die Küche erfüllte, ließ sie endlich zu Mevrouw Janssen hinüberblicken, die mit hochrotem Gesicht am Herd stand und ihre beste Pfanne hin- und herschwenkte, aus der sie dann zwei braune, handtellergroße Plätzchen auf einen Teller gleiten ließ, den sie vor Brittany hinstellte. Aus einem großen Einmachglas schöpfte sie einen hellgelben, angenehm säuerlich nach Äpfeln duftenden Brei darauf und stellte ihr Zucker und Zimt hin.

«Versuchen Sie», rief sie mit einer einladenden Geste, und vorsichtig, fast ein bisschen misstrauisch, begann Brittany zu essen.

«Guten Morgen die Damen», erklang eine tiefe Stimme vom Türrahmen her.

«Der *Mijnheer doctor*», rief Mevrouw Janssen mit einem Strahlen aus und eilte ihm entgegen, um ihm Hut und Tasche abzunehmen.

«Vielen Dank, Madam», bedankte sich Perry mit einer leichten Verbeugung, die Mevrouw Janssen erröten ließ – sie fand, dass sich das englische *Madam* erheblich vornehmer anhörte als das holländische *Mevrouw*, und sie fühlte sich geehrt, dass der sympathische junge Doktor, der sie hoch überragte, sie immer damit anredete.

«Sie möchten gewiss auch frühstücken, Mijnheer Perry», nickte sie ihm freundlich zu und deutete mit der Hand leicht auf Brittany.

Perry zog kaum merklich die Augenbrauen hoch, als er sah, wie Brittany gerade das erste Kartoffelplätzchen vertilgte und sich an das zweite machte.

«Madam, ich habe zwar keine Ahnung, *was* Sie da gekocht haben – aber wenn unsere mäkelige Miss Addison es gutheißt, muss es hervorragend sein.» Er setzte sich an den Tisch und nickte der Wirtin zu. «Ich nehme gerne davon.»

Amüsiert sah er zu, wie Brittany es sich schmecken ließ, und gleich darauf hatte auch er einen Teller vor sich stehen. Interessiert beäugte er die dampfenden, kreisrunden Fladen. «Würden Sie mir verraten, wie sich das nennt, Madam?»

«*Aardappelpannekoekje* – Kartoffelpuffer», rief ihm Mevrouw Janssen, wieder am Herd, strahlend zu, «mit Apfelmus!»

«Wie geht es Solander?», fragte Brittany leise, sich den Mund mit ihrer Serviette abtupfend.

Perry nickte abwägend und schluckte den ersten Bissen hinunter, bevor er ihr die Lage im gegenüberliegenden Haus, in dem Solander und Banks Quartier genommen hatten, schilderte.

«Er ist endlich über den Berg – morgen werde ich ihn das erste Mal wieder aufstehen lassen. Aber erschrecken Sie nicht: Er besteht fast nur noch aus Haut und Knochen. Wenigstens» – er nahm etwas von dem Frühstück auf seine Gabel – «wird Mr. Banks jetzt ruhiger sein. Er war die vergangenen Tage fast hysterisch zu nennen.»

Brittany schob den letzten Bissen auf ihrem Teller hin und her, ehe sie die Gabel sinken ließ und Perry ernst ansah. «Molyneux wird es wohl nicht schaffen.»

Perry verlangsamte seine Kaubewegungen und sah sie an. Er nickte. «Das dachte ich mir. Ich werde nachher gleich nach ihm sehen.»

Prüfend sah er Brittany an, die keine Anstalten machte, den Rest aufzuessen, bevor er leicht mit dem Finger auf den Tisch klopfte und dann auf ihren Teller deutete. «Das wird aufgegessen, Miss, und zwar gleich.»

Brittany erwiderte seinen Blick, und ein Funke der Heiterkeit glomm zwischen ihnen auf. Gespielt schwermütig seufzte Brittany auf und spießte den einsamen Bissen auf ihre Gabel.

«Aye, Sir», murmelte sie und ließ ihn in ihrem Mund verschwinden.

Einen Berg Kissen im Rücken folgte Zachary ihr mit Blicken, wie sie durch das kleine Schlafzimmer lief, das er im oberen Geschoss der Pension von Mevrouw Janssen bezogen hatte. Durch das einen Spaltbreit geöffnete Fenster fiel heller Sonnenschein, und das Gezwitscher eines Vogels drang herein. Er sah ihr zu, wie sie mit leise raschelnden Röcken das Geschirr wieder auf dem Tablett zusammenräumte, mit dem sie sein Frühstück nach oben gebracht hatte, und die Arzneien wieder zurück auf die kleine Kommode stellte. In ihrer Gegenwart schien der Raum mit seinen schlichten Holzmöbeln und der blauweißen Bettwäsche noch heller, noch lichtdurchfluteter zu sein, und die Stunden des Tages, die sie an seiner Seite verbrachte, wogen die Düsternis der restlichen Zeit auf, in der er nur zu genau spürte, wie der Husten ihn von innen her aushöhlte und dem Tod immer näher brachte. Mit seinem ungetrübt scharfen Blick sah er, wie sehr sie sich in den letzten Wochen verändert hatte; trotzdem schien sie ihm noch immer unglaublich schön, wie von einem inneren Leuchten erhellt, und es versetzte ihm einen leichten Stich der Eifersucht, als ihm bewusst wurde, dass er aussehen musste, wie er sich fühlte: abgemagert, zu Tode erschöpft, ein schattenhaftes Abbild seines früheren Selbst.

«Du siehst bezaubernd aus», sagte er unvermittelt in das Zimmer hinein.

Brittany wandte sich um und strich sich lächelnd eine lose Haarsträhne aus dem Gesicht. Er sah, wie es reizvoll erglühte, und eine erneute Welle der Eifersucht überflutete ihn. Eine Augenbraue hochgezogen, schlug er einen sarkastischen Ton an. «Ich wette, inzwischen macht dir schon halb Cape Town die Aufwartung.»

«Was willst du damit sagen?»

«Ich könnte es dir nicht einmal verdenken», redete er weiter, ohne auf ihre Frage einzugehen, kühl und ohne erkennbare Emotionen, «ich bin ein todkranker Mann.»

«Ich habe selten etwas Dümmeres gehört, Zachary», fauchte sie ihn leise an. «Du magst dich vielleicht aufgegeben haben, aber das muss noch lange nicht für mich gelten! Wenn du schon nicht kämpfen willst – ich tue es!»

Bei den letzten Worten war sie laut geworden, sprühte aus ihren Augen das blaue Feuer, das er an ihr so begehrenswert fand, und besänftigte damit die bittere Empfindung in seinem Inneren. Er streckte die Hand nach ihr aus, und widerstrebend ließ sie sich zu ihm heranziehen, so nahe, dass er ihr Gesicht in seine Hände nehmen konnte.

«Ich verlasse dich nicht, Zachary, das verspreche ich dir», flüsterte sie, seine Handgelenke umfassend, und es hatte den Anschein, als klammerten sie sich aneinander, gaben einander den Halt, den jeder von ihnen so dringend benötigte.

# 44

Der April mit seinem frühherbstlichen goldenen Licht überzog das Land mit prächtigen Farben, klar und strahlend wie auf der Palette eines Malers.

«Wir müssen unverzüglich aufbrechen, Mr. Cook, sehen Sie das nicht ein?»

Joseph Banks stützte sich mit beiden Händen auf die Tischplatte und sah dem Captain eindringlich ins Gesicht. «Diese gottverdammten Franzosen werden vor uns in Europa sein, wenn wir nicht Acht geben, werden Otaheiti, vielleicht Neu-Seeland und was weiß ich nicht noch für Entdeckungen für ihr Land in Anspruch nehmen und unsere Reise damit vollkommen sinnlos werden lassen!»

Cook spielte mit seiner Feder und tauschte einen langen Blick mit Lieutenant Gore, ehe er bedächtig sagte: «Mr. Banks, ich glaube nicht, dass wir auf jedes Gerücht –»

«Es ist kein Gerücht, Mr. Cook», unterbrach ihn Banks ungehalten, jedes Wort mit einer energischen Bewegung seiner rechten Hand betonend, während er noch immer über dem Tisch in der Messe lehnte, «ich habe diese Informationen von einem der französischen Segler, die im Hafen vor Anker lagen, um Proviant nach Mauritius zu bringen. Und eben dort logiert zurzeit dieser Naturhistoriker, der unbedingt auf Tasmans Spuren weitersegeln will – nach Neu-Seeland. Und Bougainville ist auf dem Weg nach Europa – mit einem Bericht über Otaheiti, der zwölf Monate älter ist als der unsrige! Mr. Cook» – er richtete sich würdevoll auf und verlangsamte sein Redetempo, um seinen Worten größeres Gewicht zu verleihen – «in meinen Augen ist es unerlässlich, sofort in See zu stechen, um wenigstens den Hauch einer Chance zu behalten, unseren Bericht so schnell wie möglich zu veröffentlichen und damit unser Anrecht auf Otaheiti zu wahren.» Beifall heischend sah er der Reihe nach Gore, Pickersgill und schließlich wieder Cook an, die schweigend und mit ernsten Mienen um den Tisch saßen.

Schließlich schüttelte Cook den Kopf. «Nein, Mr. Banks. So Leid mir das auch tut, aber wir brauchen noch ein paar Tage, bis sich die Männer erholt haben.»

«Mr. Cook» – Banks holte tief Luft, um eine neue Reihe von Argumenten ins Feld zu führen – «bei diesem Wettlauf zählt jeder Tag, und –»

«Bei unseren Männern zählt jeder Tag», unterbrach ihn Cook und fügte mit einem Funkeln in den Augen hinzu: «Oder gönnen Sie nicht einmal Dr. Solander ein paar Tage der Erholung, nachdem er noch einmal mit dem Leben davongekommen ist?»

Josephs Gesicht erstarrte zu Stein. Rau erwiderte er: «Solander kann sich auch in seiner Kabine erholen, er wird dafür Verständnis haben.»

Cooks Gesicht spannte sich bedrohlich, ein sicheres Zeichen dafür, dass er am Ende seiner Geduld war. «Selbst wenn Mr. Perry seine Erlaubnis geben wird – was ich nicht glaube –, so gibt es da noch einen kleinen Unterschied: Dr. Solander mag sich in seiner Kabine erholen können, meine Männer werden arbeiten müssen.»

«Ich denke, Sie haben weitere Männer angeheuert, um die Kranken zu –»

Abrupt stand Cook auf. «Ich habe die Männer angeheuert, um die Toten dieser Reise zu ersetzen, nicht, um das Leben der anderen Männer aufs Spiel zu setzen!» In großen Schritten marschierte er zu der Tür, die in seine Kajüte führte. «Wir bringen genug von der Reise mit, was ein paar Wochen Aufschub geduldig ertragen kann», sagte er über seine Schulter hinweg in den Raum, den Türgriff bereits in der Hand.

«Da irren Sie sich», beeilte sich Banks zu sagen und sah mit Genugtuung, wie sich Cook mit einem verblüfften Ausdruck umdrehte. «*Ich* habe genug, was Aufschub dulden kann. Wohl kaum jemand auf dieser Welt wird so viele gesammelte, gezeichnete und katalogisierte Pflanzen und Tiere mit nach Europa bringen, die Aufschluss über Fauna und Flora der entdeckten Gebiete bringen werden, gleich, welche Flagge in Zukunft über diesen Landstrichen auch wehen wird. *Sie*, Mr. Cook» – er reckte sich ein bisschen, um größer zu wirken – «haben nicht einmal die Existenz des Großen Südlichen Kontinents endgültig bewiesen oder widerlegt. Und sollte eine andere Nation die Gebiete, die wir bereist haben, für sich beanspruchen, so sind auch die Karten, die wir mitbringen, kaum mehr wert als das Papier, auf dem sie gezeichnet sind.»

Stille trat nach Banks' Worten ein, in denen sich die beiden Kontrahenten eisig musterten und Gore und Pickersgill den Atem anhielten.

Nach einer Ewigkeit, wie es schien, sagte Cook leise und mit düsterer Stimme in die Stille hinein: «Wir segeln dann, wenn ich es für richtig halte, und keinen Tag eher.»

Krachend schlug die Tür hinter ihm zu, dass die Scheiben in den Bücherschränken klirrten.

Gore schüttelte den Kopf und erhob sich von seinem Platz. Dicht vor Banks blieb er stehen und sah dem jungen Gentleman unverwandt in das fein geschnittene Gesicht. «Was Sie da eben gesagt haben, war nicht nur falsch, sondern auch höchst ungerecht», sagte er leise und mit scharfer Betonung, «und Sie täten gut daran, sich dafür zu entschuldigen.» Ohne eine Antwort abzuwarten, verließ er die Messe in Richtung des Vorraumes, zusammen mit Pickersgill.

Joseph blieb allein in dem Raum zurück, der früher so voller Leben gewesen war und nun immer öfter schweigsam und tot da lag. Eine Weile starrte er geistesabwesend in die Leere, darüber nachsinnend, weshalb es ihm, dem Wissenschaftler, hier an Bord so schwer gemacht werden musste, wo doch die gesamte Reise nur ein Ziel kannte: Licht in die Dunkelheit des Nichtwissens zu bringen.

Die Hände auf dem Rücken verschränkt, in Hemdsärmeln und Weste, schritt Cook in seiner Kajüte auf und ab, Stunde um Stunde, immer wieder sah er Banks' Gesicht vor sich, wiederholte im Geist dessen Worte, die sich zu verselbständigen begannen: *Ich habe genug, was Aufschub dulden kann ... Sie, Mr. Cook, haben nicht einmal die Existenz des Großen Südlichen Kontinents endgültig bewiesen oder widerlegt ... die Karten, die wir mitbringen, sind kaum mehr wert als das Papier, auf dem sie gezeichnet sind ...*

Er biss die Zähne zusammen, bis sein Unterkiefer schmerzte, und ballte die Hände. Banks' Argumente entbehrten nicht einer gewissen Logik, das wusste er, und das machte sie noch unerträglicher. Was hatte er vorzuweisen, wenn sie England anliefen? Karten des südpazifischen Ozeans, Neu-Seelands, der Ostküste Neu-Hollands, mit englischen Namen versehen – aber würden sie auch englischer Besitz werden? Oder gingen sie noch vor ihrer Rückkehr an Frankreich, den alten Konkurrenten zur See? Wurden die Karten und die Beschreibungen der Länder und ihrer Menschen Dokumente eines Traumes, der zerstob, noch bevor er richtig geträumt war? Die Berechnungen des Venusdurchgangs, die ihnen die *Royal Society* mit auf den Weg gab, hatten mit keinen der von ihnen beobachteten Werte übereingestimmt, und diese selbst waren stark voneinander abgewichen – ein Fehlschlag, wie man es auch drehte und wendete. Den Großen Südlichen Kontinent hatte er nicht gefunden, aber auch nicht den gesamten Ozean danach abgesucht. Rein theoretisch bestand noch immer die Chance, dass sich all die gelehrten Herren verrechnet hatten und dieser Kontinent tatsächlich existierte, aber wesentlich weiter südlich. In diesem Fall wäre er daran vorbeigesegelt – und hätte unter Umständen einem anderen Land, einem anderen Kapitän den Triumph in die Hand gespielt. Er glaubte nicht an diesen Kontinent, aber er hatte keine endgültigen Beweise für dessen Nichtexistenz, wie Banks so richtig bemerkt hatte. Es schien ihm, als hätten erst Banks' Worte ihm deutlich gemacht, dass er mit leeren Händen nach England zurückkehren würde – und dafür hatte er ein Drittel seiner Mannschaft geopfert, drei Jahre seines Lebens, das Schiff mit fünftausend Reichstalern verschuldet.

Für nichts?

Noch einmal suchte er das niedrige Haus des Gouverneurs auf, und wie bei seiner Ankunft wurde er dort aufs Freundlichste willkommen geheißen. Die Stunde, die Cook zwischen den letzten Arbeiten, die an Bord getan werden mussten, für diesen Abschiedsbesuch eingeplant hatte, flog in der angenehmen Gesellschaft des lebhaften, redseligen Gouverneurs und einer Tasse Kaffee schnell vorüber, und mit einem höflichen Nicken erhob sich Cook.

«Sie werden mich entschuldigen, Mijnheer Tulback, aber ich plane, morgen die Segel zu setzen.»

«Aber gewiss.» Rasch sprang der drahtige Gouverneur auf und lief eilig um den Schreibtisch herum, seine Rechte zum Handschlag ausgestreckt. «Leben Sie wohl, Mijnheer Cook! Es war mir eine große Freude, Sie hier gehabt zu haben, wenn auch die Umstände nicht sonderlich günstig waren.»

«Ich bedanke mich für Ihre Gastfreundschaft, auch im Namen meiner Mannschaft», sagte Cook und erwiderte warm den Händedruck Tulbacks.

«Keine Ursache», nickte der Gouverneur ihm zu. «Ich wünsche Ihnen und Ihrer Mannschaft eine gute Heimreise.» Leiser und mit einem schelmischen Ausdruck in den Augen fügte er hinzu: «Ich glaube, von Ihnen wird man noch viel hören!»

Der englische Captain wiegte nachdenklich und mit einer Spur von Melancholie den Kopf. «Das glaube ich weniger.»

«Natürlich glauben Sie mir das nicht», lachte der Gouverneur laut heraus, «Skeptiker, der Sie sind! Aber Sie können mir ruhig glauben, dass ich in meinem Leben schon viele Seeleute und Kapitäne kennen gelernt und so etwas gewiss nicht allen zum Abschied gesagt habe!»

«Nun, wir werden sehen», entgegnete Cook ausweichend. «Ich hoffe, dass wir uns wieder sehen, sollte ich je wieder das Kap anlaufen.»

«Da bin ich wiederum skeptisch, Mijnheer Cook. Wissen Sie, in meinem Alter genießt man jeden einzelnen Tag, den man noch erlebt, und plant nicht allzu weit voraus. Deshalb sage ich Lebewohl und wünsche Ihnen alles Gute.»

Noch einmal schüttelten sich die beiden Männer die Hände, dann trat Cook hinaus auf die Straße, die das Sonnenlicht grell zurückwarf, und drückte seinen Dreispitz auf den Kopf.

Gouverneur Tulback blieb im Schatten seines Hauses zurück und sah ihm durch die geöffnete Tür nach, ein zufriedenes Lächeln auf dem Gesicht.

## 45

Mit zusammengezogenen Augenbrauen saß Joseph Banks am Schreibtisch seiner von getrockneten Pflanzen, Setzlingen, Notizen und Zeichnungen überquellenden Kabine und blätterte in seinem Tagebuch.

*15. April*

*… Am Abend hatten wir eine leichte Brise, von der wir uns auf See bringen ließen. In der Nacht starb Mr. Molyneux, Maat des Schiffes.*

Er seufzte leise auf. Endlich hatte er sich wieder in der Lage gefühlt, halbwegs konsequent seine Aufzeichnungen zu führen. Seit Batavia schienen ihm Wochentage und Datumsbezeichnungen entglitten zu sein, und diese Entwicklung gipfelte in seiner lückenhaften, chaotischen Tagebuchführung am Kap. Es stand ihm nicht mehr der Sinn danach; es kostete ihn unglaubliche Mühen, sich jeden Abend hinzusetzen und konzentriert die Ereignisse des vergangenen Tages festzuhalten. Nichts war mehr an Bord, wie es war: Alle waren müde, so wie er, wollten nur noch nach Hause. Die Messe blieb abends immer öfter verwaist, und wer doch darin saß, verhielt sich meistens schweigsam und nachdenklich. Er blätterte weiter. «Wind von Nordwest, Wind wie gestern, flauer Wind, Wind von Südwest», murmelte er vor sich hin, als er die nichts sagenden Zeilen überflog. Er fühlte sich ausgelaugt, sehnte sich nach England, nach den Hecken und Feldern Lincolnshires, dem bunten Trubel Londons, nach seinem früheren, angenehmen und sorglosen Leben und danach, endlich einem interessierten Publikum die Früchte seiner Arbeit auf dieser Reise vorstellen zu können. Er hatte genug von dieser schwankenden Nussschale, von dem riesigen Ozean um sie herum, und er wünschte sich sehnlichst, dass die kommenden Wochen wie im Flug vergehen mochten. Mit lustloser Miene nahm er seine Feder auf und tunkte sie in das Tintenfass.

*28. April*
*Heute überquerten wir unseren ersten Meridian und vollbrachten damit die Umsegelung des Globus. Als wir das taten, verloren wir, wie dabei üblich, einen Tag, den ich anlässlich dieser Gelegenheit sorgfältiger hätte nutzen sollen, hätte ich ihn nicht ein zweites Mal – ich weiß nicht, wie – in meinem unregelmäßigen Tagebuch am Kap verloren.*

Zufrieden in die Sonne blinzelnd, stand Captain Elliot an Deck seines Schiffes, der *H.M.S. Portland*, und ließ seinen Blick über die Reede St. Helenas schweifen. Auf der blau glitzernden Wasseroberfläche dümpelten die zwölf Ostindienfahrer und die Schaluppe dahin, die er von Indien hierhergebracht und in den nächsten Wochen noch zurück nach England bringen würde. Er konnte bisher mehr als zufrieden sein mit der Reise, die hinter ihnen lag: Sie hatten günstiges

Wetter gehabt, ihre Lagerräume waren bis oben hin gefüllt mit kostbarem Tee, feinsten Seiden- und Baumwollstoffen und – vor neugierigen Augen gut darunter versteckt – wertvollem Kunsthandwerk, filigranem Schmuck und roh zugeschliffenen Edelsteinen, und auch die Ausfälle unter der Mannschaft durch Krankheit oder Tod lagen weit unter dem befürchteten Maß für solch weite Fahrten.

«Sir!» Hastig trat einer seiner Unteroffiziere vor ihn hin und salutierte zackig.

«Was gibt es, Mr. Hanson?» Mit hochgezogenen Augenbrauen sah er den jungen Mann an, den man ihm für diese Fahrt unterstellt hatte und den er von Anfang an nicht hatte leiden mögen – er verabscheute die kriecherische, efrige Art, mit der dieser farblose Midshipman immer vor ihm buckelte.

«Ein Schiff, Sir!» Dienstbeflissen reichte Hanson seinem Captain ein Teleskop.

Ein Auge zusammengekniffen, betrachtete Captain Elliot das sich nach allen Seiten endlos erstreckende Meer durch das Fernrohr. Winzig wie ein Spielzeug, klein und flach geformt, tanzte die Dreimastbark auf den Wellen der hohen See.

«Sie trägt den Union Jack, Sir», bemerkte Hanson und erntete dafür einen vernichtenden Seitenblick.

«Das sehe ich», gab der Captain ungehalten zurück und richtete seinen Blick wieder auf das näher kommende Schiff.

«Hol mich doch der Teufel», murmelte Elliot plötzlich und vergaß in seiner Überraschung sogar seine Abneigung gegen den Midshipman neben sich. «Das muss die *Endeavour* sein!»

«Sir, es heißt, sie wäre gesunken, irgendwo auf ihrer langen Fahrt», bemerkte Hanson, doch Captain Elliot ließ keinen Einwand gelten.

«Das ist sie, so wahr ich hier stehe», rief er mit einem Grinsen aus und gab Hanson einen leichten Schubs. «Lassen Sie Befehl zum Salut geben, aber ein bisschen plötzlich!»

In der Theorie nur ein Punkt auf der Landkarte, ein einsamer Stecknadelkopf inmitten der Leere des Atlantischen Ozeans, Hunderte von Meilen von den Küsten Afrikas und Amerikas entfernt, war St. Helena in Wirklichkeit ein einsamer Felsen, die Spitze eines gigantischen Vulkans, der in den unermesslichen Tiefen des Meeres wurzelte. Verloren in der blauen Weite des Ozeans, hilflos den Mächten des Windes und der Wellen, Sonne und Regen ausgesetzt, war diese kleine Insel knapp zwölf auf sieben Meilen groß. Verwittert und zerklüftet, beherbergte sie eine wilde Landschaft mit Bergen, Schluchten und grünen Tälern. Und als wäre sie in ihrer Lage zu weit von allen Küsten entfernt und zu klein, um einer wirklichen Zivilisation Grund zu bieten, fanden sich nur ein paar windschiefe Häuschen und eine halb zerfallene Kirche darauf.

«Ich für meinen Teil», spottete Banks bei einem der Dinner, die an den nächsten Abenden wechselseitig in der Messe der *Portland* und in der der *Endeavour* stattfanden, «fand es weitaus wundersamer, eine kleine Schnecke auf den Bergkämmen St. Helenas zu finden, als Menschen in Amerika oder jedem anderen Teil der Erde!» Beifälliges Gelächter aus der Runde der versammelten Offiziere war die Antwort, worauf Banks zu seinem Becher mit Wein griff und fortfuhr: «Was mich natürlich nicht davon abhielt, für meine botanische Sammlung über die Klippen und durch die Täler zu streifen – allein der Vollständigkeit halber!»

«Sagen Sie, Mr. Cook», Captain Elliot tupfte sich die Lippen mit der Serviette ab und beugte sich leicht zu seinem Tischnachbarn hinüber, «was würden Sie davon halten, wenn Sie sich für die Heimreise mit Ihrem Schiff uns anschließen würden – wenigstens ein Stück weit?»

Cook ließ sein Besteck sinken und griff ebenfalls zu seiner Serviette. «Das wäre zu überlegen, Mr. Elliot.»

*Sonntag, 18. Mai*
*Wind Südsüdost bis Ost. Kurs Nord, 20 Grad West. Zurückgelegte Entfernung 86 Meilen.*

*Zuerst leichte Brisen und schönes Wetter, restlicher Tag böig mit Donner und etwas Regen … Segelten in Begleitung der Flotte.*

*Montag, 19. Mai*
*Wolkiges, unbeständiges Wetter mit etwas Regen … Schickte ein Boot hinaus auf die* Houghton, *um den Schiffsarzt Mr. Carret zu holen, damit dieser einen Blick auf Mr. Hicks werfen konnte, der in seiner Auszehrung so weit fortgeschritten ist, dass es keine Hoffnung mehr zu geben scheint.*

Brittany und Hicks zogen sich in diesen Tagen in ihre eigene Welt zurück, in der sie dicht zusammenrückten, einander so nahe kamen wie nie zuvor, als könnten sie den Lauf des Schicksals aufhalten, wenn sie die Außenwelt nur weit genug entfernt von sich hielten. Es schien ihnen ein langer Weg zu sein, der hinter ihnen lag, und doch waren es kaum zwei Jahre. Beide wussten, dass er bald zu Ende sein würde, doch keiner sprach es aus, als ob sie dadurch einen Aufschub erwirken konnten.

Für Brittany schien keine Zeit mehr zu existieren; die Pflege Zacharys, der jeden Tag schwächer wurde, füllte ihr ganzes Dasein aus. Sie gab sich Mühe, die dumpfe Luft aus der Kabine zu vertreiben, indem sie so oft wie möglich lüftete und Wände und Fußboden mit Essigwasser abbürstete, doch der Geruch nach Krankheit und der Hauch des Todes, der darüber lag, blieben hartnäckig.

Stunde um Stunde saß sie auf dem Rand seiner Koje, tauchte immer wieder ein Tuch in eine Schüssel mit Wasser, wrang es aus und wischte ihm über das schweißnasse Gesicht und die magere, eingefallene Brust. Wenn er, nahezu aufrecht sitzend, im Rücken von allen Kissen gestützt, die sie an Bord hatte ergattern können, um ihm das Atmen zu erleichtern, in den unruhigen Schlaf gefallen war, den das hohe Fieber mit sich brachte, hielt sie seine Hand und sang leise alle Lieder, die ihr einfallen wollten, tahitische und englische, und oft war es ihr, als tröstete sie damit eher sich selbst. Mutlosigkeit und Trauer standen oft hinter ihr und blickten ihr über die Schulter, doch Brittany stieß sie immer wieder mit ganzer Kraft zurück. Zachary brauchte sie; sie durfte nicht nachgeben, nicht schwach werden.

Und England war doch so nahe – wenn er nur bis England durchhielt, dann würde alles gut, dessen war sie sicher.

Ohne dass sie es bemerkte, fielen ihre heißen Tränen auf Zacharys Hand, die sie fest umklammert hielt, und weckten ihn.

«Nicht weinen», sprach er sie leise an, seine Stimme rau vor Mattigkeit.

«Es ist nur, weil – es ist einfach nicht gerecht!»

Er zuckte kaum wahrnehmbar mit den Achseln. «Niemand sagt, dass es auf dieser Welt gerecht zugeht, Brittany.»

«Du hättest doch weiß Gott Besseres verdient als das hier!», brach es aus ihr hervor.

Zachary schüttelte den Kopf. «Ich sehe es anders – ich muss dankbar sein für das, was ich vom Leben bekommen habe. Ich habe so viel mehr erreicht, als ich mir jemals erträumen durfte. Erster Offizier auf einer der größten Entdeckungsfahrten seit Magellan und Kolumbus – das ist verdammt viel für einen halb verhungerten Jungen aus dem East End.» Er lachte kurz auf, dann erschütterte ihn ein neuer Hustenanfall.

Es schien eine Ewigkeit zu dauern, bis der krampfartige Husten, der blutigen Auswurf mit sich brachte, nachließ und er wieder atmen konnte. Ermattet ließ er sich in die Kissen zurückfallen und rang nach Luft. Er bemühte sich um ein Lächeln, doch es geriet zu einer Grimasse der Erschöpfung. Zärtlich strich Brittany über sein noch immer dichtes, lockiges Haar, das zu einem tiefen Braun nachgedunkelt und von zahlreichen silbernen Fäden durchzogen war.

Sein Blick suchte den ihren. «Vor allem bin ich dir begegnet», flüsterte er heiser, und ein Leuchten schien in seinen Augen auf. «Weißt du noch – damals auf Puaru?»

«Natürlich erinnere ich mich. Ich hatte solche Angst vor dir», lachte sie leise unter Tränen, und auch Zacharys Mundwinkel hoben sich für einen kleinen Augenblick.

«Ich werde es nie vergessen, solange ich lebe, Zachary – nichts von alledem», fügte sie mit zitternder Stimme hinzu.

«Ich habe es dir nie gesagt, nicht wahr – und du wolltest es so sehnlichst hören ...»

Der schwache Hauch eines Lächelns huschte über sein ausgezehrtes Gesicht.

Brittany schüttelte den Kopf; sein Anblick brach ihr fast das Herz. «Lass es gut sein, Zach, ich weiß es doch. Ich brauche keine Worte, um sicher zu sein.» Sie war um einen unbefangenen Ton bemüht, doch ihre Stimme wollte ihr bei jedem Atemzug versagen.

«Trotzdem.»

Brittany spürte, wie seine mageren Finger einen leichten Druck ausübten, und sie sah einen hellen Funken in seinen Augen aufleuchten. «Du bist die Liebe meines Lebens, Brittany Anne Addison. – *Ta'u tiare'apetahu'oe.*»

Sie schloss die Augen und erwiderte den Druck seiner Hand, spürte, wie eine starke Energie zwischen ihnen beiden hin- und herfloss.

Sie wusste, in der tahitischen Sprache gab es keinen größeren Ausdruck für einen geliebten Menschen, und gleichzeitig war es ein Wortspiel mit ihrem tahitischen Namen.

Mut und neue Hoffnung erfüllten sie. Er liebt mich – er hat es gesagt! Lieber Gott, ich danke dir für diesen Augenblick. Was auch geschehen mag: Daran will ich mich festhalten, wenn es sein muss, mein Leben lang. Er liebt mich ...

Sie öffnete die Augen. Stumm versanken sie im Blick des anderen, spürten die Magie, die sie einst zusammengebracht und immer wieder, allen Widerständen zum Trotz, zusammengeführt hatte, und es war, als ob sich ihre Seelen einen Moment lang berührten.

Ein erneuter Hustenanfall brach aus ihm hervor, fuhr durch seinen ganzen Körper. Brittany stützte ihn, spürte, wie ihn die Krämpfe quälten, wie er unter ihren Händen erzitterte. Von einem Augenblick zum nächsten quoll ihm gurgelnd Blut aus Mund und Nase, zähflüssiges, dunkelrotes Blut brach stoßweise in einem dicken Strom hervor, spritzte über die weißen Laken. Sie rief seinen Namen, versuchte panisch, den Blutstrom aufzuhalten, mit Leintüchern, ihren Röcken, und erst nach einer Ewigkeit, wie es ihr schien, wurde ihr bewusst, dass die Stimme, die so gellend um Hilfe schrie, ihre eigene war.

Im Korridor des Unterdecks standen Schiffsarzt Perry und die Midshipmen Clerke und Pickersgill zusammen, in eine leise Unterhaltung vertieft.

«Ich glaube nicht, dass er sich noch einmal erholt», sagte Perry gedämpft, «aber ich bin sicher, dass er Sie beide gern noch einmal sähe, so wie –»

Die Hilferufe, die zu ihnen drangen, gedämpft durch das Holz der Türen und Wände, ließen sie herumfahren. Mit einer Schnelligkeit, die Clerke dem immer so ruhig und gelassen wirkenden Arzt niemals zugetraut hätte, riss Perry die Tür zu Lieutenant Hicks' Kabine auf. Er packte Brittany, schob sie auf Charlie zu, der, Pickersgill im Rücken, unter dem Türrahmen stand und mit Entsetzen einen flüchtigen Blick auf Hicks' blutigen Todeskampf erhaschte. Charlie zerrte sie fort, und Perry schlug ihnen die Tür vor der Nase zu.

«Lass mich los, Charlie, ich muss zu ihm», rief Brittany und wollte sich von ihm losreißen, doch er packte nur fester zu. «Lass mich los», schrie sie, schriller, sich mit aller Kraft gegen ihn wehrend.

«Hilf mir, Dick», stieß Charlie zwischen zusammengebissenen Zähnen hervor.

Zu zweit schleiften sie Brittany davon, die sich wie eine Wahnsinnige gebärdete, um sich schlug und kratzte, nach ihnen trat und unaufhörlich schrie. Die Angst um Zachary verlieh ihr ungeahnte Kräfte, ließ sie wie eine tobende Furie erscheinen. Als die beiden Midshipmen schon glaubten, sie nicht mehr bändigen zu können, gingen Brittanys Schreie in heftige Schluchzer über, und sie erschlaffte unter ihrem Griff. Pickersgill ließ sie los, überließ sie Charlie, der sich mit ihr auf den Boden sinken ließ. Ihre blutbeschmierten Röcke breiteten sich um sie aus, während sie an seiner Brust weinte, laut und unbeherrscht, ihrer Angst, ihrer Verzweiflung Luft machte.

«Warum, Charlie», hörte er sie gegen seine Hemdbrust hervorstoßen, ihre Finger in das dunkelblaue Tuch seines Rocks gekrallt, «warum … warum hatten wir keine Chance … warum er, warum all die anderen … warum nur … ich kann es nicht ertragen, Charlie …»

«Schh», murmelte Charlie in ihr Haar, während er sie wiegte, spürte, wie ihr Weinen schwächer wurde, kläglicher, und es zerriss ihm das Herz, sie so zu sehen, nicht zu wissen, wie er ihren Schmerz, ihre Trauer lindern könnte.

Er wusste nicht, wie lange sie beide so auf dem Boden kauerten, ehe er Perrys schwere Schritte näher kommen hörte und aufsah. Die Ärmel seines Hemdes bis über die Ellbogen hochgerollt, strich er sich mit dem Handrücken eine Strähne seines dicken, glatten Haares aus dem Gesicht, und Charlie sah die Schwermut in seinen Augen, mit der er die zusammengekrümmte Gestalt Brittanys ansah.

Als hätte sie seine Anwesenheit gespürt, blickte sie auf, aus rotgeweinten Augen, ihr Gesicht nass von Tränen, in dem feuchte Strähnen ihres Haares klebten.

«Es tut mir Leid», sagte Perry leise und mit belegter Stimme, «ich konnte nichts mehr für ihn tun.»

Brittany sah ihn, hörte seine Worte, aber es fiel ihr schwer, sie zu verstehen. Alles, worauf sie achten konnte, war das Blut auf Perrys Hemd – Zacharys Blut. Stumm starrte sie vor sich hin, versuchte, eine Erwiderung zu finden, doch ihr Kopf schien völlig leer zu sein.

Sie machte Anstalten, sich zu erheben. Charlie stützte sie, wollte ihr aufhelfen, doch ein scharfer Schmerz, der ihren Unterleib durchfuhr, zog sie wieder zu Boden, und sie holte tief und angestrengt Luft. Sie hörte die Männer ihren Namen rufen, doch der Schmerz traf sie erneut, dieses Mal mit verstärkter Wucht; sie spürte, wie starke Arme sie aufhoben, als sie in sich zusammensackte und es schwarz um sie wurde.

# 46

Ein schnelles Klopfen ließ Cook aus seinen Gedanken auffahren. Rasch gab er Antwort, und Isaac Smith, der Cousin seiner Frau, steckte den Kopf zur Tür herein. «Mr. Perry, Sir.»

Cook nickte. «Danke, Isaac.»

Smith hielt dem jungen Schiffsarzt die Tür auf, salutierte kurz und schloss sie dann hinter ihm. Cook wies mit einer Hand auf den Stuhl neben seinem Schreibtisch.

«Danke, Sir.»

Cook starrte auf die Seiten seines Tagebuchs, das er aufgeschlagen vor sich liegen hatte, und drehte gedankenverloren die Feder in seinen knotigen Händen. Er schwieg lange, bevor er sich in seinem Stuhl zurücklehnte und schließlich die Frage stellte, auf die Perry gewartet hatte. «Wie geht es Miss Addison?» Er war um einen neutralen Ton bemüht, doch Perry konnte deutlich seine Sorge heraushören.

«Den Umständen entsprechend gut, Sir. Sie schläft jetzt.» Perry versuchte, so ruhig und unbeteiligt zu wirken wie möglich, doch Cook hakte nach.

«Mr. Clerke hat mir die Art ihrer Erkrankung mitgeteilt – die Ruhr, sagen Sie?»

Perry dankte dem Himmel, dass er so geistesgegenwärtig gewesen war, Clerke entsprechend zu instruieren und sofort zum Captain zu schicken, dass Cook, Gore und die anderen Gentlemen sich in diesen Stunden an Deck befunden und von den Ereignissen im Unterdeck nichts mitbekommen hatten.

«Ja, Sir, zusammen mit einem akuten Schwächeanfall», log er ohne mit der Wimper zu zucken seinen Captain an, innerlich dafür Abbitte leistend.

«Die letzten Monate haben an ihren Kräften gezehrt. Doch ich bin zuversichtlich, Sir.»

Cook nickte nachdenklich und schob das Tintenfass von einer Seite zur anderen, bevor er ihn unverwandt ansah. «Tun Sie, was Sie können, Mr. Perry. Ich möchte wenigstens sie heil nach Hause bringen.»

«Natürlich, Sir.»

Cook richtete sich wieder in seinem Stuhl auf. «Danke, Mr. Perry, das war alles.»

Mit einem kurzen Nicken entließ er ihn und tauchte die Feder in die Tinte.

*Sonntag, 26. Mai*
*Wind Nordost bis Nord. Kurs Nord, 46 Grad West. Zurückgelegte Entfernung 92 Meilen. Position 10 Grad 47 Minuten nördlicher Breite, 29 Grad 35 Minuten westlicher Länge.*

*Gleich bleibender Passatwind und bewölkt.*

*Etwa um ein Uhr nachmittags schied Lieutenant Hicks aus dem Leben, und am Abend wurde sein Leichnam mit den üblichen Feierlichkeiten der See übergeben. Er starb an einer Auszehrung, von der er nicht frei war, als wir England verließen, so dass man wahrlich sagen kann, dass er seither todkrank war, obwohl er sich wacker hielt, bis wir nach Batavia kamen.*

Er legte die Feder beiseite und stützte die Stirn in die Hände.

«Lass es genug sein, Herr», murmelte er vor sich hin, von Verzweiflung gestreift, «lass ihn den Letzten gewesen sein.»

Solander, blass und durchscheinend, sichtlich geschwächt von seiner schweren Krankheit, starrte fassungslos auf die Tischplatte in der

Messe, auf der noch die Überreste des Dinners standen, dem außer von Joseph Banks nicht sonderlich zugesprochen worden war.

«Ich kann es nicht glauben», murmelte er vor sich hin, «er schien immer so vital zu sein – so stark. Unser Mr. Hicks war der Letzte, bei dem ich vermutet hätte, dass ihn die Schwindsucht dahinrafft.»

Aus seinen wasserblauen Augen, die ungewohnt groß in seinem eingefallenen, hageren Gesicht wirkten, sah er Perry an, der am Kaminfeuer stand, das den abendlich dämmrigen Raum mit seinen rotgoldenen Flammen in ein angenehm mildes Licht tauchte.

«Es trifft immer die, von denen man es am wenigsten erwartet», antwortete Perry leise, seinen Blick in die Tasse versenkt, die er in der Hand hielt.

«Nun übertreiben Sie mal nicht, Gentlemen», meldete sich Banks über den Seiten seines Tagebuches zu Wort. «Wir haben auf dieser Reise so viele Männer verloren! Und Mr. Hicks gehörte gewiss nicht zu denen, die man vermissen wird.»

«Joseph», begann Solander empört, wurde aber von Lieutenant Gore unterbrochen, der von seinem Platz aufsprang.

«Wenigstens jetzt könnten Sie Ihren ungerechtfertigten Groll gegen ihn aufgeben», rief er ungehalten, sein Gesicht vom Wein und dem Zorn, der in ihm aufbrandete, gerötet, «und ihn als den fähigen, großartigen Offizier anerkennen, der er war! Aber vielleicht», fügte er böse hinzu, «sind Sie auch einfach nur froh, den Rivalen um die Gunst der schönen Dame los zu sein!» Krachend flog die Tür hinter ihm ins Schloss.

Banks lief rot bis unter die Haarwurzeln seines sandfarbenen Haares an, schüttelte aber mit arrogant hochgezogenen Augenbrauen den Kopf. «Wir sollten schleunigst nach Hause zurückkehren», sagte er hochmütig in die Runde, ohne einen bestimmten von ihnen zu meinen, «mir scheint, allmählich verliert hier an Bord einer nach dem anderen den Verstand! Vielleicht hätte ich die Reise tatsächlich mit Captain Elliot auf der *Portland* beenden sollen – schneller wäre es auf alle Fälle gewesen, so flink, wie uns die Flotte überholt hat!»

Scheinbar gleichmütig tunkte er die Feder in die Tinte und fuhr mit seinen Aufzeichnungen fort, in denen er den Tod des Ersten Offiziers mit keiner Silbe erwähnte.

Leise öffnete Perry die Tür zu der engen Kabine und schloss sie ebenso leise wieder hinter sich. Lange hatte er es nicht in der Messe ausgehalten, weniger weil ihn die teils gereizte, teils trübsinnige Stimmung dort gestört hatte, sondern weil er ruhelos zu werden begann, sobald er seine Patientin länger als ein paar Minuten allein ließ.

Die Kabine war die von Monkhouse, die er als dessen Nachfolger quasi geerbt hatte, ebenso wie dessen Arzneien, Instrumente, Bücher und sonstigen medizinischen Unterlagen. Bei der Durchsicht und schriftlichen Auflistung, die er mit Molyneux damals vornahm, hatte er begonnen, aufzuräumen und auszumisten. All das, was er in der Ausübung seiner Position als neuer Schiffsarzt nicht brauchen würde, hatte er in Kisten gepackt, beschriftet und in den Lagerräumen verstauen lassen; in den Rest jedoch, ergänzt durch die Anschaffungen aus Batavias Apotheken, hatte er eine sorgfältige Ordnung gebracht, was die kleine Kabine heller, luftiger und vor allem sauberer wirken ließ.

Bemüht, möglichst keinen Lärm zu machen, stellte er einen Stuhl neben die Koje. Noch einmal ließ er seinen Blick durch den Raum schweifen, sorgfältig den Holzboden und den großflächigen Tisch an der gegenüberliegenden Wand nach verräterischen Spuren absuchend, doch außer ein paar kaum wahrnehmbaren Schatten, die ebenso gut eine natürliche Maserung im Holz wie alte Gebrauchsspuren hätten sein können, deutete nichts darauf hin, was sich heute hier abgespielt hatte.

Brittany schlief tief und fest, noch immer unter dem Einfluss des Opiumextraktes, den er ihr eingeflößt hatte. Sie war blass, und ihr Haar, das sich auf dem Kissen ausbreitete, wirkte beinahe unnatürlich in seinem Kastanienrot. Immer wieder runzelte sie im Schlaf die Stirn, bewegte sich unruhig hin und her, als ob böse Träume sie verfolgten. Dann murmelte Perry sanft ein paar Worte, strich ihr beruhigend über Stirn und Wangen und prüfte dabei, ob auch kein Fieber anzeigte, dass sie sich eine Infektion geholt hatte, obwohl er wusste, dass er darüber erst in den nächsten Tagen, vielleicht auch erst in den nächsten Wochen Gewissheit haben würde. Er hatte geglaubt, sie würde ihm unter den Händen verbluten, als er sie nach ihrem Zusammenbruch in diese Kabine gebracht hatte, und es hatte ihn ein paar Augenblicke gekostet, um zu begreifen, was mit ihr vorging, als der Blutstrom ihre Röcke durchtränkte: dass sie dabei war, eine Fehlgeburt zu erleiden.

Geburtshilfe und alle Aufgaben, die mit ihr in Zusammenhang standen, waren eigentlich allein Aufgabe von Hebammen: Ärzte, die sich damit näher befassten, wurden bespöttelt und verlacht. Perry war noch nie so froh gewesen wie an diesem Tag, dass seine Ausbildung in London auch dieses Gebiet abgedeckt hatte.

Er konnte nicht genau sagen, wie weit Brittanys Schwangerschaft schon fortgeschritten war, sicher noch nicht sehr weit – vier Monate vielleicht, doch sie verlor sehr viel Blut. Eine Ausschabung schien unumgänglich zu sein, und das war der Moment, in dem Perry wohl zum ersten Mal so etwas wie Angst verspürte. Er war dem Captain dankbar, dass dieser so großen Wert auf Sauberkeit legte, in kurzen, regelmäßigen Abständen die Zwischendecks und die Kabinen schrubben und nass aufwischen ließ; er war Monkhouse dankbar, dass dieser Unmengen an Instrumenten mit auf die Reise genommen hatte, selbst solche, die ein Schiffsarzt aus Platzgründen normalerweise nicht mit sich führt, und wenn er auch nicht exakt das fand, was er suchte, so fand er doch eine Anzahl vergleichbarer Instrumente, die er für den Eingriff verwenden konnte. Trotz der gebotenen Eile erhitzte er Wasser bis zum Siedepunkt, um die Instrumente zu säubern, und obwohl Brittany noch immer bewusstlos war, flößte er ihr ein paar Tropfen Opium ein, um sicher zu gehen, dass sie so wenig Schmerzen wie möglich erdulden musste, bevor er sich ans Werk machte.

Er, den sonst kaum etwas aus der Ruhe bringen konnte, spürte, wie er unruhig und nervös wurde. Während des Eingriffs konzentrierte er sich allein auf den nächsten Schritt, den nächsten Handgriff und dachte bewusst nicht daran, dass es Brittany war, die mit hochgeschobenen Röcken und starken Blutungen vor ihm auf dem Tisch lag. Erst hinterher, als er sie gewaschen, in eines seiner Hemden gesteckt und in die Koje gebettet hatte; erst als er die Kabine aufgewischt, alle verräterischen Spuren beseitigt und bei Einbruch der Dunkelheit den Eimer mit Blut, Gewebe und dem toten Fötus über Bord gekippt hatte – erst dann hatten seine Hände zu zittern begonnen, und er war ins Grübeln gekommen.

Er hatte Hicks als Mann wie als Offizier geschätzt, vielleicht, weil dieser ebenso verschlossen war wie er selbst, und es war damals in

Batavia selbstverständlich für ihn gewesen, ihm und Brittany ein paar Stunden des Alleinseins zu ermöglichen, als er bemerkt hatte, was sich zwischen ihnen abspielte. Und sosehr ihn der Tod von Lieutenant Hicks bedrückte, so spürte er doch eine stumme Wut in sich darüber aufsteigen, dass dieser nicht die Finger von ihr hatte lassen können, sie in diese lebensgefährliche Lage gebracht hatte.

Perry versuchte, sich selbst gegenüber ehrlich zu sein. Auch er hatte seine Liebschaften gehabt, als Heranwachsender unter dem Blätterdach der Obsthaine Chiswicks, während seiner Ausbildung und der anschließenden praktischen Tätigkeit bei einem Wundarzt in London, in den lauen tropischen Nächten auf Tahiti, und natürlich hatte er sich nicht immer Gedanken darüber gemacht, ob es Folgen haben würde. Doch niemals, niemals hätte er auf einer solchen Reise eine Affäre begonnen – nicht auf einem so begrenzten Raum, nicht in einem Umfeld, das so weit entfernt war vom alltäglichen Leben an Land wie nur möglich, nicht im Bewusstsein, todkrank zu sein. Vielleicht ging er zu streng mit Hicks ins Gericht – vielleicht waren es die Sorge und die Angst um Brittany, die ihn so denken ließen. Der Gedanke, sie würde sterben, durch seine Hand – zwar nur mittelbar, aber darin bestünde für ihn kein Unterschied –, oder ihn ihr Leben lang verfluchen, sollte sie durch diesen Eingriff nie wieder Kinder bekommen können, dieser Gedanke war ihm unerträglich.

Ein gedämpftes Hüsteln vor der Tür unterbrach seine Gedanken, und leise stand er auf.

Es war Midshipman Clerke, der den Schiffsarzt mit einem ängstlichen Ausdruck in den Augen ansah. «Wie geht es ihr?», fragte Charlie hastig, noch bevor Perry die Tür hinter sich geschlossen hatte.

Perry nickte langsam. «Verhältnismäßig gut. Wir müssen jedoch abwarten, wie es sich entwickelt.»

«Kann ich zu ihr?» Ungeduld und hoffnungsvolle Erwartung spiegelten sich in der Miene des Midshipmans, der, obwohl fünf Jahre älter als er, ihm doch immer wesentlich jünger erschienen war.

Perry schüttelte kaum merklich den Kopf. «Morgen gerne, aber heute braucht sie noch Ruhe.»

Der Klang von Stimmen streifte sie, drang in die Schwärze ihres Bewusstseins – unscharf zuerst, dann deutlicher. Eine Tür knarrte und fiel leise ins Schloss. Mühsam versuchte Brittany, die Augen zu öffnen. Ihre Lider waren so schwer, und sie war so müde. War sie eingeschlafen? Sie konnte sich an nichts erinnern. Blinzelnd tastete sie ihre Umgebung mit Blicken ab. Sie war nicht in ihrer Kabine, auch nicht in der Zacharys, doch auch wenn der niedrige Raum ihr bekannt vorkam, wusste sie beim besten Willen nicht, wo sie sich befand.

«Gehen Sie auf Ihren Posten. Sie können im Moment nichts für sie tun.»

«Gute Nacht, Perry.»

«Gute Nacht.»

Wieder Schritte, wieder eine Tür.

Brittany zwang sich gewaltsam, die Augen zu öffnen. In der Richtung, aus der die Geräusche gekommen waren, sah sie einen großen, kräftigen Mann stehen, das dunkle Haar glatt und glänzend wie das Gefieder eines Raben. Als er sich umwandte, erkannte sie das eckige Gesicht mit den dunklen Augen.

«Perry ...» Ihr Flüstern war nicht mehr als ein Hauch, doch er war sofort bei ihr.

Mühsam versuchte sie sich aufzurichten, doch Perry drückte sie sanft zurück in die Kissen. «Bleiben Sie liegen, Sie sind noch sehr schwach.»

Sie war verwirrt. Weshalb war Perry so besorgt um sie? Erinnerungsfetzen drängten sich ihr auf, blitzartig aufflackernde, stumme Bilder: sie und Zachary in seiner Kabine, der schreckliche Blutsturz, ihr Kampf gegen Charlies und Pickersgills Kraft, der Schmerz in ihrem Unterleib, der Fall in tiefe Bewusstlosigkeit. Das Grauen, das sie dabei überfiel, ließ sie unwillkürlich den Kopf schütteln. Sie sah Perry an, der sich auf der Kante der Koje niedergelassen hatte und sie prüfend musterte.

«Ich habe alles nur geträumt, nicht wahr?», fragte sie mit einem schwachen, zittrigen Lächeln. Sie betete, dass Perry sie gleich anlächeln und nicken würde, ihr sagen würde, dass alles in Ordnung war – doch er verzog keine Miene, als er sich verhalten räusperte und leise sagte:

«Es tut mir Leid, aber es war nichts mehr zu machen.»

Eine Welle der Übelkeit überrollte Brittany, und sie spürte, wie ihr Körper sich unter dem Schmerz, der sie erbarmungslos traf, zusammenkrümmte. Sie wollte sich auf die Seite drehen, als ein feines Stechen und Brennen in ihrem Unterleib sie zusammenzucken ließ. In dem Bewusstsein, den letzten, tödlichen Schlag zu erhalten, wandte sie ihr Gesicht, das wie versteinert wirkte, Perry zu.

«Ich habe es verloren.»

Perry nickte und berührte sie leicht an der Schulter, in dem Versuch, ihr Trost zu spenden, doch er spürte, wie sie unter seiner Berührung starr wurde. Sie drehte sich auf die Seite, von ihm weg, und rollte sich zusammen wie ein Kind im Mutterleib.

«Lassen Sie mich bitte alleine», flüsterte sie der Wand zu.

## 47

Sie hatte lange gebraucht, um sich selbst einzugestehen, dass sie ein Kind von Zachary erwartete. Die Zeit verstrich, und ihr Körper veränderte sich allmählich. Ihre Brüste begannen zu spannen, wurden kaum merklich voller, und trotz ihrer Magerkeit begann sich ihr Bauch ein wenig zu runden. Doch sie schob jeden Gedanken daran zur Seite, konnte und wollte sich allein auf Zacharys Heilung konzentrieren – sobald er in Sicherheit war, wollte sie auch an ihre Zukunft denken. Diese Hoffnung war zerbrochen, und das Kind war ihr genommen worden, bevor sie es überhaupt wirklich gespürt, wirklich geliebt hatte.

Teilnahmslos ließ sie Perrys Pflege über sich ergehen, trank, was er ihr hinhielt, doch sobald er ihr Nahrung zuführen wollte, wandte sie den Kopf ab. Sie wollte nicht essen, niemanden sehen; sie wollte nicht leben, nur noch sterben. Sie schien nicht mehr erreichbar zu sein.

Zwei Tage nach Hicks' Tod hatte Perry am späten Abend gerade wieder versucht, ihr eine leichte Brühe einzuflößen – vergebens. Perry wusste, dass man ihn oft für einen Stoiker hielt, ganz selbstverständlich davon ausging, dass ihn nichts wirklich je aus der Ruhe bringen konnte, doch selbst sein Gleichmut hatte Grenzen. Er spürte, wie langsam eine zähe Wut in ihm aufstieg.

Ungeduldig warf er den Löffel zurück auf das Tablett, das auf dem schmalen Schreibtisch neben der Koje stand, und lehnte sich in seinem Stuhl zurück, Brittany mit seinen tiefgründigen dunklen Augen fixierend.

«Allmählich geht mir die Geduld mit Ihnen aus», sagte er schließlich. «Sie haben sehr viel Blut verloren, und wir müssen das so schnell wie möglich ausgleichen. Aber das scheint Sie keineswegs zu interessieren.»

Es verstrichen einige Augenblicke, ehe sie ihm den Kopf zuwandte und heiser sagte: «Es interessiert mich auch nicht. Ich will nur, dass es endlich vorbei ist.»

Perry zog kaum merklich seine Augenbrauen hoch und schlug einen sarkastischen Ton an: «Wenn ich das vorher gewusst hätte, hätte ich mir eine Menge Arbeit ersparen können.»

Als Brittany nicht die geringste Reaktion zeigte, erhob er sich und ging zur Tür. Den Türgriff schon in der Hand, fügte er hinzu: «Allerdings muss ich schon sagen, dass Sie mich enttäuschen. Ich hätte mehr von Ihnen erwartet, als dass Sie einfach so kampflos aufgeben.»

«Sie hätten mehr von mir erwartet?»

Mit einer gewissen Befriedigung hörte Perry eine Spur von Trotz in ihrer matten Stimme.

«Ich kann es auch gerne wiederholen», fuhr Perry ungerührt fort, «Sie enttäuschen mich, Brittany!»

«Ich enttäusche Sie», wiederholte Brittany mit erstickter Stimme, und Perry konnte über den kleinen Raum hinweg sehen, wie ihr Tränen über das Gesicht liefen, «und was ist mit mir – mit meiner Enttäuschung, meinem Schmerz?»

«Sie sind ein verdammt undankbares Gör, Brittany Anne Addison», rief er ihr von der Tür her zu, ein zorniges Funkeln in den Augen. «Sie sind jung, gesund und begabt dafür, Menschen zu heilen. Gewiss, Sie haben viel gelitten, aber das rechtfertigt nicht, dass Sie Ihr Leben einfach so wegwerfen! Wenn ich Sie jetzt so sehe, könnte ich fast glauben, dass aller Trost, all die Aufmunterung, die Sie den Kranken weitergegeben haben, nichts als eine Lüge war, weil Sie im

Grunde selbst nicht daran glauben. Denken Sie nicht, dass jeder Einzelne der Männer, die wir verloren haben, alles darum gegeben hätte, jetzt an Ihrer Stelle zu sein, voller Schmerz, voller Trauer – aber am Leben?» Grimmig starrte er sie an, und sie vermeinte, seine Verachtung förmlich auf ihrer Haut zu spüren. Solche Gefühlsaufwallungen hätte sie bei ihm niemals vermutet, und sie spürte Zorn darüber in sich aufsteigen, dass er es wagte, in einem solchen Ton mit ihr zu reden, sich anmaßte, ein Urteil über sie und ihre Situation zu fällen.

Sie langte hinüber auf den Schreibtisch und gab dem Tablett einen leichten Stoß. «Zur Hölle mit Ihnen und diesem Zeug!»

Polternd stürzte das hölzerne Tablett in senkrechtem Fall auf den Boden; scheppernd zerschellte die Schale aus Steingut auf den Bodenplanken.

Als hätte diese Handlung ihr die letzte Kraft abverlangt, brach sie in der Koje zusammen, ein weinendes Bündel Elend und Verlassenheit.

Mit einem Hauch von Belustigung blickte Perry auf das Durcheinander auf dem Boden, ehe er darüber hinwegstieg und sich vorsichtig auf der Kante der Koje niederließ. Behutsam fuhr er Brittany über die tränenüberströmten Wangen, strich die Strähnen ihres Haares, die ihr im Gesicht klebten, zurück, und die Berührung seiner sanften Hände löste die Beklemmung, die sie wie Blei auf ihrer Seele empfunden hatte.

«Es ist alles meine Schuld», stieß sie hervor, «ich habe euch die Krankheit und den Tod gebracht – ich habe mein Kind umgebracht!»

Perry runzelte die Stirn, als sie in einzelnen, manchmal unzusammenhängenden Satzfetzen von Tupia zu erzählen begann, von dem Fluch, den sie mit ihrem Bruch des *tapu* auf sich und ihr Umfeld gezogen hatte, dass sie glaubte, mit ihrer Bemühung, ihren Zustand sich selbst gegenüber zu verleugnen, das Kind, das in ihr heranwuchs, getötet zu haben. Perry hatte von jeher jede Art von Aberglauben abgelehnt, gleich welcher Religion er auch immer entstammen mochte, und voll Zorn stellte er sich vor, wie Tupia Brittany diese Schuldgefühle eingeflüstert hatte, die sie monatelang mit sich herumgetragen hatte und die sie nun in tiefste Verzweiflung hinabzogen.

Schweigend hörte er zu, bis ihre Selbstanklagen verstummten und sie angestrengt Atem schöpfte. «Ich weiß nichts über euren Glauben, eure Götter», begann er schließlich langsam, vorsichtig jedes Wort abwägend, «ich habe keine Antwort darauf, warum es ausgerechnet uns so schwer getroffen hat. Aber es scheint mir kaum glaubhaft, dass ausgerechnet du die Ursache dafür sein sollst.» Unwillkürlich benutzte er das intime Du, als könnte er damit seinen Worten einen besseren Zugang in ihr Bewusstsein verschaffen. Er war sich nicht sicher, aber er glaubte zu spüren, dass sie ihm zuhörte, und leise sprach er weiter.

«Viele andere Schiffe hatten ebenfalls die Ruhr an Bord, und ganz Batavia ist ein einziger Malariasumpf. Dass diese Reise nicht in einer völligen Katastrophe endete, haben wir nicht zuletzt dir zu verdanken. Alleine hätte ich es nicht geschafft, auch nur einen Bruchteil der Männer zu retten.»

Ihre heftigen, verzweifelten Schluchzer ebbten ab, als hätte seine nüchterne Art die bösen Gedanken Tupias zumindest in ihre Schranken weisen können, doch so schnell ließen die Dämonen ihrer Seele Brittany nicht gehen. «Und Zachary und das Kind?» Ihre Augen waren dunkel vor Trauer und Tränen.

«Es kommt nicht selten vor, dass eine Empfängnis nicht ausgetragen wird. Ich habe einmal eine alte Frau sagen hören, dass diese Seelen noch nicht bereit sind für diese Welt, es vorziehen, zu einem anderen Zeitpunkt wieder zu kommen. Es war ganz gewiss nicht deine Schuld – die Umstände waren wahrhaftig nicht günstig.» Mit einem seltsamen Ziehen in seiner Herzgegend fuhr er gedämpft fort: «Vielleicht wärt ihr beide euch nie so nahe gekommen, wenn der Tod nicht schon auf ihn gewartet hätte.»

Er sah, wie Brittany in ihrem Schmerz die Augen schloss, spürte, wie sie sich weinend unter seinen Händen zusammenkrümmte, als quälte sie ein körperliches Leid.

«Du hast so viel Kraft weitergegeben, in Batavia und danach», flüsterte er ihr zu, sie leicht an der Schulter rüttelnd. «Gib jetzt nicht auf.»

«Ich kann ohne ihn nicht leben, Perry, ich kann es nicht!», brach es aus ihr hervor, als eine neue Flutwelle der Verzweiflung sie mit sich hinabziehen wollte, der blasse Lebensfunke, den Perry wieder in ihr zum Glimmen gebracht hatte, zu verlöschen drohte.

«Du kannst», gab er in scharfem Tonfall zur Antwort. Fest nahm er ihr nasses Gesicht in beide Hände und zwang sie, ihn anzusehen. Er versuchte, alle Kraft, alle Stärke, die er hatte, in diesen Blick zu legen und an sie weiterzugeben. «Vertrau mir.»

In dieser Nacht träumte sie nach langer Zeit wieder von Tahiti. Um sie leuchtete grün und farbenprächtig blühend der Regenwald, schien noch intensiver und berauschender zu sein als in ihrer Erinnerung. Trillernd sangen die Vögel über ihrem Kopf, unterbrochen vom unmelodischen Kreischen eines Papageis, und die angenehme Wärme der Sonne ließ den süßen Blütenduft in die Luft aufsteigen.

*Tiare'ita,* hörte sie Rataneas volltönende Stimme hinter ihrer Schulter flüstern, weshalb hast du vergessen, was ich dich gelehrt habe? Tane würde nie einen Fluch über seine Tochter aussprechen! Aber er würde sie in die Dunkelheit schicken, in die sie sein Licht hineinträgt, so wie er dich zu deinem Volk zurückgeschickt hat …

## 48

Es war ein langer Weg, den Brittany nach jener Nacht zurücklegen musste. Nur allmählich bekam sie unter der Pflege Perrys, der sie mit nahrhafter Kost aufpäppelte, wieder Farbe, wurde kräftiger. Es war deutlich zu spüren, dass sie kämpfte und Schritt für Schritt ins Leben zurückkehrte. Sie lächelte über die Komplimente und charmanten Neckereien, mit denen Banks sie überschüttete, ließ es sich gerne gefallen, dass Solander, der selbst nur sehr langsam seine Kräfte wiedergewann, ganze Nachmittage lang neben ihrem Krankenlager in Perrys Kabine saß und ihr vorlas, und Charlies mit munterem Witz vorgebrachten Schilderungen der kleinen Begebenheiten an Bord, seine Späße und die Kartentricks, mit denen er sie verblüffte, entlockten ihr manchmal sogar ein kleines Auflachen. Nur Perry kannte die schwarzen Stunden, in denen sie sich in dem endlosen Abgrund von Trauer und Schmerz wieder fand. Er war dann an ihrer Seite, fing sie auf und tröstete sie, stark und unerschütterlich, und blieb bei ihr, bis sie die Kraft wieder gefunden hatte, gegen die dunkle Macht anzukämpfen.

Sie wusste, dass sie tief in seiner Schuld stand, und immer wieder beobachtete sie ihn heimlich, wenn er mit ernstem Gesicht die Arzneien mischte, die er dem Dutzend Männer verabreichte, die noch immer seiner Hilfe bedurften. Sie hatte geglaubt, ihn zu kennen, nach der Zeit, die sie gemeinsam auf Leben und Tod um die Männer kämpften, doch inzwischen hatte sie mehrfach erkennen müssen, dass dies ein Trugschluss war. Sie verdankte ihm ihr Leben, in doppeltem Sinne, und auch wenn Perry kein Aufhebens darum machte, so verspürte sie doch immer ein warmes Gefühl der Zuneigung, wenn sie ihn sah, noch verstärkt durch das Wissen, dass sie ein Geheimnis miteinander teilten.

Die Sonnenstrahlen fielen schon schräg durch das Bullauge in den kleinen Raum der Kabine, als ein schepperndes Geräusch Brittany aus dem leichten Schlaf riss, in den sie gefallen war. Im nächsten Moment flog die Tür auf, und Perry kam herein, Banks' kupferne Sitzbadewanne vor sich hertragend, die Joseph in einem Anflug von Luxussehnsucht mitgenommen und die ihm dann bei den entsetzlichen Krämpfen, die die Ruhr mit sich brachte, hervorragende Dienste geleistet hatte. Schwungvoll setzte Perry sie mitten im Raum ab.

«Was soll ich damit?», fragte Brittany und stützte sich in der Koje auf ihre Ellbogen auf.

«Baden natürlich», entgegnete Perry, «ab heute nehmen Sie wieder am Dinner in der Messe teil.»

Er marschierte hinaus, um mehrere Eimer heißen Wassers zu holen. Ein Schwamm, eine zart duftende Lavendelseife und ein paar Leintücher vervollständigten die Badeeinrichtung, und schließlich kehrte Perry sogar mit einem Berg Kleidungsstücke und einem Paar Schuhe aus Brittanys Kabine zurück.

«Ich bin nicht ganz sicher, was alles dazugehört», meinte er mit einem zweifelnden Blick auf die Fluten blauer Seide und weißen

Batists, «doch ich hoffe, ich habe Ihnen das Wichtigste mitgebracht.» Vorsichtig legte er alles über den Stuhl neben der Koje und stellte die schwarzen Schnallenschuhe auf den Boden. «Ich bin draußen auf dem Gang. Wenn Sie fertig sind oder etwas brauchen, rufen Sie einfach», sagte er und schloss die Tür hinter sich.

Als Perry Brittanys Rufen vernahm und die Kabine wieder betrat, saß sie schon angekleidet auf dem Rand der Koje und trocknete sich gerade ihr langes Haar mit einem Tuch. Bei seinem Eintreten ließ sie das Tuch sinken und sah ihn mit einem kleinen, spitzbübischen Lächeln an. «Würden Sie mir wohl die Haken im Rücken schließen? Ich kann das noch nicht wieder alleine!»

Perry setzte sich zu ihr. Mit einer raschen Bewegung strich sich Brittany das Haar zur Seite und neigte den Kopf.

Er zögerte einen Augenblick, ehe er das Kleid am Rücken mit den vielen feinen Häkchen zu schließen begann. Bislang war es ihm immer gelungen, in ihr die Patientin zu sehen, die seine Hilfe brauchte, doch in dem Kleid wirkte sie, obwohl sie immer noch sehr dünn war, so weiblich, dass diese Taktik versagte. Der glatte Seidenstoff unter seinen Händen, das feine Batisthemd darunter, ihre helle Haut, ihre schlanke Nackenlinie verwirrten ihn, und die Empfindungen, die ihn heiß durchliefen, wenn er ihren Rücken mit der Hand streifte, ließen ihn mehr als einmal unwillkürlich den Atem anhalten. Nach einer endlosen Ewigkeit, wie es schien, war er oben im Nacken angelangt und verankerte das letzte haarfeine Häkchen in der dazugehörigen Öse.

«Danke, Perry.» Schwungvoll ließ Brittany ihr Haar wieder zurückgleiten und fuhr fort, es abzutrocknen.

«Warten Sie.» Perry stand auf und kramte aus seiner Seekiste einen Kamm und ein schwarzes Seidenband hervor, bevor er sich wieder auf der Koje niederließ und begann, die langen, noch feuchten Strähnen von Brittanys Haar vorsichtig durchzukämmen.

Brittany schloss die Augen und genoss die angenehme Berührung seiner geschickten Hände, die den Kamm wieder und wieder durch ihr Haar gleiten ließen, um schließlich die Masse ihres Haares mit den Fingern zu teilen und zu flechten. Ein Lächeln zog über ihr Gesicht.

«Es scheint, Sie machen das nicht zum ersten Mal.»

«Nein», entgegnete er knapp, ohne in seiner Bewegung innezuhalten.

«Darf ich fragen, wo Sie das gelernt haben?»

«Dürfen Sie nicht», erwiderte er ungerührt, bevor er das Seidenband um das Ende des Zopfes schlang.

Brittany spürte, wie ein lautes Lachen sie in ihrer Brust kitzelte, und mit einem Funkeln in den Augen sah sie ihm nach, wie er von der Koje aufstand und sich dem Schreibtisch zuwandte.

«Sie hüten *einige* Geheimnisse, nicht wahr?»

Ein Seitenblick streifte sie, bevor er leise sagte: «Nicht mehr als Sie.» Als er sah, dass sie errötete, fügte er rasch hinzu: «Falls es Sie wahrhaftig so sehr interessiert: Ich habe eine kleine Schwester. Da lernt man so etwas.»

Brittany senkte den Blick auf ihre Hände, die sie in ihrem Schoß verschränkt hielt. «Sie verachten mich doch nicht?» Mit einem Zucken um die Mundwinkel betrachtete sie Perrys breiten Rücken, als erwartete sie von ihm eine Absolution für das, was zwischen ihr und Zachary gewesen war.

Er hielt in der Bewegung inne, mit der er mehrere beschriebene Papierbögen zu ordnen begonnen hatte. Ein paar Augenblicke lang verharrte er so, ehe er sich halb zu Brittany umdrehte.

«Nein, ganz gewiss nicht», antwortete er ungewohnt sanft, einen weichen, beinahe schon zärtlichen Ausdruck im Gesicht.

Es war schon spät, als Perry sie aus der Messe geleitete, in der man sie laut und herzlich wieder willkommen geheißen hatte. Sie fühlte sich müde und erschöpft von den Unterhaltungen, die aber bei weitem nicht mehr die Leichtigkeit und Unbekümmertheit früherer Tage hatten. Doch anstatt sie auf das untere Deck, in seine Kabine, zu bringen, machte Perry an der nächsten Tür auf der linken Seite Halt.

«Sie schlafen wieder hier», erklärte er mit einem Nicken in Richtung Brittanys alter Kabine und öffnete die Tür.

Vorsichtig, als beträte sie ein fremdes Reich, machte sie ihre ersten Schritte in den Raum hinein, der ihr so vertraut war, als hätte sie ihn erst gestern verlassen – und doch schien es ihr, als wäre es in einem anderen Leben und sie ein anderer Mensch gewesen. Nachdenklich ließ sie ihren Blick über die frisch bezogene Koje schweifen, über den kleinen Korb, der ihre Erinnerungen an Tahiti enthielt, über die Kisten, die sie aus Batavia mitgebracht hatte. Schließlich blieb er an einer schlichten Seekiste hängen, die abseits der anderen stand und die ihr auf schmerzhafte Weise bekannt vorkam.

Perry bemerkte ihren Blick und räusperte sich leise. «Der Captain hat sie mir übergeben, da Mr. Hicks, soweit wir wissen, keine Angehörigen hatte. Ich habe mir gedacht, Sie wollten sie vielleicht haben.»

Wie gebannt starrte Brittany auf die Kiste. Sie bemerkte kaum, dass Perry hinter ihrem Rücken eine Laterne entzündete und neben der Kiste auf den Boden stellte.

«Danke, Perry», flüsterte sie schließlich, ohne ihn anzusehen.

«Gute Nacht», hörte sie ihn sagen und leise die Tür hinter sich schließen. Sie lauschte dem Klang seiner Schritte, bis sie im Bauch des Schiffes verhallten.

Eine Ewigkeit, so schien es ihr, stand sie in der Betrachtung der Kiste versunken, ehe sie sich vor ihr auf die Knie niederließ. Sie betrachtete das glänzend polierte, dunkel gemaserte Holz, wie es im Licht der Laterne schimmerte und Reflexe warf. Zärtlich strich sie über die Kanten, mit der flachen Hand über die glatte Oberfläche, berührte die kühlen, goldglänzenden Messingbeschläge, zeichnete die Konturen nach und ließ ihre Hände an die Ecken des Deckels gleiten. Endlich fasste sie sich ein Herz und klappte den Deckel auf. Die Erinnerungen, die aus dem Inneren der Kiste hervorströmten, raubten ihr beinahe den Atem.

Obenauf lagen seine Bücher, Bücher über Navigation, Geographie, Astronomie. Eines nach dem anderen nahm sie heraus, streichelte über die vernarbten und zerschrammten Ledereinbände in Grün, Blau und Braun, die wirkten, als hätten sie ihn sein Leben lang, auf allen seinen Fahrten begleitet. Sie schlug sie auf, blätterte sie durch, ehrfürchtig beinahe, und obwohl all die kleinen Druckbuchstaben, die Zeichnungen und Skizzen in verwirrender Geometrie ihr nichts sagten, ließ sie keine Seite aus, als suche sie nach etwas Bestimmtem. Sie hätte nicht sagen können, wonach – nach einer Notiz, einem Brief, nach irgendetwas, das für sie eine bestimmte Bedeutung hatte und ihr mehr über den Mann verriet, den sie geliebt hatte. Doch die Anmerkungen, die er mit Bleistift neben und zwischen die Zeilen gemacht hatte, sagten ihr nicht viel.

Sein Uniformrock kam zum Vorschein, sein Dreispitz, Teleskop, Taschenuhr, Schuhe, Strümpfe, Kniehosen, Hemden. Und mit jedem

Stück, das Brittany herausnahm, strömten ihr neue Tränen über das Gesicht. Sie presste die Hemden an sich, sog gierig seinen Duft ein, den sie noch in ihrem Gewebe festhielten, als hätte er sie eben erst abgelegt, und manch einen Augenblick war es ihr, als wäre er noch hier, ganz in ihrer Nähe, und doch unerreichbar. Aber seine Gegenwart in diesen leblosen Dingen zu spüren, bedeutete bei all dem Schmerz, den sie empfand, auch Trost, dadurch, dass sie ein Stück von ihm behalten durfte, wenn sie schon sein Kind nicht hatte behalten dürfen.

Die ganze Nacht verstrich bei dieser Spurensuche. Das lichte Grau der Morgendämmerung kroch schon durch das Fenster, als sie die letzten Stücke wieder in die Kiste packte und den Deckel lautlos darüber schloss. Mühsam und mit schmerzenden Gliedern erhob sie sich.

Das Achterdeck lag verlassen da; die Morgenwache hielt sich bevorzugt im vorderen Teil des Schiffes auf, um eventuell auftauchende Klippen und Brecher so früh wie möglich entdecken zu können.

Die Brise, die frisch über das Deck wehte, ließ Brittany frösteln. Die Arme fest um sich geschlungen, trat sie an die Reling und sah auf das noch nächtliche Meer hinaus. Zum ersten Mal wurde sie sich bewusst, dass sie es ebenso sehr liebte, wie sie es hasste, für das, was es ihr gegeben und genommen hatte. Irgendwo da draußen befand sich Zacharys Grab – unauffindbar für sie, und doch in jeder Welle zum Greifen nah. Und auch ihr Kind, das nie geboren worden war, nie hatte atmen dürfen, war dort draußen zur Ruhe gebettet.

Zachary hatte einmal gesagt, dass man von der See nicht loskam, sie früher oder später im Blut hatte, als hätte man eine lebenslange Blutsbrüderschaft mit ihr geschworen, und es einen immer wieder zu ihr hinzog, ob man wollte oder nicht. So seltsam es ihr selbst auch vorkam, so empfand sie es doch als Trost, dass er mit dem Element eins geworden war, das sein Leben beherrscht hatte bis zur letzten Stunde.

Die Brise, die plötzlich auffrischte, fuhr ihr zärtlich durchs Haar, strich ihr über das Gesicht, und es war ihr, als spürte sie Zacharys Anwesenheit in der Berührung der Luft, als sei er ihr in den Wellen und dem Wind nahe, eins mit ihnen. So wie das Meer und die salzige Luft ihr als Kind auf Greenhill Freiheit und Abenteuer verheißen hatten, wie sie darin auf Tahiti den Ruf der unendlich weit entfernten Heimat vernommen hatte, so würden die Wellen und der warme Wind, der von Süden her kam, ihr immer die Tür offen halten, hinter der Zachary auf sie wartete, ewig jung, ewig ihr Geliebter, und diese Vorstellung hinterließ in ihr ein bittersüßes Gefühl, halb schmerzlicher Verlust, halb tröstendes Versprechen.

Vom Horizont ausgehend hellte sich der Himmel in leuchtendes Hellblau und strahlendes Türkis auf, in einem irisierenden Pfauenblau gipfelnd, das sich wie eine schimmernde Glaskuppel über ihr wölbte. Ein einziger Stern, blitzend wie ein geschliffener Diamant, stand in den prächtigen Farbtönen des Himmels, als wollte er Brittany den Weg weisen.

Tupias Verwünschung, ihre Schuldgefühle hatten sie noch nicht gänzlich aus den Klauen gelassen, doch sie würde dagegen ankämpfen. Sie würde Tupia beweisen, dass Tane, der Gott der Wälder Tahitis, der Gott der Schönheit und der Heilung, kein rachsüchtiger Gott war, sondern gütig und gnädig zu seinen Kindern. Rataneas Wissen, das diese so bereitwillig an sie weitergegeben hatte, und das Wissen, das zu erwerben noch vor ihr lag, würden sie auf dem Weg begleiten, den sie damals mit ihrer Fahrt auf der *Seagull* begonnen hatte, der sie nach Tahiti gebracht hatte und nun wieder nach England führen würde. Sie würde diesem Weg folgen, dem Weg der Heilerin, wie es ihre Bestimmung war. Was darüber hinausging – das lag allein in der Macht des Schicksals.

## 49

Der Monat Juni zog vorüber, machte dem Juli Platz, der nichts Neues brachte, das den zähen Fluss der Tage und Nächte unterbrochen hätte. Die Tage zogen im öden Gleichmaß dahin, von eintöniger, leichter Arbeit bestimmt; allein der Gedanke, dass jeder einzelne von ihnen sie näher an die Insel Albions brachte, ließ die Monotonie, das angespannte Warten erträglicher werden.

Joseph verbrachte seine Tage damit, Algen und Seegras aus der ruhigen See zu fischen und Vögel zu schießen, assistiert von Solander. Clerke, nach Hicks' Tod zum Lieutenant befördert, und Gore vertrieben sich die endlosen freien Stunden mit waghalsigen, risikoreichen Kartenspielen, die sie beide auf Jahre hinaus verschuldet zurückgelassen hätten, nähmen sie sie ernst. Cook füllte Seite um Seite mit Beschreibungen, Gedanken und Plänen, die sich um diese Reise drehten, als wollte er sich die Belastungen der letzten Monate von der Seele schreiben. Der feste Zusammenhalt der vergangenen drei Jahre brach allmählich auseinander; ein jeder hing stumm und ungesellig seinen sehnsüchtigen Gedanken an die Heimat nach und wartete. Wartete …

Brittany saß auf einer ausgebreiteten Wolldecke, an die Seitenwand des Kompasshauses gelehnt, eine weitere Wolldecke über die Schultern geworfen, und blinzelte zufrieden in die Sonne des späten Vormittags. Sie war noch immer schlanker als früher, wirkte aber nicht mehr so ausgemergelt, und die Stunden, die sie bei dem schönen Sommerwetter an Deck verbrachte, hatten ihrem Gesicht wieder den für sie so typischen cremeweißen Ton verliehen, der das ungesunde Kalkweiß früherer Tage ablöste.

«Natürlich vertieft in Shakespeare.» Eine tiefe Stimme und ein Schatten, der auf sie fiel, ließen sie aufblicken.

«Perry», lächelte sie den Schiffsarzt an, der sich zu ihr setzte. «Er lässt mich einfach nicht los.» Sie deutete auf den kleinen Band, der aufgeschlagen auf ihrem Schoß lag.

«‹Lass jene prahlen, denen günstige Sterne / Ehren verliehn und hohen Rang beschert›», begann er mit leiser Stimme zu zitieren, «‹Ich, den das Glück von solchem Ruhm hielt ferne, / Genieße das, was mich am meisten ehrt. / Wie sich die Blumen nach der Sonne wenden, / So nach der Fürsten Gunst die Höflingsschar, / Der Glanz erlischt, und auch ihr Tag muss enden, / Ein Stirnerunzeln, und ihr Leuchten war.›»

«‹Der Feldherr›», fiel Brittany gedämpft ein, «‹der nach tausend Siegen nur / Einmal die Schlacht verlor, ist abgetan, / Im Buch des Ruhms getilgt, und keine Spur / Ließ er zurück von dem, was er getan. / Wie glücklich ich, der liebt und wird geliebt, / Wo es kein Wandeln und Verwandeln gibt.»

Sie verstummten und sahen sich wie unter einem Bann in die Augen. Schließlich nahm Brittany das Buch auf und gab Perry damit einen leichten Klaps auf dessen breite Schulter.

«Perry, Sie haben mir nie erzählt, dass Sie Gedichte lieben!»

Er nahm ihr die Gedichtsammlung aus der Hand und begann darin zu blättern. «Die Poesie ist eine willkommene Abwechslung zu meinem Beruf», sagte er schließlich, als er ihr den kleinen royalblauen Lederband wieder zurückgab.

In einem plötzlichen Aufflackern von Scheu nahm ihm Brittany das Buch aus der Hand und senkte ihren Blick darauf.

«Ist Ihnen auch nicht kalt?», hörte sie ihn fragen.

Sie schüttelte den Kopf, zog aber in ihrer Verlegenheit die Decke dennoch fester um sich.

«Ich bin froh, dass Sie alles so gut überstanden haben», sagte er leise, seinen Blick auf die frisch geschrubbten Deckplanken gerichtet.

«Als Arzt oder als Mann?», konterte sie schnell.

Perry schüttelte den Kopf; dann lachte er auf, tief und warm, und es war das erste Mal, dass Brittany ihn aus vollem Herzen lachen hörte. Amüsiert wandte er den Kopf zu ihr. «Beides», sagte er mit Nachdruck.

«Land in Sicht!! Laaand!!!»

Wochenlang heiß ersehnt, gellte der Ausruf über Deck und pflanzte sich fort, von Seemann zu Seemann, bis tief hinunter in die Eingeweide der *Endeavour.* Eilig erhob sich Perry und half Brittany auf; in dem Gedränge, das an Deck entstand, als alle Männer in Richtung des Bugspriets stürmten, zog er sie mit sich, ergatterte für sie beide einen Platz an der Reling, von dem auch sie gespannt nach Norden blickten.

«Hier, sehen Sie!» Mit blitzenden Augen drängte sich Charlie durch die Menge zu ihnen durch und drückte Brittany sein Teleskop in die Hand, «Land's End!» Er konnte seine freudige Aufregung nicht verbergen, ebenso wenig wie alle anderen Männer um sie herum.

Ein Auge zugekniffen, spähte Brittany aufmerksam durch das Fernrohr. Hinter einer endlosen, hellblauen, in der Sonne auffunkelnden Fläche erhob sich aus einem Schleier weißen Dunstes die graugrün schimmernde Landzunge.

Brittanys Magen zog sich schmerzhaft zusammen. Sie ließ das Teleskop sinken, gab es wie in Trance an Charlie zurück, der eilig davonstürmte, um die frohe Kunde weiterzuverbreiten. England – endlich. Nach sieben Jahren, fast auf den Tag genau – endlich zu Hause.

Die ausgelassene Freude, die die Matrosen jauchzen und tanzen und sich in die Arme fallen ließ, wollte sich nicht einstellen. Was würde sie dort erwarten? War sie überhaupt willkommen – erinnerte sich noch jemand an das kleine Mädchen, das vor sieben Jahren auf große Fahrt gegangen war, von der sie erst jetzt, als Frau, zurückkehrte? Furcht beschlich sie, Furcht vor der Ungewissheit. Ihr Blick suchte nach den Männern, mit denen sie das Schicksal auf so seltsame Weise verbunden hatte.

Banks und Solander lagen sich in den Armen und klopften sich gegenseitig auf den Rücken, Charlie schlug ihnen grinsend auf die Schultern; Gore tanzte und jubelte zusammen mit Magra, seinem Landsmann; Young Nick, der den Ruf vom Krähennest herabgeschickt hatte, balancierte quietschend und lachend auf den Schultern eines hager gewordenen Wilkinson; Pickersgill wischte sich, sichtlich bewegt, Freudentränen aus den Augen.

Nur Cook stand einsam und stumm in der dicht gedrängten Menge, mit einem Gesicht, das wie versteinert wirkte und doch vor allem eines zeigte: unendliche Erleichterung, sein Schiff endlich, nach fast drei Jahren, sicher nach Hause gebracht zu haben.

An keinem von ihnen war die Reise spurlos vorübergegangen; jeder hatte das Ende der Fahrt so heiß ersehnt, hatte genug von der See und den fremden Ländern, wollte nach Hause, um bei seiner Familie, seinen daheim gebliebenen Freunden, in der alten, vertrauten Umgebung neue Kraft und Frische zu schöpfen, so lange, bis das Fernweh eines Tages wieder übermächtig würde, um sie erneut von der Heimat wegzulocken.

Sie fragte sich, wie viel von dem, was sie auf ihrem gemeinsamen Gang durch die Hölle hatte zusammenwachsen lassen, nach ihrer Rückkehr übrig bleiben würde, nach Monaten, nach Jahren, und sie erinnerte sich an den Toast, den Joseph vor wenigen Tagen beim Dinner ausgesprochen hatte.

«Auf uns, die wir diese gefahrvolle und höchst bemerkenswerte Reise, von der sich unsere Kinder und Kindeskinder noch erzählen werden, so gut überstanden haben», hatte er in feierlichem Ton erklärt, seinen Becher mit Wein erhoben, bevor sein strahlendes Lächeln einem ernsteren Ausdruck wich. «Dabei möchte ich auch an die erinnern, die nicht unser Glück hatten und nun nicht mit uns nach Hause zurückkehren. Ihr Platz wird immer in unseren Herzen sein.»

Ich wünschte, du wärst jetzt hier, Zachary.

Der Schmerz traf sie in diesem Augenblick mit unverminderter Härte. Bilder zogen an ihr vorüber: ihre erste Begegnung, als sie sich hinter jenen Baum geflüchtet hatte, um vor den fremden Eindringlingen Schutz zu suchen, und sich in Zacharys Armen wieder fand; seine meerblauen Augen mit dem für ihn so typischen ironischen Funkeln darin; die Strände Tahitis, jener Nachmittag, an dem sie sich das erste Mal geliebt hatten. Sie glaubte das Salz in seinen Haaren riechen zu können, vermeinte seine glatte, gebräunte Haut, seine Lippen spüren zu können, die ihren Körper liebkosten, und dann hörte sie ihn wieder husten, diesen schrecklichen, giftigen Husten, der nicht enden wollte und der ihn zu Tode erschöpfte.

Zachary hatte nicht lange genug gelebt, um Spuren zu hinterlassen. Alles, was auf dieser Welt von ihm bleiben würde, waren zwei Tagebücher, zwei Punkte auf einer Landkarte, die vielleicht bald schon einen anderen Namen tragen würden als seinen – und ihre Erinnerungen an ihn, die sie mit jedem ihrer Herzschläge in sich trug. Was sie miteinander geteilt hatten, war so stark gewesen, dass es beinahe sogar den Tod besiegt hatte, und sie wusste, es lag an ihr, die Erinnerung an ihn zu bewahren, an den Menschen, der er war – woher er kam, wovon er träumte, was er fürchtete.

Eines Tages würde sie, längst alt und grau, einer vertrauten Seele erzählen, was ihr widerfahren war auf ihrer abenteuerlichen Reise zurück in die Heimat, würde dafür sorgen, dass ihre Erzählung weiterlebte, in dem Gedächtnis anderer, über ihren eigenen Tod hinaus, bis an das Ende der Zeiten.

«Ich halte dich in meinem Herzen», flüsterte sie in den Wind, der über das aufglitzernde Meer hinweg zu den zerklüfteten Felsen Englands blies.

Und es klang wie ein Versprechen.

# Epilog

London Evening Post, *15. Juli 1771*
*Letzten Samstag und per Express erreichte die Admiralität die erfreuliche Nachricht von der Ankunft der* Endeavour *unter Captain Cook aus Ostindien in den Downs. Das Schiff segelte im August 1768 mit Mr. Banks, Dr. Solander, Mr. Green und anderen ehrenwerten Gentlemen an Bord in die Südsee, um den Durchgang der Venus zu beobachten. Seither haben sie eine Reise rund um die Welt unternommen und sind an jeder Küste und auf jeder Insel gelandet, an der an Land zu gehen möglich war, um jede Art von Pflanzen und seltene Früchte der Natur zu sammeln. Insgesamt war ihre Reise so angenehm und erfolgreich, wie erwartet werden konnte, ausgenommen den Tod von Mr. Green, der auf der Herfahrt von Batavia starb; Dr. Solander war reichlich indisponiert, aber man hofft, dass ein paar Tage Erholung bald seine Gesundheit wieder herstellen werden. Captain Cook und Mr. Banks erfreuen sich, wie wir die Öffentlichkeit zu informieren die Freude haben, bester Gesundheit.*

Public Advertiser, *19. Juli*
*London … Die Fregatte* Endeavour *unter Captain Cook ist aus Indien in der Themse eingetroffen.*

Joseph Banks' Ankunft in London bringen ihm Ruhm und Ehre. Die Zeitungen sind voll mit überschwänglichen Berichten über ihn und seine großartige, noch nie zuvor dagewesene Reise, deren Aufzeichnungen noch vor denen des Monsieur Bougainville erscheinen. Vierzig unentdeckte Inseln und siebzehntausend identifizierte und katalogisierte Pflanzen, darunter über tausend Arten, die in Europa bislang unbekannt waren, bringt er von dieser Reise mit. Der König selbst zeigt großes Interesse, lässt sich die Erlebnisse in allen Einzelheiten schildern, und die noble Welt stattet Josephs Haus in der New Burlington Street Besuche ab, um all die denkwürdigen und exotischen Dinge zu bestaunen. In diesem Sommer sind Banks und Solander Stadtgespräch.

*... Sehr große Erwartungen werden in die Entdeckungen von Dr. Solander und Mr. Banks gesetzt, und es wird erwartet, dass die Hoheitsgebiete Großbritanniens in Folge dieser Entdeckungen weit ausgedehnt werden* (Public Advertiser) *... Mr. Banks soll zwei Schiffe von der Regierung erhalten, um seine Entdeckungen in der Südsee fortzusetzen, und wird im März nächsten Jahres auf seine nächste Reise gehen* (Gazetteer *und* New Daily Advertiser) *... Der gefeierte Mr. Banks wird in Kürze eine erneute Reise nach King George's Island in der Südsee unternehmen, und es heißt, die Regierung bewillige ihm drei Schiffe samt Besatzung, Waffen und Proviant, um dort eine Kolonie anzusiedeln und aufzubauen* (Westminster Journal) ...

Linnaeus, der Papst der Botanik, geht sogar so weit, den Vorschlag zu machen, jenen Teil Neu-Hollands, zu dem die Botany Bay gehört, «Banksia» zu taufen, und empfiehlt allen Botanikern, dem «unsterblichen Banks» eine Statue zu errichten, die länger Bestand haben soll als die Pyramiden. Joseph braucht keine Tiger oder Löwen oder einen tahitischen Priester – er ist selbst eine Sensation.

Für *James Cook* wird es eine traurige Heimkehr: Sein Sohn Joseph, den er nie gesehen hat, ist nur zwei Monate alt geworden, und auch die kleine Elizabeth, vier Jahre alt, hat der Herr drei Monate zuvor zu sich genommen. Während Banks und Solander sich in Ruhm und Glanz sonnen, bleibt er von der Aufmerksamkeit der Öffentlichkeit weitgehend verschont, wenn auch die Admiralität seine Verdienste anerkennt. Besuche sind zu machen – bei seinem alten Vater in Ayton, der bei James' Schwester Margaret, einer Fischersfrau, lebt; bei Mr. Walker in Whitby und dessen altgedienter Haushälterin Mary Prowd, die aus Stolz jede Etikette vergisst und ihrem Master James um den Hals fällt. Traurige Briefe sind zu schreiben, wie etwa denjenigen an George Monkhouse, Penrith, Cumberland, um ihm das Ableben seiner beiden Söhne mitzuteilen, aber auch Empfehlungen für die Beförderung seiner Männer. Er selbst rückt in den Rang eines Commanders auf und erhält das Kommando der *Scorpio.*

*Postscriptum zum Logbuch der* Endeavour

*... Nun, da ich zum Thema der Entdeckungsfahrten komme, hoffe ich, es wird mir nicht zum Nachteil gereichen, wenn ich meine Meinung dergestalt äußere, dass die am besten durchzuführende Methode für weitere Entdeckungen in der Südsee wäre, sie von Neu-Seeland aus zu erkunden. Zuerst ist das Kap der Guten Hoffnung anzulaufen, um neue Vorräte zu fassen, dann in den Süden von Neu-Holland weiterzufahren, in den Queen Charlotte's Sound, um erneut Holz und Wasser an Bord zu nehmen und dabei darauf zu achten, dass man den Ort bis Ende September oder spätestens Anfang Oktober wieder verlässt, damit man den ganzen Sommer noch vor sich hat. Nach der Passage könnte man mit den vorherrschenden Westwinden nach Osten in solch hohem Längengrad segeln, wie es einem beliebt, und man hätte, sofern man mit keinem Land zusammentreffen sollte, genug Zeit, Kap Hoorn zu umsegeln, bevor der Sommer zu weit fortgeschritten ist. Sollte aber kein Kontinent zu sehen sein und man hätte andere Objekte in Sicht, könnte man nach Norden halten und nach dem Besuch einiger der Inseln, die bereits entdeckt sind, mit dem Passatwind weiter nach Westen segeln, um nach den Inseln zu suchen, die uns von einem Eingeborenen von King George's Island beschrieben worden sind.*

*So ließen sich die Entdeckungen in der Südsee vervollständigen.*

*James Cook*

In der Tat wird bald eine neue Expedition ins Auge gefasst, die endgültige Klarheit über die Existenz des Großen Südlichen Kontinents bringen soll – wieder unter Cooks Kommando und mit Banks' Beteiligung. Doch im Streit um Typ und Ausbau des Schiffs distanziert sich Banks von den Plänen einer erneuten Reise, und so geht Cook ohne ihn auf die Fahrt, die drei Jahre, von 1772 bis 1775, dauert und ihn als ersten Seefahrer bis an die südliche Polareiszone bringt. Dennoch halten Cook und Banks Zeit ihres Lebens Kontakt und zollen einander großen Respekt.

Eine dritte Weltumsegelung folgt, die letzte Klarheit über das Aussehen der südlichen Hemisphäre bringen soll und sich auf die Suche nach der berühmten Nordwestpassage macht. Ein Streit mit Eingeborenen der Insel Hawaii bringt Cook, längst berühmt, am 13. Februar 1779 in der Kealakekua-Bucht den Tod.

*Joseph Banks* reist 1772 zu Forschungszwecken nach Island und wird 1778 Präsident der *Royal Society*, eine Position, die er bis zu seinem Tode innehat. Er wird wissenschaftlicher Berater König Georgs III., und sein Haus am Soho Square Nr. 32, in dem er eine der größten Bibliotheken des Landes aufbaut, wird zum Treffpunkt der Wissenschaft in dieser Zeit. Im März 1779 heiratet er Dorothea Weston-Hugessen, die sein Interesse an der Wissenschaft teilt; ihre Ehe bleibt kinderlos. Er stirbt, berühmt und hochgeschätzt, am 19. Juni 1820 im Alter von 77 Jahren.

*Daniel Carl Solander* wird 1773 zum Bewahrer der naturgeschichtlichen Abteilung des British Museum ernannt. Von 1771 bis zu seinem Tod 1782 im Alter von 49 Jahren ist er Banks' Bibliothekar und als philosophischer Gesprächspartner eine Attraktion in Josephs Londoner Haus am Soho Square.

*Peter Briscoe,* Banks' Steward, wird später Lebensmittelhändler. Eine Gedenkplakette in der St. Botholph's Church in Boston, Lincolnshire, erinnert noch heute an ihn, ebenso wie an James Roberts, den anderen Steward Banks', der bis zu seinem Tod im Alter von 74 Jahren in Diensten von Banks' Haushalt steht.

*Clement Webb* erleidet 1806 bei einem Unfall schwere Verletzungen, die ihn behindert zurücklassen und ihn in finanzielle Not bringen, aus der heraus er sich, zwei Jahre später, Hilfe suchend an Joseph Banks wendet, so wie manch anderer ehemaliger Matrose der *Endeavour* oder deren Witwen.

*Samuel Gibson* ist Marinekorporal auf Cooks zweiter und Sergeant auf der dritten Reise. Als die Schiffe von der letzten Fahrt nach Hause zurückkehren und auf den Orkney-Inseln landen, entschließt er sich spontan, dort zu heiraten, doch noch bevor sie die Themsemündung erreichen, stirbt er.

*Richard Orton,* der unter Saunders' Händen große Teile beider Ohrmuscheln eingebüßt hat, wird von Cook für ein öffentliches Amt empfohlen, heuert aber 1771 als Schatzmeister auf der *Levant* an.

*James Magra,* der sich später «Matra» nennt, unterhält lange Zeit einen intensiven Briefwechsel mit Banks. Er ist Urheber eines Plans zur Besiedlung von New South Wales und wird im Laufe seines Lebens nacheinander britischer Konsul auf Teneriffa, Sekretär der britischen Botschaft in Konstantinopel, schließlich Konsul in Tanger/Nordafrika.

*Francis Wilkinson* soll nach seiner Rückkehr den Posten eines Kanoniers erhalten, doch er stirbt im August 1771, vermutlich an den Folgen der Reise.

*Young Nick* reist 1772 mit Banks nach Island.

*William Perry* verfasst nach Ende der Reise einen – hochgelobten – Bericht darüber und heuert auf Cooks neuem Schiff *Scorpio* an, ebenso wie Richard Pickersgill, bevor sich seine Spur im Dunkel der Geschichte verliert.

*Richard Pickersgill* wird auf Cooks Empfehlung hin zum Lieutenant befördert und nimmt als Dritter Offizier an der zweiten Reise Cooks teil. 1776 führt er im amerikanischen Unabhängigkeitskrieg den Schoner *Lyon* im Range eines Commanders. Seine Aufgabe ist es, die Davis Strait und Baffin Bay zu erforschen, was ihm aber nicht gelingt. Wegen Trunkenheit im Dienst und anderer Vergehen wird er von einem Kriegsgericht verurteilt und unehrenhaft aus der Navy entlassen. Er übernimmt das Kommando eines Kaperschiffs, rutscht aber betrunken auf den Stufen des Kais aus und ertrinkt im Juli 1779 in der Themse, genau dreißig Jahre alt.

*Charles Clerke* nimmt 1772 als Zweiter Offizier an der zweiten Reise Cooks teil und führt das Kommando über die *Discovery* auf der dritten Reise. Nach Cooks Tod übernimmt er die Leitung der gesamten Expedition, bis er selbst am 22. August 1779 an der Schwindsucht stirbt, die er sich im King's Bench Prison geholt hat, wo er für die Spielschulden seines Bruders einsaß. Begraben ist er auf der russischen Halbinsel Kamtschatka, wo seine Männer Weidenbäume rund um sein Grab gepflanzt haben. Mit Joseph Banks verbindet ihn bis zu seinem Tod eine enge Freundschaft – das letzte bekannte Dokument von ihm ist ein Brief an Banks, von seinem Sterbebett aus diktiert. Er hat nie geheiratet.

*John Gore* reist 1772 mit Banks nach Island und nimmt 1776 als Erster Offizier an Cooks dritter Reise teil. Nach Cooks und Clerkes Tod führt er die beiden Schiffe nach England, wo er den Zivilposten

Cooks im Greenwich Hospital übernimmt. Er stirbt 1790, etwa sechzig Jahre alt.

*Isaac Smith* nimmt als Kapitänsmaat an der zweiten Reise Cooks teil und wird dann Lieutenant auf der Schaluppe *Weazle.* Er wird 1787 Post-Captain und führt in der Zeit nach 1789 ein Schiff in Ostindien unter dem Kommando von Commodore Cornwallis. Bis zu seinem Tod im Alter von 80 Jahren lebt er mit seiner Cousine, Elizabeth Cook, zusammen.

*Petrus Albertus van der Parra* ist bis zu seinem Tod im Jahr 1775 im Alter von 61 Jahren Generalgouverneur in Batavia. Das Todesjahr seiner Frau ist unbekannt.

*Ryck Tulback,* der Gouverneur von Cape Town, stirbt im August 1771, nach exakt zwanzigjähriger Amtszeit. Nach seinem Tod versinkt die Stadt wieder in Korruption und Geldgier, wie in der Zeit vor seinem Amtsantritt.

*Brittany Anne Addison* ist die einzige Figur in diesem Roman, die gänzlich frei erfunden ist – wenn auch ihre Geschichte nicht völlig aus der Luft gegriffen ist. Offiziere der Handelsmarine oder Kapitäne der Navy hatten nicht selten ihre Familien mit an Bord; in den Fluten des Pazifischen Ozeans verschwanden tatsächlich viele Schiffe, und die Dokumente darüber wurden nicht selten von den zuständigen Behörden vernichtet, um Spuren zu verwischen – entweder aus der Absicht heraus, den Verlust zu verschweigen, oder um die konkurrierenden Seemächte darin zu täuschen, wie weit man schon in die unbekannten Gefilde vorgedrungen war. Auch Lieutenant Gores Argument, dass Frauen an Bord existierten, aber nicht in den offiziellen Dokumenten auftauchen, ist historische Tatsache. Natürlich war keine Frau je wirklich an Bord der *Endeavour,* aber hätte Brittany tatsächlich gelebt, dann hätte alles so geschehen können, wie ich es geschildert habe.

# Ausgewählte Literatur


Beaglehole, John C. (Hrsg.): *The Endeavour Journal of Joseph Banks, 1768–1771,* 2 Bde., Sydney, 1962

Beaglehole, John C. (Hrsg.): *The Journals of Captain James Cook on his Voyages of Discovery,* 2., erg. u. korr. Auflage, 4 Bde. und Portfolio, Cambridge, 1968

Cook, James: *The Journal of H.M.S. Endeavour,* Guildford, 1977

Hicks, Zachary: *A Journal of the Voyage in the Endeavour, Historical Records of New South Wales,* Sydney, 1893, Bd. 1

Parkinson, Sydney: *A Journal of a Voyage to the South-Seas,* 1784; Nachdruck: London, 1984

Hart, Roger: *English Life in the Eighteenth Century,* London, 1970.

Heermann, Ingrid: *Mythos Tahiti: Südsee – Traum und Realität.* Katalog zur Ausstellung *Mythos Tahiti* im Rahmen des Gesamtprojektes *Exotische Welten – europäische Phantasien* in Stuttgart, 1987, Berlin, 1987

Mühlmann, Wilhelm Emil: *Arioi und Mamaia. Eine ethnologische, religionssoziologische und historische Studie über polynesische Kultbünde,* Wiesbaden, 1955

Schmitt, Eberhart u. a. (Hrsg.): *Kaufleute als Kolonialherren: Die Handelswelt der Niederländer vom Kap der Guten Hoffnung bis Nagasaki 1600–1800,* Bamberg, 1988

Taylor, Jean Gelman: *The Social World of Batavia: European and Eurasian in Dutch Asia.* London u. Madison/Wisconsin, 1983